Beyaz Gardenya
Belinda Alexandra

Kitabın Özgün adı: White Gardenia

Nemesis Kitap / Roman
Yayın No: 87
Yazan: Belinda Alexandra
Çeviren: Gamze Tokgöz
Yayın Yönetmeni: Atalay Eroğlu
Editör: Hasret Parlak
Düzelti: Burak Torun
Kapak Tasarım: Serhat Filiz

ISBN: 978 605 5395 09 4
© Belinda Alexandra
© Nemesis Kitap
Nemesis Kitap Çakıltaşı Yayıncılık'ın bir markasıdır.

Sertifika No: 10547

Cep Boy 1. Baskı / Nisan 2012
Baskı ve Cilt:
Melisa Matbaası
Çiftehavuzlar Yolu Acar Sitesi No: 4 Davutpaşa / İstanbul
Tel: 0212 674 97 23 - 670 97 29

Yayımlayan:
NEMESİS KİTAP
Gürsel Mah. Alaybey Sk. No:10/1 Kağıthane / İstanbul
Tel: 0212 222 10 66 - Faks: 0212 222 46 16
info@nemesiskitap.com
www.nemesiskitap.com

nemesis
K İ T A P

BEYAZ GARDENYA

Belinda Alexandra

ÇEVİREN:
GAMZE TOKGÖZ

nemesis
KİTAP

Ailem İçin...

İÇİNDEKİLER

ÜÇÜNCÜ BÖLÜM

BİRİNCİ BÖLÜM

1
Harbin, Çin

Biz Ruslar; yere bıçak düşürürsek eve erkek misafir geleceğine, evin içine kuş girerse yakın birinin ölüm haberinin alınacağına inanırız. Bu iki durumu da yaklaşık on üç yaşındayken, 1945 yılında yaşadım, ancak ne yere düşen bir bıçak ne de uçan kuşlar gibi beni uyaracak alâmetler yoktu.

General, babamın ölümünden on gün sonra ortaya çıktı. Annem ve ben, dokuz günlük yasın ardından aynaların ve heykellerin üzerini kaplayan tozları temizlemekle meşguldük. O gün anneme ait olan o anı asla gözlerimin önünden gitmiyor. Fildişi rengi teni, koyu renkteki saç tutamları tarafından çevreleniyordu, etli kulak memelerindeki inci topları ve ateşli, bal rengi gözleri keskin bir şekilde odaklanmış önümde duran bir fotoğrafın parçalarını birleştiriyordu: annem, otuz üçünde bir dul...

Parmaklarının olağandışı bir yavaşlıkla koyu renkli kumaşı katladığını hatırlıyorum. O günlerde acı kaybımızın şokunu yaşıyorduk. Babam, kıyametini yaşadığı o günün sabahı evden çıkmak için hazırlanırken gözleri gülüyordu ve dudakları küçük küçük öpücüklerle yanaklarıma dokunuyordu. Bundan sonraki görüşümde onun, meşeden yapılmış ağır bir tabutun içinde, gözleri kapalı, balmumu kaplı yüzüyle ölümün uzaklarında olacağını tahmin etmemiştim. Arabasının ezilmiş enkazı içinde parçalanmış bacaklarını saklamak için, tabutunun alt tarafı kapalı duruyordu.

O akşam, babamın bedeni salonda yatıyordu, tabutunun her iki tarafında mumlar vardı. Annem garajın kapılarını, sürgülerini çekerek kapattı ve etraflarına zincir geçirerek asma kilit taktı. Onu garajın önünde bir ileri bir geri yürürken yatak odamın penceresinden seyrettim, dudakları sessiz büyülü sözlerle kıpırdıyordu. Sık sık duruyor ve sanki bir şeyler dinliyormuş gibi saçlarını kulaklarının arkasına atıyordu, sonra da başını sallıyor ve yürümeye devam ediyordu. Ertesi sabah sessizce kilide ve zincire bakmaya gittim. Ne yaptığını anlamıştım. Garajın kapılarını sıkı sıkı kapatmıştı, tıpkı babamın arabasını şiddetli yağmurun içine sürdüğü ve sonsuza dek gittiği o gün yapmamız gerektiği gibi...

Kazayı takip eden günlerde kederimiz, Rus ve Çinli arkadaşlarımızın kararlı, nöbetleşe ziyaretleriyle dağılıyordu. Yürüyerek ya da arabayla sürekli gelip gidiyorlardı, bizim evimizi kızarmış tavuğun nefis kokusu ve taziye fısıltılarıyla doldurmak için komşu çiftliklerini ya da şehirdeki evlerini bırakıyorlardı. Çiftçiler hediye olsun diye, elleri kolları ekmek ve pasta ya da Harbin'in erken soğuklarına dayanmış kır çiçekleriyle dolu geliyorlardı. Bu arada şehirden gelenler, para vermenin kibar bir yolunu kullanarak bize fildişi ve ipek getiriyorlardı çünkü babam olmadan, annem ve ben ileriki günlerde zor zamanlar geçirebilirdik.

Sıra cenaze törenine geldi. Eski bir ağaç gibi boğum boğum olmuş bir rahip, çivilenmiş tabutun önündeki soğuk havaya doğru bir istavroz çıkardı. Geniş omuzlu Rus erkekleri küreklerini toprağa sapladılar, donmuş toprak parçalarını mezara attılar. Ya babama duydukları saygı yüzünden ya da onun güzel dul karısının beğenisini kazanmak için, hiç kıpırdamayan çeneleri ve yere bakan gözleriyle çok çalıştılar, yüzlerinden ter damlıyordu. Bu arada Çinli komşularımız mezarlık kapısının dışında saygın mesafelerini koruyorlar, sevimli görünüyorlardı ancak en sevdiklerimizi toprağa gömme ve onları toprağın merhametine terk etme âdetimize kuşkuyla bakıyorlardı.

Cenaze töreninden sonra babamın, Rusya'dan kaçışının ve devrimin ardından kendi elleriyle yaptığı ahşap evimize döndük. Yerimize oturduğumuzda irmikli pasta ve semaverden servis edilen çayla kendimize geldik. Bu aslında eğimli çatısı olan, ocak boruları saçaklardan dışarı çıkan, basit, tek katlı bir evmiş ancak babam, annemle evlendiğinde altı oda ve ikinci bir kat ilave etmiş. İlave ettiği bu yerleri de verniklenmiş dolaplarla, antika sandalyelerle ve duvar halılarıyla doldurmuş. Süslü pencere çerçeveleri oymuş, kocaman bir baca dikmiş ve duvarları ölen Çar'ın yaz sarayının düğünçiçeği sarısına boyamış. Babam gibi adamlar Harbin'i olduğu gibi yapanlardır: sürgün Rus soylu sınıfıyla dolu bir Çin şehri. Dünyayı yeniden yaratmayı deneyen insanlar, buz heykellerin ve kış toplarının arasında kayboldular.

Misafirlerimiz söylenmesi gereken her şeyi söyledikten sonra kapıdan çıkışlarını görmek için annemi takip ettim. Onlar paltolarını ve şapkalarını giyerken ön girişteki bir kancada buz patenlerimin asılı olduğunu fark ettim. Sol taraftaki bıçak gevşemişti ve babamın kış gelmeden onu onarmaya niyetlendiğini hatırlıyordum. Geçen birkaç günün hissizliği yerini, kaburga kemiklerimi acıtan ve midemin bulanmasına neden olan bir ağrıya bırakmıştı. Bu yüzden gözlerimi sımsıkı kapatmıştım. Bana doğru uzanan masmavi bir gökyüzü ve buz üzerinde ışıldayan zayıf kış güneşini gördüm. Geçen yıla ait bir anı canlandı. Katı haldeki Songhua Nehri, patenlerinin üzerinde düzgün durmaya çalışan çocukların neşeli çığlıkları, birbirine sokulmuş âşıklar, meydanın etrafında yürüyen ve buzun inceldiği yerlere eğilip balık arayan yaşlı insanlar...

Babam beni omuzlarına çıkardı, patenlerinin bıçakları benim neden olduğum fazladan ağırlıkla birlikte yüzeyi kazıyordu. Gökyüzü mavi ve beyazla bulanıklaştı. Gülmekten başım dönüyordu.

"Beni yere indir baba," dedim, mavi gözlerine doğru sırıtırken. "Sana bir şey göstermek istiyorum."

Beni yere indirdi ancak dengemi sağladığımdan emin olana kadar beni bırakmadı. Gözüme düzgün bir alan kestirdim ve buzdan bir ayağımı kaldırıp bir kukla gibi dönerek oraya doğru kaydım.

"Harashó! Harashó!" dedi babam, ellerini çırparak. Eldivenli elini yüzüne sürdü ve öylesine geniş gülümsedi ki, sanki gülüş çizgileri canlandı. Babam annemden çok daha büyüktü, o üniversiteyi bitirirken annem yeni doğmuş. Beyaz Ordu'nun en genç albaylarından biri olmuştu. Canlı bir coşkuyla askeriye katılığının karışımından oluşan mimikleri, yıllar sonra bile yüzünde beliriyordu.

Ona doğru kaymam için kollarını öne doğru uzattı ancak ben yine gösteri yapmak istiyordum. Kendimi ileri attım ve dönmeye başladım ancak patenimin bıçağı bir çıkıntıya çarptı ve ayağım burkulduktan sonra bedenimin altında kaldı.

Babam hemen yanıma gelmişti. Beni kaldırdı ve patenleriyle beni nehrin kıyısına taşıdı. Devrilmiş bir ağaç gövdesinin üzerine oturttu ve hasar görmüş botumu çıkarmadan önce ellerini omuzlarımda ve kaburga kemiklerimin üzerinde gezdirdi.

"Kırık kemik yok," dedi, ayağımı avuçları içinde hareket ettirirken. Hava dondurucuydu ve beni ısıtmak için derimi ovaladı. Alnının üzerindeki zencefil saçlarıyla karışmış olan beyaz çizgilere baktım ve dudağımı ısırdım. Gözlerimdeki yaşlar acıdan değil, kendimi gülünç duruma düşürmekten dolayı duyduğum utanç yüzündendi. Babamın başparmağı bileğimin etrafındaki şişliğe bastırıyordu ve geri çekildim. Ezilmenin mor lekesi şimdiden belirmeye başlamıştı.

"Anya, sen beyaz bir gardenyasın," dedi gülerek. "Çok güzel ve saf. Ancak sana çok iyi bakmamız gerekiyor çünkü kolaylıkla zedeleniyorsun."

Başımı omzuna koymuştum ve aynı anda hem gülüyor, hem de ağlıyordum.

Bileğimden aşağı bir yaş düştü ve girişin mozaiklerine damladı. Annem bana dönüp bakmadan önce yüzümü temizledim. Misafirler gidiyorlardı, onlara bir kez daha el sallayıp "Da svidaniya,"[1] dedik ve ışıkları kapattık. Annem salondaki cenaze mumlarından birini aldı ve onun yumuşak ışığında üst kata çıktık. Alev titredi ve ben annemin nefesinin hızını tenimde hissettim. Ancak ona bakmaktan ve onu acılar içinde görmekten korkuyordum. Onun kederini kendi kederimi taşıdığım gibi taşıyamazdım. Onu kapıda öptüm, çatıdaki odama gitmek için hızla merdivenleri çıktım. Dosdoğru yatağa düştüm ve annemin ağladığımı duymaması için yüzümü yastıkla kapattım. Bana beyaz bir gardenya diyen, beni omzuna alan ve başım gülmekten dönene kadar beni çeviren adam artık burada olmayacaktı.

Yasın resmi süreci bittikten sonra herkes sanki günlük hayatına geri dönmüş gibiydi. Annem ve ben terk edilmiştik, yeniden yaşamayı öğrenmek için bırakılmıştık.

1- Rusça'da güle güle anlamındadır.

Çamaşırları katlayıp dolaba koyduktan sonra annem bana çiçekleri babamın en sevdiği kiraz ağacının altına götürmemiz gerektiğini söyledi. Botlarımı bağlamama yardım ederken köpeklerimiz Sahsa ve Gogle'ın havladıklarını duyduk. Aceleyle pencereye koştum, taziyeye geliyorlar diye düşünmüştüm ancak kapıda iki Japon askerinin beklediğini gördüm. Birisi kemerinde kılıç taşıyan ve generalinkiler kadar uzun çizmeler giyen orta yaşlı bir adamdı. Kare şeklindeki yüzü onurluydu ve üzerine derin çizgiler kazınmıştı ancak yüzündeki zevk ifadesi çitlerin üzerinden atlayarak gelen iki Sibirya kurdunu görünce değişti. Daha genç olan asker hareketsiz halde onun yanında duruyordu, tıpkı çekik gözlerinin titremesiyle aydınlanan kil bir bebek gibiydi. Japon askerlerinin kapıda beklediğini söylediğimde, annemin yüzünün rengi değişti.

Ön kapıdaki bir çatlaktan annemin adamlarla önce yavaş yavaş Rusça ve sonra da Çince konuşmaya çalıştığını gördüm. Genç asker Çinceyi rahatlıkla anlıyormuş gibi görünüyordu. Bu arada General bahçeye ve eve bakıyordu, emir eri annemin cevaplarını çevirdiğinde ise dikkat kesildi. Bir şey istiyorlardı, her cümlenin sonunda eğiliyorlardı. Bu nezaket, ki bu Çin'de yaşayan yabancılara genellikle gösterilmez, annemi daha da rahatsız etmiş gibiydi. Başını sallıyordu ancak korkusunu, yakasının arasına sıkışmış teniyle ve bluzunun kollarını katlayarak yukarı çıkaran titrek parmaklarıyla belli ediyordu.

Geçen birkaç ayda birçok Rus bu şekilde ziyaret edilmişti. Üst düzey Japonlar ve onların yardımcıları as-

keri karargâhlarda kalmaktansa insanların evine taşın-
mayı tercih ediyorlardı. Bu kısmen onları müttefiklerin
hava saldırılarından korumak içindi ancak aynı zaman-
da da hem Sovyetlere dönen Beyaz Ruslardan hem de
Çin sempatizanlarından gelebilecek yerel direniş hare-
ketlerini engellemek için yapılıyordu. Onları geri çevi-
ren tek kişi olarak, Modegow'da bir dairesi olan Profe-
sör Akimov'u biliyorduk. Profesör Akimov babamın ar-
kadaşıydı. Bir gece kaybolmuştu ve bir daha asla haber
alınamamıştı. Her nasılsa, askerler ilk defa şehir merke-
zinden bu kadar uzağa gelmişlerdi.

General emir erine bir şeyler mırıldandı ve annemin
köpekleri yatıştırıp kapıyı açtığını gördüğümde hız-
la evin içine girdim ve bir koltuğun altına saklandım,
yüzümü girişin soğuk mozaiklerine bastırıyordum. Eve
önce annem girdi, General'e kapıyı tuttu. İçeri girme-
den önce botlarını temizledi ve şapkasını yanımda du-
ran masaya koydu. Annemin onu oturma odamıza aldı-
ğını duydum. Japoncada kendini kanıtlamak istercesi-
ne homurdanıyordu ve annem temel konuşma girişimi-
ni Rusça ve Çince olarak sürdürse de adam anladığına
dair bir işaret vermiyordu. Emir erini neden kapıda bı-
raktığını merak ettim. Annem ve General üst kata çıktı-
lar. Ben odanın döşemelerinin gıcırtılarını ve açılıp ka-
panan dolap kapaklarını duyabiliyordum. Geri döndük-
lerinde General keyifli görünüyordu ancak annemin kor-
kusu bacaklarına kadar ulaşmıştı, ağırlığını bir ayağın-
dan diğerine veriyordu ve ayakkabısını yere vuruyor-

du. General eğildi ve "Doomo arigatoo gozaimashita,"[2] diye mırıldandı. Teşekkür ederim. Şapkasını alırken beni fark etti. Gözleri, gördüğüm diğer Japon askerlerinin gözleri gibi değildi. Büyük ve pörtlekti. Onları iyice açıp bana gülümsedi, alnındaki kırışıklıklar saç çizgisine doğru uzuyordu ve kocaman, cana yakın bir kurbağaya dönüşmüş gibiydi.

Her pazar annem, babam ve ben, komşularımız Boris ve Olga Pomerantsev'lerin evlerinde, pancar çorbası ve çavdar ekmeği yemek için toplanırdık. Yaşlı çift hayatları boyunca çiftçilik yapmıştı. Başkalarıyla bir arada olmayı severler, bildiklerini ispatlamak isterler ve bize katılmaları için sık sık Çinli tanıdıklarını çağırırlardı. Japon saldırısına kadar bu toplanmalar müziklerle, Puşkin'den, Tolstoy'dan ve Çinli şairlerden eserler okuyarak canlı bir şekilde geçiyordu ancak işgal daha baskıcı bir hale gelince bu yemekler azalmaya başladı. Tüm Çin vatandaşları sürekli denetim altındaydı ve şehri terk etmek isteyenler kâğıtlarını göstermek ve arabalarından çıkıp, yollarına devam etmelerine izin verene kadar Japon muhafızların önünde eğilmek zorundaydılar. Bir cenaze ya da evlenme töreni dışında, sosyal bir etkinlik için şehri terk etmek isteyen Çinliler içinde ise sadece Bay ve Bayan Liu sayılabilirdi.

---

2 Tanıştığıma memnun oldum, yakında görüşürüz anlamlarına gelen, Japonca cümle.

Bir zamanlar çok iyi sanayicilermiş ancak pamuk fabrikaları Japonlar tarafından ele geçirilmiş ve sadece kazandıklarının hepsini harcayarak akıllılık ettikleri için hayatta kalmışlar.

Babamın yasından sonraki pazar, annem arkadaşlarımıza General'den bahsetmek için yemek sonrasını bekledi. Kesik kesik, fısıltılar halinde konuşuyordu. Ellerini Olga'nın özel günler için aldığı dantel örtüde gezdirirken, bakışlarını Bay Liu'nun kız kardeşi Yingying'e çeviriyordu. Genç kadın mutfak kapısının yanında bir koltukta uyuyordu, zor nefes alıyor gibiydi ve bir parça tükürük, çenesinin üzerinde parlıyordu. Kız kardeşini bu tür bir etkinliğe getirmesi Bay Liu için olağan bir şey değildi; kendisi ve karısı dışarı çıkmak istediklerinde genellikle onu büyük kızlarının bakımına bırakmayı tercih ederdi. Ancak Ying-ying'in bunalımı daha da kötüleşiyor gibiydi. Günler süren kayıtsızlıktan sonra ani feryat patlamalarına boğulmuş ve etini kanayana kadar kaşımıştı. Bay Liu, onu Çin otlarıyla yatıştırmıştı ve yanında getirmişti. Artık çocuklarının onunla başa çıkabileceğinden emin değildi.

Annem bizimle, kelimeleri çok dikkatli seçerek konuştu ancak onun çalışılmış sakinliği sadece midemdeki batma hissini arttırmaya yarıyordu. Bize General'in evimizdeki yedek odayı kiralayacağını açıkladı. Onun karargâhının başka bir köyde olduğunu ve zamanının çoğunu orada geçireceğini, bu nedenle bize fazla yük olmayacağını vurguladı. Askerlerin ya da başka askeri ataşelerin evi ziyaret etmelerine izin verilmeyeceği konusunda anlaşıldığını söyledi.

"Lina, hayır!" diye haykırdı Olga. "Şu insanlar!"

Annemin yüzü bembeyaz oldu. "Onu nasıl reddedebilirim? Edersem evi kaybederim. Her şeyi. Anya'yı düşünmek zorundayım."

"Böyle canavarlarla yaşamaktansa evin olmasın, daha iyi," dedi Olga. "Sen ve Anya gelip burada kalabilirsiniz."

Boris sert ve nasırlı çiftçi elleriyle annemi omuzlarından kavradı. "Olga, eğer reddederse evden daha fazlasını kaybeder."

Annem özür dileyen gözlerini Liu'lara kaldırdı ve "Bu, Çinli dostlarımın gözlerinden iyi görünmez," dedi.

Bayan Liu gözlerini indirdi ancak kocası dikkatini uykusunda kıpırdanan ve isimler mırıldanan kız kardeşine çevirmişti. İster Ying-ying bunları haykırırken Bayan Liu ve kızları onu doktorun muayenehanesinde tutmaya çalışırken olsun, ister koma benzeri uykulardan birine dalarken sayıklasın, isimler hep aynıydı. Japon işgalinden sonra şehirden kaçan yaralı ve harap olmuş esirlerle birlikte Nanking'ten gelmişti. Haykırdığı isimler, bedenleri Japon askerlerinin kılıçlarıyla boğazlarından göbeklerine kadar kesilmiş üç kız bebeğine aitti. Askerler kızların bedenlerini aynı bloktaki diğer çocukların bedenlerinin yanlarına koyarken, askerlerden biri Ying-ying'in başını, ellerinin arasına sıkıştırmış böylece kızlarının bağırsaklarının yere yayılmasını ve muhafız köpeklerin üzerlerinde kavga etmelerini seyretmeye zorlamıştı. Kocası ve diğer adamlar sokaklarda sürüklenmiş, işaretlenmiş ve kazıklara bağlanmışlardı. Sonra da Japon generaller askerlere, eğitim yapmaları için süngülerini onlara batırmalarını emretmişlerdi.

Kimse fark etmeden masadan ayrıldım ve Pomerantsev'lerin bahçesinde yaşayan kediyle oynamak için dışarı koştum. Parçalanmış kulaklar ve kör bir gözle başıboş dolaşıyordu ancak besiliydi ve Olga'nın ilgisinden memnundu. Yüzümü mis gibi kokan tüylerine bastırdım ve ağladım. Ying-ying'in hikâyesine benzer hikâyeler Harbin'in her yerinde fısıldanıyordu ve ben bile onlardan nefret etmeye yetecek kadar Japon acımasızlığı görmüştüm.

Japonlar 1937 yılında Mançurya'yı topraklarına katmışlardı, gerçi altı yıldan beri etkili bir şekilde işgal altındaydı. Savaş iyice yoğunlaşmaya başlayınca Japonlar tüm pirincin kendi ordularına verilmesi için bir emir vermişler. Çinlilerin ana ürünü meşe palamuduna indirgenmiş, meşe palamudu ise, gençler ve hastalar tarafından sindirilemiyormuş. Bir gün evimizin yanından akan nehir boyunca kıvrımlı ve yaprak dolu patikadan koşuyordum. Yeni Japon müdürümüz tarafından okuldan erken bırakılmıştık, evlerimize giderek ailelerimize Japonların Mançurya'daki son zaferlerini anlatmamızı emretmişti. Beyaz, rahibe manastırı üniformamı giymiştim ve filtrelenmiş güneş ışığının üzerimde yarattığı desenlerin keyfini çıkarıyordum. Yolda yerel hekim, Doktor Chou'nun yanından geçtim. Doktor Chou hem Batı tıbbı hem de geleneksel tıp okumuştu ve kolunun altında minik şişeler taşıyordu. Giyim konusunda keskin tarzı ile tanınırdı ve o gün de batı tarzı bir takım elbise ve palto giymişti, Panama şapkası takıyordu. Ilık hava onu da keyiflendirmişti, birbirimize gülümsedik.

Onu geçtim, ormanın karanlık ve asmalarla kaplı olduğu yere vardım. Duyduğum çığlıkla şaşkına döndüm. Yüzü ezilmiş ve kanlı bir Çinli çiftçi yalpalayarak bana doğru gelirken, ben olduğum yerde kaldım. Japon askerler onun peşinden ağaçların arasından fırladılar ve etrafımızı sardılar, süngülerini sallıyorlardı. Liderleri kılıcını çekti ve adamın çenesinin altına bastırarak boynundaki etin üzerinde bir çukur oluşturdu. Adamın gözlerini kendininkilere çevirdi ancak ben onların karanlığından, ışığın çoktan bu adamdan çıkmış olduğunu görebildim. Çiftçinin ceketinden sular akıyordu. Askerlerden biri bir bıçak aldı ve ceketin sol tarafını yırtarak açtı. Pirinçler ıslak öbekler halinde yere düştüler.

Askerler adama diz çöktürdüler, onunla alay ettiler ve kurtlar gibi uludular. Liderleri kılıcını adamın ceketinin diğer tarafına sapladı, kan ve pirinç birlikte dışarı fışkırdı. Adamın dudaklarından kusmuk sızıyordu. Cam kırılması sesi duydum ve arkama döndüğümde Doktor Chou'nun orada olduğunu gördüm, küçük şişeleri kırılmıştı ve kayalıklı patikanın üzerine akıyorlardı. Korku, yüzünün çizgilerinde kendine yer etmişti. Askerler fark etmeden geriye bir adım attım ve onun kollarına atıldım.

Askerler domuz gibi hırıltılar çıkarıyorlardı, kan ve korkunun kokusu onları heyecanlandırmıştı. Askerlerden biri, çiftçinin boynunu açığa çıkararak yakasından çekti. Ani bir hareketle kılıcını indirdi ve adamın kafasını omuzlarından ayırdı. Kanlı parça nehre yuvarlanarak suyun rengini sudanotu şarabına çevirdi. Ceset ayakta kalmıştı, tıpkı dua ediyormuş gibi, kan fışkırıyordu. Askerler sakince ondan uzaklaştılar, suçluluk duymadan

ya da tiksinmeden. Kan, ayaklarımızın etrafında biri-
kintiler oluşturdu ve ayakkabılarımıza bulaştı, askerler
ise gülmeye başladılar. Katil kılıcını güneşe doğru kal-
dırdı ve ucundan damlayan kana kaşını çattı. Onu te-
mizleyebileceği bir şey bulmak için etrafına bakındı ve
gözlerini benim elbiseme dikti. Bana doğru uzandı an-
cak cesur doktor beni paltosunun daha içlerine iterek,
askerlere mırıldanarak lanet okudu. Lider sırıttı, Doktor
Chou'nun lanetlerini protesto olarak anladığı için par-
layan kılıcını doktorun omzunda temizledi. Bu Doktor
Chou'yu tiksindirmiş olmalıydı, az önce Çinli bir dostu-
nun ölümüne tanıklık etmişti ve beni korumak için ses-
siz kalmıştı.

Babam o zamanlar yaşıyordu ve o akşam beni ya-
tağıma yatırdıktan sonra kontrollü öfkesiyle hikâyemi
dinledi, aşağı indiğinde anneme şöyle söylediğini duy-
dum: "Bunların hepsi, onları insanlığın ne olduğunu
unutturacak kadar zalimce eğiten liderlerinin yüzünden
oluyor. Onları suçlamak gerek."

İlk başta General hayatımıza küçük bir değişiklik
getirdi ve büyüklerini kendisine sakladı. Bir Japon şilte-
si, gazlı bir ocak ve büyük bir sandıkla geldi. Onun var-
lığından sadece sabahları, güneş doğduktan hemen son-
ra, siyah araba kapının dışına yanaştığında ve bahçede-
ki tavuklar aralarından General geçerken kanat çırptık-
larında haberdar olurduk. Ve bir de geceleri, eve geç gel-

diğinde odasına çıkmadan önce gözlerinde bezginlikle, anneme bir baş selamı verir, bana gülümserdi.

General bir işgal ordusunun üyesi olmasına rağmen şaşırtıcı bir şekilde görgü kurallarına uygun davranıyordu. Ev kirasını ve kullandığı her şeyin parasını ödüyordu. Bir süre sonra eve pirinç ve şeker fasulyesi köfteleri gibi karneye bağlanmış ya da yasaklanmış şeyler getirmeye başladı. Bu tür lüks şeyleri, odasına çıkmadan önce bir örtünün içine sararak yemek masasının ya da mutfak tezgâhının üzerine bırakırdı. Annem merakla paketlere bakardı ve onlara dokunmazdı ancak benim bu hediyeleri kabul etmemi engellemezdi. General annemin iyi niyetini Çinlilerden alınan yiyeceklerle kazanamayacağını anlamış olmalı ki, bu hediyeler kısa sürede gizli onarım faaliyetleriyle takviye edildi. Bir gün daha önce ezik olan bir pencereyi onarılmış, başka bir gün ise gıcırdayan kapıyı yağlanmış ya da su damlatan köşeyi kapatılmış buluyorduk.

Ancak General'in varlığının daha istilacı hale gelmesi uzun sürmedi, tıpkı saksıya dikilen asmanın yolunu toprakta bularak tüm bahçeyi sarması gibi.

Babamın ölümünden sonraki kırkıncı gün, Pomerantsev'leri ziyarete gittik. Biz davet edildiğimizde Liu'lar artık gelmedikleri için dört kişi kalsak da yemek her zamankinden neşeli geçiyordu.

Boris votka almayı başarmıştı ve 'ısıtması' için benim bile içmeme izin verilmişti. Bizi, aniden şapkasını çıkarıp yeni kırpılmış saçlarını göstererek eğlendirdi. Annem dikkatle onları okşadı ve şaka yaptı, "Boris, bu zalimliği sana kim yaptı? Siyam kedisine benziyorsun."

Olga biraz daha votka koydu, birkaç kez benim bardağımı geçiyormuş gibi yaparak bana takıldı ve sonra da kaşlarını çattı. "Birilerine, bunu ona yapmaları için para ödemiş! Eski mahallede yeni moda bir berber."

Kocası sarı dişlerini gösterdi, mutlulukla sırıttı ve güldü. "O, kızdı çünkü onun yaptıklarından daha iyi görünüyor."

"Seni tıpkı bir budala gibi karşımda görünce zayıf, yaşlı kalbim duracaktı," diye karşılık verdi karısı.

Boris votka şişesini aldı, karısı hariç herkesin bardağını doldurdu. Karısı suratını asınca kaşını kaldırdı ve şöyle dedi: "Zayıf, yaşlı kalbini düşün, Olga."

Annem ve ben el ele ve yeni yağmış karlara tekme atarak eve yürüdük. Mantar toplamakla ilgili bir şarkı söyledik. Her gülüşünde ağzından küçük buhar bulutları çıkıyordu. Gözlerinin ardına yerleşen kedere rağmen çok güzel görünüyordu. Onun gibi olmak istiyordum ancak babamın sarı saçlarını, mavi gözlerini ve çillerini almıştım.

Kapımıza vardığımızda annem bakışlarını kapının üzerine asılmış olan Japon fenerine dikti. Aceleyle beni içeri soktu, bana yardım etmeden önce mantosunu ve botlarını çıkardı. Oturma odasının kapı eşiğine zıpladı, girişteki mozaik zeminden soğuk almamam için bana acele ettirdi. Yüzünü odaya döndüğünde paniklemiş bir kedi gibi sıçradı. Onun arkasına saklandım. Bir köşeye yığılmış ve üzeri kırmızı bir örtüyle kaplı olan şeyler bizim mobilyalarımızdı. Onların yanındaki pencere cumbası helezonik kıvrımlar ve ikebana çiçekleri düzenlemesiyle tamamlanmış bir mabede dönüşmüştü. Halılar gitmiş ve yerlerine hasır kilimler gelmişti.

Annem General'i bulmak için evin içinde fırtına gibi esti ancak odasında ya da bahçede değildi. Gece çökene kadar kömür sobasının yanında bekledik, annem ona söyleyeceği öfkeli kelimeleri prova ediyordu. Ancak General o gece eve gelmedi ve annem de sessiz bir umutsuzluğun içine düştü. Geçmekte olan ateşin yanında birbirimize sokularak uykuya daldık.

General iki günden önce eve gelmedi, bu arada zaman annemin içindeki kızgınlığı akıtmıştı. Kapıdan içeri elinde çaylarla, elbise kumaşları ve iplikle girdiğinde minnettar olmamızı bekliyor gibiydi. Gözlerindeki zevk ve fesat içinde tekrar babamı gördüm, sevdikleri için değerleri korumaktan mutlu olan, ailesine bakan adamı.

General üzerine gümüşümsü gri bir kimono giydi ve bize sebze ve yumuşak soya peyniri pişirmek için hazırlanmaya başladı. Zarif antika sandalyeleri paketlenmiş olan ve minderin üzerinde bağdaş kurmaktan başka şansı olmayan annem dudaklarını büzmüş ve kızgın bir şekilde önüne bakıyordu. Bu arada ev susam tohumu yağı ve soya sosunun aromasıyla dolmuştu. Generalin alçak masanın üzerine koyduğu parlak tabakları görünce ağzım açık kaldı, sustum ancak general bize yemek pişirdiği için minnettardım. Onun anneme yemek yapmasını emrederse neler olacağını görmekten nefret ederdim. O, köyde gördüğüm erkeklerden açıkça farklı biriydi. Onların karıları, erkekleri el pençe divan beklemek zorundaydılar ve pazardan satın aldıkları malzemeler altında ezilirken, erkeklerin birkaç adım arkalarından yürütülürlerdi. Bu arada erkekler önde kasılarak, elleri boş, başları havada giderlerdi. Olga bir keresinde Japon yarışmalarında kadın olmadığını sadece eşeklerin olduğunu söylemişti.

General erişteleri önümüze koydu ve "Itadakimasu," diye belli belirsiz homurdandıktan sonra yemeğe başladı. Annemin tabağına dokunmadığını ya da benim sulu erişte lere gözlerimi diktiğimi ve ağzımın suyunun aktığını fark etmemiş görünüyordu. Ani açlık spazmları ve anneme olan sadakatim arasında kalmıştım. General yemeğini bitirir bitirmez yaptığı yemeği yemediğimizi görmemesi için aceleyle tabakları topladım. Bu verebileceğim en iyi ödündü çünkü annemin rahatsızlığının ona zarar vermesini istemiyordum.

Mutfaktan döndüğümde General bir Japon kağıt rulosunu düzeltiyordu. Bu, Batı kâğıtları gibi beyaz ve parlak ya da tamamen mat değildi. Işık veriyordu. General ellerinin ve dizlerinin üzerindeydi. Bu arada annem ona bakıyordu, yüzünde kızgın biri ifade vardı. Bu görüntü bana babamın bir keresinde bana anlattığı Marco Polo'nun Çin hükümdarı Kublai Khan'ın karşısına ilk çıkışı ile ilgili fablı hatırlattı. Babam bir mimikle Avrupa'nın üstünlüğünü göstermeyi başarmıştı. Polo'nun yardımcıları imparator ve onun saray adamlarının önünde ipek kumaş topunu açtılar. Kumaş Polo'dan başlayan ve Khan'ın ayaklarında sona eren ışıltılı bir akarsuya dönüştü. Kısa bir sessizlikten sonra imparator ve beraberindekiler kahkahalarla gülmeye başladılar. Polo kısa zamanda, Avrupalılar daha hayvan derisi giymeyi bırakmadan önce, yüzyıllardan beri kaliteli ipek üreten insanları etkilemenin zor olduğunu anladı.

General yanına oturmam için bana işaret etti ve bir mürekkep hokkasıyla bir kaligrafi fırçası çıkardı. Fırçayı hokkaya soktu ve kâğıda çizmeye başladı, Japon hiragana alfabesinin kadınsı sarmalları ortaya çıktı. Harfleri, Japonlar okulumuzu ele geçirdiğinde aldığımız derslerden hatırlıyordum, bu dersler onlar bizi eğitmektense sesimizi kesmeye karar vermeden önce yapılıyordu.

"Anya-chan," dedi General karmaşık Rusçasıyla, "Sana Japon harflerini öğreteceğim. Bunları öğrenmen önemli."

Heceleri canlandırırken onu dikkatle izledim. Ta, chi, tsu, te, to. Parmakları bir şeyler yazmaktan çok, resim yapıyor gibiydi ve elleri beni büyüledi. Teni pürüzsüz ve tüysüzdü, tırnakları ağartılmış çakıl taşları kadar temizdi.

"Kendinizden ve insanlarınızdan utanmalısınız," diye haykırdı annem, kâğıdı General'in elinden alırken. Yırtmaya çalıştı ancak kâğıt kalın ve esnekti. Bu yüzden buruşturup top haline getirdi ve odanın diğer tarafına attı. Kâğıt topu sessizce yere düştü.

Nefessiz kaldım. Bana baktı ve başka bir şey söylememek için kendisini engelledi. Öfkeyle, aynı zamanda bu patlamasının bize neye mâl olacağını bilememenin korkusuyla titriyordu.

General elleri dizlerinde oturdu, kıpırdamıyordu. Yüzündeki ifade belirsizdi. Kızgın mıydı yoksa sadece düşünüyor muydu, söylemek imkânsızdı. Fırçanın ucu hasır kilimin üzerine mürekkep damlatıyordu, koyu bir leke olarak dağılmıştı, tıpkı bir yara gibi. Bir süre sonra General kimonosunun koluna uzandı ve bir fotoğraf çıkarıp bana verdi. Bu, siyah kimono giymiş bir kadınla, genç bir kıza aitti. Kız saçlarını tepesinde topuz yapmıştı ve gözleri bir geyiğinki kadar güzeldi. Neredeyse benimle yaşıt görünüyordu. Kadın çerçeveden dışarı belli belirsiz bakıyordu. Dudakları pudralanmış ve dar bir yay gibi çizilmişti ancak bu onun dudaklarının dolgunluğunu gizleyememişti. Yüzünde resmî bir ifade vardı ancak başının eğiminde bir şeyler onun fotoğraf makinesi kapalıyken güldüğünü söylüyordu.

"Nagasaki'de annesiyle yaşayan bir kızım var fakat babası yanında yok," dedi General. "Ve sen de babası olmayan bir kızsın. Sana göz kulak olmalıyım."

Bununla birlikte ayağa kalktı, eğildi ve odayı terk etti. Ne diyeceğimizi bile düşünemeden annemle beni ayakta, ağzımız açık, bırakıp gitti.

Her iki haftada bir, salı günleri sokağımıza bıçak bileyici gelirdi. Yüzünde çizgileri olan ve gözleri yaşlı, yaslı bir Rustu. Şapkası yoktu ve kafasını, doladığı eski bez parçalarıyla ısıtırdı. Bileyleme taşı, iki çoban köpeği tarafından çekilen bir kızağa bağlıydı. Annem ve komşular bıçaklarını ve baltalarını bileyletmek için toplandıklarında ben de köpeklerle oynardım. Bir salı günü Boris anneme yaklaştı ve komşularımızdan biri olan Nikolai Botkin'in kayıp olduğunu fısıldadı. Fısıldayarak konuşmadan önce yüzü bir an için dondu. "Japonlar mı, komünistler mi?"

Boris omuz silkti. "Onu dünden önceki gün eski mahallenin berberinde gördüm. Çok konuştu. Japonların savaşı nasıl kaybettikleri ve bunu bizden gizledikleri hakkında böbürlenerek konuşuyordu. Ertesi gün," dedi Boris, ellerini birleştirip sonra da havaya açarken, "yok oldu. Toz gibi. Düşük çenesinin kendisine faydası olmadı. Müşterinin asla hangi tarafta olduğunu bilmiyorsun. Bazı Ruslar, Japonların kazanmasını istiyorlar."

O anda yüksek sesle bir haykırış duyduk, "Kazaaa!" ve sonra garaj kapılarımız ardına kadar açıldı ve bir adam çıktı. Başına düğümlediği bandana dışında çıplaktı. Kendisini karların içine atıp neşeyle sıçradığını görene kadar onun General olduğunu fark etmedim. Boris gözlerimi kapattı ancak parmaklarının arasındaki boşluklardan bacakları arasında sallanan büzüşmüş uzantıyı gördüğümde korktum.

Olga dizlerine vurdu ve ince bir kahkaha attı, bu arada diğer komşular ağızları açık, şaşkın bakıyorlardı. Ancak annem kutsal garajına sıcak su küveti kurulduğunu gördü ve çığlık attı. Bu son aşağılama onun taşıyabileceğinden daha ağırdı. Boris ellerini bıraktı ve dönüp baktığımda annemin parlak yanakları ve ateşli gözleriyle babamın ölümünden önceki haline döndüğünü gördüm. Bahçeye doğru koşarken kapının yanında duran küreği aldı. General sanki yaptığı şeye hayran kalmasını bekler gibi küvetinden anneme baktı.

"Bu ne cesaret?"

Gülümsemesi yüzünde asılı kaldı ancak onun, annemin tepkisini algılayamadığını görebiliyordum.

"Bu ne cesaret?" diye tekrar bağırırken, küreğin sapıyla yanağına vurdu.

Olga güçlükle soludu ancak komşuların annemin isyanına tanık olmalarına General aldırmıyor gibi görünüyordu. Gözlerini annemin yüzünden alamadı.

"Bu kocamı hatırlatan, bana kalan birkaç şeyden biriydi," dedi annem, nefesini bırakarak.

General'in yüzü kıpkırmızı oldu. Ayağa kalktı ve hiçbir şey söylemeden eve girdi.

Ertesi gün General sıcak su küvetini parçalattı ve yakmamız için odunları bize vermeyi teklif etti. Japon hasır kilimlerini topladı, Türk halılarını ve babamın altın saatiyle takas ettiği koyun derisinden halıyı koydu.

Öğleden sonra bisikletimi ödünç alıp alamayacağını sordu. Annem ve ben perdelerin arasından General'in bisikletle gidişini seyrettik. Bisikletim onun için çok küçüktü. Pedallar kısa geliyordu, bu yüzden her turda dizleri kalçalarını geçiyordu. Ancak ustalıkla bisikleti idare etti ve birkaç dakika içinde ağaçların arasında kayboldu.

General geri döndüğünde, annem ve ben mobilyaları neredeyse eskiden oldukları yerlere koymuştuk.

General odaya baktı. Yüzünden bir gölge geçti. "Sizin için güzelleştirmek istemiştim fakat başarılı olamadım," dedi, bir yandan da ayağıyla, onun hasır kilimi karşısında zafer kazanmış mor halıyı inceliyordu. "Belki de bizler çok farklıyız."

Annem neredeyse gülüyordu ancak kendisini tuttu. General'in gideceğini sanıyordum ancak anneme bir kez daha bakmak için döndü, muhteşem bir asker olarak değil, az önce annesi tarafından azarlanmış, utangaç bir çocuk gibi. "Güzelliği konusunda anlaşacağımız bir şey bulmuş olabilirim," dedi, cebine uzandı ve cam bir kutu çıkardı.

Annem hediyeyi almadan önce rahatsızlık duydu ancak sonunda merakına yenildi. Öne doğru eğildim, General'in aldığı şeyi görmeye çalışıyordum. Annem kapağı açtı ve havaya nefis bir esinti yayıldı. Bir kerede tanıdım, aslında bu benim daha önce gördüğüm bir şey değildi. Parfüm giderek yoğunlaşmaya, odanın etrafına yayılmaya ve bizi büyüsüyle ele geçirmeye başladı. Bu, büyünün ve aşkın, egzotik Doğu ve gerileyen Batı'nın karışımıydı. Yüreğimin sızlamasına ve tenimin seğirmesine neden olmuştu.

Annemin gözleri bendeydi. Gözyaşlarıyla parlıyordu. Kutuyu uzattı ve ben içindeki kaymak gibi beyaz çiçeğe bakakaldım. Mükemmel çiçek parlak yeşil yapraklardan oluşan bir yeşilliğin içine oturmuştu. Güzelliği karşısında ağlamak istedim, o zamana kadar sadece hayallerimde görmüş olmama rağmen ismi bir anda kafamda belirdi. Ağaç aslında Çin'den geliyormuş ancak tropik bir ağaçmış ve acımasız bir soğuğu olan Harbin'de yetişmezmiş.

Beyaz gardenya, babamın bana ve anneme defalarca anlattığı çiçekti. Çiçeği kendisi ilk defa, Büyük Saray'da yapılan Çar'ın yaz balosunda ailesine eşlik ettiği zaman görmüştü. Bize balodaki; parıltılı gece elbiseleriyle saçlarında mücevherler parlayan kadınlardan, uşaklardan ve servis arabalarından ve cam masalarda yemek olarak servis edilen taze havyardan, füme kaz etinden ve sterlet çorbasından bahsederdi. Daha sonra Tchaikovsky'nin Uyuyan Güzel'e uyarlanmış koreografisiyle havai fişek gösterisi yapılırmış. Çar ve ailesiyle tanıştıktan sonra babam cam kapıları bahçeye açılan bir odaya girmiş. Onları ilk kez görmüş. Gardenyalarla dolu porselen vazolar bu balo için Çin'den ithal edilmiş. Yaz havasında narin koku insana keyif veriyormuş. Çiçekler başlarıyla selam veriyor ve babamı minnetle karşılıyor görünüyorlarmış, tıpkı Çariçe ve kızlarının saniyeler önce yaptıkları gibi. O geceden sonra babam kuzeyin beyaz gecelerinin ve cennetin hayalini kurduran parfümlü büyüleyici çiçeğinin anısının etkisinde kalmış.

Birkaç kez babam bu kokudan bir şişe almak istedi, böylece ben ve annem anısını canlı tutacaktık ancak Harbin'de kimse bu büyüleyici çiçeği duymamıştı ve babamın çabaları başarısızlıkla sonuçlandı.

"Bunu nereden buldunuz?" diye sordu annem General'e, parmak ucunu nemli taç yapraklarda gezdirirken.

"Huang adında Çinli bir adamdan," diye cevapladı General. "Şehrin dışında bir serası varmış."

Ancak annem onun cevabını neredeyse duymadı, onun aklı milyonlarca mil uzaktaki St. Petersburg gecesindeydi. General gitmek için döndü. Merdivenin başına kadar onu takip ettim.

"Efendim," diye fısıldadım. "Nereden bildiniz?"

Kaşlarını kaldırdı ve bana baktı. Morarmış yanakları taze bir eriği andırıyordu.

"Çiçeği," dedim.

Ancak General sadece içini çekti, omzuma dokundu ve "İyi geceler," dedi.

Bu arada bahar geldi ve kar erimeye başladı, her yerde Japonların savaşı kaybettiğine dair dedikodular dolaşıyordu. Geceleri uçakların ve açılan ateşin sesini duyabiliyordum, Boris bize Sovyetlerin sınırda Japonlarla savaştığını söyledi. "Tanrım, bize yardım et," dedi, "eğer Sovyetler buraya Amerikalılardan önce gelirse…"

Japonların savaşı kaybedip kaybetmediklerini gerçekten öğrenmeye karar verdim ve General'i karargâhına kadar takip etmek için bir plan yaptım. Uykudan General'den önce uyanma girişimlerimin ikisi de başarısızlıkla sonuçlandı, uyuyakalmıştım ancak üçüncü gün, babamı gördüğüm rüyayla uyandım. Önümde duruyordu, gülümsüyordu ve şöyle diyordu: "Endişelenme. Yalnız gibi görüneceksin ama öyle olmayacaksın. Sana birini göndereceğim." Görüntüsü kayboldu ve ben gözlerimi, perdelerin arasından kendisine yol bulan sabah aydınlığına açtım. Yataktan çıkıp soğuk havanın içine girdim ancak yapmam gereken tek şey paltomu ve şapkamı giymekti çünkü akşam, kıyafetlerim ve botlarımla yatmıştım. Mutfak kapısından dışarı sıvıştım ve bisikletimi sakladığım garajın yanına gittim. Vıcık vıcık çamurun içinde çömeldim ve beklemeye başladım. Birkaç dakika sonra siyah araba kapımızın önünde belirdi. Ön kapı açıldı ve General uzun adımlarla dışarı çıktı. Araba hareket ettiğinde bisikletime atladım ve arada belli bir mesafeyi korumak için hızla pedal çevirmeye başladım. Gökyüzü bulutluydu, yol karanlık ve çamurluydu. Kavşağa geldiğinde araba durdu ve ben de bir ağacın arkasına saklandım. Sürücü kısa bir mesafeyi geri gitti ve yönünü değiştirdi. Artık bize her gün gittiğini söylediği köye doğru değil, şehre doğru gidiyordu. Tekrar pedal çevirmeye başladım ancak kavşağa geldiğimde bir taşa çarptım ve düşerek omzumu yere vurdum. Acıyla ürperdim ve bisikletime baktım. Botlarım yüzünden ön teller yamulmuştu. Gözlerimden yaşlar süzüldü ve ciyaklayan bisikletimi yanımda yürüterek ağır aksak tepeyi çıktım.

Eve varmadan önce, yolun kenarındaki ağaç koruluğundan bakan Çinli bir adam gördüm. Beni bekliyormuş gibi görünüyordu, ben de yolun karşısına geçtim ve perişan haldeki bisikletimle koşmaya başladım. Ancak o kısa zamanda arayı kapattı ve beni güzel bir Rusçayla karşıladı. Cam gibi gözlerinde beni korkutan bir şey vardı ve sessizce onu cevapladım. "Neden," diye sordu, yaramaz kız kardeşiyle konuşuyormuş gibi iç çekti, "Japonların sizinle kalmasına izin veriyorsunuz?"

"Bunun bizimle bir ilgisi yok," diye cevap verdim, gözlerimi başka yöne çevirerek. "O geldi ve biz de hayır diyemedik."

Bisikletin gidonunu tuttu, sanki bana yardım ediyormuş gibi yapıyordu ve eldivenlerini fark ettim. İçleri doldurulmuş ve şekil verilmiş gibiydi, adeta içlerinde elleri yerine elmalar vardı.

"Onlar çok kötüler, şu Japonlar," diye devam etti.

"Çok kötü şeyler yaptılar. Çinliler, kendilerine ve onlara yardım edenleri unutmayacak. Ses tonu nazik ve cana yakındı ancak sözcükleri içimi donduruyordu. Bisikleti itmeyi bıraktı ve onu yan yatırdı. Koşmak istiyordum ancak korkudan donmuştum. Ağır ve kasıtlı bir şekilde eldivenini yüzüme doğru uzattı ve sonra bir sihirbaz ustalığıyla eldiveni çıkardı. Doğru düzgün tedavi edilmemiş, adeta bir sopanın etrafına sarılmış gibi duran etini gösterdi. Korkudan bir çığlık attım ancak bunu sadece beni korkutmak için yapmadığını biliyordum; bu bir uyarıydı. Bisikletimi bıraktım ve evimin kapısından içeri koştum. "Benim adım, Tang!" diye arkamdan bağırdı adam. "Unutma!"

Kapıya vardığımda geri döndüm ancak gitmişti. Annemin yatak odasına çıkan basamakları güçlükle tırmandım, kalbim göğüs kafesimin içinde deli gibi çarpıyordu. Ancak kapıyı iterek açtığımda onun hâlâ uyuyor olduğunu gördüm, koyu renk saçları yastığın üzerine dağılmıştı. Paltomu çıkardım, yatak örtüsünü yavaşça kaldırdım ve onun yanına tırmandım. İçini çekti ve tekrar derin uykusuna dönmeden önce elini kaşıdı.

Ağustos benim on üç yaşıma girdiğim aydı. Savaşa ve babamın ölümüne rağmen annem, kutlamak için beni eski mahalleye götürerek aile geleneğimizi devam ettirmeye karar vermişti. Bizi o gün şehre Boris ve Olga götürdü; Olga bazı baharatlar almak istiyordu ve Boris saçlarını tekrar kestirecekti. Harbin benim doğduğum yerdi, Çinliler Rusların asla oraya ait olmadığını ya da buna hakları olmadığını söylerlerdi, buna rağmen ben oranın bir şekilde bana ait olduğunu hissediyordum. Şehre girdiğimizde, yuvarlak kubbeli kiliseleri, pastel renkli binaları ve detaylı sütun dizileriyle bana tanıdık gelirdi, evimde olduğumu hissederdim. Tıpkı benim gibi, annem de Harbin'de doğmuştu. Devrim'den sonra demiryollarındaki işini kaybeden bir mühendisin kızıydı. Bizi Rusya'ya bağlayan ve kendimizi Çarların mimarisinde görmemizi sağlayan asil ise babamdı.

Boris ve Olga bizi eski mahallede bıraktılar. O gün olağandışı sıcaktı ve nemliydi bu yüzden annem şehre özel bir tatlı olan vanilya topaklı dondurma yemeyi önerdi. En sevdiğimiz kafe insanlarla doluydu ve yıllardır gördüğümüzden çok canlıydı. Herkes Japonların teslim olmak üzere oldukları konusundaki söylentileri konuşuyordu. Annemle camın kenarında bir masaya oturduk. Yan masadaki kadın kendisinden daha büyük olan arkadaşına, Amerikalıların geçen gece bombalı saldırıda bulunduklarını duyduğunu ve kendi bölgelerindeki Japon bir yetkilinin öldürüldüğünü söylüyordu. Arkadaşı hafifçe başını salladı, elini sakallarının arasından geçirdi ve yorum yaptı, "Çinliler, bizim kazandığımızı hissetmeseler böyle bir şeye cesaret edemezlerdi."

Dondurmamı yedikten sonra annemle birlikte mahallede yürüyüşe çıktım, hangi dükkânların yeni olduğuna baktık ve hangilerinin kaybolduğunu hatırlamaya çalıştık. Porselen bebekler satan işportacı bana satış yapmak için aklımı çelmeye çalıştı ancak annem bana gülümsedi ve şöyle dedi, "Endişelenme, evde senin için bir şey var."

Tabelasında Çince ve Rusça yazılar olan berber dükkânının kırmızı ve beyaz direğini gördüm. "Bak anne!" dedim. "Burası Boris'in berberi olmalı." İçeri bakmak için pencereye koştum. Boris bir sandalyede oturmuştu, yüzü tıraş köpüğü kaplıydı. Bekleyen birkaç müşteri daha vardı, yapacak fazla bir şeyi olmayan adamların yaptığı gibi sigara içiyorlar ve gülüyorlardı. Boris beni aynada gördü, döndü ve gülümsedi. İşlemeli bir ceket giymiş olan kel kafalı berber de baktı. Konfüçyüs bıyığı ve keçi sakalı vardı, Çinli erkekler arasında sevilen kalın çerçeveli bir gözlük de takmıştı. Ancak yüzümü pencereye yapıştırdığımı görünce hemen bana arkasını döndü.

"Gel, Anya," diye güldü annem, kolumu çekerken. "Eğer dikkatini dağıtırsan berber Boris'in saçlarını güzel kesemez. Kulağını kesebilir ve sonra Olga da sana kızar."

İtaatle annemi takip ettim ancak köşeye yaklaştığımızda bir kez daha berber dükkânına baktım. Camın parlaklığı yüzünden berberi göremedim ancak o gözleri tanıdığımı fark ettim: yuvarlak, pörtlek ve tanıdık.

Eve döndüğümüzde annem beni tuvalet masasının önüne oturttu, zarif bir şekilde çocuksu saç örgülerimi açtı ve kendisininki gibi bir topuz yaptı. Kulaklarımın arkasına parfüm sıktı ve tuvalet masasının üzerindeki kadife bir kutuyu gösterdi. Açtığında babamın düğün hediyesi olarak ona verdiği altın ve yeşimden yapılmış kolyeyi gördüm. Çıkardı ve boynuma koyup, klipsini takmadan önce öptü.

"Anne!" diye karşı çıktım, kolyenin onun için ne kadar önemli olduğunu biliyordum.

Dudaklarını büzüştürdü. "Onu artık sana vermek istiyorum Anya, çünkü sen artık bir kadın oluyorsun. Baban bunu özel günlerde taktığını görseydi çok mutlu olurdu."

Titreyen parmaklarımla ona dokundum. Babamı görmeyi ve onunla konuşmayı çok özlemiştim ama onun çok uzaklarda olmadığını da hissediyordum. Yeşim, tenimi soğutmak yerine ısıtmıştı.

"O, bizimle beraber anne," dedim. "Bunu biliyorum."

Başıyla onayladı ve burnunu çekti. "Sana bir şey daha vereceğim, Anya," dedi ve kumaşa sarılı bir kutu çıkardı. "Her zaman benim küçük kızım olacağını hatırlatması için."

Kutuyu ondan aldım ve fiyongunu açtım, içinde ne olduğunu görmek için heyecanlanıyordum. Üzerinde büyük büyük annemin gülümseyen yüzü olan küçük bir matruşka bebek çıktı. Anneme döndüm, bunu kendisinin çizdiğini biliyordum. Bana güldü ve diğer bebeği görmem için açtırdı. Bebeğin gövdesini çevirdim ve içindeki koyu renk saçlı, amber gözlü diğer bebeği gördüm. Annemin şakasına güldüm ve bir sonraki bebeğin sarı saçlı ve mavi gözlü olduğunu biliyordum ancak iyice bakınca komik yüzünün üzerindeki çilleri de fark ettim, gülmeye başladım. O bebeği de açtığımda daha küçük bir bebek buldum ve tekrar anneme baktım. "Senin kızın ve benim de torunum," dedi. "Ve onun içinde de küçük bir bebek var."

Tüm bebekleri tekrar kapattım, onları tuvalet masasına dizerken annemle yaptığımız anaerkil yolculuğu düşündüm ve onunla hep o an olduğumuz gibi kalmamızı diledim.

Daha sonra, mutfakta, annem önüme elmalı bir pirog[3] koydu. Tam küçük turtayı kesecekken ön kapının açıldığını duyduk. Saate baktım ve gelenin General olabileceğini düşündüm. Eve girmeden önce girişte uzun zaman geçirmişti. Nihayet mutfağa girdiğinde sendeledi, yüzü solgundu. Annem hasta olup olmadığını sordu ancak o cevap vermedi ve kendisini sandalyeye attı, ellerini kıvırdığı kolları arasına aldı. Annem ayağa kalktı, korkmuştu. Bana sıcak çay ve ekmek getirmemi söyledi. Bunları General'e ikram edince kıpkırmızı gözleriyle bana baktı.

Doğum günü turtama baktı ve bana uzandı, beceriksizce başımı okşadı. Konuştuğunda nefesindeki alkol kokusunu alabiliyordum, "Sen benim kızımsın." General anneme döndü ve gözlerinden yaşlar akarken, "Sen de benim karımsın," dedi. Sandalyesine yaslandı, yüzünü elinin tersiyle silerek, kendisine çeki düzen verdi.

Annem ona çay ile bir dilim ekmeği verdi.

General çayından bir yudum aldı. Yüzü acıyla buruşmuştu ancak bir süre sonra gevşedi ve sonunda bir karara varmış gibi içini çekti. Masadan kalktı ve anneme döndü. Sıcak banyo küvetini keşfettiğinde annemin ona küreğin sapıyla vuruşunu taklit etti. Sonra güldü ve annem şaşkınlıkla ona baktı, sonra annem de güldü.

---

3 Bir Rus tatlısı.

Annem yavaş bir Rusçayla ona savaştan önce ne yaptığını, her zaman General olup olmadığını sordu. Bir an için kafası karışmış gibi göründü sonra da parmağıyla burnunu işaret ederek "Ben mi?" diye sordu. Annem başını salladı ve sorusunu yineledi. Adam başını salladı ve kapıyı kapattı, sanki bizden biriymiş gibi güzel bir telaffuzla mırıldanmaya başladı. "Bütün bu çılgınlıklardan önce mi? Ben bir aktördüm. Sinemada."

Ertesi sabah General gitmişti. Mutfak kapısına iliştirilmiş, düzgün bir Rusçayla yazılmış bir not vardı. Önce annem okudu, korkulu gözleriyle sözcüklere tekrar baktı sonra da bana verdi. General garajda bıraktığı her şeyi ve okuduktan sonra bıraktığı notu da yakmamızı istiyordu. Tek dileği bizi korumak olmasına rağmen hayatımızı tehlikeye attığını söylüyordu. Kendi iyiliğimiz için ona ait tüm izleri yok etmemizi istiyordu.

Annemle birlikte Pomerantsev'lerin evine koştuk. Boris odun kesiyordu ancak bizi görünce bıraktı, kıpkırmızı olan yüzünden terini sildi ve aceleyle bizi içeri aldı.

Olga ocağın yanındaydı, örgüsünü örüyordu. Bizi görünce yerinden fırladı. "Duydunuz mu?" diye sordu. "Sovyetler geliyormuş. Japonlar teslim olmuş."

Sözcükleri annemi yıkmıştı. "Sovyetler mi yoksa Amerikalılar mı?" diye sordu, sesi endişeyle yükseliyordu.

İçten içe, gelenlerin bizi kocaman gülümsemeleri ve canlı bayraklarıyla özgürlüğümüze kavuşturacak olan Amerikalılar olmasını diliyordum. Ancak Olga başını salladı. "Sovyetler," diye haykırdı. "Komünistlere yardım etmek için geliyorlar."

Annem ona General'in mektubunu verdi. "Tanrım!" dedi Olga okuduktan sonra. Sandalyesine çöktü ve notu kocasına verdi.

"Rusçası iyi miydi?" diye sordu Boris. "Bunu biliyor muydunuz?"

Boris, Şanghay'da bize yardım edebilecek birinden bahsetmeye başladı. Söylediğine göre Amerikalılar oraya gidiyordu ve biz de hemen oraya gitmeliydik. Annem, Boris ve Olga'ya onların da gelip gelmeyeceğini sordu ancak Boris başını salladı ve espri yaptı, "Lina, biz gibi yaşlı bir geyik çiftini ne yapsınlar? Beyaz Ordu albayının kızı, onlar için daha iyi bir armağan olacaktır. Anya'yı artık buradan götürmelisin."

Boris'in bize kestiği odunları kullanarak General'in notunu, yatak takımlarını ve mutfak gereçlerini yaktık. Alevler yükselirken annemin yüzünü seyrettim ve orada gördüğüm yalnızlığı içimde hissettim. Asla bilmediğimiz ve anlamadığımız ancak buna rağmen yoldaşımız olan birinin ölüsünü yakıyorduk. Annem tekrar garajın kapısını kilitlerken sandığı fark etti. Bir köşeye atılmıştı ve birkaç boş torbanın altına saklanmıştı. Onu saklandığı yerden çıkardı. Antika bir sandıktı ve üzerine uzun bıyıklı, elinde yelpazesi olan ve küçük bir gölün karşısından bakan yaşlı bir adam oyulmuştu. Annem asma kilidi baltayla kırdı ve birlikte kapağını kaldırdık. İçinde General'in katlanmış üniforması duruyordu. Annem onu çıkardı ve o zaman sandığın dibinde duran işlemeli ceketi gördüm. Ceketin altında takma bir bıyık ve sakal, makyaj malzemeleri, kemik çerçeveli bir gözlük ve bir gazeteye sarılmış Çin Cep Atlası'nı bulduk. Annem

bana baktı, kafası karışmıştı. Ben hiçbir şey söyleme-
dim. General'in sırrını öğrendiğimiz zaman kurtulaca-
ğımızı umuyordum.

Her şeyi yaktıktan sonra, küllerin üzerini toprakla
kapatıp, gömdüğümüz yeri küreklerimizin arkasıyla dü-
zelttik.

Annem ve ben Şanghay'a giden bir gemiye binme-
yi umduğumuz Dairen'e gitmek için izin belgesi almak
üzere bölge dairesine gittik. Koridorlarda ve merdiven-
lerde bekleyen düzinelerce Rus ve başka yabancılar ay-
rıca Çinliler de vardı. Hepsi Sovyetlerden ve onların na-
sıl Harbin'e girip Beyaz Ruslarla görüştüklerinden bah-
sediyorlardı. Yanımızdaki yaşlı bayan anneme, Çinlile-
rin intikam almalarından korktukları için yan komşula-
rı olan Japon ailenin intihar ettiğini söyledi. Annem ka-
dına Japonların neden teslim olduklarını sordu ve ka-
dın omuz silkti. O sırada genç bir adam, Japon şehirleri-
ne atılan yeni bir bomba ile ilgili söylentilerden bahset-
ti. Yetkili yardımcısı dışarı çıkarak, aranan herkesin bu-
lunup Komünist Parti'nin bir üyesi tarafından sorgulan-
madan hiçbir izin belgesinin verilmeyeceğini söyledi.

Eve döndüğümüzde köpeklerimiz ortalıkta görün-
müyordu, kapının kilidi açıktı ve kapı aralıktı. Annem
açmadan önce duraksadı ve yüzü tıpkı babamın ölü-
münden sonraki gün gibiydi. Bu an tekrar tekrar oyna-
yan bir film gibi hafızama kazındı: annemin eli kapı-

da, yavaş yavaş açılan kapı, içerideki karanlık, sessizlik, içeride biri olduğuna ve bizi beklediğine dair o duygu.

Annemin eli yanına düştü ve benimkini aradı. Babam öldüğünde olduğu gibi titremiyordu. Sıcak, güçlü ve kararlıydı. Birlikte hareket ettik, her zaman yaptığımız gibi girişte ayakkabılarımızı çıkarmadık ve oturma odasına doğru devam ettik. Onu, daha önce yol kenarında bana gösterdiği sakatlanmış elleri önünde, oturmuş gördüğümde şaşırmadım. Sanki bunca zamandır onu bekliyordum. Annem hiçbir şey söylemedi. Boş bir ifadeyle onun cam gibi gözlerine baktı. Adam acı acı gülümsedi ve onunla birlikte oturmamız için işaret etti. İşte o an, pencerenin yanında duran adamı fark ettik. Delici mavi gözleri ve dudağının üzerinden kürk gibi sarkan bir bıyığı vardı.

Yaz olmasına rağmen hava o gün erken karardı. Annemin elimi sıkıca kavrayışını, solgun öğle sonrası ışığının döşemelerden geri çekilişini ve sonra da açık pencerelere çarpan fırtınanın ıslık sesini hatırlıyorum. Bizi önce Tang sorguya çekti, ne zaman annem sorulara cevap verse sımsıkı dudakları gülümsüyordu. Bize General'in gerçekte bir general olmadığını, aslında berber kılığına girmiş bir casus olduğunu söyledi. Çincesi ve Rusçası düzgündü, direniş hakkında bilgi toplamak için yeteneklerini kullanan usta bir sahtekârdı. Ruslar, onun Çinli olduğunu düşündükleri için dükkânında toplanabilecekleri, planlarını tartışabilecekleri ve Çinli yandaşlarını afişe edebilecekleri konusunda kendilerini rahat hissetmişlerdi. Kostümünü sandıkta görür görmez General'in kim olduğunu anladığımı anneme söylemediğim için mutluydum. Tang'in gözleri annemin yüzüne kilitlenmişti ve annem öyle şaşırmış görünüyordu ki, adamın annemin General'in işlerine karışmadığına inandığını hissettim.

Ancak annemin, General'in gerçekte kim olduğunu bilmediği, bizimle birlikte yaşadığı süre içinde evimize hiçbir misafirinin gelmediği ve onun Japonca dışında başka bir dil konuştuğundan haberdar olmadığımız gün gibi açık olmasına rağmen Tang'in bize karşı duyduğu nefret silinmedi. Tüm benliği bununla yanıp tutuşuyordu. Bu nefret tek bir amacı alevlendiriyordu: intikam.

"Madam Kozlova, 731. Birim'i duydunuz mu?" diye sordu, yüzü engellemeye çalıştığı öfkeyle buruştu. Annemin sessiz kalması onu tatmin etmiş görünüyordu. "Hayır, elbette hayır. Sizin General Mizutani de duymamıştır. Kültürlü, güzel konuşan General Mizutani'niz her gün banyosunu yaptı, temizlendi ve kendi elleriyle asla birisini öldürmedi. Siz, bizi katleden bir adama yataklık yaparken, o insanları cezalandırmaktan mutlu oluyordu. Sizin ve General'in elinde, herhangi bir ordununkinden daha fazla kan var."

Tang elini kaldırdı ve annemin kendinden geçmiş yüzünün önünde salladı. "Beyaz teninizle ve Batılı tarzınızla korunan siz Ruslar, yanınızdaki bölgede ne tür deneyimler yaşandığını bilmiyorsunuz. Ben hayatta kalan tek insanım. Onların tertemiz, eğitimli doktorları, kendi askerlerinin başına gelmesini engellemek adına donmanın ve kangrenin etkilerini gözlemlesinler diye, karın içinde kazığa bağlanan insanlardan biriyim. Belki de biz şanslıydık. Niyetleri eninde sonunda bizi vurmaktı. Veba mikrobu aşılanan, sonra da mikrobun etkilerini gözlemlemek için anestezi yapılmadan kesilen insanlar gibi değildik. Hâlâ hayattayken kafanızın testereyle kesildiğini hayal edebiliyor musunuz? Ya da bir doktor tarafından tecavüz edilip gebe bırakıldıktan sonra kesildiğinizi ve cenine bakıldığını?"

Korku annemin yüzünü ele geçirmişti ancak o gözlerini Tang'den hiç ayırmadı. Onun direncini kıramadığını görünce adam yine acımasızca güldü, sakat ellerini ve dirseğini kullanarak masanın üzerinde duran dosyanın içinden bir fotoğraf çıkardı. Görünüşe bakılırsa resimde etrafı doktorlarla çevrili, masaya bağlanmış biri vardı ancak tepedeki ışık resmin tam ortasına yansıdığı için tam olarak göremedim. Anneme resmi almasını söyledi; resme baktı ve başını çevirdi.

"Belki de onu kızınıza göstermeliyim," dedi. "Neredeyse aynı yaştalar."

Annemin gözleri alevlendi ve adamın nefretini, öfkesiyle karşıladı. "Benim kızım sadece bir çocuk. İsterseniz benden nefret edebilirsiniz fakat onun bunlarla hiçbir ilgisi yok." Fotoğrafa tekrar baktı, gözleri doldu ancak gözlerini kırpıştırarak gözyaşlarını geri gönderdi. Tang güldü, başarmıştı. Tam bir şey söyleyecekken diğer adam öksürdü. Rus'u neredeyse unutmuştum, sessizce oturmuş, pencereden bakmıştı, belki hiç dinlememişti bile.

Rus yetkili annemi sorguya çekerken, sanki senaryo değişmiş, biz başka bir oyunun içine girmiştik. Tang'in intikam arzusu ya da General ile ilgili detaylar konusunda kaygısızdı. Sanki Japonlar Çin'e hiç girmemiş gibi davranıyordu; aslında babamın boğazına çökmeye gelmişti ve babamı bulamayınca bizim üzerimize çökmüştü. Anneme sorduğu bütün sorular ailesinin geçmişi ve babamla ilgiliydi. Evimizin değerini ve annemin mal varlığını sordu, her cevapla birlikte sanki bir formu işaretliyormuş gibi bir horultu çıkarıyordu. "Pekâlâ," dedi, sarı benekli gözleriyle, paha biçercesine bana baktı, "Sovyetler Birliği'nde böyle şeyler yok."

Annem ona ne demek istediğini sordu ve adam da nefretle cevap verdi, "O, Rus Emperyalist Ordusu'na ait bir albayın kızı. Silahlarını kendi insanlarına çeviren bir Çar yandaşı. Kız, onun kanını taşıyor. Ve siz," dedi, anneme alaycı bir şekilde baktı, "görünüşe bakılırsa bizden çok Çinlilerin ilgisini çekiyorsunuz. Onların, hainlere yapılanlara dair örneklere ihtiyacı var. Sovyetler Birliği'nin ise sadece işçilerini geri çağırmaya ihtiyacı var. Genç ve sağlam vücutlu işçilerini."

Annemin yüzünün ifadesi değişmedi ancak elimi daha sıkı kavradı, neredeyse kan dolaşımımı engelleyecek ve kemiklerimi ezecek kadar sıkıyordu. Ancak ne elimi çektim ne de ağladım. Sonsuza kadar elimi öyle tutmasını, asla bırakmamasını istiyordum.

Oda etrafımda dönüyordu. Annemin elimi kavramasından duyduğum acıyla ben neredeyse ölmek üzereyken Tang ve Sovyet yetkili şeytan pazarlığı yapıyorlardı: benim karşılığımda annem. Rus, sağlam vücutlu işçisini; Çinli adam da intikamını almıştı.

Annemin uzanan elinin parmaklarına dokunabilmek için parmak uçlarımda durmuş trenin penceresine uzanıyordum. Bana yakın olabilmek için kendisini pencerenin çerçevesine yaslamıştı. Göz ucuyla Tang ve Sovyet yetkilisinin, arabanın yanında durduklarını görüyordum. Aç bir kaplan gibi adım atıyor, beni almak için bekliyordu. İstasyonda büyük bir kargaşa vardı. Yaşlı bir çift de trenden oğullarına uzanıyordu. Bir Sovyet askeri onları tartakladı, oğullarını vagona itti, sanki bir insan değilmiş de bir patates çuvalıymış gibi onu itekledi. Dar vagonda çocuk son kez annesine bakmak için arkasına baktı ancak arkasından itilen birçok adam vardı bu yüzden şansını kaybetti.

Annem pencerenin demirlerini kavradı ve onun yüzünü iyice görebilmem için yükseldi. Gözlerinin altındaki gölgeler nedeniyle asık yüzlü ancak yine de çok güzel görünüyordu. Gözyaşlarımı dindirmek için bana en sevdiğim hikâyeleri anlatıyor ve mantarlarla ilgili şarkıyı söylüyordu. Diğer insanlar, aileleri ve komşularıyla vedalaşmak için ellerini trenden uzatıyorlardı ancak askerler onları vurarak içeri itmekteydi. Yanımızda duran asker gençti, neredeyse çocuktu, porselen gibi bir teni ve kristal gibi gözleri vardı. Bize acımış olmalıydı ki, arkasını bize döndü ve diğerlerinin görmesine engel oldu.

Tren hareket etmeye başladı, platformda yanımda duran insanlara ve kutulara basarak, elimden geldiğince annemin parmaklarına tutunmaya çalıştım. Trene yetişmeye çalıştım ancak tren hızlandı ve annemin elini yitirdim. Annem benden çekilip alınmıştı. Annem elini ağzına kapatarak bana baktı çünkü artık üzüntüsünü daha fazla saklayamıyordu. Gözlerim yaş doldu ancak onları kapatmadım. Gözden kaybolana kadar trene baktım. İçimde açılan boşluğun verdiği zayıflıkla bir sokak lambasının üzerine doğru düştüm. Görünmez bir el beni kaldırdı. Babamın bana şöyle dediğini duydum: "Yalnız gibi görüneceksin ancak yalnız olmayacaksın. Sana birini göndereceğim."

2
Doğu'nun Paris'i

Trenin gidişinin ardından bir duraklama oldu, tıpkı şimşek çakmasıyla gök gürültüsü arasındaki gibi. Dönüp Tang'e bakmaya korkuyordum. Bana sürünerek geldiğini hayal ettim, tıpkı ağına düşürdüğü bir pervaneye doğru giden bir örümcek gibi emeklediğini. Aceleye gerek yoktu, avı tuzağa düşmüştü. Beni bir çırpıda yiyip bitirmeden önce bekleyebilir ve parlak zekâsının keyfini çıkarabilirdi. Sovyet yetkili şimdiye kadar gitmiş, annemi aklından çıkarmış ve başka işler düşünüyor olabilirdi. Ben, Beyaz Ordu albayının kızıydım ancak annem daha fazla işe yarayacak bir işçiydi. İdeoloji onun için bir slogandı. Uygulanabilirlik daha önemliydi. Ancak Tang onun gibi değildi. Adalet yerine getirilsin ve bu yapılırken, o sonuna kadar seyredebilsin istiyordu. Benim için ne planladığını bilmiyordum ancak uzun süreceğinden ve çok kötü olacağından emindim. Beni sadece öldürmeyecekti ya da bir çatıdan atmayacaktı. "Senin ve annenin yaptıklarınızın sonuçlarını her gün yaşamanı istiyorum," demişti. Belki de kaderim, bölgemizdeki kaçmayı başaramayan diğer kız çocuklarınınki gibi olacaktı. Komünistler tarafından saçları kazınmış, sonra

da kötünün kötüsü hizmet veren Çin genelevlerine veril-
mişlerdi: burunsuz cüzamlılar ve etlerinin yarısını kay-
betmiş zührevi hastalık sahibi erkeklerin geldiği...

Yutkundum. Karşı taraftaki platforma başka bir
tren giriyordu. Kolay olurdu... çok daha kolay olurdu,
diye düşündüm, ağır tekerlekleri, metal rayları seyret-
mek. Bacaklarım titredi, ileri doğu bir adım attım ancak
önümde babamın yüzü belirdi ve daha fazla ilerleyeme-
dim. Göz ucuyla Tang'i gördüm. Sinsi sinsi bana doğ-
ru ilerliyordu, hiç telaş etmeden. Annem gittiği için ar-
tık yüzünde rahatlama yerine açlık vardı. Daha fazlası-
nı almak için geliyordu. Her şey bitti, dedim kendime.
Her şey bitti.

Gökyüzünde bir fişek patladı ve şaşkınlıktan geri
sıçradım. Komünist üniformaları giyen insanlar istas-
yonu doldurdular. Onlara baktım, aniden ortaya çıkış-
ları beni şaşırttı. "Oora! Oora!" diye bağırıyorlar, par-
lak bayraklar sallıyorlardı, davullara ve zillere vuruyor-
lardı. Diğer Rus komünistlerin gelişlerini kutluyorlar-
dı. Doğrudan benimle Tang arasında yürümeye başla-
dılar. Aralarından Tang'in kendisine yol açmaya çalıştı-
ğını gördüm ancak onların geçit törenine takılmıştı. İn-
sanlar onun etrafını sarıyorlardı. Tang bağırıyordu an-
cak onlar sevinç çığlıkları ve müziğin arasında Tang'i
duymuyorlardı.

"Git!"

Baktım. Bu, genç Sovyet askeriydi, gözleri kristal
gibi olan. "Git! Kaç!" diye bağırdı, beni tüfeğinin ar-
kasıyla iterken. Bir el yakaladı beni ve kalabalığın ara-
sından çekilmeye başladım. Önümdekinin kim olduğu-

nu bilmiyordum. Her tarafta insan terinin ve fişeklerden gelen barutun kokusu vardı. Omzumun üzerinden baktım ve Tang'in kalabalığı ittiğini gördüm. Kendine yer açıyordu ancak ellerinin sakatlığı işini zorlaştırıyordu. İnsanları yolunun üzerinden çekmesi imkânsızdı. Genç Sovyet askerine beni yakalamasını emretti, o da beni takip ediyor gibi yapıp kalabalığın arasında kayboldu. İtilip kakılıyordum, kollarım ve omuzlarım eziliyordu. Bir sürü bacağın arasından bir araba kapısı açıldı ve o tarafa doğru itildim. İşte o zaman eli tanıdım. Nasırlarını ve büyüklüğünü biliyordum. Boris.

Arabanın içine atladım ve Boris de gaz pedalına bastı. Olga diğer koltukta oturuyordu. "Oh benim küçük Anya'm!" diye haykırdı. Yol arkamızda kıvrılarak kayboluyordu. Arka camdan baktım. İstasyondaki kalabalık giderek çoğalıyordu. Trenden inen Sovyet askerleri kalabalığın sayısı arttırıyordu. Tang'i göremiyordum.

"Anya, battaniyenin altına gir," dedi Boris bana. Bana söyleneni yaptım ve Olga'nın üzerime bir şeyler yığdığını hissettim. "Bu insanları bekliyor muydun?" diye sordu kocasına.

"Hayır, tek niyetim ne olursa olsun Anya'yı almaktı," dedi. "Ama görünüşe bakılırsa komünistler için duyulan çılgın coşku bazen işe yarıyor."

Bir süre sonra araba durdu ve sesler gelmeye başladı. Kapı açıldı ve kapandı. Boris'in dışarıda sessizce konuştuğunu duydum. Olga hâlâ koltuğundaydı, nefes alıp verirken hırlıyordu. Hem onun için hem de zayıf, yaşlı kalbi için üzüldüm. Kalbim deli gibi çarpıyordu ancak çenemi kapalı tuttum.

Boris tekrar koltuğuna oturdu ve devam ettik. "Yolu kapatmışlar. Ruslar için hazırlamamız gereken şeyler olduğunu ve acele etmemiz gerektiğini söyledim."

İki ya da üç saat sonra Boris battaniyenin altından çıkabileceğimi söyledi. Olga, içinde hububat ve sebze olan torbaları üzerimden aldı. Dağ sıralarının çevirdiği çamurlu bir yoldan gidiyorduk. Görünürde kimseler yoktu. Araziler boştu. Tepede yakılmış bir çiftlik evi gördüm. Boris hangara doğru sürdü. Hangar saman ve duman kokuyordu. Burada kimlerin yaşamış olduğunu merak ettim. Kapıların tapınak benzeri şekillerinden, onların Japon olduklarını anladım.

"Dairen Limanı'na gitmek için karanlığı bekleyeceğiz," dedi Boris.

Arabadan dışarı çıktık. Yere bir battaniye serdi ve oturmamı söyledi. Karısı küçük bir sepeti açtı ve tabaklarla kupalar çıkardı. Tabağıma bir şeyler koydu ancak kendimi çok kötü hissettiğim için zar zor yiyebildim.

"Ye biraz, tatlım," dedi. "Yolculuk için güce ihtiyacın var."

Boris'e baktım, başını çevirdi.

"Ama ayrılmayacağız," dedim, korkunun boğazıma baskı yaptığını hissederek. Beni Şanghay'a gönderme konusunda konuştuklarını duymuştum. "Benimle gelmelisiniz."

Olga dudağını ısırdı ve koluyla gözlerini sildi. "Hayır, Anya. Biz burada kalmalıyız yoksa Tang seni bulur. O daha görevini yerine getirememiş adi bir yaratık."

Boris kolunu omuzlarıma doladı. Yüzümü onun göğsüne gömdüm. Onun, meşelerin ve odunların kokusunu özleyeceğimi biliyordum. "Arkadaşım, Sergei Nikolaievich iyi bir adamdır. Sana göz kulak olacak," dedi saçımı okşarken. "Şanghay senin için daha güvenli olacak."

"Ve Şanghay'da çok güzel şeyler de var," dedi Olga, beni güldürmeye çalışarak. "Sergei Nikolaievich zengindir, seni gösterilere ve restoranlara götürür. Burada bizimle kalmaktan çok daha eğlenceli olacak."

Gece çöktüğünde Pomerantsev'ler beni arka yollardan ve çiftliklerin içinden, gün doğarken Şanghay'a doğru hareket edecek geminin bulunduğu Dairen Limanı'na götürdüler.

İskeleye geldiğimizde Olga elbisesinin koluyla yüzümü temizledi. Annemin bana verdiği matruşka bebeği ve yeşim kolyeyi cebime koydu. Onları nasıl kurtarabildiğini ve önemli olduklarını nasıl anladığını merak ettim ancak gemi düdüğü çalmadan önce ona sorma fırsatım olmadı ve yolculara gemiye binmeleri için çağrı yapıldı.

"Sergei Nikolaievich'e haber gönderdik bile."

Boris iskele köprüsüne çıkmama yardım etti ve içinde bir elbise, bir battaniye ve biraz yiyecek bulunan bir çanta verdi. "Bu dünyada kendi yolunu çiz ufaklık," diye fısıldadı, gözyaşları yüzünden akıyordu. "Anneni gururlandır. Aklımız hep sende olacak."

Daha sonra, Şanghay'a yaklaşırken Huangpu Nehri'nin üzerinde bu sözcükleri hatırladım ve dediklerini yapıp yapamayacağımı merak ettim.

Şanghay'ın yükselen silueti uzaktan belirmeye başladığında aradan kaç gün geçmişti, hatırlamıyorum. Belki iki, belki daha fazla. Kalbimde açılan kara delik ve sabah akşam havayı dolduran pis afyon kokusu dışında hiçbir şeyin farkında değildim. Vapur, kuzeye kaçan insanlarla doluydu ve yolculardan bazıları cılız kadavralar gibi yere serdikleri hasırların üzerine yatmıştı, sigara izmaritleri kirli parmaklarının arasında sıkışmıştı, ağızları yüzlerinde mağara gibi duruyordu. Savaştan önce yabancılar, Çin'in zorla benimsettiği afyonun zararlarını azaltmak için girişimlerde bulunmuşlardı ancak Japon işgalciler insanları yatıştırmak için bağımlılığı kullanıyorlardı. Mançurya'daki köylüleri hem haşhaş yetiştirmeye, hem de yetiştirdikleri haşhaşları Harbin ve Dairen'de açılan fabrikalarda işlemeye zorlamışlardı. Çok yoksul olanlar kendilerine enjekte ederek, varlıklılarsa pipoda ya da herkes gibi tütün içerisinde içerek kullanmışlardı. Sekiz yıllık işgalin ardından, görünüşe bakılırsa gemideki tüm Çinli erkekler bağımlı gibiydi.

Şanghay'a yaklaştığımız öğleden sonra, vapur çamurlu nehrin üzerinde bir batıp bir çıktı, şişeler etrafa saçılıyor, çocuklar oraya buraya savruluyordu. Ben parmaklıkları sıkıca kavradım, gözlerim nehrin her iki kıyısına dağılmış eğreti evlere takılmıştı. Penceresiz bu barakalar tıpkı iskambil kâğıtları gibi birbirlerine dayanmışlardı. Onların yanında sıralanmış fabrikaların, kocaman bacalarından duman çıkıyordu. Duman dar, çöp saçılmış sokaklara yayılıyor, havayı insan atığı ve kükürt karışımı berbat bir kokuyla dolduruyorlardı.

Diğer yolcular yaklaşmakta olduğumuz metropole çok az ilgi gösteriyorlardı. Onlar küçük gruplar halinde sigara içiyorlar ya da kağıt oynuyorlardı. Yanımdaki Rus adam battaniyesinin üzerinde uyuyordu, yanı başında devrilmiş bir votka şişesi vardı ve göğsünden aşağı kusmuk akıyordu. Çinli bir kadın onun yanına çömelmiş, dişleriyle fındık kırıyor ve iki küçük çocuğunu besliyordu. Ben yavaş yavaş lanetlenenlerin dünyasına çekildiğimizi hissederken, onların nasıl bu kadar vurdumduymaz olduklarını merak ettim.

Ellerimin eklemlerinin soğuktan morardığını gördüm ve onları ceplerime soktum. Parmaklarım matruşka bebeğe değdi ve ağlamaya başladım.

İlerledikçe varoş mahalleler, iskele ve köylere geçit verdi. Erkekler ve kadınlar hasır şapkalarını kaldırdılar, gözlerini balık sepetlerinden ve pirinç çuvallarından bize çevirdiler. Vapurun etrafı, altı düz nehir tekneleriyle sarıldı. Yerliler bize yemek çubuğu, tütsü, kömür parçaları vermeye çalıştılar. Hatta bir tanesi kızını teklif etti. Kızın gözleri korkudan ters dönmüştü ancak babasına karşı koymuyordu. Onun bu görüntüsü, annemin Harbin'de geçirdiğimiz son gecede elimi sıkmasından meydana gelen morluğun sızlamasına neden oldu. Hâlâ şiş ve koyu mordu. Bu sızlama bana, annemin koruduğu bağlılığı ve kavrayışının asla ayrılmayacağımıza dair verdiği inancı hatırlattı, beni asla terk etmeyecekti.

Ne zaman Bund'a vardık, o zaman Şanghay'ın efsanevi zenginliğini ve güzelliğini hissettim. Hava daha temizdi, limanda yolcu gemileri ve bacalarından buhar salarak hareket hazırlığı yapan beyaz bir okyanus gemisi duruyordu. Bunun yanında, yan tarafında bir delik açılmış ve burnu yarıya kadar suya batmış bir Japon devriye botu beklemekteydi. Vapur güvertesinin tepesinden Bund'ı meşhur eden beş yıldızlı oteli görebiliyordum: kavisli pencereleri, çatı katı süitleri ve çevresini saran uzun bir şerit halinde dizilmiş çekçek[4]leriyle Hotel Cathay.

Gemiden inip sokak seviyesinde bir bekleme alanına gittik ve başka bir seyyar satıcı grubu başımıza üşüştü. Ancak işportacıların bize teklif ettiği ürünler teknelerinden uzanan insanlarınkinden daha egzotikti: altın muskalar, fildişi heykelcikler, kaz yumurtaları. Yaşlı bir adam kadife bir çantanın içinden küçük kristal bir at çıkardı ve avucumun içine yerleştirdi. Elmas şeklinde kesilmişti ve yüzeyleri güneş ışığında parıldıyordu. Bana Rusların, Harbin'de yonttukları buz heykelleri hatırlattı ancak cebimde harcayabilecek param yoktu ve atı adama geri verdim.

Yolculardan çoğu ya yakınları tarafından karşılanıyor ya da taksi ve çekçeklerle uzaklaşıyorlardı. Azalan gürültünün içinde tek başıma duruyordum, damarlarımda aceleyle dolaşan panik yüzünden midem bulanıyordu ve gördüğüm her Batılı adama Boris'in arkadaşı olabilir umuduyla bakıyordum. Amerikalılar açık havada derme çatma beyazperdeler kurmuşlar, savaşın sona ermesiyle ilgili dünyanın dört bir yanından gelen haberleri göste-

---

4   Uzakdoğu ülkelerinde sık kullanılan bir taşıma aracı.

riyorlardı. Sokaklarda neşeyle dans eden insanların, evlerine döndükleri için gülümseyen askerlerin, konuşma yapan, kendini beğenmiş devlet başkanlarının ve başbakanların görüntülerini gördüm, hepsi Çince altyazılarla veriliyordu. Sanki Amerikalılar bizi her şeyin düzeleceğine ikna etmeye çalışıyorlardı. Yayın, Çinlilerin Japonlardan kurtulmasına yardım eden ülkelerin, örgütlerin ve kişilerin onur listesiyle sona erdi. Bu listeye açıkça alınmamış bir grup vardı: Komünistler.

Tertemiz giyinmiş Çinli bir adam önümde belirdi. Bana üzerinde telaşlı bir el tarafından yazılmış adımın bulunduğu kenarları altın renginde bir kart uzattı. Başımı salladım ve adam onu takip etmemi işaret ederek çantamı aldı. Rahatsız olduğumu fark edince, "Yok bir şey. Beni Bay Sergei gönderdi. Sizi evinde karşılayacak," dedi.

Nehrin esintisinden uzak sokakta güneş sıcaktan bunaltıyordu. Yüzlerce Çinli kaldırım kenarındaki oluklara çömelmiş baharatlı çorbalar pişiriyor ya da örtülerin üzerinde hediyelik eşyalarını sergiliyorlardı. Pirinç ve odun taşıdıkları el arabalarını iten seyyar satıcılar onların aralarından geçiyorlardı. Erkek bir hizmetkâr çekçeğe binmeme yardım etti ve bisikletlerle, çıngıraklı tramvaylarla ve ışıl ışıl Amerikan arabalarıyla dolu bir caddeye çıktık hemen. Başımı çevirip büyük sömürge binalarına baktım, daha önce hayatımda Şanghay gibi bir şehir görmemiştim.

Bund'ın dışındaki sokaklar pencereden pencereye tıpkı bayrak gibi asılmış çamaşırlarla dolu dar yollardan oluşan bir labirente benziyordu. Kel kafalı çocuklar karanlık kapı eşiklerinden yaşlı gözlerle dışarı bakıyorlardı. Neredeyse her köşede, kauçuk gibi kokan yiyecekler kızartan satıcılar vardı ve iğrenç koku, yerini yeni pişmiş ekmeğin hoş kokusuna bıraktığında rahatlayabildim. Çekçek bir kemerin altından geçti ve Arnavut kaldırımı, Art Deco tarzı sokak lambaları ve vitrinlerinde hamur işleri ve antikalar sergileyen dükkânların bulunduğu bir vahaya çıktık. Kenarlarında akçaağaçların sıralandığı bir sokağa döndük ve çimentodan yüksek duvarı olan bir dükkânın dışında durduk. Duvar çok güzel mavi bir renge boyanmıştı ancak benim gözlerim köşelerine kırık cam parçaları yapıştırılmış ve çıkıntı yapan ağaçların dallarının, dikenli tellerle çevrelendiği tepesine dikildi.

Erkek hizmetkâr çekçekten inmeme yardım etti ve yan taraftaki kapının zilini çaldı. Birkaç saniye sonra kapı ardına kadar açıldı ve oldukça yaşlı kadın bir hizmetkâr bizi karşıladı, yüzü giydiği tek parça siyah elbisesinin tam tersine bir ölü kadar beyaz görünüyordu. Kendimi Mandarince tanıttığımda bana cevap vermedi. Sadece gözlerini aşağı indirdi ve bana yol gösterdi.

Avluya, mavi kapıları ve kafesli panjurları olan üç katlı bir ev hâkimdi. Tek katlı bir bina kapalı bir koridorla ana binaya bağlanmıştı ve pencerelere asılmış yatak çarşaflarından, buranın hizmetkârlara ait olduğunu tahmin ettim. Adam çantamı kadın hizmetkâra verdi ve küçük binaya girerek kayboldu. Çimenlerin ve kan rengi güllerin fışkırdığı alanı geçerken kadını takip ettim.

Deniz yeşili duvarları ve krem renkli karolarıyla giriş oldukça genişti. Kadın hiç ses çıkarmazken benim adımlarım boşlukta yankılandı. Evin sessizliği içimde tuhaf bir fanîlik hissi uyandırdı, sanki yaşamdan başka bir yere geçmiştim ancak bu tam olarak ölüm de değildi. Salonun sonunda kırmızı perdeler ve İran halılarıyla dekore edilmiş başka bir oda görebiliyordum. Soluk renkli duvarlarında düzinelerce Fransız ve Çinli tabloları vardı. Hizmetkâr tam beni oraya götürürken merdivenlerde duran bir kadın gördüm. Süt gibi teni, erkek çocuğu gibi kısa kesilmiş mavi-siyah renkli saçlarıyla çevrelenmişti. Elbisesinin devekuşu tüyünden yakasını parmaklarıyla kavradı ve korkutucu, sert gözleriyle bana baktı. "Aslında çok güzel bir çocukmuş," dedi İngilizce, kadın hizmetkâra. "Fakat çok ciddi görünüyor. Bu uzun suratlı bütün gün etrafımdayken ne yapacağımı ben?"

Sergei Nikolaievich Kirillov, Amerikalı karısına hiç benzemiyordu. Amelia Kirillova beni kocasının odasına götürdüğünde, adam hemen karmakarışık çalışma masasından kalktı ve her iki yanağımdan öperek bana sarıldı. Yürüyüşü bir ayı kadar güçlüydü ve karısından yaklaşık yirmi yaş büyüktü. Gözleri hevesle etrafına bakıyordu, cüssesi dışında onunla ilgili korkutucu olan şey, gülerken bile onu öfkeli gibi gösteren kalın kaşlarıydı.

Masanın yanında oturan başka bir adam daha vardı. "Bu, Anya Kozlova," dedi ona Sergei Nikolaievich. "Harbin'den bir arkadaşımın komşusu. Annesi Sovyetler tarafından sınır dışı edildi ve onunla biz ilgilenmek zorundayız. Bunun karşılığında o da bize eski aristokratların güzel tarzlarını öğretecek."

Diğer adam sırıttı ve elimi sıkmak için ayağa kalktı. Nefesi bayat tütün kokuyordu ve yüzünde bir sağlıksızlık belirtisi vardı. "Ben, Alexei Igorevich Mikhailov," dedi ve "Tanrı biliyor ya, biz Şanghaylıların da güzel tarzları var," diye ekledi.

"İngilizce konuştuğu sürece size ne öğrettiği umurumda değil," dedi Amelia, masanın üzerindeki kutudan bir sigara alıp yakarken.

"Evet, konuşuyorum efendim," dedim.

Bana pek de candan olmayan bir bakış attı ve kapının yanındaki püsküllü kordonu çekti. "İyi o zaman," dedi, "bunu göstermek için bu akşam yemekte bol bol fırsatın olacak. Sergei, İngilizce ve Rusça konuşan ve ona güzel tarzlar öğretecek genç bir güzellikten keyif alacak birini davet etti."

Çocuk bir hizmetkâr içeri girdi, başı eğikti. Altı yaşından biraz daha büyük olabilirdi, teni karamel gibiydi ve saçı bir topuzla tepesinde toplanmıştı. "Bu, Mei Lin," dedi Amelia. "Ağzını gerçekten açabildiğinde sadece Çince konuşabiliyor. Muhtemelen sen de konuşuyorsundur. Al, tepe tepe kullan."

Küçük kız kendinden geçmişçesine yerde bir noktaya bakıyordu. Sergei Nikolaievich nazikçe onu itti. Şaşkın gözlerini dev gibi Rus'tan onun zarif karısına, sonra da bana çevirdi.

"Biraz dinlen ve hazır olduğunda aşağı in," dedi Sergei Nikolaievich, kolumdan tutup beni kapıya götürürken. "Hislerini anlayabiliyorum ve bu akşamki yemeğin seni daha iyi bir ruh hali içine sokmasını umuyorum. Boris, devrim sırasında her şeyimi kaybettiğimde bana yardım etti. Ve ben de bu iyiliğinin karşılığını sana ödemek niyetindeyim."

Mei Lin beni odama götürdü, gerçi ben yalnız kalmak isterdim. Yorgunluktan bacaklarım titriyor, başım zonkluyordu. Her basamak bir ıstıraptı ancak Mei Lin'in gözleri bana öylesine sevgiyle bakıyordu ki, kendimi gülümsemekten alamadım. Yüzündeki ifade bebek dişleriyle kocaman bir sırıtmaya dönüştü.

Odam ikinci kattaydı ve bahçeye bakıyordu. Koyu renkli çam döşemeleri ve altın rengi duvar kâğıtları vardı. Cumbalı pencerenin yanında antika bir küre duruyordu ve ortada dört tarafı örtüyle kaplı bir yatak vardı. Yatağa doğru yürüdüm ve elimi, üzerini kaplayan kaşmir örtüye koydum. Parmaklarım kumaşa değer değmez içimi bir umutsuzluk kapladı. Burası bir kadın odasıydı. Annemi benden aldıkları anda çocukluğum sona ermişti. Yüzümü ellerimle kapattım ve Harbin'deki çatı katı odama özlem duydum. Kafamda çatının kirişlerine dizilmiş bebeklerimi canlandırabiliyor ve döşeme tahtalarının gıcırtılarını duyabiliyordum.

Yataktan pencereye giderek küreyi Çin'i bulana kadar çevirdim. Harbin'den Moskova'ya hayali bir yolculuğu takip ettim. "Tanrı seninle olsun, anne," diye fısıldadım, aslında onun nereye gittiğine dair hiç bir fikrim yoktu.

Cebimden matruşka bebeği çıkardım ve dört bebeği tuvalet masasının üzerine dizdim. Bunlara yuvalanma

bebekleri adını vermişlerdi çünkü onlar çocukların için-
de rahat edebileceği anneleri temsil ediyorlardı. Mei Lin
banyoyu hazırlarken ben de yeşim kolyeyi tuvalet masa-
sının üst çekmecesine koydum.

Elbise dolabında asılı yeni bir elbise vardı. Mei Lin,
askıya yetişmek için parmaklarının ucunda yükseldi.
Ciddi bir moda tasarımcısı edasıyla kadife elbiseyi yata-
ğın üzerine koydu ve banyo yapmam için beni yalnız bı-
raktı. Bir süre sonra elinde bir fırça takımıyla geri dön-
dü, ensemi ve kulaklarımı çizen çocuksu ve beceriksiz
hareketlerle saçlarımı fırçaladı. Ancak ben tüm bunlara
sabırla katlandım. Bu onun için olduğu kadar benim için
de yeni bir şeydi.

Yemek odasının duvarları girişteki deniz yeşili sa-
lonunkilere benzese de biraz daha zarifti. Pervazlar ve
lambriler altın varaklarla ve akçaağaç yaprak desenleriy-
le süslenmişti. Aynı motif kırmızı kadife sandalyelerin
çerçevesinde ve büfenin ayaklarında da kullanılmıştı.
Tik ağacından yapılmış yemek masasını ve onun üzerin-
den sarkan avizeyi gördüğümde Sergei Nikolaievich'in
eski aristokratların tarzlarını öğretmem konusundaki
önerisinin sadece bir şaka olduğunu anladım.

Sergei Nikolaievich ve Amelia'nın bitişikteki salon-
da misafirleriyle konuştuklarını duyabiliyordum ancak
kapıyı vurmadan önce rahatsız oldum. Yorgundum, ge-
çen haftaki olaylar nedeniyle yıpranmıştım, dahası kibar

bir ifade takınmak zorundaydım ve onların bana sunduğu her tür misafirperverliği kabul etmek zorundaydım. Sergei Nikolaievich hakkında, bir zamanlar Boris'in arkadaşı ve bir gece kulübü sahibi olduğundan başka hiçbir şey bilmiyordum. Ancak içeri çağrılmadan önce kapı açıldı ve Sergei Nikolaievich önümde sırıtarak belirdi.

"İşte geldi," dedi kolumdan tutup beni odanın içine götürürken. "Çok güzel bir kız, değil mi?"

Amelia da oradaydı, tek omzunu açıkta bırakan kırmızı bir gece elbisesi giymişti. Alexei Igorevich bana doğru geldi ve balık etli karısı, Lubov Vladimirovna Mikhailova'yı takdim etti. Kadın kollarını bana doladı. "Tanrı aşkına bana Luba ve kocama da Alexei, de. Burada fazla resmi değiliz," dedi rujlu dudaklarıyla beni öperken. Onun arkasında, en fazla on yedi yaşında genç bir erkek kollarını önünde birleştirmiş bekliyordu. Luba yan tarafa doğru bir adım attığında kendisini Dmitri Yurievich Lubensky olarak tanıttı. "Lütfen bana da Dmitri diye hitap et," dedi elimi öperken. Adı ve aksanı Rus olduğu izlenimi yaratabilirdi ancak daha önce gördüğüm hiçbir Rus erkeğine benzemiyordu. Düzgün biçilmiş takım elbisesi ışığın altında parlıyordu ve saçları, öne doğru şekil veren çoğu Rus erkeğinin tersine arkaya doğru yatırılmıştı. Kan derimin en üst tabakasına fırlamıştı ve gözlerimi aşağı indirdim.

Masaya oturduktan sonra yaşlı bir Çinli hizmetkâr bize geniş bir kâseden köpekbalığı çorbası servis etti. Bu ünlü balığı duymuştum ancak hiç dememiştim. Çorbamı iyice karıştırdıktan sonra kocaman bir yudum aldım. Kafamı kaldırdım ve Dmitri'nin beni seyrettiğini gördüm, parmaklarını hafifçe çenesine yaslamıştı. Yüzündeki ifadenin nedeni keyiften miydi yoksa hoşnutsuzluktan mı anlayamadım. Ancak daha sonra nazikçe gülümsedi ve "Kuzeyli prensesimizle bu şehrin lezzetlerini tanıştırdığımız için mutluyum," dedi.

Luba ona, Sergei'nin onu kulübün müdürü yapacağı için mutlu olup olmadığını sordu ve Dmitri cevap vermek için ona döndü. Ancak ben onu incelemeye devam ettim. Masanın en genci olan bu adam yanımda oturuyordu ve yaşına göre daha büyük görünüyordu. Harbin'deki okul arkadaşımın ağabeyi on yedi yaşındaydı ve bizimle birlikte oynardı. Ancak Dmitri'yi bisiklete binerken ya da ebelemece oyunu sırasında sokaktan aşağı koşarken hayal edemiyordum.

Sergei Nikolaievich şampanya kadehinin üzerinden baktı ve göz kırptı. Kadeh tokuşturmak için elini kaldırdı. "Kadehimi sevimli Anna Victorovna Kozlova için kaldırıyorum," dedi, tam adımı söyleyerek. "Benim yanımda kendisini Dmitri gibi geliştirmesi dileğiyle."

"Elbette geliştirecek," dedi Luba. "Senin cömertliğinle herkes kendisini geliştiriyor."

Yaşlı kadın tam konuşmasına devam edecekti ki Amelia kaşığını kadehine vurarak onu durdurdu. Elbisesi gözlerini daha da derinleştirmiş ve koyulaştırmıştı, eğer gözlerini kısmasının nedeni sarhoşluktan değilse onun çok güzel bir kadın olduğunu söyleyebilirdim. "Rusça konuşmayı bırakmazsanız," dedi büzüştürdüğü dudaklarının arasından, "bu toplantıları yasaklayacağım. Size daha önce de söylediğim gibi İngilizce konuşun."

Sergei Nikolaievich göbeğini hoplatarak bir kahkaha attı ve elini, karısının yumruk yaptığı elinin üzerine koymaya çalıştı. Kadın onu itti ve buz gibi bakışlarını bana çevirdi. "İşte, bu yüzden buradasın," dedi tükürerek. "Sen benim küçük ajanımsın. Rusça konuştuklarında hiçbirine güvenemem." Kaşığını masaya fırlattı. Kaşık masadan sekti ve yere düştü.

Sergei Nikolaievich'in yüzünün rengi attı. Alexei karısına bakarken Dmitri başını önüne eğdi. Yaşlı hizmetkâr kaşığı aldı ve mutfağa gitti, sanki kaşığı oradan götürmek Amelia'nın öfkesini dindirebilecekti.

Durumu kurtarmaya cesaret eden tek kişi Luba idi.

"Biz de Şanghay'ın birçok fırsatla dolu olduğundan bahsediyorduk," dedi. "Bu senin de her zaman söylediğin bir şeydir."

Amelia'nın gözleri keskinleşti ve saldırıya hazırlanan bir yılan gibi geri çekildi. Ancak yüzünde yavaş yavaş bir gülümseme belirdi. Omuzları gevşedi ve titrek eliyle kadehini kaldırırken kendisini sandalyeye bıraktı.

"Evet," dedi, "bizler, bir oda dolusu hayatta kalmayı başarmış insanlarız. Moscow-Shanghai bir savaş atlattı ve birkaç ay içinde yeniden canlanacağız."

Diğerleri de kadehlerini kaldırıp, tokuşturdular. Hizmetkâr ikinci servisle geri döndü ve herkesin dikkati Pekin ördeğine çevrildi, seslerindeki heyecan bir dakika önceki gerginliği ortadan kaldırdı. İnsanın keyfini kaçıran bu olaya tanıklık etmenin acemiliğini yaşayan sadece bendim.

Yemekten sonra Sergei Nikolaievich ve Amelia'nın

peşinden kütüphanenin yanındaki küçük balo salonuna gittik. Duvarlardaki güzel halıları ve süslü yazıları gördüğümde bir turist gibi şaşkın şaşkın bakmamaya çalıştım. "Burası enfes bir ev," dedim Luba'ya dönerek. "Sergei Nikolaievich'in çok zevkli bir eşi var."

Yaşlı kadının yüzü zevkten kırıştı. "Hayatım," diye fısıldadı, "ilk eşi çok zevkliydi. Bu ev, Sergei henüz bir çay tüccarıyken inşa edildi."

'İlk' sözcüğünü söyleyiş tarzı tüylerimi ürpertti. Aynı anda hem meraklanmış, hem de korkmuştum. Önümde duran tüm bu güzellikleri ve zarafeti yaratan kadına ne olduğunu merak ettim. Amelia onun yerini nasıl almıştı? Ancak sormaya utandım, Luba da başka şeylerden konuşmaya daha meraklı gibiydi.

"Biliyor musun, Sergei Ruslara çay satan en ünlü ihracatçıydı. Şey, devrim ve savaş her şeyi değiştirdi. Yine de, kimse onun mücadele etmediğini söyleyemez. Moscow-Shanghai şehrin en ünlü gece kulübüdür."

Kütüphane evin en arka tarafında rahat bir odaydı. Deri kapaklı Gogol ciltleri duvardan duvara raflara yayılmıştı. Bunlar Sergei Nikolaievich'in ya da Amelia'nın okuduğunu asla hayal edemediğim kitaplardı. Sergei Nikolaievich'in karısına ait bir şeyler hissetmek için parmaklarımı kitapların sırtlarında gezdirdim. Onun gizemli varlığı artık etrafımda gördüğüm her renkte ve dokuda açıkça görülüyordu.

Bizler deri koltuklara gömülürken Sergei Nikolaievich kadehleri ve yeni bir şişe porto şarabı çıkardı.

Dmitri bana bir kadeh uzattı ve yanıma oturdu. "Pekâlâ, söyle bakalım, bu çılgın ve harika şehir hakkında ne düşünüyorsun?" diye sordu, "Doğu'nun Paris'i hakkında?"

"Pek fazla bir şey görmedim. Daha bugün geldim," dedim.

"Elbette, kusura bakma... Unuttum," dedi sonra da gülümsedi. "Belki daha sonra, sen iyice yerleşince, sana Yuyuan Parkı'nı gösteririm."

Yerimde kıpırdandım, o kadar yakın oturuyordu ki, neredeyse yüzlerimiz birbirine değecekti. Dikkat çekici gözleri vardı, bir orman gibi derin ve gizemli. Gençti ancak gösterişli kıyafetlerine ve parlak tenine rağmen davranışlarında bir tuhaflık vardı. Sanki çevresindekilerden rahatsız gibiydi.

Aramıza bir şey düştü ve Dmitri onu aldı. Siyah, ince topuklu bir ayakkabı. Kitap rafına dayanmış Amelia'ya baktık, çıplak beyaz ayağı, çıplak beyaz omzuna uyum sağlamıştı. "Siz ikiniz, orada ne fısıldaşıyorsunuz?" diye tısladı. "Hainler! Ya Rusça konuşuyorsunuz ya da fısıldaşıyorsunuz."

Kocası ve diğerleri onun bu yeni patlamasına fazla ilgi göstermediler. Sergei Nikolaievich, Alexei ve Luba açık pencerenin yanında toplanmışlardı, tüm dikkatlerini tartışmakta oldukları at yarışlarına vermişlerdi. Sadece Dmitri ayağa kalktı, güldü ve Amelia'nın ayakkabısını ona geri attı. Kadın başını dikleştirdi ve tilki gibi gözlerle ona baktı.

"Ben de Anya'ya komünistleri soruyordum," diye

yalan söyledi. "Burada bulunmasının nedeni onlar, biliyorsun."

"Artık komünistlerden korkması için bir sebep yok," dedi Sergei Nikolaievich, arkadaşlarından başını çevirerek. "Avrupalılar Şanghay'ı koca bir para makinesine çevirdiler. Bunu ideolojik bir heves için mahvetmeyeceklerdir. Savaşa dayandık ve buna da dayanacağız."

Gecenin ilerleyen saatlerinde, misafirler evlerine gittiğinde Amelia kanepede uyuyakaldı ve ben de Sergei Nikolaievich'e, Olga ve Boris'e buraya sağ salim geldiğimi haber verip vermediğini sordum.

"Elbette haber verdim, güzel kız," dedi, karısının üzerini battaniye ile örtüp, kütüphanenin ışıklarını kapatırken. "Boris ve Olga seni çok seviyorlar."

Hizmetkâr bizi merdivenin dibinde bekliyordu ve biz son basamağı indiğimizde ışıkları söndürmeye başladılar. "Peki, annemden haber var mı?" diye umutla sordum. "Bir şey biliyorlar mıymış?"

Gözleri merhametle yumuşadı. "En iyisi için dua ediyoruz, Anya," dedi, "fakat artık bizi ailen olarak düşünmeye başlarsan, iyi olur."

Ertesi sabah geç uyandım, yatağımın ince çarşafları içinde kıvrılmıştım. Bahçede konuşan hizmetkârları, yıkanan tabakların şangırtılarını ve alt katta döşemelerin üzerinde çekilen bir sandalyenin sesini duydum. Perdelerimin üzerindeki benek benek günışığı güzeldi ancak beni neşelendirmeye yetmedi. Her yeni gün beni annemden daha da uzaklaştırıyordu. Ve Amelia'yla bir gün daha geçirme düşüncesi beni bunaltıyordu.

"İyi uyudun," diyerek karşıladı beni Amerikalı, aşağı indiğimde. Belinde kemeri olan bir elbise giymişti. Gözlerinin altındaki hafif şişlik dışında dün akşamın yorgunluğuna dair bir belirti göstermiyordu.

"Bu geç kalkmaları alışkanlık haline getirme Anya," dedi. "Bekletilmekten hoşlanmam ve sırf Sergei'nin gönlü olsun diye seni alışverişe götüreceğim." Bana bir cüzdan verdi, açtığımda içinin dolar banknotlarıyla dolu olduğunu gördüm. "Paraya sahip çıkabilir misin Anya? Sayılarla aran iyi midir?" ses tonu yüksekti ve telaşla konuşuyordu.

"Evet efendim," diye cevapladım. "Para konusunda güvenilirim."

Kulakları tırmalayan bir kahkaha attı. "Pekâlâ, görelim o zaman."

Amelia ön kapıyı açtı ve bahçeyi hızla geçti. Ben de onun arkasından koştum. Erkek hizmetkâr kapının menteşesini onarıyordu ve bizim geldiğimizi görünce gözleri yerinden fırladı. "Git, bize bir çekçek çağır," diye bağırdı adama.

Bir Amelia'ya, bir bana baktı, bu telaşın ne olduğunu anlamaya çalışıyordu. Amelia adamı omzundan yakaladı ve kapıdan dışarı itti. "Şimdiye kadar bir tane çağırmış olman gerekiyordu. Bugünün diğerlerinden farkı yok. Zaten geç kaldım."

Çekçeğe bindiğimizde Amelia sakinleşmişti. Sabırsızlığına neredeyse kendisi bile gülecekti. "Biliyor musun," dedi, şapkasını başına bağlı tutan kurdeleyle oynarken, "sabah kocamın konuştuğu tek şey sen ve senin ne kadar sevimli olduğundu. Gerçek bir Rus güzeli." Elini dizime koydu. Sanki ölü bir şeye aitmiş gibi soğuk ve cansızdı. "Pekâlâ, buna ne diyorsun Anya? Sadece bir gündür Şanghay'dasın ve kocamın üzerinde hiç kimsenin yapamadığı bir etki bıraktın!"

Amelia beni korkuttu. İçinde yılan gibi ve karanlık bir şey vardı. Ve bu ikimiz birlikteyken daha çok ortaya çıkıyordu. Boncuk gibi siyah gözleri ve cansız teni yumuşak sözcüklerinin altındaki zehri haber veriyordu. Gözyaşlarım gözlerime battı. Annemin, birlikteyken her zaman hissettiğim o gücünü, cesaretini ve güven veren sıcaklığını özledim.

Amelia elini bacağımdan çekti ve homurdandı: "Oh, hemen ciddileşme. Eğer çirkin bir kız olursan, seni göndermek zorunda kalırım."

Ünlü French Concession Bölgesi'nin sokakları festival havasındaydı. Güneş kendisini göstermişti, renkli elbiseleri, sandaletleri ve güneş şemsiyeleriyle kadınlar geniş kaldırımlardan geçiyorlardı. Seyyar satıcılar, işlemeli çamaşırlar, dantel ve ipek dolu tezgâhlarından bağırıyorlardı. Sokak göstericileri, gösterilerini birkaç dakika izlemeleri için insanları baştan çıkarmaya çalışıyorlardı. Amelia, bir müzisyeni ve maymununu izleyebilmemiz için çekçekçi çocuğa durmasını söyledi. Kırmızı ekose desenli yelekli ve şapkalı maymun, adamın akordeonunun sesiyle dans ediyordu. Vahşi bir hayvandan çok, tıpkı eğitimli bir sanatçı gibi tek ayağının üzerinde dönüyor ve sıçrıyordu ve birkaç dakika içinde büyük bir kalabalığın ilgisini çekmeyi başardı. Müzik durduğunda maymun başıyla selam verdi, izleyiciler büyülenmişti. Coşkuyla alkışladılar ve maymun şapkasıyla para toplamak için onların bacaklarının arasına koştu. Sonra aniden çekçeğe zıplayarak Amelia'nın şaşırmasına ve benim çığlık atmama neden oldu. İkimizin arasına oturdu ve hayranlık içinde Amelia'ya baktı. İzleyenler etkilenmişlerdi. Amelia, herkesin dikkatinin üzerinde olduğunu bilerek gözlerini kırpıştırdı. Güldü ve sahte olduğunu bildiğim bir alçak gönüllülükle elini boğazına götürdü. Sonra kulaklarındaki inci küpeleri çıkararak maymunun şapkasına attı. İzleyenler bağırdılar ve değerli küpelerinden vazgeçtiği için ıslık çaldılar. Maymun sahibine geri döndü ancak izleyicilerini Amelia'ya kaptırmıştı. Adamlardan bazıları adını söylemesini istediler. Ancak Amelia gerçek bir gösterici gibi, tam onlar daha fazlasını isterken oradan ayrılmasını bildi. "Hadi," dedi çekçekçi çocuğun kemikli omzuna ayağıyla vururken, "gidelim."

Bubbling Well Caddesi'nden çıktık ve dar geçitli, Thousand Nighties Sokağı olarak bilinen iç çamaşırcıların sokağına girdik. Burası ürünlerini kapılarının dışına dayanmış mankenler üzerinde sergileyen ya da bir tanesinde olduğu gibi canlı modellerle defile yapan terzilerle doluydu. Sokağın köşesine ve dar olduğu için merdivenlerini yan yan çıkmak zorunda kaldığım dükkâna kadar Amelia'nın peşinden gittim. Dükkân, duvardan duvara gerilmiş iplere asılı bluzlar ve elbiselerle doluydu ve beni hapşırtan ağır bir kumaş ve bambu kokusu vardı. Bir dizi elbisenin arkasından Çinli bir kadın fırladı ve seslendi, "Merhaba! Merhaba! Prova için mi geldiniz?"

Ancak Amelia'yı fark ettiğinde yüzündeki gülücük kayboldu. "Günaydın," dedi, kuşkulu gözlerle bize bakarak. Amelia parmağını ipek bir bluzun üzerinde gezdirdi ve bana, "İstediğin tasarımı seç, senin için bir günde yaparlar," dedi.

Dükkânın tek penceresinin yanında bir divan ve bir masa vardı. Masanın üzerinde kataloglar yığılmıştı ve Amelia oraya doğru yürüdü, bir tanesini aldı ve yavaş yavaş sayfalarını çevirdi. Bir sigara yaktı ve külünün yere düşmesine izin verdi.

"Buna ne dersin?" dedi, kalçasına kadar yırtmacı olan tek parça zümrüt renginde bir elbisenin resmini göstererek.

"O, sadece bir kız çocuğu. O elbise için çok genç," diye karşı çıktı Çinli kadın.

Amelia kıs kıs güldü. "Endişelenmeyin Bayan Woo, Şanghay kısa zamanda onu yaşlandırır. Benim sadece yirmi beş yaşımda olduğumu unutuyorsunuz." Kendi esprisine güldü ve Bayan Woo beni dükkânın arkasındaki masasına doğru iteledi. Boynundan mezurasını çekti ve kalçamın etrafına sardı. Tıpkı annemin öğrettiği gibi ölçü alması için dik ve hiç kıpırdamadan durdum.

"Bu kadınla ne işin var?" diye fısıldadı Bayan Woo. "İyi biri değildir. Kocası onun kadar kötü değil ama aptaldır. Karısı tifodan öldü ve yalnız kaldığı için bu kadını evine aldı. Hiçbir Amerikalı onu istemez."

Amelia elinde katalogdan kopardığı bir yığın resimle gelince kadın sustu. "Bunlar, Bayan Woo," dedi yırtılmış sayfaları kadın terziye uzatarak. "Biz bir gece kulübüyüz, biliyorsunuz," diye ekledi, yüzünde sinsi bir gülümseme vardı. "Siz de bize neyi giyip, neyi giymeyeceğimizi söyleyebilecek, Elsa Schiaparelli[5] değilsiniz."

Kadının sadece, Amelia'nın hoş olmayan davranışlarına daha fazla katlanmamak için kabul ettiği üç gece ve dört gündüz elbisesi siparişiyle Bayan Woo'nun dükkânından ayrıldık. Nanking Caddesi'ndeki büyük bir mağazadan külot, ayakkabı ve eldiven aldık. Dışarıdaki kaldırımda dilenci bir çocuk içinde bulunduğu durumu bir tebeşir parçasıyla çalakalem yazmaya çalışıyordu. Sert pamukludan bir peştamal giymişti, omzunun ve sırtının derisi güneşten fena halde yanmıştı.

"Ne diyor?" diye sordu Amelia. El yazısına baktım, Çincem çok iyi değildi ancak sözcüklerin eğitimli ve bilgili biri tarafından yazıldığını söyleyebilirdim. Çocuk hikâyesinde, annesinin ve üç kız kardeşinin Japonların Mançurya'yı işgali sırasında öldürüldüklerini gördüğünü anlatıyordu. Kardeşlerinden bir tanesi işkence görmüştü. Cesedini yol kenarında bulmuştu. Burnu, göğüsleri ve elleri askerler tarafından kesilmişti. Sadece kendisi ve babası hayatta kalmıştı ve birlikte Şanghay'a kaçmışlardı. Ellerinde kalan son parayla bir çekçek almışlar ancak bir gün arabasını çok hızlı kullanan, sarhoş bir yabancı sürücü babasına çarpmıştı. Kazadan sonra babası hâlâ hayattaydı, bacakları kırılmış ve kafasına kocaman

---

5 İtalyan moda tasarımcısı.

bir delik açılmıştı. Çok kan kaybediyordu ancak yabancı onu arabasıyla hastaneye götürmeyi reddediyordu. Başka bir çekçek sürücüsü babasını doktora götürmesi için yardım etmişti ancak çok geç kalınmıştı. Adam ölmüştü. Son sözcükleri yüksek sesle okudum: "Size yalvarıyorum, ağabeyler ve ablalar, halimi anlayın ve bana yardım edin. Bunu yaptığınız için tanrı size, cennetin en büyük zenginlikleri versin." Dilenci çocuk kafasını kaldırıp baktı, Batılı bir kızın Çince okuması hoşuna gitmişti. Eline biraz bozuk para bıraktım.

"Demek paranı böyle harcayacaksın," dedi Amelia, buz gibi kolunu benimkinin arasına geçirirken. "Kaldırımlara oturup, kendisi için hiçbir şey yapmayan insanlara yardım ederek. Ben paramı maymunlara vermeyi tercih ederim. En azından beni eğlendirmeye çalışıyorlar."

Öğle yemeğinde, yabancılar ve zengin Çinlilerle dolu bir kafede won-ton[6] çorbası içtik. Harbin'de, savaş başlamadan önce bile böyle insanlar görmemiştim. Kadınlar menekşe, safir mavisi ve kırmızı renkli, ipek elbiseler giymişlerdi, tırnakları boyanmış ve saçları kuaförde yapılmıştı. Erkekler de kruvaze ceketleri ve kurşun kalem inceliğindeki bıyıklarıyla aynı şekilde şıktılar. Daha sonra Amelia hesabı ödemek, kendisine bir paket sigara ve bana da çikolata almak için cüzdanımı aldı. Sokağa çıkıp yürümeye başladık, mah-jong[7] takımları, hasırdan yapılmış mobilyalar ve aşk muskaları satan dükkânlar geçtik. Dış tarafında asılı bambu kafeslerin içinde ka-

---

[6]   Çin mutfağından bir çeşit çorba.

[7]   Çin dominosu.

naryalar olan bir dükkâna bakmak için durdum. Kuşların hepsi şakıyordu ve ben onların güzel şarkılarıyla büyülendim. Bir ağlama sesi duydum ve döndüğümde iki erkek çocuğunun bana baktığını gördüm. Yüzleri buruşmuştu ve gözleri tehditkârdı. Pek insana benzemiyorlardı, tırmalanmış ellerini kaldırdılar. Keskin bir koku geldi ve ellerine pislik bulaşmış olduğunu fark ettim. "Para ver yoksa elimi elbisene silerim," dedi bir tanesi. Önce neler olduğunu anlayamadım ancak çocuklar daha fazla yaklaşınca cebimde cüzdanımı aradım. Sonra onu Amelia'ya vermiş olduğumu hatırladım. Onu bulmak için etrafıma bakındım ancak görünürlerde yoktu. "Param yok," dedim yalvarırcasına. Gülerek cevap verdiler ve bana Çince beddua ettiler. Hemen ardından caddenin karşısındaki şapka dükkânının kapı eşiğinde Amelia'yı fark ettim. Cüzdanım elindeydi.

"Lütfen. Bana yardım et. Para istiyorlar," diye bağırdım. Eline bir şapka alıp, incelemeye başladı. İlk önce beni duymadığını sandım ancak sonra bana baktı ve dudakları bir gülümsemeyle kıvrıldı. Omuzlarını silkti ve ben, olayın tamamını görmüş olduğunu anladım. Kaskatı yüzüne, simsiyah gözlerine baktım ancak bu onun daha fazla gülmesine neden oldu.

Çocuklardan biri eteğime uzandı ancak daha eteğimi yakalayamadan kuşçu, dükkânından fırlayarak elindeki süpürgeyle ona vurdu. Çocuk yamuldu ve arkadaşlarıyla sokağın dar geçitlerinden ve yayaların arasından geçerek nihayet gözden kayboldu.

"Şanghay, her zaman böyleydi," dedi dükkân sahibi, başını sallayarak. "Artık iyice kötüleşiyor. Hırsız ve dilencilerden başka kimse yok. Yüzüğünü almak için parmağını keserler."

Dönüp Amelia'nın bir dakika önce durduğu kapı eşiğine baktım. Ancak orada kimse yoktu. Daha sonra Amelia'yı caddenin sonundaki bir parfümeride buldum. Bir Dior parfümü alıyordu. "Neden bana yardım etmedin?" Sıcak gözyaşlarım yüzümden aşağı süzülüp, çenemden akarken ona bağırdım. "Neden bana böyle davranıyorsun?"

Amelia bana tiksinerek baktı. Paketini aldı ve beni kapının dışına sürükledi. Kaldırımda yüzünü benimkine uzattı. Gözleri kıpkırmızı olmuş, öfke dolmuştu.

"Sen aptal bir çocuksun," diye bağırdı, "diğerlerinin gösterdiği şefkate güvenecek kadar. Bu şehirde hiçbir şey bedava değil. Anladın mı? Hiçbir şey! Gösterilen her şefkatin bir bedeli vardır! Eğer insanların sana karşılıksız yardım edeceklerini sanıyorsan o zaman senin de sonun kaldırımdaki o dilenci çocuk gibi olur."

Amelia parmaklarını koluma gömerek beni kaldırımın kenarına götürdü. Bir çekçek çağırdı. "Şimdi, ben yetişkinlerle birlikte olmak için yarış kulübüne gidiyorum," dedi. "Sen eve git ve Sergei'yi bul. Öğleden sonraları hep evde olur. Git ve ona ne kadar kötü bir kadın olduğumu söyle. Git ve ona sana ne kadar kötü davrandığımı zırlayarak söyle."

Çekçekle eve dönüş yolu engebeliydi. Sokaklar ve insanlar gözyaşlarımın arasında belirsiz bir renge dönüştü. Mendilimi ağzıma tuttum, kusmaktan korkuyordum. Eve gitmek ve Tang'in umurumda olmadığını,

Harbin'de Pomerantsev'lerle birlikte olmak istediğimi Sergei Nikolaievich'e söylemek istiyordum.

Eve vardığımda yaşlı hizmetkâr kapıyı açana kadar zile bastım. Çektiğim sıkıntıya rağmen beni önceki günkü aynı ifadesiz yüzle karşıladı. Aceleyle yanından geçip eve girdim. Salon karanlık ve sessizdi, öğlenin bunaltıcı sıcağını engellemek için pencereler ve perdeler kapalıydı. Bir süre oturma odasında durdum, ne yapmam gerektiğinden emin değildim. Yemek odasına geçtim ve Mei Lin'i orada uyurken buldum, küçücük ayakları masanın altından dışarı çıkmıştı, bir elinin başparmağı ağzındaydı ve diğer eliyle bir toz bezini kavramıştı.

Telaşla salonlardan ve koridorlardan geçtim, korku iyice kanıma yayılmıştı. Koşarak üçüncü kata çıktım ve koridorun en sonundaki odaya gelene kadar hepsine baktım. Kapısı aralıktı, hafifçe vurdum ancak cevap gelmedi. İterek ardına kadar açtım. İçeride, evin geri kalanında olduğu gibi, perdeler kapalıydı ve oda karanlıktı. Hava insan teri kokusuyla ağırlaşmıştı. Bir koku daha vardı: insanın içini bayıltan bir koku. Gözlerim karanlığa alışınca sırtını sandalyesine yaslamış, başı göğsünün üzerine düşmüş Sergei Nikolaievich'i gördüm. Arkasında erkek hizmetkârın gölgedeki figürü bir gulyabani gibi izliyordu.

"Sergei Nikolaievich" diye seslendim, sesim çatlıyordu. Ölmüş olmasından korktum. Ancak bir süre sonra Sergei Nikolaievich gözlerini açtı. Çevresinden mavi bir duman yükseldi ve bununla birlikte kötü bir koku geldi. Uzun bir pipodan duman çekiyordu. Yüzü beni ürküttü, kafatasında oyuklar açılmış gibi gözleriyle yüzü çökmüş ve gri bir renk almıştı. Geri çekildim, yeni bir kâbus için hazırlıklı değildim.

"Üzgünüm Anya," diye homurdandı. "Çok çok çok üzgünüm. Ama kendimi kaybettim, küçüğüm. Kaybettim." Tekrar yerine çöktü, kafasını geri attı ve ağzı açık yutkunmaya çalışıyor, adeta ölmek üzere olan bir adam gibi zor nefes alıyordu. Piponun içindeki afyon fokurdadı ve soğuyarak siyah bir küle dönüştü.

Odadan kaçarcasına çıktım, yüzümden ve ensemden ter damlıyordu. Amelia ile birlikte içtiğim çorbayı çıkarmak için banyoya son anda yetiştim. İşim bittiğinde ağzımı bir havluyla temizledim ve serin karoların üzerine yattım, nefesimi kontrol etmeye çalışıyordum. Kafamın içinde Amelia'nın söylediklerini işittim: Sen aptal bir çocuksun, diğerlerinin gösterdiği şefkate güvenecek kadar. Bu şehirde hiçbir şey bedava değil. Anladın mı? Hiçbir şey! Gösterilen her şefkatin bir bedeli vardır!

Aynadaki yansımadan üzerine matruşka bebeklerin dizildiği tuvalet masasını görebiliyordum. Gözlerimi kapattım ve Şanghay'dan Moskova'ya uzanan altın bir çizgi hayal ettim. "Anne, Anne," dedim kendi kendime, "güvende ol. Hayatta kalmayı başardın ve biz birbirimizi tekrar bulana kadar da hayatta kalmayı başaracaksın."

3
Tango

Bayan Woo'dan aldıklarımız birkaç gün sonra geldiğinde, Sergei Nikolaievich, Amelia ve ben avluda kahvaltı ediyorduk. Ben Rus tarzı çayımı içiyordum, yanında tatlandırmak için bir kaşık dolusu Frenk üzümü vardı. Her sabah masada üzerinden tereyağı ve bal damlayan krepler, muzlar, mandalinalar, armutlar, kâseler dolusu çilekler ve üzümler, erimiş peynirli omletler, sosisler ve üçgen sandviçler olmasına rağmen benim kahvaltıda yaptığım tek şey çay içmekti. Gerginlikten iştahım kaçmıştı. Cam masanın altında bacaklarım titriyordu. Benimle konuşulduğunda konuşuyordum, bunun dışında ağzımdan tek bir hece çıkmıyordu. Amelia'nın hastalıklı espri anlayışına davet çıkaracak bir şey yapmaktan korkuyordum. Ancak ne Sergei -ona ön adıyla hitap etmeme izin vermişti- ne de Amelia benim çekingen davranışımın farkında değildi. Sergei neşe içinde bana bahçeyi ziyaret eden serçelerden bahsetti, Amelia ise daha çok beni görmezden geldi.

Kapı zili çaldı ve hizmetkâr, yanlarında hem İngilizce hem de Çince adresimizin çalakalem yazılı olduğu, kahverengi kâğıda sarılmış iki paket getirdi. "Aç onları," dedi Amelia, pençeye benzeyen parmaklarını kıvırıp gülümseyerek. Kocasının yanında dostummuş gibi yapıyordu ancak ben aldanmıyordum. Sergei'ye döndüm ve elbiseleri tek tek ona gösterdim. Gündüz elbiselerinin hepsini başını sallayarak ve "ah" sesleri çıkararak onayladı. "Ah, evet bu en güzeli," dedi, yakasına kelebek ve boynuna bir dizi ayçiçeği işlenmiş kemerli, pamuklu elbiseyi işaret ederek. "Yarın parktaki gezintimiz için bunu giymelisin." Ancak gece elbiselerinin bulunduğu paketi açıp, içindeki tek parça yeşil elbiseyi gösterdiğimde alnı kırıştı ve gözlerine bir karanlık çöktü. Amelia'ya dik dik baktı ve bana, "Anya, lütfen odana çık," dedi.

Sergei'nin öfkesinin adresi ben değildim ancak odama gönderilmek beni üzmüştü. Yavaş yavaş salonda ilerledim ve merdivenleri çıkmaya başladım, neden sinirlendiğini ve Amelia'ya ne söyleyeceğini merak ettim. Ne söylerse söylesin, Amelia'nın beni daha fazla aşağılamasına neden olmamasını umuyordum.

"Sana Anya'nın büyüyene kadar bizimle kulübe gelmeyeceğini söylemiştim," dediğini duydum karısına. "Onun okula gitmesi gerekiyor."

Merdivenlerde durdum, duymaya çalışıyordum. Amelia alaycı bir şekilde cevap verdi, "Ah evet, kim olduğum gerçeğini ondan saklayacağız, öyle değil mi? Onu gerçek hayatla tanıştırmadan önce bir süre rahibelerle zaman geçirmesini sağlayacağız. Sanırım, alışkanlığını şimdiden fark etti. Bunu sana acıyan bakışlarından anlayabiliyorum."

"O, Şanghay'daki kızlar gibi değil. O..." Sergei'nin

cümlesi, ayağında tahta takunyalarıyla merdivenlerden çıkan Mei Lin'in patırtılarıyla kesildi, kollarında bir yığın temiz çarşaf taşıyordu. Parmağımı dudaklarıma götürdüm. "Şişşşt!" Kuş gibi yüzünü çarşafların üzerinden kaldırıp bana baktı. Konuşulanlara kulak kesildiğimi görünce o da parmağını dudaklarına götürüp, kıkırdamaya başladı. Sergei ayağa kalktı ve ön kapıyı kapattı, bu nedenle o sabah konuşulanların geri kalanını duyamadım.

Daha sonra Sergei beni görmeye odama geldi. "Bir daha ki sefere seni alışverişe Luba'yla göndereceğim," dedi başımın üstünü öperken. "Umudunu yitirme, Anya. Baloların gözdesi olmak için epey vaktin var."

Şanghay'daki ilk ayım çok yavaş geçti ve annemden hiç haber alamadım. Benim için endişelenmemeleri adına Pomerantsev'lere Şanghay'ı ve yeni yaşamımı iyi anlamda anlatan iki mektup yazdım. Komünistlerin mektupları okumaları ihtimaline karşı imzamı Anya Kirillova olarak attım.

Sergei beni, French Concession'daki Santa Sophia Kızlar Okulu'na gönderdi. Okul İrlandalı rahibeler tarafından yönetiliyordu ve öğrenciler Katolik, Ortodoks Rus ve bazı Çinli ve Hintli ailelerin kızlarından oluşuyordu. Rahibeler, asık suratlı olmaktan çok yüzlerinde gülücükler parlayan, sevecen kadınlardı. Fiziksel eğitime çok önem veriyorlardı ve her Cuma öğle sonlarında son sınıf öğrencileriyle beysbol oynuyorlardı, bu arada daha genç olanlar onları seyrediyordu. Tarih öğretmenim Rahibe Mary tarafından kovalanan, üniforması dizlerine kadar çekilmiş coğrafya öğretmenim Rahibe Catherine'i ilk gördüğümde, gülmemek için iradesi zorladım. Ancak gülmedim. Kimse gülmedi. Bir süre için rahibeler çoğunlukla çok tatlıydı ancak ceza konusunda çok katı olabiliyorlardı. Luba, beni okula kaydettirmek için götürdüğünde, başrahibenin okulun duvarı boyunca dizilmiş kızların arasında kendisine yol açtığına şahit olmuştuk. Kızların enselerini, saçlarını kokluyordu. Kokuyu her içine çekişinde burnunu seğirtiyor ve adeta güzel bir şarabın tadına bakıyormuşçasına gözlerini gökyüzüne kaldırıyordu. Daha sonra parfümlü pudra, kokulu saç tonikleri ve kızların ilgiyi kendilerine çekebilecek diğer kozmetik ürünlerinin peşinde olduğunu öğrendim. Başrahibe gösterişle ahlaki yozlaşma arasında doğrudan bir bağlantı bulmuştu. O sabah suçlu bulduğu öğrenci bir hafta boyunca banyo temizlemekle görevlendirilmişti.

Matematik Rahibe Bernadette tarafından öğretiliyordu. Çenesi boynuna kadar uzayan, etine dolgun bir kadındı. Kuzeyli aksanı tereyağı kadar yoğundu ve sürekli tekrarladığı 'parantez' sözcüğünü anlamam için iki gün geçmesi gerekti.

"Neden bana kaşlarını çatıyorsun, Bayan Anya?" diye sordu. "Parantezle ilgili bir sorunun mu var?"

Başımı salladım ve koridorun karşısında bana gülümseyen iki kızı fark ettim. Dersten sonra sıraya geldiler ve kendilerini Kira ve Regina olarak tanıttılar. Regina kısa, siyah saçlı, menekşe gözlü bir kızdı. Kira'nın ise güneş kadar sarı saçları vardı.

"Sen, Harbin'den geldin, değil mi?" diye sordu Kira.

"Evet."

"Anlaşılıyor. Biz de Harbin'den geldik ancak biz savaştan önce ailelerimizle buraya geldik."

"Harbin'den geldiğimi nasıl anladınız?" diye sordum.

Güldüler. Kira göz kırptı ve kulağıma fısıldadı, "Rusça yazma dersi almana gerek yok."

Kira'nın babası doktor, Regina'nın ki ise cerrahtı. Bir sonraki dönem için aynı dersleri almayı seçtiğimizi fark ettik: Fransızca, İngilizce gramer, tarih, matematik ve coğrafya. Ancak ben okul sonrasında sanat dersleri alırken onlar koştura koştura evlerine gidiyorlar, piyano ve keman dersleri alıyorlardı.

Neredeyse her derste yan yana oturmamıza rağmen ailelerinin, Regina ve Kira'nın beni Sergei'nin evinde ziyaret etmelerini onaylamadıklarını ya da benim onların evlerine gitmemden rahatsız olduklarını hissedebiliyordum. Bu nedenle, onları hiç davet etmedim ve onlar da beni hiç davet etmediler. Aslında bir anlamda rahatlamıştım çünkü onları davet ettiğimde Amelia'nın yine bir sarhoşluk nöbetine yakalanmasından ve kızların buna şahit olmalarından korkuyordum. Onlarla daha sık birlikte olmayı istesem de Regina, Kira ve benim arkadaşlığımız sabah dualarıyla başlayıp, akşam zili çaldığında bitiyordu.

Okulda olmadığım zamanlarda, parmak uçlarımda

Sergei'nin kütüphanesine giriyor, oradan aldığım kucak dolusu kitap ve resim defterimle birlikte gizlice bahçeye gidiyordum. Eve geldikten iki gün sonra bahçenin korunaklı bir bölümünde bir gardenya ağacı keşfetmiştim. Burası benim kutsal yerimdi ve neredeyse her öğleden sonrayı burada geçiriyordum, Proust ve Gorki ciltlerinin içine gömülüyor ya da etrafımdaki çiçeklerin ve bitkilerin resmini çiziyordum. Amelia ile yollarımızın kesişmemesi için her şeyi yapıyordum.

Eve döndüğü bazı öğle sonralarında Sergei, bahçede bana katılırdı ve bir süre sohbet ederdik. Tahmin ettiğimden daha iyi bir okurdu ve bir keresinde bana Rus şair, Nikolai Gumilev'in eserlerini getirdi. Şairin bunalıma giren eşini neşelendirmek için yazdığı, Afrika'daki bir zürafa ile ilgili bir şiirini okudu. Sergei'nin yankılanan sesi, sözcükleri, hayvanın Afrika platolarında gururla dolaştığını hayal etmemi sağlayacak kadar anlaşılır hale getiriyordu. Bu görüntü beni kederimden öylesine uzaklaştırdı ki, şiirin hiç bitmemesini diledim. Ancak yaklaşık bir saat sonra Sergei titremeye ve bedeni seğirmeye başlardı ve keyifli arkadaşlığını, alışkanlığı karşısında kaybedeceğimi bilirdim. İşte o zaman gözlerindeki bıkkınlığı görür ve Amelia'dan uzak durmaya çalıştığını anlardım.

Bir öğleden sonra, okuldan dönüp de bahçede sesler duyduğumda şaşırdım. Ağaçların arasından baktım. Dmitri ve Amelia'nın aslan başlı çeşmenin yanındaki hasır sandalyelerde oturduklarını gördüm. Onlarla birlikte iki kadın daha vardı. Ağaç dallarının arasından canlı elbiselerinin ve şapkalarının ışıltısını yakaladım.

Çay fincanlarının tıngırtıları ve kadınların kahkahaları bahçe boyunca tıpkı bir hayaletin fısıltıları gibi dalgalanıyordu. Nedendir bilinmez Dmitri'nin diğerlerinden daha yüksek ve derin çıkan sesi kalbimin göğüs kafesime küt küt vurmasına neden olurdu. Beni Yuyuan'a götürmeyi teklif etmişti. Canım çok sıkılıyordu ve kendimi yalnız hissediyordum. Beni gördüğünde verdiği sözü hatırlamasını diledim.

"Merhaba!" dedim, bir anda bu küçük grubun içine dalarak.

Amelia kaşlarını kaldırdı ve bana küçümseyerek baktı. Ancak Dmitri'yi görmeyi öyle çok istiyordum ki, izinsiz geldiğim için beni azarlasa bile umurumda olmazdı.

"Merhaba, nasılsın?" dedi Dmitri, ayağa kalkıp benim için bir sandalye çekerken.

"Seni görmeyeli uzun zaman oldu," dedim.

Dmitri bana cevap vermedi. Sandalyesine yaslandı ve bir sigara yaktı, kendi kendine bir şarkı mırıldanmaya başladı. Utandım. Bu benim hayal ettiğim gibi bir karşılama değildi.

Diğer iki kadın Dmitri'nin yaşlarındaydı, kolları ve boğazı dantelli, mango ve gül rengi elbiseler giymişlerdi. Şeffaf kumaşların altından ipek jüponlarının hatları belli oluyordu. Dudaklarına üzüm kadar koyu renkli bir ruj sürmüş olan yanımdaki kadın bana gülümsedi. Gözlerinin etrafındaki kalın sürme bana Mısırlı tanrıçaları hatırlattı.

"Ben, Marie," dedi, tırnakları uçlara doğru törpü-

88

lenmiş, soluk elini bana uzatarak. Yanında oturan altın renkli saçlı, güzel kadını başıyla işaret etti. "Ve bu da benim kız kardeşim, Francine."

"Enchanté,"[8] dedi Francine, gözlerinin üzerine düşen lüleleri itti ve bana doğru eğildi. "Comment allez-vous?[9] Okulda Fransızca dersi aldığınızı duydum."

"Si vous parlez lentement je peux vous comprendre,"[10] derken, ona benden kimin bahsettiğini merak ettim. Amelia'nın Fransızca mı yoksa Savahilice mi konuştuğumu umursadığını düşünmüyordum.

"Vous parlez français très bien"[11] diye haykırdı Francine. Sol elinde pırlanta bir yüzük vardı. Bir nişan yüzüğü.

"Merci beaucoup. J'ai plaisir à l'étudier."[12]

Francine, Dmitri'ye döndü ve ona fısıldayarak, "Çekici bir kız. Onu evlat edinmek isterdim. Sanırım, Philippe'nin bir itirazı olmaz," dedi.

Dmitri bana bakıyordu. Bakışı öylesine heyecanlandırdı ki, neredeyse Francine'in bana verdiği çayı döküyordum.

"Birkaç ay önce gördüğüm kızın sen olduğuna inanamıyorum," dedi. "Okul üniformasının içinde çok farklı görünüyorsun."

---

8   Fransızca'da 'memnun oldum' demektir.
9   Nasılsınız?
10 Eğer yavaş konuşursanız sizi anlayabilirim.
11 Fransızca'yı çok güzel konuşuyorsun.
12 Teşekkür ederim. Bu dili öğrenmekten memnunum.

Yanaklarımdan saçlarıma doğru bir alev yayıldı. Amelia kıs kıs güldü ve Marie'ye bir şeyler fısıldadı. Sandalyeme yaslandım, neredeyse nefessiz kalmıştım. Şanghay'a ilk geldiğim günün akşamında Dmitri'nin bana ne kadar yakın oturduğunu hatırladım, yüzlerimiz birbirlerine o kadar yakındı ki sanki birer sırdaştık. Birbirimize uygunduk. Belki de mavi kadife elbise içinde on üçümde olduğumu fark etmemişti. Bu öğleden sonra çok farklı görünüyor olmalıydım: kabarık bir bluz ve önlük içinde bir çocuk, hasır şapkanın altından her iki yana inen, sıkıca örülmüş saçlar.

Bu, onun Yuyuan'a götürmek isteyeceği biri değildi, hem de Francine ve Marie varken. Ayaklarımı sandalyenin altına çektim, aniden okul ayakkabılarımdan ve diz boyundaki çoraplarımdan utanmıştım.

"Çok şirinsin," dedi Francine. "Dondurma yerken bir resmini çekmek istiyorum. Ben senin de az çok bir sanatçı olduğunu duydum."

"Evet, moda dergilerimdeki kıyafetlerin kopyasını çıkarıyor," diyerek, sinsice güldü Amelia.

Utancımdan iyice büzüldüm, Dmitri'nin yüzüne bakamayacak kadar yerin dibine geçmiştim.

"Okula giden kız çocuklarıyla ilgili en nefret ettiğim şey," dedi Amelia -parmaklarını çay fincanına vururken, hançerini bana saplamak için acele etmiyordu- "onları sabah okula ne kadar temiz gönderirseniz gönderin, eve döndüklerinde her zaman ter ve portakal kokarlar."

Marie bir kahkahayla kükredi, tıpkı bir pirana balığı gibi küçük dişlerini göstererek. "Ne pespaye bir durum," dedi. "Bütün gün koşmaktan ve ip atlamaktan kaynaklanıyor sanırım."

"Ve okul çantalarına tıkıştırdıkları meyvelerden," diye ekledi Amelia.

"Anya öyle kokmuyor," dedi Dmitri. "Onun bu kadar genç olmasına şaşırdım."

"O kadar da genç değil, Dmitri," dedi Amelia. "Sadece fazla gelişmemiş. Ben onun yaşındayken göğüslerim vardı."

"Çok acımasızlar," dedi Francine, omuzlarıma düşen saç örgülerime dokunurken. "Yaşının üzerinde bir zarafeti var. Je l'aime bien. Anya, quelle est la date aujourd'hui?"[13]

Ancak artık daha fazla Fransızca pratik yapmak istemiyordum. Amelia hedefini vurmuştu ve ben de aşağılanmıştım. Cebimden mendilimi çıkardım ve hapşırmış gibi yaptım. Daha fazla küçük düşmemek için gözlerimdeki mutsuzluğu görmelerine izin vermek istemiyordum. Sanki önüme bir ayna tutmuşlardı ve ben kendimi aynada daha önce hiç görmediğim gibi görüyordum. Üstü başı perişan, dizlerinde yaraları olan bir kız çocuğu.

"Haydi, o zaman," dedi Amelia, ayağa kalkarak. "Eğer şaka kaldırmıyorsan ve surat asacaksan benimle içeri gel. Dmitri'nin arkadaşlarıyla birlikte bahçenin keyfini çıkarmasına izin ver."

Dmitri'nin itiraz edip, kalmam konusunda ısrar etmesini bekledim ancak yapmadı. Onun gözündeki itiba-

---

[13] Onu sevdim. Anya, bugünün tarihi nedir?

rımı kaybettiğimi ve artık benimle ilgilenmediğini biliyordum. İstenmeyen bir köpek gibi Amelia'yı takip ettim. O gün onun sesini bahçede hiç duymamış olmayı diledim. Kimseye bir şey söylemeden doğrudan eve ve kütüphaneye girmiş olmayı. İşitilme menzilinden çıkınca Amelia bana döndü, gözleri çektiğim acıdan dolayı keyifle parlıyordu. "Evet, kendini gülünç duruma düşürdün, değil mi? Davet edilmediğin bir yere izinsiz girmemen gerektiğini bilecek kadar eğitilmiş olduğunu düşünmüştüm." Ona cevap vermedim. Başımı indirdim ve cezalandırılmayı bekledim. Amelia pencereye doğru yürüdü ve perdelerin arasından dışarı baktı. "Arkadaşım Marie çok çekici bir kadındır," diyerek içini çekti. "Umarım, Dmitri ile her şey yolunda gider. O, kendisine bir eş arayacak yaşta."

Öğleden sonrayı perişan bir halde odamda geçirdim. Fransızca kitaplarımı yatağın altına tekmeledim ve kendimi Antik Roma tarihi üzerine bir kitap içinde boğmaya çalıştım. Bahçeden gelen kahkaha ve müzik seslerini duyuyordum.

Daha önce hiç böyle bir müzik duymamıştım: pencereme kadar yükselen egzotik bir zambağın nefis kokusu gibi şehvetli, baştan çıkaran. Kulaklarımı tıkadım ve dikkatimi kitabıma vermeye çalıştım ancak bir süre sonra aşağıda neler olup bittiğini görmenin cazibesi giderek arttı. Sürünerek pencereye gittim ve dışarı baktım. Dmitri, avluda Marie ile dans ediyordu. Francine, müzik bittiğinde iğneyi tekrar ayarlamak için plakçaların üzerine eğilmişti. Dmitri'nin ellerinden bir tanesi Marie'nin kürek kemiklerinin arasında duruyor, diğeri de kadının elini kavrıyordu. Yanaklarını birbirine yapıştırmışlar, kesik kesik yürüyüşlerle dans ediyorlardı. Marie'nin yüzü kızarmıştı, her adımda aptalca kıkırdıyordu. Dmitri'nin ifadesi daha ciddiydi. "Yavaş, yavaş, hızlı, hızlı, yavaş," diye bağırıyordu Francine, ellerini müziğin ritmine uygun olarak çırparken. Marie kaskatı ve beceriksizdi, Dmitri onu yükseltip alçalttıkça eteğin ucuna basıyordu.

"Yoruldum," diye yakındı. "Bu, gerçekten çok zor. Ben fokstrot[14] yapmayı tercih ederim."

Francine kız kardeşiyle yer değiştirdi. Gözlerimi kapattım, kıskançlıktan midem bulanıyordu. Kız kardeşinden kat kat daha ağırbaşlıydı ve Dmitri'nin kollarında dansa bir zarafet getirdi. Francine bir balerin gibiydi, ihtirastan, öfkeye her şeyi ve gözlerindeki aşkı tam olarak yansıtabiliyordu. Dmitri onunla birlikte surat asmaktan vazgeçti. Dimdik duruyor ve daha canlı görünüyordu. Birlikte, çiftleşme ritüeli için kapatılmış bir çift siyam kedisini andırıyorlardı. Pencereden iyice dışarı uzandım, tangonun romantik temposuna kendimi kaptırdım. Gözlerimi kapattım ve aşağıdaki avluda Dmitri ile dans edenin ben olduğumu hayal ettim.

Burnumun üzerine bir su damlası düştü. Gözlerimi açtım ve gökyüzünün karardığını ve öğle sonrası yağmurunun serpiştirdiğini gördüm. Dansçılar hemen eşyalarını topladılar ve aceleyle içeri girdiler. Penceremi çekip kapattım, tam o sırada tuvalet masasının aynasında kendi görüntümü yakaladım.

---

14 Bir çeşit dans.

"Pek de genç değil, sadece fazla gelişmemiş," demişti Amelia.

Tiksinerek aynadaki yansımama baktım. Yaşıma göre zayıftım ve on bir yaşımdan beri sadece bir inç uzamıştım. Şanghay'a gelmeden birkaç ay önce bacaklarımın arasında ve koltukaltlarımda altın renginde tüylerin bitmeye başladığını fark etmiştim. Ancak dümdüz bir göğüs ve kalçayla fena halde cılız kalmıştım. Bu, beni o öğle sonrasına kadar hiç rahatsız etmemişti; fiziksel gelişimime kayıtsız kalmıştım. Ancak artık üzerimde bir baskı yaratmıştı. Dmitri'nin bir erkek olduğunu idrak etmiştim ve aniden ben de bir kadın olmak istedim.

Yaz sonunda, milliyetçilerle komünistler arasında temelleri pek de sağlam olmayan bir ateşkes, sivil bir savaşa dönüştü. Mançurya'ya mektup giriş çıkışı yasaklanmıştı ve Pomerantsev'lere gönderdiğim mektuplara cevap alamadım. Annemle bağlantımı devam ettirme ihtiyacıyla umutsuzca hareket ediyor ve Rusya ile ilgili bulabildiğim her ayrıntıyı bir solukta okuyordum. Sergei'nin kütüphanesindeki kitapları inceledim, Astragan üzerinden yolculuk yapan gemilerin, tundra ve taygaların, Ural ve Kafkas Dağları'nın, Kuzey Denizi ve Karadeniz'in hikâyelerini araştırdım. Rusya'daki yazlık kır evleri, açık mavi gökyüzüne ulaşan kuleleri, askeri geçit törenleri ve altın şehirleri ile ilgili anılarını anlatmaları için Sergei'nin arkadaşlarının peşine düştüm.

Annemin görebileceğini düşündüğüm şekilde Rusya'nın resminin parçalarını birleştirmeye çalıştım ancak sadece hayal edebileceğimden daha büyük bir kara parçasının içinde kaybolmuş olarak buldum kendimi.

Bir gün Amelia, beni kulüp için işlemeli peçete almaya gönderdi. Daha önceki hafta kumaşları nakış dükkânına ben götürmüştüm ancak kafam Sovyetlerin, Berlin için savaştığı haberini aldığımdan beri meşguldü ve Concession'ın dar sokakları boyunca nereye gittiğime dikkat etmeden yürüyordum. Bir adamın çığlığı düşüncelerimden sıyrılmama neden oldu. Bir çitin arkasında iki kişi tartışıyorlardı. Anlayamayacağım kadar hızlı Çince konuşuyorlardı ancak dönüp çevreme baktığımda kaybolmuş olduğumu fark ettim. Harabeye dönmüş bir dizi Avrupa tarzı evin arkasındaki dar bir sokakta duruyordum. Panjurlar menteşelerine zar zor tutunuyorlardı ve paslı suyollarıyla lekelenmiş duvarların sıvası dökülüyordu. Dikenli tel çitlerin ve pencere eşiklerinin üzerinde, tıpkı bir sarmaşık gibi kıvrılıyordu ve haftalardır yağmur yağmamış olmasına rağmen bahçeler gölcüklerle doluydu. Geldiğim yoldan dönmeye çalıştım ancak mantıklı bir düzeni olmayan ve sağa, sola dönen dar sokakların labirentinde aklım daha çok karıştı. İdrar kokusu sıcak havada yoğunlaşmıştı ve yolum bir deri bir kemik tavuk ve kazlar tarafından engellenmişti. Panikten yumruklarımı sıktım.

Paslı karyolaların yığıldığı bir köşeyi döndüm ve bir Rus lokantasının karşısında sendeleyerek durdum. Beyaz dantel perdeler kirli pencereleri kaplıyordu. Café Moskova, kovalar içinde mayışmış havuç ve ıspanak satan bir manav ve soğuk çay makinesi toz içinde kalmış bir pastane arasına sıkışmıştı. Rusça bir şeyler gördüğüm için rahatlamıştım ve yol tarifi almak amacıyla içeri girdim. Giriş kapısını iterek açtığımda bir zil çaldı. İçeri girer girmez, baharatlı sosis ve votkanın kokusu beni vurdu. Tezgâhın üzerine tehlikeli bir biçimde yerleştirilmiş radyodan bangır bangır Çin müziği yükseliyordu ancak teneke tavanda uçan sineklerin sesini bastıramıyordu. Çürümenin eşiğinde, buruş buruş olmuş yaşlı bir kadın, lekeli menüsünün köşesinden göz ucuyla bana baktı. Boğazı ve bilekleri dantel, kırışık bir kadife elbise giymiş ve beyaz saçlarına da taşlarının tamamı eksik bir taç takmıştı. Dudakları kıpırdıyordu, gözleri kasvetli ve bulanıktı. "Dusha-dushi. Dusha-dushi," diye homurdandı bana. Sessiz ol. Sessiz ol. Onun yanındaki masada menüyü inceleyen bereli, yaşlı bir adam vardı, adeta bir dedektiflik romanı okuyormuş gibi çılgınca sararmış sayfaları çeviriyordu. Ona eşlik eden kadının öfkeli mavi gözleri vardı ve siyah saçları arkasında topuz şeklinde toplanmıştı. Tırnaklarını kemiriyor ve dantelli kâğıt bir peçeteye bir şeyler karalıyordu. Dükkânın sahibi elinde bir menüyle bana yaklaştı, yanakları pancar gibi kıpkırmızıydı ve kıllı göbeği gömleğinden dışarı fırlamak üzereydi. Oturduğumda, siyah elbiseli ve şallı iki kadının gözü pahalı ayakkabılarıma takıldı.

"Size ne getirebilirim?" diye sordu patron.

"Bana Rusya'yı anlatmanızı istiyorum," dedim, düşünmeden.

Dükkân sahibi lekeli elleriyle yanaklarını ve çenesini ovuşturdu. Mahkûm olmuş bir adam gibi karşımdaki sandalyeye oturdu. Sanki benim gelmemi, bu günü, bu anı bekliyordu. Bana yazın düğün çiçekleriyle dolu arazileri, huş ağaçlarını, çam kozalakları kokan ormanların zenginliğini ve ayakaltında ezilen yosunları anlatmak için bir süre bekledi. Çocukluğunda birbirini kovalayan sincapları, tilkileri, gelincikleri ve annesinin kış gecelerinde yaptığı, üzerinde dumanı tüten etli hamurları hatırladığında gözleri parladı.

İçeridekilerin hepsi dikkat kesildi ve adam yorgun düştüğünde diğerleri onun yarım bıraktıklarını tamamlayarak bize katıldılar. Yaşlı kadın, ormandaki bir kurt gibi uludu; bereli adam, festival günlerinde çalan kilise çanlarının seslerini çıkardı; şair, arpa ve buğday fışkıran tarlaları biçen köylü erkekleri ve kadınları anlatıyordu. Yas tutan kadınların hepsi acı acı bağırıyorlardı, her hikâyeyi şu sözlerle bölüyorlardı: "Ve eve sadece öldüğümüzde döneceğiz."

Saatler, dakikalar gibi geçti, güneş batana ve pencerelerdeki ışık sarıdan kül rengine dönüşene dek tüm öğleden sonrayı kafede geçirdiğimin farkına varamadım. Sergei muhtemelen nerede olduğumu merak etmişti, Amelia ise peçeteleri almadığım için bana kızacaktı. Yine de kalkamıyor ve bu tuhaf insanların anlattıklarını bölmek istemiyordum. Bacaklarım ve sırtım hareketsizlikten ağrıyana kadar oturdum, her keyifle atılan çığlığın ve hüzünlü bakışın anlamını çıkarmaya çalışıyordum. Önümde açılan, bir seyyahınkine benzer bu hikâyelerin esiri olmuştum.

Ertesi hafta, tıpkı kafe sahibinin söz verdiği gibi, bir Sovyet askeri beni orada bekliyordu. Adamın yüzü, oca-

ğın içine yığılmış bir çömlek gibi çökmüştü. Kulakları
ve burnu soğuktan kangren olmuştu ve mikrop kapma-
sın diye bu delikleri gazlı bezle kapatmıştı. Nefes aldı-
ğında boğazındaki hava ses çıkarıyordu, masanın karşı-
sından konuşurken üflediği safranın kötü kokusu yüzün-
den geri çekildim.

"Görüntümden korkma," dedi bana. "Ben diğerleri-
ne göre şanslıydım. Çin'e gelebildim."

Asker bana Almanlar tarafından esir alındığını söy-
ledi. Savaştan sonra, Stalin tüm resmi esirleri, evlerine
göndermek yerine çalışma kamplarına nakledilmelerini
emretmiş. Erkekler, fare ve bit kaynayan trenlere ve ge-
milere doldurulmuş ve Sibirya'ya gönderilmişti. Bu gör-
dükleri yüzünden bir cezaydı, Stalin bunların diğerleri-
ne anlatılmasından korkuyordu: Almanya savaş yüzün-
den harap olmasına rağmen insanları, Ruslardan daha
iyi bir yaşam sürüyorlardı. Asker, esir gemisi karaya
oturunca kaçmıştı.

"Gemi karaya oturunca," dedi, "dünyanın önüme
açıldığını gördüm ve buzulların arasından kaçtım. Ar-
kamdan açılan ateşin kokusunu ve bağırışları duyabili-
yordum. Muhafızlar ateş açmaya başladılar. Etrafımda-
ki adamlar elleri ve gözleri açılmış, yere düşüyorlardı.
Kurşunun ateşten metalinin, benim de sırtımda bir de-
lik açmasını bekliyordum ancak sürekli beyaz boşluğa
doğru koştum. Kısa bir süre sonra duyabildiğim tek şey
rüzgârın uğultusuydu ve kaderimin hayatta kalmak ol-
duğunu anladım.

Konuşurken ne onu böldüm ne de kafamı başka ta-
rafa çevirdim, sıcak bir çay ve esmer ekmek karşılığın-

da bana, yakılan köyleri, kıtlığı ve işlenen suçları, hileli mahkemeleri ve insanların soğuktan öldüğü Sibirya'ya sürgünleri anlattı. Anlattıkları beni öylesine ürküttü ki kalbim hızla çarpmaya başladı ve ter içinde kaldım. Ancak dinlemeye devam ettim çünkü Rusya'nın son zamanlarını gördüğünü biliyordum. Annemin Rusya'sının.

"İki seçenek var," dedi bana, ekmeğini çayın içinde yumuşatıp, yutkunmanın verdiği acıyla masanın köşesini sıkarken. "Annen Rusya'ya gider gitmez, Beyaz Ordu'nun ölmüş bir albayının dul eşi olduğuna bakmaksızın, onu ucuz işçi olarak bir fabrikaya yerleştirmişler ve gelişmiş bir zekânın örneği olarak kullanmışlardır. Ya da onu bir çalışma kampına göndermişlerdir. Böyle olduysa ve eğer çok güçlü bir kadın değilse, şimdiye kadar çoktan ölmüştür."

Yemeğini yedikten sonra gözleri kapanmaya ve sonra da uyumaya başladı, yaralı başını, tıpkı ölmekte olan bir kuş gibi kollarının üzerine koydu. Öğlen güneşine adım attım. Yaz olmasına rağmen sert bir rüzgâr çıkmıştı, yüzümü ve bacaklarımı ısırdı, titrememe neden oldu. Dar sokaklar boyunca koştum, gözlerim yaşarıyor ve dişlerim birbirine vuruyordu. Askerin söyledikleri üzerimde bir zincir gibi asılı kaldı. Annemi gördüm, bir hücrenin içinde bir deri bir kemik kalmış ve açlıktan ölmek üzereydi ya da başı karlar içinde yatıyordu. Trenin tekerleklerinin çıkardığı sesi duydum ve benden uzaklaştırıldığı sırada kederlenen yüzünü hatırladım. Benim parçam olan bir kadının neden böyle korkunç bir alınyazısına sahip olduğunu anlayamıyordum ve ona neler olduğu hakkında hiçbir fikrim yoktu. Babamın en azın-

dan buz gibi yanağından öpebilmiş ve onunla vedalaş-
mıştım, annemle doğru düzgün bunu da yapamamıştım.
İçimde beni rahatsız eden derin bir özlem vardı.

Her şeyin durmasını istiyordum, gözlerime iğne gibi
batan yaşlarımın dinmesini ve huzur bulmayı istiyor-
dum.

Aklıma iyi şeyler getirmeye çalıştım ancak askerin o
korkunç yüzü gözümden gitmiyor ve söyledikleri kula-
ğımda çınlıyordu. Eğer çok güçlü bir kadın değilse şim-
diye kadar çoktan ölmüştür.

"Anne!" diye haykırdım, ellerimle yüzümü kapata-
rak.

Aniden yanımda boncuklu bir atkısı olan bir kadın
belirdi. Geriye sendeledim, şaşırmıştım.

"Kimi arıyorsun?" diye sordu, parçalanmış tırnakla-
rıyla kolumu kavrarken. İnce dudaklarında parlak renk-
te bir ruj ve kırışık alnında topaklanmış pudra vardı.
"Sen birini arıyorsun, değil mi?" diye sordu Rus oldu-
ğunu düşündüğüm bir aksanla, gerçi bundan pek emin
olamadım. "Bana onun bir şeyini getir, ben de sana onun
alınyazısını söyleyeyim."

Kadından hızla uzaklaştım ve sokaktan aşağı koş-
maya başladım. Şanghay, başkalarının umutsuzluğun-
dan beslenen sahtekârlarla doluydu. Ancak arkamdan
söylediği sözcükler nefesimi kesti. "Arkasında bir şey
bıraktıysa, sana geri dönecektir."

Eve döndüğüm zaman, boynum ve kollarım ağrıyor-
du, kemiklerime buz gibi bir soğuk yerleşmişti. Herke-
sin Zhun-ying diye hitap ettiği yaşlı hizmetkâr ve Mei

Lin, hizmetkârların binasının yanındaki çamaşırhanedeydiler. Burası çatısı olan ve taş bir platformla yükseltilmiş, yazın çıkarılan duvarları olan bir yerdi. Yaşlı hizmetkâr çamaşırları sıkıyordu ve Mei Lin de ona yardım ediyordu, ayaklarının etrafındaki su birikintilerine ve çimenlerin üzerine su damlıyordu. Mei Lin bir şarkı söylüyordu ve normalde asık yüzlü olan yaşlı hizmetkâr gülüyordu. Küçük kızın gülümseyişi ben ona doğru sendeleyerek bir adım atıp, yardım etmek için kaynatma kazanının kulpundan tutmamla endişeli bir kaş çatmaya dönüştü. "Sergie'ye bu akşam yemeğe inmeyeceğimi söyle lütfen," dedim. "Üşütmüşüm ve yatacağım." Mei Lin başıyla onayladı ancak yaşlı hizmetkâr kızgın gözlerle dikkatle bana baktı.

Kendimi yatağıma attım ve odanın altın renkli duvarları beni koruyucu bir kalkan gibi sardı. Dışarıda Mei Lin'in kahkahaları yaz havasına karışıyordu. Daha uzaktaki ana cadde trafiğinin gürültüsünü duyabiliyordum. Kolumun arkasıyla gözlerimi kapattım, yalnızlığımın ıstırabını çektim. Sergei ile annem hakkında konuşamıyordum. Konuşmayı birden çıkan acil bir işi ya da normalde önemsemeyeceği bir şeyin dikkatini çekmesi bölüyordu. Başka tarafa çevirdiği gözleri ve bedeni onunla ilgili konuşmak konusunda cesaretimi kırıyordu. Sürekli annemden bahsetmenin onu hayallerimde canlı tutacağını ancak sonunda beni delirtebileceğini söylemişti.

Tuvalet masamın üzerindeki matruşka bebeklere baktım ve falcı kadını düşündüm. Arkasında bir şey bıraktıysa sana geri dönecektir. Yataktan kayarak indim ve tuvalet masasının çekmecesini açtım, Sergei'nin bana yeşim kolye için verdiği kadife kutuyu çıkardım. On üçüncü doğum günümden beri hiç takmamıştım. O, kendimi yalnız hissettiğimde yatağın üzerine yaydığım ve üzerine gözyaşlarımı akıttığım, benim için kutsal olan bir nesneydi. Yeşil taşlarına baktığımda onun annem için ne kadar önemli olduğunu hatırlıyordum. Gözlerimi kapatıyor ve babamı genç bir adam olarak hayal etmeye çalışıyordum. Onu ceketinin içine saklamış halde anneme vermek üzere giderken kalbinin nasıl attığını düşünüyordum. Kutuyu açtım ve kolyeyi aldım. Taşlar aşkla titredi sanki. Matruşka bebekleri benimdi ancak bana vermesine rağmen kolye anneme aitti.

Bir şarlatan olduğunu düşündüğüm için falcı kadını reddetmiştim, eğer ona biraz bozuk para verseydim belki duymak istediklerimi bana söyleyebilirdi. Rusya'daki rejim sona erecek ve annen seni bulmak için Şanghay'a gelecek. Ya da eğer hayal gücü geniş bir düzenbaz ise bana bir hikâye uydurabilirdi. Annen kibar bir avcı ile evlenecek ve ondan sonra gölün yanındaki bir evde mutluluk içinde yaşayacak. Her zaman sevgiyle seni düşünecek. Ve sen de zengin bir adamla evlenerek hayatına devam edecek, bir sürü de çocuk yapacaksın.

Kolyeyi bir eşarba sardım ve cebime sakladım. Kadın gerçekten bir sahtekâr çıkarsa bunu önemsememeye karar verdim. Sadece annemle ilgili birileriyle konuşmak, askerin bana anlattıklarını düşünmemi engelleyecek bir şeyler duymak istiyordum. Ancak ön kapıdan dışarı sıvışıp, bahçeye geçtikten sonra bundan daha fazlasını istediğimi yüreğimde hissediyordum. Falcı kadının, annemin gerçek kaderini bana anlatabileceğini umuyordum.

Dış kapıya varmadan önce yaşlı hizmetkârın çığlık attığını duydum. Arkamı dönüp baktığımda onun solgun ve öfkeli yüzünü gördüm. "İkinci kez ortadan kaybolacaksın. Onu endişelendiriyorsun," dedi işaret parmağını göğüs kemiğime bastırırken.

Arkamı döndüm ve hızla çıkarken kapıyı arkamdan çarptım. Ancak bunları yaparken bacaklarım titriyordu. Bu, Şanghay'a geldiğimden beri yaşlı hizmetkârın benimle ilk konuşmasıydı.

Dışarıdaki soğuk azalmıştı ve yaz geri gelmişti. Güneş masmavi gökyüzünde alev alev yanıyordu ve kaldırımdan yukarı sıcak yayılıyor, ayakkabılarımın tabanından ayaklarımı yakıyordu. Boncuk boncuk ter damlaları burnuma iğne gibi batıyordu ve saçlarım enseme yapışmıştı. Cebimdeki kolyeyi iyice kavradım. Ağırdı ancak orada olduğu için kendimi daha sakin hissediyordum. Gördüğüm her yaşlı kadının yüzünde benim falcı kadının gözlerini arayarak Café Moskova'ya giden yola tekrar girdim. Ancak beni bulan o oldu.

"Geri geleceğini biliyordum," dedi pastanenin önündeki kaldırımdan yanıma gelirken. "Sana nerede konuşabileceğimizi göstereceğim. Sana yardım edeceğim."

Falcı kolunu benimkine attı. Buruşuk derisi yumuşaktı ve talk pudrası kokuyordu. Bir anda gözüme o kadar da gösterişli görünmedi, sadece yaşlıydı ve hayattan bıkmıştı. Büyükannem olacak yaştaydı.

Nefes almak için sık sık durarak, beni kafenin birkaç sokak ilerisindeki bir apartmana götürdü. Avluda bir bebek ağlaması yankılandı ve iki kadının onu susturmaya çalıştığını duydum. Binanın çimento duvarları çatlamıştı ve aralardan yosunlar çıkmıştı. Paslanmış bir borudan su sızıyor, girişte ve basamaklarda çamurlu birikintiler oluşturuyordu. Tekir bir kedi bunlardan birinden su içiyordu. Cılız hayvan tahta bir çitin üzerinden atlayarak gözden kaybolmadan önce bize göz kırptı.

Binanın girişi soğuktu ve çöp yığınları doluydu. Ağzına kadar dolu çöp tenekelerinden taşan yemek artıklarının üzerinde yüzlerce sinek vızıldıyordu. Gözlerimi kısarak baktığımda koridorun sonunda bir pencereden gelen hafif bir ışığın önünde bir adam gördüm. Yerleri siliyordu ve binanın bir görevlisi olmasına şaşırdım. Biz geçerken gözleriyle yaşlı kadını takip etti. Ben de adamın kollarındaki kırmızı işaretleri fark ettim, bunlardan bir tanesi ejderhaydı. Gördüğümü fark edince kollarını aşağı indirdi.

Altında ızgarası olan metal bir kapının önünde durduk. Yaşlı kadın boynuna bir parça iple bağlanmış anahtarı çıkardı. Kilidi çevirirken biraz yerinden oynatmak gerekiyordu ve kadın nihayet açtığında kapı isteksizce gıcırdadı. Falcı giriş katındaki daireye telaşla girdi ancak ben paspasın üzerinde durup, içeriye göz attım. Tavandan borular geçiyordu ve duvarlar lekeliydi. Yerleri eski gazeteler kaplamıştı. Kâğıtlar sararmış ve parçalanmıştı, sanki gazetelerin üzerinde bazı hayvanlar uyumuş, yemek yemiş ve çişlerini yapmışlardı. Toz ve kötü hava kokusu midemi bulandırdı. Kadın onunla birlikte içeri girmediğimi fark edince bana doğru döndü ve omuzlarını silkti. "Kıyafetlerinden daha iyisine alışık olduğunu görebiliyorum. Ancak burası sana sunabileceğim en iyi yer."

Yanaklarım kızardı ve içeri girdim züppeliğimden utanarak. Odanın ortasında yırtık pırtık, dikişlerinden içindeki pamukların fırladığı bir kanepe vardı. Kadın, eliyle kanepeyi düzeltti ve yastıklarının üzerine küf kokulu bir battaniye örttü. "Lütfen, otur," dedi. İçerisi dışarıdan daha sıcaktı. Çamur lekeli pencereler kapalıydı ancak arka sokaktaki ayak seslerini ve bisiklet zillerini duyabiliyordum. Kadın çaydanlığı doldurdu ve ocağı yaktı. Ocak odayı iyice ısıttı ve kadının bana bakmadığı bir anda mendilimi çıkarıp burnuma tuttum ve kumaşın yeni yıkanmış kokusuyla rahatladım. Daireyi gözden geçirdim, banyo olup olmadığını merak ettim. Böyle pis bir dairede yaşayıp nasıl tertemiz görünebiliyordu, anlayamadım.

"Çok, birçok insan acı çekiyor," diye mırıldandı yaşlı kadın. "Herkes bir yakınını kaybetti: anne-babasını, kocasını, kız ve erkek kardeşini, çocuğunu. Yardım etmeye çalışıyorum ama bunlardan çok var.

Çaydanlık kaynadı, kadın kaynar suyu kenarları kırık demliğe döküp çaydanlığın üzerine koydu ve önümdeki masaya iki tane fincan yerleştirdi.

"Ona ait bir şey getirdin mi?" diye sordu, ileri doğru uzanıp dizimi okşarken.

Cebimdeki eşarbı çıkarıp, açtım ve içindekini masaya koydum. Yaşlı kadının gözleri kolyeye kilitlendi. Eline aldı ve yüzünün önünde sallandırdı, büyülenmişti.

"Bu, yeşim,"dedi.

"Evet. Ve altın."

Bir elini açtı ve kolyeyi içine bırakarak avucunda tarttı. "Çok güzel," dedi. "Ve çok eski. Artık böyle mücevherler bulamazsın."

"Gerçekten çok güzel," diyerek onayladım ve aniden babamın aynı şeyleri tekrarlayan sözlerini duydum. Bir anımı hatırladım. Üç yaşındaydım. Annem, babam ve onların şehirden arkadaşlarıyla Noel'i kutluyorduk. Babam bizi çağırdı, "Lina! Anya! Hemen gelin! Şu muhteşem ağaca bakın!" Annemle birlikte, telaşla odaya girdik ve onu, her dalı elmalar, fıstıklar ve şekerlerle süslenmiş, dev gibi, yemyeşil bir ağacın yanında dururken bulduk. Ben annemin kucağındaydım. Zencefilli kek yüzünden yapış yapış olmuş minicik parmaklarımla annemin kuğu gibi boynundaki kolyeyle oynuyordum.

"O kolyeyi seviyor, Lina," dedi babam. "Senin üzerinde de çok güzel görünüyor."

Beyaz dantel bir elbise giymiş, saçına ökseotu takmış annem beni, ağacın üzerindeki camdan kar kraliçesine dokunabilmem için babamın omuzlarına koydu.

"Yeteri kadar büyüdüğünde kolyeyi ona vereceğim," dedi annem. "Böylece ikimizi de hatırlar."

Yaşlı kadına döndüm. "O, nerede?" diye sordum.

Kadın kolyeyi avucunda sıktı. Cevap vermeden önce

biraz zaman geçti. "Annen savaş zamanı senden alınmış. Fakat güvende. Nasıl hayatta kalacağını biliyor."

Omuzlarım ve kollarım kasıldı. Ellerimi yüzüme koydum. Her nasılsa gerçeği hissetmiştim. Annem hâlâ yaşıyordu.

Kadın kolyeyi göğsüne dayayarak oturduğu yere iyice gömüldü. Hayal kuran biri gibi, gözleri, göz kapaklarının altında dönüyordu ve göğsünü kaldırdı. "Seni Harbin'de arıyor ama bulamıyor."

Yerimden doğruldum. "Harbin mi?"

Birdenbire kadının yanakları şişti ve küçük yüzünü dalgalandıran bir öksürük kriziyle gözleri dışarı fırladı. Elini ağzına götürdü ve bileğine bulaşmış kanlı bir balgam parçası gördüm. Hemen fincana çay koydum ve ona uzattım ancak eliyle itti. "Su!" dedi zorlukla yutkunurken. "Su!"

Lavaboya koştum ve musluğu açtım. Kahverengi çamur eteğime ve yerlere fışkırdı. Musluğu kıstım ve berraklaşması için suyu akıttım, bir yandan da omzumun üzerinden merakla kadına bakıyordum. Yerdeydi, göğsünü tutmuş, hırıldıyordu.

Yarım bardağı dolduracak kadar su aldıktan sonra kadının yanına koştum. "Kaynatmam gerekmiyor muydu?" diye sordum, bardağı titreyen dudaklarına tutarken. Yüzü berbat bir yeşille gölgelenmişti ancak birkaç yudum aldıktan sonra kasılması azaldı ve yüzünün rengi yerine geldi.

"Biraz çay iç," dedi, yutkunmalarının arasında. "Üzgünüm. Toz yüzünden. Pencereleri kapalı tutuyorum ama yine de sokaktan geliyor."

Çayı koyarken ellerim titriyordu. Çay ılıktı ve demir gibi bir tat bırakıyordu ancak yine de kibarlık olsun diye, birkaç yudum aldım. Kadının, şehrin bu tarafında salgın olan tüberküloz olup olmadığını merak ettim. Buraya geldiğimi duysa Sergei çok sinirlenirdi. Berbat çaydan koca bir yudum daha aldım ve fincanı masaya geri koydum.

"Lütfen, devam et," dedim kadına. "Lütfen, bana annemle ilgili daha fazla şey söyle."

"Bugünlük bu kadar," dedi. "Hastayım." Ancak artık hasta gibi görünmüyordu. Beni inceledi. Bekledi.

Elimi elbisemin içine soktum, jüponumun içine sakladığım banknotları çıkardım ve masanın üzerine koydum. "Lütfen!" diye haykırdım.

Gözleri ellerime dikilmişti. Ellerimin titremeye başladığını hissettim. Kollarım öyle ağırlaşmıştı ki, kaldıramıyordum.

"Annen," dedi yaşlı kadın, "seni bulmak için Harbin'e geri döndü. Fakat oradaki Rusların hepsi ve o artık senin nerede olduğunu bilmiyor."

Yutkundum. Boğazım yandı, nefes alamıyordum. Hava almak için ayağa kalkmaya çalıştım ancak bacaklarımı hareket ettiremedim. "Ama komünistler… onu öldürürler…" diye başladım. Ellerim titremeye, boğazım kasılmaya başladı. "Rusya'dan nasıl çıkabilir? Sovyetler sınırı koruyor." Kadının görüntüsü bulanıklaştı. "Bu imkânsız," dedim.

"İmkânsız değil," dedi yaşlı kadın, ayağa kalkarak. Bana doğru eğildi. "Annen tıpkı sana benziyor. Tez canlı ve kararlı."

Midem çalkalandı. Yüzüm ateşle yandı. Kendimi sandalyenin arkasına bıraktım, tavan tepemde dönüyordu.

"Annemle ilgili tüm bunları nereden biliyorsunuz?" diye sordum.

Kadın güldü. Canımı sıktı. "Sanırım, izliyorum ve konuşmaları dinliyorum," dedi. "Ayrıca tüm kızıl saçlılar oldukça azimlidirler."

Yan tarafıma, tekme atılmış gibi bir ağrı saplandı. Fincana baktım ve anladım. "Benim annem kızıl saçlı değildir." dedim.

Kadın kolyeyi tepemde tuttu. Onu almaya kalkışmadım. Onu kaybettiğimi biliyordum. Kapının açıldığını ve bir adamın bağırdığını duydum. Sonra sessizlik ve sadece karanlık oldu.

Adamların sesleri beni kendime getirdi. Tartışıyorlardı. Kulaklarım onların bağrışmalarıyla çınladı. Gözüme doğru bir ışık yakıldı ve göğsüm ağrıdı. Midemin üzerinde bir şey yatıyordu. Gözlerimi kısarak baktım ve onun elim olduğunu gördüm. Derim çizilmiş ve ezilmişti, tırnaklarım kırılmış ve içleri pislikle dolmuştu. Parmaklarımı hissetmiyordum ve onları oynatmaya çalıştım ancak beceremedim. Bacağıma sert bir şey batıyordu. Oturmaya çalıştım ancak başım zonkladı ve tekrar yattım.

"Onun kim olduğunu bilmiyorum," dedi adamlardan biri bozuk bir İngilizceyle. "Bu şekilde kafeme geldi. Onun iyi bir aileden olduğunu biliyorum çünkü genellikle iyi giyiniyor."

"Demek ki, onu daha önce de gördün?" diye sordu, diğer adam. Hint aksanı vardı.

"İki kere kafeme geldi. Adını hiç söylemedi. Her zaman Rusya ile ilgili sorular soruyordu."

"Çok güzel bir kız. Belki onu çekici bulmuşsundur?"

"Hayır!"

Birkaç denemeden sonra doğrulup oturmayı başardım ve ayaklarımı yere sallandırdım. Kan beynime hücum etti ve midem bulandı. Gözlerimdeki kararma geçince parmaklıklar belirginleşti ve bir hapishane hücresinde olduğumu anladım. Kapısı açıktı ve ben duvara dayalı bir sıranın üzerinde oturuyordum. Köşede bir lavabo ve bir kova vardı. Çimento duvarlar akla gelebilecek her dilde grafitilerle kaplıydı. Çıplak ayaklarıma baktım. Tıpkı ellerim gibi onlar da kirliydi ve çiziklerle doluydu. Bir an ürperdim ve üzerimde sadece jüponumun olduğunu fark ettim. Üzerinden elimle yokladım ve külotum da yoktu. Koridordaki adamı, bomboş bakan gözlerini ve ellerindeki izleri hatırladım. Kadının suç ortağı olmalıydı. Bacaklarımı açıp arasında herhangi bir yara olup olmadığına bakarken ağlamaya başladım. Ancak hiçbir şey yoktu. Sonra kolyeyi hatırladım ve ağlamayı bıraktım.

Polis hemen hücreye girdi. Gençti, cildi bal kadar pürüzsüz ve kahverengiydi. Omuzlarının üzerinde süslü şeritler bulunan üniforması tertemizdi ve kafasında türban vardı. Benimle konuşmak için diz çökmeden önce ceketini düzeltti. "Arayabileceğin kimsen var mı?" diye sordu. "Korkarım, soyulmuşsunuz."

Sergei ve Dmitri kısa bir süre sonra polis merkezine geldiler. Sergei öyle solgun görünüyordu ki, derisinin altındaki damarları görebiliyordum. Dmitri'nin koluyla ona destek olması gerekiyordu.

Sergei bana evden getirdiği bir elbise ve bir çift ayakkabıyı verdi. "Umarım bunlar işe yarar, Anya," dedi, sesi endişeden gergindi. "Mei Lin hazırladı."

Lavabodaki sert sabunla kendimi temizledim. "Annemin kolyesi," diye ağladım, soluk borum üzüntüden tıkanmıştı. Ölmek istiyordum. Lavaboya tırmanmak ve suyla birlikte akıp gitmek. Bir daha asla görünmemek...

Polisi, Sergei ve Dmitri'yi tekrar o yıkık dökük apartmana götürdüğümde saat sabaha karşı ikiydi. Ay ışığında daha beter görünüyordu, çatlak duvarları gökyüzünün karanlığına doğru uzanıyordu. Fahişeler ve afyon satıcıları avluda bekliyorlardı ancak polisi görünce hamam böcekleri gibi gölgelerin ve boşlukların içinde kayboldular.

"Oh, Tanrım! Beni affet, Anya," dedi Sergei, kolunu omzuma koyarken, "annenle ilgili konuşmana izin vermediğim için."

Loş koridorda yönümü şaşırdım, hangisi olduğuna karar veremeden her kapının önünde duraksıyordum. Gözlerimi kapattım ve koridorun öğle sonrası ışığında nasıl göründüğünü hatırlamaya çalıştım. Arkamdaki bir kapıya döndüm. Polisle Sergei birbirlerine baktılar. "Bu mu?" diye sordu polis.

İçeride birinin hareket ettiğini duyabiliyorduk. Dmitri'ye baktım ancak onun gözleri başka taraftaydı ve çenesi sımsıkıydı. Birkaç ay önce olsa onu gördüğüm için heyecanlanabilirdim ancak şimdi neden geldiğini bile anlamıyordum.

Polis kapıyı çaldı. İçerideki hareket kesildi ancak cevap veren olmadı. Tekrar çaldı, sonra da yumruğuyla kapıya vurdu. Kapı kilitli değildi ve ardına kadar açıldı. Dairenin içi karanlık ve sessizdi. Küçük pencerelerden dışarıdaki sokak lambalarının soluk ışıkları sızıyordu.

"Kim var orada?" diye bağırdı polis. "Dışarı çık!"

Odanın içinden hızla bir şey geçti. Polis ışığı yaktı. Kadını görünce hepimiz yerimizden sıçradık. Vahşi bir hayvan gibi korkmuştu. Onu çılgın gibi bakan gözlerinden tanıdım, taşsız tacı kafasında dengesiz bir şekilde duruyordu. Kadın sanki canı yanıyormuş gibi haykırdı ve köşeye sindi, elleriyle kulaklarını kapatıyordu. "Dusha-dushi," dedi. "Dusha-dushi."

Polis üzerine atıldı ve kolundan çekip kaldırdı. Kadın inledi.

"Hayır! Durun!" diye haykırdım. "Bu, o değil!"

Polis onu bıraktı, kadın yere düştü. Adam ellerini tiksinerek pantolonunun üzerinde temizledi.

"Onu kafeden tanıyorum," dedim. "O, zararsız."

"Şişst! Şişşt!" dedi kadın, parmaklarını dudakları-

nın üzerine koyarken. Bana doğru sendeledi. "Buraday-
dılar," dedi. "Yine gelecekler."

"Kim?" diye sordum.

Kadın bana sırıttı. Dişleri sapsarıydı. "Onlar ben
evde yokken geliyorlar," dedi. "Geliyorlar ve benim için
buraya bir şeyler bırakıyorlar."

Sergei ilerledi ve kadının sandalyeye oturmasına
yardım etti. "Madam, lütfen bize evinize kimlerin gel-
diğini söyleyin," dedi. "Bir suç işlendi."

"Çar ve Çariçe," dedi kadın, masanın üzerindeki fin-
canlardan birini alıp, ona gösterirken.

"Korkarım, kolyenizi bulamayacağız," dedi polis,
arabanın kapılarını bizim için açarken. "O hırsızlar şim-
diye çoktan kadar kolyeyi parçalamış, taşları ve zinci-
ri ayrı ayrı satmışlardır. Sizi ve kafedeki kadını gizli-
ce dinlemiş olmalılar. Şehrin bu tarafına bir süre gel-
mezler."

Sergei, polisin cebine bir tomar para sokuşturdu.
"Deneyin," dedi, "sizi bekleyen çok daha büyük bir ödül
olacak."

Polis başını salladı ve cebini okşadı. "Neler yapabile-
ceğime bir bakayım."

Ertesi sabah gözlerimi açtım ve perdelerin arasından
içeri girip üzerimde dans eden güneş ışığını gördüm.
Komodinin üzerinde gardenyalarla dolu bir vazo duru-

yordu. Onları birkaç gün önce oraya koyduğumu hatırladım. Çiçeklere baktım, rüya gördüğüme ve dün olanların gerçekten yaşanmamış olduğuna dair iyimser bir ışık yandı kafamda. Bir an için, eğer yataktan çıkıp, tuvalet masasının ilk çekmecesini açarsam, kolyeyi Şanghay'a ilk geldiğimde emniyette olması için içine koyduğum kutusunda tekrar bulacağıma inandım. Ancak kırışmış çarşafların altından çıkan bacağımı gördüm. Üzerinde porselen bir vazonun çatlakları gibi mor çizikler vardı. Bunların görüntüsü üzerime çullanan gerçeği hatırlattı. Yumruklarımı gözlerimin üzerine koydum, bana acı veren görüntüleri engellemeye çalışıyordum: Sovyet askeri, pislik ve toz kokan harabe daire, ben onu yitirmeden önce çingenenin elinden sarkan kolye.

Mei Lin perdeleri açmaya geldi. Onları kapalı tutmasını söyledim. Kalkmanın ve güne başlamanın bir anlamı yoktu. Okulda rahibelerin peçeli, soluk yüzleriyle bana bakıp, neden dün derslere gelmediğimi sormalarını hayal edemiyordum.

Mei Lin kahvaltı tepsimi komodinin üzerine koydu. Bir hırsız gibi odadan kaçmadan önce kapağı kaldırdı. İştahım yoktu, sadece midemin ortasında bir ağrı vardı. Pencereden kısık sesle, Madame Butterfly'ın 'Un bel di'si afyon dumanının halkasıyla sürüklenerek içeri giriyordu. Sergei'nin dozunu erken saatte aldığını fark etmek bile ruhumu uyandıramadı. Bu, benim hatamdı. Gece geç saatte yanıma gelmişti. Koyu renkli kaşları ve endişeli gözleriyle gölgelerin içinde, acılar içinde bir azize benziyordu. "Ateşin var," demişti, elini alnıma koyunca. "O kocakarının sana verdiği ilacın seni zehirlemesinden korkuyorum."

Ben onun yeniden yaşadığı bir kâbustum. Fark ettirmeden ölüp gideceğimden korkuyordu. Sergei'nin ilk karısı, Marina, 1914 salgınında tifoya yakalanmıştı. Hastalığının en kötü zamanlarında gece gündüz karısının yatağının yanı başında oturmuştu. Teni ateş gibi yanmış, nabzı düzensiz atmış ve gözleri ölü gibi ışığını kaybetmişti. Zorunlu beslenmesi, soğuk banyolar yaptırılması ve damardan ilaçlar alması için en iyi doktorları çağırmıştı. En önemli enfeksiyonla baş edebilmişlerdi ancak Marina iki hafta sonra yoğun bir iç kanama nedeniyle ölmüştü. Bu, Sergei'nin karısının yanında olmadığı tek geceydi, doktorlar ve yardımcıları onu, kadının iyileşmeye başladığına ve gidip düzgün bir yatakta uyumaya ikna etmişlerdi.

Sergei beni muayene etmesi için bir doktor çağırmak istedi ancak ben titreyen eline yapışıp onu yanağıma koydum. Dizlerinin üzerine çöktü ve çenesini yatağımın üzerinde duran kolunun üzerine koydu. O dev adam, tıpkı dizlerinin üzerinde dua eden bir çocuğa benziyordu.

Hemen ardından uykuya dalmış olmalıyım çünkü hatırladığım en son şey buydu. Bu sefilliğimin içinde Sergei'ye sahip olduğum için şanslıydım. Ve onu kaybetmekten korktum, ansızın, tıpkı annemi ve babamı kaybettiğim gibi.

Daha sonra Amelia yarışlara gidip, Sergei de afyonun etkisiyle uyuyunca Mei Lin gümüş bir tepside bana bir not getirdi.

Aşağı gel, seninle konuşmak istiyorum ve yukarı çıkmama izin verilmiyor.

Dmitri.

Hemen yataktan fırladım, saçlarımı düzelttim ve gardıroptan temiz bir elbise kaptım. Merdivenleri ikişer ikişer indim ve aşağı vardığımda tırabzanın arasından baktım. Dmitri, yanında şapkası ve ceketiyle oturma odasında bekliyordu. Gözlerini odada gezdiriyor ve ayağını yere vuruyordu. Yumruğuyla bir şey kavramıştı. Derin bir nefes aldım ve kendime çeki düzen verdim, o çocuksu halimin tam tersi Francine gibi ağırbaşlı olmaya çalıştım.

Odadan içeri adım attığımda ayağa kalktı ve gülümsedi. Sanki kötü uyumuş gibi gözlerinin altında gölgeler vardı ve yanakları şişmişti.

"Anya," dedi, elini açıp, bana kadife bir kese uzatırken. "Kurtarabildiklerim sadece bunlar."

Açmak için kesenin bağcıklarını çektim ve içindekileri elime boşalttım. Üç yeşil taş ve altın zincirin bir kısmı. Annemin kolyesinden kalan parçalara parmaklarımla dokundum. Taşlar çizilmişti. Gerçek değerini düşünmeden dikkatsizce zincirden kopartılmışlardı. Taşların görüntüsü bana, kazadan sonra babamın eve getirilen yaralı bedenini gördüğüm geceyi hatırlattı. Babam bize geri dönmüştü ancak eskisi gibi değildi. Adamlar onu parçalar halinde getirmişlerdi.

"Teşekkür ederim," dedim, cesurca gülümsemeye çalışırken. Polis kolyenin bulunmasının imkânsız olduğunu söylemişti. Dmitri'ye bu parçaları nerede bulduğunu sormaya korkuyordum. Ne tür yöntemler kullanmıştı? Tıpkı Sergei gibi, onun da daha karanlık bir dünyaya girdiğini hissediyordum. Bu, önümde duran yakışıklı ve güzel konuşan adamla hiç ilgisi olmayan bir dünyaydı.

"Çok naziksin," dedim. "Çok aptalım. Yaşlı kadının bana yalan söyleyeceğini biliyordum. Ben sadece beni soyacağını beklemiyordum."

Dmitri pencereye doğru yürüdü ve gözlerini bahçeye dikti. "Senin Şanghay gibi bir yere göre eğitilmediğini düşünüyorum. Senin birlikte büyüdüğün Ruslar... kibar insanlar. Ben daha az kibar olanlarla büyüdüm ve bunların ne kadar alçak olduklarını biliyorum."

Bir süre onu, sırtının düzlüğünü, omuzlarının genişliğini inceledim. Onun yakışıklılığı karşısında aklım başımdan gidiyordu ancak karanlık dünyası benim için büyük bir gizemdi.

"Aptal ve berbat biri olduğumu düşünüyor olmalısın," dedim.

Bana döndü, gözleri şaşkınlık içindeydi. "Ben senin çok güzel ve akıllı olduğunu düşünüyorum. Hiç senin gibi birini görmedim... sen kitaplardan çıkmış gibisin. Bir prenses."

Annemin kolyesinden arda kalanları kesenin içine koydum. "Seni o öğleden sonra bahçede gördüğümde böyle düşünmüyordun. Marie ve Francine'le olduğun gün," dedim. "Benim aptal bir okul çocuğu olduğumu düşündün."

"Asla!" dedi Dmitri, iyice telaşlanarak. "Ben Amelia'nın kaba olduğunu düşünmüştüm… ve biraz da kıskanmıştım."

"Kıskanmak mı? Neden?"

"Ben de iyi bir okula gitmiş olmayı isterdim. Fransızca ve sanat okumak istedim."

"Oh!" dedim, keyifle. Aylarımı onun beni küçümsediğini düşünerek geçirmiştim.

Oturma odasının kapısı açıldı ve Mei Lin içeri zıpladı. Dmitri'yi görünce donup kaldı ve geri çekildi, utanarak kanepenin koluna asıldı. Önceki hafta öndeki iki dişini kaybetmişti ve peltek konuşuyordu. "Bay Sergei, artık çay isteyip istemediğinizi soruyor," dedi kibar bir Rusçayla.

Dmitri güldü ve dizine vurdu. "Bunu senden öğrenmiş olmalı," dedi. "Bir aristokrat gibi konuşuyor."

"Çaya kalmak ister misin?" diye sordum. "Sergei seni görmekten hoşlanır."

"Ne yazık ki kalamam," diye cevapladı, şapkasını ve ceketini alırken. "Kulüp için bir caz orkestrası seçmem gerekiyor."

"Demek Fransızca ve sanat okumak isterdin?"

Dmitri tekrar güldü ve sesi bana sıcak bir dalga halinde geldi. "Bir gün," dedi, "Sergei inadı bırakacak ve seni kulübe getirecek."

Dışarıda taze bir hava vardı ve güneş alev alev yanıyordu. O sabah hiç keyfim yoktu ancak Dmitri beni neşelendirmişti. Bahçe seslerle, kokularla ve renklerle doluydu, canlıydı. Kuşlar şarkılar mırıldanıyordu ve kenarlardaki yıldız çiçeklerinin tomurcukları açılmıştı. Çeşmenin ve duvarın sürekli gölgede kalan bölümlerinde benek benek yerleşmiş yosunun keskin kokusunu duyabiliyordum. Kolumu Dimitri'nin koluna sokup, kapıya kadar onunla yürümeyi arzuladım ancak buna engel oldum.

Dmitri dönüp eve baktı. "Burada iyi misin, Anya?" diye sordu. "Yalnız hissediyor olmalısın."

"Artık alıştım," dedim. "Kütüphane var. Ve okulda da birkaç arkadaşım var."

Durdu ve kaşlarını çatarak yerdeki bir çakıl taşını tekmeledi. "Kulüp yüzünden fazla vaktim olmuyor," dedi, "ama seni ziyarete gelebilirim, istersen. Her çarşamba öğleden sonra birkaç saatliğine gelmeme ne dersin?"

"Evet," dedim, ellerimi çırparak. "Bu çok hoşuma gider."

Yaşlı hizmetkâr, bizim için kapının üzerindeki mandalı açtı. Gözlerinin içine bakmaya korkuyordum. Kolyeye neler olduğunu ve bu yüzden beni daha fazla küçümseyip küçümsemediğini merak ettim. Ancak o her zaman ki sırıtan suratıyla sessizce duruyordu.

"Peki, o zaman haftaya çarşamba ne yapalım?" diye sordu, çekçek çağırmak için ıslık çalarken. "Tenis oynamak ister misin?"

"Hayır, okulda yeteri kadar oynuyorum," dedim. Yanaklarımız birbirine yaslanmış, yumuşacık ellerinden bir tanesi kürek kemiklerimin arasında, diğerinin elimi kavradığını hayal ettim. Dudağımı ısırdım ve onun da aynı şeyi hissettiğine dair bir işaret vermesi için Dmitri'yi inceledim. Ancak yüzü maske gibiydi. Ağzımı açmadan önce bir an duraksadım: "Bana, Marie ve Francine'le yaptığın dansı öğretmeni istiyorum." Dmitri bir adım geriledi, şaşırmıştı. Yanaklarımın kızardığını hissettim ancak geri adım atmayacaktım. "Tango," dedim.

Güldü, beyaz dişlerinin tamamını göstererek başını geriye attı. "Tango çok ateşli bir danstır, Anya. Sanırım, bunun için Sergei'den izin almam gerek."

"Bir zamanlar onun da mükemmel bir dansçı olduğunu duymuştum," diye cevap verdim, sinirden sesim kalınlaşıyordu. Dmitri benim güzel ve akıllı olduğumu düşündüğünü söylemesine rağmen onun gözünde küçük bir kız olduğumu görebiliyordum. "Ondan bize öğretmesini isteyebiliriz."

"Olabilir." Dmitri tekrar güldü. "Gerçi sen konusunda oldukça katı davranıyor. Eminim Viyana valsleri konusunda ısrar edecektir.

Yırtık şortlu ve eski tişörtlü çocuk çekçeği kapıya yaklaştırdı. Dmitri ona kulübün adresini verdi. Yerine oturuşunu seyrettim.

"Anya," diye seslendi. Başımı kaldırıp baktım ve bana doğru eğilmiş olduğunu gördüm. Beni öpeceğini düşündüm ve yanağımı ona döndüm. Ancak o elini kulağıma kapattı ve fısıldadı: "Anya, seni anladığımı bilmeni istiyorum. Ben de senin yaşındayken annemi kaybettim."

Kalbim öyle yüksek sesle atıyordu ki, onu zor duydum.

Çocuğa işaret etti ve çekçek sokaktan aşağı indi. Köşeyi dönmeden önce Dmitri dönüp, el salladı. "Çarşambaya görüşmek üzere," diye bağırdı.

Derim karıncalanıyordu. O kadar ısınmıştım ki, kemiklerimin eridiğini düşündüm. Omzumun üzerinden geriye baktım ve yaşlı hizmetkârın bana baktığını gördüm, kemikli eliyle kapıyı tutuyordu. Onu ve bahçeyi geçtim ve koşarak eve girdim, içimdeki duygular Çin orkestrası gibi ziller çalıyordu.

4
Moscow-Shanghai

Şanghay'da kış, Harbin'de olduğu gibi soğuk değildi ancak onun kadar güzel de değildi. Binaları ve sokakları kaplayan beyaz kar örtüsü, saçaklardan kristal gibi sarkan sarkıtlar, huzurlu bir sessizlik içine çekilme yoktu. Bunun yerine sonsuz gri bir gökyüzü, pis sokaklarda acılı yüzlerle yürüyen, üstü başı darmadağınık insanlar vardı. Hava o kadar rutubetliydi ve yağmurluydu ki, ürpertiyor ve hüzün veriyordu.

Bahçe berbat bir durumdaydı. Bitki yatakları, sadece en güçlü olanların başlarını kaldırabildikleri çamurdan yamalarına benziyordu. Gardenya ağacını bir ağ ve örtüyle kaplamıştım. Geri kalan don yemiş ağaçlar yapraksız ve karsız, çıplak bir şekilde duruyorlardı. Geceleri, tıpkı mezarlarından çıkmış iskeletler gibi, perdelerimin üzerine vuran korkunç gölgelere dönüşüyorlardı. Rüzgâr aralarından uluyor, pencere çerçevelerinin içindeki camı titretiyor ve tavandaki kirişleri gıcırdatıyordu. Geceleri annem için ağlayarak, onu aç ve titrer bir halde şiddetli fırtınada hayal ederek saatlerce uyanık kalıyordum.

Ancak çiçekler ve bitkiler cansız olarak yatarken benim bedenim filizleniyordu. Bacaklarım yatağın ucuna uzanacak kadar uzamıştı, bu yüzden uzun boylu olacağımı tahmin edebiliyordum, tıpkı annem ve babam gibi. Belim inceldi, kalçam genişledi ve çocuksu çillerim fildişi bir tene dönüşmeye başlamıştı. Sonra göğüslerim kaburgalarımdan dışarı doğru şişmeye başladı. Tıpkı baharda açan çiçekler gibi kazağımı içerden iterlerken onları ilgiyle izliyordum. Saçlarım sarı-kızıl olarak kaldı ancak kaşlarımın ve kirpiklerimin rengi koyulaştı, sesim ise daha kadınsı bir ton aldı. Görünüşe bakılırsa saçlarım dışında değişmeyen tek şey mavi gözlerimdi. Değişiklikler o kadar hızlıydı ki, tıpkı bir kütükle önü kesilen bir nehir gibi, geçen yıl gelişimim engellenmiş olmalı diye düşünmeden edemiyordum ve Şanghay'da o engel kaldırılmış ve ileriye doğru şaşırtıcı bir akış sağlanmıştı.

Banyo küvetinin kenarına tüneyip, bir yabancıya dönüşen kendime saatlerce bakıyordum. Kendimdeki değişiklikler hem beni neşelendiriyor hem de keyfimi kaçırıyordu. Kadınlığa attığım her adım beni Dmitri'ye yaklaştırıyor ve annemle birlikte geçirdiğim çocukluğumdan uzaklaştırıyordu. Artık mantarlarla ilgili şarkı söylediği ve onu asla bırakmak istemediği için elini sıkmaktan morarttığı çocuk değildim. Annemin beni tanıyıp tanımayacağını merak ettim.

Dmitri sözüne sadık kaldı ve her çarşamba beni ziyarete geldi. Balo salonundaki kanepeleri ve sandalyeleri kenara çekiyorduk ve Sergei'ye bize dans öğretmesi için yalvarıyorduk. Dmitri'nin tahmin ettiği gibi, Sergei

Viyana valslerinde ısrar etmişti. Duvarlarda asılı portre-
lerin acımasız gözleri altında Dmitri ve ben dönüşleri-
mize çalışıyorduk. Sergei iyi bir öğretmendi, adımları-
mızı, kollarımızı ve kafalarımızın pozisyonunu düzelt-
mek için bizi sık sık durduruyordu. Ancak ben beklenti-
lerimin ötesinde mutluydum. Dmitri ile dans ettiğim sü-
rece hangi tarzda ya da hangi müzikte dans ettiğimizin
ne önemi vardı? Her hafta onunla geçirdiğim birkaç saat
bana üzüntümü unutturuyordu. Başlarda Dmitri'nin sa-
dece bana üzüldüğü için ya da Sergei onu zorladığı için
geldiğini düşünüyordum. Ancak onu, tıpkı bir kedinin
fareyi gözlediği gibi gözledim, istekli olduğuna dair işa-
retler arıyor ve buluyordum. Derslerimize asla geç kal-
mıyordu ve zamanımız bittiğinde hayal kırıklığına uğ-
ramış gibi görünüyordu, paltosunu ve şemsiyesini almak
için normalden daha fazla oyalanıyordu. Çoğu zaman,
benim bakmadığımı düşündüğünde, onu bana bakarken
yakalıyordum. Aniden ona dönüyordum ve sanki dikka-
tini başka bir şeye vermiş gibi, bakışlarını çeviriyordu.

Nergislerin başlarını topraktan çıkardığı ve kuşların
bahçeye geri döndükleri dönemde nihayet regl oldum.
Luba'dan, Sergei'ye beni Moscow-Shanghai'a götürme-
si gerektiğini söylemesini istedim. Artık bir kadındım.
Cevap bana üzerinde bir yasemin filizi olan gümüş bir
kartla geldi: On beşinci doğum gününden sonra. Bir ka-
dın olarak daha fazla deneyime ihtiyacın var.

Sergei Dmitri'ye, bize bolero öğreteceğini söyledi.
Ben tango istiyordum ve asla bolero diye bir şey duyma-
dığım için hayal kırıklığına uğramıştım.

"Hayır, bu dans daha sembolik," dedi Dmitri, bana

moral vermek için. "Sergei ve Marina evlendikleri gün bolero yapmışlar. Yeteri kadar ciddi olduğumuzu düşünmese bize öğretmek istemezdi."

Ertesi hafta Sergei balo salonundaki ışıkları azalttı. İğneyi plağın üzerine koydu ve ben hafif sağda olmak üzere Dmitri ile beni birbirimize karşılıklı olarak yerleştirdi, o kadar yakın duruyorduk ki Dmitri'nin gömleği benim üzerime yapışmıştı. Kalp atışlarını kaburga kemiklerimde duyabiliyordum. Amber rengi ışığın altında Dmitri'nin yüzü ve bizim duvarlardaki gölgelerimiz tuhaf görünüyordu. Müzik, davulların vuruşuna sürekli uyum sağlayan bir ritimdi. Sonra, tıpkı bir yılan oynatıcısının kavalı kadar büyüleyici flüt melodiye başladı. Cesaret dolu trompetler ve ihtirasla dolu kornolar çılgınlıkla onlara katıldı. Sergei dans etmeye başladı, adımları konuşmadan öğretiyordu. Dmitri ve ben, birbirine çarpan zillerle ölçüyü yakalıyorduk, alçalıp yükseliyor ve ayaklarımızın tersi yönünde kalçalarımızı sallayarak bir ileri bir geri dans ediyorduk. Müzik beni ele geçirmişti ve döndürerek başka bir dünyaya götürüyordu. Bir an için Dmitri ve ben, halkını yöneten İspanya kral ve kraliçesiydik, sonra Don Kişot'un eşliğinde, atlarımızla rüzgârlı ovaları geçiyorduk, daha sonra halkının önünden arabalarıyla geçen Roma imparatoru ve imparatoriçesi olduk. Dans bir fantezi, bildiğim en erotik deneyimdi. Sergei önümüzde uzun adımlarla ilerlerken elleri yavaşça başından aşağı kayıyordu ancak adımları erkeksiydi; Dmitri ve ben, birbirimize yakın duruyor, bir an için bekliyor ve sonra uzaklaşıyorduk. Müziğin melodisi kendisini defalarca tekrar etti, bizi içine çekip çıkarıyor, tahrik ediyor ve doruklara çıkarıyordu.

Sergei durduğunda, Dmitri ve ben nefessiz kalmıştık. Birbirimize sarıldık, titriyorduk. Sergei bizi başka bir dünyaya götürüp sonra da geri getirmiş bir sihirbazdı. Ateşten yanıyordum ancak gidip oturmak için bacaklarımı hareket ettiremiyordum.

İğne, plağın üzerinde cızırdadı ve Sergei ışıkları açtı. Parmaklarının ucuna tünemiş sigarası ve soluk yüzünün etrafını vizon postu gibi saran dümdüz saçlarıyla Amelia'yı gördüğümde şaşırdım. Onun varlığı tüylerimi ürpertmişti. Bana tıpkı düşmanını inceleyen bir ordu komutanı gibi bakarken bir duman halkası üfledi. Keşke bakışlarını üzerimden çekseydi. Bolerodan sonra aldığım keyfi kaçırıyordu. Düşüncelerimi okumuş olmalıydı çünkü kıs kıs güldü, topuğunda geri döndü ve gitti.

Sergei'nin beni on beşinci yaş günümden sonra Moscow-Shanghai'ye götüreceğine dair verdiği söze pek inanmamıştım ancak ertesi yıl bir ağustos gününde çalışma odasından çıkıp o akşam kulübe gideceğimi söyledi. Amelia, Bayan Woo'nun benim için diktiği zümrüt rengindeki elbiseyi çıkardı ancak neredeyse başımdan bile geçirmedim, çok fazla büyümüştüm. Sergei, düzeltmesi için acilen terzi kadını çağırdı. Kadın gittiğinde saçlarımı taramak için Mei Lin geldi. Elinde bir makyaj çantasıyla Amelia da onun arkasından geldi. Yanaklarıma ve dudaklarıma ruj sürdü ve bileklerime ve kulaklarımın arkasına mis kokulu bir parfüm sıktı. İşini bitirdiğinde arkasına yaslandı ve gülümsedi, sonuçtan memnundu. "Artık bir yetişkin olduğun için sana itirazım yok," dedi. "Ben asık suratlı çocuklara katlanamam."

Yalan söylediğini biliyordum. Hâlâ bana katlanamıyordu.

Arabada onunla Sergei'nin arasına oturdum. Bubbling Well Caddesi, tıpkı bir sessiz sinema gibi akıyordu. Her milletten genç kadınlar gece kulüplerinin kapısında duruyorlar, pullu elbiselerinin ve tüylü fularlarının içinde ışıldıyorlardı. Gelen geçene el sallıyor, gülüşleriyle müşterilerini baştan çıkarmaya çalışıyorlardı. Bir grup eğlence düşkünü insan kalabalık kaldırımlar boyunca yalpalayarak yürüyordu, sarhoşlukla yayalara ve işportacılara çarpıyorlardı bu arada kumarbazlar sokak köşelerinde toplanmışlardı, tıpkı neon ışıklarının altındaki böcekler gibi.

"İşte geldik!" dedi Sergei. Kapı ardına kadar açıldı ve Kazak üniforması içindeki bir adam arabadan inmeme yardım etti. Şapkası ayı kürkünden yapılmıştı ve kendimi ona dokunmaktan alıkoyamadım, aynı zamanda önümde açılan bu ihtişam karşısında ağzım açık bakakaldım. Kırmızı bir halı geniş taşlardan yapılmış basamakların üzerine serilmişti, altın renginde örgülü kordonlarla çevrelenmişti. Bir kuyruk halindeki erkek ve kadınlar kulübe girmek için bekliyorlardı. Gece elbiseleri, kürkleri, satenleri ve mücevherleri koyu renkli lambaların altında ışıldıyordu. Hava onların gevezelikleriyle canlanmıştı. Basamakların tepesinde dev neo-klasik sütunlarıyla bir kemer ve girişi koruyan mermerden iki aslan vardı. Dmitri orada bekliyordu. Birbirimize gülümsedik ve bizi karşılamak için hızla merdivenlerden aşağı indi. "Anya," dedi, bana yaklaşarak. "Bundan sonra dans etmek için yanımda her zaman sen olacaksın."

Dmitri, gece kulübünün müdürü olarak saygı görüyordu. Bizi kırmızı halıdan geçirirken, konuklar saygıyla yol açtılar ve diğer Kazaklar da bizi başlarıyla selamladılar. İçeride, fuaye nefes kesiciydi. Beyaz, yapay mermer duvarlar ve varaklı aynalar, Bizans tarzı tavandan sarkan dev avizenin ışığını yansıtıyordu. Pencere havası verilmiş çerçevelerin içine mavi bir gökyüzü ve beyaz bulutlar resmedilmişti ve daimi bir alacakaranlığın izlenimini veriyordu. Salon, babamın bana bir zamanlar gösterdiği Çar'ın sarayının fotoğrafını düşündürdü ve onun bana, içeri herhangi biri girdiğinde kafeslerinde şarkı söyleyen kuşları anlattığını hatırladım. Ancak Moscow-Shanghai'da şarkı söyleyen kuşlar yoktu sadece işlemeli Rus elbiseleri içinde konukların ceketlerini ve şallarını alan bir grup genç kadın vardı.

Gece kulübünün içinin tamamen farklı bir havası vardı. Orkestranın müziğiyle döne döne dans eden insanların bulunduğu dans pistini ahşap panelli duvarlar ve kırmızı Türk halıları çevreliyordu. Göz alıcı çiftlerin arasında Amerikalı, İngiliz ve Fransız görevliler güzel, kiralık dansçılarla vals yapıyorlardı. Diğer müdavimler akaju sandalyelerinden ve kadife kanepelerinden bakınıyorlar, şampanyalarını ve viskilerini yudumluyorlar ve garsonlara ekmek ve havyar getirmelerini işaret ediyorlardı.

Duman dolu havayı içime çektim. Tıpkı Sergei'nin bize bolero öğrettiği öğle sonrasındaki gibi, yepyeni bir dünyanın içine çekilmiştim. Sadece, Moscow-Shanghai gerçekti.

Dmitri bizi dans pistini gören, asmakattaki restorana çıkardı. Düzinelerce gaz lambası, tamamı dolu masaları süslüyordu. Bir garson elinde şişe geçirilmiş bir kebapla yanımızdan geçerken, havayı kızarmış kuzu etinin, soğanın ve kanyağın nefis kokusuyla doldurdu. Baktığım her yerde elmaslar ve kürkler, pahalı yünler ve ipekler vardı. Bankacılar ve otel müdürleri oturmuş, gangsterler ve kodamanlarla iş konuşurken, aktörler ve aktrisler, diplomatlara ve gümrük memurlarına göz süzüyorlardı.

Alexei ve Luba, masalarında yarısı bitirilmiş bir şarap sürahisiyle restoranın en uzak köşesinde yerlerini almışlardı bile. İki İngiliz gemi kaptanı ve onların eşleriyle konuşuyorlardı. Erkekler bizi görünce ayağa kalkarlarken, dudaklarını sımsıkı kapatmış eşleri, hafiften maskeledikleri hoşnutsuzlukla Amelia ve beni süzdüler. Kadınlardan bir tanesi elbisemdeki yırtmaçlara gözünü öyle bir dikti ki, tenim utançtan ürperdi.

Smokinli garsonlar bize, içinde bir istiridye ziyafeti, bal kabağıyla doldurulmuş piroshki[15], havyarlı blini[16], kremalı kuşkonmaz çorbası ve ekmek bulunan gümüş kayık tabaklarda yemeklerimizi getirdiler. Yiyebileceğimizden çok daha fazlası vardı ancak onlar getirmeye

---

[15] Rus mutfağından, içinde et ve mantar olan bir tür yemek.
[16] Rus mutfağından bir tür yemek.

devam ettiler: votka sosunda balık, Kiev tavuğu, meyve kompostosu, tatlı olarak da vişneli ve çikolatalı kek.

Kaptanlardan bir tanesi, Wilson, Şanghay'ı nasıl bulduğumu sordu. Sergei'nin evi, okulum, kendi başıma yürümeme izin verilen birkaç güzergâh üzerinde bulunan dükkânlar ve French Concession'daki bir park dışında bir yer görmemiştim ancak ona sevdiğimi söyledim. Başıyla beni onayladı ve bana doğru eğilerek, fısıldadı: "Bu şehirdeki Rusların çoğu sizin gibi yaşayamıyor, genç bayan. Şu aşağıdaki zavallı kızlara bakın. Büyük ihtimalle prenslerin ve soyluların kızlarıydılar. Şimdi ise hayatlarını kazanmak için dans etmek ve sarhoşları eğlendirmek zorundalar."

Adı Bingham olan diğer kaptan, annemin çalışma kampına götürülmüş olduğunu duyduğunu söyledi. "Şu Stalin denen çılgın adam sonsuza dek orada kalmayacak," dedi tabağımı sebzelerle doldurup, karabiber değirmeninin üzerine vururken. "Bu yıl bitmeden bir devrim daha olacak, göreceksiniz."

"Şu aptallar da kim? diye sordu Sergei, Dmitri'ye.

"Yatırımcılar," diye cevapladı Dmitri, "bu yüzden gülümsemeye devam edin."

"Hayır," dedi Sergei. "Bunun için Anya'yı eğitmelisin, yeteri kadar büyüdü. Hepimizden daha çekici."

Yemek sonrası şarabı servis edildiğinde, bayanlar tuvaletine gittim ve birbiriyle bölmeler arasında konuşan kaptanların eşlerinin seslerini fark ettim. Bir kadın diğerine, "Şu Amerikalı kadın kendinden utanmalı, işyeri sahibiymiş gibi geziniyor ortalıkta. İyi bir adamın mutluluğunu mahvetti ve şimdi de şu Rusla düşüp kalkıyor," dedi.

"Biliyorum," dedi diğer kadın. "Yanında getirdiği şu kız kim?"

"Bilmiyorum," diye cevapladı birincisi. "Ama kısa zamanda onu da kendisine benzetir, emin ol."

Kendimi lavaboya iyice yasladım, daha fazlasını duymak için can atıyor, topuklarımın fayans döşemelerde ses çıkarmasından korkuyordum. Amelia'nın hayatını mahvettiği iyi adam kimdi?

"Bill, parasını istediği gibi harcayabilir," dedi birinci kadın, "ama şu ayak takımıyla işbirliği yapmaktan nasıl bir hayır gelebilir ki? Rusları bilirsin."

İstemeden kıkırdadım ve kadınlar konuşmayı kesti. Aynı anda tuvaletlerinin sifonlarını çektiler ve ben de telaşla kapıya koştum.

Gece yarısı orkestra sustu ve Kübalı bir grup sahne aldı. Telli sazların ritmi ilk başta yumuşaktı ancak bakır nefesliler ve vurmalılar girdiği anda müziğin temposu değişti ve kalabalığın içine karışan heyecanı hissetmeye başladım. Çiftler, mambo ve rumba yapmak için dans pistine koşarken, eşleri olmayanlar bir tumba sırasına girdiler. Müzikle mest olmuştum, kendimi bilinçsizce ayağımı yere vurup, parmaklarımı tempoya uygun olarak şırlatırken buldum.

Luba, genzinden gelen bir kahkaha koyuverdi. Dirseği ile Dmitri'yi dürttü ve beni gösterdi. "Haydi Dmitri, Anya'yı dansa kaldır ve bize Sergei'nin öğrettiklerini göster."

Dmitri bana gülümsedi ve elini uzattı. Onu dans pistine kadar izledim, gerçi çok korkuyordum. Sergei'nin evindeki balo salonunda dans etmek başka bir şeydi, Moscow-Shanghai'nin dans pistinde dans etmek başka bir şey. Kalçalarını çevirip, bacaklarını sallayan insanların çılgın telaşları ilkel bir taşkınlık gibiydi. Sanki dans etmezlerse kalpleri duracakmış gibi davranıyorlardı. Ancak Dmitri bir elini belime koyup, parmaklarımı kendisininkilerin arasına alınca kendimi güvende hissettim. Birlikte kısa, aksak adımlarla hareket ettik, bellerimizi yanlara büküp, omuzlarımızı salladık. Başta, dizlerimizi ve ayaklarımızı vurarak, diğerlerinin arasına karışarak, her defasında gülerek oynak bir şekilde dans ettik. Ancak bir süre sonra birlikte ağırbaşlı hareket ettik ve başımın döndüğünü unuttuğumu fark ettim.

"Bu ne müziği?" diye sordum Dmitri'ye.

"Buna mango ve merenge deniyor. Sevdin mi?"

"Evet, çok sevdim," dedim. "Sakın durmasına izin verme."

Dmitri başını geriye attı ve güldü. "Her akşam senin için çalmalarını söyleyeceğim, Anya! Ve yarın seni Yuyuan'a götüreceğim."

Dmitri ile birlikte her dansa kalktık, kıyafetlerimiz terden ıslanmış, saçlarım omuzlarımdan aşağı dökülmüştü. Son dans da bittiğinde masaya döndük. Kaptanlar ve eşleri gitmişlerdi ancak Sergei ve Michailovlar bizi alkışlamak için ayağa kalktılar. "Bravo! Bravo!" diye bağırdı, Sergei.

Amelia hafifçe gülümsedi, yüzümüzden ve ensemizden akan teri silmemiz için bize peçete uzattı.

"Kendini gülünç duruma düşürdüğün yeter, Anya," dedi.

Onun edepsiz yorumuna aldırmadım. "Neden Sergei ile dans etmiyorsun?" diye sordum. "O, çok iyi."

Dmitri ile dans etmenin bana verdiği moralle sorduğum masum bir soruydu. Ancak Amelia bir kedi gibi kabardı. Gözleri öfkeyle baktı ancak hiçbir şey söylemedi. Aramızdaki her zaman gergin olan hava iyice gerilmişti. Çok berbat bir hata yapmış olduğumun farkındaydım ancak böyle önemsiz bir şey için özür dilemeyecektim. Eve dönüş yolu boyunca hiç konuşmadık. Sergei trafikle ilgili birkaç bir şey söyledi, ben de kasten Rusça konuştum ve Amelia da dosdoğru önüne baktı. Ancak bana saldırmış olsaydı, o gün bile ona karşı kazanamayacağımı biliyordum.

Ertesi gün Sergei'ye, Dmitri'nin benimle buluşmak istemiş olduğunu söyledim. "İkinizin anlaşıyor olmasına çok sevindim," dedi bana doğru eğilirken. "Bu, benim dileyebileceğim en iyi şeydi. Dmitri benim oğlum gibi, sen de kızım gibisin."

Sergei'nin bir iş randevusu vardı bu nedenle hemen kendisi yerine bana eşlik edecek birini aramaya başladı. Ameli anında reddetti, gençlerle birlikte bir gün geçirmeye niyeti olmadığını söyleyerek itiraz etti. Luba, bundan mutluluk duyacağını söyledi ancak öğle yemeği için hanımlara söz vermişti ve Alexei ise nezle olmuştu. Bu yüzden çekçekte bana eşlik etmek için yaşlı hizmetkâr görevlendirildi. Kadın çekçeğin koltuğunda ciddiyetle oturdu ve ne zaman bir sohbet açsam ne sorduklarıma cevap verdi ne de bana baktı.

Dmitri ve ben, şehrin eski bölgesindeki Yuyuan Bahçeleri'nin göle ve dağlara bakan geleneksel çay evlerinde buluştuk.

Dmitri, yeşil gözlerini ortaya çıkaran krem rengi keten takım elbisesiyle bir söğüt ağacının gölgesinde bekliyordu. Çay evinin sarı duvar boyaları ve yukarı kalkık çatısı bana, Harbin'deki evimin çay sandığını hatırlattı. Sıcak bir gündü ve Dmitri rüzgârdan faydalanmak için en üst katta oturmayı önerdi. Bizimle oturması için hizmetkârı da davet etti ancak o yan masadaki yerini aldı, sabırlı bir şekilde kıvrımlı yürüyüş yollarını ve geçitleri izlemeye başladı, gerçi ben onun söylediğimiz her şeyi dikkatli kulaklarla dinlediğinden şüpheleniyordum.

Bir garson seramik fincanlarda bize yasemin çayı getirdi. "Burası, şehirdeki en eski park," dedi Dmitri. "Ve French Concession'dakilerden çok daha güzel. Biliyorsun daha önce üzerinde, 'Köpekler ve Çinliler giremez' yazan tabelalar vardı."

"Yoksul olmak berbat bir şey," dedim ona. "Japonlar, Harbin'i işgal ettiklerinde bunu yeterince gördüğümü sanmıştım. Fakat Şanghay'daki yoksulluk gibi bir şey hiç görmedim."

"Burada Çinlilerden daha yoksul Ruslar var," dedi Dmitri, cebinden metal bir kutu çıkarıp, içinden bir sigara alırken. "Babam Şanghay'a geldiğinde zengin bir Çinli aile için şoförlük yapıyormuş. Sanırım, beyaz bir adamı tehlikeli şartlar altında görmek onların hoşuna gitmişti."

Hafif bir rüzgâr masanın üzerinden eserek peçeteleri uçurdu ve çayı serinletti. Yaşlı hizmetkâr uyuyakalmıştı, gözleri kapalıydı ve başını pencere çerçevesine yaslamıştı. Dmitri ve ben birbirimize sırıttık.

"Dün akşam şu Rus kızları gördüm,"diye içimi döktüm. "Müşterilerle para karşılığı dans edenler…"

Dmitri bir an için beni inceledi, yüzü ciddileşmiş ve bakışları keskinleşmişti. "Şaka mı yapıyorsun, Anya? O kızlar çok iyi para kazanıyorlar ve kendilerinden ödün vermeleri istenmiyor. Belki bir iki vaat, küçük çaplı flörtleşmeler, müşterilerin içmelerini ve normalde harcayacaklarından daha fazlasını harcamalarını sağlamak için hafiften etini gösterme. Bundan fazlası yok. Bundan daha kötü şartlarda olan kadınlar var."

Sonra da başını çevirdi ve aramızda bir sessizlik oldu. Tek istediğim şeyin Dmitri'nin beni arzulaması olmasına rağmen kendimi aptal ve küçük düşmüş hissederek kolumu çimdikledim.

"Anneni sık sık düşünüyor musun?" diye sordu.

"Her zaman," dedim. "O, her zaman aklımda."

"Biliyorum," dedi, garsona bize yine çay getirmesini işaret ederken.

"Sence de doğru mu," diye sordum, "Rusya'da yeni bir devrim olacağı?"

"Bunun için beklemezdim, Anya."

Dmitri'nin küstah ses tonu beni yaralamıştı ve iki

büklüm oldum. Tepkimi fark edince yüz ifadesi yumuşadı. Parmaklarımı sıcak elinin içine almadan önce omzunun üzerinden hizmetkârın uyuyup uyumadığına baktı. "Babam ve arkadaşları yıllar boyunca her gün Rusya'daki aristokrasinin yeniden kurulmasını beklediler, asla olmayacak bir şey için hayatlarını harcadılar," dedi. "Bütün kalbimle annenin serbest bırakılması için dua ediyorum, Anya. Ben sadece oturup bunu beklememelisin, diyorum. Artık kendine yardımcı olmalısın."

"Amelia da olsa aynı şeyi söylerdi," dedim.

Güldü. "Eh, bunu anlayabiliyorum. Birbirimize benziyoruz. İkimiz de sıfırdan başlayarak, bu dünyada kendi yolumuzu çizmek için çok mücadele ettik. En azından o ne istediğini ve nasıl alacağını biliyor."

"Beni korkutuyor."

Dmitri başını uzattı, şaşırmıştı. "Öyle mi? Pekâlâ, bunu yapmasına izin vermemelisin. Sadece havlar, ısırmaz. Kıskanç bir insan ve bu tür insanlar güvenilmezdir."

Dmitri bize eve kadar eşlik etti, evde hizmetkârlar mobilyaları parlatıyor ve halıları temizliyorlardı. Amelia ortalıkta görünmüyordu. Sergei tek başına eve gelmişti ve ön kapıda bizi bekliyordu.

"Umarım, Yuyuan'da birlikte iyi vakit geçirmişsinizdir," dedi.

"Harika," diye cevapladım, onu öpmek için bir adım atarken. Yüzü nemli ve gözleri bulanıktı, bu dozunu alacağına dair bir işaretti.

"Bir süre bizimle kalın," dedi Dmitri.

"Hayır, yapılacak işlerim var," dedi Sergei. Geriye doğru adım attı ve kapının koluna uzandı ancak parmakları titriyordu ve kolu kavrayamadı.

"Size yardım edeyim," dedi Dmitri, karşıya doğru uzanarak. Sergei acıklı gözlerle ona baktı ancak kapı açılır açılmaz hızla içeri girdi, neredeyse telaşı yüzünden bir hizmetkâra çarpacaktı. Dmitri'ye baktım ve yüzündeki kederi gördüm.

"Biliyorsun, değil mi?" dedim.

Dmitri elleriyle gözlerini kapattı. "Onu kaybedeceğiz, Anya. Tıpkı babam gibi."

Moscow-Shanghai'daki ikinci gecem, bir hayal kırıklığıydı ve kulübe girer girmez heyecanım kursağımda kaldı. Önceki gecenin gösterişli müşterileri yerine kulüp sinekkaydı tıraş olmuş bahriyelilerle doluydu. Sahnede bembeyaz kıyafetler içinde bir orkestra bangır bangır dans müzikleri çalıyordu ve Rus kızlarının parlak naylon elbiseleri dans pistini ucuz bir karnavala çevirmişti. Çok fazla erkek vardı ancak yeteri kadar kadın yoktu. Eşi olmayan erkekler barda ya da bilfiil içki alanı haline gelmiş restoranda gruplar halinde bekliyorlardı. Erkeklerin sesleri testosteron ve kabalıktan ötürü iyice yükselmişti. Güldüklerinde ya da siparişlerini bezgin barmenlere verdiklerinde çıkardıkları gürültü müziği bastırıyordu.

"Onların kulübe gelmelerinden hoşlanmıyoruz,"

diye içini döktü Sergei bana, "genellikle fiyatlarımız onları uzak tutar. Ancak savaştan bu yana onlarla ilgili ayrımcılık yapmak hoş görünmüyor. Bu yüzden perşembe geceleri içki ve dans fiyatlarını yarıya çekiyoruz."

Başgarson bizi salonun uzak köşesindeki bir masaya götürdü. Amelia bayanlar tuvaletine gitmek için izin istedi ve ben de Dmitri'yi bulmak için etrafa bakındım, bize neden katılmadığını merak ediyordum. Onu dans pistinin kenarında, bara çıkan merdivenlerin yanında gördüm. Kollarını göğsünün üzerinde kavuşturmuştu ve omuzlarını sinirli bir şekilde öne, arkaya oynatıyordu.

"Zavallı çocuk," dedi Sergei bana. "Burayı hayatı pahasına koruyor. Ben de seviyorum fakat alevler içinde kalsa, fazla umursamam."

"Dmitri senin için endişeleniyor," dedim.

Sergei biraz geri çekildi ve bir peçete aldı, dudaklarına ve çenesine hafifçe bastırdı. "Küçük bir çocukken babasını kaybetti. Annesi yeteri kadar yiyecek sağlamak için erkekleri eve alırdı."

"Ah," dedim, Rus dansçılarla ilgili cehaletime karşı verdiği tepkiyi hatırlayarak. Utançla kızardım. "Bu ne zaman oldu?"

"Savaşın başında. Dmitri yalnız başına hayatta kalmaya alışkındır."

"Bana annesini genç yaşta kaybettiğini söylemişti. Fakat nasıl öldüğünü hiç sormadım ve o da bana söylemedi."

Sergei bana baktı, sanki ne kadarını söylemesi gerektiğini tartar gibiydi. "Eve yanlış adamı aldı. Bir denizciydi," dedi sesini alçaltarak. "Adam onu öldürdü."

"Ah," diye haykırdım, parmaklarımı Sergei'nin kollarına batırırken. "Zavallı Dmitri!"

Sergei irkildi. "Annesini o buldu, Anya. Bunun çocuğu nasıl etkilediğini düşün. Donanma adamı cezalandırıp, asmak istedi. Ama annesini kaybetmiş bir erkek çocuğuna bunun ne yararı olurdu ki?"

Dönen dansçılara baktım, ağlamak üzereydim ama neden ağladığım sorulduğunda verecek yeterince üzgün bir cevap bulamıyordum.

Sergei beni dirseğiyle dürttü. "Git ve Dmitri'ye endişelenmemesini söyle," dedi. "Diğer kulüplerde sorun çıkabilir ama burada asla. Burası onların üstlerinin en sevdiği yer. Olay çıkarmaya cesaret edemezler."

Dmitri'ye yaklaşmam için bir fırsat verdiğinden dolayı Sergei'ye minnettardım. Dans pisti sıcağın ve kıvrılan bedenlerin bir cümbüşü haline gelmişti. Sağa sola sallanan kolların ve kıpkırmızı olmuş yüzlerin arasından kendime zar zor bir yol buldum. Dansçılar müzik gibi çıldırmaya başlamışlardı, vurmalı çalgıların ritmi doruğa ulaşmıştı. Rus bir kız öylesine hareketli dans ediyordu ki, kocaman göğüslerinden bir tanesi elbisesinin derin yakasından dışarı fırlamaya başladı. Önce koyu kırmızı meme ucu kumaştan sıyrıldı ancak daha sert dans etmeye başlayınca daha fazla eti ortaya çıktı. Enerjik bir sıçramadan sonra memesinin tamamı göründü. Kendini düzeltmek için hiçbir girişimde bulunmadı ve görünüşe bakılırsa kimse de onu fark etmemişti.

Birisi sırtıma hafifçe vurdu. "Hey, fıstık! İşte biletim." Arkamdaki adamın gölgesini ve teninden dışarı terle çıkan alkol kokusunu hissedebiliyordum. Geveleyerek çıkardığı sesinde şehvet vardı. "Sen, tatlım. Seninle konuşuyorum." Kalabalığın içinden bir yerden bir kadın sesi yükseldi: "Onu rahat bırak. O, patronun kızı."

Ona doğru yaklaştığımı görünce Dmitri'nin gözleri açıldı. Kalabalığın içine daldı ve beni dans pistinin kenarına çekti.

"Bu gece seni buraya getirmemelerini söylemiştim," dedi, beni arkasındaki basamağa kaldırırken. "Bazen bu ikisinde hiç duygu kaldı mı, diye merak ediyorum."

"Sergei sana bir sorun çıkmayacağını söylememi istedi," dedim.

"Ateşli ve içkili bir gece. Ve ben işimi şansa bırakmayacağım." Dmitri garsonlardan birine işaret etti ve kulağına bir şeyler fısıldadı. Garson hızla gitti ve bir süre sonra bir şampanya kadehiyle geri döndü.

"İşte," dedi Dmitri. "Biraz bundan içebilirsin ve daha sonra seni eve göndereceğim."

Kadehi verdi ve bir yudum aldım. "Hımmm, güzel şampanyaymış," diye takıldım. "Fransız, sanırım?"

Sırıttı. "Anya, burada olmanı ve benimle çalışmanı istiyorum. Ancak böyle gecelerde değil. Sana göre değil. Sen bu kalabalık için fazla iyisin."

Bir bahriyeli bana çarptı, neredeyse beni merdivenlerin üzerine deviriyordu. Kendisini toparladı ve sarhoşlukla belimden yakaladı. Kolları kötü yapılmış dövmelerle kaplıydı. Ondan uzaklaştım, kanlanmış gözlerindeki saldırganlıktan korktum. Elini bana doğru salladı ve tekrar belime yapıştı. Beni aniden dans pistine çekti. Omzum çıtladı ve şampanya kadehini yere düşürdüm. Yerde paramparça oldu ve birilerinin ayakları altında ezildi.

"Sen biraz incesin," dedi bahriyeli, belimi kavrarken. "Ama ben zayıf kadınları severim."

Dmitri bir saniye içinde ortamızdaydı. "Üzgünüm bayım," dedi, "fakat yanıldınız. O, bir dansçı değil."

"Eğer iki bacağı ve bir deliği varsa dansçıdır," dedi bahriyeli sırıtarak, parmak uçlarıyla dudaklarındaki salyayı sildi.

Dmitri'nin bahriyeliye vuruşunu göremedim, çok ani olmuştu. Sadece adamın geriye düştüğünü, ağzından kan fışkırdığını ve gözlerindeki şaşkınlığı gördüm. Kafasını yere çarptı ve kısa bir süre afallamış bir halde orada yattı. Sonra dirseklerinin üzerinde doğrulmaya çalıştı ancak daha kalkamadan Dmitri dizini adamın boynuna bastırdı ve yumruklarıyla adamın yüzüne vurmaya başladı. Sonra aniden her şey yavaş çekimde devam etti. Dansçılar geniş bir halka içinde açıldılar. Orkestra durdu. Dmitri'nin elleri kan ve salyayla kaplanmıştı. Bahriyelinin yüzü gözlerimin önünde ezilmiş bir meyveye dönüşüyordu.

Sergei kalabalığın içine daldı ve Dmitri'yi uzaklaştırmaya çalıştı. "Çıldırdın mı sen?" diye bağırdı. Ancak söyledikleri bir işe yaramıyordu. Dmitri adamın kaburgasını tekmeliyordu. Kemiklerden sesler geliyordu.

Adam acı içinde yuvarlandı ve Dmitri ayağıyla adamın kasıklarını ezdi.

Kalın enseleri ve köşeli yumrukları olan üç bahriyeli, arkadaşlarının yardımına koştular. Bir tanesi kan içindeki adamı gömleğinin kollarından kaldırdı ve dans pistinin dışına çekti. Diğeri ikisi Dmitri'yi yakaladılar ve yere devirdiler. Kalabalık paniğe kapıldı. Herkes bir cinayete tanıklık edileceğinden emindi. İngiliz, Fransız ve İtalyan denizciler bağırarak bahriyelilere küfür ettiler. Bahriyeliler de onlara bağırdı. Bazıları kendilerine çeki düzen vermeleri için arkadaşlarına bağırıp, ülkelerinin itibarını düşürdüklerini söylerlerken, diğerleri şiddeti kamçıladı. Yumrukların savaşı nokta atışına dönüştü. Müdavimler eşyalarını toplamaya ve çıkışlara doğru koşmaya başladılar, dışarı çıkmak için birbirlerini tırmaladılar. Rus dansçılar güvenli olan kadınlar tuvaletine kaçtılar ve şeflerle garsonlar ortalıkta koşturup, değerli vazo ve heykelleri topladılar. Olay sokakta duyulmuş olmalıydı çünkü konukların bazıları kaçsa da salon daha fazla takviye güçle doluyordu. Amerikalı askerler bahriyelilere vuruyor, bahriyeliler Fransızlara saldırıyor ve Fransızlar da İngiliz denizcilerle kavga ediyorlardı.

Bahriyeliler Dmitri'yi kafasından yakalamışlardı. Ağzı acıyla yamulmuştu. İtalyan bir denizci ve başka bir bahriyeli onun yardımına geldi ancak bu iri kıyım adamlarla eşit değillerdi. Sergei bir sandalye kaptı ve bahriyelilerden bir tanesinin sırtına şiddetle indirerek onu etkisiz hale getirdi. Onun bu başarısından cesaret alan İtalyan, diğer bahriyeliyi yere serdi. Ancak üç tanesinin içinde en iri olan son bahriyeli Dmitri'yi bırakmadı, kafasını yere doğru itiyor, boynunu kırmaya çalışıyordu. Bağırdım ve yardım istemek için etrafa bakındım. Restoranda Amelia'yı gördüm, elinde bir bıçak vardı ve kalabalığın arasından merdivenleri inmeye çalışıyordu. Dmitri boğulmak üzereydi, ağzından tükürük damlıyordu. Sergei, ayı gibi yumruğuyla bahriyeliyi itti, ancak bir yararı olmadı. Dmitri'nin eli arkasına doğru kıvrılmıştı. Ayakkabıma yapıştı ve parmak ucundan sıktı. Artık dayanamıyordum, kendimi bahriyelinin üzerine attım ve var gücümle kulağını ısırdım. Kan ve tuz ağzıma yayıldı. Bahriyeli acıyla bağırdı ve Dmitri'yi bıraktı. Beni üzerinden ittirdi ve ben de kanlı pembe et parçasını tükürdüm. Kucağımda kulağının yarısını görünce bahriyelinin yüzü kül rengini aldı. Eliyle sıkıca başını tutu ve kaçtı.

"Benissimo!" dedi İtalyan denizci. "Şimdi git, ağzını yıka."

Tuvaletten geri döndüğümde dışarıdan gelen askeri polis sirenlerini ve düdüklerini duydum. Polis fırtına gibi binanın içine girdi, hiç ayrım yapmadan herkese vurarak yaralı sayısını arttırdı. Yaralıları taşıyan ambulansa bakmak için dışarı koştum. Ortalık savaş çıkmış gibi görünüyordu.

Kargaşanın içinde Dmitri ve Sergei'yi aradım ve onları Amelia ile birlikte merdivenlerde gördüm, tıpkı normal bir gecede VIP konuklarını uğurlar gibi, yaralıları uğurluyorlardı. Dmitri'nin gözü morarmıştı ve dudakları öyle ezilmişti ki, pek insana benzer yanı yoktu. Buna rağmen, beni gördüğünde bir çocuk gibi gülümsedi.

"Bu bizim sonumuz oldu," diye sızlandım. "Artık bizi kapatırlar, değil mi?"

Dmitri şaşkınlıkla kaşını kaldırdı. Sergei güldü. "Dmitri," dedi, "İnanıyorum ki, sadece iki gece içinde Anya bu işi sevdi." Elbisesi yırtılmış ve saçları darmadağın olmuş Amelia bile bana gülümsedi.

"İşte böyle, değil mi, Anya?" dedi Dmitri. "Tıpkı müzik gibi. Burası insanın kanına giriyor. Sen artık gerçekten bizlerden biri oldun. Bir Şanghaylı."

Limuzin yanaştı ve Amelia onu takip etmem için bana işaret ederek içine girdi. "Bu pisliği oğlanlar yaptı ve şimdi onlar temizleyecek," dedi.

Bahriyelinin yapışkan kanı hâlâ elbisemin üzerindeydi. Tenime asılıyordu. Ona baktım ve ağlamaya başladım.

"Tanrı aşkına," dedi Amelia, kolumu yakaladı ve beni arabaya çekti. "Burası Şanghay, Harbin değil. Her zaman olduğu gibi iş, yarın da yürüyecek ve bu gece unutulacak. Biz hâlâ şehirdeki en ateşli gece kulübü olacağız."

5
Güller

Ertesi sabah okul için saçlarımı örerken, Mei Lin kapıya vurdu ve Sergei'nin telefonda olduğunu söyledi. Esneyerek merdivenleri indim. Cildim kurumuştu ve boğazım yanıyordu. Sigara dumanının bayat kokusu saçlarıma sinmişti. Rahibe Mary'nin öğle yemeğinden önceki coğrafya dersine girmek için sabırsızlanmıyordum. Kendimi Kanarya Adaları ve Yunanistan arasında bir yerde uykuya dalmış ve yorgunluğumun nedenini kara tahtaya yazmakla cezalandırılmış olarak canlandırdım. Tebeşir parçasını elime alıp da tahtaya yazmaya başladığımı gören Rahibe Mary'nin yüzündeki şaşkınlığı hayal ettim: Dün akşam Moscow-Shanghai'daydım ve yeterince uyuyamadım.

Fransızca ve sanat derslerimden keyif alıyordum ancak artık boleroyla dans edip, Moscow-Shanghai'ı gördüğüme göre okula gitmek için fazla büyüktüm. Test kitaplarından ve resimlerden oluşan tapınağım, önümde açılan yeni dünyanın heyecanı ve ışıltısıyla örtüşmüyordu.

Saç fırçamı girişteki sehpanın üzerine koydum ve telefon ahizesini aldım.

"Anya!" Sergei'nin hattaki sesi kükrüyordu. "Artık kulübün bir çalışanı olduğuna göre, saat on birde burada olman gerekiyor!"

"Peki, ya okul?"

"Sence yeteri kadar okula gitmedin mi? Yoksa hâlâ gitmek mi istiyorsun?"

Elim ağzıma gitti. Sehpaya çarptım ve fırçayı yere düşürdüm. "Yeteri kadar gittim!" diye haykırdım. "Ben de bir dakika önce bunu düşünüyordum! Her zaman kendi kendime okuyabilir ve öğrenebilirim."

Sergei güldü ve yanındakine bir şeyler fısıldadı. Diğer adam da güldü. "Pekâlâ, hazırlan ve kulübe gel o zaman," dedi. "Ve en güzel elbiseni giy. Bundan sonra çok şık görünmelisin."

Ahizeyi çarptım ve okul üniformasını üzerimden atarak, aceleyle merdivenleri çıktım. Hissettiğim o yorgunluk kısa sürede kaybolmuştu.

"Mei Lin! Mei Lin!" diye bağırdım. "Giyinmeme yardım et."

Kız, gözleri fal taşı gibi açık, merdivenin başında belirdi.

"Haydi." Kolundan yakaladım ve odama sürükledim. "Şu andan itibaren bir Moscow-Shanghai çalışanının hizmetkârısın."

Moscow-Shanghai hareketli bir uğultu içindeydi. Bir grup Çinli çalışan süpürge ve sabunlu su kovalarıyla merdivenleri temizliyordu. Pencerelerden bir tanesi bir önceki gecenin arbedesinde kırılmıştı ve tamirci onu tamir ediyordu. Dans salonunda hizmetkârlar yerleri siliyor ve masaları temizliyorlardı. Şeflerin yardımcıları, mutfağın açılıp kapanan kapılarından aceleyle girip çıkıyorlar, yan girişteki dağıtımcı adamın onlara verdiği kereviz sapı, soğan ve pancar kökü dolu kutuları taşıyorlardı.

Saçlarımı yüzümden geriye attım ve elbisemi düzelttim. Kıyafetim bir okul çıkışında Luba tarafından seçilmişti. Amerika'dan gelen bir katalogda görmüştük. Üst tarafında tül olan pembe ve sade bir elbiseydi. Yaka çizgisi ve etek ucu üzerinde çiçekli rozetler vardı. Kısaydı ancak kumaş göğüs bölgesinde toplanmıştı ve bu yüzden fazla dekolte görünmüyordu. Sergei'nin onu onaylamasını ve değiştirmem için eve göndererek beni utandırmamasını diledim. Mutfak çalışanlarından birine Sergei'yi nerede bulabileceğimi sordum ve o da bana bir koridoru ve üzerinde 'Ofis' yazan bir kapıyı işaret etti.

Ancak kapıya vurduğumda cevap Dmitri'den geldi. "Girin," dedi.

Taştan bir şöminenin yanında duruyor, sigara içiyordu. Yüzünde morluklar ve şişlikler vardı ve kolu askıdaydı. Ancak en azından onun Dmitri olduğunu ve yaralarına rağmen her zamankinden daha yakışıklı göründüğünü söyleyebilirdim. Elbiseme baktı ve gülümseyişinden, onun da elbiseden hoşlandığını anladım.

"Bu sabah nasılsın?" panjurları iterek açtı ve odaya daha fazla ışık girmesini sağladı. Pencere eşiğinde Venus de Milo heykelinin bir modeli vardı. O ve şöminenin rafında duran mavili beyazlı porselen vazo ofisin yegâne dekorasyon parçalarıydı. Diğer her şey tamamen moderndi. Titizlikle düzenlenmiş odaya, tik ağacından bir masa ve kırmızı deri kaplı sandalyeler hâkimdi, ortalıkta ne bir kâğıt ne de açık bir defter görünmüyordu.

Pencere ağaçlıklı bir yola bakıyordu ve Şanghay'ın çoğu arka sokaklarının aksine temizdi. Bir güzellik salonu, kafe ve şekerci dükkânı yan yana dizilmişlerdi. Dükkânların yeşil güneşlikleri açıktı ve sardunyaların kırmızı çiçekleri pencere saksılarından fışkırıyordu.

"Sergei gelmemi söyledi," dedim.

Sigarasını şöminenin demirinde söndürdü. "Alexie ile birlikte bir yerlere gitti. Bugün dönmezler."

"Anlamıyorum. Sergei dedi ki—"

"Anya, seninle konuşmak isteyen bendim."

Bu beni sevindirmeli mi yoksa korkutmalı mıydı, emin olamadım. Pencerenin yanındaki sandalyeye oturdum. Dmitri de karşıma oturdu. Yüzündeki ifade o kadar ciddiydi ki önemli bir şeyler olmuş olmasından, geçen gece olanlar yüzünden kulüple ilgili bir sorun olmasından endişelendim.

Pencereden dışarıyı işaret etti. "Eğer batıya doğru bakarsan harap olmuş çatılar görürsün. İşte orası, annenin kolyesini kaybettiğin yer."

Bu açıklaması beni şaşırttı. Böylesine hüzünlü bir anıyı neden gündeme getiriyordu? Bir şekilde kolyenin geri kalanını mı bulmuştu?

"Ben oradan geliyorum," dedi. "Ben orada doğdum."

Ellerinin titrediğini görünce şaşırdım. Beceriksizce bir sigara çıkardı ve kucağına düşürdü. Titreyen elini tutmak ve öpmek için bir istek duydum, bir şekilde onu rahatlatmak istiyordum. Ancak neyin yolunda gitmediği hakkında hiçbir fikrim yoktu. Sigarasını aldım ve çakmağı onun için sabit bir şekilde tuttum. Gözlerine tuhaf bir ifade çöktü, sanki canını yakan bir şeyler hatırlıyordu. Onun canının yanmasına dayanamazdım. Bu, kalbime saplanan bir bıçak gibiydi.

"Dmitri, bunları bana anlatmak zorunda değilsin," dedim. "Biliyorsun, senin nereden geldiğin umurumda değil."

"Anya, sana söylemem gereken önemli bir şey var. Bir karar verebilmek için bunu bilmelisin."

Sözcükleri kaygı vericiydi. Yutkundum. Boynumda bir damar atmaya başladı.

"Ailem, Petersburg'dan gelmiş. Evlerini gecenin karanlığında terk etmişler. Yanlarına hiç bir şey almamışlar çünkü zamanları yokmuş. Babamın dumanı tüten çayı masanın, annemin nakışı ateşin yanındaki koltuğunda kalmış. İsyandan çok geç haberdar olmuşlar ve Rusya'dan sadece canlarını kurtararak kaçmışlar. Şanghay'a ulaştıklarında babam işçi olarak çalışmaya başlamış ve sonra, ben doğduktan sonra şoför olmuş. Ancak alışık olduğu hayatı kaybetmenin üstesinden bir türlü gelememiş. Sinirleri savaştan dolayı harap olmuş. Kazandığı azıcık paranın büyük bir kısmıyla içki ve sigara içmiş. Tepemizdeki çatıyı korumak için, zengin Çinlilerin evlerini temizlemeye giderek gururunu bir kenara bırakan annem olmuş. Sonra bir gün aşırı\dozda afyon yüzünden gitmiş ve annemi, temizlikten kazandığı parayla asla ödeyemeyeceği borçlarla baş başa bırakmış. Annem… masamızdan yiyeceği eksik etmemek için para kazanmak zorunda kalmış."

"Sergei bana annenden bahsetti," dedim, acısını dindiremeyeceğimi bilerek. "Annem de beni korumak için ahlakdışı bir karar vermek zorunda kaldı. Bir anne evladını korumak için her şeyi yapar."

"Anya, Sergei'nin sana annemden bahsettiğini biliyorum. Ve her şeyi anlayacağın güzel bir yüreğin var. Ama beni dinle, lütfen. Çünkü bu güçler beni biçimlendirdi."

Tekrar yerime oturdum, cezalandırılmış gibi. "Bir daha sözünü kesmeyeceğime söz veriyorum."

Başını salladı. "Hatırlayabildiğim kadarıyla her zaman zengin olmak istedim. Berbat, döküntü, kanalizasyon kokan o barakada yaşamak istemiyordum, orası öyle nemliydi ki, soğuğunu yazın bile kemiklerimde hissediyordum. Etrafımdaki oğlanların hepsi dileniyor, hırsızlık yapıyor ya da onları her zamankinden daha yoksul yapacak fabrikalarda çalışıyorlardı. Fakat yemin ettim, asla babam gibi bir ödlek olmayacaktım. Asla vazgeçmeyecektim, ne pahasına olursa olsun. Para kazanmanın, annem ve kendim için hayatı güzel bir hale getirmenin yolunu bulacaktım.

"Başta dürüst işler bulmaya çalıştım. Hiç okula gitmemiş olmama rağmen akıllıydım ve annem bana okumayı öğretti. Ama kazanabildiğim para ancak biraz daha fazla yiyecek almak için yeterliydi ve ben bundan fazlasını istiyordum. Eğer zenginsen, yaptığın işle ilgili mızmızlanabilirsin. Peki, ya sokak faresiysen? Benim gibi iğrenç biri? O zaman daha uyanık olmalısın. Pekâlâ, ne yaptım, biliyor musun? Zengin insanların gittiği barların ve kulüplerin dışında takılmaya başladım. Dışarı çıktıklarında onlardan iş istiyordum. Zengin derken, Sergei ya da Alexei'den bahsetmiyorum... bahsettiğim... afyon lordları. Senin kim olduğunu, nereden geldiğini ya da kaç yaşında olduğunu umursamıyorlar. Hatta ne kadar az şüpheli olursan, o kadar iyi."

Durdu. Yüzümde, söylediklerinin üzerimde bıraktığı etkinin bir işaretini arıyordu. Duyduklarımdan hoşlanmamıştım ancak o bitirene kadar sessiz kalmaya kararlıydım.

"Afyon lordları, bu kadar genç bir çocuğun onları tanımasından ve onlarla çalışmak istemesinden zevk alıyorlardı," diye devam etti, ayağa kalkıp sağlam eliyle sandalyesinin arkasını kavrarken. "Şehrin bir başından diğerine onlar için mesajlar taşıyordum. Bir keresinde kesik bir el götürdüm. Bu bir uyarı mesajıydı. Kazandığım paranın tek bir sentini bile kendime harcamıyordum. Hepsini döşeğimin içinde saklıyordum. Daha iyi bir ev, anneme daha güzel şeyler almak için para biriktiriyordum. Ancak bu istediklerim gerçekleşmeden annem öldürüldü..."

Sandalyeyi bıraktı ve yumruğunu sıkarak şömineye gitti. Kendisini toparladı ve tekrar başladı. "Annemin ölümünden sonra zengin olmak konusunda daha kararlıydım. Eğer zengin olsaydık, annem öldürülmemiş olacaktı. Her neyse ben böyle bir sonuca vardım. Hâlâ aynı şeyi düşünüyorum. Tekrar yoksul olmaktansa ölmeyi tercih ederim çünkü eğer yoksulsan, ölüden pek farkın yok demektir."

"Yaptığım her şeyle gurur duymuyorum. Ama hiç bir şey için de pişman değilim. Hayatta olduğum için mutluyum. On beş yaşıma geldiğimde geniş omuzlarım, güçlü bir göğsüm olmuştu ve yakışıklıydım. Afyon lordları, onların yakışıklı korumaları olduğumu söyleyerek takılırlardı. Etraflarında Beyaz bir Rus'un olması onlar için itibarlı bir durumdu. Bana ipek takım elbiseler alır ve beni şehrin en iyi kulüplerine götürürlerdi."

"Sonra bir gece French Concession'a bir paket götürdüm. Lordların birinden doğrudan bir şey almışsam, bunun sosyetik bir yere gideceğinden emin olabilirdin. Şu orta halli adamların takıldığı batakhanelerden değil: loş, pis kokulu ve babam gibi umutsuz müşterilerle dolu. Çekçekçi çocukların kollarını duvardaki delikten içeri sokup şırıngadan uyuşturucu aldığı viranelerden değil. O gece gittiğim yer Concession'daki en iyi yerlerden biri çıktı. Bir genelevden çok, beş yıldızlı bir otel gibi görünüyordu: siyah lakeli mobilyalar, ipek perdeler, Fransız ve Çin porselenleri, lobide bir İtalyan çeşmesi. İçerisi Avrasyalı ve beyaz kızlarla doluydu."

"Paketi evin mamasına götürdüm. Lord tarafından gönderilen notu okuyunca güldü, çektiğim zahmete karşılık yanağımdan öptü ve altın kol düğmeleri verdi. Dışarı çıkarken kapısı aralık bir odadan geçtim. İçeriden kadınların fısıldaşmalarını duyabiliyordum. Merakla aralıktan içeri baktım ve yatakta yatan bir adam gördüm. İki kız adamın ceplerini karıştırıyordu. Bu, lüks gece kulüplerinde kendinden geçen erkeklere yapılan standart bir uygulamaydı. Adamın kıyafetlerini karıştırdılar ve boynunda bir şey buldular. Bu, bana zincire takılmış bir yüzük gibi göründü. Klipsini açmaya çalıştılar ama küçücük ellerini adamın kalın ensesinin arkasına sokamıyorlardı. Kızlardan biri zinciri ısırmaya başladı, sanki onu dişleriyle kırabilecekti. Kapıyı çarpıp, çıkabilirdim. Ama adam çok korunmasız görünüyordu. Belki de bana babamı hatırlattı. Düşünmeden kızların arasına daldım ve onlara adamı rahat bırakmalarını çünkü onun Kızıl Ejdarha'nın iyi bir arkadaşı olduğunu söyledim. Geri çekildiler, korkmuşlardı. Durumun komik olduğunu düşündüm ve onlara adamı bir çekçeğe taşımama yardım etmesi için evin görevlilerini çağırmalarını söyledim. Onu ancak dört kişi taşıyabildik. Kapı görevlilerinden biri gitmek için hazır olduğumuzda bana, 'Moscow-Shanghai,' diye fısıldadı. 'Moscow-Shanghai'nin sahibi.'"

Yüzüm kızardı. Dmitri'nin hikâyeye devam etmesini istemiyordum. Bu benim tanıdığım Sergei değildi.

Dmitri bana baktı ve güldü. "Sanırım o adamın kim olduğunu söylememe gerek yok, Anya. Şaşırmıştım. Moscow-Shanghai, şehrin en iyi gece kulübüydü. Kızıl Ejderha gibi biri bile oraya gidemezdi. Neyse, Sergei çekçekte kendisine gelmeye başladı. Yaptığı ilk şey, boynundaki zinciri yoklamak oldu. 'O, güvende,' dedim. 'Fakat ceplerini silip süpürdüler.'

"Gittiğimizde kulüp kapanmıştı. Çalışanlardan birkaçı arka tarafta sigara içiyordu ve Sergei'yi içeri taşımama yardım etmelerini söyledim. Onu ofisindeki bir kanepeye yatırdık. Oldukça kötü bir durumdaydı. 'Sen kaç yaşındasın, çocuk?' diye sordu. Söylediğimde güldü. 'Seni duymuştum,' dedi. Ertesi gün, Sergei'yi kapımda beklerken buldum. Düzgün biçilmiş paltosu ve bileğindeki altın saatiyle kenar mahalleye gelmişti. Yalnız bırakıldığı için şanslıydı. Sanırım cüssesi ve korkunç ifadesi onu korumuştu. Onun yerinde başka bir adam olsaydı çoktan hedef olurdu. 'Çalıştığın şu lordlar, seninle dalga geçiyorlar,' dedi. 'Sen onların eğlencesisin ve yeni biri geldiğinde seni yaşlı bir fahişe gibi fırlatıp, atacaklar. Benimle gelmeni ve benim için çalışmanı istiyorum. Kulübümü idare etmen için seni eğiteceğim.'"

"Böylece Sergei, lordlara para ödedi ve beni evine, şu anda senin yaşadığın eve götürdü. Tanrım! Sence hayatımda böyle bir yer görmüş müyümdür? Giriş koridoruna adım attığımda, oranın güzelliğinden gözlerim kamaştı. Sen ilk oraya gittiğinde böyle hissetmedin, değil mi Anya? Çünkü sen lüks şeylere alışkınsın. Ama ben yabancı bir bölgede dolaşan bir maceraperest gibiydim. Benim duvardaki resimlere yutkunarak bakışım, vazolarda parmaklarımı gezdirişim, daha önce hiç yemek yememişim gibi masadaki tabaklara bakışım Sergei'nin hoşuna gitmişti. Hiç bu kadar zarif şeyler görmemiştim. Afyon lordlarının köşkleri vardı fakat onlar zevksiz heykeller, kırmızı duvarlar ve gonglarla doluydu. Zenginliğin değil kudretin simgeleri. Sergei'nin evinde başka bir şey vardı. Bir nitelik. O zaman anladım ki, böyle bir evim olsaydı, gerçek zenginliğe sahip olacaktım. Kimsenin senin elinden alamayacağı türden bir zenginlik. Sırtında bir bıçakla yaşıyormuş gibi hissetmeyeceğin türden bir zenginlik. Onun gibi bir ev, benim gibi iğrenç birini bir beyefendiye dönüştürebilirdi. O zaman sadece zengin olmaktan fazlasını istiyordum. Sergei'nin sahip olduğu her ne ise, ben de istiyordum."

"Sergei beni Amelia ile tanıştırdı. Fakat evin bu şekilde görünmesinin sorumlusunun o olmadığını anlamam için onunla sadece bir dakika konuşmak bana yetti. Benim gibi lükse yabancı biriydi. Gerçi o aynı zamanda sinsi biridir. Lüks içinde doğmamış olsa da, bir sansar gibi kokusunu alır. Ama sadece kendisini nasıl cazip kılacağını biliyor bu yüzden pay çıkarabiliyor. Lüksü nasıl yaratabileceğini bilmiyor."

Sonra kendi kendine güldü. Ve ilk kez Amelia'ya karşı bir ilgisi olduğunu fark ettim. Onunla ilgili bu kadar lakayıt konuşmasından belli oluyordu. Omurgam karıncalanmaya başladı. Ben gelmeden önce birbirlerini uzun zamandır tanıyorlardı. Ve Dmitri birbirlerine benzediklerini söylemişti.

"Fakat sinirli biri," dedi, dönüp bana bakarak. "Bunu fark ettin mi, Anya? Diken üstünde. Bir şey için mücadele ettiysen onu korumak zorundasın. Asla rahat olamazsın. Varlık içinde doğanlar bunu bilmezler. Her şeylerini kaybetseler bile, paranın bir önemi yokmuş gibi davranırlar. Her neyse... Daha sonra, Marina ile ilgili şeyler öğrendim. Evi o dekore etmişti. Sergei sadece parayı ona vermiş. Çoğu zaman kadının neler satın aldığından haberi bile olmamış. Onu öyle çok seviyormuş ki, neyi varsa ona vermiş. Sonra bir gün gözünü bir açmış ve kendisini bir sarayda yaşarken bulmuş. Bana kendisinin sadece parayla uğraşan bir tüccar olduğunu fakat Marina'nın bir aristokrat olduğunu ve aristokratların zevkli olduğunu söyledi. Ona 'aristokrat'ın ne anlama geldiğini sordum ve o da bana 'İyi bir soydan ve terbiyeden gelenler' dedi."

Dmitri, başını şöminenin rafına yaslayarak bir an için durakladı. Aklıma babam geldi. Evimizi çok güzel ve eşsiz şeylerle doldurmuştu ancak Rusya'yı terk edince her şeyini yitirmişti. Belki de Dmitri'nin söylediği doğruydu. Babam denemiş olsaydı bile yoksulluğun ne olduğunu öğrenememişti. Onun her zaman kalitesiz bir şeyler yaşamaktansa gitmek daha iyidir, dediğini hatırlarım.

"Her neyse," dedi Dmitri, "Sergei kulübünde yardımcı olmam için beni işe aldı ve çalışmamdan dolayı beni iyi bir şekilde ödüllendirdi. Bana, oğlu gibi olduğumu ve kendi çocuğu olmadığı için öldüğünde, kulübe Amelia ve benim sahip olacağımı söyledi. Kulübe ilk başladığım gün, müşteriler beni tıpkı onlardan biriymişim karşıladılar, hedefime ulaşmış olduğumu biliyordum. Artık zengindim. Lafayette'de iyi bir evde yaşıyorum. Takım elbiselerim İngiltere'de elde dikiliyor. Bir hizmetkârım ve bir uşağım var. Hiçbir şeye ihtiyacım yok. Asıl şey hariç. Sergei'nin evinde gördüklerimin benzerini yapmaya çalıştım ve yapamadım. Kanepem, akaju sandalyelerim, Türk halılarım Sergei'nin evindeki gibi şık bir şekilde birbirine uyum sağlamıyor. Onları nasıl yerleştirirsem yerleştireyim, gösterişli bir mağaza departmanından öteye geçmiyor. Amelia bana yardım etmeye çalıştı. "Erkeklerin hepsi beceriksizdir," dedi. Ancak o da sadece yeni ve cafcaflı şeyler konusunda iyi.

Benim istediğim bu değil. Bunu açıklamaya çalıştığımda, bana baktı ve şöyle dedi: 'Neden eşyalarının eski görünmesini istiyorsun?'"

"Ve bir gün sen ortaya çıktın, Anya. Seni, doğallığınla köpekbalığı çorbasını yudumlarken seyrettim. Hiçbirimizde, hatta Sergei de bile olmayan sendeki gerçek özü... cevheri... hemen gördüm. Sen bunu göremezsin elbette, bu senin için nefes almak kadar doğal bir şey. Yemeğe oturduğunda, çok sakin yiyorsun. Yemeğinin elinden alınacağını düşünen bir havyan gibi değil. Bunu hiç fark ettin mi, Anya? Ne kadar zarif yemek yiyorsun... Ve bizler, sanki savaşa gidecekmişiz gibi, yemeğimizi kepçeliyoruz. İşte, dedim kendime, beni bataktan çıkaracak kız bu. Beni bir pislikten krala dönüştürecek olan kız bu. Şanghay'a ilk geldiğin gün, annenden ayrıldıktan hemen sonra, bana Sergei'nin kütüphanesindeki bir resimden bahsetmiştin. Hatırlıyor musun? Fransız bir empresyoniste aitti ve sen çerçevenin resme ne kadar farklılık verdiğini söylemiştin. Sen bir kutuya ellerinle şekil verip, bana parmaklarının arasından kutuya bakmamı söyleyene kadar bunu anlayamamıştım. Daha sonra, sen annenin kolyesini kaybettikten bir gün sonra, benimle kapıya kadar geldin ve bahçede tomurcuklanmaya başlayan yıldız çiçeklerini gösterdin. Anya, yüreğin kederli bile olsa, sanki onlar dünyanın en dikkate değer şeyleriymiş gibi küçük ayrıntılardan bahsediyorsun. Para gibi önemli şeylerden nadiren bahsediyorsun. Ya da önemsizmiş gibi bahsediyorsun."

Dmitri odayı adımlamaya başladı, sanki onu etkilediğim başka yönlerimi düşünüyormuş gibi, yanaklarının rengi giderek kızarıyordu. Ben hâlâ bu hikayeyle nereye varacağını merak ediyordum. Evini mi dekore etmemi istiyordu? Bunu ona sordum ve yüzünden yaşlar akana kadar ellerini çırparak güldü.

Gözlerini ovuşturdu, sonra sakinleşti ve, "Bir gün benim içinden geldiğim pislik dünyamın içinde kayboldun ve Sergei neredeyse çıldırmış bir halde gelip bana bunu söyledi, ben de neredeyse çıldırdım. Sonra seni bulduk. O pislikler senin elbiseni parçalamışlardı ve leş gibi pençeleriyle derini tırmalamışlardı. Ancak seni kendi seviyelerine indirmeyi başaramamışlardı. O hapishane hücresinde üzerinde paçavralarla otururken bile, ağırbaşlı olmayı başardın."

"O gece Sergei bana geldi, öyle kötü ağlıyordu ki senin öldüğünü sandım. Seni seviyor. Bunu biliyor musun, Anya? Onun yüreğinde uzun zamandır kapalı olan bir yeri açtın. Yanında senin gibi bir olmuş olsaydı, asla tekrar afyona başlamazdı. Ama artık çok geç. Sonsuza kadar yaşamayacağını biliyor. Peki, o zaman seninle kim ilgilenecek? Benden seninle ilgilenmemi istemesini diledim. Fakat sana karşı fazla koruyucu davranıyor, senin için yetersiz olacağımı düşünmesinden korktum. Ne kadar zengin olursam olayım, beni ne kadar sevdiğini söylerse söylesin, sana sahip olamayacağımdan korktu. Ne giydiğim, ne yediğim ya da kiminle konuştuğum önemli değildi, ben her zaman bir pislik olarak kalacaktım."

"Annenin kolyesinin parçalarını bulmak için Concession'ın arka sokaklarını aradım. Sana layık bir adam olmaya çalışıyordum. Fakat ertesi gün, mucizevî bir şekilde, sen bana benimle dans dersleri almak istedi-

ğini söyledin. Benimle. Tanrım, bu istediğinle beni ga-
fil avladın! Sonra, daha önce hiç fark etmediğim bir şey
gördüm. Senin o kantaron mavisi gözlerinde. Sen âşık
olmuştun bana. Sergei bize dans ederken baktı ve o da
anladı. Bizde, otuz yıl önceki Sergei ve Marina'yı gördü.
Bunu bize bolero öğrettiğinde anladım, seni bana veri-
yordu. Kendiliğinden olan şeyleri engelleyemiyordu. Ta-
rih tekrarlanıyordu."

Dmitri, ben oturduğum yerden doğrulup pencereye
yaslanınca bir an olduğu yerde durakladı.

"Anya, lütfen ağlama," dedi yanıma gelerek. "Ama-
cım seni üzmek değildi."

Konuşmaya çalıştım ancak beceremedim. Yapabil-
diğim tek şey, bir çocuk gibi sesler çıkarmaktı. Başım
dönüyordu. Sabah, okulda normal bir gün geçireceğimi
düşünerek uyanmıştım ve aniden Dmitri karşıma çıkıp
anlayamayacağım şeylerden bahsetmeye başlamıştı.

"Bu senin de istediğin şey değil miydi?" diye sordu,
omzuma dokunup, beni kendisine çevirirken. "Sergei,
on altıncı yaşına girdiğinde evlenebileceğimizi söyledi."

Oda bulanıklaşmaya başladı. Dmitri'ye âşıktım an-
cak bu ani evlenme teklifi ve sonuca geliş tarzı beni şa-
şırtmış ve kararsız kılmıştı. Bunun için hazırlanmış-
tı ancak sözcükleri bende bomba etkisi yarattı. Şömine
rafı üzerindeki saat on ikiyi vurdu ve ürküttü. Aniden
diğer sesleri de fark ettim: hizmetkârlar koridorları sü-
pürüyorlar, aşçı bıçağını biliyor, birisi 'La Vie En Rose'u
söylüyordu. Dmitri'ye baktım. Bana ezilmiş dudaklarıy-
la gülümsedi ve kafamdaki karışıklık yerini bir aşk te-

laşına bıraktı. Dmitri ile evleneceğimiz gerçek olabilir miydi? Yüz ifademin değiştiğini görmüş olmalıydı, dizlerinin üzerine çöktü.

"Anna Victorovna Kozlova, benimle evlenir misin?" diye sordu, ellerimi öperken.

"Evet," dedim, yarı ağlamaklı, yarı güler bir durumda. "Evet, Dmitri Yurievich Lubensky, evlenirim."

Öğleden sonra Dmitri nişanımızı açıkladı ve Sergei gardenya ağacının yanındaki sığınağımda beni görmeye geldi. Ellerimi kendi ellerinin arasına aldı, yaşları gözlerinin kenarında birikmişti. "Düğün için ne yapalım?" diye sordu. "Sevgili Marina'm... ve annen... burada olsalardı ne güzel olurdu!"

Sergei yanıma oturdu ve birlikte ağaçların yaprakları arasından ışıldayan günışığına baktık. Cebinden buruşmuş bir kâğıt çıkardı ve dizinin üzerinde düzeltti. "Anna Akhmatova'nın bu şiirini yanımda taşırım çünkü beni çok etkiler," dedi. "Ve şimdi de sana okumak istiyorum."

'Seni aldıklarında şafak vaktiydi. Tıpkı,
Cenazenin arkasından giden bir dul gibi.
Heykellerin yanında — bir mum yanıyordu,
Yatak odasında — çocuklar ağlıyordu.
Dudakların — heykelin öpücüğüyle serinlemişti,
Hâlâ düşünüyorum — alnındaki soğuk terleri...
Streltsy'nin eşleri gibi, şimdi ben de

Kremlin kasvetli kulelerinin altına ağlamaya geldim.'

Sergei o sözcükleri okuyunca göğsüm daraldı ve ağlamaya başladım, yıllardır tuttuğum gözyaşlarımın bir püskürmesiydi bu. Öylesine derin ve can yakan bir ağlamaydı ki, kalbimin ve göğsümüm patlayacağını düşündüm. Sergei de ağladı, onun da göğsü kendi gizli kederiyle inip çıkıyordu. Kollarını bana sardı ve yanaklarımızı birbirine dayadık. Gözyaşlarımız biraz azalınca, gülmeye başladık.

"Sana en güzel düğünü yapacağım," dedi, elinin arkasıyla kızarmış ağzını temizlerken.

"Onu içimde hissediyorum," dedim. "Ve bir gün onu bulacağımı biliyorum."

O gece Amelia, Luba ve ben uzun saten elbiselerimizi, erkekler de en iyi smokinlerini giydiler. Hepimiz limuzine sıkıştık ve Moscow-Shanghai'ın yolunu tuttuk. Geçen geceki kavga yüzünden kulübü kapatmıştık. Her şey onarılmıştı ancak bir gece için kulübü kapalı tutmak iyi bir reklamdı. Bu gece kulüp sadece bize aitti. Sergei, dans pistinin üzerine şelale gibi dökülen bir ışık açtı. Dmitri, ofise giderek ortadan kayboldu ve bir süre sonra elinde bir radyoyla döndü. 'J'ai Deux Amours' eşliğinde hepimiz vals yaptık, boşta kalan elimizdeki kadehleri dökmemeye çalışırken, Josephine Baker gibi şarkı söylemeye çalıştık. 'Paris... Paris," diye mırıldandı Sergei, yüzünü Amelia'nın yanağına bastırırken. Omuzlarına yansıyan ve kafasının üzerinde daire çizen ışık onun bir melek gibi görünmesini sağlıyordu.

Gece yarısı olduğunda gözlerim kapanmaya başladı. Dmitri'ye yaslandım.

"Seni eve götüreyim," diye fısıldadı. "Sanırım, aşırı heyecan seni yordu."

Dmitri kapı eşiğinde beni kendisine çekti ve dudaklarımdan öptü. Sıcaklığı omurgamı karıncalandırıyordu. Dudaklarını açtı, heyecanı artmıştı ve diliyle ağzımın içinde dolaştı. Onun tadına vardım, öpücüklerini bir şampanya gibi içtim. Arkamızdaki kapı açıldı ve yaşlı hizmetkâr bağırdı. Dmitri geri çekildi ve güldü.

"Biz evleniyoruz, biliyorsun," dedi ona. Kadın gözlerini ona dikti ve çenesiyle kapıyı gösterdi.

Dmitri gittikten sonra, yaşlı hizmetkâr kapıyı kilitledi ve dudaklarımda Dmitri'nin öpücüğünün sıcaklığına dokunarak merdivenleri çıktım.

Odamda ağır bir hava vardı. Pencereler açıktı ancak hizmetkârlar yatağı yaparken içeri sivrisinek girmemesi için perdeleri kapatmışlardı. İçeride hapsolmuş hava bana bir serayı hatırlattı. Yoğun ve nemli. Boğazımdan aşağı bir ter damlası indi. Işıkları kapattım ve perdeleri açtım. Dmitri bahçede durmuş, bana bakıyordu. Gülümsedim ve o da bana el salladı. "İyi geceler, Anya," dedi, döndü ve tıpkı bir hırsız gibi kapıdan çıkarak ortadan kayboldu. Mutluluktan kanım kaynıyordu. Öpüşmemiz iyi şansın işareti ve birlikteliğimizin bir mührü gibiydi. Elbisemi çıkarıp, sandalyenin üzerine bıraktım ve tenimi rahatlatan havanın tadını çıkardım. Sonra da yatağa ilerleyerek kendimi üzerine bıraktım.

Gecenin havası yapışkan ve hareketsizdi. Çarşaflarımı itip, kenara atmak yerine onların içinde kıvrıldım, beni tıpkı bir koza gibi sarmışlardı. Terlemiş ve tedirgin bir halde, gecenin çok geç bir saatinde uyandım. Amelia ve Sergei aşağıda tartışıyorlardı, evin havası öyle sessizdi ki, sözcükleri birbirine vuran iki kadeh gibi net geliyordu.

"Sen ne yaptığını sanıyorsun, yaşlı budala?" diyordu Amelia, alkolün etkisiyle sesi çatallaşırken. "Bu ikisi için neden başına dert alıyorsun. Şunlara bak. Nerede tutuyordun bunları?"

Fincanların tabaklara vuruşunu, masaya düşen çatal bıçakların sesini duyabiliyordum. Sergei cevap verdi. "Onlar bizim... benim çocuğum gibi. Bu benim yıllardır yaşadığım tek mutluluk."

Amelia ortalığı yıkan kahkahalarından birini patlattı. "Biliyorsun, onlar sadece birbirlerini becermek için sabırsızlandıklarından evleniyorlar! Eğer gerçekten birbirlerini sevselerdi kız on sekizine gelene kadar beklerlerdi."

"Git uyu. Senden utanıyorum," dedi Sergei, sesini yükseltmesine rağmen sakindi. "Biz Marina ile evlendiğimizde onların yaşındaydık."

"Ah, evet. Marina." dedi Amelia.

Ev sessizliğe gömüldü. Birkaç dakika sonra koridorda ayak sesleri duydum ve kapım açıldı. Darmadağın siyah saçları ve beyaz gece elbisesiyle Amelia belirdi. Uyanık olduğumu fark etmeden durup bana baktı. Bakışı, tıpkı uzun ve sivri bir tırnağıyla omurgamın üzerinde gezinen bir parmak gibi beni ürpertti.

"Sizler ne zaman geçmişte yaşamaktan vazgeçeceksiniz?" dedi, alçak sesle.

Bakışlarının karşısında kıpırdamıyordum. Uykumda irkilmiş gibi yaptım ve o da ardından kapıyı açık bırakarak odadan çıktı.

Yataktan çıkıp aşağıya inmeden önce Amelia'nın yatak odasının kapısının sesini duymayı bekledim. Benim yanan ayaklarımın altında döşemeler serindi ve nemli parmaklarım korkuluklara kenetlendi. Havada limon yağı ve toz kokusu vardı. Birinci kat karanlık ve boştu. Yemek odasının kapısının altından gelen ışığı görene kadar Sergei'nin de yatıp yamadığından emin değildim. Koridoru parmak uçlarımda geçtim ve kulaklarımı oymalı ahşap duvara dayadım. Diğer taraftan çok güzel bir müzik sesi geliyordu. Hareketli ve büyüleyici melodi kanıma karışıp, tenimi uyuşturdu. Kapının kolunu çevirmeden önce bir an durakladım.

Pencerelerin hepsi açıktı ve eski bir gramofon büfenin üzerine yerleştirilmişti. Loş ışıkta masanın kutularla kaplı olduğunu görebiliyordum. Bazıları açılmıştı ve içlerinden sararmış ve buruşmuş dolgu kâğıtları dışarı taşıyordu. Tabaklardan ve kâselerden oluşmuş kuleler düzenli bir şekilde yerleştirilmişlerdi. Bir tanesini aldım. Kenarları altın bir aile arması süslemişti. Bir inilti vardı. Başımı kaldırıp, şöminenin yanındaki sandalyeye gömülmüş Sergei'ye baktım, etrafından mavi bir dumanın yükseliyor olmasını bekliyordum. Ancak Sergei afyon çekmiyordu ve o geceden sonra da asla çekmeyecekti. Eli yan tarafından aşağı sallanıyordu, uyuyakaldığını düşündüm. Ayağı, içinde kabarık buluta benzer bir şey olan, açık bir bavulun yanında duruyordu.

"Dvorak'ın Requiem'i," dedi, bana dönerek. Yüzüne gölgeler düşmüştü ancak gözlerinin etrafındaki bitkinliği ve mavi lekelerle kaplı dudaklarını görebiliyordum. "Bu bölümü çok severdi. Dinle."

Ona doğru gittim ve sandalyesinin koluna oturarak, başını kollarıma aldım. Müzik etrafımıza dalga dalga yayılıyordu. Kemanlar ve davullar bir an önce geçmesini istediğim bir fırtına gibi yükseliyordu. Sergei'nin eli benimkini kavradı. Parmaklarını ağzıma bastırdı.

"Onları özlemekten asla vazgeçmeyeceğiz, değil mi, Anya?" dedi. "Hayat, onların bize söylediği gibi devam etmiyor. Duruyor. Sadece günler geçiyor."

Eğildim ve elimi bavulun içinde duran beyaz şeyin üzerinde gezdirdim. İpeksi bir kumaştı. Sergei lambanın fişini taktı ve aydınlıkta kat kat duran bir kumaşa dokunduğumu gördüm.

"Çıkar onu," dedi.

Kumaşı kaldırdım ve bunun bir gelinlik olduğunu anladım. Eski bir ipekti ancak iyi korunmuştu.

Sergei ile birlikte gelinliği masaya koyduk. Van Gogh'un sarmallı güneşlerini anımsatan boncuklu işlemeye hayran kaldım. Kumaşın üzerine sinmiş olan menekşelerin kokusunu alabiliyordum. Sergei başka bir bavulu açtı ve içinden ince bir kâğıda sarılı bir şey çıkardı. Ben etek bölümünü düzeltirken Sergei altın bir taç ve duvağı elbisenin tepesine koydu. Gelinliğin kuyruğu mavi, kırmızı ve altın renkli şeritlerle süslenmişti. Asil Rusların renkleri.

Sergei elbiseye baktı, mutlu bir anısı gözlerinden geçti. Daha ağzını açmadan önce bana ne soracağını biliyordum.

Dmitri ile on altıncı yaş günümün hemen ardından, binlerce taze ve mis kokulu çiçeğin arasında evlendik. Sergei, bir önceki gününü şehrin en iyi çiçekçilerini ve özel bahçelerini araştırarak geçirmişti. O ve erkek hizmetkâr bir araba dolusu kesme çiçekle eve dönmüşlerdi. Moscow-Shanghai'nin giriş koridorunu mis gibi kokan bir bahçeye dönüştürmüşlerdi. Çift çanaklı Duchess de Brabant gülleri havayı tatlı bir ahududu kokusuyla doldurmuştu. Taze öğütülmüş çayı andıran kokusuyla kanarya sarısı Perle des Jardens demetleri, parlak, koyu yeşil yapraklarının arasından fışkırıyordu. Bu şehvetli güllerin arasına Sergei, gelinçiçeği ve venüsçarığı orkideleri yerleştirmişti. Bu baş döndürücü karışımın arasına vişne, baharatlı elma ve üzümlerle dolu kalay kurşun alaşımı kâseler eklemişti böylece tamamen duygusal bir coşku etkisi veriyordu.

Beni salona Sergei getirdi ve Dmitri dönüp bana baktı. Beni Marina'nın gelinliği içinde, elimde bir menekşe buketiyle görünce gözleri yaşla doldu. Aceleyle yanıma geldi ve mis gibi tıraşlı yüzünü yanağıma yasladı. "Anya, işte nihayet buraya kadar geldik," dedi. "Sen bir prensessin ve beni de bir prense dönüştürdün."

Biz vatanı olmayan insanlardık. Evliliğimizin, kilisenin ya da Çin hükümetinin gözünde pek fazla önemi yoktu. Ancak bağlantıları sayesinde Sergei, Fransız bir yetkiliyi törende papazlık yapması için ikna etmişti. Ne yazık ki, zavallı adamın nezlesi azmıştı ve birkaç cümlede bir durup burnunu temizlemek zorunda kalıyordu. Daha sonra Luba bana adamın törene erken geldiğini ve güzelim gülleri görünce dayanamayıp onlara koşturarak, onu hasta edeceğini bile bile çiçekleri deli gibi kokladığını söyledi. "Bu, güzelliğin gücü," dedi, duvağımı düzeltirken. "Fırsatın varken onu kullan."

Dmitri ve ben karşılıklı yemin ederken, Sergei yanımda, Alexei ve Luba da bir adım arkamızda duruyorlardı. Amelia, pencere havası verilmiş çerçevelerden birinin yanında ilgisizce oturuyor, abartılı kırmızı elbisesi ve şapkasıyla güllerin arasında bir karanfil gibi görünüyordu. Oluklu şampanya kadehinden bir yudum aldı, başını gökyüzü resmine çevirdi, sanki hep birlikte bir pikniktेydik ve o kendisini büyüleyen başka bir manzaraya bakıyordu. Ancak ben o gün o kadar mutluydum ki, onun bu hırçın davranışları bile beni eğlendiriyordu. Amelia ilgi odağı olmamaya dayanamıyordu. Ancak kimse onunla ilgilenmemişti. Buna rağmen yine de özenerek giyinip gelmişti. Ondan beklediğimiz azıcık yakınlık ancak bu kadardı.

Yemin ettikten sonra Dmitri ile öpüştük. Luba, Saint Peter heykeliyle etrafımızda üç kere dönerken, Sergei ve Alexei kamçı şaklatıp, bağırarak kötü ruhları kovaladılar. Görevli töreni öyle güçlü bir hapşırıkla bitirdi ki, vazolardan bir tanesi devrildi ve yerde parçalandı. Mis kokulu çiçek yapraklarından oluşan bir şelale ayaklarımıza doğru aktı. "Üzgünüm," diyerek özür diledi.

"Hayır!" dedik, neşeyle. "Bu iyi şans! Sen şeytanı korkuttun!"

Sergei düğün ziyafetini kendisi hazırladı. O sabah saat beşte, kolları marketten aldığı sebze ve etlerle dolu bir şekilde kulübün mutfağına gitti. Saçlarına ve parmaklarına, bize sunduğu patlıcanlı havyar, solyanka, buharda somon ve şampanya sosunda dviena sterlet için öğüttüğü egzotik bitkilerin kokusu sinmişti.

"Tanrım," dedi görevli, gözleri açılmış, yemeklere bakarken. "Fransız olarak doğduğum için minnettar olmuşumdur fakat şimdi kendimi, keşke Rus olsaydım, derken buluyorum!"

"Rusya'da anneler gelin ve damadı, tıpkı yavru kuşlar gibi beslerler," dedi Sergei, etlerden dilimler kesip Dmitri ile benim önüme koyarken. "Ben artık ikinizin de annesiyim."

Sergei'nin gözleri mutluluktan parlıyordu ancak yorgun görünüyordu. Beti benzi atmış, dudakları çatlamıştı. "Çok çalıştın," dedim. "Lütfen, dinlen. Seninle ilgilenmemize izin ver."

Ancak Sergei başını salladı. Bu, düğün günü gelene kadar aylardır sıkça gördüğüm bir hareketti. Sergei öğle sonrasında çektiği afyon alışkanlığına bir anda son vermişti ve bunun yerine kendisini bugün için hazırlanmaya adamıştı. Günün ilk ışıklarıyla çalışmaya başlıyor, bir gün önceki planlarından daha iyisini ve daha büyüğünü düşünüyordu. Dmitri ile benim için, kendi evinden fazla uzakta olmayan bir daire satın aldı ve her ikimizin de görmesine izin vermedi. "Bitene kadar olmaz. Düğün gecesine kadar olmaz," dedi. Bize marangoz tuttuğunu söylemişti ancak her eve dönüşünde reçine ve talaş kokması yüzünden, evi kendisinin dekore ettiğinden şüphelendim. Israrlarıma rağmen, dinlenmeyi reddetti. "Benim için endişelenme," dedi, şişmiş elleriyle yanaklarımı okşarken. "Ne kadar mutlu olduğumu tahmin edemezsin. Damarlarımda telaşla dolaşan, kulağıma şarkılar söyleyen bir canlılık hissediyorum. Sanki o, yine benim yanımdaymış gibi."

Sabahın erken saatlerine kadar yemek yedik ve içki içtik, geleneksel Rus şarkıları söyledik ve yeni evliliğimize zarar vermeye çalışacak herhangi bir şeye meydan okumak için bardaklarımızı yere çarptık. Dmitri ve ben artık gitmeye hazır olduğumuzda, Luba bir kucak dolusu gül getirdi. "Banyonu bunların içinde yap," dedi, "sonra da içmesi için suyu ona ver, böylelikle seni sonsuza dek sevecektir." Daha sonra Sergei, Dmitri ve beni yeni evimizin kapısına kadar götürdü ve anahtarları Dmitri'nin avucuna bıraktı. Bizleri öptü ve, "Sizi kendi çocuklarımmışsınız gibi sevdim," dedi.

Sergei'nin arabası sokağın sonunda gözden kaybolunca, buzlu camlı kapıların kilidini açtık ve hızla antreyi geçip merdivenlerden ikinci kata çıktık. Bina iki katlıydı ve bizim dairemiz üst kattaki üç daireden biriydi. Kapının üzerinde altından bir isim levhası vardı: 'Lubensky.' Parmaklarımı el yazısı levhanın üzerinde gezdirdim. Bu artık benim soyadımdı. Lubenskya. Aynı anda hem heyecanlıydım, hem de hüzünlü.

Dmitri bana anahtarı gösterdi. Çok güzel tasarlanmıştı. Ucuna Eiffel Kulesi işlenmiş, demir bir anahtarlık. "Sonsuzluğa," dedi. Parmaklarımızı birbirine kenetledik ve kilidi birlikte açtık.

Dairenin misafir odası yüksek tavanı ve sokağa bakan uzun pencereleriyle büyük bir odaydı. Pencereler çıplaktı ancak perdeler için yapılmış kapaklı kornişler yerlerine yerleştirilmişti. Camların dışında, eşiklerden sarkan çiçek kutularını ağzına kadar doldurmuş menekşeleri görebiliyordum. Güldüm. Sergei, Marina'nın en sevdiği çiçeği ekmişti. Bir şömine ve onun karşısında oldukça rahat görünen bir Fransız kanepesi vardı. Her yer cila ve yeni kumaş kokuyordu. Gözlerim odanın köşesinde duran camlı bir vitrine takıldı ve Savonnerie halının üzerinden yürüyerek içinde ne olduğuna bakmaya gittim. Camın içine baktım ve matruşka bebeklerimin bana gülümsediklerini gördüm. Elimle ağzımı kapattım ve ağlamamak için kendimi zor tuttum. Düğün günümüz gelene kadar, annemin hayatımın en önemli gününü benimle paylaşmak için orada olmayacağını bilerek birçok kez ağlamıştım. "Her şeyi düşünmüş," dedim. "Her şey sevgiyle hazırlanmış."

Başımı kaldırıp baktım, gülleri hâlâ göğsümde tutuyordum. Dmitri kemerli kapının eşiğinde duruyordu. Arkasından banyoya giden koridoru görebiliyordum. Tıpkı bir bebek evi gibi, tavan alçaktı ve hem tavan hem de duvarlar çiçekli kâğıtla kaplanmıştı. Sergei'nin düğünümüz için hazırladığı bahçeyi hatırlattı. Dmitri'ye doğru yaklaştım ve birlikte banyoya gittik. Gülleri benden aldı ve onları küvete koydu. Uzun bir süre birbirimize hiçbir şey söylemedik. Durduk, birbirimizin gözlerine baktık, birbirimizin kalp atışlarını dinledik. Daha sonra Dmitri omuzlarıma uzandı ve gelinliğimin kopçalarını açmaya başladı. Dokunuşuyla tenim karıncalandı. Birbirimize söz vereli bir yıl geçmesine rağmen fazla yakınlaşmamıştık. Sergei buna izin vermemişti. Dmitri gelinliği omuzlarımdan aşağı çekti ve ayaklarımın üzerine kaymasına izin verdi.

Dmitri, pantolonunu ve gömleğini çıkarırken ben de küveti doldurdum. Teninin güzelliği, aşağı kadar inen tüyleriyle geniş göğsü beni büyülemişti. Arkamda durdu ve jüponumu önce belimden ve sonra da göğüslerimden ve başımdan yukarı çekti. Penisini kalçalarıma bastırışını hissediyordum. Çiçekleri küvetten aldı ve birlikte yapraklarını suyun üzerine dağıtmaya başladık. Küvet serindi ancak şehvetimi dindirmiyordu. Dmitri kayarak yanıma geldi ve avuçlarının içine suyu doldurarak içti.

Yatak odasında, iç avluya bakan iki tane cumbalı pencere vardı. Tıpkı misafir odasındaki gibi, çıplaktı camlar ama perde kapakları vardı. Pencere eşiklerindeki saksılardan bir orman gibi yükselen aşk merdiveni mahremiyeti sağlıyordu. Dmitri ile kucaklaştık. Ayaklarımızın etrafında küçük su göletleri oluşmuştu. Onun ateş gibi yanan bedenine yasladığım tenim bana bir arada eriyen iki mumu hatırlattı.

"Sence bu, asillerin düğün gecelerini geçirdikleri türden bir yatak mı?" diye sordu, ellerini benimkilerin içine geçirirken. Gülerken gözlerinin köşeleri kırışıyordu. Beni bronz yatağa doğru götürdü ve kırmızı örtünün üzerine yatırdı. "Çiçek gibi kokuyorsun," dedim, kirpiklerini öperken.

Dmitri kolunu omuzlarımın altından kaydırdı ve parmak uçlarıyla göğüslerimin üzerinde dolaştı. Boynumdan ayakuçlarıma kadar bir haz dalgası yayıldı. Dmitri'nin tenimin üzerinde dolaşan dilini hissettim. Ellerimle onu omuzlarından ittim ve kıvrılarak kaçmaya çalıştım ancak kolları bana daha sıkı sarıldı. Annemle birlikte yazın açık havada uzandığımızı düşündüm. Ayakkabılarımı çıkarıp, ayaklarımı gıdıklamayı severdi. Gülerdim ve onun dokunuşunun verdiği keyifle karışık rahatsızlıkla kaçmaya çalışırdım. İşte Dmitri bana dokunduğunda da böyle hissettim.

Dmitri'nin eli kalçalarıma indi. Kendisini bacaklarımın arasına yerleştirdiğinde tüyleri karnımı gıdıkladı. Dizlerimi araladı ve kanın yüzüme fışkırdığını hissettim. Utancımdan dizlerimi kapatmaya çalıştım ancak bacaklarımı daha kuvvetle açtı ve kasıklarımın arasını öpmeye başladı. Güllerin kokusu etrafımızda yükseldi ve ben kendini bir çiçek gibi ona açtım.

Bir sesle sarsıldık. Telefon çalıyordu. Yatakta doğrulduk. Dmitri endişeli gözlerle, omzunun üzerinden bakıyordu. "Yanlış numara olmalı," dedi. "Kimse şimdi bizi aramaz."

Telefonun çalışını dinledik. Ses kesilince, Dmitri kendisini yukarı çekti ve yüzünü boynuma yasladı. Saçlarını karıştırdım. Vanilya gibi kokuyordu.

"Endişelenme," dedi, beni yatağın yukarısına çekerken. "Yanlış numaradır." Üstümde doğruldu, gözleri yarı kapalıydı ve ben de onu kendime çektim. Dudaklarımız buluştu. İçime girdiğini hissediyordum. Sırtının derisini kavradım. Midemde bir şeyler kıpırdadı, sanki bir kuş orada kapana sıkışmıştı. Onun sıcaklığı içimde patladı, gözlerimin önünde ışıklar dans ediyordu. Bacaklarımı ona doladım ve omzunu ısırdım.

Dmitri ve ben buruşuk çarşafların içine gömüldük ve o, kolunu göğsümün üzerine kapatarak uykuya daldı, çalan telefonun sesi beynimde yankılandı. Ve içim korkuyla doldu.

Ertesi sabah beni kanat çırpma sesleri uyandırdı. Uykulu gözlerimle pencere eşiklerine tünemiş güvercinleri fark ettim. Dmitri gece pencereyi açmış olmalıydı çünkü kuş pencerenin iç eşiğinde duruyor, tempolu cıvıldayışıyla beni rüyalarımdan alıyordu. Çarşafları yana ittim ve sabahın serin havasına kendimi bıraktım. Dmitri'nin gözleri yarı açıldı ve elini belime koydu. "Güller," diye mırıldandı. Tekrar derin bir uykuya daldı ve elini çarşafın altına çekti.

Fısıltıyla ve elimle işaret ederek kuşu kovalamaya çalıştım ancak o, parmaklarıma baktıktan sonra tuvalet masasının üzerine kondu. Manolya renginde ve uysal bir kuştu. Kolumu uzattım ve dudaklarımla öpücük sesi çıkardım, bana uçması için kandırmaya çalışıyordum. Ancak bunun yerine, soyunma odasına ve koridora doğru bir hamle yaptı. Kapının askısından sabahlığımı kaptım ve onun peşinden gittim.

Gri aydınlıkta, dün akşam daha sade görünen mobilyalar aniden daha ağırbaşlı ve resmi göründü. Taş duvarları, yer döşemelerini, cilalı ahşabı inceledim ve neyin değişmiş olduğunu merak ettim. Kuş abajurun siperine kondu. Siper, kaidesi üzerinde oynayınca neredeyse dengesini kaybediyordu. Koridorun kapısını kapattım ve pencerelerden birini açtım. Arnavut kaldırımlı sokak canlı görünüyordu. İki taş konağın arasında bir fırın vardı. Sinekliği olan bir kapıya bir bisiklet yaslanmıştı ve içeride ışık yanıyordu. Birkaç dakika sonra içeriden, kolları ekmek torbalarıyla dolu bir çocuk çıktı. Onları bisikletin gidonuna bağlanmış sepetin içine koydu ve binip gitti. Çiçekli elbiseli ve hırkalı bir kadın, soğuk havada ağzından buhar çıkararak çocuğun arkasından baktı. Güvercin omzumun üzerinde süzülerek, kendi isteğiyle dışarı uçtu. Havada takla atarak, çatıların üzerinden yükselişini ve bulutlu gökyüzünde gözden kayboluşunu seyrettim.

Telefon çaldı ve irkildim. Ahizeyi kaldırdım. Amelia idi.

"Dmitri'yi ver!"

Emirlerinden birini veriyordu. Ancak bu şekilde aramasından rahatsız olmak yerine şaşırmıştım. Sesi her zamankinden daha gergindi ve nefessiz kalmıştı.

Dmitri zaten kalkmış ve pijamasının üstünü giyiyordu. Uyku mahmurluğuyla çatılan kaşları yüzünü kırıştırmıştı.

Ahizeyi ona verdim. "Ne var?" diye sordu, sesi boğuk çıkıyordu.

Amelia belli belirsiz duyulan sesiyle aralıksız konuşmaya devam ediyordu. Onun Hotel Bathay'de bir pazar kahvaltısı ya da ilk sabahlarının keyfini çıkarmaya çalışan yeni evlenmiş bir çifte engel olmak için herhangi bir şey düzenlediğini düşündüm. Şömineyi yakmak için kibrit aradım ve kütüphanenin rafında buldum. Göz ucuyla Dmitri'nin halini gördüm. Yüzünün rengi bembeyaz olmuştu.

"Sakin ol," diyordu. "Sen orada kal, arayabilir."

Dmitri ahizeyi yerine koydu ve bana baktı.

"Sergei dün akşam tek başına arabasıyla çıkmış ve hâlâ eve dönmemiş. Avuçlarımın içi ve topuklarım uyuşmaya başladı. Başka zaman olsaydı, bu kadar endişelenmezdim. Sergei'nin bir gün önceki şenlikten kalma kulüpte sızdığını düşünebilirdim. Ancak işler değişmişti. Şanghay, her zamankinden daha tehlikeli bir hâle gelmişti. Sivil savaş yüzünden ortalık komünist ajan kaynıyordu. Geçen hafta Çinli ve başka ülkelerden sekiz iş adamı öldürülmüştü. Sergei'nin komünistlerin elinde olduğunu düşünmek bile dayanılabilir bir şey değildi.

Dmitri ile birlikte hizmetkârların bizim için topladığı sandıkları aradık. Bulabildiğimiz tek şey, yazlık kıyafetlerdi. Üzerimize geçirdik ancak dışarı çıkar çıkmaz, sert rüzgâr açıkta kalan parmaklarımızı, yüzlerimizi ve bacaklarımızı ısırmaya başladı. Soğuktan titredim ve Dmitri kolunu bana doladı.

"Sergei araba kullanmaktan hiç hoşlanmaz," dedi, "neden uşağı uyandırıp onu gitmek istediği yere bırakmasını söylemediğini anladım. Eğer French Concession'a arabayla gittiyse…"

Dmitri'nin beline sarıldım, Sergei'nin başının dertte olduğunu düşünmek istemiyordum.

"Dün akşam arayan kimdi?" diye sordum. "Amelia mı?"

Dmitri yüzünü buruşturdu. "Hayır. O değilmiş."

İçinin titrediğini hissedebiliyordum. Korku, kara bir bulut gibi üzerimize çökmüştü ve hızla ilerlemeye devam ettik. Yaşlarım gözlerimi yakıyordu. Evliliğimin ilk gününün benim en mutlu günüm olması gerekiyordu. Oysa kasvet doluydu.

"Haydi, Anya," dedi Dmitri adımlarını hızlandırırken. "Muhtemelen kulüpte uyuyakaldı ve biz bu dramı boşa yaşıyoruz."

Giriş koridoruna açılan kapılar kilitliydi ancak yan taraftaki kapıyı denediğimizde, onu açık bulduk. Dmitri elleriyle pervazda zorlamaya ait bir işaret aradı ancak yoktu ve birbirimize gülümsedik. "Burada olduğunu biliyordum," dedi Dmitri. Amelia, sabahın erken saatlerinden beri kulübü aradığını söylemişti ancak eğer Sergei alkol ya da afyon yüzünden uyuyakaldıysa telefonun zilini duymamış olabilirdi.

Antredeki gül kokusu iyice etkisini arttırmıştı. Parfümlerinin keyfini çıkararak yüzümü nemli yapraklarına yasladım. Onlar benim için keyifli bir anıydı.

"Sergei!" diye seslendi Dmitri. Cevap gelmedi. Salona koştum ve dans pisti boyunca onun arkasından gittim, adımlarım boş alanda yankılanıyordu. İçimde bir sıkıntı vardı ve bunun nedenini anlamıyordum. Yere düşmüş telefon dışında beni rahatsız eden bir şey yoktu. Telefon, yerde yayılmış öylece duruyordu, kendisi kırılmış ve ahizesi bir sandalyenin bacağının etrafına dolanmıştı.

Restoranı aradık, masaların altına ve resepsiyon masasının arkasına baktık. Mutfağa ve tuvaletlere koştuk, hatta çatıya çıkan dar merdivenleri bile çıktık ancak kulübün herhangi bir yerinde Sergei'ye ait bir ize rastlamadık.

"Peki, şimdi?" diye sordu Dmitri. "En azından dün akşam bizi arayanın Sergei olduğunu biliyoruz."

"Dmitri çenesini sıvazladı. "Eve gitmeni ve beni orada beklemeni istiyorum," dedi.

Dmitri'nin taş merdivenlerden aşağı sendeleyerek inişini ve bir çekçek çağırışını izledim. Nereye gittiğini biliyordum. Annemin kolyesini çaldırdığım, Concession'ın kenar mahallelerine ve arka sokaklarına gidiyordu. Sergei'yi orada bulamazsa, ağaçlıklı dar yollarda hâlâ afyon kokan West Chessboard Sokağı'na yönelecekti. Torbacılar, günün mallarını sergiledikleri tezgâhlarını kuruyor olmalıydılar.

Eve giderken yol üzerinde çay satan dükkânların, tütsü satan işportacıların ve kepenklerini açan kasapların önünden geçtim. Binanın arkasındaki Arnavut kaldırımlı sokağa geldiğimde etrafın bomboş olduğunu gördüm. Ne bisikletli çocuktan ne de onun annesinden eser yoktu. Kapının anahtarını bulmak için çantamı karıştırırken, tatlı bir koku burnumu kaşındırdı ve beni yolumdan alıkoydu. Menekşelerin kokusu. Kafamı kaldırıp pencerelerimizin önündeki çiçek kutularına baktım ancak onların kokusunun aşağıya gelmeyeceğini biliyordum.

Sonra Sergei'nin limuzininin motor kapağını ve onun önünde duran ızgarasını fark ettim. Fırınla bir evin arasındaki boşlukta duruyordu. Onu daha önce nasıl fark etmediğimizi anlayamadım. Sokağı geçip arabaya doğru koştum, Sergei ön koltukta oturmuş, beni seyrediyordu. Bir eli direksiyonun üzerinde, gülümsüyordu. Rahatlamış bir halde çığlık attım.

"Seni çok merak ettik!" dedim, kendimi motor kapağının üzerine atarak. "Bütün gece burada mıydın?" Bulunduğum açıdan parlak gökyüzü ön cama yansıyordu ve Sergei'nin yüzünü benden gizliyordu. Dikkatle ona baktım, bana neden cevap vermediğini anlamadım. "Bütün sabah boyunca komünistlerden ve cinayetlerden başka bir şey düşünmedim, oysa sen buradasın!" dedim.

Arabadan ses gelmiyordu. Kaportanın üzerinden kendimi kaydırdım ve duvarla yolcu koltuğunun arasına girdim. Kapıyı sert bir şekilde kendime çektim. İçeriden gelen berbat koku beni çarptı. Yüzümden kan sızmaya başladı. Sergei'nin kucağı kusmukla lekelenmişti. Sergei pek de doğal olmayan bir hareketsizlikle oturuyordu.

Yüzüne dokundum ancak soğuktu ve deri gibi gerilmişti. Bakışları donuktu. Üst dudağı geriye doğru kıvrılmış, dişlerini ortaya çıkarmıştı. Aslında başından beri gülümsemiyordu.

"Hayır!" diye bağırdım. "Hayır!" Kollarına yapıştım, gözlerimin önündeki bu manzaraya bir anlam veremedim. Onu salladım. Bana tepki vermeyince, ona daha güçlü yapıştım. Sanki gördüklerimin gerçek olduğuna inanamıyordum ve onun bedenini yeteri kadar sallarsam Sergei eski haline dönecekti. Bir eli kapalı halde dizinin üzerinde duruyordu, yumruğunun kıvrımının arasında parlayan bir şey gördüm. Parmaklarını zorla açtım ve içindeki şeyi almayı başardım. Bu bir alyanstı. Gözlerimdeki yaşları sildim, üzerine kazınan deseni görmeye çalıştım. Beyaz bir altın şeridin üzerinde uçan bir güvercin sürüsü. Kokuya aldırmadan, ağlayarak başımı Sergei'nin omzuna yasladım. Bu durumdayken, onun benimle konuştuğuna emindim. "Beni bununla göm," diyordu. "Onun yanına gitmek istiyorum."

İki gün sonra cenaze için kulübün girişinde toplandık. Düğün gülleri, tıpkı dışarıdaki yapraklar gibi, uçlarından kararmaya başlamışlardı. Yas tutar gibi başlarını eğmişlerdi. Zambaklar, tıpkı zamanından önce yaşlanan gelinlik kızlar gibi, kurumuş ve buruşmuşlardı. Hizmetkârlar çiçeklerin arasına karanfil ve tarçın eklemişlerdi. Bu yüzden içerideki hava daha acı ve kasvetliydi, sanki bize daha karanlık günlerin yolda olduğunu düşündürüyordu. Oymalı meşe tabuttan sızan kokuyu gizleme umuduyla vanilya çubukları da yakmışlardı.

Sergei'yi bulduktan sonra onu evine götürmeye yardımcı olması için erkek hizmetkârı aradım. Dmitri ile orada buluştuk. Amelia doktoru aradı. Cesedi muayene etti ve bize kalp krizinden öldüğünü söyledi. Dmitri ve ben, Sergei'yi tıpkı yeni doğan bebeklerini sevgiyle yıkayan bir anne-baba gibi yıkadık ve onu oturma odasındaki masaya yatırdık, cenaze levazımatçısını ertesi gün arayacaktık. Ancak akşam Amelia bizi arayıp, eve çağırdı. "Bütün ev kokuyor. Kaçacak hiçbir yer yok."

Oraya vardığımızda evi iğrenç bir koku sarmıştı. Cesedi inceledik, yüzünde ve boynunda kırmızı izler vardı ve elleri mor noktalarla kaplıydı. Sergei, gözümüzün önünde, normalden daha hızlı çürüyordu. Sanki bedeni bu dünyadan bir an önce yok olmak, vakit kaybetmeden toprağa dönüşmek istiyordu.

Cenaze günü, sonbahar bir giyotin gibi indi, bizi yazın mavi gökyüzünden koparıp gri çelik perdelerin arkasına saklamak istiyordu. Çiseleyen yağmur yüzlerimizi ıslatmıştı. Kuzey ve güneyden güç toplayan rüzgâr fırtına halinde esiyor ve bizi kemiklerimize kadar donduruyordu. Sergei'yi, Ortodoks haçlarının gölgesi altında, çürüyen yaprakların ve nemli toprağın ortasındaki Rus mezarlığına gömdük. Ben mezarın kenarında zorlukla ayakta durdum ve Sergei'yi bir dölyatağı gibi içine almış tabuta baktım. Sergei'nin ölümünden önce benden hoşlanmayan Amelia artık iyice benden nefret ediyordu. İyice yanıma yaklaşmış, beni de mezarın içine düşürme umuduyla, omzumdan dürtüyordu. "Onu sen öldürdün, seni bencil kız," diye fısıldadı rahatsız eden bir tonda. "Onu öldürene kadar çabaladın. Senin düğününe kadar öküz gibi güçlüydü."

Cenazeden sonra biz Dmitri ile tat ve koku duyularımızı yitirmiş, hayalet gibi evde dolaşırken, Amelia, at yarışları ve alışverişle kafasını dağıtmayı başarmıştı. Her gün bir kitap rafının ya da bir fincan dolabının rafında, Sergei'nin bizim için sevgiyle seçtiği, çerçeve içinde bir fotoğraf ya da bir biblo gibi yeni şeyler keşfediyorduk. Amacı her birini bulduğumuzda bize mutluluk getirmesi olmalıydı ancak onun ölümünün gölgesinde bu nesneler, bir ok gibi içimize saplanıyordu. Yatakta birbirimize yeni evli çiftler gibi değil, boğulmak üzere olan ve birbirlerinin bembeyaz olmuş yüzlerine bakıp cevaplar arayan insanlar gibi sarılıyorduk.

"Kendinizi suçlamayın," dedi Luba, bizi rahatlatmaya çalışarak. "Sizi düğün gecenizde rahatsız etmek istediğine inanmıyorum. Bence öleceğini anladı ve sizin yakınınızda olmak istedi. Sizler ona, Marina ve kendisini hatırlatıyordunuz."

Sergei'yi parmağında yüzüğüyle gömdüğümüzü, üzerinde Rusça açıklamalar ve biri ölü, biri canlı iki güvercin kabartması olan yan tarafındaki mezarın Marina'ya ait olduğunu Amelia'ya asla söylemedik.

Cenazenin ertesi günü, Alexei vasiyetin okunması için bizi ofisine çağırdı. Bu herkesin içeriğini bildiği bir vasiyetti. Dmitri oturduğumuz evin, Amelia da kendi oturduğu evin sahibiydi ve Moscow-Shanghai da her ikisi arasında paylaşılacaktı. Ancak Luba'nın etrafta sinirli sinirli dolaşmasından, eşarbının düğümüyle oynamasından ve çay servisi yaparken ellerinin titremesinden bir şeylerin yolunda gitmediğini anladım. Dmitri ve ben bir kanepenin üzerinde birbirimize sokulmuş otururken, soğuk sabah güneşi keskin yüz hatlarına vuran Amelia, pencerenin kenarında deri bir koltuğa gömülmüştü. Gözlerini kısmış bakıyor ve yine bana, saldırıya hazırlanan bir yılanı hatırlatıyordu. Bana olan nefretini hissedebiliyordum. Bunu sadece kendisini korumak adına fazla açık etmiyordu. Geçen yıllar içinde, bana yakın olan tek kişi Sergei idi.

Alexei, masasının üzerindeki kâğıtları karıştırması ve oyalanarak piposunu yakmasıyla bizi merak içinde bıraktı. Hareketleri beceriksiz ve yavaştı, otuz yıllık arkadaşı için duyduğu kederin ağırlığı altında eziliyordu.

"Fazla uzatmayacağım," dedi sonunda. "Sergei'nin, daha önceki vasiyetnamelerini geçersiz kılan ve 21 Ağustos 1947 tarihli vasiyeti oldukça basit ve açıktır." Gözlerini ovuşturdu ve gözlüklerini taktıktan sonra Dmitri ve Amelia'ya baktı. "Sizleri eşit ve içtenlikle sevmesine ve seçimi sizi şaşırtacak olmasına rağmen, istekleri açık ve nettir: 'Ben, Sergei Nikolaievich Kirillov, içlerindeki her şey dâhil evimi ve işyerimi yani Moscow-Shanghai'ı, Anna Victorovna Kozlova'ya miras bırakıyorum.'"

Alexei'nin sözleri buz gibi bir sessizlikle karşılandı. Kimse kıpırdamadı. Başka bir şeyler daha söylemesini, bazı şartlar sıralamasını bekliyorduk. Bunun yerine gözlüklerini çıkardı ve, "Bu kadar," dedi. Ağzım öylesine kurumuştu ki, kapatamadım. Dmitri ayağa kalktı ve pencereye doğru yürüdü. Amelia iyice koltuğuna gömüldü. Az önce olanların gerçek olduğuna inanamadım. Sevdiğim ve güvendiğim Sergei bana nasıl böyle bir şey yapabilmişti? Dmitri'nin onca yıllık sadakatine ihanet etmiş ve beni de suç ortağı yapmıştı. Kafamda buna bir neden aradım ancak yoktu.

"Bu vasiyetnameyi Anya ile sözlendiğimiz gün mü hazırladı?" diye sordu Dmitri.

"Tarih öyle gösteriyor," dedi Alexei.

"Tarih öyle gösteriyor," diye yineledi Amelia, yüzünde aşağılayan bir ifadeyle. "Sen onun avukatı değil misin? Vasiyeti konusunda ona tavsiyede bulunmadın mı?"

"Bildiğin üzere, Amelia, Sergei bir süredir iyi değildi. Vasiyetini hazırlamasına tanık oldum ancak tavsiyede bulunmadım," diye cevapladı Alexei.

"Avukatlar, ruh ve beden sağlığının yerinde olmadığından şüphelendiği kişilerin vasiyetlerini kabul ederler mi? Sanmıyorum!" dedi Amelia, masanın üzerine eğilerek. Dişlerini çıkarmış, saldırıya geçmek üzereydi.

Alexei omuz silkti. Amelia'nın düştüğü durumdan keyif aldığı izlenimini veriyordu.

"Ben Anya'nın mükemmel karakteri olan genç bir kadın olduğuna inanıyorum," dedi Alexei. Bir eş olarak sahip olduğu her şeyi Dmitri ile paylaşacaktır ve sen de ona çok merhametli davrandığın için sana da aynı kibarlığı gösterecektir."

Amelia koltuğundan sıçradı. "O kız buraya bir yoksul olarak geldi," dedi, bana bakmıyordu. "Asla kalıcı olmayacaktı. Ona acıdık. Anladın mı? Acıdık. Ve Sergei, Dmitri ile bana sırtını dönüp her şeyini bu kıza bırakmış."

Dmitri gelip benim önümde durdu. Çenemi ellerinin arasına aldı ve gözlerimin içine baktı. "Bu konuyla ilgili bir şey biliyor muydun?" diye sordu. "Hayır!" diye haykırdım. Beni kanepeden kaldırmak için elimi tuttu. Bu seven bir kocanın hareketiydi ancak tenlerimiz birbirine dokunduğu anda kanının buz kesildiğini hissettim.

Bizi çıkarken seyreden Amelia'nın gözündeki nefreti kaçırmadım. İfadesi sırtıma saplanmış bir bıçak gibiydi.

Dmitri eve dönüş yolunda tek bir kelime etmedi. Eve geldiğimizde de bir şey söylemedi. Öğleden sonrayı pencere kenarında oyalanıp, sigara içerek ve aşağıdaki sokağı seyrederek geçirdi. İletişimin yükü benim omuzlarıma binmişti ve ben bunu taşıyamayacak kadar bitkindim. Ağladım ve gözyaşlarım akşam yemeği için hazırladığım havuç çorbasının içine aktı. Ekmeği keserken elimi de kestim, kanımın hamura damlamasına aldırmadım. Kederimin tadını alırsa Dmitri'nin benim masumiyetime inanacağını düşündüm.

Akşam Dmitri arkasını yaslayıp, oturdu ve ateşi seyretti. Bana bakmıyordu ancak ben onun yüzünü tam olarak görebiliyordum. Savunmasızdım ve hatam olmayan bir şey yüzünden affedilmeyi umuyordum.

Yatağa gitmek için ayağa kalkana kadar benimle konuşmadı. "Sonuçta bana güvenmedi, değil mi?" dedi. "Beni oğlu gibi gördüğünü söylemesine karşın, beni hâlâ bir pislik olarak görüyordu. Yeterince güvenilir değil."

Sırtımdaki kaslar gerildi. Beynim iki farklı yönde çalışıyordu. Dmitri nihayet benimle konuştuğu için hem rahatlamıştım hem de korkuyordum. "Böyle düşünme," dedim. "Sergei seni çok seviyordu. Alexei'nin dediği gibi, aklı yerinde değildi."

Dmitri elleriyle bezgin yüzünü ovuşturdu. Gözlerindeki acıyı görmek canımı yakıyordu. Ona sarılmak, onunla sevişmek istiyordum. Yüzünde acı yerine arzu görmek için her şeyimi verirdim. Sadece bir gece gerçekten sevişmiş ve mutlu olmuştuk. O zamandan beri her şey batağa saplanmıştı. Keder, Sergei'nin çürüyen bedeninin eve hâkim olan kokusu gibi, evimize sinmişti. "Zaten benim olan ne varsa, senin," diye devam ettim. "Kulübü de kaybetmedin."

"O zaman neden incelik edip de, onu senin kocana bırakmadı?"

Düşmanca bir sessizliğin içine düştük yine, Dmitri pencere kenarına geri döndü ve ben de mutfağa yöneldim. İçinde bulunduğum haksızlığı haykırmak istiyordum. Sergei bu daireyi bizim için özenle hazırlamıştı, sonra vasiyetiyle burayı bir savaş alanına çevirmişti.

"Onun Amelia ile olan ilişkisini hiç anlayamadım," dedim. "Bazen birbirlerinden nefret ediyormuş gibi görünüyorlardı. Belki de onun seni etkilemesinden korkuyordu."

Dmitri bana içimi donduran nefret dolu bakışlarla döndü. Elleri yumruk halini almıştı. "İşin en kötüsü Amelia'ya yaptığı şey, bana değil," dedi. "O afyonla kafa yapıp, zafer dolu geçmişinin rüyalarına dalarken kulübü Amelia kurdu. O olmasaydı, Sergei kendi batağında çürüyen başka bir Rus olacaktı. Suçu ona yüklemek kolay çünkü o sokaklarda doğdu, çünkü onun aristokrat terbiyesi yok. Peki, bu terbiye gerçekte ne anlama geliyor? Söyle bana, kim daha dürüst?"

"Dmitri," diye haykırdım. "Sen neden bahsediyorsun? Ne demek istiyorsun?"

Dmitri pencerenin kenarından ayrıldı ve kapıya doğru yürüdü. Peşinden gittim. Dolaptan paltosunu almıştı ve üzerine geçirdi.

"Dmitri, gitme!" diye yalvardım ve fark ettim ki asıl demek istediğim şuydu: "O kadına gitme!"

Paltosunun düğmelerini ilikledi ve kemerini bağladı, benimle ilgilenmiyordu.

"Olanları düzeltebiliriz," dedim. "Moscow-Shanghai'ı ikiniz arasında paylaştırırız. Resmi olarak sana veririm ve sen de istediğin kadarını Amelia'ya verirsin. Sonra da kulübü, benden bağımsız olarak ikiniz çalıştırırsınız."

Dmitri düğmelerini iliklemeyi kesti ve bana baktı. Yüzündeki gerginlik yumuşadı ve benim de yüreğime umut doldu.

"Yapılacak en uygun şey bu olur," dedi. "Ve ev artık senin olsa da, onu Amelia'ya geri vermek."

"Elbette, aksini yapmaya niyetim yoktu."

Dmitri kollarını uzattı. Kendimi onların arasına bırakıp, yüzümü paltosuna gömdüm. Dudaklarını saçlarıma dayayışını ve o tanıdık kokusuyla nefes verişini hissettim. Kendi kendime, aramızdaki her şeyin düzeleceğini söyledim. Her şey geçecek ve beni tekrar sevecekti.

Ertesi hafta Nanking Caddesi'nde alışveriş yapıyordum. Geçen haftaki soğuktan sonra hava düzelmişti ve sokak öğle güneşinin tadını çıkaran insanlarla doluydu. İş adamları ofislerinden ya da bankalarından öğle yemeği için çıkmışlardı; kadınlar alışveriş arabalarıyla sokak köşelerinde birbirlerine selam veriyorlardı ve kafamı çevirdiğim her yerde sokak satıcıları vardı. Satıcıların baharatlı etleri ve kızarmış cevizleri karnımı acıktırdı. Bir İtalyan kafesinin camındaki menüyü okuyordum, tam zuppa di cozze ve spaghetti marinara arasında karar vermeye çalışırken aniden acı ve korku dolu bir çığlık yükseldi, nerdeyse kalbim duracaktı. İnsanlar, yüzlerinde dehşetle oraya buraya kaçmaya başladılar. Aralarında itilip, kakılıyordum. Ancak kalabalık, büyük binanın sonunda duran iki kamyon tarafından engellenmişti ve kendimi dükkânın camına yapışmış olarak buldum, iri cüsseli bir adam bana öyle bir dayanmıştı ki kaburgalarım kırılacak sandım. Kayarak ondan uzaklaştım, hareket halindeki kalabalığın içine karıştım. Herkes birbiriyle mücadele ediyordu, sokakta her ne oluyorsa ondan uzak durmaya çalışıyordu.

Kalabalığın önüne itilmiştim ve kendimi milliyetçi ordu askerleriyle yüz yüze buldum. Askerler tüfeklerini, elleri başlarının arkasında, çamur içinde sıra halinde diz çökmüş Çinli genç kadın ve erkeklere doğrultmuşlardı. Öğrenciler korkmuş görünmüyorlardı ancak şaşkındılar. Kızlardan bir tanesi kalabalığa şaşı gözleriyle bakıyordu ve gözlüğünün, ceketinin yakasına asılı kalmış olduğunu fark ettim. Sanki birisi yüzüne vurmuş gibi, gözlüğü kırılmıştı. İki bölük komutanı kenara çekilmiş telaşlı bir tonda tartışıyorlardı. Aniden bir tanesi diğerinden ayrıldı. Sıranın başındaki oğlanın arkasında durdu, kemerinden silahını çıkardı ve oğlanın kafasına ateş etti. Oğlanın yüzü kurşunun etkisiyle buruştu. Kafasından fıskiye gibi kan fışkırdı. Kaldırıma çöktü, etrafına kan sızmaya başladı. Korkudan dilim tutulmuştu ancak kalabalığın içindekiler haykırıyor ya da bağırarak protesto ediyorlardı.

Komutan sıra boyunca hızla ilerledi ve tıpkı solmuş çiçekleri toplayan bir bahçıvan gibi, her öğrenciyi tek tek öldürdü. Yüzleri ölümün acısıyla kıvranan öğrenciler, teker teker yığıldılar. Komutan benim yanımdaki kız öğrenciye yaklaşınca, onu korumak için hiç düşünmeden ileri atıldım. Adam, acımasız gözlerle bana baktı ve bir İngiliz kadın benim kolumdan tutarak tekrar kalabalığın içine çekti. Başımı omzuna bastırdı. "Bakma!" dedi. Silah ateşlendi ve ben kendimi kadından çektim. Kız diğerleri gibi, hemen ölmedi. Silah tam isabet alamamıştı. Kafasının yarısı havaya uçmuştu. Kulağının kenarından bir deri parçası sarkıyordu. Öne doğru düştü ve kendisini kaldırıma çekti. Askerler kızın peşinden giderek onu tekmelemeye ve tüfekleriyle onu dürtmeye başladılar. Kız hareketsiz kalmadan önce, "Anne, anne," diye inledi. Onun cansız bedenine, başındaki deliğe baktım ve bir yerlerde asla eve dönmeyecek olan kızını bekleyen bir anne olduğunu düşündüm.

Kalabalığı yararak bir polis geldi. Askerlere bağırdı ve kaldırıma yayılmış cesetleri gösterdi. "Buraya gelmeye hakkınız yok!" diye bağırdı. "Burası size ait bir bölge değil." Askerler ona aldırmadılar ve kamyonlarına bindiler. Öğrencileri öldüren komutan kalabalığa döndü ve, "Komünistlere sempati duyanlar, komünistlerle birlikte ölecekler. Bu, benim uyarımdır: eğer onların Şanghay'a girmesine izin verirseniz, benim bunlara yaptığımı, onlar size yapacaktır."

Nereye gittiğimi bilmeden Nanking Caddesi'nde hızla ilerledim. Kafam gördüklerim ve duyduklarımla çalkalanıyordu. İnsanların ve alışveriş arabalarının arasına daldım, hiçbir şey hissetmiyordum ancak kollarım ve kalçalarım eziliyordu. Tang'i aklımdan çıkaramıyordum. Ağzını yamultarak gülüşünü, ezilmiş ellerini, intikam hırsını... Onun iğrenç nefretini gencecik öğrencilerin gözlerinde görmemiştim.

Kendimi Moscow-Shanghai'ın önünde buldum ve içeri daldım. Dmitri ve Amelia ofislerinde Amerikalı yeni avukatları Bridges'le birlikte muhasebe defterlerini inceliyorlardı. Havaya onların çıkardığı sigara dumanı hâkimdi ve hepsinin kaşları çatıktı. Dmitri ile aramdaki gerginlik geçmiş, Amelia da onu evden atmaya niyetli olmadığımı anladığı için daha medeni davranıyor olsa da, umutsuzlukla içeriye dalmam onların işini bölmüştü.

"Ne oldu?" diye sordu Dmitri, sandalyesinden kalkarak. Gözleri endişeliydi ve bu yüzden nasıl göründüğümü çok merak ettim.

Oturmama yardım etti ve saçlarımı yüzümden çekti. Onun duyarlılığı beni etkilemişti ancak gördüklerimden dolayı düşünmeden konuşmaya başlamıştım, beni hıçkırıklara boğan gözyaşlarımı dindirmek için sürekli ara veriyordum. Anlattıklarımı dikkatle dinlemişlerdi ve bitirdiğimde uzun bir süre sessiz kaldılar. Amelia uzun kırmızı tırnaklarını masanın üzerine vurdu ve Dmitri temiz hava girmesi için gidip pencereyi açtı.

"Bunlar kötü günler," dedi Bridges, favorilerini sıvazlarken.

"Sergei'nin söylediklerine inanıyorum," dedi Dmitri. "Savaşı kazandık, bunu atlatacağız."

"Söylediği tek akıllıca sözler," dedi Amelia, dalga geçerek. Yeni bir sigara alıp, yaktı.

"Peki ya söylentiler?" diye sordu Bridges. "Her geçen gün daha çok duyuyoruz. Bir gün ekmek yok, ertesi gün pirinç."

"Ne söylentisi?" diye sordum.

"Bridges bana baktı, yumruk yaptığı elini diğer avucuna dayarken. "Komünist ordunun tekrar toplandığını ve Yangtze'ye yaklaştıklarını, ülkenin dört bir yanındaki milliyetçi generallerin ayrılıp komünist güçlere katıldığını söylüyorlar. Şanghay'ı almayı planlıyorlarmış."

Nefesim kesildi. Kollarımdan bacaklarıma kadar bir titreme geldi. Kusacağımı sandım.

"Neden Anya'yı korkutuyorsun?" dedi Dmitri. "Şimdi ona böyle şeyler söylemenin sırası mı? Hem de tüm o gördüklerinden sonra..."

"Anlamsız," dedi Amelia. "Kulüp her zamankinden daha fazla iş yapıyor, İngiliz, Fransız ve İtalyanlarla dolu. Gergin olanlar, sadece ödlek Amerikalılar. Peki, komünistler gelse ne olacak? Onlar Çinlileri istiyorlar, bizi değil."

"Peki, ya sokağa çıkma yasağı?" dedi Bridges.

"Ne yasağı?" diye sordum.

Dmitri, Bridges'e kaşlarını çattı. "Bu sadece kış için geçerli. Yakıt ve diğer ihtiyaçları saklamak için. Endişelenecek bir şey yok."

"Ne yasağı?" diye yineledim, bakışlarımı Bridges'ten Dmitri'ye çevirerek.

"Haftada sadece dört gece açık kalabiliyoruz. Ve o da sadece on bir buçuğa kadar," dedi Bridges.

"Sadece önlem," dedi Dmitri . "Savaş sırasında daha sıkıydı."

"Yine bir Amerikan ödlekliği hareketi," diye ekledi, Amelia.

"Bu sadece kış için geçerli," dedi Dmitri. "Endişelenmeye gerek yok."

Ertesi gün Luba beni görmeye geldi. Klapasına iğnelenmiş çiçek demetleri olan, kobalt mavisi bir elbise giymişti. İlk önceleri, Dmitri ve Amelia onun kocasını kulübün avukatlığından kovdukları için utanmıştım ancak Luba bana eskisinden farklı davranmamıştı. "Anya, bak ne kadar solgunlaştın ve kilo verdin," dedi. "Sana doğru düzgün bir yemek yedirmeliyiz. Benim kulübümde."

Onu içeri davet ettim ve hızla yanımdan geçerek eve göz atmaya başladı, sanki birini arıyor gibiydi. Vitrine doğru hızla ilerledi ve benim matruşka bebeklerimi inceledi, sonra da kitap rafında duran yeşimden yapılmış bir Buda heykelini eline alıp, inceledi ve açıkta kalmış taş duvarların üzerinde elini gezdirdi. Dokunduğu şeyler üzerinde ne aradığını o zaman anladım.

"Onu, babamı özlediğim gibi özlüyorum," dedim.

Yüzü seğirdi. "Onu ben de özlüyorum."

Gözleri benimkilerle buluştu ve sonra da Çin Bahçeleri'nin resmine çevrildi. Sabahın geç saatlerinin güneşi, perdesiz camlardan sızarak parlıyordu. Luba'nın dalgalı saçlarına vuruyor ve onları bir ışık halkasına dönüştürüyordu. Nişanlandığımız gece Sergei'nin Moscow-Shanghai'da dans ederken omuzlarına düşen ışığı hatırlattı. Luba bizim gruptan biri olmasına rağmen onu fazla tanıma fırsatı bulamamıştım. Birinin karısı olma rolünü kabul etmiş kadınlardan bir tanesiydi ve artık onun, kocasının bir uzantısı olduğunu düşünmemek imkânsızdı. Her zaman güçlü, parlak altın renkli dişlerinin arasından gülen, kocasının kolunda şehvetli ancak asla düşüncelerini belli etmeyen bir kadın olarak kendisini göstermişti. Onunla aniden, Sergei'yi sevgiyle hatırlamaya cesaret eden iki dost olmuştuk.

"Ben giyineyim," dedim. Sonra hiç düşünmeden, "Ona âşık mıydın?" diye sordum.

Güldü. "Hayır, ama onu gerçekten seviyordum," dedi. "O benim yeğenimdi."

Luba'nın kulübü Bubbling Well Caddesi'nin dışındaydı. Pek şık bir yer sayılmazdı. Perdeleri zarifti ancak renkleri solmuştu ve doğuya özgü büyük halıları vardı ancak parçalanmışlardı. Yerden tavana kadar olan pencereleri, içinde bir çeşmesi ve manolya ağaçları olan kayalıklı bir bahçeye bakıyordu. Kulüp, İngiliz kulüplerine giremeyen varlıklı kadınların ilgisini çekiyordu. Luba'nın yaşında Alman, Hollandalı ve Fransız kadınlarla doluydu. Yemek salonunda onların sohbetlerinin uğultusunun, Çinli garsonların taşıdığı gümüş servis arabalarının üzerindeki tabakların ve bardakların çıkardığı seslerin gürültüsü vardı.

Luba ile birlikte bir şişe şampanyayı paylaştık. Kiev tavuğuyla, Viyana şnitzeli ve tatlı olarak çikolatalı cheesecake sipariş verdik. Sanki onu ilk defa görüyordum. Ona bakmak Sergei'ye bakmak gibiydi. Daha önce aralarındaki benzerliği fark etmediğime inanamıyordum. Aynı onun gibi toparlaktı. Çatal ve bıçağı tutan dolgun ellerinde yaşlılık lekeleri vardı ancak mükemmel bir şekilde manikürlüydü; omuzları çökmüştü ancak çenesini dik tutuyordu. Cildi esnek ve bakımlı görünüyordu. Pudralığını açtı ve burnunu pudraladı. Sol yanağının üzerine yayılmış çiçek bozuğu kabarcıkları vardı ancak makyajı çok iyi yapılmıştı ve güçlükle fark ediliyorlardı. Gerçek anneme benzememesine karşın, kendimi ona yakın hissettiren bir anaçlığı vardı. Ya da belki de, onun içinde yaşayan bir Sergei gördüğümden böyle hissediyordum.

"Neden yeğen olduğunuzdan hiç bahsetmediniz?" diye sordum ana yemek tabakları toplanırken.

Luba başını salladı. "Amelia yüzünden. Sergei'ye onunla evlenmemesini söylediğimizde bizi dinlemedi. Sergei yalnızdı, Amelia da lükse ulaşabileceği bir yol arıyordu. Bildiğin gibi, Şanghay'da yasalar, Ruslar için karışıktır. Diğer bütün yabancılar kendi ülkelerinin yasalarına bağlıdırlar ancak bizler çoğu konuda Çin yasalarına tabiyiz. Benim servetimi korumak için gereken her önlemi almak zorundaydık."

Luba garsonu çağırmak için etrafına bakındı ancak garson büyük bir masadaki kadınların siparişlerini alıyordu. Servis yapılmasını beklemeden, şampanya şişesinin boğazından tuttu ve kadehlerimizi doldurdu.

"Anya, seni uyarmalıyım," dedi.

"Hangi konuda uyaracaksın?"

Eliyle masa örtüsünü düzeltti. "Alexei, Sergei'ye vasiyetini değiştirmesini ve Dmitri'yi vasiyetinden çıkarmasını tavsiye etti."

Ağzım açık kaldı. "Yani Sergei'nin akıl sağlığı yerinde miydi?"

"Hayır."

"Bu neredeyse evliliğimi bitiriyordu," dedim, sesim kısılmıştı. "Neden kocan Sergei'ye böyle bir tavsiyede bulundu?"

Luba, etrafa şampanya saçarak, kadehini masaya vurdu. "Çünkü Dmitri, Sergei'nin Amelia konusundaki uyarılarını hiç dinlemedi. Evlendiklerinde Amelia'ya mücevher ve para verdi. Ancak Moscow-Shanghai için asla söz vermedi. Dmitri gelene kadar kulüp için hiç kimseye söz verilmedi. Amelia bir şekilde Dmitri'yi, Sergei'nin ölümünden sonra kulübü paylaşacaklarına ikna etti."

Başımı salladım. Luba'ya, bu amaçla kulübü devretmek için imza attığımı söylemeye hazır değildim. "Bunların hiçbirinden bir şey anlamıyorum," dedim.

Luba bir süre beni inceledi. Bana söylediklerinden daha fazlası olduğunu hissettim ancak devam etmeden önce benim yeteri kadar güçlü olup olmadığımdan emin olmak istiyordu. Güçlü olmadığıma karar vermesini diledim. Daha fazlasını dinlemeye katlanamazdım.

Garson tatlı servisiyle geldi ve paylaşmak üzere sipariş verdiğimiz cheesecake'i ortamıza koydu. Gittiğinde Luba bir çatal aldı ve yumuşacık keki böldü. "Amelia'nın gerçekten ne istediğini biliyor musun?" diye sordu.

Omuz silktim. "Hepimiz Amelia'yı tanıyoruz. Kendi yolunu çizmek istiyor."

Luba başını salladı. Öne doğru eğilerek fısıldadı, "Kendi yolunu çizmek değil. Gerçekten. O, insanların ruhunu istiyor."

Kulağa öylesine bir melodram gibi geliyordu ki, neredeyse gülecektim ancak Luba'nın gözlerindeki ifade beni engelledi. Kalbimin boğazımda attığını hissettim.

"Onları mahvediyor, Anya," diye devam etti. "Sen gelip onu kurtarmadan önce Sergei'nin ruhunu almıştı. Ve şimdi de Dmitri'yi onun elinden alıyorsun. Sence bundan hoşnut mudur? Sergei sana, onu tıpkı bir kanser gibi hayatından atmak için bir fırsat verdi. Dmitri bunu yapmak için yeterince güçlü değil. Sergei bu nedenle kulübü sana verdi."

Küçük bir hırıltı çıkardım ve damarlarımda dolaşmaya başlayan dehşeti gizlemek için kekten bir lokma aldım. "Luba, onun gerçekten Dmitri'nin ruhunu istediğine inanıyor olamazsın. Onun berbat biri olduğunu biliyorum ancak o bir şeytan değil."

Luba çatalını tabağına bıraktı. "Onun nasıl bir kadın olduğunu biliyor musun, Anya? Yani gerçekten biliyor musun? Amelia Çin'e bir afyon taciriyle geldi. Adam Çinli bir çete tarafından öldürülünce, karısı ve iki çocuğu hâlâ New York'ta yaşayan Amerikalı bir adamın peşine düştü. Amerikalı ondan ayrılmak isteyince, Amelia adamın karısına yalanlarla dolu bir mektup yazdı. Genç kadın sıcak su dolu bir küvetin içinde bileklerini kesti."

Kekin o güzelim tadı ağzımda acı bir tada dönüştü. Moscow-Shanghai'daki ilk gecemde albay eşlerinden birinin, Amelia'nın iyi bir adamın hayatını mahvettiğini söylediğini hatırladım.

"Luba, beni korkutuyorsun," dedim. "Lütfen beni hangi konuda uyarmak istediğini söyle."

Yemek salonundan sanki bir gölge geçti. Sırtımın tüyleri ürperdi. Luba da, bu karaltıyı hissetmişçesine irkildi. "Her şeyi yapacak kapasiteye sahip. Sergei'nin kalp krizi geçirdiğine inanmıyorum. Amelia'nın onu zehirlediğine inanıyorum."

Peçetemi masanın üzerine bıraktım ve kadınlar tuvaletinin bulunduğu yöne bakarak ayağa kalktım. "İzninle," dedim, gözlerimin önünde uçuşan siyah noktalarla savaşırken.

Luba beni bileğimden yakaladı ve tekrar yerime oturttu. "Anya, sen artık küçük bir kız değilsin. Bundan sonra sana göz kulak olacak Sergei de yok, gerçeklerle yüzleş. Kendini bu kadından kurtarmalısın. O pusuda bekleyen bir yılan. Seni bir bütün olarak yutmak istiyor."

7
Sonbahar

Dmitri'nin, sivil savaş sırasında bize dokunulmayacağına dair öngörüsü kasım ayının sonlarında boşa çıktı. Kırsal bölgelerden gelen esirler, çekçeklerle ve el arabalarıyla taşıyabildikleri her şeyi alarak ve donmuş pirinç tarlalarından geçmek için mücadele ederek Şanghay'a akın ediyorlardı. Bu türde insanların arasında çok sayıda dilenci vardı. Gözlerimizin önünde açlıktan ölüyorlar, içi boş kıyafetler gibi, kaldırımlara yığılıyorlardı. Varoşlar doluyor ve her boş bina işgal ediliyordu. Sokaklarda yakılan cansız ateşlerin etrafında toplanıyorlar ve daha fazla acı çekmesine dayanamadıkları çocuklarını kendi elleriyle boğuyorlardı. Ölümün iğrenç kokusu soğuk havaya karışıyordu. İnsanlar sokaklarda yürürken mendilleriyle burunlarını kapatıyorlar; oteller ve restoranlar içerilere parfüm sıkıyorlar ve koku akışını engelleyen hava boşlukları inşa ediyorlardı. Her sabah çöp arabaları şehirde dolaşıyor ve ölüleri topluyordu.

Milliyetçi hükümet, gazeteleri sansürlemeye devam ediyordu ve sadece Paris modası ve İngiliz maçları hakkında bir şeyler okuyabiliyorduk. Enflasyon, ekonominin belini bükse de, tramvaylar ve ilan panoları yeni ev aletlerinin reklamlarıyla doluydu. Şanghay'ın reklamcıları bizi her şeyin yolunda olduğuna dair ikna etmeye çalışıyorlardı. Ancak kafelerde, sinemalarda ve kütüphanelerdeki fısıltıları engelleyemiyorlardı. Komünist ordu, Yangtze'nin nehir kıyısında kamp kurmuş, bizi gözlüyordu. Şanghay'a ilerlemeden önce güç toplayarak, kışın geçmesini bekliyorlardı.

Bir sabah Dmitri kulüpten her zamankinden daha geç döndü. Önceki gece ona eşlik edememiştim çünkü çok kötü üşütmüştüm. Onu kapıda karşıladığımda hâlâ ateşim vardı. Yüzü bitkin ve üzüntülüydü. Gözleri kızarmıştı.

"Neyin var?" diye sordum, paltosunu çıkarmasına yardımcı olurken.

"Bundan sonra benimle kulübe gelmeni istemiyorum," dedi.

Mendili.ıle burnumu sildim. Midem bulanıyordu bu yüzden kanepeye oturdum. "Ne oldu?"

"Müdavimlerimiz gece dışarı çıkmaya korkuyorlar. Masraflarımızı çıkarmak giderek zorlaşıyor. Baş şef Hong Kong'a kaçtı. Imperial'in şefine bize katılması için iki katı para ödemek zorunda kaldım."

Dmitri büfeden bir şişe viski ve bir bardak çıkardı. Daha çok insan çekmek için fiyatlarımızı yarıya indirdim... Şu dönemi atlatana kadar..." Bana döndü. Büyük bir darbe almış bir adam gibi kamburunu çıkardı. "Bu haliyle görmeni istemiyorum. Karım, denizcilerin ve fabrika işçilerinin gönlünü eğlendirsin, istemiyorum."

"O kadar kötü mü?"

Dmitri ansızın kendini yanıma bıraktı. Başını kucağıma koydu ve gözlerini kapadı. Saçlarını okşadım. Sadece yirmi yaşındaydı ancak son birkaç ayın baskısı alnında kırışıklıklara yol açmıştı. Parmaklarımı alnında gezdirdim. Tıpkı iyi bir süete benzeyen koyu ve kadifemsi tenine dokunmaya bayılıyordum.

İkimiz de uyuyakaldık ve uzun zamandır ilk kez rüyamda Harbin'i gördüm. Eve doğru koşuyordum ve tanıdık kahkahalar duydum. Boris ve Olga kedileriyle birlikte ateşin yanında duruyorlardı. Ağzında sigarasıyla babam, becerikli makas darbeleriyle, vazoya koymak için gül kesiyordu. Yanından geçerken bana gülümsedi. Pencereden bakınca, çocukluğumun yeşil alanları gözümün önündeydi ve nehrin kenarında annemi gördüm. Dışarı koştum, ıslak çimenler ayaklarımı kamçılıyordu. Parmaklarını önce kendi dudaklarına, sonra da benimkilere bastırdı. Ortadan kayboldu ve ben gözlerimi sabahın ışıklarına açtım.

Dmitri hâlâ yanımda uyuyordu, yüzünü yastığa bastırmıştı. Derin ve sakin bir şekilde nefes alıyordu. Göz kapaklarını öptüğümde bile kıpırdamadı. Yanağımı omzuna sürdüm ve boğulmakta olan birinin kütüğe sarılışı gibi, kollarımı onun etrafına doladım.

Akşam olduğunda soğuk algınlığım yüzünden ateşim çıktı ve öyle şiddetli öksürüyordum ki, kan tükürdüm. Dmitri gece yarısından önce bir doktor çağırdı. Doktorun saçları kıpkırmızı yüzünün üzerinde beyaz bir bulut gibi duruyordu ve burnu bir mantarı andırıyordu. Beyaz ellerinin arasında stetoskobu ısıtıp göğsümü dinlerken onun peri masallarındaki cinlere benzediğini düşündüm.

"Beni daha önce aramamakla aptallık etmişsiniz," dedi, ağzımın içine bir termometre sokarken. "Göğsün iltihaplanmış, eğer bana tamamen iyileşene kadar yatakta kalacağına söz vermezsen, seni hastaneye yatırırım."

Termometre mentol tadı veriyordu. Kollarımı ağrıyan göğüs kafesimin üzerinde kavuşturup, yastıkların içine gömüldüm. Dmitri yanıma sokuldu, ağrıyı azaltmak için boynuma ve omuzlarıma masaj yaptı. "Anya, lütfen iyileş."

Hastalığımın ilk haftasında Dmitri hem benimle hem de kulüple ilgilenmeye kalktı. Ancak öksürük nöbetlerim onun sabah geç saatlerde ve öğle sonralarında birkaç saatlik uykularını bölüyordu. Gözlerinin altındaki halkalar ve yüzünün soluk rengi beni endişelendirdi. Onun da hastalanmasını kaldıramazdık. Henüz bir hizmetkâr ya da aşçı tutamamıştım. Bu nedenle Dmitri'ye, bana bakması için Mei Lin'i göndermesini ve onun da orada biraz dinlenmesini söyledim.

Aralık ayının çoğunu yatakta geçirdim. Geçen her gece beni ateşlendiriyor ve yeni kâbuslar getiriyordu. Tang'in ve komünistlerin bana yaklaştıklarını gördüm. Japonlar tarafından katledilen çiftçi her gece rüyama giriyor, yaşlı gözlerle bana yalvarıyordu. Elini uzatıyordu ve ben de elini tutuyordum ancak nabzını hissetmiyordum ve çoktan ölmüş olduğunu biliyordum. Bir keresinde, uyanık olduğumu sandığımda, yanımda kırılmış gözlüğü yakasında asılı, yaralı başından çarşaflara kan akan Çinli bir kızın yanımda yattığını görüyordum. Anne! Anne!" diye, acı acı inliyordu.

Bazen de Sergei'yi görüyordum ve ağlayarak uyanıyordum. Amelia'nın onu zehirlediğine inanıp inanmadığımı anlamak için kendimi deniyordum ancak Luba'ya rağmen buna inanamıyordum. Dmitri onu kulübe ortak yaptığından beri, bana her zamankinden daha içten davranıyordu. Hastalandığımı duyunca, erkek hizmetkârıyla bana güzel bir zambak demeti göndermişti.

Aralık ayının ortalarında Dmitri zamanın çoğunu, ayakta tutmaya çalıştığı kulüpte geçiriyordu. Eşyalarını tekrar Sergei'nin evine taşımıştı çünkü orada kalmak kolay oluyordu. Ben yalnızdım ve sıkılıyordum. Luba'nın bana getirdiği kitaplara yoğunlaşmaya çalışıyordum ancak gözlerim çabuk yoruluyordu ve sonunda vaktimi gözlerimi tavana dikerek geçiriyordum, pencerenin yanındaki sandalyede oturmak için bile çok yorgundum. Üç hafta sonra, ateşim düşmesine ve öksürüğüm azalmasına rağmen yataktan kanepeye tek başıma gidemiyordum.

Dmitri, Batılıların kutladığı Noel Akşamı'nda beni görmeye geldi. Yemek yapma yeteneği her geçen gün gelişen Mei Lin, yağda kızarmış balık ve ıspanak yapmıştı.

"Seni tekrar gerçek yemek yerken görmek güzel," dedi Dmitri. "Sen fark etmeden iyileşmiş olacaksın."

"İyileştiğimde, en güzel elbisemi giyeceğim ve herkesin aklını başından alacağım. Bir eşin yapması gerektiği gibi sana yardım edeceğim."

Dmitri yüzünü geri çekti, gözlerini kırpıştırdı. Ona baktım ve o başını çevirdi. "Bu iyi olur," dedi.

Önce tepkisine şaşırdım. Ancak sonra kulübün yeni müdavimlerinden utandığını hatırladım. Umurumda değil, diye düşündüm, seni seviyorum, Dmitri. Ben senin karınım ve senin yanında olmak istiyorum, ne olursa olsun.

Akşamın ilerleyen saatlerinde, Dmitri gittiğinde, Alexei ve Luba bana bir hediye getirdiler. Kutuyu açtım ve içinde kaşmir bir şal buldum. Şal zarif bir mürdüm eriği rengindeydi, onlara göstermek için omuzlarıma koydum. "Sende çok güzel durdu," dedi Alexei. "Saçlarınla güzel bir tezat oluşturdu."

Luba ile Alexei çıktılar ve ben onların sokakta yürüyüşlerini seyrettim. Tam köşeyi dönmeden, Alexei kolunu karısının beline doladı. Hareket doğal ve sakindi, kendine güven dolu sevginin dokunuşu, yılların yakınlığından kaynaklanıyordu. Bir gün biz de Dmitri ile böyle olabilecek miyiz, diye merak ettim ancak bunu düşünmek beni umutsuzluğa düşürdü. Sadece üç aydır evliydik ve yortu mevsimini ayrı geçiriyorduk.

Dmitri ertesi gün beni görmeye geldiğinde her şey değişmiş gibi görünüyordu. Ağzı kulaklarındaydı ve neşeyle kalçamı okşadı. "Dün akşamı görmeliydin!" dedi. "Tıpkı eski günlerdeki gibiydi. Herkes şu aptal savaştan sıkılmışa benziyordu. Thornlar, Rodenler, Fairbanklar hepsi oradaydı. Madam Degas kanişiyle geldi ve seni sordu. Herkes çok iyi vakit geçirdi ve yeni yıl akşamı tekrar gelmeye karar verdiler."

"Ben artık iyiyim," dedim, Dmitri'ye. "Öksürüğüm kesildi. Dairemize tekrar ne zaman döneceksin?"

"Tamam," dedi Dmitri, yanağımdan öperken. "Yeni yıl akşamından sonra. O zamana kadar yapacak çok işim var."

Dmitri kıyafetlerini çıkardı ve küveti doldururken Mei Lin'den viski getirmesini istedi. Koridorun aynasında soluk yüzümün görüntüsünü yakaladım. Gözlerimin altında siyah lekeler vardı, burnumun ve dudaklarımın etrafı pul pul olmuştu. "Berbat görünüyorsun," dedim aynadaki yansımama. "Ama ne olursa olsun, o partiye gitmelisin."

"Bana iyi bir tarla ver, ben de sana altın başaklar getireyim," Dmitri'nin küvette şarkı söylediğini duydum. Bu, hasatın gelişiyle ilgili eski bir şarkıydı. Bana dinlenmem için bir hafta ve güzellik salonunda geçireceğim bir gün daha ver ve senin partine geleyim, diye düşündüm. Hatta daha iyi bir fikrim vardı. Bunu son dakikaya kadar sürpriz olarak saklayacaktım. Partiye gidişim ona yeni yıl hediyesi olacaktı.

Yeni yıl akşamı Moscow-Shanghai'a vardığımda merdivenler boştu. Rüzgârlı bir akşamdı ve ışıltılı kalabalık için serilmiş kırmızı halı ya da altın renkli kordonlar da yoktu. Taksiden çıkıp, buzlu merdivenlere ayak bastığımda mermer aslanlar bana bakıyormuş gibiydiler. Nemli rüzgâr saçlarımı dağıttı. Boğazım yandı ve sızlanmaya başladım ancak hiçbir şey benim sürprizimi engelleyemeyecekti. Mantomun yakasını kaldırdım ve merdivenleri çıktım.

Antrede, beyaz alanı renklendiren, gruplar halinde kalabalığı görünce rahatladım. Onların kahkahaları tepedeki avizede ve varaklı aynalarda yankı yapıyordu. Dmitri'nin kulübü ayakta tutmak için eğlendirmek zorunda kaldığı vasat müşterileri sadece hayal edebiliyordum, çünkü kaliteli yün ve ipekli atkılarını vestiyerdeki kızlara bırakan insanlar eski müşterilerdi. Havadaki kokuları alabiliyordum: doğuya özgü parfümler, kürkler, kaliteli tütün ve para.

Mantomu düzelttim ve o sırada beni seyreden genç bir adamı fark ettim. Elinde bir cin bardağıyla tezgâhın üzerine uzanmıştı. Adamın gözleri elbisemin üzerinde gezindi ve bana gülümsedi. Kulübe ilk geldiğim gün giydiğim, zümrüt yeşili tek parça elbisem üzerimdeydi. Bana ve Moscow-Shanghai'a şans getirmesi için giymiştim. Hayranımın yanından geçip gittim ve Dmitri'yi aramaya başladım.

Balo salonuna giderken kalabalığın arasında neredeyse eziliyordum. Sahnede siyah ve mor takım elbiseler içinde caz çalan bir orkestra vardı. Müzisyenler mükemmel görünüyorlardı. Düzgün dişleri ve koyu tenleri ışıkların altında parlıyordu. Dans pisti trompet ve saksafon eşliğinde dans eden insanlarla doluydu. Sahne kapısının yanında garsonla konuşan Dmitri'yi gördüm. Saçını kestirmişti. Kulaklarını ve alnını açıkta bırakan bir kesimdi. Model, onu daha genç gösteriyordu. Benim bu elbise içinde olmam ve onun da saç kesimi, bana eski günleri hatırlattı ve keyiflendim. Garson gitti ve Dmitri benim bulunduğum tarafa baktı ancak ben ona biraz daha yaklaşana kadar beni fark etmedi. Fark ettiğinde de kaşları çatıldı. Onun bu hoşnutsuzluğu beni şaşırtmıştı. Amelia telaşla gelip, ona bir şeyler söyledi. Ancak Dmitri ona tepki vermeyince Amelia, Dmitri'nin bulunduğum yere bakan gözlerini takip etti. Yüzünde kuşkulu bir ifade belirdi. Ancak benden kuşkulanacağı ne olabilirdi?

Dmitri kendisine yol açarak bana doğru geldi. "Anya, evde olmalıydın," dedi, sanki düşmek üzereymişim gibi, beni omuzlarımdan yakaladı.

"Endişelenme," dedim. "Sadece gece yarısına kadar kalacağım. Sana destek olmak istedim."

Dmitri hâlâ gülmüyordu. Sadece omuz silkti ve "Gel, o zaman. Restorandan bir içki alalım."

Merdivenleri çıkarken peşinden gittim. Başgarson bizi dans pistine bakan bir masaya oturttu. Dmitri'nin elbiseme baktığını gördüm.

"Hatırladın mı?" diye sordum.

"Evet," dedi, gözleri parlıyordu. Bir an için gözlerinin yaşardığını düşündüm ancak bu sadece bir ışık oyunuydu.

Garson bize bir şişe şarap getirdi ve kadehlerimizi doldurdu. Havyarla birlikte iki küçük blinis ve ekşi krema yedik. Dmitri eğildi ve saçlarıma dokundu. "Sen çok güzel bir kızsın," dedi.

Tüm bedenimi bir haz dalgası sardı. Sergei'nin vasiyetinden beri kaybettiğimiz mutluluğu tekrar yakalamak umuduyla ona biraz daha yaklaştım. Her şey düzelecek dedim kendi kendime. Bundan sonra her şey daha iyi olacak.

Başını çevirdi ve ellerine baktı. "Aramızda yalanların olmasını istemiyorum, Anya."

"Yalan yok," dedim.

"Amelia ve ben sevgiliyiz."

Nefesim boğazımda düğümlendi. "Ne?"

"Bu planlanmış bir şey değil. Evlendiğimizde seni seviyordum," dedi Dmitri.

Ondan uzaklaştım. Göğsümdeki ve kollarımdaki tüyler diken diken olmuştu. "Ne?" İçim sızladı. Duyularımın hepsi teker teker beni terk etmeye başladı. Müzik ağırlaştı, gözlerim karardı, şarap kadehimi elime aldım ancak bardağı hissetmiyordum.

"O, bir kadın," dedi. "Şu anda ihtiyacım olan şey. Bir kadın."

Masadan kalktım, kadehim devrildi. Kırmızı şarap, beyaz masa örtüsünün üzerine döküldü. Dmitri bunu fark etmedi. Aramızdaki boşluk gözümde şekil değiştirmeye başladı. Sanki aynı masada değil, salonun iki ayrı yerinde oturuyorduk. Dmitri kendi kendine gülüyordu. Bir zamanlar kocam olan bu yabancı şimdi yüzüme bile bakmıyordu. Benden millerce uzaktaydı. Başka birine âşık olmuştu.

"Aramızda her zaman bir şeyler vardı," dedi, "fakat Sergei'nin ölümü bizim yolumuzu açtı."

İçimdeki sızı, şiddetli bir acıya dönüştü. Eğer yürüyüp gidersem, bunların hiçbiri gerçek olmayacak, dedim kendi kendime. Dmitri'ye arkamı döndüm ve masaların arasında ilerledim. İnsanlar yemeklerinden başlarını kaldırarak ya da cümlelerini yarıda keserek bana baktılar. Başımı dik tutmaya, mükemmel bir ev sahibesi gibi davranmaya çalıştım, ancak gözyaşlarım pudrama karışarak yüzümden akmaya başladı. "İyi misiniz?" diye sordu, bir adam. "Evet, evet," dedim, ancak dizlerim tutmuyordu. Elinde içkilerle geçen bir garsona tutundum. İkimiz birlikte sendeledik, bir şampanya kadehi ayaklarımın dibine yuvarlandı.

Bir süre sonra kendimi evde buldum. Mei Lin yanımdaydı, omzumdaki cam parçalarını cımbızla ayıklamaya çalışıyordu. O bölgeye buz koymuştu ancak omzumun tamamı ezilerek, kuşüzümü rengini almıştı. Tek parçalı elbisem, dolabın yanındaki sandalyenin üzerinden sarkıyordu; kolumun üzerindeki kanlı, lekeli delik, bir kurşun yarasını andırıyordu. Dmitri, şöminenin yanında durmuş bizi izliyordu.

"Eğer temizlendiyse," dedi, Mei Lin'e, "bantla kapat, yarın doktoru ararız."

Bir şeylerin yolunda gitmediğini gören kız, ona baktı. Yaranın üzerine pamuklu bir sargı bezi bastırdı ve bir bant yapıştırdı. İşini bitirdiğinde odadan çıkmadan önce Dmitri'ye son bir kez baktı.

"Şu küçük kız iyice küstahlaşmaya başladı. Onu fazla şımartmamalısın," dedi, paltosunu giyerken.

Sarhoş bir kadın gibi sallanarak ayağa kalktım. "Dmitri, ben senin karınım!"

"Durumu sana anlattım," dedi. "Şimdi kulübe geri dönmeliyim."

Kapıya yaslandım, neler olduğunu anlayamıyordum. Dmitri bunu nasıl yapabilirdi? Dmitri, ona âşık olduğunu nasıl söyleyebilirdi? Amelia'ya? Yüzüm kasıldı ve ağlamaya başladım. Gözyaşlarım hasta göğsümü yakıyordu, nefes alamıyordum.

"Haydi," dedi Dmitri, beni geçmeye çalışarak. Yaşlı gözlerimi kırpıştırdım. Yüzünde daha önce görmediğim bir katılık vardı. Ve o an, dünyadaki bütün gözyaşlarının akmasının bile hiçbir şeyi değiştirmeyeceğini anladım.

Bir hastalık, bir diğerini getiriyordu. Mei Lin, ertesi sabah bana kahvaltı ettirmeyi denedi ancak bir lokma yumurta bile yiyemiyordum. Kalp kırıklığı, yüksek ateşten de beterdi. Her yerim ağrıyordu. Güçlükle nefes alabiliyordum. Dmitri, bana ihanet etmiş ve beni yalnız bırakmıştı. Hiç kimsem yoktu. Ne annem, ne babam ne de beni koruyan biri ya da kocam...

Luba, onu aradıktan sonra daha bir saat geçmeden kapının önündeydi. Saçı genellikle mükemmel bir şekilde yapılı olurdu ancak bu sabah saç tutamları yer yer başının arkasından aşağı dökülüyordu. Elbisesinin yakasının bir tarafı, yaka çizgisinin içine katlanmıştı. Benim şaşkınlığımın onun görüntüsüne yansıması bana tuhaf bir rahatlama hissi verdi.

Bana baktı ve banyoya koşturarak nemli bir havlu getirdi ve yüzümü sildi.

"İşin en kötü tarafı, sen beni uyarmaya çalışmıştın," dedim.

"Dinlenip, güzelce bir yemek yediğinde," dedi, "her şeyin göründüğü kadar kötü olmadığını anlayacaksın."

Gözlerimi kapadım ve yumruklarımı sıktım. Bundan daha kötü ne olabilirdi? Bana Amelia'nın, bir kadının intiharına neden olduğunu ve Dmitri'nin ruhu üzerinde kötü bir etkisi olduğunu söyleyen Luba değil miydi?

"Bana inanmadın," dedi, "ama söylediklerim gerçekleşti, daha birçok şeyin senin inisiyatifinde olduğunu görebiliyorum. Benim daha önce düşünemediğim şeyler…"

"Sergei'nin beni korumaya çalıştığı her şeyi yaptım," dedim, kanepeye iyice gömülerek. "Onlara kulübü verdim."

Luba yanıma oturdu. "Biliyorum fakat kulübü boş ver, savaş zamanı ona ne olacağını kim bilebilir ki… Önemli olan o evin ve içindeki her şeyin sahibi hâlâ sensin."

"Ev de, para da umurumda değil," dedim, yumruğumla ağrıyan göğsüme vururken. "Beni uyardığında, Amelia'nın paramın peşinde olduğunu anlatmak istediğini sanmıştım, kocamın değil." Canım yanarak derin bir nefes aldım. "Dmitri artık beni sevmiyor. Yapayalnız kaldım."

"Ah, bence Dmitri'nin aklı başına gelecektir," dedi Luba. "Ahlâksız bir kadını eşi olarak istemeyecektir. Sergei'nin hiç olmadığı kadar gururlu biri o. En kısa zamanda aklı başına gelecektir. Hem aralarında on yaş fark var."

"Bunun bana ne yararı var?"

"Senden boşanmadan onunla evlenemez. Bunu da yapacağını sanmıyorum. Denese bile, buna karşı durabilirsin."

"Onu seviyor," dedim. "Beni istemiyor. Bana öyle söyledi."

"Anya! Amelia'nın onu gerçekten istediğine inanıyor musun? O, bir çocuk. Senden intikam almak için onu kullanıyor. Stresten ve kederden Dmitri'nin kafası karışmış durumda."

"Onu istemiyorum. Amelia'yla birlikte olduktan sonra artık istemiyorum."

Luba, kolunu bana doladı. "Ağla, ama fazla abartma. Evli bir kadın olmak ve erkeklerin doğasını anlamamak zor bir durumdur. Çoğu kadının tam tersine, kendilerini eğlendirecek şeyler bulurlar, sonra da bir gün her şey biter ve hiçbir şey olmamış gibi, kapının eşiğinde bitiverirler. Gençliğimizde Alexei de beni çok üzdü."

Onun yaşamış olduklarına saygı duyuyordum ancak beni rahatlatmaya çalıştığını ve bana kalan tek dostumun o olduğunu biliyordum.

"Kadınlar kulübünde öğle yemeği için bize yer ayırtacağım," dedi, sırtımı sıvazlayarak. "Güzel bir yemek ve bir içki kendini daha iyi hissetmeni sağlayacaktır. Eğer soğukkanlı davranırsan Anya, her şey yoluna girer."

Dışarı çıkmak yapmak istediğim en son şeydi ancak Luba banyo yapmam ve giyinmem konusunda ısrar edince onu dinledim. Ne yapmaya çalıştığını biliyordum. Eğer evde kalırsam işim bitecekti. Şanghay'da duraksayan her şeyin işi biterdi. Şanghay sadece güçlü olanlar içindi. Ve hayatta kalmanın tek yolu hareket halinde olmaktı.

Evliliğimin bittikten sonraki haftaları, bu konuyu düşünmeden geçirdim. Olanları düşünmüş olsaydım, duraksardım. Duraksadığımda da, tıpkı kendisini bıraktığında kar altında donan bir asker gibi, içimde bir şeylerin öleceğini hissediyordum. Luba'nın, Dmitri ve Amelia'nın ilişkilerinin geçici olduğu ve gerçekten birbirlerini sevmedikleri konusunda söylediklerine inanmaya çalıştım. Ancak bu hayal onları birlikte gördüğüm gün sona erdi.

Luba ile birlikte öğle yemeği yedikten sonra eve gitmek için Bund'da çekçek bekliyordum. Yalnızlığımı dindirmek için içtiğim şampanyadan dolayı kafam hafif sersemlemişti. Hava soğuktu ve kapüşonlu uzun kürkümü giymiş, atkımı yüzüme sarmıştım. Bir metre ötemdeki kaldırıma yanaşan o tanıdık limuzini görünce neredeyse kalbim duruyordu. İçinden Dmitri çıktı. Bana çok yakındı ancak bunun farkında değildi. İsteseydim, elimle yanağına dokunabilirdim. Trafiğin sesi kesildi ve sanki zaman durmuş, ikimiz yalnız kalmıştık. Sonra arabanın içine uzandı. Onun elini kavrayan o eldivensiz, sivri tırnaklı parmakları görünce geri çekildim. Amelia dışarı çıktı, boğazının etrafına doladığı koyu renkli atkısıyla, kırmızı bir pelerin giymişti. Güzel bir şeytana benziyordu. Dmitri'nin yüzündeki hayranlığı görünce içimde bir şeylerin öldüğünü hissettim. Tıpkı Noel akşamı Alexei ve Luba'da gördüğüm o samimi dokunuş gibi, Dmitri kolunu onun beline doladı. Dmitri ve Amelia şehrin kalabalığında kayboldular ve ben de kendi içimde bir yerlerde kayboldum. Bir şeyler benim tanıdığım Dmitri'nin öldüğünü ve on altı yaşımda bir dul olduğumu söylüyordu.

Ertesi sabahın geç saatlerine kadar derin bir uykuya daldım. Saat bir civarı bir çekçekle Luba'nın kulübüne gidip, yemeğimle oyalanacak ve öğle yemeğini akşam çayına kadar uzatacaktım. Öğle sonralarında ana girişte caz ya da Mozart çalınıyordu ve ben de güneş batana kadar müzik dinliyordum, bu arada garsonlar akşam yemeği servisi için masaları hazırlıyorlardı. Eğer fazla içine kapanık biri olmasam, akşam yemeklerine de kalabilirdim. Kulüpteki en genç kadın bendim. Luba bana eşlik etmeden kulübe gelebilmek için üyelik formunda yaşımı büyük yazmıştım.

Bir gün her zamanki masamda oturmuş, North China Daily News okuyordum. Gazetede, milliyetçilerin ve Mao Zedong'un ateşkes için girişimde bulunmaları dışında, sivil savaşın süreciyle ilgili hiçbir şey yoktu. Bu türde karşıt güçler için bir ateşkes pek mümkün değildi. Bu günlerde neyin doğru, neyin propaganda olduğundan asla emin olamıyordum. Gazeteden başımı kaldırdım ve pencereden kışın hüküm sürdüğü kayalıklı bahçeye baktım. Beni izleyen birinin penceredeki yansımasını gördüm. Dönüp baktığımda çiçekli elbisesi ve boğazında düğümlediği ona uygun eşarbıyla, uzun boylu bir kadın gördüm.

"Ben, Anouck," dedi kadın. "Her gün buradasınız. İngilizce biliyor musunuz?" kendi İngilizcesinde ağır bir Hollandalı aksanı vardı. Karşımdaki sandalyeye baktı.

"Evet, biraz," dedim, oturmasını işaret ederken.

Anouck'un saçlarında yer yer altın renginde tutamlar vardı ve teni doğal olarak bronzlaşmış gibi görünüyordu. Kadının güzelliğini bozan tek şey ağzıydı. Gülümsediğinde üst dudağı kayboluyordu. Bu hali sert görünmesine neden oluyordu. Doğa acımasızdı. Güzelliği yaratmış, sonra da onu bozmuştu.

"Hayır, güzel konuşuyorsunuz," dedi. "Sizi duydum. Hafif Amerikan aksanlı bir Rus. Benim kocam... kocam Amerikalıydı."

Cümlesindeki 'idi'yi yakaladım ve onu daha yakından inceledim. Yaşı, yirmi üçten fazla olamazdı. Ben tepki vermeyince, "Kocam... öldü," dedi.

"Üzüldüm," dedim. "Savaşta mı?"

"Bazen öyle olduğunu düşünüyorum. Peki ya sizin kocanız?" diye sordu, alyansımı işaret ederek.

Kızardım. Kocasının yanında olması gereken genç bir kadın olarak beni kulüpte çok sık görmüştü. Birbirine dolanmış altın şeritleri olan yüzüğüme baktım ve onu daha önce çıkarmadığım için kendimi lanetledim. Sonra onun gülümsediğini gördüm ve anladım. Her ikimiz de gülümsüyorduk ancak gözlerimizdeki ortak acıyı fark etmemek imkânsızdı.

"Benim kocam... o da... öldü," dedim.

"Anladım," dedi, gülümseyerek.

Anouck, benim için neşe dolu bir avuntu çıktı. Onun beni diğer genç dullarla tanıştırmasıyla kulüpte daha az görünmeye başladım. Günlerimizi alışveriş yaparak, gecelerimizi de Palace Hotel ve Imperial'de yediğimiz yemeklerle geçiriyorduk. Diğer kadınlar, kendilerini aldatan kocalarının paralarını cömertçe harcıyorlardı. Anouck buna 'kadının intikam sanatı' adını veriyordu. Elimdeki para benimdi ve intikam almak gibi bir arzum yoktu. Ancak diğer kadınlar gibi ben de, kocamın bana yaşattığı acı ve utançtan kaçmak istiyordum.

Anouck beni Amerikan konsolosluğundaki 'Dil ve Kültür Saatleri'ne katılmam konusunda ikna etti. Başkonsolos, haftada bir kere yabancıları, çalışanlarla kaynaşmaları için evinin konuk odasına davet ediyordu. Birinci saatte, İngilizce konuşuyor, çeşitli sanat hareketleri ve edebiyat üzerine tartışıyorduk. Asla politika konuşmuyorduk. Daha sonra, anadilimizi öğrenmek isteyen çalışanlarla eşleşiyorduk. Katılımcılardan bazıları dersler konusunda çok ciddiydi ancak çoğumuz için bu, insanlarla tanışmak ve her toplantıda sunulan cevizli turtalardan atıştırmak için bir bahaneydi. Rusça öğrenmek için kendini yazdıran tek Amerikalı, uzun boylu, uzun bacaklı, Dan Richards adında genç bir adamdı. İlk gördüğüm an ondan hoşlandım. Kızıl, dalgalı ve kısa kesilmiş saçları vardı. Teni çilliydi ve güldüğünde daha da derinleşen solgun gözlerinin içinde ince halkalar vardı.

"Dobryy den, Bayan Lubensky,"[17] dedi, elimi sıkarak. "Minya zavut Daniel."[18] Aksanı berbattı ancak öyle içtendi ki, uzun zamandır ilk defa kendimi gülerken buldum.

"Ajan mı olmak istiyorsunuz?" diye takıldım.

Gözleri şaşkınlıkla parladı. "Hayır, benim doğam buna pek yatkın değil," dedi. "Büyükbabam devrimden önce Moskova'da diplomattı. Ruslardan sıkça bahsederdi ve ben de her zaman o insanları merak etmişimdir. Bu yüzden Anouck güzel Rus arkadaşını getireceğini söyleyince, bana Fransız gramerini öğretmek isteyen o canavarı başımdan attım ve bunun yerine Rusça'ya yazıldım!"

Dil ve kültür saatleri, bunaltıcı, yağmurlu ilkbahar başlangıcını rahat atlatmayı sağlayan bir şey haline geldi. Dan Richard, komik ve etkileyiciydi ancak ne yazık ki ikimiz de evliydik, yoksa kolaylıkla ona âşık olabilirdim. Esprileri ve kibar davranışları, az da olsa Dmitri'yi unutmama yardımcı oldu. Hamile karısından öylesine hayranlık ve saygıyla bahsediyordu ki, birine güvenme isteği uyandırıyordu. Onu dinlerken, tekrar âşık olma olasılığına inanabilirdim. Kendimi, annem benden alınmadan önceki gibi, insanların iyi olduğuna inanan biri gibi hissetmeye başladım.

Sonra bir gün Dan dersine geç kaldı. Diğer grupların birbirleriyle sohbet etmelerini seyrettim ve duvarlar-

---

17 Rusça'da 'İyi akşamlar Bayan Lubensky' anlamındadır.
18 Rusça'da 'Benim adım Daniel' anlamındadır.

da asık suratlı portreleri asılı olan başkanların isimlerini ve tarihlerini hatırlamaya çalışarak kendimi oyaladım. Dan geldiğinde nefessiz kalmıştı. Saçlarında ve kirpiklerinde yağmur damlacıkları vardı ve ayakkabıları çamurlanmıştı. Gergin bir halde dizlerini ovuşturdu ve bir dakika önce onun için telaffuz ettiğim sözcükleri hatırlayamadı.

"Neyin var?" diye sordum.

"Polly. Az önce onu Amerika'ya gönderdim."

"Neden?"

Ağzı kurumuş gibi dudaklarını ovuşturdu. "Buradaki siyasi durum belirsiz bir hale geldi," dedi. "Japonlar burayı işgal ettiklerinde Amerikalı kadınları ve çocukları kamplara kapatmışlardı. İşimi şansa bırakamam. Benim karım olsaydın, seni de gönderirdim," dedi.

İlgisi beni etkilemişti. "Biz Rusların gidecekleri bir yer yoktur," dedim. Çin, bizim vatanımız."

Yüzünü benimkine yaklaştırmadan önce odaya göz gezdirdi. "Anya," dedi, "bu gizli bir bilgi fakat Chiang Kai-shek şehri terk etmek üzere. Amerikan hükümeti bize, bundan sonra milliyetçi hükümete yardım etmeyeceklerini bildirdi. Ne zaman milliyetçi generallerden biri karşı tarafa geçmeye karar verdiyse, silahlarımız komünistlerin eline düştü. İngilizler vatandaşlarına işlerinin başından ayrılmamaları talimatını verdi. Ancak bizler Çin'de gereğinden fazla kaldık. Artık gitme zamanımız geldi."

Daha sonra, yiyecek içecek servisi yapılırken, Dan avucumun içine bir not koydu ve sıkıca kapattı. "Bunu bir düşün Anya," dedi. Grigori Bologov adında bir Kazak, sizin insanlarınızı Şanghay'dan çıkarmak için Uluslararası Mülteci Örgütü ile karşılıklı görüşmeler yapıyor. Yakında Filipinler'e hareket edecek olan bir gemi var. Eğer kalırsan, Çinli komünistler seni Sovyetler Birliği'ne gönderecek. Savaştan sonra oraya giden son Şanghaylı Ruslar, casusluk suçlamasıyla infaz edildi."

Avucumda Bologov'un adresini tutarak, yağmurda eve koştum. Keyfim kaçmıştı ve korkmuştum. Çin'i terk etmek mi? Nereye gidebilirdim? Çin'i terk etmek, annemi terk etmek anlamına geliyordu. Beni nerede bulacağını nereden bilecekti? Güven içinde Amerika'ya dönmekte olan ve kısa zamanda iyi yürekli ve sadık kocasına kavuşacak mutlu ve hamile, Bayan Richards'ı düşündüm. Kader ne kadar rastlantısal bir şeydi? Neden benim kaderime Dmitri ile tanışmak yazılmıştı? Ellerimi dümdüz karnıma koydum. Artık bir kocam yoktu ancak bir çocuk sayesinde tekrar mutlu olabilirdim. Koyu renk saçlı, anneminkiler gibi, bal renkli gözlü, küçük bir kız çocuğu hayal ettim.

Daire loştu. Mei Lin ortalıkta yoktu, alışverişe gittiğini ya da odasında şekerleme yapıyor olabileceğini düşündüm. Arkamdan kapıyı kapattım ve mantomu çıkarmaya başladım. Ensemde bir karıncalanma oldu. Tütünün baharatlı kokusu burnuma geldi. Kanepenin üzerindeki şekil iyice belirene kadar gözlerimi kısarak baktım. Dmitri idi. Sigarasının ucu karanlıkta parlıyordu. Belli belirsiz dış hatlarına baktım, gerçek miydi yoksa hayal miydi karar vermeye çalıştım. Işığı yaktım. Bana baktı ancak bir şey söylemedi, sanki nefessiz kalacakmış gibi, sürekli sigarasından duman çekiyordu. Mutfağa yürüdüm ve çaydanlığı ocağın üstüne koydum. Ağzından buhar tısladı ve ona teklif etmeden kendime bir fincan çay doldurdum.

"Koridordaki dolabın içindeki sandığa geri kalan eşyalarını koydum," dedim, "neden onları bulamadığını merak ediyorsan eğer... Çıkarken kapıyı kilitle."

Arkamdan yatak odasının kapısını kapattım. Konuşmak için ve Dmitri tarafından incitilmek için fazla yorgundum. Ayakkabılarımı fırlattım ve elbisemi başımın üzerinden sıyırdım. Oda soğuktu. Yatak örtüsünün altına girdim ve yağmuru dinledim. Kalbim göğsüme çarpıyordu. Ancak bunun nedeninin Dmitri mi yoksa Dan mi olduğunu anlayamadım. Komodinin üzerinde duran, Michailov'ların nişanımızda verdiği altın minyatürlü saate baktım. Bir saat geçti ve Dmitri'nin gitmiş olabileceğini düşündüm. Ancak tam gözlerim kapanırken, yatak odasının kapısının açıldığını ve Dmitri'nin döşemeler üzerindeki ayak seslerini duydum. Uyumuş gibi yaparak, yan tarafıma döndüm. Bedeninin ağırlığının yatağa gömüldüğünü hissedince, nefesimi tuttum. Teni buz gibiydi. Elini kalçamın üzerine koydu, taş kesildim.

"Git buradan!" dedim.

Eli daha sıkı kavradı.

"Yaptıklarından sonra buraya gelmeye hakkın yok."

Dmitri bir şey söylemedi. Bitkin bir adam gibi nefes alıyordu. Kanatana kadar kolumu çimdikledim.

"Artık seni sevmiyorum," dedim.

Eli sırtıma doğru kaydı. Teni artık bir süet kadar yumuşak değildi. Zımpara taşı gibiydi. Vurarak onu uzaklaştırmaya çalıştım ancak yanaklarımı ellerinin arasına alarak yüzüne bakmaya zorladı. Karanlıkta bile süzülmüş olduğunu görebiliyordum. Amelia onu bir bütün olarak almış, bomboş bir halde geri vermişti.

"Artık seni sevmiyorum," dedim.

Sıcak gözyaşları yüzüme aktı. Tenimi kükürt gibi yaktı.

"Her ne istiyorsan, sana vereceğim," diye ağladı.

Onu kendimden ittim ve yataktan çıkmaya çalıştım. "Seni istemiyorum," dedim. "Artık seni istemiyorum."

Dmitri ve ben ertesi sabah Avenue Joffre'daki Brezilya kafesinde kahvaltı ettik. Bacaklarını pencereden gelen günışığına doğru uzattı. Gözleri kapalıydı ve aklı sanki başka bir yerdeydi. Omletimin içindeki mantarları çatalla ayırdım, onları sona saklıyordum. Ormandaki mantarlar gizli hazineler gibi saklanarak yatarlar ve istekli ellerin onları toplamasını beklerler. Annemin bana bu şarkıyı söylediğini hatırladım. Tezgâhın üzerine uzanmış, onu temizliyormuş gibi yapan bıyıklı garson dışında kafede kimse yoktu. Havada ahşap, yağ ve soğan kokusu vardı. Bu kokuların birleşimiyle ne zaman karşılaşsam, hep Dmitri'nin bana geri gelişinin ertesi sabahını hatırlarım.

Onun bana geri gelişi beni sevdiğinden mi, yoksa Amelia ile işler yolunda gitmediğinden miydi, bilmek istiyordum. Ancak sormayı kendime yediremiyordum. Sözcükler tıpkı kötü bir tat gibi, dilimin üzerinde duruyordu. Belirsizlik aramızda bir engeldi. Amelia'yla ilgili konuşmak, onu hatırlatacaktı ve ben bunu yapmaktan çok korkuyordum.

Bir süre sonra yerinden doğruldu ve omuzlarını oynattı. "Eve geri taşınmalısın," dedi.

Evi görmeyi düşünmek bile midemi bulandırıyordu. Dmitri'nin Amelia ile birlikte olmuş olduğu yerde yaşamak istemiyordum. Mobilyaların her parçasında ihaneti görmek istemiyordum.

"Hayır, gitmek istemiyorum," dedim, tabağımı kenara iterek.

"Orası daha güvenli. Ve şimdilik düşünmemiz gereken tek şey bu."

"O eve gitmek istemiyorum. Görmek bile istemiyorum."

Dmitri yüzünü ovuşturdu. "Komünistler şehre girerlerse, Concession'a senin sokağından gideceklerdir. Binanın güvenliği yok. En azından evin duvarı var."

Haklıydı, ancak yine de gitmek istemiyordum. "Sence gelince ne yaparlar?" diye sordum. "Anneme yaptıkları gibi, bizi de Sovyetler Birliği'ne mi gönderirler?"

Dmitri omuz silkti. "Hayır. O zaman onlar için kim para kazanacak? Hükümeti devralırlar ve Çin ticaretini keserler. Ben yağmalama ve ayaklanmadan endişeleniyorum."

Dmitri gitmek için ayağa kalktı. Tereddüt ettiğimi görünce elini uzattı. "Anya, yanımda olmanı istiyorum," dedi.

Evi gördüğümde yüreğim sızladı. Bahçe yağmur yüzünden çamur içindeydi. Kimse gül ağaçlarını budamak için zahmet etmemişti. Gül ağaçları, duvarları tehditkâr bir biçimde tırmanan asmaya benzemiş, dikenlerini pencere çerçevelerine geçirerek boyaların üzerinde kahverengi lekeler bırakmışlardı. Gardenya ağacı tüm yapraklarını kaybetmiş, topraktan çıkan bir sopaya benzemişti. Çiçek yataklarının toprağı bile öbekler halinde toplanmış, hüzünle duruyordu. Kimse bahar için lale dikmemişti. Mei Lin'in çamaşır odasında şarkı söylediğini duydum, Dmitri onu eve dün taşımış olmalıydı.

Yaşlı hizmetkâr kapıyı açtı ve beni görünce gülümsedi. İfadesi onun içeri çökmüş gözlerini değiştirdi. Bir an için ortalığa neşe saçtı. Onu bunca yıldır tanıyordum ancak bana bir kere bile güldüğünü görmemiştim. Birdenbire, felaketin eşiğine geldiğimizde, benden hoşlanmaya karar vermişti. Dmitri bavullarımı içeri götürmesine yardım etti ve ben de diğer hizmetkârların ne zaman gittiğini merak ettim.

Misafir odasının duvarları boştu, resimlerin hepsi gitmişti. Duvar lambalarının çıkarıldığı yerlerde delikler vardı.

"Onları depoya kaldırdım. Güvende olmaları için," dedi Dmitri.

Yaşlı hizmetkâr bavullarımı açtı ve kıyafetlerimi yukarı taşımaya başladı. Bizi duyamayacağı kadar uzaklaşınca Dmitri'ye döndüm ve, "Bana yalan söyleme. Artık yalan söyleme."

Sanki ona vurmuşum gibi geri çekildi.

"Kulübü ayakta tutmak için onları sattın. Ben aptal değilim. Ben küçük bir kız değilim, sen istediğin kadar öyle düşün. Ben büyüdüm Dmitri. Bak bana. Ben büyüdüm."

Dmitri eliyle ağzımı kapattı ve beni kendine çekti. Yorgundu. Yaşlanmıştı da. Bunu teninden hissedebiliyordum. Kalbi neredeyse atmıyordu. Yanağını benimkine yaslayarak bana sarıldı. "Giderken onları yanında götürdü."

Sözcükler bir tokat gibi çarptı. Kalbim, göğsümden sökülmüş gibi hissettim. Demek ki, onu terk etmişti. Sonuçta beni tercih etmemişti. Kendimi ondan çektim ve büfeye yaslandım. "Gitti mi?" diye sordum.

"Evet,"dedi, beni seyrederken.

Derin bir nefes aldım, iki dünya arasında bocalıyordum. Ya bavullarımı alıp, daireme geri dönecektim ya da Dmitri ile kalacaktım. Avuçlarımı alnıma koydum. "O zaman onu arkamızda bırakacağız," dedim. "Artık hayatımızdan çıktı."

Dmitri üzerime kapandı ve enseme gömülüp ağladı.

"Artık onun hakkında bunu söyleyeceğiz," dedi.

Milliyetçi ordunun tankları gece gündüz şehirde kükreyerek dolaştı ve sokak köşelerinde komünist destekçilerinin infazları günlük bir olay haline geldi. Bir keresinde markete giderken, sokak tabelalarının üzerine dikilmiş kesik başların yanından geçmiştim ve arkamdaki bir anneyle kız, çığlık atana kadar onları fark etmemiştim. O günlerde sokaklar hep kan kokuyordu.

Yeni sokağa çıkma yasağı nedeniyle kulübü haftada sadece üç gece açabiliyorduk, bu bir anlamda bizim için daha iyiydi çünkü çalışanlarımızın sayısı azalmıştı. En iyi şeflerimizin hepsi Tayvan ya da Hong Kong'a kaçmıştı ve Ruslar dışında müzisyen bulmak zordu. Ancak kulübü açtığımız gecelerde, eski müdavimler yine süslü kıyafetleri içinde geliyorlardı.

"Bir avuç canı sıkılmış köylünün eğlencemi mahvetmesine izin vermeyeceğim," dedi Madam Degas, bir gece, sigara ağızlığından uzun bir nefes alırken. "İzin verirsen her şeyi mahvederler." Kaniş köpeği bir araba tarafından ezilmişti ancak onun yerine Phi-Phi adında bir papağan almıştı.

Onun duygusallığı Şanghay'da kalmaya devam eden diğer müdavimlerin yüzüne yansımıştı. Amerikalı ve İngiliz iş adamları, Hollandalı gemi tacirleri, gergin Çinli girişimciler... Bir çeşit saplantılı joie de vivre[19] hayatımızı devam ettiriyordu.

Dışarıdaki kargaşaya rağmen kaliteliymiş gibi ucuz şarap içiyor, bir zamanlar yediğimiz havyar gibi jambon küpleri yiyorduk. Karartma gecelerinde mum yakıyorduk. Dmitri ve ben tıpkı yeni evliler gibi, her gece dans pistinde vals yapıyorduk. Savaş, Sergei'nin ölümü ve Amelia, tuhaf bir rüya gibi geliyordu.

---

[19] Yaşama sevinci.

Kulübün kapalı olduğu gecelerde, Dmitri ile evde kalıyorduk. Birbirimize kitap okuyor ya da plak dinliyorduk. Şehrin bölündüğü dönemin ortalarında normal bir evli çift haline gelmiştik. Amelia, evdeki bir hayaletten başka bir şey değildi. Bazen yastığın birinde onun kokusunu alıyordum ya da bir fırçanın üzerinde saç telini buluyordum. Ancak ben eve tekrar taşındıktan birkaç hafta sonra bir akşam telefon çalıp, yaşlı hizmetkâr cevap verene kadar onu ne görmüş, ne de işitmiştim. Erkek hizmetkârın yokluğunda telefonlara İngilizce cevap vermek yaşlı kadına kalmıştı. Telaşla odaya girişinden ve bakışlarımdan kaçışından kimin aradığını anlamıştım. Dmitri'ye bir şeyler fısıldadı. Dmitri, "Ona evde olmadığımı söyle," dedi. Yaşlı kadın koridora geri döndü ve tam onun mesajını iletecekken, Dmitri, Amelia'nın duyabileceği kadar yüksek bir sesle bağırdı: "Burayı bir daha aramamasını söyle."

Ertesi gün Luba, onunla acilen kulüpte buluşmam gerektiğini bildiren bir mesaj gönderdi. Bir aydır birbirimizi görmüyorduk ve onu süslü bir şapkayla ancak bir ölü kadar beyaz yüzüyle antrede otururken bulduğumda, sarsıntıdan neredeyse ağlayacaktım.

"Sen iyi misin?" diye sordum.

"Evi terk ediyoruz," dedi. "Bu akşam Hong Kong'a gidiyoruz. Bugün çıkış vizesi almak için son gün. Anya, bizimle gelmelisin."

"Yapamam,"dedim.

"Başka türlü çıkış vizesi alamazsın. Alexei'nin Hong Kong'ta bir erkek kardeşi var. Kızımızmışsın gibi yapabilirsin."

Luba'yı hiç bu kadar sinirleri bozulmuş bir halde görmemiştim. Evlilik krizim boyunca o benim sakin sesim olmuştu. Odanın içindeki, müdavimlerden geriye kalan kadınlara baktı, onların gözlerinde de aynı panik vardı.

"Dmitri bana geri döndü," dedim. "Onun kulübü bırakmayacağını biliyorum ve benim de kocamla kalmam gerekir. Dudağımı ısırdım ve ellerime baktım. Ellerimin arasından bir insan daha kayıp gidiyordu. Eğer Luba Şanghay'dan giderse büyük ihtimalle bir daha görüşmezdik.

Çantasını açtı ve içinden bir mendil çıkardı. "Sana geri döneceğini söylemiştim," dedi, gözlerini silerek. "Size kurtulmanız için yardım edebilirdim ama Dmitri konusunda haklısın. Kulübü bırakmaz. Keşke hâlâ kocamla arkadaş olsalardı. Alexei onu gitme konusunda ikna edebilirdi."

Başgarson gelip, her zamanki masamızın hazır olduğunu söyledi. Bizi yerimize oturttuktan sonra, Luba en iyisinden bir şişe şampanya ve tatlı için de cheesecake sipariş etti.

Şampanya geldiğinde, kadehini neredeyse bir yudumda bitirdi. "Sana Hong Kong'taki adresimizi gönderirim," dedi. "Herhangi bir yardıma ihtiyacın olursa, bana haber ver. Gerçi ayrılmaya niyetlendiğini bilmek beni daha mutlu ederdi."

"Hâlâ kulübe gelen belli bir kalabalık var," dedim. "Ama onlar da burayı terk ederlerse, söz veriyorum Dmitri ile gitme konusunu konuşacağım."

Luba başıyla onayladı. "Amelia'ya ne olduğu hakkında haberlerim var," dedi.

Tırnaklarımı sandalyenin oturağına bastırdım. Bunu bilmek istediğimden emin değildim.

"Teksaslı bir zenginin peşinden koşmaya başladığını duydum. Fakat adam onun her zamanki avlarından daha akıllı çıkmış. İstediğini almış ve onu terk etmiş. Bu defa çuvallamış."

Bir gece önce olanları ve Dmitri'nin ona nasıl bir daha aramamasını söylediğini anlattım.

Şampanya Luba'nın sinirlerine iyi gelmiş gibi görünüyordu. Yüzüne bir gülümseme yayıldı. "Tabi o kaltağın bir deneme daha yapması gerekiyordu," dedi. "Endişelenme, Anya. Dmitri artık onun etkisinden kurtuldu. Onu affet ve tüm kalbinle sev."

"Seveceğim," dedim. Ancak Amelia'dan konuşmamış olmayı diledim. O, sistemde adı geçene kadar harekete geçmeyen bir virüstü.

Luba şampanyasından koca bir yudum daha aldı. "O kadın bir budala," dedi. "İnsanlara, Los Angeles'taki bazı zenginlerle bağlantıları olduğunu söylemiş. Moscow-LA adını verdiği kendi kulübünden bahsetmiş. Ne espri ama."

Kulüpten çıktığımızda yağmur yağıyordu. Luba'ya bir elveda öpücüğü verdim ve şampanyanın uyuşturucu özelliğine minnet ettim. Kalabalığın arasından bir çekçek bulmak için kendine yol açışını seyrettim. Bize neler olmuştu? Moscow-Shanghai'ın dans pistinde hep birlikte vals yapan ve Josephine Baker gibi şarkı söyleyen bizlere...

Gece siren çığlıklarıyla doluydu ve uzaklardan silah sesleri geliyordu. Ertesi sabah Dmitri'yi bileğine kadar çamurun içinde bahçede buldum.

"Kulübü kapattılar," dedi.

Yüzü kireç gibiydi. Umutsuz gözlerinde genç Dmitri'yi gördüm. Annesini kaybetmiş bir erkek çocuğu.

İnançsızlık içinde başını salladı. "Battık," dedi.

"Olaylar yatıştığında her şey düzelir," dedim. "Ben hazırlıklıyım. Bizi birkaç ay idare edecek her şeyimiz var."

"Haberleri duymadın mı?" dedi. "Komünistler yönetimi ele geçirdi. Bütün yabancıların gitmesini istiyorlar. Hepimizin. Amerikan Konsolosluğu ve Uluslararası Mülteci Örgütü bir gemi ayarlamış."

"İyi o zaman biz de gidelim," dedim. "Her şeye yeniden başlarız."

Dmitri çamurun içinde diz çöktü. "Ne dediğimi duydun mu, Anya? Mülteci. Yanımıza hiçbir şey alamayız."

"Gidelim, Dmitri. Birileri bize yardım etmek istediği için şanslıyız."

Çamurlu ellerini yüzüne götürdü ve gözlerini kapattı. "Yoksul insanlar olacağız."

Görünüşe bakılırsa 'yoksul' sözcüğü onun kalbini kırıyordu ancak ben tuhaf bir şekilde rahatlamıştım. Yoksul olmayacaktık. Özgür olacaktık. Çin'i terk etmek istemiyordum çünkü burası annemle benim tek bağlantımdı. Ancak bizim bildiğimiz Çin, artık yoktu. Ellerimizden bir anda kayıp gitmişti. Hiçbirimiz burayı öncelik olarak seçmemiş olmalıydık. Annem de olsa bunun benim önümde açılan bir kapı, Dmitri ve benim için de yeniden başlamak adına bir fırsat olduğunu görebilirdi.

Yaşlı hizmetkâra, artık bu evde kalmak onlar için güvenli olmayacağından Mei Lin ile birlikte gitmeleri gerektiğini söylediğimde suratı asıldı. Onlar için bulabildiğim tüm yiyecekleri bir sandığa koydum ve bir para kesesi dikerek, yaşlı hizmetkâra bunu elbisesinin içinde taşımasını söyledim. Mei Lin bana yapıştı. Onu çekçeğe bindirmek için Dmitri'nin bana yardım etmesi gerekti. "Yaşlı dostunla birlikte gitmelisin," dedim. Çekçek hareket ettiğinde bile hâlâ ağlıyordu ve bir an için onu yanımda tutmayı düşündüm. Ancak onun ülkeden çıkmasına asla izin vermeyeceklerini biliyordum.

Dmitri ve ben bomba uçaklarının ve uzakta meydana gelen patlamaların sesleri eşliğinde seviştik. "Beni affedebilecek misin, Anya? Beni gerçekten affedebilecek misin?" diye sordu. Onu gerçekten affetmiş olduğumu söyledim.

Ertesi sabah çok şiddetli yağmur yağıyordu. Kurşun gibi çatıya vuruyordu. Dmitri'nin koynundan çıkıp, pencereye doğru gittim. Yağmur, sokakları sellerle yıkıyordu. Dönüp Dmitri'nin yataktaki çıplak bedenine baktım, keşke yağmur bizim geçmişimizi de yıkayabilseydi. Yatakta kıpırdandı ve bana göz kırptı.

"Yağmura aldırma," diye mırıldandı. "Konsolosluğa yürüyerek gideceğim. Sen de bavulları hazırla. Akşama geri döner seni alırım."

"Her şey yoluna girecek," dedim, gömleğini ve ceketini giymesine yardım ederken. "Bizi öldürmeyecekler. Sadece bizim gitmemizi istiyorlar."

Yanağıma dokundu. "Gerçekten tekrar başlayabileceğimizi düşünüyor musun?"

Tekrar bu zarif mobilyaları kullanamayacağımızı ve evimizin büyük pencerelerinden bakamayacağımızı bilerek, birlikte kapıya kadar yürüdük. Buranın neye dönüşeceğini, komünistlerin burayı ne amaçla kullanabileceklerini merak ettim. Marina'nın sevgili evinin mahvedildiğine Sergei'nin tanık olmaması beni sevindirdi. Dmitri'yi öptüm ve yağmurun altında kamburunu çıkarıp, bahçe yolunu koşarak geçişini seyrettim. Onunla birlikte gitmek istedim ancak çok az zaman vardı ve yolculuğumuz için hazırlık yapmam gerekiyordu.

Günümü mücevherlerimi parçalayıp, taşlarını ve incilerini çoraplarımızın ve külotlarımızın dikiş yerlerine dikerek geçirdim. Annemin kolyesinden kalan parçaları matruşka bebeğimin tabanına sakladım. Satabileceğimi umarak bavula en pahalı elbiselerimi koydum. Hem korkuyor, hem de heyecanlanıyordum. Komünistlerin çıkmamıza izin vereceğinden emin değildik. İntikam arzusuyla işimizi bitirebilirlerdi. Ancak işimi yaparken bir yandan da şarkı söyledim. Mutluydum ve yeniden âşıktım. Karanlık çöktüğünde tüm perdeleri kapattım ve mum ışığında yemek pişirdim, bir ziyafet hazırlamak için mutfakta bulduğum her malzemeyi kullandım. Yere beyaz bir masa örtüsü serdim, düğün tabaklarımızı ve bardaklarımızı yerleştirdim, bu onları son kullanışımız olacaktı.

Dmitri akşam eve dönmeyince kendimi kötü bir şey olmadığına inandırdım. Yağmurun komünistleri en azından bir gün daha tutacağını ve Dmitri'nin şehir koşullarına alışık biri olduğunu düşündüm. "En beterini atlattık," deyip durdum kendime ve yerde kıvrılıp yattım. "En beterini atlattık."

Dmitri sabah da eve dönmeyince, konsolosluğu aramayı denedim ancak hatlar kopmuştu. Kollarımın altından ve sırtımdan ecel terleri dökerek, iki saat daha bekledim. Yağmur hafifledi, mantomu ve çizmelerimi giydim ve konsolosluğa koştum. Koridorlar ve bekleme odaları hıncahınç insan doluydu. Bana bir fiş verildi ve beklemem söylendi. Kalabalığın arasında umarsızca Dmitri'yi aradım.

Dan Richards'ı ofisinden çıkarken gördüm ve ona seslendim. Beni tanıdı ve el salladı.

"İşler çok kötü Anya," dedi, mantomu alıp kapıyı arkamızdan kapatırken. "Sana çay getireyim mi?"

"Kocamı arıyorum," dedim ona, içime yayılmakta olan paniği gizlemeye çalışarak. "Dün buraya mülteci gemisine binmemiz için izin almaya geldi. Ama geri dönmedi."

Dan'in narin yüzünü endişe kapladı. Oturmama yardım etti ve kolumu okşadı. "Lütfen endişelenme," dedi. "Burada işler oldukça karışıktı. Neler olduğunu öğrenirim."

Koridorda kayboldu. Bir taş gibi hareketsiz halde oturdum, yarısı kutulanmış Çin antikalarına ve kitaplara baktım.

Dan, bir saat sonra asık bir suratla geri döndü. Dmitri'nin ölmüş olduğunu düşünerek sandalyeden fırladım. Dan'in elinde bir kâğıt vardı ve bana doğru kaldırdı. Dmitri'nin fotoğrafını gördüm. Sevdiğim o gözleri.

"Anya, bu senin kocan mı? Dmitri Lubensky?"

Başımı salladım, kulaklarım korkudan çınlıyordu.

"Tanrı'ya şükür, Anya!" diye haykırdı, sandalyesine çöküp, dağınık saçlarını eliyle tararken. "Dmitri Lubensky, dün akşam Amelia Millman'la evlenmiş ve bu sabah Amerika'ya gitmiş."

Kapıları ve pencereleri tahtalarla kapatılmış olan Moscow-Shanghai'ın önünde durdum. Yağmur dinmişti. Yakından silah sesleri geliyordu. Gözlerim kemerli girişin, taş merdivenlerin, girişi koruyan beyaz aslanların üzerinde gezindi. Bir şeyler mi hatırlamaya çalışıyordum yoksa her şeyi unutmayı mı deniyordum? Sergei, Dmitri ve benim Kübalı grup eşliğinde dans edişimiz, düğün, cenaze, son günler… Arka sokaktan bir aile telaşla çıkageldi. Anne çocukları tavuk gibi kışkışlıyordu. Baba beli bükülmüş halde sandık ve bavullarla dolu bir el arabasını çekiyordu, daha onlar limana varmadan bu eşyalarına el konulacağını biliyordum.

Dan konsolosluğa geri dönmem için bana bir saat vermişti. Filipinler'e giden Birleşmiş Milletler'e ait gemide yer temin etmişti. Yalnız bir mülteci olacaktım. Çoraplarımın içindeki inciler ve taşlar batmaya başladı. Diğer mücevherlerimin hepsi eve girildiğinde yağmalanacaktı. Alyansım dışında hepsi. Elimi kaldırdım ve parıldayan ışığın altında şeritlerine baktım. Merdivenleri çıktım ve alyansımı kapıya en yakın aslanın dilinin üzerine koydum. Bu benim, Mao Zedong'a bağışımdı.

İKİNCİ BÖLÜM

8
Ada

Bizi Şanghay'dan alan gemi kükredi ve yan yattı. Yalpalayarak, bacalarından duman çıkararak tam gaz ilerledi. Dalgalar ayaklarıma su sıçratırken, şehrin giderek uzaklaşmasını seyrettim. Bund'un binaları karanlık ve hareketsizdi, tıpkı cenaze törenindeki yas tutan akrabalar gibi. Sokaklar sessizdi, bundan sonra olacakları bekliyorlardı. Nehrin ağzına vardığımızda gemideki mülteciler hem ağladı, hem de güldü. Bir tanesi kraliyetin beyaz, mavi ve kırmızı bayrağını kaldırdı. Kurtulmuştuk. Diğer kurtarma gemileri bu noktaya gelemeden ya vurulmuş ya da batmıştı. Yolcular, rahatladıkları için korkuluklardan korkuluklara koşmuş, birbirlerine sarılmışlardı. Görünüşe bakılırsa, beni çapa gibi aşağı çeken kaybımdan dolayı tek batan bendim. Nehrin dibine doğru çekiliyordum, çamurlu su başımın üzerinden akıp gidiyordu.

Dmitri'nin ikinci ihaneti annemle ayrı kaldığımız yıllar boyunca hissetmediğim ölçüde güçlü bir özlemi açığa çıkardı. Onu hatırladım. Annemin gökyüzünü kaplayan yüzünü gördüm ve benimle doğmuş olduğum ülke arasına bir örtü gibi serildi. Onun görüntüsü beni rahatlatan tek şeydi.

Sürgündeydim ve ikinci kez aşkımı yitirmiştim.

Gemideki birçok insan birbirini tanıyor gibiydi ancak ben hiçbirini tanımıyordum. Tanıdığım tüm Ruslar başka sebeplerle Çin'i terk etmişlerdi. Ancak orta sınıf aileler, dükkân sahipleri, opera şarkıcıları, şairler ve fahişelerin arasına karışmış birkaç zengin insan vardı. Biz ayrıcalıklı olanlar en tuhaf görünenlerdik. İlk gece yemekhaneye kürklerimizle ve gece elbiselerimizle geldik. Kenarları kırık çorba kâselerimizin içine kaşıklarımızı daldırdık, metal kupaları ve yıpranmış peçeteleri görünce hayal kırıklığına uğradık. Bir zamanlar kim olduğumuzun hayalleri içinde kaybolmuştuk, o anda hepimizin çok iyi bildiği Imperial'de akşam yemeği yiyor olabilirdik. Yemekten sonra, bundan sonra gemide geçireceğimiz yirmi gün için geçerli olacak temizlik nöbetinin listeleri ellerimize verildi. Yanımda oturan kadın listeyi, tıpkı tatlı menüsünü alır gibi, pırlanta yüzüklü eliyle aldı ve gözlerini kısarak kâğıt parçasına baktı. "Anlamıyorum," dedi, gözleriyle sorumlu olan her kimse onu arayarak. "Kesinlikle, beni kastediyor olamazlar."

Ertesi gün gemi çalışanlarından bir tanesi bana bir servis arabasında gezdirdiği bir yığın giysi içinden mavi, sade bir elbise verdi. Beden olarak çok büyüktü ve bel kısmı ve kolları yıpranmıştı. Krem rengi astarı lekeliydi ve küf kokuyordu. Çiğ bir tuvalet ışığının altında üzerime geçirdim ve aynaya baktım. Senin korktuğun şey bu muydu Dmitri? Başka insanların giysilerini giymek mi?

Lavabonun kenarlarını sımsıkı kavradım. Oda etrafımda dönüyordu. Dmitri Moscow-LA adında bir kulübü, beni kurban edecek kadar çok mu istemişti? Konsolosluğa gitmek için çıktığı sabah gözlerinde ihaneti görmemiştim. Ceketini düğmelemesine yardım ederken, onun bana geri dönmeyeceğine inanmak için bir nedenim yoktu. Peki, ondan sonra ne olmuştu? Amelia onu nasıl engellemişti? Gözlerimi kapattım ve onun kırmızı dudaklarından, ikna etmek için fısıldanan sözcükleri hayal ettim. "Senin için tekrar başlamak çok kolay olacak... Milliyetçi hükümet kaçmadan önce binlerce belgeyi yok etti. Muhtemelen senin evli olduğuna dair resmi bir kayıt yoktur. En azından Birleşik Devletler'i haberdar edecek bir belge bulamazlar." Telaşla yapılmış düğünlerinde Dmitri'nin onu onayladığını duyar gibiydim; "Kabul ediyorum." Bana da aynı şeyi fısıldarken hiç çekinmemiş miydi?

Benim onu ne kadar sevdiğimi ve bunun karşılığında onun beni ne kadar az sevdiğini düşünmek beni çıldırtıyordu. Dmitri'nin aşkı Şanghay gibiydi. Varlığı sadece yüzeyseldi. Ancak yüzeyin altı kokuşmuş ve çürümüştü. Her ikisi de üzerimde derin izler bırakmış olmasına rağmen onun sevgisi anneminki gibi değildi.

Gemideki mültecilerin çoğu neşeliydi. Kadınlar konuşmak için parmaklıkların etrafında toplanmışlar ve denizi seyrediyorlardı, erkekler güverteyi paspaslarken şarkı söylüyorlardı, çocuklar birlikte ip atlıyor ve birbirlerinin oyuncaklarını paylaşıyorlardı. Her gece kamaralarının pencerelerinden aya ve yıldızlara bakıyorlar ve geminin pozisyonunu kontrol ediyorlardı. Kimseye güvenmemeyi öğrenmişlerdi. Sadece gökyüzü işaretlerini görünce uyuyabiliyorlar, Sovyetler Birliği'ne değil de rotanın hâlâ Filipinler'e dönük olduğundan emin oluyorlardı.

Beni çalışma kampına gönderselerdi, umursamazdım. Ben zaten ölmüştüm.

Öte yandan, diğerleri minnettarmış gibi davranıyorlardı. Güverteyi fırçalıyorlar, ufak tefek şikâyetlerle patates soyuyorlar ve Filipinler'den sonra onları kabul edebilecek ülkelerden konuşuyorlardı. Fransa, Avustralya, Birleşik Devletler, Arjantin, Şili, Paraguay... Ülkelerin isimleri ağızlarından bir şiir gibi dökülüyordu. Ne bir planım vardı, ne de gelecekte beni nelerin beklediğine dair bir fikrim. Kalbimdeki acı öyle derindi ki, daha kıyıya ulaşmadan bu yüzden öleceğimi düşünüyordum. Diğer mültecilerle birlikte güverteyi fırçalıyor ancak diğerleri mola verirken ben ellerim su toplayana ve rüzgâr yanığından kanayana kadar boruları ve parmaklıkları ovalıyordum. Sadece denetçi omzuma vurduğunda duruyordum. "Anya, olağanüstü bir enerjin var, ama gidip bir şeyler yemelisin." Araftaydım, kendime bir çıkış yolu bulmaya çalışıyordum. Canım yandığı sürece yaşayacaktım. Cezalandırıldığım sürece kurtuluş için bir umudum olacaktı.

Yolculuğun altıncı gününde sol yanağım yanarak uyandım. Cildim kıpkırmızı olmuş ve kurumuştu ve böcek ısırığı gibi sert şişliklerle doluydu. Gemi doktoru inceledi ve başını salladı. "Sıkıntıdan olmuş. Biraz dinlenirsen, geçer."

Ancak cildimin üzerindeki bozukluk geçmedi. Cüzamlı gibi göstererek tüm yolculuk boyunca benimle kaldı.

Tropik iklimin nemli sıcağı on beşinci günde üzerimden tıpkı bir bulut gibi geçti. Çelik mavisi su, gök mavisi okyanus rengine dönüştü ve tropikal çam ağaçları havayı mis gibi bir kokuyla dolduruyordu. Dik yamaçları ve beyaz mercanlı sığlıkları olan adalar geçtik. Her günbatımı ufukta cızırdayan ateşli bir gökkuşağıydı. Tropikal kuşlar kanat çırparak güverteye inip, havalanıyorlardı. Bazıları öylesine uysaldı ki, korkusuzca ellerimize ve omuzlarımıza konuyorlardı. Ancak bu türde doğal güzellikler bazı Şanghaylı Rusları rahatsız ediyordu. Kara büyü ve kurban edilme ile ilgili söylentiler gemide yayılmıştı. Birisi, kaptana Tubabao Adası'nın cüzamlılardan oluşan bir koloni olup olmadığını sordu. Kaptan ise adanın ilaçlandığı ve cüzamlıların uzun süre önce adadan alındıkları konusunda bizi ikna etti.

"Unutmayın, bu son gemi," dedi bize. "Orada zaten kendi ülkenizden dostlarınız var, sizi karşılamak için hazırlar."

Yirmi ikinci gün mürettebattan birinin bağırdığını duyduk ve telaşla adanın ilk görüntüsü için güvertelere koşturduk. Gözlerimi güneşten koruyup, kısarak uzağa baktım. Tubabao denizden sessiz, gizemli bir şekilde yükseliyordu ve etrafı narin bir sisle kaplıydı. Ormanla kaplı iki büyük dağ, yan tarafına yatmış bir kadının kıvrımlarını andırıyordu. Beyaz kum ve Hindistan cevizi ağaçlarından oluşan bir koy, kadının karnıyla uylukları arasına sokulmuştu. Medeniyetin tek işareti plajın ucundan uzanan bir iskeleydi.

Demir attık ve yüklerimiz indirildi. Öğleden sonra gruplara ayrıldık. Yağ ve deniz yosunu kokan, gıcırtılı bir filikayla plaja götürüldük. Filika ağır ilerliyordu ve Filipinli kaptan altımızdaki berrak denizi gösterdi. Gökkuşağı renkli balık sürüleri teknenin altından geçiyordu. Vatoza benzer bir şey kendisini kumlu zemininden yukarı kaldırdı. Topuklu ayakkabıları ve ipek çiçekli şapkası olan orta yaşlı bir kadının yanında oturuyordum. Ellerini kucağında özenle kavuşturmuş ve ahşap bankın üzerine tünemişti, aslında hiçbirimiz bir sonraki saatin neler getirebileceğini bilemezken, o sanki günlük spa masajına gidiyormuş gibi oturuyordu. Durumumuzun ne kadar tuhaflaştığını o an anladım. Dünyanın en kozmopolit şehirlerinden birinin keşmekeşine ve kokusuna, gürültü ve çılgınlığına alışkın olan bizler, Pasifik'in uzak bir adasını kendimize yuva yapmak üzereydik.

İskelenin sonunda bizi bekleyen dört otobüs vardı. Hiç iyi görünmüyorlardı, pencerelerin camı yoktu ve levhaları paslıydı. Çelik tel yumağına benzer saçları ve güneşten yanmış alnıyla Amerikalı bir bahriyeli otobüslerden birinden çıktı ve bizlere binmemizi söyledi. Yeterli koltuk olmadığı için çoğumuz ayakta kaldık. Genç bir çocuk bana yerini verdi ve minnetle kendimi koltuğa bıraktım. Kalçalarım ateş gibi koltuğa yapıştı ve kimsenin bakmadığından emin olduğum bir anda çoraplarımı sıyırarak çıkardım ve onları cebime sakladım. Kaşınan bacaklarıma ve ayaklarıma gelen hava beni rahatlattı.

Otobüs toprak yolda zangırdayarak çukurlara girip çıktı. Hava, yolumuz üzerinde dizili muz ağaçlarının kokusuyla doluydu. Sık sık palmiye ağaçlarından yapılmış kulübelerden geçiyorduk ve içinden çıkan Filipinli satıcı bize ananaslı ya da gazlı içecek uzatıyordu. Amerikalı yüzbaşı, kükreyen motor sesini bastırarak bize adadaki IRO[20] yetkililerinden, Yüzbaşı Richard Connor olduğunu söyledi.

Kamp plajdan fazla uzakta değildi ancak yolların ilkelliği yolculuğu uzatıyor gibi görünüyordu. Otobüsler, içinde kimsenin olmadığı, açık hava kafenin yanına park etti. Bar palmiye yapraklarının saplarından yapılmıştı. Masalar ve katlanmış sandalyeler yarıya kadar kumlu toprağın içine gömülmüştü. Tebeşirle yazılmış menüye baktım: Hindistan cevizi sütünde mürekkep balığı, tatlı krep ve limonata. Connor bizi, sıralanmış ordu çadırlarının arasındaki asfaltlı bir patikadan yürüttü. Öğle sonrasının esintisini içeri almak için çadırların kapakları yukarı kıvrılmıştı. İçleri kamp yatakları, masa ve sandalye olarak kullanılan ters çevirilmiş sandıklarla doluydu. Çoğunda, ortadaki direğe bağlanmış bir ampul ve girişe yakın bir yerde kamp ocağı vardı. Çadırın birinde, sandıklar birbirine benzer masa ör-

---

20 International Refugee Organisation-Uluslararası Mülteci Teşkilatı.

tüleriyle kaplıydı ve üzerlerinde Hindistan cevizi kabuğundan yapılmış tabaklarda sunulan akşam yemeği vardı. Bazı insanların Çin'den getirmeyi başarabildikleri şeylere şaşırmıştım. Dikiş makineleri, sallanan sandalyeler ve hatta bir heykel.

Bunlar orayı ilk terk eden, komünistlerin kapılarında belirmelerini beklemeden evlerini boşaltan insanlara aitti.

"Herkes nerede?" diye sordu çiçekli şapkalı kadın, Connor'

Adam sırıttı. "Aşağıda plajdalar, sanırım. İşiniz bittiğinde, sizin de gitmek istediğiniz yer, orası olacaktır."

Yanları açık bir çadırdan geçtik. İçeride kaynayan su kazanlarının üzerine eğilmiş iri kıyım dört kadın vardı. Terli yüzleriyle bize döndüler ve "Oora!" dediler. Gülüşleri samimiydi ancak bizleri karşılamaları, içimi ev hasretiyle doldurdu. Ben neredeydim?

Yüzbaşı Connor bizi çadır şehrin ortasındaki bir meydana götürdü. Ahşap bir sahnenin üzerine çıktı, biz de bu arada kavurucu güneşin altında oturduk ve talimatlarını dinledik. Bize kampın, her birinin kendisine ait denetçisi, ortak mutfağı ve duşları olan bölgelere ayrıldığını söyledi. Bizimki, ormanlık bir vadiye sırtını vermiş bir bölgeydi, 'doğal hayat ve güvenlik açısından dezavantajlı' idi. Bu nedenle, ilk görevimiz orayı temizlemek olacaktı. Kafamdaki zonklamanın arasında yüzbaşının, bir dakika içinde insanın işini bitiren ölümcül yılanlardan ve geceleri ormana silahla giren ve şimdiye kadar üç kişiye saldırıp onları soyan korsanlardan bahsettiğini duydum.

Bekâr kadınlar çadırlara genellikle ikişerli şekilde yerleştiriliyordu ancak bizim henüz temizlenmemiş olan ormana yakınlığımız nedeniyle, bu bölgenin kadınları çadırlara dörtlü ya da altılı gruplar halinde yerleştirilecekti. Benim atandığım çadırda, Tsingtao yakınlarından daha önce Christobal ile gelmiş üç genç kadın vardı. İsimleri, Nina, Galina ve Ludmila idi. Şanghay kızlarına benzemiyorlardı. Kırmızı yanaklı, sağlıklı kızlardı ve içten gülümsüyorlardı. Bavullarımı taşımama yardım ettiler ve bana ayrılan yatağı gösterdiler.

"Buraya tek başına gelmek için çok gençsin. Kaç yaşındasın?" diye sordu, Ludmila.

"Yirmi bir," diye yalan söyledim.

Şaşırdılar ancak şüphelenmediler. O anda geçmişimle ilgili asla konuşmamaya karar verdim. Bu benim canımı yakıyordu. Annemden bahsedebilirdim çünkü ondan utanmıyordum. Ancak bir daha asla Dmitri'den bahsetmeyecektim. Şanghay'dan çıkmam için Dan Richard'ın kağıtlarımı nasıl imzaladığını düşündüm. Kâğıtlardan 'Lubenskya'yı çıkarıp, kızlık soyadım olan 'Kozlova'yı koydu. "Bana güven," dedi. "Bir gün o adamın soyadını taşımadığına sevineceksin."

Şimdiden ondan kurtulmayı arzuluyordum.

"Şanghay'da ne yapıyordun?" diye sordu, Nina.

Bir an duraksadım. "Öğretmendim," dedim. "Amerikalı diplomatların çocuklarına ders veriyordum."

"Bir öğretmene göre güzel elbiselerin var," dedi Galina, pişirilmiş toprak zeminde bağdaş kurmuş, bavullarımı açışımı izlerken. Bavulun kenarından dışarı çıkmış, yeşil tek parçalı elbisemin üzerinde parmaklarını gezdirdi. Çarşafların köşelerini döşeğimin altına sıkıştırdım. "Aynı zamanda onları eğlendirmem gerekiyordu," dedim. Ancak başımı kaldırıp baktığımda yüz ifadesinin masum olduğunu gördüm. Sözlerinin ardında hiçbir şey yoktu. Ve diğer iki kız da şüpheci olmaktan çok etkilenmiş gibiydi.

Bavulu açtım ve elbiseyi çıkardım. Mei Lin'in omzunu onarmış olduğunu görünce irkildim. "Al," dedim Galina'ya. "Zaten bana kısa geliyor."

Galina yerinden sıçradı, elbiseyi göğsüne tuttu ve güldü. Yanlarındaki yırtmaçlar beni korkutuyordu. Bir öğretmen için, hatta insanları 'eğlendirmesi' beklenenler için bile fazlaca seksi bir elbiseydi.

"Hayır, ben çok şişmanım," dedi, elbiseyi bana geri verirken. "Ama kibarlığın için teşekkür ederim."

Elbiseyi diğer kızlara tuttum ancak sadece kıkırdadılar. "Bizim için fazla şık," dedi Nina.

Daha sonra, yemek çadırına giderken, Ludmila kolumu sıktı. "Bu kadar üzülme," dedi. "Önce her şey çok kötü gibi geliyor ama plajı ve oğlanları gördüğünde bütün dertlerini unutursun."

Onun kibarlığı kendimden daha fazla nefret etmemi sağladı. Onlardan biri olduğumu düşünüyordu. Genç, özgür bir kadın. Onlara gençliğimi uzun zaman önce yitirdiğimi nasıl söylerdim? Şanghay'ın saflığıma tecavüz etmiş olduğunu?

Bölge yemek çadırı üç tane yirmi beş mumluk ampulle aydınlatılıyordu. Loş ışıkta, yaklaşık bir düzine uzun masa seçtim. İnce tabaklarda haşlanmış makarna ve kıyma servis edildi. Benim gemimdeki insanlar isteksizce yerken, deneyimli Tubabao'lu eller ekmek dilimleriyle tabaklarını sıyırıyorlardı. Yaşlı bir adam erik çekirdeklerini kumlu zemine tükürdü.

Yemediğimi görünce, Galina elime bir kutu sardalya tutuşturdu. "Makarnana karıştır," dedi. "Tadını değiştirir."

Ludmila, Nina'yı dirseğiyle dürttü. "Anya korkmuş görünüyor."

"Anya," dedi Nina, saçlarını geriye atarak, "yakında sen de bizim gibi görüneceksin. Güneş yanığı bir ten ve darmadağın saçlar. Bir Tubabao yerlisi olacaksın."

Ertesi sabah geç kalktım. Çadırın havası sıcaktı ve branda bezi kokuyordu. Galina, Ludmila ve Nina gitmişlerdi. Toplanmamış yatakları hâlâ bedenlerinin izini taşıyordu. Nereye gitmiş olabileceklerini merak ederek, ordu tarafından verilmiş buruşuk çarşaflara baktım. Sessizlikten dolayı mutluydum. Daha fazla soruya cevap aramak istemiyordum. Kızlar kibardı ancak ben onlardan çok farklıydım. Onların adada aileleri vardı, ben yalnızdım. Nina'nın yedi kardeşi vardı, benim kardeşim yoktu. Onlar ilk öpüşmelerini bekleyen gelinlik kızlardı. Ben kocası tarafından terk edilmiş, on yedi yaşında bir kadındım.

Çadırın kenarından bir kertenkele, kıvrılarak geçti. Dışarıdaki bir kuşu tavlamaya çalışıyordu. Kertenkele patlak gözlerini kırptı ve kuşun etrafında kasılarak birkaç kez yürüdü. Kanatlarını çırpan ve brandanın tepesini yırtıcı bir şekilde gagalayan kuşun gölgesini görebiliyordum. Battaniyemi yana ittim ve oturdum. Orta direğe, ortak bir tuvalet masası olarak kullanılan bir sandık yaslanmıştı. Etrafını saran kolyelerin ve saç fırçalarının arasında, arkasında Çin ejderhası bulunan bir el aynası vardı. Onu aldım ve yanağıma baktım. Aydınlıkta kızarıklık daha da artmış gibi görünüyordu. Yeni yüzüme alışmaya çalışarak bir süre ona baktım. Yaralıydım. Çirkindim. Gözlerim küçük ve korkunçtu.

Bavuluma tekme attım. Yanımda getirdiğim tek yazlık elbise, plaj için fazla şıktı. Cam boncuklarla süslenmiş, İtalyan ipeğinden yapılmıştı. Giymek zorundaydım.

Denetçinin ofisine giderken, içleri insan dolu çadırlardan geçtim. Bazıları akşam nöbeti ya da yerel içki San Miguel yüzünden uyuyordu. Diğerleri bulaşıkları yıkıyor ve kahvaltı tabaklarını kaldırıyorlardı. Bazıları da çadırlarının önündeki şezlonglarda oturmuş, tatile çıkmış insanlar gibi bir şeyler okuyor ya da gevezelik ediyorlardı. Güneşten kararmış yüzleri ve parlak gözleriyle genç erkekler, yanlarından yürüdüğüm sırada bana baktılar. Onlara yanağımdaki izleri göstermek için başımı kaldırdım, onları hem içten hem de dıştan uygun olmadığım konusunda uyarıyordum.

Bölge denetçisi beton zemini olan ve kapının tepesinde Çar ve Çariçe'nin güneşten solmuş resimlerinin bulunduğu çelik bir barakada çalışıyordu. Sineklikli kapıya vurdum ve bekledim.

"Girin," diye bir ses geldi.

Karanlık odanın içine süzüldüm. Barakanın içindeki loşluğa alışmak için gözlerimi kıstım. Sadece kapının yanındaki kamp yatağını ve barakanın sonundaki bir pencereyi seçebiliyordum. Havada sivrisinek kovucu ve motor yağı kokusu vardı.

"Dikkat et," dedi ses. Gözlerimi kırpıştırdım ve o tarafa baktım. Baraka sıcaktı ancak benim çadırımdan daha serindi. Masasının başında oturan görevli yavaş yavaş netleşmeye başladı. Küçük bir lamba bir ışık halkası yayıyor ancak onun yüzünü aydınlatmıyordu. Siluetinden geniş omuzlu ve kaslı bir adam olduğunu anlayabiliyordum. Dikkatle bir şeyin üzerine eğilmişti. Kablo parçaları, vidalar, ip ve bir lastiğin üzerine basarak ona doğru gittim. Elinde bir tornavida vardı ve bir transformatör üzerinde çalışıyordu. Tırnakları biçimsiz ve kirliydi ancak teni kahverengi ve pürüzsüzdü.

"Geç kaldın, Anya Victorovna," dedi. "Gün çoktan başladı."

"Biliyorum. Üzgünüm."

"Burası artık Şanghay değil," dedi, oturmam için karşısındaki tabureyi işaret ederek.

"Biliyorum." Yüzünü seçmeye çalışıyordum ancak görebildiğim tek şey güçlü çenesi ve sımsıkı kenetlediği dudaklarıydı.

Yanında duran bir yığının içinden bir kâğıt aldı. "Yüksek mevkilerde dostların varmış," dedi. "Daha yeni gelmene rağmen IRO'nun idari ofisinde çalışacaksın. Seninle aynı gemide gelenler ormanı temizlemek zorundalar."

"Şanslıyım, o halde."

Bölge denetçisi ellerini ovuşturdu ve güldü. Sandalyesine yaslandı ve kollarını başının arkasında birleştirdi. Dolgun dudakları gevşemişti ve gülümsüyordu. "Çadır şehrimiz hakkında ne düşünüyorsun. Senin için yeteri kadar cazip mi?"

Ona nasıl cevap vereceğimi bilemedim. Ses tonunda bir kinaye yoktu. Beni küçümsemeye çalışmıyordu, daha çok durumumuzdaki ironiyi görmüş ve onu hafife almaya çalışıyormuş gibiydi. Masasından bir fotoğraf aldı ve bana verdi. Çadırın yanında duran adamlar poz vermişlerdi. Tıraşsız yüzlerini inceledim. Öndeki genç adam elinde bir biftekle çömelmişti. Geniş omuzları vardı. Dolgun dudaklarını ve çenesini tanıdım. Ancak gözleriyle ilgili bir tuhaflık vardı. Resmi ışığa daha da yakınlaştırmaya çalıştım ancak bölge denetçisi fotoğrafı geri aldı.

"Biz, Tubabao'ya ilk gönderilenleriz," dedi. "O günleri görmeliydin. IRO bizi buraya araçsız gereçsiz bıraktı. Tuvaletleri ve suyollarını bulabildiğimiz ne varsa, onlarla kazdık. Adamlardan bir tanesi mühendisti ve etrafı dolaşarak, adayı savaş zamanında üs olarak kullanan Amerikalıların bıraktığı makine parçalarını topladı. Bir hafta içinde elektrik jeneratörünü yapmıştı. Bu, saygımı kazanan türde bir beceriydi."

"Dan Richards'ın benim için yaptığı her şey için minnettarım. Umarım bu adaya bir şekilde benim de katkım olur."

Bölge denetçisi bir süre için sessiz kaldı. Beni incelediğini düşünmekten kendimi alamıyordum. Gizemli dudakları fesat bir gülüşle kıvrıldı. Barakayı bir flaş gibi aydınlatan sıcak bir gülümsemeydi. Sert tavrına rağmen ondan hoşlandım. Adamda sevimli bir ayıcık gibi görünmesine neden olan bir şey vardı. Bana Sergei'yi hatırlattı.

"Ben Ivan Mikhailovich Nakhimovsky. Fakat bu şartlar altında birbirimize Anya ve Ivan diyebiliriz," dedi, elini uzatarak. "Umarım esprilerim seni kızdırmamıştır."

"Kesinlikle," dedim, parmaklarını kavrarken. "Eminim kibirli Şanghaylılarla başa çıkmaya alışmışsındır."

"Evet. Ama sen gerçek bir Şanghaylı değilsin," dedi. "Harbin'de doğmuşsun ve gemide çok çalıştığını duydum."

Ben kayıt ve çalışma formlarını doldurduktan sonra Ivan beni kapıya kadar geçirdi. "Bir şeye ihtiyacın olursa," dedi tekrar elimi sıkarken, "lütfen gelip, beni gör."

Güneş ışığına bir adım attım ve kolumdan tutup beni geri çekti, kaba parmağıyla yanağımı gösterdi. "Orada tropikal bir kurtçuk var. Hemen hastaneye git. Gemide seni tedavi etmiş olmaları gerekirdi."

Ancak beni şaşırtan Ivan'ın yüzüydü. Gençti, belki yirmi beş ya da yirmi altısındaydı. Tipik Rus özelliklerine sahipti. Geniş bir çene, güçlü elmacık kemikleri, derin mavi gözler. Ancak alnından sağ gözünün kenarına ve burnuna kadar uzanan, yanık benzeri bir yarası vardı. Yaranın gözüne yakın yerinde et yanlış kaynamıştı ve göz kapağı kısmen kapalıydı.

Yüzümdeki ifadeyi gördü ve gölgeye doğru geri adım atarak bana yan döndü. Gösterdiğim tepki yüzünden üzüldüm çünkü ondan hoşlanmıştım. "Git. Acele et," dedi, "doktor plaja inmeden, onu yakala."

Hastane, pazarın ve ana caddenin yakınındaydı. Uzun, ahşap bir binaydı, çatısı tepeden sarkıyordu ve pencerelerde cam yoktu. Genç bir Filipinli kız beni bir koğuştan geçirerek doktora götürdü. Göğsünde küçük bir bebekle uzanan kadınınki dışında yatakların hepsi boştu. Daha sonradan, mülteciler arasında gönüllü olduğunu öğrendiğim doktor, Rustu. O ve diğer gönüllü tıp çalışanları hastaneyi sıfırdan inşa etmişler, IRO ve Filipin hükümetine ilaç için yalvarmışlar ya da onları karaborsadan satın almışlardı. Doktor, derimi parmaklarıyla sündürerek incelerken sert bir sıranın üzerinde oturuyordum. İyi ki bana gelmişsiniz," dedi, kızın tuttuğu su dolu tasın altında ellerini durularken. "Bu türde parazitler deriyi tahrip ederek, yıllarca orada yaşayabilirler."

Doktor, bir tanesi çeneme ve canımı yakan diğeri de gözümün kenarına olmak üzere iki iğne yaptı. Sanki biri vurmuş gibi, yüzüm uyuştu. Üzerinde 'sadece numunedir' yazan bir de krem verdi. Sıradan kalktım ve neredeyse bayılıyordum. "Gitmeden önce biraz oturun," dedi doktor. Dediği gibi yaptım ancak hastaneden çıkar çıkmaz yine başım dönmeye başladı. Hastanenin yanında, içinde palmiye ağaçları ve branda bezli sandalyeleri olan bir bahçe vardı. Gündüz gelen hastalar için hazırlanmıştı. Bunlardan bir tanesine sendeleyerek gittim ve içine çöktüm, kulaklarım çınlıyordu.

"Şu kız iyi mi? Git, bak," dediğini duydum yaşlı bir kadının.

Güneşin sıcaklığı yaprakların arasından vuruyordu. Arkadan gümbürdeyen okyanusun sesini duyabiliyordum. Önce bir kumaş hışırtısı ve sonra da bir kadın sesi duydum. "Size su getireyim mi?" diye sordu. "Hava çok sıcak."

Bulutsuz gökyüzüne sırtını dönmüş bu figüre odaklanmak için yaşlı gözlerimi kırpıştırdım.

"Ben iyiyim," dedim. "Az önce iki iğne oldum ve beni zayıf düşürdüler."

Kadın yanıma diz çöktü. Kıvırcık kahverengi saçları tepesinde bir fularla toplanmıştı. "O iyi, büyükanne," diye seslendi diğer kadına.

"Ben Irina," dedi genç kadın, bembeyaz dişlerini göstererek güldü. Ağzı yüzüyle orantısızdı ancak dudaklarıyla, gözleriyle ve zeytin rengi teniyle ışığı yayıyordu. Güldüğünde çok güzel oluyordu.

Ona ve büyükannesine kendimi tanıttım. Yaşlı kadın bir ağacın altında, muz ağacından yapılma, ayaklarının sonuna kadar yetişmediği uzun bir koltuğa yayılmıştı. Büyükanne bana, adının Ruselina Leonidovna Levitskya olduğunu söyledi.

"Büyükannem iyi değildi," dedi Irina. "Sıcakla arası pek iyi değil."

"Senin neyin var?" diye sordu Ruselina. Saçları beyazdı ancak tıpkı torunu gibi kahverengi gözleri vardı.

Saçlarımı geri attım ve onlara yanağımı gösterdim.

"Yazık sana," dedi Irina. "Benim de bacağımda öyle bir şey olmuştu. Ama şimdi tamamen geçti." Gamzeli ancak lekesiz dizini bana göstermek için eteğini kaldırdı.

"Plajı gördün mü?" diye sordu Ruselina.

"Hayır. Daha dün geldim."

Ellerini yüzünde birleştirdi. "Bir harika. Yüzebiliyor musun?"

"Evet," dedim. "Fakat sadece havuzda yüzdüm. Okyanusta değil."

"Gel, o zaman," dedi Irina, elini uzatarak. "Ve yağlan."

Plaja giderken Irina ve Ruselina'nın çadırında durduk. Deniz kabuklarından oluşan iki sıra, kapıya giden yolu işaret ediyordu. İçeride, tavanı bir köşeden diğerine kaplayan kırmızı bir perde, her şeyin üzerine pembe bir ton veriyordu. Kadınların kontrplak bir dolaba ne kadar çok giyecek sığdırdığına şaşırmıştım. Tüylü fularlar, şapkalar ufak ayna parçalarıyla süslü etekler. Irina bana beyaz bir mayo çıkardı.

"Bu, büyükannemin," dedi. "Zevklidir ve senin gibi incedir."

Yazlık elbisem sıcak tenime yapışmıştı. Çıkarmak iyi gelmişti. Hava hızla bedenimi sardı ve tenim bu rahatlamayla karıncalandı. Mayo kalçalarıma tam geldi ancak göğüslerimi sıktı. Tıpkı bir Fransız korsesi gibi, göğüslerimi dışarı fışkırttı. Önce utandım ancak sonra omzumu silktim ve umursamamaya karar verdim. Çocukluğumdan beri dışarıda bu kadar açık giyinmemiştim. Kendimi tekrar özgür hissettirdi. Irina üzerine mor ve gümüşümsü yeşil bir mayo geçirdi. Egzotik bir papağana benziyordu.

"Şanghay'da ne yapıyordun?" diye sordu.

Ona öğretmen hikâyemi anlattım ve onunkini sordum. "Ben bir gece kulübü şarkıcısıydım. Büyükannem de piyano çalıyordu."

Şaşırdığımı gördü ve yanakları kızardı. "Öyle çok lüks bir yer değildi," dedi. "Moscow-Shanghai ya da onun gibi kaliteli yerler değildi. Daha küçük. Büyükannem ve ben geçinmek için işler arasında elbise dikiyorduk. Benim kostümlerimi de o dikti."

Irina, Moscow-Shanghai'ın adı geçtiğinde irkildiğimi fark etmedi. Onu hatırlamak beni alt üst etmişti. Gerçekten bir daha asla orayı düşünmeyeceğime kendimi inandırmış mıydım? Adada orayı duymuş olan yüzlerce insan olmalıydı. Orası Şanghay'ın simgesi olmuştu. Sadece hiçbirinin beni tanımamasını diledim. Sergei, Dmitri, Michailov'lar ve ben, tipik Ruslardan değildik. En azından babam, annem ve benim Harbin'de olduğumuz gibi değildik. Tekrar kendi insanlarımın arasında olmak tuhaf bir duyguydu.

Plaja giderken derin bir hendeğin yanından geçtik. Yolun kenarına bir cip park etmişti ve Filipinli askeri polis etrafında diz çökmüş, sigara içiyorlar ve birbirleriyle şakalaşıyorlardı. Biz yanlarından geçerken kendilerine çeki düzen verdiler.

"Korsanlar yüzünden nöbet tutuyorlar, "dedi Irina.
"Sen de kampta dikkat etsen iyi olur."

Havlumu kalçama örttüm ve uçlarıyla da göğüslerimi kapattım. Irina ise, şehvetli bedeninin yaydığı elektrik etkisinden haberdar ancak utanmaksızın, havlusu omzunda, kalçalarını sallayarak adamların yanından uzun adımlarla ilerledi.

Plaj rüya gibi bir yerdi. Kum, köpük kadar beyazdı. Hindistan cevizleri ve milyonlarca deniz kabuğuyla beneklenmişti. Bir palmiye ağacının altında uyuyan bir çift av köpeği dışında hiç kimsecikler yoktu. Köpekler biz geçerken kafalarını kaldırdılar. Deniz dümdüzdü ve öğle güneşinin altında tertemiz görünüyordu. Daha önce hiç okyanusta yüzmemiştim ancak korkmadan ya da hiç duraksamadan ona doğru koştum. Keyifle suyun yüzeyini yararken tüylerim diken diken oldu. Gümüş balık sürüsü titreşerek altımdan geçtiler. Başımı arkaya attım ve kendimi okyanusun teninin kristal aynası üzerine bıraktım. Irina da daldı ve kirpiklerinden damlayan su damlalarından kurtulmak için gözlerini kırpıştırarak yüzeye çıktı. "Yağlan." Kullandığı sözcük buydu. Zaten öyle hissediyordum. Yanağımdaki kurtçuğun büzüştüğünü, güneşin ve tuzlu suyun yara üzerinde antiseptik etkisi yarattığını hissediyordum. Şanghay üzerimden yıkanıp gidiyordu. Doğada yıkanıyordum, tekrar Harbin'li bir kız çocuğu gibi.

"Burada Harbin'den gelen birilerini tanıyor musun?" diye sordum Irina'ya.

"Evet," dedi. "Büyükannem orada doğmuş. Neden?"

"Annemi tanıyan birilerini arıyorum," dedim.

Irina'yla havlularımızı bir palmiye ağacının altına serdik, uyuşuk iki köpek gibi.

"Annem ve babam, ben sekiz yaşımdayken Şanghay'ın bombalanması sırasında öldüler," dedi. "Büyükannem de oradan bana bakmak için geldi. Anneni Harbin'den tanıyor olabilir. Gerçi o farklı bir bölgede yaşıyordu."

Arkamızda bir motor kükreyerek huzurumuzu bozdu. Filipinli polis sanıp, ayağa fırladım. Ancak o, Ivan'dı, bir cipin yolcu koltuğundan bize el sallıyordu. İlk önce, cipin kamuflaj için öyle boyandığını düşündüm ancak daha yakından bakınca onun böyle benekli görünmesinin nedeninin yosun ve paslanmalar olduğunu anladım.

"Adanın tepesini görmek ister misiniz?" diye sordu. "Aslında oraya kimseyi götürmemem lazım. Ancak oranın perili olduğunu duydum ve beni korumak için iki bakireye ihtiyacım olduğunu düşündüm."

"Hikâyelerle dolusun Ivan," diyerek güldü Irina, ayağa kalkıp bacaklarındaki kumları temizlerken. Havlusunu beline doladı ve ben daha bir şey söylemeden kendisini cipe attı. "Haydi Anya," dedi. "Tura katıl. Bedava."

"Doktora gittin mi?" diye sordu Ivan ben de cipe binince.

Bu defa yüzüne dikkatle bakmamaya çalışıyordum.

"Evet," dedim, "ama tropikal kurt olmasına şaşırdım. Şanghay'dan çıkar çıkmaz oldu."

"Geldiğin gemi sadece yolculuk yapmıyor. Hepimizde aynı şey oldu. Fakat yanağında çıkanı, ilk sende görüyorum. Orası en tehlikeli bölge. Gözlerine çok yakın."

Kumsal yolu bir mil daha devam etti, ondan sonra Hindistan cevizi ve palmiyeler yerini, üzerimize şeytan gibi eğilmiş devasa ağaçlara bıraktı. Kıvrılmış gövdeleri asma ve parazitli bitkilerle kaplanmıştı. Kayaya mıhlanmış eski, ahşap bir tabelanın bulunduğu bir şelaleden geçtik: 'Su kaynağının yakınındaki yılanlara dikkat!'

Şelaleyi geçtikten sonra, Ivan cipi durdurdu. Kararmış kayalıklı bir dağ, yolumuzu kesti. Motor kapandığında, doğal olmayan sessizlik beni rahatsız etti. Ne kuşların, ne okyanusun ne de rüzgârın sesi duyuluyordu. Bir şey dikkatimi çekti, kayaların üzerinde bir çift göz vardı. Dağa daha yakından baktım ve üzerine azizler ve kavun ağaçları kazınmış kiliseyi fark edince rahatlamaya başladım. Omurgamın üzerinden bir ürperti geçti. Şanghay'da buna benzer bir şey görmüştüm ancak bu İspanyol kilisesi çok eskiydi. Çökmüş kilise kulesinden arta kalan tuğlalar etrafa saçılmıştı ancak binanın geri kalanı bozulmamıştı. Eğrelti otları her çatlağın içine kök salmıştı, Amerikalılar gelmeden önce adada bulunan cüzamlıları hayal ettim ve Tanrı'nın da, onları buraya ölüme terk etmek için getiren insanlar gibi terk edip etmemiş olduğunu merak ettim.

"Cipte kalın. Herhangi bir nedenle sakın dışarı çıkmayın," dedi Ivan, doğrudan bana bakarak. "Her yer yı-

lanlarla ve eski tüfeklerle dolu. Ben yaralanmaya alışı-
ğım ama sizi iki güzel kız, değilsiniz."

Bizim neden buraya gelmemizi istediğini, neden ge-
lip bizi plajda aradığını anlamıştım. Meydan okuyordu.
Yarasına gösterdiğim tepkiyi fark etmişti ve onu gör-
memden korkmadığını bana göstermek istiyordu. Böyle
bir şey yaptığına sevindim. Ona hayranlık duydum çün-
kü ben öyle değildim. Benim yanağımdaki şey onun ya-
rası kadar kötü değildi ancak yine de saklama ihtiyacı
hissediyordum.

Bir battaniyeyi yana çekti ve altındaki avcı bıçağı
güneş ışığında parladı. Onu kemerine soktu ve dolanmış
bir ipi de omzuna aldı. Ormanın içinde gözden kaybol-
masını seyrettim.

"Malzeme arıyor. Bir sinema perdesi yapacaklar,"
diye açıkladı Irina.

"Bir sinema perdesi için mi hayatını riske atıyor?"
diye sordum.

"Ada Ivan'ın evi gibidir," dedi Irina. Yaşamak için
bir sebep."

"Anladım," dedim ve birlikte bir sessizliğe gömül-
dük.

Durgun havada nefes almaya çalışarak ve herhangi
bir kıpırtı için ormana bakarak bir saat bekledik. De-
niz suyu tenimde kurumuştu ve dudaklarımın üzerinde-
ki tuzun tadını alabiliyordum.

Irina bana döndü. Onun Tsingtao'da fırıncı olduğunu
duydum," dedi. "Savaş sırasında Japonlar, Rusların bir
Amerikan gemisine telsiz mesajları gönderdiklerini öğ-

renmişler. Ruslardan rastgele intikam almışlar. Karısını ve iki kız çocuğunu dükkânda asarak, ateşe vermişler. O yara, onları kurtarırken olmuş."

Cipin arkasında oturdum ve kafamı dizlerimin üzerine koydum. "Ne korkunç," dedim. Üzüntümü anlatmak için söyleyebileceğim başka bir şey yoktu. Hiçbirimiz savaştan yara almadan çıkamamıştık. Her gün uyandığımda hissettiğim acı diğerlerinin hissettikleriyle aynıydı. Tubabao'nun güneşi enseme vuruyordu. Sadece bir gündür oradaydım ve şimdiden üzerimde bir etki yaratıyordu. Sihirli güçleri vardı. Hem iyileştirmek hem de korkutmak, hem insanı çıldırtan hem de acılarını dindiren güçler. Geçen ay boyunca yalnız olduğumu düşünüyordum. Irina ve Ivan'la tanıştığıma memnun olmuştum. Onlar yaşamak için kendilerine nedenler bulabiliyorlarsa, ben de bulabilirdim.

Bir hafta sonra IRO'nun ofisinde işimin başında, Y harfi olmayan bir daktiloda bir mektup yazıyordum. Daktilonun eksikliğini kapatmak için Y harfi bulunmayan sözcükler kullanmayı öğrenmiştim. 'Yıllık' yerine 'senelik', 'yeni yetme' yerine 'genç', "saygılarımla" yerine 'en içten dileklerimle" gibi farklı sözcükler kullanıyordum. İngilizce kelime hazinem hızla ilerliyordu. Yine de Rus isimlerinde çuvallıyordum çünkü çoğunda ys harfleri vardı. Bunlar içinde V harfi basıyor ve titizlikle altına kurşun kalemle bir çubuk koyuyordum.

Ofis, bir tarafı açık, içinde iki masa ve bir dosya dolabı bulunan çelik bir barakaydı. Her hareket edişimde sandalyem beton zeminin üzerini gürültüyle çiziyordu ve okyanusun esintisinde uçmamaları için kâğıtlarımın üzerine ağırlık koyuyordum. Günde beş saat çalışıyor ve bir Amerikan doları, haftada bir de meyve konservesi alıyordum. Çalışması karşılığında para ödenen birkaç kişiden biriydim, mültecilerin çoğundan bedava çalışmaları bekleniyordu.

O öğle sonrası ısrarcı bir sinek Yüzbaşı Connor'ı rahatsız etti. Yüzbaşı sineği kovaladı ancak sinek yine de bir saat boyunca Yüzbaşı'nı oyaladı. Nihayet az önce daktilo ettiğim raporun üzerine kondu ve Yüzbaşı Connor öfke için onu yumruğuyla ezdi, sonra da suçlu bir şekilde bana baktı.

"O sayfayı tekrar yazayım mı?" diye sordum.

Ofisimizde bu tür kazalara sık rastlanıyordu ancak sayfanın tamamını tekrar daktilo etmek oldukça zahmetli bir işti, kaldı ki adaya gelmeden önce hiç daktilo kullanmamıştım.

"Hayır, hayır," dedi Yüzbaşı Connor, kâğıdı kaldırıp sinekten geri kalanları parmaklarıyla temizlerken. "Çalışma günün neredeyse bitmek üzere ve o şey sayfanın tam sonuna konmuş. Ünlem işareti gibi görünüyor."

Tuşların üzerine bez kapağı yerleştirdim ve daktiloyu özel kutusunun içine kaldırdım. Irina bana doğru döndüğünde çıkmak için çantamı topluyordum.

"Anya, bil bakalım, ne oldu?" dedi. "Bu hafta ana sahnede şarkı söyleyeceğim. Gelir misin?"

"Elbette!" diye haykırdım. "Çok heyecan verici!"

"Büyükannem de çok heyecanlı. Piyano çalmak için yeterince iyi hissetmiyor, bu yüzden acaba onu çadırından sen alıp, eşlik eder misin?"

"Ederim," dedim. "Ve geceye damgamı vurmak için en güzel elbisemi giyeceğim."

Irina'nın gözleri parladı. "Büyükannem de güzel giyinmeyi sever! Bütün hafta boyunca annen konusunda kafa patlattı. Sanırım adada sana yardım edebilecek birini buldu."

Titremesini engellemek için dudağımı ısırdım. Ayrıldığımızda küçücük bir kızdım. Başıma gelen onca şeyden sonra annem artık benim için bir hayal olmaya başlamıştı. Eğer onunla ilgili biriyle konuşursam tekrar gerçeğe dönüşeceğini biliyordum.

Irina'nın konser gecesinde, Ruselina ve ben eğreltiotlarını çiğneyerek ana meydana vardık. Otlara takılmaması için gece elbiselerimizi eteklerinden tutuyorduk. Yakut rengi bir elbise giymiştim ve üzerine de Michailov'ların Noel'de bana hediye ettiği mürdüm eriği rengi şalı almıştım. Ruselina'nın beyaz saçları tacının içine toplanmıştı. Bu tarz onun saray elbisesine çok yakışmıştı. Çar'ın sarayına üye birine benziyordu. Güçsüz olmasına ve koluma yapışmış olmasına rağmen yanakları kırmızı ve gözleri parlaktı.

"Harbin'li insanlarla annen hakkında konuşuyorum," dedi. "Şehirden yaşlı bir arkadaşım, Alina Pavlovna Kozlova adında birini tanıdığını söylüyor. Çok yaşlı ve hafızası gelip gidiyor ama seni ona götüreceğim."

Üzeri, dalından sarkan meyveler gibi yarasalarla dolu bir ağacın yanından geçtik. Bizi duyan yarasalar uçtular ve safir renkteki gökyüzüne doğru uçarken adeta siyah meleklere dönüştüler. Onların sessiz yolculuğunu izlemek için durduk.

Ruselina'nın haberi beni heyecanlandırmıştı. Harbin'li kadının annemin kaderi üzerine bir ışık tutamayacağını bilmeme rağmen, onu tanıyan birini, onun hakkında konuşabileceğim birini bulmak beni anneme olabildiği kadar yaklaştıracaktı.

Ivan'la barakasının önünde buluştuk. Elbiselerimizi görünce hemen içeri girdi ve bir elinde bir tabure, diğerinde ahşap bir sandık ve her iki kolunun altında birer yastıkla dışarı çıktı. "Sizin gibi zarif kadınların çimenlerde oturmasına izin veremem," dedi.

Ana meydana vardık ve insanları oturma bölümlerine yönlendiren, ıslak saçlı ve güneşten rengi ağarmış ceketli yer göstericileri bulduk. Görünüşe bakılırsa bütün kamp konser için gelmişti. Ruselina, Ivan ve ben sahnenin yanındaki VIP bölümüne gönderilmiştik. Doktorların ve hemşirelerin sedyelerde insan taşıdıklarını gördüm. Ben gelmeden birkaç hafta önce adada Dengue Ateşi[21] patlak vermişti ve tıbbi gönüllüler hastaları koğuşlardan 'hastane' işaretli çadırlara taşıyorlardı.

Gösteri şiir dinletisi, komedi skeçleri, mini bir bale gösterisi ve hatta bir akrobatın performansını içeren çeşitli etkinliklerle başladı.

---

[21] Sivrisineklerle bulaşan bir hastalık.

Akşamın ışığı solup karanlığa dönüştüğünde ışıklar yandı ve kırmızı bir Flamenko giysisi içinde Irina sahnede belirdi. İzleyiciler ayağa kalktı ve alkışladı. Saçları örgülü ve kısa etekli bir kız ona eşlik etmek için piyano taburesine oturdu. Kız ellerini tuşların üzerine koymadan önce kalabalığın sessizliğini bekledi. Dokuz yaşından daha büyük olamazdı ancak parmakları sihirli gibiydi. Hızlı parmak hareketleriyle geceyi delen, hüzünlü bir melodiye başladı. Irina'nın sesi melodinin içinde eridi. İzleyiciler büyülenmişti. Çocuklar bile terbiyeli ve sessizdi. En basit bir notayı bile kaçırmaktan korkarak hepimiz nefeslerimizi tutmuştuk. Irina, sevgilisini savaşta kaybeden ancak onu hatırlayarak mutlu olabilen bir kadınla ilgili bir şarkı söyledi. Sözler gözlerimi yaşarttı. "Bana asla geri dönmeyeceğini söylediler ama ben onlara inanmadım.

Trenler birbiri ardına sensiz geldiler ama sonuçta ben haklıydım. Seni yüreğimde görebildiğim sürece, daime benimle olacaksın."

Annemin Harbin'deki, sadece Katya olarak bildiğim opera sanatçısı arkadaşını hatırladım. Sesi, kalbinizin kırılabileceği hissini verirdi. Bunun nedeninin, hüzünlü bir şarkı söylerken, devrimde kaybettiği nişanlısını düşünmesinden kaynaklandığını söylerdi. Sahnede duran Irina'ya baktım, elbisesi bronz teni üzerinde ışıldıyordu. Acaba o ne düşünüyordu? Onu asla tekrar kucaklayamayacak olan anne ve babasını mı? O, bir yetimdi. Ben de öyle. Farklı türde yetimlerdik.

Daha sonra, Irina Fransızca ve Rusça kabare şarkıları söyledi ve izleyiciler alkışlarla ona eşlik ettiler. Ancak beni en çok etkileyen ilk şarkıydı.

"Diğer insanlara umut vermek," dedim, kendi kendime, "şahane bir şey."

"Onu bulacaksın," dedi Ruselina.

Ona döndüm, söylediğini anladığımdan emin değildim.

"Anneni bulacaksın, Anya," dedi, parmaklarını koluma bastırarak. "Gör, bak, onu bulacaksın."

9
Tayfun

Bir hafta sonra Ruselina ile birlikte arkadaşının çadırının bulunduğu dokuzuncu bölüme yürüyorduk. Irina'nın konserinden sonra Ruselina'nın sağlığı bozulmuştu, o yüzden yavaş ilerledik. Destek almak için koluma tutundu. Plaj işportacısından bir dolara aldığı bastonundan da kendisine yardım alıyordu. Fazla çabalamak nefesini kesiyor, iki büklüm olmasına ve hırıldamasına neden oluyordu. Güçsüzlüğüne rağmen, o öğleden sonra ona yaslanan bendim.

"Arkadaşınla ilgili bir şey sormak istiyorum," dedim. "Annemi nereden biliyor?"

Ruselina durdu ve koluyla alnındaki teri sildi. "Adı Raisa Eduardovna," dedi. "Doksan beş yaşında, evlilik hayatının çoğunu Harbin'de geçirdi ve Tubabao'ya oğlu ve onun karısı tarafından getirildi. Sanırım annenle sadece bir kez karşılaşmış ama anlaşılan annen, onda bir etki bırakmış."

"Harbin'de ne zaman yaşamış?"

"Savaştan sonra. Seninle aynı zamanda."

Yüreğim özlemle karıncalandı. Sergei'nin annemle ilgili sessizliği beni yaralamıştı. Gerçi kötü bir niyeti yoktu. Afrikalıların ölen ya da kabileyi terk eden birisi hakkında hissettikleri kederin üstesinden, bir daha asla onlardan bahsetmeyerek geldiklerini okumuştum. Bunu nasıl yaptıklarını merak etmiştim. Birini sevmek demek, yanında olsun ya da olmasın, her zaman onu düşünmek demekti. Ondan ayrıldığım dönemde özgürce annemden konuşamamak, onu benim için hayali ve benden uzak kılıyordu. Günde en az bir kere onun tenini, sesinin rengini ve onu son gördüğümde aramızdaki boy farkını aklıma getirmeye çalışıyordum. Eğer bu ayrıntıları unutursam, onu unutmaya başlayacağımdan korkuyordum.

Muz ağaçlarıyla dolu bir yola girdik ve on kişilik bir çadıra doğru ilerledik. Çadırı çevreleyen sazlardan yapılmış çite varıp, kapıyı açtığımızda, annemin varlığını hissettim. Sanki beni kendisine çekiyordu. Hatırlanmak istiyordu.

Ruselina arkadaşını defalarca ziyaret etmişti ancak bu, benim bu bölgeye ilk gelişimdi. Çadır, Tubabao adasının malikânesiydi. Büyük çadır, palmiye yapraklarından dokunmuş, mutfak ve yemek salonu olarak hizmet veren bir ek yapı ile büyütülmüştü. Bir dizi amber çiçeğiyle çevrelenen kırpılmış boğa otları, sundurmanın kenarına kadar uzuyordu. Bahçenin en uzak köşesinde tropikal yeşillikler yetişmişti. Bunların önünde de dört tane tavuk, yerdeki yiyecek kırıntılarını gagalıyordu. Ruselina'nın sundurmaya çıkmasına yardım ettim ve üzerinde numaralarına göre sıralanmış ayakkabıları görünce, birbirimize gülümsedik. En büyüğü bir çift erkek yürüyüş botuydu, en küçüğü ise bebek ayakkabılarıydı. Çadırın içinde birisi bir şeye vuruyordu. Ruselina seslendi ve tavuklar kanat çırpıp kaçışmaya başladılar. İki tanesi uçtu ve ek yapının üzerine kondu. Filipinlilerden satın alınan tavukların uçabildiklerini duymuştum. Aynı zamanda onların bıraktıkları yumurtaların balık tadında olduğunu da duymuştum.

Çadırın kapağı kalktı, içeriden üç tane küçük çocuk fırladı. Hepsi sırma saçlıydı. En küçüklerin, altında hâlâ bezi olan ve yeni yeni yürümeyi öğrenmiş bir bebekti. En büyüğü de yaklaşık dört yaşındaydı. Gülümsediğinde bana aşk tanrısını anımsattı. "Pembe saçlı," diye kıkırdadı, beni işaret ederek. Onun merakı beni güldürdü.

İçeride Ruselina'nın arkadaşının gelini ve torunu döşeme tahtalarının üzerinde oturuyorlardı. Her ikisinin de elinde birer çekiç ve dişlerinin arasında da bir dizi çivi vardı.

"Merhaba," dedi Ruselina.

Kadınlar baktılar, yüzleri harcadıkları çabadan kıpkırmızı olmuştu. Eteklerini iç çamaşırlarının içine sokmuşlar, onları birer şort haline getirmişlerdi. Daha büyük olan kadın ağzındaki çivileri tükürdü ve güldü.

"Merhaba," dedi, bizi karşılamak için ayağa kalkarak. "Kusurumuza bakmayın. Döşemeleri onarıyoruz." Kalkık burnu ve omuzlarından aşağı dökülen dalgalı saçlarıyla balıketinde bir kadındı. Elli yaşlarında olmalıydı ancak yüzü on dokuz yaşındaki bir kız kadar pürüzsüzdü. Ruselina ile hediye olarak getirdiğimiz somon konservelerini havaya kaldırdım. "Tanrım!" dedi kadın, onları elimden alırken. "Bunlardan somon turtası yapmalıyım ve siz de yemek için yine gelmelisiniz."

Kadın kendisini Mariya ve sarı saçlı kızını da Natasha olarak tanıttı. Kocam ve damadım akşam yemeği için balık avlamaya gittiler," dedi. "Annem dinleniyordu. Sizi görünce çok sevinecek."

Bir perdenin arkasından birisi seslendi. Mariya perdeyi çekti ve yaşlı bir kadının yatakta yattığını gördük. "İyi ki kulakların pek iyi duymuyor anne," dedi Mariya, eğilip kadını başından öperken. "Yoksa çıkardığımız onca gürültünün arasında nasıl uyuyabilirdin?"

Mariya, kayınvalidesinin oturmasına yardım etti, sonra da yatağın her iki yanına, oturmamız için birer sandalye koydu. "Haydi," dedi. "Oturun. Artık uyandı ve konuşmaya hazır." Raisa'nın yanındaki yerimi aldım. Ruselina'dan daha yaşlıydı ve damarları, kavrulmuş derisinin altından fırlamıştı. Bacaklarını kullanamıyordu ve ayak parmakları kireçlenme yüzünden kıvrılmıştı. Yanağından öpmek için eğildim, yenik düşmüş bedenini gizleyen bir güçle elimi sıktı. Zaman zaman Ruselina için hissettiğim üzüntüyü onun için hissetmedim. Raisa güçsüzdü ve bu dünyada fazla kalmayacaktı ancak ona imreniyordum. O, mutlu ve üretken bir aileye sahipti. Fazla pişmanlığı yoktu.

"Bu güzel kız kim?" diye sordu, hâlâ sıkıca elimi tutup, Mariya'ya dönerken. Gelini eğildi ve kulağına konuştu. "Ruselina'nın bir arkadaşı."

Raisa, Ruselina'yı ararcasına dikkatle yüzlerimize baktı. Arkadaşını fark etti ve dişsiz ağzıyla sırıttı. "Ah, Ruselina. İyi olmadığını duydum."

"Artık yeterince iyiyim sevgili dostum," diye cevapladı Ruselina. "Bu, Anna Victorovna Kozlova."

"Kozlova mı?" diyerek bana baktı.

"Evet, Alina Pavlovna'nın kızı. Tanıştığını düşündüğün kadının kızı." dedi Ruselina.

Raisa, düşüncelere dalarak sessizliğe gömüldü. Mariya ön ve yan taraftaki çadır kapaklarını açmış olmasına rağmen içerisi sıcaktı. Bacaklarım tahtaya yapışmasın diye, sandalyenin ön tarafına oturdum. Raisa'nın çenesinde birkaç damla salya birikmişti. Natasha, önlüğünün köşesiyle kadının salyasını özenle sildi. Yaşlı kadın otururken gözlerini bana diktiğini ve içinin geçtiğini düşündüm. "Annenle bir kez karşılaştım," dedi. "Onu çok iyi hatırlıyorum çünkü çok dikkat çekiciydi. O gün herkes onunla ilgileniyordu. Zayıftı ve güzel gözleri vardı."

Bacaklarım gücünü kaybetti. Uzun zamandır sakladığım sırrımdan, annemden bahsedilince bayılacağımı düşündüm. Yatağın kenarına yapıştım, odadaki diğer insanlar artık umurumda değildi. Raisa konuşmaya başladıktan sonra hepsi aklımdan çıktı. Sadece önümde yatan kadını görebiliyordum ve onun ağzında geveleyeceği sözleri bekliyordum.

"Çok uzun zaman önceydi," diyerek içini çekti Raisa. "Şehirde bir yaz partisindeydik. 1929 yılı olmalı. Ailesiyle gelmiş olmalıydı ve leylak rengi zarif bir elbise giymişti. Onun kendine güvenen biri olduğunu düşünmüştüm ve onu sevmiştim çünkü diğer insanların söylediği her şeyle ilgileniyordu. İyi bir dinleyiciydi..."

"Bu, babamla evlenmeden önceydi," dedim. "Bu kadar uzak geçmişi iyi hatırlıyorsunuz."

Raisa güldü. "Ben o zamanlar bile yaşlı olduğumu düşünüyordum. Ama şimdi daha da yaşlıyım. Şu anda düşünmem gereken tek şey geçmişim."

"Onu yalnızca o zaman mı gördünüz?"

"Evet. Ondan sonra görmedim. Harbin'de sadece birkaç kişiydik ve hepimiz aynı çevrelerde bulunmuyorduk. Ama daha sonra kültürlü bir adamla evlendiğini ve şehrin dışında güzel bir evde yaşadıklarını duydum."

Raisa'nın çenesi göğsüne düştü ve iyice yatağın içine gömüldü, orada sönmüş bir balon gibi yatıyordu. Geçmişi hatırlamak onu güçsüz düşürmüştü. Mariya bir kâseden su aldı ve bardağı kayınvalidesinin dudaklarına götürdü. Natasha, çocuklarla ilgilenmek için izin istedi. Bahçede çocukların bağırdıklarını duydum. Tavuklar, Natasha yanlarından geçerken gıdakladılar. Raisa'nın yüzü aniden buruştu. Ağzındaki su dışarı sızdı ve sonra da bir fıskiye gibi fışkırdı. Ağlamaya başladı.

"Savaş sırasında orada kalmakla aptallık ettik," dedi. "Aklı başında olanlar, Sovyetler Şanghay'a girmeden gittiler." Sesi çatlak çıkıyordu ve acıyla kısılmıştı.

Ruselina onu rahatlatmaya çalıştı ancak o kendini çekti.

"Annenin Sovyetler tarafından alındığını duydum," dedi Raisa, yaşlılık lekeleriyle dolu elini alnına götürürken. "Ama nereye gitti, bilmiyorum. Belki de bu en iyisiydi. Geride kalanlara çok korkunç şeyler yaptılar."

"Biraz dinlen anne," dedi Mariya, bardağı tekrar yaşlı kadının dudaklarına götürdü ancak kadın onun elini itti. Sıcağa rağmen titriyordu, ben de şalını omuzlarına örttüm. Kolları o kadar inceydi ki, ellerimin arasında dağılacaklarını sandım.

"Yoruldu, Anya," dedi Ruselina. "Belki başka bir gün bize daha fazla şey anlatır."

Gitmek için ayağa kalktı. Suçluluk duygusuyla yüreğim yandı. Raisa'nın acı çekmesini istemiyordum ancak annemle ilgili bildiklerinin hepsini anlatmadan da gitmek istemiyordum.

"Üzgünüm," dedi Mariya. "Bazı günler, diğerlerine göre daha iyi oluyor. Daha başka şeyler anlatırsa, size söylerim."

Ruselina'nın bastonunu aldım. Raisa seslendiğinde, Ruselina koluma girmek üzereydi. Dirseklerinin üzerinde doğrulmaya çalıştı. Gözlerinin etrafı kızarmıştı. "Annenin, Boris ve Olga Pomerantsev adında komşuları vardı, değil mi?" diye sordu. "Onlar, Sovyetler geldiğinde bile Harbin'de kalmayı tercih ettiler."

"Evet," dedim.

Raisa tekrar yastıkların içine gömüldü ve elleriyle yüzünü kapattı. Boğazından hafif bir inilti çıktı. "Sovyetler tüm gençleri götürdü, çalıştırabilecekleri gençleri," dedi, yarı benimle, yarı kendi kendisiyle konuşarak. "Pomerantsev'i de götürdüklerini duydum çünkü yaşlı bir adam olmasına rağmen hâlâ güçlüydü. Ama karısını vurdular. Bunu biliyor muydun?"

Ruselina'nın çadırına geri dönüşümüzü hatırlamıyorum. Mariya ve Natasha bize en azından yarı yola kadar yardım etmiş olmalılardı çünkü Ruselina'nın bana nasıl destek olmuş olabileceğini hatırlamıyorum. Şok geçiriyordum ve bir görüntü dışında kafam bomboştu: Tang. Boris ve Olga'nın kaderini Tang çizmişti. Kendimi Irina'nın yatağına atıp, yüzümü yastığına yasladığımı hatırlıyorum. Uyumak istiyordum, kendimden geçmek ve içimi sımsıkı saran acıya bir ara vermek istiyordum. Ancak uykum gelmiyordu. Şişmiş göz kapaklarım, kapatmak istediğimde ardına kadar açılıyorlardı. Kalbim, göğsümün içinde bir piston gibi kan pompalıyordu.

Ruselina yanıma oturdu ve sırtımı okşadı. "İstediğim bu değildi," dedi." Ben senin mutlu olmanı istemiştim."

Onun bitkin yüzüne baktım. Gözlerinin altında çukurlar vardı ve dudakları morarmıştı. Ona yaşattığım sıkıntı yüzünden kendimden nefret ediyordum. Ancak sakinleşmeye çalıştıkça acım daha da artıyordu.

"Onların başına kötü bir şey gelmemiş olduğunu düşünmekle aptallık ettim," dedim, Olga'nın korkmuş gözlerini ve Boris'in yanağından süzülen yaşları hatırlayarak. "Bana yardım ettikleri için öleceklerini biliyorlardı."

Ruselina içini çekti. "Anya, sen sadece on üç yaşındaydın. Yaşlı insanlar seçenekleri olduğunu bilirler. Sen ya da Irina, kim için olduğu fark etmez, ben de aynı şeyi yapardım."

Başımı omzuna koydum ve tahmin ettiğim gibi titremediğini gördüm. Ona olan ihtiyacım Ruselina'yı güçlendirmişti. Saçlarımı okşadı ve sanki kendi kızıymışım gibi bana sarıldı.

"Hayatımda anne ve babamı, erkek kardeşimi, bir bebeğimi, oğlumu ve gelinimi kaybettim. Yaşlanarak ölmek başka şey, daha gençken ölmek başka. Dostların senin yaşamanı istemiş," dedi.

Ona daha sıkı sarıldım. Onu sevdiğimi söylemek istedim ancak sözcükler boğazımın bir yerlerinde kaybolup gitti.

"Onların kendilerini feda etmeleri senin için bir lütuftur," dedi, alnımı öperek. "Bunu, cesaretle yaşayarak onurlandır. Bundan daha fazlasını beklemezler."

"Onlara teşekkür etmek istiyorum," dedim.

"Evet, öyle yap," dedi Ruselina. "Irina gelene kadar ben idare ederim. Git ve dostlarına saygını göster."

Plaja kadar sendeleyerek gittim, gözyaşlarım yüzünden neredeyse göremiyordum. Ancak cırcır böceklerinin titrek sesleri ve kuşların şakıması beni rahatlattı. Onların melodisinde Olga'nın neşeli sesini duydum. Bana acı çekmememi, kendisinin acı çekmediğini ve artık korkmadığını söylüyordu. Günün acımasız güneşi etkisini yitirmişti ve ağaçların arasından sızıyor, beni yumuşak bir dokunuşla okşuyordu. Başımı Olga'nın hamur gibi yumuşak göğsüne yaslamak ve benim için ne kadar önemli olduğunu söylemek istiyordum.

Plaja vardığımda deniz gri bir renk almıştı ve kasvetliydi. Tepede bir martı sürüsü ciyaklıyordu. Güneşin son ışıkları okyanusun ortasında bir şerit halinde yanıyordu ve havaya bir sis yükseliyordu. Kumun üzerine diz çöktüm ve göğsüme kadar yükselen bir tepe yaptım. Bitirince tepesine deniz kabuklarından bir çelenk yaptım. Olga'nın vurulduğunu her düşündüğümde dişlerim birbirine kenetlendi. Acaba bağırmış mıydı? Onu Boris olmadan düşünemiyordum. Onlar kuğular gibiydiler. Yaşamak için çiftleşmişlerdi. Boris bir günü bile onsuz bitirmemişti. Acaba ona izlettirmişler miydi? Gözyaşlarım kumda yağmur damlaları gibi çukurlar açtı. Yeni bir tepe daha yaptım ve aralarına kumdan bir köprü koydum. Güneş okyanusun içinde kaybolana kadar anıtımın nöbetini tutarken dalgaların kıyıyı vuruşunu dinledim. Turuncu renkli görüntü solup, gökyüzü karardığında, onları andığımı bilmeleri için Boris ve Olga'nın adını üç kez rüzgâra söyledim.

Çadırıma giderken yolda bir ışığın altında Ivan'ı beni beklerken buldum. Elinde, üstü ekose desenli bir örtüyle kaplı bir sepet vardı. Örtüyü kaldırdı ve taze pişmiş pryaniki[22]ler ortaya çıktı. Keklerin bal ve zencefil kokusu palmiye yapraklarınınkilerle birlikte deniz havasına karıştı. Soğuk iklimin bir geleneği adada kendine yer bulmuştu. Malzemeleri nereden bulduğunu ve onları nasıl pişirdiğini merak ettim.

"En iyi dileklerimle, sana," dedi, sepeti bana doğru tutarken.

Gülümsemeye çalıştım ancak başaramadım. "Şu anda sana pek eşlik edecek durumda değilim Ivan," dedim.

"Biliyorum. Pryanikiyi Ruselina'ya götürmüştüm, o da bana olanları anlattı."

Dudağımı ısırdım. Plajda o kadar çok ağlamıştım ki, artık ağlayabileceğimi düşünmüyordum. Yine de koca bir damla gözyaşı yüzümden süzüldü ve bileğime düştü.

---

22 Rus mutfağından bir kek.

"Göletin hemen yukarısında bir tepe var," dedi. "Hüzünlendiğim zaman oraya giderim, kendimi daha iyi hissederim. Seni oraya götüreceğim."

Ayağımla kumun üzerinde bir çizgi çizdim. Kibarlık ediyordu ve gösterdiği şefkat beni etkilemişti. Ancak birileriyle birlikte olmak mı, yoksa yalnız kalmak mı istiyordum, bilemedim.

"Konuşmazsak olur," dedim. "Konuşacak durumda değilim."

"Konuşmayız," dedi. "Sadece otururuz."

Kayaların yüzeye çıktığı kumlu bir yolda Ivan'ın peşinden gittim. Yıldızlar belirmişti ve yansımaları suyun üzerinde bulanık hale gelmiş çiçekler gibi görünüyordu. Okyanus leylak rengindeydi. İki tarafı kayalarla desteklenmiş bir tepeye oturduk. Kayaların yüzeyi hâlâ ılıktı ve altımızdaki gediğe vurarak damlayan dalgaların sesini dinleyerek sırtımı yasladım. Ivan bana keklerle dolu sepeti uzattı. Aç olmamama rağmen bir tane aldım. Tatlı hamur ağzımın içinde dağıldı ve Harbin'de geçen Noel'i hatırlattı: annemin şömine rafında duran takvimini, babamın odun toplamasını seyrederken pencereden yanağıma vuran soğuk. Çocukluğumun kozayla örülmüş dünyasından bu kadar uzakta olduğuma inanamıyordum.

Ivan, sözüne bağlı kalarak konuşmaya çalışmadı. Bana yabancı biriyle oturup, hiç konuşmamak tuhaf bir duyguydu. Normal insanlar birbirlerini tanımak için basit sorular sorarlardı ancak Ivan'a sorabileceğim soruları düşününce, içimizdeki acıyı fitillememek için birbirimize söyleyebileceğimiz çok az şey olduğunu fark ettim. Ben ona fırıncılığıyla ilgili soru soramazdım, o da bana Şanghay'la ilgili sorular soramazdı. Evli olup olmadığımızı da soramazdık. Okyanusta yapılan en masum bir yorum bile kulağa aptalca gelirdi. Galina bana, Tsingtao'nun plajlarının, Tubabao'ya oranla çok daha güzel olduğunu söylemişti. Ancak Ivan'a orada kaybettiklerini hatırlatmadan nasıl Tsingtao ile ilgili soru sorabilirdim... Ivan ve ben gibi kötü sonuçlar yaşayan insanlar için, birbirlerinin hassas hatıralarına girme riskini almamak adına hiçbir şey sormamak en iyisiydi.

Yanağımı kaşıdım. Yüzümdeki kurtçuk, ardında dümdüz ve benekli bir deri parçası bırakarak ölmüştü. Tubabao'da sadece birkaç ayna vardı ve gösteriş için çok az zaman vardı ancak ne zaman bir konserve kutusu ya da durgun bir suda yansımamı görsem, görüntüm beni şaşırtıyordu. Ben artık kendim değildim. Yara izim, sahibine onu devrilirken kurtaramadığını hatırlatan vazonun üzerindeki çatlak gibi, Dmitri'nin bir iziydi. Onu ne zaman görsem, Dmitri'nin ihaneti bir kamçı gibi üzerimde şaklıyordu. Amelia ile birlikte onu Amerika'da lüks arabalar ve akan suyu olan evler içinde düşünemiyordum.

Gökyüzüne baktım ve Ruselina'nın birkaç gece önce bana gösterdiği takımyıldızını gördüm. Sessizce ona doğru dua ettim. Boris ve Olga'nın orada olduklarını hayal ettim. Sonra onları düşünürken gözlerimin yaşla dolduğunu hissettim.

Ivan beli bükülmüş, kolları dizlerinin üzerinde oturuyordu, kendi düşüncelerinin içinde kaybolmuştu.

"Güney Haçı orada," dedim. "Güney yarım küredeki denizciler kendilerine rehberlik etmesi için onu kullanırlar."

Ivan bana döndü. "Konuşuyorsun," dedi.

Neden bu kadar utandığımı bilmiyorum ancak yanaklarım kızardı. "Konuşamaz mıyım?"

"Evet, ama istemediğini söyledin."

"O bir saat önceydi."

"Sessizliğin tadını çıkarıyordum," dedi. "Sanırım, seni daha iyi tanıyorum."

Karanlığa rağmen güldüğümü görmüş olmalıydı. Ben de onun güldüğünü hissettim. Yıldızlara geri döndüm. Bu tuhaf adamda beni cesaretlendiren şey neydi? Birisiyle uzun süre hiç konuşmadan oturmanın bu kadar rahatlatıcı olabileceğini asla düşünemezdim. Ivan varlığını hissettiriyordu. Onunla birlikte olmak, asla devrilmeyeceğini bildiğin bir kayaya yaslanmak gibiydi. O da acılar içinde olmalıydı ancak kaybı onu daha da güçlendirmiş gibi görünüyordu. Diğer tarafta ben, bir kayıp daha yaşarsam çıldırabileceğimi düşünüyordum.

"Şaka yapıyordum," dedi, kek dolu sepeti uzatırken. "Bana ne söyleyecektin?"

"Yoo, hayır," dedim. "Haklısın. Sessiz ve kıpırtısız durmak daha iyi."

Tekrar sustuk ve sessizlik az önceki kadar güzeldi. Dalgalar durulmuştu ve kamp ışıkları teker teker yanmaya başladı. Ivan'a baktım. Yüzünü yıldızlara çevirmiş, kayaya yaslanıyordu. Ne düşündüğünü merak ettim.

Ruselina, Pomerantsev'leri onurlandırmanın yolunun, cesaretle yaşamak olduğunu söylemişti. Annemi beklemiştim ancak ne o bana dönmüştü ne de ondan bir haber gelmişti. Artık başkalarının baskısı altında olan küçük bir kız değildim. Onu kendim aramak için yeteri kadar büyümüştüm. Bunun yanı sıra, onu çok özlüyor olmama rağmen onun da işkence görmüş ya da ölmüş olabileceği düşüncesi beni korkutuyordu. Gözlerimi sımsıkı kapattım ve Güney Haçı'na bir dilekte bulundum. Boris ve Olga'nın bana yardım etmesini istedim. Annemi bulmak için cesaretimi kullanacaktım.

"Geri dönmek için hazırım," dedim Ivan'a.

Başını salladı ve ayağa kalktı, benim de kalkmama yardım etmek için elini uzattı. Parmaklarını tuttum, beni öyle bir kuvvetle çekti ki, sanki aklımı okumuştu ve bana destek veriyordu.

Ertesi gün IRO ofisine çalışmaya gittiğimde, "Bir Sovyet çalışma kampında birini bulmak istesem, ne yapmalıyım?" diye sordum Yüzbaşı Connor'a. Masasında oturmuş yumurtalı pastırma yiyordu. Yumurta, tabak boyunca dağılmıştı ve bana cevap vermeden önce bir dilim ekmeği yumurtaya bandırdı.

"Çok zor," dedi. "Ruslarla bir çıkmazdayız. Stalin çılgın bir adam." Bana baktı. Terbiyeli bir adamdı ve hiç soru sormadı. "Sana verebileceğim en iyi tavsiye," diye devam etti, "bıraktığın ülkedeki Kızıl Haç'la temasa geçmen olurdu. Soykırımdan sonra akrabalarını arayan insanlara yardım etmek konusunda mucizeler yarattılar."

Bırakılan ülkeler konusu herkesin kafasında bir soru işaretiydi. Tubabao'dan sonra nereye gidecektik? IRO ve bölge halkı liderleri, birçok ülkeye bizi almaları için yalvaran dilekçeler yazmışlar ancak hiçbir cevap alamamışlardı. Tubabao verimli, meyvesi bol bir yerdi ve bizler bu sürecin keyfini çıkarmalıydık ancak geleceğimiz belirsizdi. Tropikal bir adada bile her zaman karanlığın gölgesi altındaydık. Şimdiden bir iki intihar girişimi olmuştu. Daha ne kadar sabretmemiz bekleniyordu?

Birleşmiş Milletler bu konuda ısrar ettikten sonra ülkeler dilekçelere cevap vermeye başladılar. Yüzbaşı Connor ve diğer yetkililer ofiste toplandılar. Sandalyelerini bir daire şeklinde dizdiler ve seçenekleri tartışmadan önce gözlüklerini takıp, sigara içtiler. Birleşik Devletler hükümeti, sadece kendilerine kefil olabilecek, hâlihazırda Amerika'da yaşayan tanıdıkları olanları kabul edebilecekti. Avustralya, ilk iki yıl hükümetin istediği işlerde çalışacağına dair sözleşme imzalayacak genç insanlarla ilgileniyordu. Fransa, son günlerini yaşayan ya da iyileştikten sonra başka bir yere gidecek yaşlı veya hastalara, hastane yatağı sunuyordu. Arjantin, Şili ve Santo Domingo kısıtlamalar olmadan kapılarını açmıştı.

Daktilomun başına oturdum, önümdeki boş sayfaya felç olmuş halde bakıyordum. Nereye gideceğimi ve gittiğim yerde ne yapacağımı bilmiyordum. Çin dışında kendimi her yerde hayal edebiliyordum. Tubabao'ya geldiğimden beri içimde ülkemize gönderilebileceğimize dair gizli bir umut taşımış olduğumu fark ettim.

Yüzbaşı Connor'a günün birinde Çin'e gönderilme olasılığımızın olup olmadığını sormak için diğer yetkililerin çıkmasını bekledim.

Sanki ona günün birinde kanatlanıp uçabilir miyiz, diye sormuşum gibi baktı. "Anya, sizin için artık Çin diye bir şey yok."

Birkaç gün sonra Dan'ın yolladığı, kendisinin garantisi altında Amerika'ya gitmemi isteyen bir mektup aldım. "Avustralya'ya gitme," diye yazmıştı. "Orada aydınları demiryollarında çalıştırıyorlar. Güney Amerika söz konusu bile olamaz. Ve Avrupalılara güvenemezsin. Lienz'de Kazaklar'a neler yaptıklarını unutma."

Irina ve Ruselina umutsuz haldeydiler. Birleşik Devletler'e gitmek istiyorlardı ancak ne paraları vardı ne de kefil şartını karşılayabiliyorlardı. Ne zaman birileri New York'taki gece kulüpleri ve kabarelerden bahsetse, onların kulak kesilmelerini ve hasret dolu gözlerle bakışlarını görmek canımı yakıyordu. Dan'e teklifini kabul edeceğimi ve dostlarıma yardım etmek adına bir şeyler yapıp yapamayacağını soran bir mektupla cevap verdim.

Bir gece Irina, Ruselina ve ben onların çadırında Çin daması oynuyorduk. Bütün gün hava bulutluydu ve aşırı nem yüzünden Ruselina'nın rahat nefes alması için ciğerlerine masaj yapmak üzere çadıra bir hemşire çağırdık. Kurak mevsimdeydik ve Tubabao için bu, günde bir kez yağmur yağması anlamına geliyordu. Yağıştan korkuyorduk. Hafif bir yağmur yağsa bile ormanın tüm yaratıkları çadırlara sığınıyorlardı. Galina'nın bavulundan iki kere sıçan fırlamıştı ve çadırımız örümceklerle kaplanmıştı. Şeffaf kertenkeleler, insanların iç çamaşırlarına ve ayakkabılarına yumurta bırakmalarıyla ünlenmişlerdi. İkinci bölgeden bir kadın bir sabah uyandığında kucağında kıvrılmış halde duran bir yılanla uyanmıştı. Oraya ısınmak amacıyla gelmişti ve kadın, yılan kendi isteğiyle oradan ayrılana kadar kıpırdaman yatmak zorunda kalmıştı.

Tropikal fırtınaların mevsimi değildi ancak o gün gökyüzünü tehdit eden bir şey vardı. Ruselina, Irina ve ben gökyüzünü seyrettik, bulutlardan oluşan kötü şekilleri gördük. Önce güneşin içinden geçtiği, kızgın gözlerle bakan gulyabani benzeri bir yaratık; sonra çirkin ağızlı, sivri kaşlı ve yuvarlak yüzlü bir adam ve sonunda gökyüzünden bir ejderha gibi geçen bir yaratık. Öğleden sonra bir fırtına çıktı, tabaklarımızı ve yeni yıkanmış çamaşırları uçurdu. "Bundan hoşlanmadım," dedi Ruselina. "Kötü bir şeyler geliyor."

Sonra yağmur başladı. Durmasını bekledik, genellikle bir iki saat sonra dururdu. Ancak yağmur durmadığı gibi, bir saat içinde giderek çoğaldı. Çukurları doldurduğunu ve önüne ne gelirse caddeden aşağı götürdüğünü gördük. Çadırı su basmaya başlayınca Irina ve ben dışarı koştuk ve komşularımızın yardımıyla çadırdan suyu çıkarmak için çukurlar ve kanallar kazdık. Yağmur tıpkı bir kum fırtınası gibi tenimizi kırbaçlıyordu, kıpkırmızı yapıyordu. Orta direkleri sağlam olmayan çadırlar yağmurdan dolayı çöktü ve içinde yaşayanlar onları tekrar ayağa kaldırmak için rüzgârla mücadele etmek zorunda kaldılar. Gece çöktüğünde yağmur ve rüzgârın şiddeti kesildi.

"Eve gitme," dedi Irina. "Bu gece burada kal."

Hiç duraksamadan teklifini kabul ettim. Çadırıma giden yol üzerinde Hindistan cevizi ağaçları vardı ve rüzgâr çıktığında kayaya benzeyen meyveler yere çarparak düşüyordu. Bunlardan bir tanesinin kafama düşeceğinden korkarak ellerimi başıma siper yapmak için kaldırıyordum. Çadırımdaki kızlar bu paranoyak davranışımdan ötürü bana gülüyorlardı ancak bir gün bir Hindistan cevizi Ludmila'nın ayağına düştü ve bir ay ayağa kalkamadı.

Bir gaz lambası yaktık ve dama oynamaya devam ettik ancak saat dokuz olduğunda açlıktan midemize saplanan sancıları oyunlar bile gideremeye başladı. "Bende bir şey var," dedi Irina, giysi dolabının üzerinde duran sepeti karıştırarak. Bir paket bisküvi çıkardı ve masaya bir tabak koydu. Paketin ağzını açtı. O anda tombul bir kertenkele ve onu kıvrılarak takip eden yavruları paketten dışarı çıktılar. Irina bir çığlık atarak paketi yere düşürdü. Kertenkeleler etrafa kaçışmaya başladılar ve Ruselina öyle çok güldü ki, hırıldamaya başladı.

Kampın sireni çaldı ve donakaldık. Tekrar çaldı. Öğlen saat on ikide ve akşam saat altıda birer kez çalardı. Ancak iki kere çalması bölge liderlerini toplantıya davet ediyordu. Siren acı acı çığlığını yineledi. Üç kez çalması herkesin ana meydanda toplanması anlamına geliyordu. Birbirimize baktık. Böyle bir havada toplanmamızı bekliyor olamazlardı. Siren yine çaldı. Dört, yangın demekti. Irina yatağının yanına çömeldi, altında çılgın gibi sandaletlerini aradı. Dolaptan yedek battaniyeyi kaptım. Ruselina sandalyesinde sabırla oturup, bizi bekledi. Beşinci siren sırtımdaki tüylerin diken diken olmasına neden oldu. Irina ve ben birbirimize döndük, şaşkınlığımız birbirimizin yüzüne yansıyordu. Son siren uzun ve sinsiydi. Beşinci daha önce hiç kullanılmamıştı. Tayfun anlamına geliyordu.

Etrafımızdaki çadırların içindeki telaşı hissettik. Fırtınanın içinde sesler haykırıyordu. Birkaç dakika sonra bölge yetkilisi çadırımızda belirdi. Giysileri su içinde kalmıştı ve üzerine ikinci bir deri gibi yapışmıştı. Yüzündeki korku bizimkini de ateşledi. Bize ip parçaları verdi.

"Bunlarla ne yapmamızı istiyorsunuz?" diye sordu Irina.

"Dört tanesini çadırdaki eşyalarınızı bağlamanız için verdim. Diğerlerini de meydana gelirken yanınızda getirmeniz için. Kendinizi ağaçlara bağlamanız gerekecek."

"Şaka yapıyor olmalısınız," dedi Ruselina.

Bölge yetkilisi, fal taşı gibi açılmış gözleriyle titriyordu. "Kaçımızın bunu başarabileceğini bilmiyorum. Ordu üssü uyarıyı çok geç almış. Denizin adayı kaplayacağını düşünüyorlar."

Ormandan telaşla koşup meydana varmaya çalışan insanlara katıldık. Rüzgâr öyle kuvvetliydi ki, ona karşı mücadele etmek için ayaklarımızı kumlu toprağın içine sapladık. Yakında bir kadın korkuyla bağırarak dizlerinin üzerine çöktü. Irina'yı Ruselina'ya bakması için bırakarak kadına koştum. "Haydi," dedim, kadını kolundan çekerken. Ceketi açıldı ve göğsünde askıda duran bebeği gördüm. Küçücüktü, gözleri kapalıydı, birkaç saat önce doğmuş olmalıydı. Çaresizliğim karşısında kalbim çarpmaya başladı. "Her şey yoluna girecek," dedim kadına. "Sana yardım edeceğim." Ancak korku onu daha fazla ele geçirmişti. Bana asıldı, ağırlığıyla beni yere çekti ve düşürdü. Çılgına dönmüş rüzgârda boğulmak üzereydik. "Bebeğimi al," diye yalvardı. "Beni bırak."

Her şey yoluna girecek, demiştim. Bunca zaman her şeyin yoluna gireceğini düşünüp durmuştum ve bu yüzden kendimden nefret ettim. Şimdiye kadar çoktan annemle kavuşmuş olacağımı düşünmüştüm, kendimi güzel bir evliliğim olacağına ikna etmiştim, Dmitri'ye güvenmiştim, annemle ilgili harika hikâyeler duyacağım umuduyla Raisa'ya koşmuştum. Daha önce hiç tayfun yaşamamıştım. Başka bir insana her şeyin yoluna gireceğini söylemeye ne hakkım vardı?

Meydanda gönüllüler ağaç kütüklerinin üzerine çıkmış, insanların iplere ve acil yardım çantalarına takılmamaları için ışık tutuyorlardı. Yüzbaşı Connor bir kayanın üzerindeydi, elindeki megafonla yön talimatları veriyordu. Bölge yetkilileri ve polisler insanları gruplara ayırıyordu. Küçük çocuklar ailelerinden alınıyor ve ana mutfaktaki geniş buzdolaplarına götürülüyorlardı. Polonyalı bir hemşire çocukların başına verildi. "Lütfen onları da alın," dedim, kadını ve bebeğini göstererek. "Daha yeni doğum yaptı."

"Onu hastaneye götür," dedi hemşire. Hastaları ve küçük çocuklu anneleri orada tutacaklar."

Ruselina bebeği kadının kollarından aldı, ben ve Irina kadının hastaneye gitmesine yardım ettik. "Babası nerede?" diye sordu Irina. "Gitti," diye cevapladı kadın, uzaklara bakarak. "İki ay önce beni başka bir kadın için terk etti."

"Ve çocuğuna yardım etmek için dönmedi, öyle mi?" Ruselina başını salladı ve bana fısıldadı. "Erkekler çok kötü."

Dmitri'yi düşündüm. Belki de doğruydu.

Hastaneye vardığımızda orası zaten dolmuştu. Doktorlar ve hemşireler sedyelere daha fazla yer açmak için yatakları itiyorlardı. Pencerelerin üzerine tahta çakan Mariya ve Natasha'yı fark ettim. Ivan bir kapının önünden dolabı çekiyordu. Bezgin görünen bir hemşire, bebeği Ruselina'dan aldı ve kadını da bebeğini emziren diğer bir kadının bulunduğu bir sıraya oturttu.

"Büyükannem de burada kalabilir mi?" diye sordu Irina. Hemşire kollarını açtı ve tam hayır demek üzereydi ki, Irina'nın büyüleyici gülüşü onu engelledi. Hemşirenin itirazı ağzından çıkamadı. Dudakları kıvrıldı, sanki gülümsememek için kendini tutuyordu. Başıyla hastanenin sonundaki odaları gösterdi. "Ona bir yatak veremem," dedi hemşire. "Fakat onu konsültasyon odasında bir sandalyeye oturtabilirim."

"Fakat ben burada yalnız kalmak istemiyorum," diye

itiraz etti Ruselina, biz sandalyeye oturmasına yardım ederken. "Sizinle gelebilecek kadar iyiyim."

"Saçmalama, büyükanne! Bu bina adanın en iyi yeri." Eliyle duvara vurdu. "Bak! Sağlam ahşaptan yapılmış."

"Siz nereye gideceksiniz?" diye sordu Ruselina. Sesindeki kırılganlık yüreğimi deldi.

"Genç insanların adanın tepesine koşmaları gerekiyor," dedi Irina, neşeli olmaya çalışarak. "Sen de beni ve Anya'yı bunu yaparken hayal et."

Ruselina uzanıp Irina'nın elini tuttu ve benimkinin içine koydu. "Birbirinizi bırakmayın. Sizden başka kimsem yok."

Irina ve ben, Ruselina'yı öptük, ipleri ve el fenerlerini almış dağ yolunu sendeleyerek çıkan insanlara katılmak için hızla yağmurun içine daldık. Ivan bizimle buluşmak için kalabalığa karşı mücadele etmişti. "Aslında sizin için özel bir yer ayırdım," dedi. İpleri bıraktık ancak fenerlerden birini yanımıza aldık ve onu hastanenin arkasındaki boş alanda bulunan çelik barakaya kadar takip ettik.

Barakanın pencereleri çıplaktı ve içerisi karanlıktı. Ivan cebini karıştırdı ve bir anahtar çıkardı. Elimi kendisine çekti ve anahtarı içine bıraktı.

"Hayır, yapamayız," dedim. "Bu sağlam bir yapı. Onu hastalara ya da çocuklara vermelisin."

Ivan kaşlarını kaldırdı ve güldü. "Ah, demek size bir ayrıcalık yaptığımı düşünüyorsun, öyle mi, Anya?" dedi. "Eminim, ikinize güzelliğinizden dolayı birçok ayrıcalık tanınmıştır fakat ben size iş veriyorum."

Ivan barakayı açmam için bana işaret etti. Anahtarı kilide soktum ve kapıyı açtım ancak içeride karanlıktan başka bir şey göremedim. "Onlara bakacak yedek gönüllüm yok," dedi. "Bütün hemşireler başka yerlerde görevli. Ama endişelenmeyin. Zararsızdırlar."

"Onlar kim?" dedi Irina.

"Ah, Irinacığım," dedi Ivan. "Sesinle kalbimi kazandın. Fakat sana gerçekten hayranlık duymamı istiyorsan saygımı da kazanmalısın."

Ivan yine güldü ve yere düşmüş ağaç dallarının üzerinden bir erkek geyik gibi zıplayarak yağmurun içine atladı. Koruluğa girip, gözden kayboluşunu izledim. Gökyüzünde bir çatırtı koptu ve bir palmiye ağacı elbiselerimize çamur sıçratarak ve bizi neredeyse bir adım ıskalayarak yere düştü. Irina ve ben telaşla barakadan içeri girdik ve arkamızdan kapıyı kapattık.

İçerisi bez ve dezenfektan kokuyordu. Bir adım attım ve sert bir şeye çarptım. Elimle kenarlarını yokladım. Bir masa.

"Sanırım, burası bir depo," dedim, kalçamdaki eziği ovuştururken.

Yanımızdan bir şey geçti. Tüylü bir şey ayağımı okşadı. "Sıçanlar!" diye çığlık attım. Irina feneri yaktı ve kendimizi şaşkın bir kedi yavrusuyla yüz yüze bulduk. Pembe gözleri vardı ve beyazdı. "Merhaba kedicik," dedi Irina, diz çöküp elini uzatırken. Kedi yavrusu Irina'ya yaklaştı ve çenesiyle dizlerini okşadı. Kedinin tüyleri parlaktı, adadaki diğer hayvanlar gibi kirli değildi. Irina sıçrayınca ben de sıçradım, ikimiz de aynı şeye bakakalmıştık: fenerin yuvarlak ışığı altında görünen bir çift insan ayağı. Parmakları yukarıda, bir çarşafın üzerinde yatıyorlardı. İlk aklımdan geçen morgda olduğumuzdu ancak bunun için fazla sıcak olduğunu fark ettim. Irina ışığı çizgili pijamalı bedenin üzerinde, genç bir adamın yüzüne gelene kadar gezdirdi. Uyuyordu, gözleri sımsıkı kapalıydı ve çenesinden aşağı salyası sızıyordu. İyice yaklaştım ve omzuna dokundum. Adam kımıldamadı ancak eti sıcaktı.

Irina'ya fısıldayarak, "Kendinden geçmiş olmalı çünkü başka türlü dışarıda kopan kıyamete rağmen nasıl uyuyabilirdi?"

Irina parmaklarını bileğimin etrafına doladı, kemiklerimi eziyordu ve el fenerini odanın geri kalanında dolaştırdı. Üzerinde kâğıt kaplı bir kitap yığınının özenle yerleştirildiği ahşap bir masa ve kapının yanında da metal bir dolap vardı. Arkamıza baktık ve en uzak köşedeki yataktan gözlerini kısarak bize bakan bir kadın görünce ikimiz de zıpladık. Irina el fenerinin ışığını kadının gözlerinden çekti.

"Özür dilerim," dedi Irina. "Başka birinin daha olduğunu fark etmedik."

Ancak uzaktan gelen bir ışık kadının yüzünü gösteriyordu, onu tanımıştım. Kilo almıştı ve en son karşılaştığımızdan daha temiz görünüyordu ancak onu tanımamaya imkân yoktu. Tek eksiği tacı ve endişeli ifadesiydi.

"Dusha-dushi," dedi kadın.

Bir diğer ses, erkeğin sesi diğer gölgeli köşeden seslendi. "Ben Joe," dedi. "Joe, tıpkı Poe gibi, Poe gibi, Poe gibi, Poe gibi. Annem bana İgor derdi. Ama adım Joe, Poe gibi."

Irina canımı yakarak bileğime yapıştı. "Bu da ne?" diye sordu.

Ancak Ivan'ın yaptığı şeye inanmaya çalışmakla meşgul olduğum için ona cevap veremedim. Bizi akıl hastalarının başına vermişti.

Fırtına tüm şiddetiyle adayı vururken, baraka tıpkı bozuk bir yolda giden bir araba gibi zangırdıyor ve sallanıyordu. Pencerelerden birine bir taş çarptı ve taşın oluşturduğu çatlak, gittikçe ilerleyerek cam üzerinde zikzak çizmeye başladı. Onu durdurmak için dolapta bant aradım. Çatlak çerçeveye ulaşmadan bir parça bant yapıştırmayı başardım. Dışarıda, rüzgârın uğultusundan başka bir şey duyamıyorduk. Genç adam uyandı ve bize donuk gözlerle baktı. "Buuu neee?" diye sordu. Ancak daha biz ona cevap veremeden karnının üzerine yattı ve derin bir uykuya gömüldü. Kedi yavrusu onun yatağına zıpladı, uzun bir süre bu rahat bölge üzerinde kendisine yer aradıktan sonra, adamın dizlerinin arkasındaki kıvrım üzerinde kıvrıldı ve bir top haline geldi.

"İkisi de sağır olmalı," dedi Irina.

Yaşlı kadın yatağından kalktı ve barakanın içinde bale yaparcasına sessizce dolaştı. El fenerini dikkatli kullanmak istiyorduk, bu yüzden Irina onu kapatmıştı ancak o bunu yapar yapmaz kadın bir yılan gibi tısladı ve kapının üzerindeki mandalı sallamaya başladı. Irina tekrar el fenerini yaktı ve on altı yaşındaki bir kız gibi dans eden kadının üzerine tuttu. Kendini monoton bir şekilde tanıtan 'Joe' uyandı ve kadının performansını alkışlamaya başladı, daha sonra da tuvalete gitmek istediğini söyledi. Irina bir kap bulmak için yatakların altına baktı ve bir tane buldu ve ona verdi. Ancak adam başını salladı ve dışarı çıkmak konusunda ısrar etti. Bir ayağının içeride kalması şartıyla ayakta durmasına yardım ettim ve o barakanın dışına işerken ben pijamasından tuttum. Elimden kaçıp kurtulmasından ya da fırtınaya kapılmasından korktum. Rahatlayınca gökyüzüne baktı ve içeri girmemek için karşı koydu. Irina bir yandan elindeki feneri yaşlı kadının üzerine tutarken bir yandan da Joe'yi içeri çekmeme yardım etti. Pijamaları ıslanmıştı ve üzerini değiştirebileceğimiz başka bir şey yoktu. Islak giysilerini çıkarmak için mücadele ettik ve onu bir çarşafa sardık. Ancak ısındıktan sonra çarşafı üzerinden attı ve çıplak kalma konusunda ısrar etti. "Ben Joe, tıpkı Poe gibi, Poe gibi, Poe gibi," diye mırıldandı, sıska bacaklarıyla barakada geçit yapar gibi bir aşağı bir yukarı yürüdü. Doğduğu günkü gibi çıplaktı.

"Bizden asla hemşire olmaz," dedi Irina.

"Onlar da kendilerinde değiller. Bu da iyice umudumuzu kırıyor," diye cevapladım.

Irina'yla güldük. Tüm gece boyunca tek keyifli anımızdı.

Dışarıdaki uğultu bir çılgınlığa dönüştü. Ani bir fırtınayla havada uçan bir ağaç barakaya indi. Duvarına çarptı ve metali içeri çökertti. Dolabın kapakları açıldı, fincanlar ve tepsiler yere düştü. Yaşlı kadın dans etmeyi bıraktı, uyku zamanını geçirip yatağın içinde oyun oynarken yakalanan bir çocuk gibi şaşırıp kaldı. Hemen yatağına girdi ve battaniyeyi kafasının üzerine çekti.

Rüzgâr duvara dayanmış ağacın üzerine vuruyordu. Yağmur damlacıkları her yere düşüyordu ve yapraklar aralıklardan içeri giriyordu. Irina ve ben masanın üzerindeki kitapları kaldırdık ve masayı yan yatırıp duvara dayadık.

"Bundan hiç hoşlanmadım," dedi Irina, el fenerini söndürürken. "Dalgaların yaklaştığını duyabiliyorum."

"Duyuyor olamazsın," dedim. "Bu başka bir şey."

"Hayır," dedi Irina. "Bu okyanusun sesi. Dinle."

"Adım Joe, tıpkı Poe gibi, bilirsin," diye bağırdı Joe.

"Şişşt!" diye çıkıştım.

Joe burnunu çekti ve yatağının altına girerek fısıldamaya devam etti.

Yağmur damlaları barakanın yanlarına çarpıyordu ve kurşun gibi ses çıkarıyordu. Rüzgârın etkisiyle duvarları çimento duvara bağlayan vidalar gıcırdadı. Irina elime yapıştı. Ruselina'nın birbirimizi bırakmamamızı söylediğini hatırlayarak ben de onun elini sıktım. Yaşlı kadın kollarını bana doladı ve bana öyle sıkı sarıldı ki, hareket edemedim. Genç adam ve kedicik huzur içinde uyuyorlardı. Genç adam kendisini iyice gölgelerin içine çekmişti. Artık onu duyamıyordum.

Aniden kapının zangırdaması durdu ve bir sessizlik oldu. Brandaların ve ağaçların uçuşma sesi kesildi. Sağır olduğumu sandım. Dışarıdaki rüzgârın durduğuna inanmamız birkaç dakika aldı. Irina başını kaldırdı ve el fenerini yaktı. Joe kıvrılarak yatağın altından çıktı. Tepelerden iniltiler ve sevinç çığlıkları duyuyordum. İnsanlar ormanda bulundukları yerlerden birbirlerine bağırıyorlardı. Bir adam karısına sesleniyordu, "Valentina, seni seviyorum! Bunca yıldan sonra seni hâlâ seviyorum."

Ancak hiç kimse kıpırdamadı. Sükûnetin içinde bile bir aksilik vardı.

"Büyükanneme bakacağım," dedi Irina.

"Dışarı çıkma!" Bacaklarımı hissetmiyordum. Denesem de ayağa kalkamazdım. "Henüz bitmedi. Sadece ara verdi."

Irina bana kaşlarını çattı. Kapının mandalına koymuş olduğu elini aniden çekti, ağzı açık kalmıştı. Mandal titriyordu. Ona bakakaldık. Uzakta okyanus gürledi. Ormandaki sesler panikle yükseldi. Rüzgâr ağaçların arasından inleyerek tekrar esmeye başladı. Çok geçmeden şekil değiştirdi ve kötü bir ruh gibi çığlık atıyordu, ters yönde eserek ilk fırtınanın yarattığı enkâzı kaldırdı. Ağaç dalları barakaya çarptı. Irina uyanması için genç adamı sarstı ve onu yatağın altından çekti. Kediyi adamın kolları arasına yerleştirdi. Birlikte masayı eski şekline getirdik, Joe ve yaşlı kadını bizimle birlikte altına çektik.

"Ben Joe, tıpkı Poe gibi. Tıpkı Poe gibi. Tıpkı Poe gibi," diye kulağıma fısıldadı.

Irina ve ben yüzlerimizi birbirine yasladık. İğrenç bir koku vardı. Joe bağırsaklarını boşaltmıştı.

Çatının üzerine bir şey çarptı. Metal parçaları etrafımıza düştü. Yağmur içeri yağmaya başladı. Rüzgâr duvarlarda bir gümbürtü çıkardı. Barakanın bir yanının havaya kalktığını ve yere sadece diğer taraftaki vidalarla bağlı kaldığını görünce bir çığlık attım. Metalden tiz bir ses çıktı ve baraka bir ekmek kutusu gibi açıldı. Korkunç gökyüzüne bakakaldık. Duvarlar odanın köşelerine fırladı ve sonra da etrafımıza yığıldı. Masanın ayaklarına tutunduk ancak masa zemin üzerinde kaymaya başladı. Joe benim kollarımdan kurtuldu ve ayağa kalkarak kollarını gökyüzüne kaldırdı.

"Buraya gel!" diye bağırdı Irina. Ancak çok geçti. Uçarak gelen bir ağaç dalı kafasının arkasına çarptı. Çarpmanın etkisiyle genç adam yere düştü. Beton zeminin üzerinde tıpkı bir yaprak gibi sürükleniyordu. Irina, metal ve zemin arasındaki boşluğa girmeden bir makas hareketiyle onu bacaklarının arasına sıkıştırıp yakalamayı başardı. Eğer duvar düşseydi, iki parçaya ayrılabilirdi. Ancak Joe ıslaktı ve Irina'nın bacakları arasından kaydı. Ben elini yakalamaya çalıştım ancak yaşlı kadın bana tutunuyordu ve yeteri kadar uzanamadım. Saçlarından yakaladım. Haykırmaya başladı çünkü saçları parmaklarımın arasında kalmıştı. "Bırak onu!" diye bağırdı Irina. "Seni de birlikte çekecek." Bir elimi Joe'nun koltukaltına geçirmeyi başardım ve omzundan kavradım ancak bu pozisyonda benim de başım açıkta kaldı. Yapraklar ve ince dallar, sürü halinde akın etmiş böcekler gibi etime saplanıyorlardı. Gözlerimi kapatarak bana ne tür bir şeyin çarpacağını merak ettim. Hayatıma son verecek olan şey neydi?

"Ben Joeee," diye haykırdı Joe. Kollarımın arasından kaydı ve uçarak dolaba yapıştı. Dolap devrildi ancak Joe'nun saklanmak için altına girdiği yatağın üzerine düştü. Dolap çok az farkla Joe'yu ıskalamıştı. Genç adam orada kapana sıkışmıştı ancak yatak yer değiştirmediği sürece orada güvendeydi.

"Sakın kıpırdama!" diye bağırdım. Sesim kulak tırmalayan bir feryadın içinde boğuldu. Duvar tutunduğu son menteşelerden kurtulup havaya savruldu. Defalarca dönerek korkunç bir gölge halinde havaya yükseldi. Nereye düştüğünü ve kimi öldürmüş olabileceğini merak ettim.

"Tanrım, bize yardım et!" diye bağırdı Irina.

Sonra, rüzgâr hiç belirti göstermeden bir anda kesildi. Duvar gökyüzünden düşüp, yakındaki bir ağaca sapladı ve orada kaldı. Ağaç bizim için hayatını feda etmişti. Okyanusun fırtınayı içine alarak çekildiğini duydum.

Sıcak bir şey koluma damladı. Elimle yokladım. Kandı. Irina'dan geliyor diye düşündüm çünkü ben bir acı hissetmiyordum. El fenerini yaktım ve parmak uçlarımla başını kontrol ettim ancak bir yara bulamadım. Kan damlamaya devam ediyordu. Yaşlı kadına döndüm. Midem kalktı. Dişlerini alt dudağına geçirmişti. Jüponumu yırttım, katlayıp, bir tampon haline getirdim ve kanamayı durdurmak için kadının ağzına bastırdım.

Irina yüzünü dizlerinin arasına gömdü. Gözlerimi kırpıştırarak gözyaşlarımdan kurtuldum ve etraftaki hasarı inceledim. Joe, kıyıya vurmuş bir balık gibi yerde yatıyordu. Alnında ve dirseklerinde bereler vardı ancak

görünüşe bakılırsa ciddi bir yara almamıştı. Genç adam
uyanıktı ancak sessizdi. Kedi yavrusu ıslanmış ve kam-
burunu çıkarmış, köşeden tıslıyordu.

"Ben Joe tıpkı Poe gibi, tıpkı Poe gibi," diye homur-
dandı Joe, betona.

En az yarım saat hiç kimse konuşmadı.

10

Yerleşim Ülkeleri

Fırtına adayı durgun bir bataklığa dönüştürmüştü. Günün ilk ışığıyla enkazın altından çıktık ve meydanda toplandık. Parçalanmış ve devrilmiş ağaçların arasında küçücük görünüyorduk. Toprağın derinliklerinden ağaç kökleri dışarı fırlamış, kocaman delikler açılmıştı. İnsanlar dağdan aşağı inen yolda sendeleyerek yürüyorlardı, elbiseleri yırtılmış ve ıslanmıştı, saçları kum yüzünden sertleşmişti. Ivan'ı aradım, onu en arkada omuzlarında sarılmış iplerle görene kadar nefesimi tuttum.

Hastane yerinde duruyordu ve etrafını kalabalık sarmıştı. Ruselina kapı eşiğinde yerini almış, bastonuyla insanları, gruplara ayrılmaları için yönlendiriyordu. Üstü başı dağınık, ağır aksak yürüyen ve yaralı yüzlerce insan vardı. Doktorlar ve hemşireler de ıslanmış ve bitkin düşmüşler, kısıtlı yardım malzemelerini idareli kullanmaya çalışıyorlardı. Genç bir doktor *dusha-dushi* diyen kadının karşısında bir sandık üzerinde oturuyor ve kadının dudaklarına dikiş atıyordu. Bu işlem, anestezi olmadan çok can yakıcı bir şey olmalıydı ancak kadın sessizce oturuyordu, acısı sadece çenesine kenetlediği ellerinin titremesiyle belli oluyordu.

Irina ve ben Ruselina'ya sarıldık ve diğer insanların önünden kampa koştuk. Kampın görüntüsü biz de sessiz bir kalp kırıklığına neden oldu. Parçalanmış branda bezleri tıpkı bir iskeletin üzerinde çürümüş giysiler gibi sabah esintisinde uçuşuyordu. Yolların üzerinde derin su çukurları oluşmuştu ve yüzeylerinde yırtık çarşaflar ve mutfak eşyaları yüzüyordu. İnsanların savaş vererek Çin'den kurtardıkları şeyler bir çırpıda yok olmuştu. Sonu gelmeyen kırık sandalye ve masalar, ters dönmüş yataklar ve etrafa yayılmış oyuncaklardan oluşan yığınların görüntüsü dayanılır gibi değildi. Yaşlı bir kadın elinde yırtılmış ve sudan zarar görmüş bir çocuk fotoğrafıyla yanımızdan bize sürtünerek geçti. "Ondan bana kalan tek şey buydu. Artık o da yok," diye feryat etti, bana bakarak. İçeri çökmüş ağzı, bir cevap bekler gibi titriyordu. Ancak ona verecek bir cevabım yoktu.

Irina, Ruselina'ya yardım etmek için hastaneye döndü. Ben de kampın içinden geçip Sekizinci Bölge'ye doğru yürüdüm, gevşemiş taşlar ayağımın altında sesler çıkarıyordu. Artık Hindistan cevizlerinden korkmuyordum. Ağaçların üzerindeki meyveler düşmüş, kabukları kırılmış ve yerlere dağılmışlardı. Havada hoş olmayan bir koku vardı. Bir köpek yavrusunun cesediyle karşılaşana kadar kokuyu takip ettim, çadır direklerinden biri şişkin karnına saplanmıştı. Karıncalar ve sinekler yara üzerinde iş başındaydılar. Köpeğini arayan bir çocuğu hayal edince tüylerim ürperdi. Bir palmiye ağacı kabuğu aldım ve derin bir mezar kazdım. İşim bittiğinde direği köpeğin karnından çıkardım ve onu bacaklarından sürükleyerek çukura koydum. Üzerini kumla kapatmadan önce duraksadım, yaptığımın doğru olduğundan emin değildim. Ancak kendi çocukluğumu anımsadım, çocukların bazı şeyleri asla görmemesi gerektiğini biliyordum.

Yoğun orman, çevrelediği Sekizinci Bölge'yi korumuştu. Çadırlar devrilmiş ve yerlerde sürünüyorlardı ancak Üçüncü ve Dördüncü Bölge'dekiler gibi onarılmaz halde değillerdi. Yataklar etrafa saçılmıştı ancak sadece birkaç tanesi kırılmıştı. Bir yerde çadırın kendisi, ağaçların içine savrulmuştu, içindeki eşyalar ters dönmüş olmalarına rağmen, her şey sanki sahipleri içinden birkaç dakika önce çıkmış gibi düzenli durmaktaydı. Kendi bavulumu gördüğümde kanayana kadar çatlamış dudaklarımı ısırdım. Ustalıkla atılmış bir düğümle hiç zarar görmemiş bir halde bir ağaca bağlıydı. Benim yokluğumda onunla hangi kız uğraşmışsa ona minnet duydum. Kilit sıkışmıştı ve açamadım. Yanımdaki taşı aldım ve kilidi kırdım. İçindeki gece elbiseleri nemlenmiş ve kumlanmıştı ancak bunu hiç umursamadım. Aradığım şeyi bulma umuduyla elimi kumaşların altında gezdirdim. Ahşaba dokunmanın verdiği rahatlamayla bir çığlık attım ve matruşka bebeğimi çekip çıkardım. Sapasağlamdı, tıpkı çocuğunu bulmuş bir anne gibi tekrar tekrar öptüm onu.

Deniz sütlimandı. Bitkiler ve sahipsiz eşyalar, yüzeyinde yüzüyordu. Üzerine parlayarak düşen ışık onu zararsız gösteriyordu, sanki dün gece bizi yutmaya çalışan kızgın canavar o değildi. Yakınımızda, geriye kalan sahil şeridinde bir papaz minnet duası için bir grup insana liderlik ediyordu. Ben tanrıya inanmıyordum, yine de saygıyla başımı eğdim. Minnet etmemiz gereken birçok şey vardı. Mucize eseri tek bir insan bile ölmemişti. Gözlerimi kapattım ve hissizliğin tesellisine boyun eğdim.

Daha sonra Yüzbaşı Connor'ı IRO ofisinin önünde buldum. Metal duvarlar deliklerle doluydu ve dosya dolaplarından bazıları ters dönmüştü. Adam felaketin ortasında, yeni ütülenmiş üniforması ve saçlarının arasından parlayan güneşten yanmış kafa derisiyle gerçeküstü görünüyordu. Fırtınanın tek işareti botlarına sıçramış çamur lekeleriydi.

Sıradan bir günmüş ve ben de her zamanki gibi işe gelmişim gibi bana gülümsedi. Depo olarak kullanılan çelik kulübeleri gösterdi. Bazıları ofisimizden daha kötü durumdaydı, duvarları öylesine yamulmuştu ki muhtemelen bir daha kullanılamayacaklardı. "Bu felaketin getirdiği iyi bir şey varsa," dedi, "o da bizi bu adadan en kısa zamanda almaları gerektiğini anlayacaklarıdır."

Hastaneye döndüğümde, Guam Adası'ndan Amerikalı ve Filipinli askerler yardıma gelmişlerdi. Ivan ve diğer yetkililer yakıt tanklarını kaldırıyorlar ve askeri bir kamyonun arkasından su içiyorlardı. Bu arada askerler de hastaneye sığmayan hastalar için çadırlar kuruyorlardı. Gönüllüler ise hastane malzemelerini sterilize etmek için su kaynatıyorlar ya da eğreti güneşliğin altında yemek hazırlıyorlardı.

Ezilmiş ve bataklık haline gelmiş çimenler, halı serip üzerinde uyuyan insanlarla doluydu. Ruselina da bunlardan bir tanesiydi. Irina onun yanına oturmuş, büyükannesinin beyaz saçlarını okşuyordu. Ruselina kendisini Irina ya da benim için feda edebileceğini ve bu dünyada bizden başka kimsesinin olmadığını söylemişti. Matruşka bebeğimi göğsüme bastırarak bir ağacın arkasından bu iki kadını izledim. Benim de bu hayatta onlardan başka kimsem yoktu.

Ivan'ın yemek çadırına bir pirinç çuvalı götürdüğünü gördüm. Ona yardım etmek istedim ancak bütün gücümü kaybetmiştim. Ivan belini ovarak doğruldu ve beni gördü. Yüzünde bir gülümseme ve elleri belinde bana doğru geldi. Ancak yüzüme bakınca ifadesi değişti.

"Hareket edemiyorum,"dedim.

Kollarını uzattı. "Tamam, Anya," dedi, bana sarılarak. "Göründüğü kadar kötü değil. Kimse ciddi bir şekilde yaralanmadı, her şey onarılabilir veya yerine yenisi konabilir."

Yüzümü ona yasladım, düzenli kalp atışlarını dinledim ve sıcaklığının bana geçmesine izin verdim. Bir an için kendimi yine evimde hissettim. Harbin'deki kıymetli kız çocuğu. Yeni pişmiş ekmeğin kokusunu alabiliyor, oturma odasında yanan ateşin sesini duyabiliyor ve ayağımın altındaki ayı postunu hissedebiliyordum. Ve uzun zamandır ilk defa onun sesini duydum: *Buradayım, küçük kızım, bana dokunabileceğin kadar yakınım.* Bir kamyonun motoru çalıştı ve büyü bozuldu. Ivan'dan uzaklaştım, konuşmak için ağzımı açtım ancak tek bir sözcük çıkmadı.

Elimi, kaba parmaklarının arasına aldı ancak bunu yaparken çok nazikti, sanki elimi incitmekten korkuyordu. "Haydi, Anya," dedi. "Gidip sana dinlenebileceğin bir yer bulalım."

Fırtınayı takip eden haftalar umut ve acılar içinde geçti. Manila'da üs kurmuş Amerikan donanmasının askerleri, içi erzak dolu gemilerle geldiler. Denizcilerin, geniş omuzlarında taşıdıkları çuvallarla plaja yürüyüşlerini ve yaklaşık iki günde çadır şehri tekrar ayağa kaldırışlarını izledik. Yeni şehir plansız, telaş içinde ve eksik gereçlerle inşa edilmesine rağmen eskisinden daha düzenli olmuştu. İyice büyük çukurlar açılan yollar tekrar yapıldı, tuvaletlerimizin ve mutfağımızın çevresindeki orman temizlendi. Ancak yeni yapılanma içimizi rahatlatmak yerine rahatsız etmişti. Yeni kampın yapılışıyla ilgili sürekli bir huzursuzluk vardı ve Yüzbaşı Connor'ın umutlarına rağmen, hâlâ 'yerleşim ülkeleri' hakkında tek bir söz edilmiyordu.

Amerika'da yaşayan Rus topluluğu, felaketi duymuş ve bize acil bir mesaj göndermişti: *"Bize sadece yaşamamız için gerekli olan şeyleri değil, sizi mutlu etmek için gereken şeyleri de söyleyin."* Topluluk, üyelerinden malzemeler toplamıştı, üyelerden çoğu orada oldukça zenginleşmişlerdi. Yüzbaşı Connor ve ben, tüm gece boyunca bir istek listesi üzerinde çalıştık, herkes için ayrı küçük bir hediye talebi de listenin içindeydi. Plaklar, tenis raketleri, oyun kâğıtları, kalem takımları ve kütüphanemiz için kitapların yanı sıra kokulu sabunlar, çikolata, defterler, resim defterleri, saç fırçaları, mendiller ve on iki yaşın altındaki her çocuk için birer oyuncak istedik. İki hafta içinde cevap aldık: *"İstenilen her şey sağlanmıştır. Sizlere ayrıca İnciller, iki gitar, bir keman, on üç top elbise kumaşı, altı semaver, yirmi beş yağmurluk ve Çehov'un Vişne Bahçesi'nin kapaksız yüz kopyasını gönderiyoruz."*

Geminin bir ay içinde gelmesi gerekiyordu. Yüzbaşı Connor ve ben gemiyi bekliyorduk ve tıpkı haylaz iki çocuk gibi heyecanlıydık. Gemiyi altı hafta bekledik ancak gelmedi. Yüzbaşı Connor, IRO'nun Manila'daki ofisi aracılığıyla araştırma yaptı. Bazı fırsatçı yetkililer, malzemelere el koymuş ve onları karaborsada satmışlardı.

Bir öğleden sonra Ivan beni IRO ofisinde görmeye geldi. Gözlerimi kısarak kapıdaki görüntüsüne baktım, önce tanımadım. Gömleği ütülüydü ve saçları, her zamanki gibi toz ve yaprak içinde değil tertemizdi. Kalçasının üzerindeki parmaklarını oynatarak, kapı eşiğinde hınzırca duruyordu ve dilinin altında bir şey olduğunu anladım.

"Casusluk mu yapıyorsun?" dedim.

Omuz silkti ve odaya göz attı. "Hayır, yapmıyorum," dedi. "Sadece nasıl olduğuna bakmaya geldim."

"Evet, eminim öyledir," dedim. "Yüzbaşı Connor bir iş için az önce çıktı. Ve sen geldin. Onun gittiğini görmüş olmalısın."

Konuklarımız için bulundurduğumuz eski hasır sandalyeye baktı. Yüzü bana dönük değildi ancak güldüğünü görebiliyordum. "Herkesin moralini yükselecek bir planım var," dedi, "ama Connor'ın onaylayacağından emin değilim."

Ivan sandalyeyi masamın önüne çekti ve tıpkı bir yüksüğün üzerindeki dev gibi üzerine tünedi. "Projektör ve perde işini hallettim. Tek ihtiyacım olan şey bir film." Elini gözüne götürdü. Onu gizlercesine yaptığı hareket hoşuma gitmedi. Benim karşımda kusurundan dolayı hâlâ rahatsız mı oluyordu? Olmamalıydı. İz çok belliydi ancak onu görmezden gelmeye başlamak için Ivan'ı sadece bir gün tanımak yeterliydi. İnsanın aklında kalan onun kişiliğiydi. Ivan'da zayıflık ya da kırılganlık görmek hoşuma gitmiyordu. O benim kayamdı. Onun güçlü olmasına ihtiyacım vardı.

"Bir sürü filmimiz var." Yüzbaşı Connor'ın, ayaklarını dinlendirmek için kullandığı film makaralarıyla dolu sandığı işaret ettim. "İzlemek için bir projektöre ihtiyacımız vardı."

"Haydi, Anya," dedi Ivan, ellerini dizlerine koyarak bana doğru eğildi. Tırnakları fırçalanmıştı, bu da başka bir değişimdi. "Bunlar eski. Anne babalarımızın izleyeceği türden. Bizim iyi bir filme ihtiyacımız var."

Sağlam gözü, su kadar berraktı. Koyu mavi ve derindi. Ona daha yakından baksam Ivan'ın geçmişinin izini görebileceğimi düşündüm. En üst tabakanın hemen altında ölü çocukları, karısı, fırını duruyordu. Eğer daha da derinlerine bakabilseydim belki de onun çocukluğunu ve yaralanmadan önce nasıl bir insan olduğunu görebilecektim. Gözü, onun genç sesini, çocuksu gücünü gizliyordu, tıpkı yaralı yüzünün, zarif bedenini maskelediği gibi.

"Onu ikna etmen gerekiyor," dedi Ivan.

Yüzbaşı Connor'ı, Ivan'ın planının değerine ikna etmek için fazla çaba harcamak gerekmedi. Yüzbaşı tayfun mevsimi yaklaşırken hâlâ adada kaldığımız için çok öfkeliydi ve IRO'nun suçlu vicdanından faydalanmak konusunda kararlıydı. Yeni bir film istedim; Yüzbaşı Connor bir Hollywood filminin ön sürümünü istedi. Oldukça ikna edici olmuş olmalıydı. Bu defa asla gelmeyecek olan bir gemiyi umutsuzca beklemek zorunda kalmadık. Film, tıbbi malzemelerle birlikte ve gözetim altında iki hafta içinde geldi.

Şehrin Üzerinde filminin ilk gösterisi *Tubabao Gazetesi*'nde duyuruldu ve açılış gecesine kadar insanlar bu konuda fazla konuşmadılar. Ivan; Ruselina, Irina ve benim için palmiye kütüklerinden koltuklar yaptı ve projeksiyon makinesinin yanında, birinci sınıf mevkide oturduk. Ivan'ın keyfi yerindeydi. "Başardık, Anya!" dedi, insanları göstererek. "Şu kalabalığın mutluluğuna bak!"

Tıpkı, fırtınadan önceki, eski günlerdeki gibiydik. Aileler battaniye ve minderlerini yerlere sermiş, konserve balık ve ekmekten oluşan ziyafetlerini önlerine yaymışlardı. Genç çocuklar bacaklarını ağaç dallarından sallandırmıştı, sevgililer yıldızların altında birbirlerine sarılmışlardı ve daha becerikli olanlar, yağmura karşı üzerine yatak çarşaflarından siperlik yaptıkları sandıkların üzerinde oturmuşlar, etrafa şaşkın şaşkın bakıyorlardı.

Kurbağalar vıraklıyor, sivrisinekler açıkta kalan etlerimizi sürekli ısırıyorlardı ancak kimsenin umursadığı yoktu. Film başladığında hepimiz neşeyle yerimizden sıçradık. Irina başını arkaya attı ve güldü. "Seni komik kız," dedi. "Çoğumuzun bunu anlamayacağını biliyorsun. Film İngilizce."

Ivan başını projektörden kaldırdı ve yüzünü sildi. Bana gülümsedi. "Bu bir aşk hikâyesi. Anlamayacak ne var?"

Bu bir müzikal," dedim, Irina'nın kolunu çimdiklerken. "Ve New York'ta çekilmiş. Yani hayalini kurduğunuz şehri görme fırsatı yakaladınız."

"Aferin, Anya!" dedi Ruselina, sırtımı sıvazlayarak. "Aferin!"

Yüzbaşı Connor bana getirtebileceğimiz film listesini gösterdiğinde, *Şehrin Üzerinde* filmini seçerken aklımda Ruselina ve Irina'nın olduğu doğruydu. Ancak Gene Kelly, Frank Sinatra ve Jules Munshin'in donanma gemisinden çıkışlarını ve New York'a kadar dans edip, şarkı söyleyerek gidişlerini büyülenmiş gibi seyrettim. New York'u hiç görmemiştim ancak bana her zaman Şanghay'dan daha göz kamaştırıcı gelmişti. Şehrin anıtları tanrılara ulaşan sütunlar gibi yükseliyordu: Empire States Binası, Özgürlük Anıtı, Times Meydanı. Herkes enerjik ve heyecanlı bir şekilde hareket ediyor, trafik korna sesleriyle uğulduyordu ve sekreter kızlar bile son moda kıyafetler içindeydi. Her hareketi, her notayı, her rengi içime çektim.

Erkek başrol oyuncuları gemiye dönüp, güzel sevgilileri de onlara veda etmek için el sallayınca, gözlerim yaşardı. Çadırıma dönüş yolunda sürekli müzikalin melodilerini mırıldandım.

Film bir hafta boyunca gösterildi ve ben her gece oradaydım. *Tubabao Gazetesi* editörü filmle ilgili bir makale yazmamı istedi. Ben de New York'la ilgili hararetli bir yazı yazdım ve kadın karakterlerin giysilerinin ayrıntılarına dalarak konuyu abarttım.

"Kendini çok iyi ifade ediyorsun," dedi editör, ona yazımı verdiğimde. "Sana gazetede bir moda köşesi ayarlamalıyız."

Tubabao'da bir moda köşesi fikri, bizi kahkahalarla güldürdü.

İçim daha önce yaşamadığım, baş döndüren bir duyguyla kaplandı. Derinlere ulaşan bir iyimserlik… Birdenbire içim her çeşit umutla doldu. Günlük hayatımın angaryaları içinde kaybolmuş hayallerim ortaya çıktı. Tekrar güzel olabileceğimi, Gene Kelly gibi bir adama âşık olabileceğimi, hayatımı bir hevesle ve modern gereçlerle yaşayabileceğimi hayal ettim.

Bir hafta sonra Dan Richard'ın, Ruselina ve Irina'nın

Amerika'ya gitmesine de yardımcı olabileceğini bildirdiği bir mektup aldım. Yüzbaşı Connor da, önümüzdeki ay yerleşim ülkelerinin göçmenlik bürolarından yetkililerin, vize ve adadan nakil işlemlerimizi yapmak üzere geleceklerini bildiren bir not aldı. Görünüşe bakılırsa herkesin dileği bir çırpıda gerçekleşecekti.

"Amerika'ya gittiğimizde," dedim Ruselina ve Irina'ya, "okuyacağım ve Ann Miller gibi bir antropolog olacağım ve sen de Irina, Vera-Ellen gibi dans etmesini öğrenmelisin."

"Bu kadar iyi makale yazabiliyorken neden antropoloji gibi sıkıcı bir şey okuyacaksın?" dedi Irina. "Gazeteci olmalısın."

"Peki siz iki kariyer sahibi kadın, erkeklerle gezip tozarken ben ne yapacağım?" diye sordu Ruselina, kendisini yelpaze ile serinletirken.

Irina kollarını Ruselina'nın omuzlarına doladı. "Büyükanne sen de Betty Garrett gibi arabalarda dolaşacaksın.

Ruselina ve Irina, Ruselina öksürük krizine yakalana kadar güldüler. Ancak ben ciddiydim.

Adadaki herkes Bileşmiş Milletler gemisinden inecek olan yetkilileri dört gözle beklemeye başlamıştı. Uzun zaman tecritte yaşamış olmanın verdiği korkuyla ağızlarımız açık, gözlerimizi gemiye diktik. Adaya ayak basan ciddi görünümlü kadınlar ve adamlar orijinal elbiseler giyiyorlardı, bu arada bizim üstümüz başımız tuz içindeydi. Sanırım hepimiz, normal hayata tekrar uyum sağlayıp sağlayamayacağımızı düşünüyorduk.

İlk gece IRO yetkilileri konuklara domuz şiş ikram ettiler. Filipinli şefler getirtildi ve büyük beyaz bir çadır kuruldu. Temsilciler keten örtülü ve kristal bardaklı masalarda yemeklerini yerken, gelecekleri onların elinde olan bizler, titreyerek bakıyorduk.

Daha sonra çadırıma giderken Ivan'la karşılaştım. Karanlıktı ancak ay ışığı ortalığı aydınlatıyordu.

"Ben Avustralya'ya gidiyorum," dedi. "Söylemek için seni arıyordum."

Bu ülkeyle ilgili neredeyse hiçbir şey bilmiyordum ancak vahşi ve zor olduğunu hayal edebiliyordum. Böyle genç bir ülke, Ivan gibi çalışkan ve güçlü birini hoş karşılardı. Ancak aynı zamanda onun için korkuyordum. Amerika daha uysal bir ülkeydi. Avustralya vahşi hayvanlarla dolu olmalıydı: tehlikeli yılanlar ve örümcekler, timsahlar ve köpekbalıkları.

"Anladım," dedim.

"Melbourne adında bir şehre gidiyorum," dedi. "Eğer çok çalışırsan orada bir servet yapılabileceğini söylüyorlar."

"Ne zaman gidiyorsun?"

Ivan cevap vermedi. Elleri ceplerinde durdu. Ben yere baktım. Dostlarıma veda etmek benim için hiçbir zaman kolay olmamıştı.

"Sen aklına koyduğun her şeyi başarırsın, Ivan. Herkes böyle düşünüyor," dedim.

Başını salladı. Ne düşünüyordu, neden bu kadar tuhaf davranıyordu ve neden her zamanki espirili hali yoktu, merak ettim. Tam çadırıma gitmek için izin isteyeceğim sırada aniden, "Anya, benimle gelmeni istiyorum!" dedi.

"Ne?" dedim, geri çekilerek.

"Karım olarak. Senin için çok çalışmak ve seni mutlu etmek istiyorum."

Durum gerçek gibi değildi. Ivan bana evlenme mi teklif ediyordu? Dostluğumuz birdenbire nasıl bu noktaya gelmişti? "Ivan..." Dilim tutuldu, nasıl başlayacağımı ya da nasıl bitireceğimi bilmiyordum. Onu önemsiyordum ancak ona âşık değildim. Bunun nedeni yüzündeki yara değildi, nedeni ona asla arkadaşlıktan öte bir şey hissetmeyeceğimden emin olmamdı. Dmitri'den nefret ediyordum ancak aynı zamanda da hâlâ ona âşıktım.

"Yapamam, Ivan..."

Bana daha da yaklaştı. Bedeninin sıcaklığını hissedebiliyordum. Bir kız olarak uzun boyluydum ancak o benden otuz santim daha uzundu ve omuzları benimkilerin iki katı genişliğindeydi. "Anya, bundan sonra seninle kim ilgilenecek? Adadan gittikten sonra?"

"Ben, benimle ilgilenecek birini aramıyorum," dedim.

Ivan bir süre sessiz kaldı, sonra da, "Neden korktuğunu biliyorum. Sana asla ihanet etmem. Seni asla bırakmam."

Tüylerim diken diken oldu. Sözlerinin arkasında bir şey vardı. Dmitri'yi biliyor muydu?

Ürkek yüreğimi öfkelenerek korumaya çalıştım. "Seninle evlenmeyeceğim, Ivan. Fakat söyleyeceğin daha fazla şey varsa, söylemelisin."

Duraksadı, ensesini ovuşturdu ve gökyüzüne baktı.

"Devam et," dedim.

"Bu konuda hiç konuşmuyorsun. Buna saygı duyuyorum… ama kocanla aranda neler olduğunu biliyorum. Amerikan konsolosluğu, on yedi yaşında bir kızı neden tek başına Tubabao'ya gönderdiğini açıklamak zorundaydı."

Gözlerimin önünde siyah noktalar uçuşmaya başladı. Boğazımda bir şey düğümlendi. Yutkunmaya çalıştım ancak işe yaramadı. "Başka kimlere söyledin?" diye sordum. Sesim titredi. Yine sesimi öfkeli çıkarmamaya çalışıyordum ancak pek ikna edici değildim.

"Şanghay'dan gelen insanlar Moscow-Shanghai'ı biliyorlar, Anya. Sen tanınan birisin. Diğer şehirlerden gelenler muhtemelen bilmiyorlardır."

İleri bir adım daha attı ancak ben de karanlığı doğru geriledim.

"Peki niye kimse yüzüme vurmadı?" diye sordum. "Benim bir yalancı olduğumu bildikleri halde?"

"Sen bir yalancı değilsin, Anya. Sadece korkuyorsun. Bunu bilen insanlar seni seviyorlar ve unutmak istediğin şeyleri anlatman için seni zorlamıyorlar."

Kusacağımı sandım. Ivan'ın bana evlenme teklif etmemiş olmasını diledim. Bir öğretmenmiş gibi davranmaya devam etmek istiyordum, böylece Moscow-Shanghai'ı tekrar düşünmek zorunda kalmayacaktım. Ivan'ı, Pomerantsev'lerin başına gelenleri öğrendiğim gün benimle tepede oturan kibar adam olarak hatırlamak istiyordum. Kısa süre içinde ilişkimiz sonsuza dek değişmişti.

"Ivan, seninle evlenmeyeceğim," dedim. "Kendine başka birini bul. Daha önce evlenmemiş birini!"

Yanından geçip gitmeye çalıştım ancak omuzlarımdan yakaladı ve göğsüne bastırarak, beni durdurdu. Ondan kurtulmak için mücadele etmeden önce bir an için kollarında kaldım. Kollarını yana düşürerek beni bıraktı. Karanlığın içinde korkmuş bir hayvan gibi kendime yol açarak çadırıma gittim. Beni en çok neyin korkuttuğundan emin değildim: Ivan'ın teklifi mi yoksa onu kaybetme düşüncesi mi?

Yabancı temsilciler göçmenlik görüşmeleri ve vize işlemleri için çadırlar kurdular. Bize numara verildi ve dışarıda kızgın güneşin altında sıramızı bekledik. Ruselina, Irina ve benden sadece resmi formları doldurmamız ve sağlık kontrolünden geçmemiz istendi. Diğer göçmenler gibi komünistlerle bağlantımız ya da aile geçmişimiz hakkında sorguya çekilmedik. Birleşik Devletler'e gitmeyi dileyen başvuru sahiplerinin çoğunun reddedilmiş olduğunu duyduğumda, sadece gözlerimi kapatıp, sessizce Dan Richards'a teşekkür edebildim.

"Nihayet oluyor," dedi Irina. "Buna inanamıyorum." Formları elinde tıpkı paraymış gibi tutuyordu. Bunu takip eden haftalar boyunca yolculuğunu planladı. Bu arada ben de plajda oturup, okyanusa baktım, Dmitri'nin beni orada bulmaya çalışabileceği düşüncesinden kurtulmaya çalıştım. Tubabao'daki hayatım,

Şanghay'dakinden çok uzaktı ve Dmitri'yi unuttuğumu sanmıştım. Ancak Ivan'ın teklifi yaramı yeniden kanatmıştı. Denizin, kendi tembel ritmi içinde kabarışını dinledim. Dmitri ve Amelia'nın birlikte mutlu olup olmadığını merak ettim. Bu ihanetin son aşaması olurdu.

Kısa bir süre sonra donanmanın nakliye gemisi, *Captain Greely*, Avustralya'ya gidecek son göçmenleri de almak üzere geldi. Diğerleri daha önce başka nakliye gemileriyle gitmişlerdi. Amerika'ya gidenler, deniz yoluyla Manila'ya ve oradan da bir nakliye uçağı ya da teknesiyle Los Angeles, San Francisco'ya ya da New York'a geçmişlerdi. Geride kalan bizler kampın küçülüşünü izliyorduk. Ekim sonuydu ve hâlâ tayfun tehlikesi vardı, bu nedenle Yüzbaşı Connor kampı adanın daha korunaklı olan diğer tarafına taşıdı.

Ruselina, *Captain Greely*'nin gittiği gün pek iyi değildi ve Ivan'ın toplanmasına yardım etmeye gitmeden önce, Irina ile birlikte onu hastaneye götürdük. Irina ve Ruselina'ya, Ivan'ın teklifinden bahsetmemiştim, ikimiz adına daha fazla utanç duymak istemiyordum. Üstelik onlara Şanghay'da öğretmenlik yaptığım konusunda yalan söylediğim için de utanç duyuyordum, hoş gerçeği bilip bilmediklerinden emin değildim. Ivan'la, bana evlenme teklif ettiği geceden beri birbirimizden uzak durmuştuk ancak ona veda etmeden yapamazdım.

Onu barakasının dışında, atını vurmak üzere olan bir adam gibi barakasına bakarken bulduk. Yüreğim sızladı. Burada gurur duyacağı çok şeyler yapmıştı, şimdi ayrılmak zor olmalıydı.

"Avustralya tıpkı kocaman bir Tubabao gibi olacak!" dedim pat diye.

Ivan, alışılmadık bir ifadeyle, gözleri dalgın, bana baktı. Ürktüm ancak canımı yakmasına izin vermedim. Bütün hayatım boyunca değerli insanlar hayatıma girip çıkmışlardı ve kimseye bağlanmamayı öğreniyordum. Kendi kendime, Ivan'ın da gidenlerden biri olduğunu ve buna da alışmam gerektiğini söyledim.

"Her şeyi topladığına inanamıyorum," dedi Irina.

Ivan'ın yüzündeki sert ifade yerini gülümsemeye bıraktı ve bize göstermek için bir kutuyu havaya kaldırdı. "İhtiyacım olan her şeyi bunun içinde topladım," diyerek gülümsedi. "Size de aynı şeyi yapmanızı öneririm."

"Sen istediğin her şeyi bulabilirsin," dedim. "Yeni evinde hiçbir sorunun olmayacak."

Güneşli bir gündü ancak okyanusu kırbaçlayarak beyaz köpüklü dalgaların oluşmasına neden olan tutarsız bir rüzgâr vardı. Tüm sesleri içine alıyordu. Duyabildiğimiz tek şey, uzakta, gemilerine gereken şeyleri yüklemeye hazırlanan denizcilerin sesleriydi. İskeleye vardığımızda, her yer insan ve bavullarla doluydu. Herkes hareket halindeydi. Yüksek sesle konuşuyorlardı, birbirlerine başlarını sallamalarına rağmen kimse kimsenin ne dediğini dinlemiyordu. Herkesin dikkati, okyanusun içine batıp çıkan gemiye odaklanmıştı, onları yeni bir ülkeye ve yeni bir hayata götürecek olan gemiye...

"Seninle nasıl yazışacağız?" diye sordu Irina. "Bizim için çok iyi bir dosttun, bize yabancılaşmamalısın."

"Ben biliyorum!" dedim, Ivan'ın kulağının arkasına sıkıştırdığı kurşun kalemi alırken. Dan Richards'ın adresini, Ivan'ın kutusunun üzerine yazdım. Kalemi geri verirken Ivan'ın gözlerindeki yaşları gördüm ve başımı çevirdim.

Kendimi rahatlatmaya çalıştım. Ivan iyi bir arkadaştı ve ben onu incitmiştim. Keşke Irina'ya âşık olmuş olsaydı. Onun daha temiz bir kalbi vardı. Geçmişten gelen gölgeler, bana yaptıkları gibi, onu peşinden kovalamıyordu.

Denizcilerin insanları ve bagajları gemiye yüklemeleri üç saat sürdü. Gemiye adım atar atmaz bize el salladı. İleri atıldım, bir şey söylemek istiyordum ancak ne olduğunu bilmiyordum. Boğazımda taş gibi duran şeyi yutkunabilseydim, ona bir kabahati olmadığını ve çok canım yandığı için kimseye iyi davranmadığımı söylemek istedim. En azından ona teşekkür etmek isterdim çünkü onu bir daha hiç göremeyecektim. Ancak yapabildiğim tek şey aptalca gülümsemek ve el sallamak oldu.

"Onu özleyeceğiz," dedi Irina, kollarını bana dolarken.

"Ben sürekli Amerika'yı düşünüyorum," dedim. "Hayatlarımızın nasıl değişeceğini düşünüyorum. Çok mutlu olacağımızı düşünmek beni korkutuyor."

Ruselina bizi hastane merdivenlerinde bekliyordu.

"Dışarıda ne yapıyorsun?" diye sordu Irina. "Hava çok sıcak. İçeride olmalıydın."

Ruselina'nın yüzü dehşet içindeydi. Derisinin altında koyu gölgeler vardı. Yüzündeki ifade bizi dondurdu. Arkasında bir hemşire karanlığın içinde duruyordu.

"Ne oldu?" diye sordu Irina, sesi endişeyle kısılmıştı.

Ruselina yutkundu, zorlanarak bir nefes aldı. "Röntgenlerim geldi. Anlamıyorum. Çin'den ayrıldığımda temizdi."

Korkuluğa tutundum ve kumlara baktım. Güneş onları pırlantalar gibi parlatıyordu. Bize çok korkunç bir şey, her şeyi değiştirecek bir şey söyleyeceğini biliyordum. Işıl ışıl parlayan kum tanelerine baktım. Kumların açılıp tüm umudumu yutacaklarından korktum.

Irina çaresizlik içindeki gözlerini büyükannesinden hemşireye çevirdi. "Nesi var?" diye sordu.

Hemşire güneş ışığına çıktı ve yüzündeki çilleri iyice belirginleşti. Gözleri dehşet içindeydi. "*Teebeeshnik.* Tüberküloz," dedi "Çok hasta. Ölebilir. Artık Amerika'ya gidemez."

İki hafta boyunca Irina ve ben, Bileşik Devletler Göçmenlik Bürosu'ndan gelecek cevabı endişeyle bekledik. Yüzbaşı Connor'ın Irina'yla soğukkanlı ve profesyonel bir şekilde konuştuğunu görebiliyordum ve bu yüzden ona minnettardım. Sorun, Birleşik Devletler'in tüberkülozlu hastaları kabul etmemesiydi ve bazı insancıl nedenlerden dolayı istisnalar olurdu ancak bunların sayısı azdı.

Cevap bir sabah erken saatlerde geldi ve Yüzbaşı Connor mesajı iletmek için bizi ofisine çağırdı.

"Onu Amerika'ya kabul etmiyorlar," dedi, ağzındaki kalemi kemirirken. "Önümüzdeki birkaç gün içinde onu Fransa'ya göndereceğiz."

Ruselina'yı uyuşturucunun etkisinde hastanede yatarken hayal ettim ve bu kadar uzun bir yolculuğa dayanıp, dayanmayacağını merak ettim. Tırnaklarımdan bir tanesinin çevresindeki deriyi koparmışım ve elimden kan damlamaya başlayana kadar bunu fark etmedim.

"Nereye gittiğim umurumda değil," dedi Irina. "Yeter ki o iyileşsin."

Yüzbaşı Connor tedirgin oldu ve ayağa kalktı. "Sorun bu zaten," dedi, alnını ovuştururken. "Fransa seni kabul etmiyor. Sadece hastayı alacak. Sen ve Anya hâlâ Amerika'ya gidebilirsiniz ancak iyileşse bile Amerika'nın büyükanneni kabul edeceğini garanti edemem."

Yüzbaşı Connor'dan, Dan Richards'a telgraf çekmesini istedim ancak o da bize aynı cevabı verdi.

Sonraki günlerde önünde duran seçenek konusunda onunla birlikte acı çektim. Geceler boyunca ağlayarak uykuya dalışını seyrettim. Birlikte saatlerce adanın çevresinde yürüyüşler yaptık. Onu Ivan'ın tepesine bile götürdüm ancak orada bile istediğimiz huzuru bulamadık.

"Yüzbaşı Connor, tamamen iyileşirse Amerika'nın onu belki kabul edebileceğini söyledi. Ancak bunun garantisi yoktu. Diğer yandan, Avustralya konsolosluğu orada iki yıl çalışmam koşuluyla, iyileştiğinde onu almayı kabul etti," dedi.

Birbirimize tutunduk. Irina ve Ruselina'yı da mı kaybedecektim?

Bir gece, Irina yatağında bir o yana bir bu yana dönüp dururken, dışarı çıkıp plajda yürüdüm. Irina ve

Ruselina'nın ayrıldıklarını düşünemiyordum. Fransızlar hasta ve yaşlı birini alacak kadar insancıl yaklaştıkları için, ona gereken ilgiyi göstereceklerine kuşkum yoktu. Annemle benim başıma gelenler, onların da başına gelirse olacakları hayal edemiyordum. Irina sekiz yaşındayken anne ve babasını kaybetmişti ve şimdi yine tek başına kalma riskiyle karşı karşıyaydı. Belki Ruselina'nın iyileşmesine yardımcı olamazdım ancak belki onun kafasını rahatlatabilirdim. Ilık kumlara oturdum ve yıldızlara baktım. Güney Haçı ışıl ışıl parlıyordu. Boris ve Olga benim için hayatlarını feda etmişlerdi ve Ruselina bana onları onurlandırmanın tek yolunun cesaretle yaşamak olduğunu söylemişti. Yüzümü ellerimin içine koydum ve bu fedakârlığı hak etmiş olmayı diledim. "Anne," diye fısıldadım, baş döndürücü New York'u ve orada kurmayı umduğum hayatı düşündüm, "anne, umarım ben de bir başkası için fedakârlık yapabilecek biriyimdir."

Bir sonraki öğle sonrada, Irina bana geldiğinde çamaşırhanedeydim. Yüzüne yine renk gelmişti ve huzurlu gibi görünüyordu. Bir karara varmış gibi görünüyordu ve ben bu kararını çok merak ettim. Dudaklarımı sıktım ve kendimi onun kararına hazırladım.

"Avustralya'ya gideceğim," dedi cesurca. "Hiçbir şeyi riske atmayacağım. Büyükannem iyileştiği ve biz birlikte olduğumuz sürece hiçbir şey umurumda değil. Hayatta lüks gece kulüplerinde şarkı söylemekten ve Özgürlük Anıtı'nı ziyaret etmekten daha önemli şeyler var."

Başımı salladım ve tekrar çamaşırlara döndüm ancak bir iç çamaşırını ipe asacak gücüm bile yoktu. Irina ters dönmüş bir kovanın üzerine oturdu ve beni izledi. "Sen bana Amerika ile ilgili her şeyi anlatırsın, Anya. Bize yazmalısın ve bizleri asla unutmamalısın," dedi, parmaklarını dizlerinin çevresinde birleştirerek. Gözyaşlarını tutmaya çalışıyordu ancak yine de bir damla gözünden düştü ve dudağının kıvrımına takıldı.

Kan beynime hücum etti ve ciğerlerim tamamen havayla doldu. Kendimi tramplenden atlamak üzere olan bir yüzücü gibi hissettim. Bir eteği ipe astım ve Irina'ya doğru yürüdüm, ellerini ellerimin arasına aldım. Gözyaşı kayıp bileğimin üzerine düştü. Önce konuşmakta sıkıntı çektim, sözcükleri bir cümlede toplayamıyordum. "Ruselina, bizden başka kimsesi olmadığını söylemişti."

Irina gözlerini yüzümden ayırmadı. Bir şey söylemek için ağzını açtı ancak kendisini engelledi. Ellerimi daha da sıktı.

"Irina, ben seni asla unutmayacağım... Ruselina'yı da..." dedim, "çünkü seninle geliyorum."

11
Avustralya

Hayatımda iki kez tepetaklak olmuştum ancak hiçbir şey beni Avustralya şokuna hazırlamamıştı. Ruselina, Fransa'ya gittikten iki gün sonra, Irina ve ben Manila'dan Sydney'e askeri bir uçakla götürüldük. İkimiz de o kadar yorulmuştuk ki, Darwin'de uçak değiştirmemiz dışında fazla bir şey hatırlamıyorduk. Sydney havaalanına sabah erken saatte indik. Bay Kolros adındaki göçmenlik bürosu yetkilisi bizi karşıladı ve gümrükte bize yardımcı oldu. Çekoslovakya'dan bir yıl önce göçmüştü, Rusça ve İngilizce biliyordu. Bay Kolros, kiralık evler, yiyecek ve çalışma koşullarıyla ilgili sorularımızı kibarlıkla yanıtladı ancak ona Sydney'i sevip sevmediğini sorduğumda dişlerini gösterdi ve cevap verdi, "Sydney güzel bir yer. Sadece Avustralyalılara alışmak biraz zor."

Irina koluma yapıştı, yolda kaptığı grip nedeniyle titriyordu. Sanki sabahın erken saatlerinde bizi beklemek yerine yapacak daha önemli işleri varmış gibi yürüyen Bay Kolros'a yetişmeye çalışırken zorlandık. Dışarıda bir taksi bekliyordu ve bavullarımızı bagaja attı, Avrupa'dan gelen diğer göçmenlerle buluşacağımız iskeleye kadar götürmesi için gereken yol parasını sürücüye verdi.

Bay Kolros taksiye binmemize yardım etti ve kapıyı kapatmadan önce bize iyi dileklerini iletti. Avustralyalılar için söylediği şeyi düşünmekten kendimi alamıyordum.

"Sydney'e hoş geldiniz, kızlar," diye karşıladı bizi sürücü, ön koltuktan bize doğru eğilmiş ve ağzının kenarıyla konuşuyordu. İngilizcesi sıra dışıydı, kulağa yanan bir kütüğün çatırtısı gibi geliyordu. "Sizi manzaralı yoldan götüreceğim. Sabahın bu saatinde fazla zamanımızı almaz."

Irina ve ben gözlerimizi kısarak camdan dışarı baktık, yeni şehrimizin gizli ayrıntılarını yakalamaya çalışıyorduk. Ancak Sydney karanlığın içine gizlenmişti. Güneş henüz doğmamıştı ve savaştan sonra başlayan elektrik kısıtlaması devam ediyordu. Görebildiğim tek şey teraslı evler ve kepenklerini indirmiş bakkallardı. Sokaklardan birinde, gözünün üzerinde siyah lekesi olan bir köpek bacaklarını esnetiyordu. Sokak mı yoksa ev köpeği miydi bilemiyorum. Ancak bizden daha iyi beslenmiş olduğu kesindi.

"Burası şehrin en güzel yeridir," dedi sürücü, dükkânların sıralandığı bir sokağa dönerken. Irina ve ben vitrininde mankenler bulunan dükkânlara göz gezdirdik. Şanghay sabahın bu saatlerinde hâlâ hareketli olmasına rağmen, Sydney sessiz ve boştu. Görünürde ne bir temizlikçi ne bir polis ne de bir fahişe vardı. Evine gitmeye çalışan bir sarhoş bile yoktu. Belediye Binası ve onun saat kulesi muhtemelen Paris'ten gelmiş olmalıydı. Bina ile onun yanındaki kilise arasındaki meydan, Çin şehirlerinde olmayan geniş bir boşluğa sahipti. Şanghay, kalabalığı ve karmaşası olmadan Şanghay olamazdı. Sokağın eğimli sonu Klasik ve Viktorya tarzı binalarla çevrelenmişti ve İtalyan sarayına benzeyen binanın üzerinde 'GPO' harflerinden oluşan bir tabela vardı. Daha da ileride belli belirsiz gözüken liman vardı. Başımı uzatıp, karanlık suyun üzerinden uzayan geniş çelik köprüye baktım. Görünüşe bakılırsa şehrin en uzun yapısıydı. Üzerinde duran düzinelerce lamba ve arabaların farları yıldızlar gibi bize göz kırpıyorlardı.

"Bu, Liman Köprüsü mü?" diye sordum sürücüye.

"Tabi," dedi. "Eşsiz bir köprü. Babam onun üzerinde boyacı olarak çalıştı."

Köprünün altından geçtik ve kısa sürede kendimizi, depoların sıralandığı bir şeridin üzerinde bulduk. Sürücü üzerinde 'Mendirek 2' yazan bir tabelanın önünde durdu. Bay Kolros parasını vermiş olmasına rağmen, sürücünün bahşiş istiyor olabileceğini düşündüm. Bavullarımızı bagajdan çıkardı, elimde kalan son Amerikan doları için çantamı karıştırdım. Onu sürücüye vermeye çalıştım ancak o başını salladı. "Ona ihtiyacınız olabilir," dedi.

Avustralyalılar, diye düşündüm, şimdilik pek kötü değiller.

Irina ve ben gümbürdeyen bir kapının önünde bekledik. Tuzlu su ve katran kokusunu getiren soğuk bir rüzgâr esiyordu. Esinti, pamuklu elbiselerimizin altındaki etimizi ısırıyordu. Kasım ayındaydık ve

Avustralya'nın ılık olmasını bekliyorduk. Marsilya'dan gelen IRO gemisi limana yanaşmıştı. Yüzlerce Alman, Çekoslovakyalı, Polonyalı, Yugoslav ve Macar iskele merdivenlerinden aşağı iniyordu. Farklı aksanlar ve tiplerle dolu görüntü bana Nuh'un Gemisi'ni hatırlattı. Taşıdıkları ahşap sandıkların altında erkeklerin kamburu çıkmıştı. Kadınlar kollarının altında yatak bohçaları ve mutfak gereçleriyle onların arkasından ilerliyorlardı. Çocuklar onların bacaklarının arasından koşturuyorlar ve yeni bir ülkeye gelmenin heyecanıyla kendi dillerinde bağrışıyorlardı.

Görevliye nerede beklememiz gerektiğini sorduk ve o da bize iskelenin yanındaki treni işaret etti. Irina ve ben vagonlardan birine girdik ve boş olduğunu gördük. Boya kokusu nedeniyle burunlarımızı kapatarak bavullarımızla koridor boyunca ilerlemeye çalıştık ve gözümüze kestirdiğimiz ilk kompartımana oturduk. Koltuklar sert deriden yapılmıştı ve içerideki hava tozluydu.

"İyi bir trene benziyor," dedi Irina.

"Sanırım, haklısın." Bavulumu açtım, Tubabao'dan getirdiğim bir battaniye çıkardım ve Irina'nın omuzlarına sardım.

Pencerenin kiri arasından iskelelerdeki yüklerin vinçlerle boşaltılmasını seyrettik. Tepemizde martılar çığlık atarak dönüyorlardı. Kuşlar bu şehirde bana tanıdık gelen tek şeylerdi. Yolcular bagaj yığınlarının arasından bavullarını ve sandıklarını çekiştiriyorlardı. Pembe paltosu ve beyaz çoraplarıyla bir kız çocuğu iskele merdiveninin yanında ağlıyordu. Bu karmaşada ailesini kaybetmişti. İskele görevlilerinden biri, onunla konuşmak için yanına çömeldi ancak kız kıvırcık saçlı kafasını sallayıp daha beter ağlamaya başladı. Adam kalabalığa göz gezdirdi, kızı alıp omuzlarına çıkardı ve ailesini bulmak umuduyla çevrede dolaştı.

Bagajlarını alan yolcular, kapısının üzerinde 'Avustralya Hükümeti Göçmen Bakanlığı' yazan bir binaya yönlendirildiler. İşte o zaman Irina ve benim Avustralya'ya uçakla gelmiş olduğumuz için ne kadar şanslı olduğumuzu anladım. Manila ve Darwin arası biraz zor geçmiş olsa da, yolculuğumuz çabuk geçmişti ve sadece iki kişiydik. Gemiden çıkanlar bitkin ve hasta görünüyorlardı. Bir saati aşkın bir süre sonra insanlar binadan çıkmaya ve trene doğru gelmeye başladılar.

"Hepsi sığacak mı?" diye sordu Irina.

"Kesinlikle hayır," dedim. "Bay Kolros, kampa kadar uzun bir yolculuk olacağını söyledi."

İstasyon şefinin, insanları bir sığır sürüsü gibi topladığını ve onları kapıya yönlendirdiğini dehşet içinde izledik. İnsanlar içeri girmek için birbirini iterken dirsekler, kollar ve bavullar görüşümüzü kapatıyordu. Bizim tersimize Avrupalılar hava koşullarına karşı aşırı giyinmişlerdi. Hepsi de ikişer palto ve birkaç elbise ya da gömlek üst üste giymişlerdi. Sanki bavullarında yer açmak için sahip oldukları giysilerin hepsini üzerlerine geçirmişlerdi. İnce çizgili takım elbiseli bir adam, kompartımanın kapısında belirdi. Yüzü pürüzsüz ve genç görünüyordu ancak saçları beyazdı.

"*Czy jest wolne miejsce?*" diye sordu. "*Czy pani rozumie po polsku?*"

Birkaç temel Lehçe cümle biliyordum, Rusça ile benzerlikleri vardı ancak adamın oturmak için izin istediğini tahmin etmek zorunda kaldım. Başımı salladım ve adamın içeri girmesini işaret ettim. Onu takip eden biri genç ve başında iki eşarbı olan yaşlı bir kadın vardı.

"*Przepraszam*," dedi yaşlı kadın yanıma otururken. Ancak bildiğim tüm Lehçe'yi tamamen unutmuştum. Aynı dili konuşmuyorduk ancak ikimizin de gözlerinde aynı endişe vardı.

Üç Çekoslovakyalı adam bavullarını koridorda bıraktılar ve kompartımanda ayakta durdular. Adamlardan bir tanesinin gömlek kolunun üzerinde yıldız şeklinde bir kumaş parçası vardı. Avrupa'da Yahudilere neler olduğunu duymuştum ve onların hikâyeleri, kendi durumuma üzülmemi engelleyen birkaç şeyden biriydi.

Bu kadar çok insanla kompartıman havasız kaldı ve Irina biraz hava almak için camı hafifçe indirdi. Kompartımanımızı paylaştığımız insanların giysileri sigara, ter ve toz kokuyordu. Yüzleri zayıf ve solgundu, bunlar geçirdikleri yolculuğun hediyeleriydi. Benim ve Irina'nın elbisesi pamuk, tuzlu su ve uçak yakıtı kokuyordu. Saçlarımız güneşten açılmış ve dipleri yağlanmıştı. Üç gündür yıkanamamıştık.

Son yolcular da trene bindiğinde tekrar pencereden dışarı bakabildik. Sabah güneşi gökyüzüne vurmaya, karanlıkta görmediğimiz binaların kumtaşlarını ve granitlerini ortaya çıkamaya başlamıştı. Sydney'in şehir merkezindeki modern binalar Şanghay'daki kadar yüksek değildi ancak üstlerindeki gökyüzü masmaviydi. Güneş geminin bacasını geçerek, altın renkli ışıklarını suyun üzerine yansıttı ve suların çekildiği bölge boyunca nokta halindeki kırmızı çatılı evleri görebildim. Avuçlarımı birbirine yapıştırdım ve ellerimi dudaklarıma yaklaştırdım. Suyun üzerine yansıyan güneş ışıkları çok güzel görünüyordu. Geçmişimdeki limana dair hiçbir şey yoktu.

İstasyon şefi bayrağını kaldırdı ve düdüğünü çaldı. Tren ilerledi. Kömürün kokusu kompartımandaki havadan daha ağır olduğu için Irina camı kapattı. Tren limanı terk ederken, hepimiz şehri görmek için pencereye üşüştük. Pencerenin kendime düşen alanından, savaş öncesindeki gibi, arabaların sokaklar boyunca bir düzen içinde gidişlerine baktım; Şanghay'daki gibi trafik sıkışıklığı, korna sesleri ya da çekçekler yoktu. Tren bir binayı geçti. Binanın kapısı açıldı ve içinden beyaz elbiseli, şapkalı ve eldivenli bir kadın çıktı. Parfüm reklamındaki bir modele benziyordu. Kadının görüntüsü limanınkiyle harmanlandı ve ilk defa Avustralya ile ilgili içimde bir heyecan hissettim.

Ancak birkaç dakika sonra teneke çatılı ve düzensiz bahçeli, fiber-çimentodan yapılmış evleri görünce heyecanım, hayal kırıklığına dönüştü. Her şehir için geçerli olan, demiryolları çevresinde sadece yoksul insanların yaşadığına dair söylentinin Sydney için de geçerli olmamasını diledim. Pencereden görünen manzara bize Amerika'da olmadığımızı hatırlatıyordu. Gene Kelly ve Frank Sinatra buralarda mutlulukla dans ederek dolaşmıyor olacaklardı. Hatta şehirde tanrılara ulaşan sütunlar da yoktu. Empire States Binası da, Özgürlük Anıtı da, Times Meydanı da yoktu. Sadece zarif binalarla dolu bir cadde ve bir köprü vardı.

Genç Polonyalı kadın çantasını karıştırıp, beze sarılmış bir paket çıkardı. Ekmeğin ve haşlanmış yumurtanın kokusu havadaki insan kokusuna karıştı. Irina ve bana yumurtalı sandviç ikram etti. Bana düşen parçayı minnetle aldım. Açtım, çünkü kahvaltı etmemiştim. Grip yüzünden iştahı kaçmış olan Irina bile gülümseyerek kabul etti.

"*Smacznego!*"[23] dedi Irina. "*Bon appétit.*"[24]

"Kaç dil konuşabiliyorsun?" diye sordum.

"Rusça dışında, hiç," dedi sırıtarak. "Ama Almanca ve Fransızca şarkı söyleyebiliyorum."

Pencereye döndüm ve manzaranın tekrar değiştiğini gördüm. Marul, havuç ve domates yetiştiren ticari çiftlikler gördüm. Kuşlar tarlalarda zıplıyorlardı. Bahçelerinin içinde bulunan kulübeler kadar ıssız evler vardı. Tren istasyonlarından geçtik, yeni budanmış gül ağaçları ve özenle boyanmış levhaları olmasa, terk edilmiş olduklarını düşünebilirdim.

"Ivan belki de kamptadır," dedi Irina.

"Melbourne, güneyde," dedim ona. "Buradan çok uzakta."

"O zaman en kısa zamanda ona yazmalıyız. Avustralya'da olduğumuza şaşıracak."

Irina'nın Ivan'dan bahsetmesi, Tubabao'da mutsuz geçirdiğim son haftaları hatırlattı ve koltuğumda rahatsızca kıpırdandım. Ivan'a yazacağımı söyledim an-

---

23   Polonya dilinde afiyet olsun anlamındadır.
24   Fransızca kökenli, İngilizce'de de kullanılan kalıp, afiyet olsun anlamı taşır.

cak söylediğim şey bana bile ikna edici gelmedi. Irina kuşkulu gözlerle bana baktı ancak hiçbir şey söylemedi. Battaniyeyi omuzlarına daha sıkı sardı ve başını koltuğun kenarına koydu. "Bu gittiğimiz yer, nasıl bir yer?" diyerek esnedi. "Ben şehirde kalmak istiyorum." Kısa sürede uykuya daldı.

Çantamın sapıyla oynadım. Kucağımdaki bu zarif aksesuar, Şanghay'dan beri bana eşlik etmişti ve şimdi de benimle birlikte Avustralya'nın kırsallarında bir mülteci kampına doğru gidiyordu. Bu süet çantayı ilk defa kadınlar kulübünde Luba'yla öğle yemeği için buluştuğumda kullanmıştım. Yemek, Dmitri'nin ihanetinden ve Çin'den başka bir yerde yaşayamayacağımı düşündüğüm günlerden önceydi. Derisi Tubabao'nun güneşinde solmuştu ve yan tarafında bir yırtık vardı. Parmağımla yanağımdaki ize dokundum ve çantayla ortak bir kaderi mi paylaşıyorduk, merak ettim. Onu açtım ve içindeki matruşka bebeğimi tuttum. Annemin götürüldüğü günü düşündüm ve Rusya'ya giderken yolda neler görmüş olabileceğini merak ettim. Dışarıdaki manzara bana olduğu gibi ona da yabancı gelmiş miydi?

Dudağımı ısırdım ve kendime, cesur olacağıma dair verdiğim sözü hatırlatarak toparlandım. Mümkün olan en kısa sürede Kızıl Haç'la bağlantı kuracaktım. Bana nasıl bir iş verileceği ya da nasıl bir yerde yaşayacağım konusunda endişelenmemem gerektiğini söyledim kendime; benim için önemli olan tek şey annemi bulmaktı.

Bir süre sonra tren, uzunlukları neredeyse gökyüzüne varan beyaz gövdeli ağaçların bulunduğu bir ormanın içinde kıvrılarak, tırmanmaya başladı. Daha önce gördüğüm ağaçlara benzemiyorlardı, hayalet gibi, zarif ve geniş yaprakları rüzgârda titriyordu. İsmini daha sonra öğrenecektim: okaliptüs. Ancak o sabah benim için yeni bir gizemdiler.

Tren, bagajları ve yolcuları savurarak, sallandı ve durdu. Bir tane kutu tam Irina'nın başına düşmek üzereyken elimi kaldırdım.

"Yemek molası!" diye bağırdı kondüktör.

Polonyalı aile verilen talimatı tercüme etmem için bana baktı. Onlara el işaretleriyle trenden inecek olduğumuzu anlattım.

Reçineli çam ağaçları ve kumtaşı kayalıklarla çevrili bir istasyona ayak bastık. Hava temizdi ve mentol kadar keskindi. Kayaların geçit verdiği yol üzerindeki taşların yüzlerinde çatlaklar vardı. Çatlakların ve onların içinden çıkmış yosunların arasından su sızıyor, kızılyapraklar ve taş mantarları sağlam bir şekilde kayalara tutunuyorlardı. Atmosfer her yönden gelen değişik seslerle canlanıyordu: kayalardan suların damlaması, kurumuş yaprakların arasında dolaşan hayvanların hışırtısı ve kuşlar. Daha önce hiç böyle bir kuş korosu duymamıştım. Çan gibi sesler, ilahi benzeri şarkılar ve gırtlaktan gelen bağırışlar çevreyi sarmıştı. Ancak bunlardan en etkilisi, sanki milyonlarca kez yükseltilmiş, bir kırbaç gibi şaklayan bir ıslık sesiydi.

Platformda, uzun masaların ve çorba kâselerinin arkasında küçük bir ordu gibi duran bir grup kadın bizi bekliyordu. Kötü hava koşulları nedeniyle yanmış ve kırışmış yüzleri hepimizi eşitliyordu.

Irina'yı bulmak için etrafıma bakındım ve onu platformun yanında, mendilini ağzına tutmuş ve çömelmiş bir halde görünce şaşırdım. Tam ona doğru koşarken dudaklarının arasından sızan kusmuk yerde yayılmaya başladı.

"Grip ve tren sarsıntısı yüzünden oldu. Bir şeyim yok," dedi.

"Bir şeyler yiyebilecek misin?" elimle ateşli alnını ovuşturdum. Hasta olmak için uygun bir zaman değildi.

"Belki biraz çorba."

"Otur," dedim. "Sana bir şeyler getireyim."

Diğerleriyle birlikte sıraya girdim, omzumun üzerinden sık sık Irina'yı kontrol ettim. Platformun kenarında oturuyordu, başına örttüğü battaniyeyle Orta Doğulu bir kadını andırıyordu. Kolumda birinin elini hissettim ve dönüp baktığımda elinde, soğan kokusu yükselen bir kâse tutan kadını gördüm.

"Çok mu hasta?" diye sordu kadın, kâseyi bana uzatarak. "Bunu sırada beklememeniz için getirdim." Tıpkı taksici gibi onun da sesi kuru ve çatlak çıkıyordu. Sesinin tınısı içimi ısıttı.

"Hava değişikliği ve yolculuk yüzünden," dedim. "Avustralya'nın daha ılık olmasını bekliyorduk."

Kadın güldü ve kollarını geniş göğüsleri üzerinde kavuşturdu. "İnan bana, hava sıcaklığı sık sık değişir, hayatım. Ama sizin gideceğiniz yerde daha sıcak olacaktır. Batı merkezinin bir kemik kadar kuru olduğunu duydum."

"Havanın her zaman sıcak olduğu bir adadan geliyoruz," dedim.

"Artık daha büyük bir adadasınız," diyerek gülümserken, topuklarının üzerinde sağa sola sallandı. İç kesimlere girdiğinizde buna inanamayacaksınız."

Islık sesi çıkaran kuş yine öttü.

"Bu ses nedir?" diye sordum.

"Ak kuyruklu kuş," dedi, "ve bu ses de erkekle dişi arsındaki bir düettir. Erkek ıslık çalar, dişi de onun ıslığını 'choo-ee' sesiyle tamamlar." Bahsettiği sesi, dudaklarını büzerek çıkarmıştı ve sorduğum sorunun kadını gururlandırdığını hissettim, Avustralya'nın yeni ve ilginç yönlerinin olduğunu düşünmemi istiyordu.

Çorba için ona teşekkür ettim ve Irina'nın yanına gittim. Çorbadan bir kaşık aldı ve başını salladı. "Burnum tıkalı olmasına rağmen içindeki yağın kokusunu alabiliyorum. Nedir bu?"

"Sanırım içinde kuzu eti var."

Irina tabağı bana doğru itti. "İçebilirsen, sen iç. Kokusu bana lanolin gibi geldi."

Yemekten sonra tekrar trene binmemiz için talimat verildi. Çekoslovakyalı adamlara yerimizi verdim ancak kabul etmediler. Kolunda yıldız işareti olan adam biraz İngilizce biliyordu ve, "Siz arkadaşınızla ilgilenin. Yorulduğumuzda bavullarımızın üzerine otururuz," dedi.

Güneş alçaldı ve biz, granit ve çayırdan oluşan bir dünyaya girdik. Beyaz gövdeli ağaçlar, çevresi dikenli tellerle çevrili sonsuz araziler üzerinde hayalete benzer nöbetçiler gibi duruyordu. Koyun sürüleri tepelerde noktacıklar gibi görünüyordu. Her an karşımıza, bacasından duman tüten bir çiftlik evi çıkıyordu. Her birinin yanında ayaklıklar üzerinde duran su depoları vardı. Yaşlı kadın ve Irina, trenin sallantısından ve uzun süren yolculuktan dolayı uyuyordu. Ancak geride uyanık kalan bizler dışarıdaki tuhaf dünyadan gözlerimizi alamıyorduk.

Karşımda oturan kadın ağlamaya başladı ve kocası onu yatıştırdı. Ancak adamın kıvrılmış ağzından, kendi korkusunu yatıştırmaya çalıştığını görebiliyordum. Mideme kramp girdi. Eğer kafamı kaldırıp, çevresine altın rengi ışıklar saçan güneşe baksaydım daha kolay sakinleşebilirdim.

Alacakaranlıktan önce tren yavaşladı ve durdu. Irina ve yaşlı kadın uyandılar ve çevrelerine bakındılar. Sesler yükseldi, sonra da gürültüyle açılan kapıların sesi duyuldu. İçeri temiz hava girdi. Pencerelerin önünden kahverengi üniformaları ve geniş kenarlı şapkalarıyla adamlar ve kadınlar hızla geçtiler. Bakır rengi çamurların üzerinde park etmiş bir otobüs konvoyu ve birkaç kamyon gördüm. Otobüsler, Tubabao'dakilere hiç benzemiyordu. Temiz ve yeniydiler. Onların yanına bir ambulans yanaşmıştı, motoru çalışır halde bekliyordu.

Burada bir istasyon yoktu ve askerler, insanların inebilmesi için kapılara rampalar çekiyorlardı. Eşyalarımızı toplamaya başladık ancak yaşlı kadın pencereden dışarı baktığında bir çığlık attı. Polonyalı adamla kadın onu yatıştırmaya çalıştılar ancak kadın yere çömeldi ve koltuğun arkasına gizlendi, tıpkı yırtıcı bir hayvan gibi nefes nefese kalmıştı. Bir askerle, ensesi güneşten yanmış ve yanakları çilli bir çocuk koşarak kompartımana geldiler.

"Sorun nedir?" diye sordu.

Polonyalı genç kadın adamın üniformasına baktı ve annesinin yanına giderek, sanki onu korumak istercesine kollarını ona doladı. İşte o an kadının kolunun üzerine dövmeyle işlenmiş numaraları gördüm.

"Neler oluyor?" diye sordu asker, bize bakarak. Sanki kendisi tehlikedeymiş gibi, titreyen elleriyle ceplerini karıştırdı. "Aranızda onların dilini konuşan var mı?"

"Onlar Yahudi," dedi Çekoslovaklı adam İngilizce. "Bu manzaranın onlara nasıl göründüğünü düşünün."

Askerin kaşları çatıldı, kafası karışmıştı. Ancak, pek anlamasa da, bu çılgınca davranışın açıklaması onu rahatlatmış gibiydi. Doğruldu ve hızla nefesini bıraktı ve tekrar kontrolü sağlamaya çalıştı. "İngilizce biliyor musunuz?" diye bana sordu. Başımla onayladım, Irina ve bana otobüse doğru gitmemizi, kendi arzumuzla gittiğimizi görürse, kadının rahatlayabileceğini söyledi. Irina'ya kalkması için yardım ettim ancak dengesini kaybetti ve ikimiz birden bir bavulun üzerine devrildik.

"Hasta mı?" diye sordu asker. Alnındaki damarlar belirmeye başlamıştı ve çenesi göğsüne düşmüştü ancak yine de merhametle konuşmayı başardı. "Onu ambulansa götürebilirsiniz. Eğer gerekirse onu hastaneye götürürler."

Önce adamın söylediklerini Irina'ya çevirmeyi düşündüm ancak sonra vazgeçtim. Hastanede daha rahat edebilirdi ancak benden ayrılmayı kabul etmezdi.

Trenden çıkınca askerler bagajlarımızı kamyonlara götürmemizi ve sonra da otobüslere binmemizi söylediler. Pembeli, grili bir papağan sürüsü bir çamur öbeğinin içinde durmuş, sanki bizi seyrediyorlardı. Çok güzel kuşlardı ve buraya ait değilmiş gibi görünüyorlardı. Daha çok, tropikal bir adada olmalıydılar. Dönüp, Polonyalı aileye ne olduğunu görmek için trenin kapısına baktım. Genç kadın biraz daha rahatlamıştı ve hatta bana gülümsedi, ancak yaşlı kadının gözleri daha da keskinleşmiş ve korkusu daha da artmış gibi görünüyordu. Ellerimi yumruk yaptım, tırnaklarım etime batıyordu ve ağlamamak için kendimi zor tuttum. O kadının ne tür bir umudu vardı acaba? Durum Irina ve benim için yeterince zordu. Gözlerimi sandaletlerime indirdim. Ayak parmaklarım toz içindeydi.

Otobüs konvoyu büyük bir kapının önüne geldiğinde hava kararmıştı. Kamp nöbetçisi kulübesinden çıkarak, geçmemiz için kapıyı açtı. Otobüsümüz ilerledi ve diğerleri de onu kamp alanına kadar takip ettiler. Yüzümü cama yasladım ve yol üstündeki bir direğin üzerinde dalgalanan Avustralya bayrağını gördüm. Bu noktadan, çoğu ahşap ancak bazıları oluklu çelikten yapılmış ordu barakaları görülüyordu. Barakalar arasındaki zemin katılaşmış çamur ve yabani otlardan oluşuyordu. Tavşanlar, tıpkı bir çiftlikteki tavuklar gibi, kampın çevresinde rahatça dolaşıyorlardı.

Sürücü bize otobüsten inmemizi ve ilerideki yemek salonuna doğru gitmemizi söyledi. Irina ve ben, pencereleri olan, küçük bir uçak hangarını andıran yapıya doğru yürüyen insanları takip ettik. İçeriye, üzerinde sandviçler, pandispanyalar, kahve ve çay fincanları bulunan, kahverengi kâğıtlarla kaplı masalar dizilmişti. Yolcuların iniltileri boyasız duvarlarda yankılandı ve çıplak ampuller zaten renkleri soluk olan insanları iyice hastalıklı gibi gösterdi. Irina sandalyelerden birine oturdu ve yüzünü avuçları arasına aldı. Gür ve siyah saçlı bir adam yanından geçerken onu fark etti. Elinde bir kâğıt altlığı ve paltosunda bir yaka kartı vardı. "Kızıl Haç. Tepede," dedi, omzuna vurarak. "Oraya git, yoksa hepimiz hastalanırız."

Kampta Kızıl Haç'ın bir ofisinin olmasına sevinmiştim ve hemen Irina'nin yanındaki sandalyeye oturdum. Ona adamın dediklerini tercüme ettim ancak daha kibar bir ifade kullandım. "Yarın giderim," dedi, elini avucumun içine koydu. "Bu akşam gidecek gücüm yok."

Elinde kâğıt altlığı olan adam kürsüye çıktı ve ağır aksanıyla kısaca bize, konaklama için gruplara ayrılacağımızı bildirdi. Erkekler ve kadınlar ayrı ayrı konaklayacaklardı. Çocuklar, yaşlarına ve cinsiyetlerine göre ailelerinin yanında kalacaklardı. Haber salonun içinde hemen tercüme edildi ve itiraz sesleri yükseldi.

"Bizi ayıramazsınız!" dedi adamın biri, ayağa kalkarak. Yanındaki kadını ve iki küçük çocuğu gösterdi. "Bu, benim ailem. Savaş boyunca ayrı kaldık."

Irina'ya olanları anlattım.

"Böyle bir şeyi nasıl yaparlar?" dedi, yüzü hâlâ ellerinin arasındaydı. "İnsanların böyle zamanlarda ailelerine ihtiyacı vardır."

Bir damla gözyaşı yüzünden süzüldü ve kahverengi kâğıdın üzerine düştü. Ona sarıldım ve başımı omzuna koydum. Biz birbirimizin *ailesiydik*. Rollerimizi değiştirmiştik. Irina benden daha büyüktü, benden daha iyimser bir yaratılışa sahipti ve genellikle o beni cesaretlendirirdi. Ancak Ruselina hastaydı ve uzaktaydı, Irina ise yeni bir ülkedeydi ve burada yaşayan insanların dillerini bilmiyordu. Her şeyin ötesinde hastaydı. Güçlü olması gerekenin ben olduğumu anladım ve korkuyordum. Bu da, benim moralimi yüksek tutmam için gereken tüm gücümü alıyordu. Bu durumda Irina'nın moralini nasıl yüksek tutabilirdim?

Bizim bloğun denetçisi, Aimka Berczi adında Macar bir kadındı. Sevimsiz bir yüzü ancak uzun, zarif elleri vardı. Bize, üzerinde isimlerimizin, doğduğumuz ülkelerin, hangi taşıtla geldiğimizin ve oda numaralarımızın yazılı olduğu kartlar verdi. Barakalarımıza gitmemizi ve biraz uyumamızı söyledi. Kamp komutanı Albay Brighton, sabah bizi yönlendirecekti.

Yorgunluktan gözlerim yanıyordu ve Irina güçlükle ayakta duruyordu ancak ahşap barakamızın kapısını açar açmaz keşke onu hastaneye götürmek konusunda ısrar etseydim, diye düşündüm. Gördüğüm ilk şey tavanda eğreti bir şekilde asılı duran çıplak bir ampul ve onun etrafında dolaşan bir böcekti. Ahşap zemin üzerinde yan yana sıkıştırılmış yirmi yatak vardı. Çamaşırlar, katlanan sandalyeler ve bavullar üzerine serilmişti, içerideki hava nemliydi ve küf kokuyordu. Yataklardan çoğu, uyuyan kadınlar tarafından işgal edilmişlerdi, bu yüzden Irina'yla odanın en sonundaki iki boş yatağa doğru ilerledik. Saçları tokalı, yaşlı bir kadın yanından geçtiğimiz sırada bize baktı. Dirseği üzerinde doğruldu ve fısıldadı, "*Sind sie Deutsche?*"

Başımı salladım çünkü onu anlamamıştım.

"Hayır, hayır Alman değilsiniz," dedi İngilizce. "Russunuz. Elmacık kemiklerinizden anladım." Ağzının çevresinde yara gibi çizikler vardı. Muhtemelen altmış yaşlarındaydı ancak çizgiler onu sekseninde gösteriyordu.

"Evet Rus'uz," dedim.

Kadın hayal kırıklığına uğramış gibiydi ancak bozuntuya vermeden gülümsedi. "İşiniz bittiğinde haber verin, ışığı söndüreyim."

"Ben Anya Kozlova ve arkadaşım Irina Levitskya," dedim. Irina'nın titrek karyolaya yatmasına yardım ettim ve herkesin yaptığını fark ettiğim şeyi yaparak, bavullarımızı yatakların altına koydum. "Biz, Çin'den gelen Ruslarız."

Kadın biraz rahatlamış göründü. "Sizinle tanıştığıma sevindim," dedi. "Benim adım Elsa Lehmann. Ve

yarın, bu çadırdaki herkesin benden nefret ettiğini öğ-
reneceksiniz."

"Neden?" diye sordum.

Kadın başını salladı. "Çünkü hepsi Polonyalı ya da
Macar ve ben de Alman'ım."

Bu söylediğinden sonra sohbete nasıl devam edece-
ğimi bilemedim, bu yüzden yatak çarşaflarıyla ilgilen-
meye başladım. Üzerimize dört ordu battaniyesi ve birer
yastık zimmetlemişlerdi. Dışarıda serin bir esinti vardı
ancak barakanın içi havasızdı ve nefes almak zordu. Iri-
na kadının neler söylediğini sordu, ben de ona Elsa'nın
durumunu anlattım.

"Burada yalnız mıymış?" diye sordu Irina.

Elsa'ya bunu tercüme ettim, o da, "Buraya doktor
olan kocam ve savaşta hayatta kalan oğlumla geldim.
Onları Queensland'e kamış kesmeye gönderdiler."

"Bunu duyduğuma üzüldüm," dedim. Dünyanın dört
bir yanından aileleri, kendi kıyılarına gelmeleri konu-
sunda cesaretlendiren, sonra da onları ayıran Avustral-
ya hükümetinin aklında ne vardı merak ettim.

Irina'nın, çarşafların ve bir battaniyenin içine girme-
sine yardım ettim, sonra da kendi yatağımı yaptım. Ge-
celiklerimizi giydiğimizde ayaklarımızdan ve külotları-
mızdan gelen kokudan utandım ancak Elsa çoktan uyu-
muştu. Parmak uçlarımın üzerinde onun yatağının yanı-
na giderek ışığı kapattım.

"Ruslardan nefret edip etmediklerini yarın anlarız,
sanırım," dedi Irina gözlerini kapatırken. Hemen uyku-
ya daldı.

Yatağa girdim ve çarşafları üzerime çektim. Battaniye örtmek için biraz sıcaktı içerisi. Yatakta bir sağa bir sola döndüm, yorgundum ancak uyuyamadım. Gözlerimi açtım ve tavana baktım, Irina'nın nefes alıp verişini dinledim. Eğer Elsa'yı oğlu ve kocasından ayırdılarsa, muhtemelen bizi de ayıracaklardı. Ve eğer bir doktoru kamış kesmeye gönderdilerse, bize nasıl bir iş verecekelerdi? Başımı yasladığım avuçlarımı sıktım ve bu düşünceleri kovaladım, annemi bulmaya odaklandım. Önümde beni bekleyen her ne ise, güçlü olmalıydım.

Çatıda bir düşme sonra da bir hayvanın kaçış sesini duydum. Duvarla tavan arasında birkaç inçlik bir boşluk vardı ve tel örgüyle tıkanmıştı. Bu tel, yukarıda dolaşan her ne ise onun girmesini engellenmek için konmuştu. Yatağın kenarlarına yapıştım, sesleri dinledim. Irina'nın yatağı gıcırdadı.

"Irina, uyanık mısın?" diye fısıldadım.

Ancak o sadece içini çekti ve yan döndü. İki şey daha düştü ve tırmalama sesleri geldi. Çarşafı boğazıma kadar çektim ve duvarın içindeki âlemde neler olduğunu görmeye çalıştım ancak uzaktaki tepelerin siluetlerinden ve yıldızlardan başka bir şey göremedim. Nihayet yorgunluğum ağır bastı ve uykuya daldım.

Sabah güneşi yer döşemeleri üzerine vurdu. Bir horoz günün başladığını haber verdi. Yakınlarda bir yerde bir at burnundan soludu, kuzular meledi. Gözlerimi ovuşturdum ve doğruldum. Irina'nın gözleri, adeta uyanma fikrine karşı koyuyormuşçasına sımsıkı kapalıydı. Diğerleri de derin uykudaydı, baraka havasız ve sıcaktı. Yatağımın yanındaki duvarda, kalasların arasında bir boşluk vardı ve teneke çatıların üzerinden saçılan altın rengi ışığı görebiliyordum. Dışarıda park etmiş bir kamyon vardı ve altına bir çoban köpeği sinmişti. Onu gözetlediğimi fark edince kulaklarını dikti. Kuyruğunu sallayıp havlamaya başladı. Havlamasının diğerlerini uyandırmaması için hemen yatağa yattım.

Hava iyice ağarmaya başlayınca diğer kadınlar da tıpkı kozasından çıkan bir tırtıl gibi, kıpırdanmaya ve yatak çarşaflarını kenarlara itmeye başladılar. Elsa'ya günaydın dedim ancak o gözlerini çevirdi, sabahlığını ve havlusunu alarak aceleyle kapıya doğru gitti. Yirmili ve otuzlu yaşlarındaki diğer kadınlar, bizim ne zaman geldiğimizi merak ederek, gözlerini kırpıştırdılar. Merhaba diyerek kendimi tanıttım. Birkaçı gülümsedi, içlerinden İngilizcesi benimki kadar akıcı olmayan bir kız, hepimizin ortak bir dili olmamasından yakındı.

Irina başını yastığının üzerinde doğrulttu ve parmaklarını saçlarının arasından geçirdi. Kirpiklerinde çapaklar vardı ve dudakları kurumuş görünüyordu.

"Nasılsın?" dedim.

"İyi değilim," dedi, güçlükle yutkunarak. "Yatakta kalacağım."

"Sana yiyecek bir şeyler getireceğim. Yemen gerek."

Irina başını salladı. "Sadece su, lütfen. Sakın o çorbadan getirme."

"Peki ya, dana stroganoff'a[25] ve votkaya ne dersin?"

Irina sırıttı ve tekrar yatarak koluyla gözlerini kapattı. "Git ve Avustralya'yı keşfet, Anya Kozlova," dedi. "Ve geri döndüğünde bana anlat."

Yanımda bir sabahlığım yoktu. Hatta bir havlum bile yoktu. Ancak saçımın ve tenimin kokusuna artık dayanamıyordum. Üzerimize zimmetlenmiş battaniyelerden en temiz görünenini ve Tubabao'dan getirdiğim bir kalıp sabunu aldım. Ne istediğimi anlamasını umarak, biraz İngilizcesi olan kıza elimdekileri işaret ettim. Kapının arkasındaki haritayı işaret etti. Banyoların bulunduğu blok kırmızı bir 'X'le işaretlenmişti. Kıza teşekkür ettim ve bavulumdaki son temiz elbiseyi de alarak kendimi günışığına attım. Bölgemizdeki barakalar birbirinin aynıydı. İnsanlardan bazıları pencerelere perde takmak ve taşlardan çiçek saksısı yapmak için zaman harcamıştı ancak Tubabao'daki ihtişam ve dayanışma burada yoktu. Ancak orada hepimiz Rus'tuk. Sadece bir gündür Avustralya'da olmama rağmen buradaki ırkçı gerilimi hissetmiştim. Aynı milletten olan göçmenleri ve mültecileri neden bir araya toplamadıklarını merak ettim, hem bizim iletişim kurmamız hem de onların insanları idare etmeleri kolay olurdu ancak sonra kimlik kartlarımızın üzerine yazdıkları şeyi hatırladım: 'Yeni Avustralyalılar.' Bizim birbirimize benzememizi istiyorlardı. 'Yeni

---

[25] Dana eti, soğan, mantar ve limonla yapılan bir Rus yemeği..

Avustralyalılar' deyimini düşündüm ve bundan hoşlandığıma karar verdim. Yeniden yeni olmak istiyordum.

Neşem tuvalet bloğuna adım atmamla birlikte kaçıverdi. Eğer içerideki iğrenç koku beni engellemeseydi, su taşan zemine adımımı atardım. Battaniyeyle burnumu tıkadım ve dehşet içinde barakaya göz gezdirdim. Kabinlerin kapıları yoktu, etrafı sineklerle dolu tuvaletler zemine yerleştirilmişti. Oturacak yerler dışkıyla kaplaydı ve pis tuvalet kâğıtları yerlere saçılmıştı. Yemek salonunda iki tuvalet vardı ancak bütün kampa yetmezdi. "Bizim hayvan olduğumuzu mu düşünüyorlar?" diye bağırdım, hızla temiz havaya çıkarak.

Daha önce beyaz insanlara sunulan daha beter bir ortam görmemiştim, Şanghay'da bile. Sydney'i gördükten sonra Avustralya'nın gelişmiş bir ülke olduğunu sanmıştım. Kamp yetkilileri salgın hastalığın farkında olmalıydılar. Darwin'deki askeri üste yemek yemiştik, bu yüzden Irina'nın grip değil de hepatit ya da kolera kapmış olabileceğinden korkmaya başladım.

Duş bloğundan sesler duydum ve içeri baktım. İçerisi temizdi ancak duş bölmeleri, üzerinde bir sürü açıklık olan paslı tenekelerden ibaretti. İki kadın ve çocukları, birlikte duş alıyorlardı. Öylesine öfkelenmiştim ki, mahremiyetle ilgili her şeyi unutup geceliğimi çıkardım ve neredeyse damla damla akan duşun altına girdim ve ağladım.

Kahvaltıda korkum iyice arttı. Bize sosis, salam ve yumurta verilmişti. Bazı insanlar etlerin içinde böcek buldular ve bir kadın kusmak için telaşla salondan dışarı çıktı. Etleri yemedim, sadece içine üç kaşık şeker attığım asit gibi tadı olan çaydan içtim ve bir dilim ekmek yedim. Yanımda oturan bir grup Polonyalı ekmekten şikâyet ediyordu. Avustralyalı mutfak görevlilerinden birine içinin hamur olduğunu söylediler. Adam omuzlarını silkti ve öyle olması gerektiğini söyledi. Harbin'de yediğim Çin ekmeği daha yapışkan ve daha az pişmişti, bu yüzden ben alışkındım. Ben daha çok mutfağın temizliği ve aşçıların hijyen anlayışı konusunda endişeleniyordum. Saçlarım kulaklarımın arkasında gevşek tutamlar halinde toplanmıştı ve tenim battaniye yüzünden yün gibi kokuyordu. Bu kadar düşebildiğime inanamıyordum. Bir yıl önce zarif bir evde yaşayan, Şanghay'ın en meşhur gece kulübünün müdürüyle evli yeni bir gelindim. Şimdi ise bir mülteci. Bu sınıfsal düşüşü burada, Tubabao'dan daha fazla hissettim.

Duştan barakaya dönmüştüm, Irina hâlâ uyumaktaydı ve kendime çeki düzen vermeden önce ona görünmediğim için sevinmiştim. Ona Avustralya'yı şikâyet etmeyeceğime dair kendime söz vermiştim. Benim seçimim olmasına rağmen, buraya gelmeme neden olduğu için kendisini suçlayabilirdi. Amerika'daki Dmitri'yi düşündüm ve tüylerim ürperdi. Onun kafamı fazla meşgul etmemesi ve düşüncelerimin hemen Ivan'a kayması beni şaşırttı. Acaba o, bu rezilliğin içinde ne yapıyordu?

Askeri üniformalı bir adam yemek salonuna girdi ve masaların arasından geçerek kürsüye doğru gitti. Basamaktan çıktı ve sessiz olmamız için bizi bekledi. Karton kâğıtlardan oluşan bir yığını yanına koydu ve yumruğuna öksürdü. Salondaki herkes dikkatini ona verince konuşmaya başladı.

"Günaydın, Bayanlar ve Baylar. Avustralya'ya hoş geldiniz," dedi. Ben Albay Brighton. Kampın komutanıyım." Karton kâğıtları kürsünün üzerine koydu ve en üsttekini aldı, herkesin görmesi için havaya kaldırdı. Üzerine büyük harflerle ve özenli bir şekilde adı yazılmıştı.

"Umarım, İngilizce bilenleriniz, söylediklerimi arkadaşlarına tercüme eder," diye devam etti. "Maalesef tercümanlarım bu sabah başka işlerle meşguller." Siyah bıyıklarının altından bize gülümsedi. Üniforması o kadar dardı ki, yatağına sımsıkı bağlanmış bir çocuk gibi görünüyordu.

Albay bize seslenene kadar Avustralya'ya gelişim bir rüya gibiydi. Ancak adam hükümetin İstihdam Hizmetleri ile yapacağımız iş sözleşmelerinden ve kapasitemizin altında olduğunu düşünsek bile, Avustralya'ya geliş masraflarımızı geri ödemek için verilecek her türlü işe hazırlıklı olmamızdan bahsetmeye başlayınca, Irina ve benim verdiğimiz karar beni beynimden vurdu. Çevremdeki merakla bakan yüzlere göz gezdirdim, acaba bu bildiri İngilizce anlayamayanlar için daha mı kötüydü yoksa gerçekle yüzleşmeye birkaç dakika geç kalmak onlar için bir lüks müydü?

Albayın Avustralya para birimi, federal politika sistemleri ve İngiliz monarşisiyle olan ilişkiler konusunda verdiği dersi dinlerken tırnaklarımı avuçlarıma batırdım. Her yeni konu için kaldırdığı kart ana hatları resmediyordu ve konuşmasını "Ve burada bulunduğunuz süre içinde genç, yaşlı herkesin olabildiğince İngilizce öğrenmesini rica ediyorum. Avustralya'daki başarınız buna bağlı olacaktır," diye bitirdi.

Albay Brighton konuşmasını bitirdiğinde salonda çıt çıkmıyordu ancak adam bize tıpkı Noel baba gibi sırıttı. "Oh, bu arada, görmem gereken biri var," dedi, not defterine bakarak. "Anya Kozlova öne çıkabilir mi, lütfen?"

İsmimi duyunca şaşırdım. Buraya yeni gelen üç yüz kişi arasından neden benim adım anons ediliyordu? Albaya doğru gitmek için masaların arasından geçtim, Irina'ya kötü bir şey olup olmadığını merak ediyordum. Çevresine, soru sormak için bir sürü insan toplanmıştı. Gözünde korsan bandı olan bir adam, "Biz şehirde yaşamak istiyoruz, burada değil," diyordu.

"Hayır, dedim kendi kendime, Irina güvende. Acaba Ivan, Avustralya'ya geldiğimizi duymuş ve bizimle bağlantıya mı geçmek istiyordu? Bu seçeneği de geçtim. Ivan'ın gemisi Sydney'e kadar gelecekti ve oradan Melbourne'a trenle geçecekti. Kampın dışında kalmak için yeteri kadar para birikimi vardı.

"Ah, Anya sen misin?" dedi albay beklediğimi görünce. "Benimle gel lütfen."

Albay Brighton hızlı adımlarla idari ofise doğru yürüdü, ona yetişmek için neredeyse koşmak zorunda kaldım. Birkaç baraka, mutfak, çamaşırhane ve bir postane geçtik, kampın ne kadar büyük olduğunu o zaman anlamaya başladım. Albay bana bu kampın bir zamanlar orduya ait olduğunu ve ülkedeki, eskiden orduya ait olan birçok kampın göçmen konaklama barakalarına dönüştürüldüğünü söyledi. Beni neden çağırmış olduğunu merak etmeme rağmen bu kısa konuşmasının ciddi bir şey olmadığı konusunda beni ikna etti.

"Demek Russun, Anya. Neresinden?"

"Çin'in Harbin şehrinde doğmuşum. Rusya'ya hiç gitmedim. Fakat Şanghay'da uzun süre kaldım."

Karton kâğıtları koltuğunun altına sıkıştırdı ve kaşlarını çatarak barakalardan birinin kırık camına baktı. "Bunu idari ofise bildirin," dedi merdivenlerde oturan bir adama ve bana döndü. "Eşim İngiliz. Rose Rusya ile ilgili birçok kitap okudu. Genelde çok kitap okur. Peki nerede doğmuştun? Moskova mı?"

Albayın dikkatsizliğine aldırmadım. Boyu benimkinden kısaydı, derin gözleri ve geniş bir alnı vardı. Dik duruşu ve konuşma tarzı ciddi olsa da, alnında ve burnunun altında bulunan çizgiler yüzünü komikleştiriyordu. Sempatik bir yanı vardı. Albay kampta üç binden fazla insan olduğundan bahsetti. Hepimizi nasıl hatırlayabilirdi?

Albay Brighton'ın ofisi sinema salonunun yakınında, ahşap bir barakaydı. İterek kapıyı açtı ve beni içeri davet etti. Parmakları daktilo tuşlarının üzerinde, kızıl saçlı, kemik çerçeveli gözlükleri olan bir kadın masasından başını kaldırıp bana baktı.

"Bu benim sekreterim, Dorothy," dedi Albay.

Kadın çiçekli elbisesinin kırışıklıklarını düzelterek gülümsedi.

"Sizinle tanıştığıma sevindim," dedim. "Ben, Anya Kozlova."

Dorothy, gözlerini dağınık saçlarıma dikmeden önce beni tepeden tırnağa süzdü.

Kızardım ve başımı çevirdim. Onun arkasında boş

duran iki masa ve bir diğerinde, üzerinde açık kahverengi gömlek olan kel kafalı bir adam bize gülümsedi. "Ve bu da sağlık memurumuz," dedi Albay, adamı işaret ederek. "Ernie Howard."

"Tanıştığımıza sevindim," dedi Ernie, koltuğundan kalkıp elimi sıkarken.

"Anya, dün akşam Rusya'dan geldi," dedi Albay.

"Rusya mı? Muhtemelen Çin'dir," dedi Ernie, elimi bırakırken. "Burada Tubabao'dan gelen birkaç kişi var."

Albay Brighton düzeltmeyi fark etmedi. Ernie'nin masasının üzerindeki kâğıtları karıştırdı, içlerinden birini aldı ve odanın sonundaki kapıyı gösterdi. "Böyle gel, Anya," dedi.

Albay'ı odasına kadar izledim. Pencereden gelen güneş ışığı pırıl pırıldı ve odayı ısıtmıştı. Albay pencereleri açtı ve bir pervaneyi çalıştırdı. Masasının karşısında bir sandalyeye oturdum ve o an sadece Albay'la değil aynı zamanda arkasındaki duvarda portresi asılı olan Britanya Kralı ile de yüz yüze gelmiştim. Albay'ın odası, duvarların kenarlarında özenle dizilmiş dosyalarla, kitaplarla ve en uzak köşede duran Avustralya haritasıyla derli toplu bir odaydı. Ancak masası karmakarışıktı. Üzerinde her an düşme tehlikesi içinde olan bir yığın dosya vardı. Albay en üstte duran dosyayı aldı ve açtı.

"Anya, IRO yetkililerinden Yüzbaşı Connor'dan, senin iyi İngilizce konuştuğuna, ki bu açıkça görülüyor, ve daktilo bildiğine dair bir mektup aldım.

"Evet," dedim.

Albay Brighton içini çekti ve koltuğunun arkasına

yaslandı. Uzun süre beni inceledi. Bir şeyler söylemesini umarak sandalyemde kıpırdandım. Ve nihayet konuştu.

"Bir ya da iki aylığına benim için çalışmanı isteyebilir miyim?" diye sordu. "Buraya Sydney'den birkaç eleman gelene kadar. Burası çok dağınık. Kamp, olması gerektiği gibi değil, özellikle de kadınlar için. Üstelik iki hafta sonra bin kişi daha gelecek."

Kampın kabul edilemez koşullarda olduğunu Albay'ın itiraf etmesi beni rahatlattı. Bu koşullarda yaşamamızın beklendiğini düşünmüştüm.

"Ne yapmamı istiyorsunuz?" diye sordum.

"Bana, Dorothy'ye ve Ernie'ye yardım edecek birine ihtiyacımız var. Kampın temizliği konusunda acilen yapmamız gereken işler var, bu nedenle senin dosyalama ve diğer işleri üstlenmeni istiyorum. Normal maaşın üzerinde para ödeyeceğim ve işin bittiğinde istihdam memuruna senin hakkında özel tavsiyede bulunacağım."

Albay'ın teklifi beni şaşırtmıştı. Tam olarak ondan ne beklediğimi bilmiyordum ancak kamptaki ilk günümde bana iş teklif etmesini de beklemiyordum. Tubabao'dan kalma tek bir dolarım vardı ve Sydney'e gidene kadar Şanghay'dan getirdiğim mücevherleri satamazdım. Fazladan elde edeceğim para, tam da ihtiyacım olan şeydi.

Albayın açık sözlülüğü bana tuvaletlerin ve yemeklerin ciddi bir sorun olduğunu ve bir salgın tehlikesi içinde olduğumuzu söyleme cesareti verdi.

Başını sallayarak onayladı. "Dünkü girişlere kadar idare ediyorduk. Bu sabah, günde üç kez gelmeleri için bir temizlik şirketini aradım, Dorothy de mutfak için yeni ekipler kurmaya başladı. Oyalanacak zamanımız yok. Bir sorun gördüğümde onu çözmek için elimden geleni yapıyorum. Tek sıkıntı kısa zamanda çözemeyecek kadar çok sorunumuz var. Yapacak çok şeyi olduğu için, işi kabul edip hemen gitmeli miyim, diye düşündüm ancak Albay benimle konuşmaktan keyif almış görünüyordu, bu yüzden ona, Avustralya Hükümeti'nin yaşamak için gerekli koşulları sağlamadan neden bu kadar çok insanı getirdiğini sordum.

Albay Brighton'un gözleri parladı ve bu soruyu beklemiş olduğunu fark ettim. Haritaya doğru yürüdü ve eline işaret çubuğunu aldı. Gülmemek için kendimi zor tuttum.

Hükümet bir karar vermeliydi, ya çoğalacak ya da yok olacaktı," dedi, Avustralya kıyılarını göstererek. "Biz de neredeyse Japonlar tarafından işgal edilecektik çünkü kıyılarımızı koruyacak yeteri kadar insanımız yoktu. Hükümet ülkeye, bir millet geliştirmek için binlerce insan getiriyor. Fakat ekonomimizi düzeltene kadar kimse uygun bir yerde yaşayamayacak." Pencereye yürüdü ve çerçevesine yaslandı. Onun yerinde başkası olsaydı, ayakları birbirinden ayrık, çenesi havada duruşuyla aşırı dramatik görünebilirdi ancak bu duruş onun karakterine o kadar uyuyordu ki, kendimi onu dikkatle dinlerken buldum.

"Özür dilemek adına söyleyebileceğim tek şey, Avustralya doğumlu birçok insanın ambalaj sandıklarının içinde yaşıyor olduğudur."

Albay masasına geri döndü; yüzü tamamen kızarmıştı ve ellerini önünde duran dosyaların üstüne koydu. "Sen. Ben. Buradaki herkes büyük bir sosyal deneyimin parçasıyız," dedi. "Yeni bir millet haline geleceğiz ve, ya batacağız ya da yüzeceğiz. Yüzmemiz için elimden gelenin en iyisini yapmak isterim. Sanırım siz de bizim bunu yaptığımızı görmek istersiniz."

Albay Brighton'ın sözleri ilaç gibi geldi; kanımın damarlarımda telaşla dolaştığını hissettim ve kendime sakin olmam gerektiğini hatırlatmam gerekti yoksa söyledikleri karşısında uçup gidecektim. Albay kötü, iç karartan kampı neredeyse heyecan veren bir yere dönüştürmüştü. Belki iyi bir dinleyici değildi ancak tutkulu ve azimli bir adamdı. Onu her gün görmenin eğlenceli olacağını düşünmek bile işi kabul etmek için yeterli olurdu.

"Ne zaman başlamamı istiyorsunuz?"

Telaşla yanıma geldi ve elimi sıktı. "Bugün öğleden sonra," dedi, masasının üzerindeki dosyalara bakarken. "Öğle yemeğinden hemen sonra."

12
Kır Çiçekleri

Albay Brighton'la yaptığımız toplantıdan sonra mutfaktan aldığım su dolu sürahi ve bardakla barakaya geri döndüm. Irina'yı yatakta oturmuş, Aimka Berczi ile konuşurken bulduğumda şaşırdım.

"İşte, arkadaşın geldi," dedi Aimka, beni karşılamak için ayağa kalkarken. Yeşil renkte bir elbise giymişti ve zarif ellerinden birinde bir portakal tutuyordu. Onu Irina için getirdiğini sandım. Ne üzerindeki elbisenin yeşili ne de elindeki portakalın turuncusu yüzüne bir renk vermemişti. Gün ışığında yüzü en az dün akşamki kadar kötü görünüyordu.

"Çok sevindim," dedi Irina, sesi boğuk çıkıyordu. "Susuzluktan ölecektim."

Sürahiyi, yatağının yanında ters çevrilmiş halde duran kutunun üstüne koydum ve ona bir bardak su verdim. Elimi alnına koydum. Ateşi düşmüştü ancak rengi hâlâ solgundu.

"Kendini nasıl hissediyorsun?"

"Dün öleceğimi sanmıştım. Şimdi sadece hasta hissediyorum."

Irina'nın bu sabah da hasta olabileceğini düşünmüş, ona iş ve İngilizce dersi için kayıt formlarını getirmiştim.

"Soruların hepsi İngilizce," dedi Irina, sudan bir yudum aldı ve yüzünü buruşturdu. Bu sabahki çayın su yüzünden mi kötü olduğunu merak ettim.

"Kafana takma, İngilizce kursunu bitirdiğinde hepsini doldurmayı becerirsin," dedim.

Hepimiz güldük ve bu neşe Aimka'nın yüzüne hafif bir renk verdi.

"Aimka, altı dili akıcı konuşabiliyor," dedi Irina. "Şimdi de Sırpça öğreniyor."

"Tanrım," dedim, "dil konusunda iyi bir yeteneğiniz var."

Aimka o güzel ellerinden bir tanesini boğazına götürdü ve gözlerini yere indirdi. "Diplomat bir aileden geliyorum," dedi. "Ve burada pratik yapmak için birçok Yugoslav var."

"Sanırım blok denetçisi olmak için iyi bir diplomat olmak gerekiyor," dedim. "Elsa hakkında ne biliyorsunuz?"

Aimka ellerini kucağına koydu. Gözlerimi onlardan alamıyordum, elbisesinin yeşili üzerinde birer leylak gibi duruyorlardı. "Görünüşe bakılırsa, bu kampta Avrupa'dan her ırkta insan var," dedi. "İnsanlar şiddetle, sanki hâlâ orada yaşıyorlarmış gibi, sınır tartışması yapıyorlar."

"Sizce, Elsa için yapabileceğimiz bir şey var mı?" diye sordu Irina.

Aimka başını salladı. "Elsa'yla her zaman sıkıntı yaşadım," dedi. "Onu nereye yerleştirirsem yerleştireyim, mutlu olmuyor ve diğerlerine dostça davranmak için hiçbir çaba göstermiyor. Diğer barakada birlikte kalan bir Alman ve bir Yahudi kız var. Ama tabi onlar genç, Elsa ise kendi yolunu çoktan çizmiş."

"Ruslar, yemek iyi olduğu sürece kimse kimseyle kavga etmez derler," dedim. "Eğer köylüler iyi beslenmiş olsaydı, devrim olmazdı. Eğer burada yemek iyi olsaydı, belki insanlar bu kadar gergin olmazlardı. Bu sabah kahvaltı diye verilen şey her ne ise, kesinlikle yenilebilir gibi değildi."

"Evet, yemek konusunda sonsuz şikâyetler alıyorum," diye yanıtladı Aimka. "Görünüşe bakılırsa, Avustralyalılar sebzelerini fazla pişirmeyi seviyorlar. Ve tabi koyun etini de fazla kullanıyorlar. Budapeşte ordu tarafından ele geçirildiğinde yemek için ayakkabılarımı haşlıyordum, bu yüzden burada fazla şikâyetçi olamıyorum."

Yüzüm kızardı. Bu kadar arsız olmamam gerekirdi.

"Bu sabah neler yaptın, Anya?" diye sordu Irina, imdadıma yetişerek.

Onlara Albay Brighton'la çalışacağımdan ve onun 'batma ve yüzme' konusundaki azminden bahsettim.

Irina gözlerini devirdi, Aimka kahkahayla güldü. "Evet, Albay Brighton özel bir karakter," dedi Aimka. "Bazen onun çılgın bir adam olduğunu düşünüyorum fakat iyi bir yüreği var. Onunla çalışmak senin için iyi olacak. Irina için yuvada bir iş bulmaya çalışacağım, böylelikle o aptal istihdam memurundan kurtulmuş olur."

"Aimka'yı hizmetçi olarak çalıştırmak istemiş," diye açıkladı Irina.

"Gerçekten mi?"

Aimka ellerini ovuşturdu. "Ona altı dil bildiğimi söyledim, o da bana bunun Avustralya'da işe yaramaz bir marifet olduğunu, sadece İngilizce'nin geçerli olduğunu söyledi. Çevirmenler için iş olmadığını ve diğer işler için de fazla yaşlı olduğumu söyledi."

"Bu çılgınlık," dedim. "Kamptaki şu insanlara bakın. Bu sabah Albay Brighton bana Avustralya'da bunun gibi birçok kamp olduğunu söyledi."

Aimka burnundan soludu. "Sorun da bu, *Yeni Avustralyalılar* aslında. Hepimizin İngiliz olmasını istiyorlar. Albay Brighton'a gittim ve altı dil bildiğimi söyledim. Koltuğundan fırlayıp neredeyse beni öpecekti. Hemen bana İngilizce öğretmenliği ve blok denetçiliği görevlerini verdi. Şimdi ne zaman onu görsem, 'Senden bana yirmi tane daha gerek,' diyor. Bu yüzden, tüm hatalarına rağmen ona hayranım."

Irina ürperdi ve öksürdü. Yastığının altından bir mendil çıkardı ve burnunu sildi. "Affedersiniz," dedi. "Sanırım bu, hastalığı atlattığım anlamına geliyor."

"Kızıl Haç çadırına gitsek iyi olur," dedim.

Irina başını salladı. "Sadece uyumak istiyorum. Fakat sen gidip, annenle ilgili konuşmalısın."

Aimka merak içinde bana baktı, ben de ona kısaca annemi anlattım.

"Buradaki Kızıl Haç sana yardımcı olamaz, Anya," dedi. "Burası sadece bir sağlık ünitesi. Sydney'deki merkezden birileriyle konuşmalısın."

"Of," dedim, hayal kırıklığı içinde

Aimka, Irina'nın bacağını okşadı ve portakalı kutunun üstündeki sürahinin yanına koydu. "Gitsem iyi olacak," dedi.

Aimka gittikten sonra, Irina bana döndü ve fısıldayarak, "Budapeşte'de bir piyano solistiymiş. Ailesindekiler, Yahudileri sakladıkları için öldürülmüşler."

"Tanrım," dedim, "bu küçücük yerde üç bin tane trajik öykü var."

Irina tekrar uykuya daldıktan sonra, giysilerimizi toplayıp, dört çimento tekne ve bir kaynatma kazanı bulunan çamaşırhaneye koştum. Elimde kalan son sabun kalıbıyla elbiseleri ve bluzları çitiledim. Kurumaları için astıktan sonra, gözlerini boynum ve göğüslerime diken Polonyalı bir memurun bulunduğu malzeme ofisine gittim.

"Size sadece eski askeri ayakkabılar, ceketler ya da şapkalar verebilirim. Ya da şunlardan birini alabilirsiniz." Bir çift tuhaf biçimli bot deneyen yaşlı karı kocayı gösterdi. Yaşlı adamın bacakları titriyor ve destek almak için karısının omzuna yaslanıyordu. Onların bu görüntüsü yüreğimi parçaladı. Bana göre yaşlı insanlar emekliliklerinin tadını çıkarmalı, her şeye tekrar başlamak zorunda kalmamalıydılar.

"Sabun yok mu?" diye sordum. "Havlu?"

Depo görevlisi omuz silkti. "Burası Paris değil."

Dudağımı ısırdım. Şampuan ve kokulu sabun, maaş gününe kadar beklemek zorunda kalacaktı. En azından elbiselerimiz temizdi. Belki Aimka bize bir şeyler ödünç verebilirdi ve daha sonra aldığımızda ona geri verirdik.

Öğle yemeği anonsu, malzeme barakasının duvarına asılmış hoparlörden önce İngilizce, sonra da Almanca anons edildi. Yaşlı kadının, *'Achtung!'*[26] dendiğinde ürktüğünü gördüm.

"Neden anonsları Almanca yapıyorlar?" diye sordum görevliye.

"Etkileyici, değil mi?" dedi, ağzının kenarından sırıtarak. "Almanca emirleri anladığımız için Nazilere şükrettiğimizi ifade ediyorlar."

Yine berbat bir yemek yiyeceğimden korkarak yemekhane barakasına adım attım. Gittiğimde çoğu insan yerine oturmuştu ancak salondaki hava sabahkinden farklıydı. Yemek yiyenler gülümsüyorlardı. Masaların üzerindeki kahverengi kâğıt kalkmış, her masa mavi çiçekli vazolarla süslenmişti. Elinde bir tas çorba ve bir dilim ekmekle bir adam yanımdan geçti. Tasın içinde her varsa kokusu ağzımı sulandırdı ve tanıdık geldi. Kırmızı renkteki çorbaya baktım ve rüya gördüğümü sandım. Pancar çorbası. Masanın üzerindeki kâselerden bir tane aldım ve servis penceresinin önündeki sıraya girdim. Tubabao'dan Natasha ve Mariya ile yüz yüze geldiğimde neredeyse yerimden sıçrayacaktım.

---

[26] Almanca'da 'Dikkat!' anlamındadır.

"Aaa," diye çığlık attık hepimiz birden.

"Gel," dedi Natasha, ahşap kapıyı açarak. Hemen herkes yemeğini yedi. Bizimle birlikte mutfakta ye."

Onun arkasından arka odaya gittim, burası sadece pancar ve lahana değil aynı zamanda çamaşır suyu ve karbonat da kokuyordu. İki adam duvarları yıkamakla meşgullerdi ve Natasha onları babası Lev ve kocası Piotr olarak tanıttı. Mariya kâsemi ağzına kadar pancar çorbasıyla doldururken Natasha da benim için bir sandalye buldu ve hepimize çay koydu.

"Raisa nasıl?" diye sordum.

"Fena değil," dedi Lev. "Yolculuğa dayanamaz diye düşünmüştük fakat sandığımızdan daha güçlüymüş. Natasha ve çocuklarla aynı barakada kalıyor ve orada mutlu görünüyor."

Onlara Ruselina'dan bahsettim ve merhametle başlarını salladılar. "Irina'ya sevgilerimizi ilet," dedi Mariya.

Yan tarafımdaki rafta az önce gördüğüm mavi çiçeklerden vardı. Boru şeklindeki yapraklarına ve zarif gövdelerine dokundum.

"Bunların adı nedir?" diye sordum, Natasha'ya. "Çok güzeller."

"Emin değilim," dedi, ellerini önlüğüne silerken. "Avustralya'ya özgü olmalılar. Çadırların bulunduğu bölgenin aşağısındaki patikada bulduk. Çok hoşlar değil mi?"

"Buradaki ağaçları çok sevdim," dedim. "Gizemliler, sanki gövdelerinde sırlar taşıyorlarmış gibi."

"O zaman bu yürüyüş parkurunu seveceksin," dedi Lev. Elindeki fırçayı bıraktı, masaya oturdu ve kahverengi bir kâğıt üzerine benim için bir harita çizmeye başladı. "Patikayı bulmak kolay. Kaybolmazsın."

Bir kaşık dolusu pancar çorbasını yuttum. Son günlerde yediğim yemeklerden sonra, bu cennetten çıkma bir şey gibi geldi. "Çok lezzetli," dedim.

Mariya çenesiyle yemek salonunu işaret etti. "Eminim Rus yemekleri konusunda birçok şikâyet alacağız. Ama yine de Avustralyalı aşçının yaptıklarından iyidir. Bunlar çok çalışanlar için besleyici yemeklerdir."

Servis penceresine başka insanlar da geldi ve tabaklarını uzatarak ikinci porsiyonlarını istediler. Lev ve ben birbirimize gülümsedik. Mariya ve Natasha'nın onlarla ilgilenişini izledim. Bu ailenin Tubabao'daki çadırlarını gördüğümde, nedense onların zengin insanlar olduklarını düşünmüştüm. Ancak şimdi anlıyordum ki, o çadırdaki her şeyi bulabildikleri malzemelerden kendileri yapmışlardı. Eğer birikmiş paraları olsaydı şu anda mülteci kampında olmazlardı. Onların ağır işçi olduklarını, hayatın onlara sunduklarını en iyi şekilde değerlendirmeye çalıştıklarını yeni yeni fark ediyordum. Mariya'nın yemek almaya gelen insanlarla iletişim kurmak için el kol hareketleriyle anlaşmaya çalışmasını izledim. İçimde büyük bir hayranlık uyandı.

Saat iki olmadan önce Albay Brighton'ın ofisine gittim. İçeriden tartışma sesleri geliyordu ve kapıyı açmadan önce bir süre durakladım. Dorothy masasının başındaydı ve ben içeri girince gülümsedi ancak beni tanıyınca yüzünün ifadesi değişti. Bu kadar kısa zamanda bana antipati duyması için ne yapmış olabileceğimi düşündüm.

Albay ve Ernie, Albay'ın kapısının eşiğinde duruyorlardı. Yanlarında, elinde şapkası ve eldivenleri olan bir kadın vardı. Elli yaşlarındaydı, güzel bir yüzü ve kıpır kıpır gözleri vardı. Onlara, "İyi günler," dediğimde hepsi dönüp bana baktı.

"Ah, demek geldin, Anya!" dedi Albay. "Tam zamanında. Sağlığımızı tehdit eden tuvaletlerimiz, sıcakta çabuk bozulan yemeklerimiz ve dilimizi bilmedikleri halde iletişim kurmamız gereken insanlar var. Bunlara rağmen, eşim yine de acilen bir ağaç dikme komitesine ihtiyacımız olduğunu düşünüyor."

Albayın karısı olduğunu düşündüğüm kadın gözlerini devirdi. "İnsanlar bu kampa bakıyorlar ve bunalıma giriyorlar, Robert. Bitkiler ağaçlar ve çiçekler ortamın kasvetini alır ve insanların kendilerini iyi hissetmelerini sağlar. Burayı bir kamptan çok ev havasına sokmalıyız. Bu insanların çoğunun yıllardır hasret kaldığı şey bu. Bir ev. Anya da buna katılacaktır."

Başını bana doğru salladı. Düşünmeden cevap vermemem gerektiğini hissettim.

"Burası bir ev değil," dedi Albay, "bir barındırma merkezi. Ordu buranın nasıl göründüğüyle ilgilenmiyor."

"Zaten güzel bir yer olsaydı, savaşa gitmezlerdi!"

Rose kollarını göğsünde kavuşturup, şapkasını sallamaya başladı. Kısa boylu ancak çekici bir kadındı yine de kolları fazla kaslıydı. Güzel bir noktaya varmıştı ve Albay'ın ona ne karşılık vereceğini merak ettim.

"Ben bunun kötü bir fikir olduğunu söylemiyorum, Rose. Sadece önce bu insanları doyurmam ve biraz İngilizce öğrenmelerini sağlamam gerektiğini söylüyorum. Elimde yüzlerce doktor, avukat ve mimar var, fakat kendileri ve aileleri burada yaşamak istiyorlarsa onlara bazı el becerileri öğretilmeli. Profesyonel işler İngilizler'e verilecek, ister bunu hak etsinler, ister etmesinler."

Rose, buna karşılık, burnunu çekti ve çantasından bir not defteri çıkardı. Açıp, içindeki listeyi okumaya başladı. "Bak," dedi, "Hollandalı kadınların ekmemizi önerdikleri şeyler: lale, nergis ve karanfil…"

Albay Brighton, ellerini kızgınlıkla açarak Ernie'ye baktı.

Rose onlara baktı. "Madem çiçeklerden hoşlanmıyorsunuz, insanlar gölgesinden faydalanmak için sedir ağacı ve çam da önerdiler."

"Tanrı aşkına, Rose," dedi Ernie. "Bu ağaçların büyümesi için yirmi yıl beklememiz gerek."

"Bence Avustralya ağaçları güzel. Kendi iklimlerinde daha çabuk büyümezler mi?" diye sordum.

Hepsi bana döndü. Dorothy daktilo yazmayı bıraktı, eline bir mektup alıp, mektubun üzerinden bana baktı.

"Anlaşılan buraya yürüme mesafesinde bir orman varmış," diyerek devam ettim. "Belki fide bulabilir ve onları dikebiliriz."

Albay Brighton gözlerini bana dikti, karsının tarafında olduğum için beni düşman olarak kabul ettiğini düşündüm. Ancak yüzünde hemen bir gülümseme belirdi ve ellerini çırptı. "Size akıllı birini bulduğumu söylememiş miydim? Bu çok parlak bir fikir, Anya!"

Ernie boğazını temizledi. "Albay, şunu söylememe izin verin... Anya'nın dosyasını Dorothy ve ben bulmuştuk."

Dorothy elindeki mektubu bir kenara fırlattı ve yazmaya devam etti. Dosyamı bulduğuna pişman olmuş olduğunu düşündüm.

Rose elini belime doladı. "Robert paradan tasarruf edeceği için bunun parlak bir fikir olduğunu düşünüyor," dedi. "Fakat ben de bunun iyi bir fikir olduğunu düşünüyorum çünkü laleler ve karanfiller, insanlara Avrupa'yı anımsatacaklar, yerel bitkilerse onların, artık yeni bir evleri olduğunu hatırlamalarına yardımcı olacak."

"Bu da yerel kuşların ilgisini çekecek ve kampa doğal hayatı getirecek," dedi Ernie. "Ama umarım daha az tavşanın ilgisini çeker."

Bir gece önce çatıda duyduğum sesleri anımsadım ve yüzümü ekşittim.

"Neyin var?" diye sordu Ernie.

Çatıdaki tırmalama seslerinden bahsettim ve onlara duvarlar ve tavan arasına bu yüzden mi örgü tel konulduğunu sordum.

"Sıçanlar," dedi Rose.

"Ooo," dedi Ernie, sesini alçaltıp etrafına bakınarak. "Çok tehlikeliler. Kana susamış küçük yaratıklar. Şimdiye kadar üç Rus kızı öldü."

Dorothy kıs kıs güldü.

"Of, kapa çeneni," dedi Rose, belime daha sıkı sarılarak. "Avustralya sıçanları sadece, mutfağa girip meyve aşırmaya çalışan tüylü, dolgun kuyruklu ve kocaman gözlü yaratıklardır."

"Şey, sen kazandın," dedi Albay, bizi kapısının önünden kışkışlayarak. "Ağaç dikme komitene yardımcı olması için sana Anya'yı ödünç veririm. Şimdi hepiniz kaybolun. Yapılacak ciddi işlerim var."

Suratını asarak kapıyı çarptı. Rose, bana göz kırptı.

Irina hafta sonuna kadar iyileşemedi ancak bir sonraki pazartesi, kendisini daha iyi hissettiğinde, fide arama görevi için kampın yanındaki ağaçlıklı alana gittik. Rose bana Avustralya kır çiçekleriyle ilgili bir rehber kitap vermişti, kolay anlaşılır bir şey olduğunu düşünmesem de yanıma aldım. Irina'nın morali yüksekti çünkü, çocuk yuvasında işe başlamıştı ve bundan keyif alıyordu ancak bunun yanı sıra, Ruselina'nın Fransa'ya sağ salim vardığına ve yorucu seyahate rağmen iyileşme gösterdiğine dair bir telgraf da almıştı.

"Sağ salim vardım. Kendimi iyi hissediyorum. Tahlillerim iyi çıktı. Fransız erkekleri çekici," diyordu telgrafında. Ruselina okulda İngilizce ve Fransızca öğrenmişti ve torununa öğrettiği ilk sözcükler bunlar olmuştu. Irina, yanında Ruselina'nın telgrafını da getirmişti ve mesajı tekrar tekrar okudu.

Patika, kamp çadırlarını geçer geçmez başlıyordu ve kıvrılarak bir vadiye ulaşıyordu. Okaliptüslerin boyu ve kokuları beni heyecanlandırdı. Rose'un kitabından, kır çiçeklerinin tüm yıl boyunca açtığını öğrenmiştim ancak onları çalıların arasında fark etmem biraz zaman aldı. Gül ve kamelya çiçekleri toplamaya alışkındım ancak bir süre sonra bazı çiçeklerin, tıpkı yuvarlak bir saç fırçası gibi olduğunu gördüm. Ondan sonra yaprakları daha zarif ve çiçekleri çan gibi olan ve akla gelebilen her türlü renkteki leylakları toplamaya başladım. Kamptaki bazı mültecilere, kampın çevresine yerel çiçekler dikeceğimi söylediğimde burun kıvırmışlardı. "Ne? Şu pörsük şeylerden mi? Onlara çiçek bile denmez," dediler. Ancak Irina'yla birlikte patikanın daha da ilerisine gidince gördüklerim karşısında onların yanıldıklarını anladım. Bazılarının üzerinde tüylü çiçekler, ufacık meyveler ve kabuklu yemişler vardı, diğerleri ise tıpkı okyanusun yüzeyine fırlamış yosunlar kadar zariftiler. Onlara bakınca, bir sanatçının kendi sanatıyla ilgili söylediği şey aklıma geldi: Gözlerinizi yenilikçi bakmak için eğitmelisiniz. Yeniliğin güzelliğini görmek için." Bu sanatçı Picasso idi.

Dönüp Irina'nın ne yaptığına baktım ve elindeki sopayı yaprakların içine vurduğunu gördüm.

"Ne yapıyorsun?" dedim.

"Yılanları korkutuyorum," dedi. "Kampta, Avustralya'daki yılanların ölümcül ve atak olduğunu söylediler. İnsanları kovalıyorlarmış."

Ernie'nin, sıçanlar konusunda bana kurduğu tuzağı hatırladım ve aklımdan, Irina'ya bu yılanlardan bazılarının uçabildiğini duyduğumu söylemek geçti. Ancak sonra vazgeçtim. Avustralya'nın espri anlayışını benimsemek için çok erken olduğunu düşündüm.

"Benimle İngilizce konuşmalısın," dedi Irina. "Sydney'e bir an önce gidebilmemiz için İngilizce öğrenmem gerek."

"Pekâlâ," dedim İngilizce. "Nasılsınız? Sizinle tanıştığıma çok sevindim. Benim adım Anya Kozlova."

Ben de sizinle tanıştığıma memnun oldum," dedi Irina. "Ben de Irina Levitskya. Neredeyse yirmi bir yaşındayım. Rus'um. Şarkı söylemeyi ve çocukları seviyorum."

"Çok iyi," dedim, Rusça'ya dönerek. "Tek ders için çok iyisin. Bugün yuvada işler nasıl gitti?"

"Çok sevdim," dedi Irina. "Çocuklar sevimli ve terbiyeliler. Ancak bazılarının yüzleri hüzünlü. Evlendiğimde bir düzine çocuğum olsun istiyorum."

Yemekhanede gördüğüm çiçeklerden gördüm ve diplerini kazmak için çömeldim. "Bir düzine mi?" dedim. Bu 'çoğalmak ya da yok olmak' fikrini ciddiye almak demek."

Irina bir kahkaha patlattı ve bitkiyi içine koymam için çantayı açtı. "Keşke mümkün olsa. Annemin benden sonra çocuğu olmamış, büyükannemin de, babamı doğurmadan önceki bebeği ölü doğmuş."

"Baban doğunca çok sevinmiş olmalı," dedim.

"Evet," dedi Irina, bitkinin dibe oturması için çantayı sallarken. "Tabi otuz yedi yaşına kadar yaşayıp sonra da Japonlar tarafından öldürüldüğünde çok üzülmüş."

Çevremdeki diğer bitkilere bakındım. Mariya ve Natasha'nın zengin oldukları konusunda ne kadar yanıldığımı düşündüm. Onların kutsanmış oldukları konusunda da yanılıyor olabilirdim. Natasha'nın erkek kardeşleri, kız kardeşleri, amcaları ve teyzeleri neredeydi? Rusların hepsi tek çocuklu aileler değildi. Onlar da sevdiklerini devrimlerde ve savaşta kaybetmiş olmalıydılar. Görünüşe bakılırsa kimse acıdan ve trajediden kaçamıyordu.

Mor ve beyaz menekşelerden oluşan bir kümeyi işaret ettim. Boş toprağı kapatmak için çok uygundular. Irina beni takip etti ve ben de küreğimle bitkilerin dibini kazmaya başladım. Onları evlerinden aldığım için üzgündüm ancak onlara iyi bakılacaklarını ve onları insanları mutlu etmek için kullanacağımı fısıldadım.

"Bu arada Anya, İngilizceyi bu kadar iyi konuşabilmeyi nasıl öğrendiğini sana hiç sormadım. Öğretmenlik yaptığın zaman mı?" diye sordu Irina.

Dönüp ona baktım. Gözlerini merakla açmış, benim cevabımı bekliyordu. İşte o zaman Ivan'ın benimle ilgili gerçeği asla söylemediğini anladım.

Çiçeklerin dibini kazmaya devam ettim, onunla yüz yüze gelmeye utanıyordum. "Babam İngilizce kitaplar okumayı severdi ve bana o öğretti. Fakat İngilizce'ye kullanışlı bir dil olarak değil, daha çok Hint dili gibi, egzotik bir dil olarak yaklaşırdı. Okulda İngilizce derslerimiz vardı ve konuşmayı da böylelikle öğrendim. Fakat Şanghay'da hemen her gün konuşmam gerektiği için daha çok ilerlettim." Devam etmeden önce Irina'ya baktım. "Ama bir öğretmen olarak değil. Bu bir yalandı."

Irina'nın şaşkınlıktan yüzü değişti. Yanıma çömeldi ve doğrudan gözlerimin içine baktı. "Peki, gerçek ne?"

Derin bir nefes aldım ve kendimi Sergei, Amelia, Dmitri ve Moscow-Shanghai'yı anlatırken buldum. Anlattıkça gözleri açılıyordu ancak içlerinde bir yargılama yoktu. Onu aldatmış olduğum için kendimi suçlu hissediyordum ancak nihayet gerçeği söylemek beni rahatlatmıştı. Ona Ivan'ın evlenme teklif ettiğini bile söyledim.

Bitirdiğimde Irina'nın gözleri ormana daldı. "Aman Tanrım," dedi bir süre sonra. "Beni çok şaşırttın. Ne söyleyeceğimi bilmiyorum." Ayağa kalktı, ellerindeki toprağı silkeledi ve beni başımdan öptü. "Ama bana geçmişini anlattığına sevindim. Şimdi geçmişinle ilgili neden fazla konuşmak istemediğini anlıyorum. Beni tanımıyordun. Ama artık kardeş olduğumuz için her şeyi anlatabilirsin."

Havaya sıçradım ve ona sarıldım. "Sen benim kız kardeşimsin," dedim. Çalılıkların arasında bir şey kıpırdadı. Ancak bu sadece öğle sonrası güneşini yakalamaya çalışan bir kertenkeleydi. "Tanrım!" diyerek güldü Irina. "Bu ülkede nasıl hayatta kalacağım?"

Barakamıza geldiğimizde durakladık, içeriden çeşitli dillerde kavga sesleri geliyordu. Kapıyı iterek açtık ve Aimka'yı, Elsa'yla kısa, siyah saçlı Macar bir genç kızın arasında bulduk.

"Ne oldu?" diye sordu Irina.

Aimka dudaklarını büktü. "Elsa'nın kolyesini çaldığını söylüyor."

Erkek gibi görünen Macar kız yumruğunu sıkmış, Elsa'ya bağırıyordu. Yaşlı kadınsa korkmak bir yana, tahmin ettiğim gibi küstah bir tavırla ona meydan okuyordu.

Aimka bize döndü. "Romola, ne zaman kolyesini çıkarıp bavulunun gözüne koysa, Elsa'nın onu izlediğini söylüyor. Onlara her zaman, değerli eşyalarını barakada bırakmamalarını söylüyorum."

Çöp yığınında bulduğum tahta parçalarıyla yaptığım rafın üzerinde duran matruşka bebeğime baktım ve elbiselerimin dikişlerinde sakladığım değerli taşları düşündüm. Burada insanların birbirlerinden bir şeyler çalacaklarını aklıma getirmemiştim.

"Neden onu benim aldığımı düşünüyor?" dedi Elsa İngilizce, muhtemelen beni hedef göstererek. "Haftalardır buradayım ve hiçbir şey kaybolmadı. Neden kolyesini Rus kızlara sormuyor?"

Kan yüzüme hücum etti. Geldiğimizden beri Elsa'ya dostça yaklaşmaya çalışıyordum ve bu tür şeyler söylediğine inanamadım. Irina'ya söylediklerini tercüme ettim. Aimka diğer kızlara onun söylediklerini tercüme etmedi ancak İngilizce bilen Macar kız etti. Herkes bize baktı.

Aimka omuz silkti. "Anya, Irina, haydi, eşyalarınızı arayarak herkesin içini rahatlatalım."

Öfkeden ensemdeki tüylerin hepsi havaya kalktı. İnsanların Elsa'dan neden nefret ettiklerini anlamak zor değildi. Yatağıma doğru yürüdüm, battaniyeleri ve yastığı fırlatarak kenara attım. Romola, Elsa ve Aimka dışında herkes yapmak zorunda bırakıldığım şey yüzünden utanarak başını çevirdi. Bavulumun kapağını kaldırdım ve bakmaları için onlara işaret ettim, ancak eşyalarımı ararlarsa, onları bundan sonra idari ofiste tutacağıma dair kendime söz verdim. Kızgınlığımı gören Irina bavulunun kapağını açtı, sonra da çarşaflarını yataktan çekip attı. Yastığını aldı ve yüzünü çıkardı. Yere bir şey düştü. Irina ve ben ne olduğuna baktık. Gümüş bir zincire takılı yakut haçın ayaklarımızın dibinde yattığını gördüğümüze inanamadık. Romola yerdeki çarşaflarımızın üzerinden geçerek, yerdeki kolyeyi aldı ve neşe içinde ona baktı. Sonra da bize baktı, öfkeyle yanan gözlerini Irina'nınkilere dikti.

Elsa'nın yüzü kıpkırmızıydı. Ellerini pençe gibi çenesinin altında duruyordu.

"Kolyeyi oraya sen koydun," dedim ona. "Seni yalancı!"

Gözleri açıldı ve güldü. Zafer kazandığına inananların gülüşüne benziyordu. "Sanırım, burada yalancı olan ben değilim. Siz Ruslar, yalancılığınızla meşhur değil misiniz?"

Bizim kadar şaşkın görünen Romola, Aimka'ya bir şey söyledi. Ancak kaşlarını çatması beni endişelendirmişti. "Irina," dedi, kolyeyi Romola'dan alırken, "bu ne demek oluyor?"

Irina hiç konuşmadan bana döndü.

"Kolyeyi o almadı," dedim. "Elsa aldı."

Aimka bana baktı, sonra da sırtını dikleştirdi. Yüzü değişti. İfadesinde hayal kırıklığıyla nefret karışımı bir şey vardı. Parmağıyla Irina'yı işaret etti.

"Bu hiç hoş görünmüyor, değil mi?" dedi. "Senden beklemezdim. Bu gibi şeylerde oldukça katıyızdır. Eşyalarını topla ve benimle gel."

Irina sendeledi. Gözlerinde, dürüst insanların yapmayı hayal bile edemeyeceği şeylerle suçlandıklarındaki şaşkın ifade vardı.

"Onu nereye götürüyorsunuz?" diye sordum, Aimka'ya.

"Albay'ın yanına."

Albay sözcüğünü duyunca rahatladım. Mantıklı bir adamdı. Irina'ya, bavulunu toplamasında yardım etmek için eğildim. Eşyalarını toplamak fazla zamanımızı almadı çünkü her şeyini açacak kadar vakti olmamıştı. Bavulunu kapattıktan sonra battaniyelerimi katladım ve bavulumu toplamaya başladım.

"Ne yapıyorsun?" diye sordu Aimka.

"Ben de geliyorum," dedim.

"Hayır!" dedi elini kaldırarak. "Eğer Albay'la çalışmaya devam etmek ve Sydney'de bir iş bulmak istiyorsan gelemezsin."

"Burada kal," diye fısıldadı Irina. "Kendini de zor duruma düşürme."

Aimka'nın Irina'yı kapıya kadar götürmesini izledim. Elsa battaniyelerini açıp yatağına girmeden önce bana baktı. Öyle öfkeliydim ki onu yumruklayabilirdim. Raftan matruşka bebeğimi aldım ve bavulumu toplamaya devam ettim. Romola ve onun İngilizce konuşan arkadaşı bu süre içinde gözlerini benden ayırmadılar.

"Cehenneme gidin!" diye bağırdım onlara. Bavulumu aldım ve dışarıdaki karanlığa kendimi atmadan önce arkamdan kapıyı çarptım.

Akşamın havası kendimi daha iyi hissetmemi sağlayamadı. Irina'ya ne olacaktı? Herhalde onu hapishaneye göndermezlerdi? Mahkeme salonundaki acınası, şaşkın yüzünü hayal ettim. "Tamam, kes şunu," dedim, kendi kendime. Bu yüzden onu hapishaneye atmayacaklardı. Başka şekillerde cezalandırılabilirdi ancak bu da haksızlıktı. Bunu siciline işleyebilirler ve iş bulmasını zorlaştırabilirlerdi. Barakalardan birinden bir kahkaha sesleri duydum. Bir kadın Rusça bir hikâye anlatıyor, diğer kadınlar da gülüyorlardı. Tanrım, neden bizi bu barakaya koymadılar, diye düşündüm.

Bizim barakanın kapısının çarpıldığını duydum ve dönüp baktığımda iki Macar kızın bana doğru koştuklarını gördüm. Benimle kavga etmeye geldiklerini sandım ve kendimi savunmak için bavulumu kaldırdım. Ancak İngilizce konuşabilen kız, "Kolyeyi arkadaşının almadığını, Elsa'nın aldığını biliyoruz. Albay'a git ve arkadaşına yardım etmeye çalış. İsimsiz bir not yazacağız, tamam mı? Sakın Aimka'ya güvenme."

Onlara teşekkür ettim ve idari ofise koştum. Neden Aimka'nın beni engellemesine izin vermiştim? İşime, Irina'dan daha mı fazla önem veriyordum?

Albayın ofisine vardığımda içerideki ışıkların hâlâ yanık olduğunu gördüm. Irina ve Aimka tam kapıdan çıkmak üzerelerdi. Irina ağlıyordu. Ona koştum ve kollarımı omuzlarına doladım. "Ne oldu?" diye sordum.

"Eşyalarını bir çadıra bırakacak," dedi Aimka. "Ve artık kreşte çalışamayacak. Bir uyarı aldı ve bir daha yaparsa çok ciddi cezalandırılacak."

Irina bir şeyler söylemeye çalıştı ancak beceremedi. Aimka'nın bu ani soğukkanlılığı karşısında şaşırmıştım. Irina'nın cezalandırıldığına sevindiği kanısına varmaya başladım.

"Sana ne oldu?" diye sordum Aimka'ya. "Onun almadığını biliyorsun. Elsa'nın sorun yaratan biri olduğunu kendin söylemiştin. Arkadaşımız olduğunu sanıyordum."

Aimka burnundan soludu. "Öyle mi? Neden böyle düşündün? İnsanlarınız bizi kurtarmaya geldiklerinde birçok şey çaldılar."

Bir şey söylemeye gücüm kalmamıştı. Aimka'nın maskesi düşüyordu ancak o maskenin altında tam olarak ne olduğunu bilmiyordum. Başta kültürlü ve kibar gibi görünen bu piyanist kadın kimdi? Daha birkaç gün önce milliyetçi çatışmalarını yanlarında getiren insanları kınıyordu. Şimdi ise Rus olduğumuz için bizimle gerçekten bir sorun yaşıyordu.

"Eğer birlikte olmamızı istiyorsan, benimle çadıra gelebilirmişsin, Aimka öyle söyledi," diyerek burnunu çekti Irina.

Irina'nın kanlanmış gözlerine baktım. "Elbette seninle geleceğim," dedim. "Böylece ikimizin de başında böyle kaltak bir blok denetçisi olmaz." Daha önce bu sözcüğü hiç kullanmamıştım ve kendim bile şaşırdım, ancak bir taraftan da kendimle gurur duydum.

"Birbirinizden farkınız olmadığını biliyordum," dedi Aimka.

Albay'ın kapısı açıldı ve kafasını dışarı uzattı. "Bu gürültü de ne?" diye sordu, kulağını kaşırken. "Geç oldu ve ben çalışmaya çalışıyorum." Albay beni görünce tekrar baktı. "Anya, her şey yolunda mı?" diye sordu. "Neler oluyor?"

"Hayır, Albay Brighton," dedim, "hiçbir şey yolunda değil. Arkadaşım haksız yere hırsızlıkla suçlandı."

Albay içini çekti. "Anya, biraz içeri gelir misin, lütfen? Arkadaşına beklemesini söyle. Aimka, bu akşamlık bu kadar yeter."

Aimka, Albay'ın bana karşı saygısı karşısında dik dik baktı. Barakalara doğru yola koyulmadan önce omuzlarını dikleştirdi. Irina'ya beklemesini söyledim ve Albay'ın peşinden odasına gittim.

Albay masasına oturdu. Gözlerinin altında halkalar vardı ve rahatsız olmuş görünüyordu ancak bunun beni endişelendirmesine izin vermedim. Ağaç dikme ve dosyalama işi benim için Irina kadar önemli değildi.

Kaleminin ucunu çiğnedi ve kalemle beni göstererek, "Eğer Rose'a sorarsan, sana insanlar konusunda hemen hemen karar verdiğimi ve bir kere karar verdim mi, bir daha fikrimi asla değiştirmediğimi söyler. Sana, asla yanılmadığımı söylemeyi unutabilir. Şimdi, seni ilk gördüğümde seninle ilgili kararımı vermiştim. Sen dürüstsün ve çalışkansın."

Albay masasının çevresinde dolandı ve Avustralya haritasının üzerine doğru eğildi. 'Çoğalmak ya da yok olmak' konusunda bir ders daha vereceğini sandım.

"Anya, eğer arkadaşının o kolyeyi almadığını söylüyorsan, sana inanırım. Kendimce kuşkularım vardı ve onun dosyasına baktım. Tıpkı sende olduğu gibi, onun dosyasında da Yüzbaşı Connor'dan gelen ilgili bir mektup var. Şimdi, eğer Yüzbaşı Connor da benim gibi meşgul bir adamsa, ki öyle olduğunu sanıyorum, oturup da kimseye rapor yazmak için vakit bulamaz. Sizleri övmek için bir nedeni olmalıydı."

Keşke Irina da burada olup Albay'ın söylediklerini duyabilse, diye düşündüm, gerçi söylenenleri anlayamazdı.

"Teşekkürler, Albay," dedim. "Söyledikleriniz için minnettarım."

"Onu cezalandırmak için çadıra göndermedim," dedi, "niyetim sadece Aimka'dan uzak tutmaktı. Bu konuda daha fazla konuşmak istemiyorum çünkü birkaç dil konuşan insanlardan korkarım. İlk fırsatta Irina için daha iyi bir fırsat yaratacağım fakat şimdilik çadırda kalması gerekiyor."

Ona sarılmak istedim ancak bu uygun olmazdı. Ona tekrar teşekkür ettim ve kapıya yöneldim. Albay not defterini açtı ve bir şeyler yazmaya başladı.

"Ve Anya," dedi, tam ben kapıyı kapatmak üzereyken, "kimseye bu konuşmadan bahsetme. Kimseye ayrıcalık yapıyormuş gibi görünmek istemem."

Kolye olayını takip eden haftalar acınası bir halde geçti. Albay Brighton'ın, Irina'nın ismi üzerine bir çizgi çekmemesine, Romola ve Tessa adındaki arkadaşları, onu suçlamadıklarını söylemelerine rağmen, Irina

Avustralya ile ilgili tutkusunu kaybetmişti. Yeni konaklama alanımızın da, durumumuza faydası yoktu. Çadırımız kampın en kenarında, kamış kesmeye gitmek için kuzeye gitmeyi bekleyen Sicilyalı erkeklerin çadırlarından ve kadınlar için ayrılmış tesislerden çok uzaktaydı. Çadırın içinde ayakta durmaya çalışsam, başım tavana değiyordu ve zemin topraktan oluşuyor, giysilerimizi toz kokutuyordu. Ben en azından orada fazla zaman harcamak zorunda kalmıyordum ancak Irina, işsiz bir halde günlerini yatakta yatarak ya da Ruselina'dan mektup beklediği postanenin çevresinde dolaşarak geçiriyordu.

"Fransa çok uzak," diyerek onu ikna etmeye çalıştım. "Mektubunun oraya varması günler alır ve Ruselina da sana her gün telgraf çekemez."

Sadece İngilizce dersleri konusunda azimli görünüyordu. Başlarda bu beni rahatlattı. Çadıra döndüğümde onu çalışırken ya da sözlükle Avustralya'nın haftalık kadın dergilerini okurken buluyordum. Onun İngilizce'ye olan ilgisi devam ettiği sürece her şeyin yolunda gideceğini düşünüyordum. Ancak bir süre sonra onun bu ilgisinin Amerika'ya gitmek için olduğunu anladım.

"Amerika'ya gitmek istiyorum," dedi bir sabah, ben işe gitmek üzere hazırlanırken. "Büyükannem iyileştiğinde, kabul edilme olasılığını kullanmak istiyorum."

"Her şey yoluna girecek," dedim. "Biraz para biriktireceğiz ve en kısa zamanda kendimize Sydney'de iş bulacağız."

"Burada yok olacağım. Anlıyor musun, Anya?" dedi. Gözleri kızarmıştı. "Bu çirkin ülkede, bu çirkin insanlarla yaşamak istemiyorum. Güzel bir şeylere ihtiyacım var. Müziğe ihtiyacım var."

Yatağına oturdum ve ellerini, ellerimin arasına aldım. O, Avustralya'da iyi yaşayacağımıza dair umudunu kaybetmişse, ben nasıl taşıyacaktım bu umudu?

"Bizler göçmen değiliz," dedim. "Mülteciyiz. Burayı nasıl terk ederiz? En azından denemeli ve biraz para kazanmalıyız."

"Peki ya, senin şu arkadaşın?" dedi, kolumu sıkarak. "Amerikalı olan?"

Dan Richards'a yazmayı kaç kere aklımdan geçirdiğimi ona söyleyemedim. Ancak Avustralya hükümetiyle bir sözleşme imzalamıştık ve Dan'in de bize yardım edebileceğinden şüpheliydim. En azından iki yılımız dolana kadar yapabileceği bir şey yoktu. Sözleşmeyi ihlal edenlerin sınır dışı edildiğini duymuştum. Bizi sınır dışı edip, nereye göndereceklerdi? Rusya'ya mı? Bizi orada öldürürlerdi.

"Eğer bana bugünü Mariya ve Natasha'yla geçireceğine söz verirsen, ben de bu konuyu düşüneceğime dair sana söz veririm. "Mutfakta yardıma ihtiyaçları olduğunu söylediler ve parası da iyiymiş. Irina, çok çalışacağız, biraz para biriktireceğiz ve Sydney'e gideceğiz."

Önce kabul etmedi ancak sonra düşündü ve mutfakta çalışarak Amerika'ya gidecek parayı biriktirebileceğine karar verdi. Onunla tartışmadım. Bütün gününü yalnız geçirmediği sürece ben mutlu olurdum. Irina'nın giyinip, saçlarını düzeltmesini bekledim ve birlikte yemek salonuna gittik.

Irina'nın bu durumu Mariya ve Natasha'yı da etkilemiş olmalı ki, akşam erken saatlerde çadıra döndüğümde Lev'i çadırın çevresindeki uzamış çimenleri temizlerken, Piotr'u da yere ahşap zemin yaparken buldum.

"Irina yılanlardan çok korkuyor," dedi Piotr. "Bu onun kafasını rahatlatır."

"Nerede?" diye sordum.

"Mariya ve Natasha onu sinema salonuna götürdüler. Orada bir piyano var ve Natasha tekrar çalmaya başlamak istiyor. Irina'yı da şarkı söylemeye ikna etmeye çalışıyorlar."

Yanlarında getirdikleri gereç çantasının içinde küçük bir kazma vardı. Çadırın önüne çiçek dikmek için kullanmak üzere izin istedim.

"Girişe ve bayrak direğinin çevresine diktiklerin çok güzel oldu," dedi Lev, doğrulup orağına yaslanarak. "Bahçıvanlık konusunda yeteneklisin. Nereden öğrendin?"

"Babamın Harbin'de bir çiçek bahçesi vardı. Onu seyrederek öğrenmiş olmalıyım. Arada sırada elini toprağa koymak insanın ruhuna iyi gelir, derdi."

Piotr, Lev ve ben geri kalan aydınlık saatleri çadırı düzenlemekle geçirdik. Bitirdiğimizde, neredeyse tanınmaz hale gelmişti. İçerisi çam ağacı ve limon kokuyordu. Ben de dışarıya çan çiçeği ve papatya diktim. Biçilmiş çimenler de çok güzel görünüyordu.

"Kamptaki herkes kıskanacak," diyerek güldü Lev.

Mariya ve Natasha'yla birlikte çalışmak Irina'nın moralini tamamen olmasa da biraz düzeltmişti. Sonsuza kadar kampta yaşamak istemiyordu ve hâlâ Sydney'e ne zaman gidebileceğimizi bilmiyorduk. Onu otobüsle yirmi dakika süren kasabaya götürerek neşelendirmeye çalıştım. O gün kamptan aynı kasabaya giden başka insanlar da vardı ancak hiçbiri İngilizce ya da Rusça bilmiyordu, bu yüzden onlara kasabayla ilgili hiçbir şey soramadık. Kasabanın varoşlarına geldiğimizde sokakların Şanghay'ın sokaklarından daha geniş olduğunu gördük. Her iki taraflarında kumtaşından yapılma, Beyaz çitlerle çevrili bungalov ve konaklar vardı. Karaağaçlar, söğütler ve akaramber ağaçları, yayılmış dallarıyla caddelere gölgelerini düşürüyorlardı.

Otobüs demir döküm parmaklıklı evlerin ve oluklu tenteli dükkânların sıralandığı bir caddede durdu. Köşede Gürcü tarzı bir kilise bulunuyordu. Üzeri tozla kaplı arabalar, yalaklara bağlanmış atlarla yan yana park etmişlerdi. Yolun karşısında üç katlı ve yan duvarında golf oynayan bir adamın resmedildiği Toohey's Bira reklamı olan bir birahane gördük. Manifatura ve hırdavat dükkânlarını geçerek transistörlü radyosunda Dizzy Gillespie çalan bir dondurma salonuna kadar yürüdük. Afro-Küba tarzı müzik, bu kurak ve tozlu ortama uygun gibi gelmiyordu, buna Irina bile güldü. Düğmeli elbiseli bir kadın bize külahlar içinde çikolatalı dondurma servisi yaptı, hızla yememiz gerekiyordu çünkü dükkândan çıkar çıkmaz dondurmalar erimeye başladı.

Burnu çopurlu bir adamın, bir otobüs durağından bize baktığını fark ettim. İçkiden adamın yüzü ve gözleri kızarmıştı. Irina'ya caddenin karşısına geçmemiz gerektiğini söyledim.

"Evinize gidin, mülteciler," diye homurdandı. "Sizi burada istemiyoruz."

"Ne dedi?" diye sordu Irina.

"O sadece bir ayyaş," dedim, onu çekiştirerek. Kalbim küt küt atıyordu. Omzumun üzerinden bizi takip edip etmediğine bakmak istedim ancak yapamadım. Korktuğumu göstermek pek akıllıca olmazdı.

"Lanet olası mülteci kaltaklar!" diye bağırdı adam yeniden. Birahaneden biri pencereyi açıp, adama bağırdı, "Kapa çeneni, Harry!"

Irina'nın gülmesi beni şaşırttı. "Bunu anladım," dedi.

Ana caddenin arkasında çam ağaçlarının çevrelediği, süslü fıskiyelerin ve kadife çiçeklerinin bulunduğu bir park vardı. Çevresi begonvillerle kaplı bir açık hava sahnesinin yanında yere serdikleri bir battaniye üzerinde oturan bir aile vardı. Yanlarından geçerken aile reisi bize günaydın dedi. Irina da ona İngilizce günaydın diye cevap verdi ancak şu sarhoş olayından sonra kendimizi biraz rahatsız hissettik ve onlarla konuşmak için durmadık.

"Park güzelmiş," dedi Irina.

"Evet, keşke kampta da bir tane olsa."

Açık hava sahnesinin basamaklarına oturduk. Irina yonca çiçeğinden kolye yapmaya başladı. "Çevremizde medeni bir yer bulunduğunu tahmin etmiyordum," dedi. "Kuş uçmaz, kervan geçmez bir yerde olduğumuzu düşünüyordum."

"Buraya daha önce gelmeliydik," diye cevapladım,

Irina'nın değişiklik olsun diye iyimser yaklaştığını düşünerek.

Elindeki kolyeyi bitirdi ve boynuna astı. "Eğer senin yerinde olsaydım benden nefret ederdim, Anya," dedi. "Düşünsene ben ve büyükannem olmasaydık, şimdi New York'ta olacaktın."

"New York'ta tek başıma olacaktım," dedim. "Ben seninle olmayı tercih ettim."

Irina gözlerini benimkilere dikti. Gözleri yaşlarla doluydu. Bundan daha gerçekçi bir şey söyleyemezdim, diye düşündüm. Avustralya'da hayat ne kadar zor olursa olsun, New York'ta daha iyi olacağını kimse garanti edemezdi. Önemli olan insanlardı, üzerinde yaşadığın ülke değil.

"Benim umursadığım tek şey," dedim, "Ruselina'nın iyileşmesi ve onu buraya getirebilmemiz."

Irina boynundaki kolyeyi çıkardı ve benimkine taktı. "Seni seviyorum," dedi.

Irina'nın mutsuzluğuna neden olmasının yanı sıra, kolye hırsızlığı olayıyla ilgili sinirlerimi bozan şey Aimka'nın bize sırtını dönmesiydi. Ruslardan içten içe nefret ediyor olmasına rağmen ilk başta bize neden sıcak davrandığını anlayamıyordum. Bu sır, iki hafta sonra Tessa'yı çamaşırhanede gördüğümde çözüldü.

"Merhaba," dedim, ellerim köpüklü suların içindeyken.

"Merhaba," diye yanıtladı Tessa. "Arkadaşın nasıl?"

"Daha iyi."

Tessa elini cebine attı ve bir kibrit kutusu çıkardı. İçinden bir kibrit çöpü çıkardı, kazanı ve sonra da aynı kibrit çöpüyle sigarasını yaktı. "Duyduğuma göre çadırınız çok güzel olmuş, ha?" dedi, ağzının köşesinden dumanı üfleyerek.

Elimdeki bluzu sıktım ve durulama küvetine attım. "Evet," dedim. "Artık bir saray oldu."

"Bizim barakada her şey insanı mutsuz ediyor," dedi.

"Elsa'nın hâlâ sorun yaratıp yaratmadığını sordum. İki katı sorun çıkarıyormuş. "Elsa, sadece bir deli. Asıl kaltak Aimka. Herkesi perişan ediyor."

Küvetin tıkacını çıkardım ve her şeyi sıktıktan sonra çamaşır sepetimin içine attım. "Nasıl yani?" diye sordum?"

"Elsa'yı bize karşı kışkırtıyor. Biz genciz, bazen erkeklerin çevremizde olmalarından hoşlanırız, bilirsin. Aimka, Elsa'yı daha yaşlıların bulunduğu, kurallara harfiyen uyan Almanlarla aynı barakaya koymalı. Ama Aimka bunu yapmıyor. Herkese tuzak kuruyor."

"Onu anlamıyorum," dedim, başımı sallayarak. "Budapeşte'de, Yahudilere yardım eden bir aileden geliyor. Kibar insanlar olmalıydılar."

Tessa'nın gözleri neredeyse dışarı fırladı. "Bunu sana kim söyledi?" Sigarasını ayağıyla söndürdü ve omzunun üzerinden çevreye bakınarak bana bir adım daha yaklaştı. "O, bir Macar ve Polonya'da yaşıyordu. Aimka bir işbirlikçiydi. Yahudi kadınların ve çocukların ölüme gönderilmelerine neden oldu."

O gün işten çadıra dönerken, çevremde bilmediğim bir sürü iş döndüğünü düşündüm. Avrupa'da muhtemelen asla anlaşılmayacak şeyler olmuştu. Şanghay'ın namussuzluk ve yozlaşmalarla dolu bir yer olduğunu düşünmüştüm ancak orada yaşadığımız hayat aslında oldukça sadeymiş: eğer paran varsa hayatını yaşıyordun; yoksa yaşayamıyordun.

Çadıra doğru yürürken Irina'nın çadırın arkasında emekleyerek dolaştığını gördüm. Gözlerini akşam güneşi yüzünden kısarak ne yaptığına baktım. Elleri ve dizlerinin üzerinde dikkatle bir şeye bakıyordu. Tüm bu olanların üstüne bir de yılan mı gördü, diye merak ettim. Ancak ona yaklaştığımda sırıttı ve parmağını dudaklarına götürdü.

"Gel," diye fısıldadı, omuzlarının üzerinden bana bakmam için işaret etti.

Ellerimin ve dizlerimin üzerinde onun yanına çöktüm. Çadırımızın diğer tarafında sırtı yuvarlak, bacakları kaslı ve uzun kuyruklu bir hayvan çimenleri kemiriyordu. Ona baktığımızı fark etmiş olmalıydı, yüzünü bize döndü. Tavşan gibi kulakları ve kahverengi mahmur gözleri vardı. Onun ne olduğunu biliyordum, haftalık kadın dergilerinden birinde resmini görmüştüm. Bu bir kanguruydu.

"Çok güzel, değil mi?" dedi Irina.

"Bunun da çirkin bir Avustralyalı olduğunu söyleyeceğini sanmıştım."

İkimiz de güldük. "Hayır, çok sevimli," dedi.

Şubat ayında bir sabah idare ofisinde dosyalama yaparken, Albay ve Ernie'nin kampla ilgili sorunları konuşmalarına kulak şahidi oldum.

"Kasaba ve kamp iki ayrı topluluk ve bizim onları bütünleştirmemiz gerek," dedi Albay. "Böyle dost canlısı insanların bulunduğu bir kasabada bir şey yapamazken, bu insanları topluma nasıl kazandıracağız ve Avustralyalıların onları kabul etmelerini nasıl sağlayacağız?"

"Katılıyorum," dedi Ernie, masasının arkasındaki küçücük alanda turlamaya çalışırken. "Sydney'de İngiliz olmayan göçmenlere karşı protesto gösterileri yapıldı ve kasabada bile birkaç olay olmuş."

"Ne tür olaylar?"

"Bazı dükkânların camları kırılmış. Dükkân sahipleri, kamptan insanlara hizmet verdikleri için yapıldığını düşünüyorlar."

Albay başını salladı ve ayaklarına baktı.

Dorothy daktilo yazmayı bıraktı. "Orası güzel bir kasaba," dedi. "İnsanları iyi. Bu sadece kendini bilmez birkaç kişinin işi. Tabi bunlar aptal çocuklar. Kimsenin korkmasına gerek yok."

"İşte mesele bu," dedi Albay. "Eminim kasaba insanları, buradaki insanları tanırsa onları daha çok severler."

"Bazı kamplar, bulundukları kasabalarda konserler

düzenlediler," dedi Ernie. "Burada da yetenekli birçok insan var. Belki biz de böyle bir şey yapmayı deneyebiliriz."

Albay çenesini tuttu ve öneriyi düşündü. "Neden olmasın," dedi, "biz de deneyebiliriz. Başlangıç için küçük de olsa iyi biri girişim. Rose'a bu işi, Ülke Kadınları Birliği ile organize etmesini söyleyeceğim. Aklında bazı müzisyenler var mı?"

Ernie omuz silkti. "Ne tür bir müzik istediklerine bağlı -opera mı, kabare mi, caz mı? Bunları yapabilen bir sürü insan var. Birilerini bulurum. Bana sadece hangi tür müzik ve ne zaman olsun, onu söyleyin."

Önümdeki kâğıtların arasından fırlayarak onları şaşırttım. "Affedersiniz," dedim. "Benim bir önerim var."

Albay bana gülümsedi. "Pekâlâ," dedi, eğer yerel ağaç dikmek kadar iyi bir fikirse, kulağım sende."

"Beni bu işe bulaştırdığına inanamıyorum!" diye sızlandı Irina. Sesi, Ülke Kadınları Birliği'nin sosyal geceler düzenlediği kilise koridorunda yankılandı. Mozaik yer döşemesi kaplı alanda üç tane kabin vardı ve duvarları nemden dolayı kabarmış, etrafa kötü bir koku yayıyorlardı.

Üzerine giydiği yeşil renkli, tek parça elbisemin fermuarını çekerken araya sıkışmaması için saçlarını topladı. Ensesinde oluşmaya başlayan kızarıklığı fark ettim.

"Bu kadar heyecanlandığını bilmiyordum," dedim, benim de sesim kısılmaya başlamıştı. "Şarkı söylemeyi sevdiğini sanıyordum."

Kendisini ince belli bir elbisenin içine sokmaya çalışan Natasha, burnundan soluyordu. Parmaklarını tek tek açarak onları çıtlattı. "Daha önce piyano çalacağım için hiç bu kadar telaşlanmamıştım," dedi. "Albay Brighton, sanki 'çoğalma ya da yok olma' konusundaki başarısı bu performansa bağlıymış gibi davranıyor." Rujunu sürerken Natasha'nın elleri titriyordu. Dudaklarını mendiliyle temizleyip, rujunu tekrar sürmek zorunda kaldı.

Elbisenin, Irina'nın kalçasına oturan bölümünü düzelttim. Elbiseyi onun bedenine göre düzeltmek zorunda kalmıştık ve yırtmacı da biraz kapatarak, kalçalardan değil de dizlerden başlamasını sağladık. Irina omuzları üzerine bir İspanyol şalı aldı ve göğsünün üzerinde düğümledi. Kırmızı Flâmenko elbisesinin, Avustralya'daki ilk sahnesi için fazla seksi olduğuna, bunun yerine daha egzotik ancak modern görünen bu giysiye karar vermiştik.

Irina ve Natasha saçlarını Judy Garland tarzı kıvırdılar. Toka takmalarına yardım ettim. Kendi içlerinde ne hissediyor olurlarsa olsunlar, kimse onların çok güzel göründüklerini inkâr edemezdi.

Irina makyajını yaptı, ben de ayna karşısında saçlarımı taradım. Rose bizim için pudra, ruj ve saç spreyleri temin etmişti. Aylardır en temel ihtiyaçlarımızı karşılayamazken, birkaç kozmetik ürünün bize kendimize olan saygımızı geri getirmesi şaşırtıcıydı.

"Gidip seyirciye bir göz at, Anya," dedi Irina, çorabını çekmek için lavaboya tutunurken. "Ve gelip bize nasıl olduğunu anlat."

Sanatçı tuvaletleri, sahnenin bir kanadından aşağı inen merdivenlerin altındaydı. Eteklerimi kaldırdım ve merdivenleri aceleyle tırmanmaya başladım. Perdenin arkasında bulunan bir boşluktan baktım. Salon hızla doluyordu. Ülke Kadınları Birliği, yakın kasabalardaki kardeş örgütleri davet etmişti ve her yaştan kadın salonda yavaş yavaş ilerleyerek, koltuktaki yerini alıyordu. Kadınların birçoğu yanlarında eşlerini de getirmişlerdi, iklimin yıprattığı çiftçi adamlar adeta pazar günü giysilerinin içine girmişlerdi. Siyah, kıvırcık saçlı genç bir adam, muhtemelen annesi olan bir kadınla ağır ağır salona girdi. Takım elbisesi kendisine bir beden büyük görünüyordu ancak taftalı elbiseler içindeki bir grup kızın dikkatini çekti. Kızların elleri ağızlarında birbirleriyle fısıldaşmalarından bu gencin kasabanın 'gözdesi' olduğuna karar verdim.

Salonun arkasında ağırbaşlı bir kadın masaya çikolatalı kekler, elma turtaları ve rulo pastalar yerleştiriyordu. Onun yanında hırkalı bir kadın çay servisi yapıyordu. Genç gibi görünen bir papaz ona doğru yürüdü ve kadın ona bir fincan çay verdi. Papaz çayı başıyla teşekkür ederek kabul etti ve arka sıradaki koltuğuna doğru ilerledi. Neden ön sıraya değil de arkaya oturduğunu merak ettim. Acilen bir tanrı işi için çağırılacağını mı düşünüyordu?

Albay ve Rose, Ülke Kadınları Birliği'nin başkanını, kampı temsil etmeleri için özenle seçilmiş göçmenlere tanıtıyorlardı. Göçmenlerin arasında Alman bir eczacı, Viyana'dan bir opera şarkıcısı, Macar bir dil bilimleri profesörü, Yugoslav bir tarih profesörü ve terbiyesinden şüphe duyulmayan Çekoslovak bir aile vardı. Ernie, sarı bir elbise giymiş ve saçına bir çiçek takmış olan Dorothy ile konuşuyordu. Ernie ellerini bir kelebek gibi hareket ettirerek bir fıkra anlatıyor, Dorothy onu gözlerini kırpıştırarak dinliyordu.

"A-ha, anladım," diye fısıldadım. "Ben bunu daha önce nasıl fark edemedim?"

Odaya döndüğümde Irina ve Natasha prova yapıyorlardı. "Salon dolu," dedim.

İkisinin de heyecanla yutkunduklarını görünce başka bir şey söylememeye karar verdim. Onlar yirmi kişi karşısında performanslarını sergileyeceklerini sanıyorlardı ancak salonda neredeyse yüz kişi vardı.

Kapı çalındı, Albay ve Rose kafalarını içeri uzattılar.

"İyi şanslar kızlar," dedi Rose. "Mükemmel görünüyorsunuz."

"Sakın unutmayın," dedi Albay, "hepimiz size güveniyoruz—" daha sözünü bitirmeden Rose onu kolundan çekti.

Saatime baktım. "Artık çıkmamız gerek," dedim.

Gergin bir şekilde onlara iyi şanslar diledikten sonra, ön sıranın en sonunda bir koltuğa oturdum. Salonun tamamen dolmuştu. Papaz çevrede koşuşturarak fazladan sandalye arıyordu. Perdeler açılmadan ışıkların sönmesini diledim. Irina ve Natasha'nın salonda kaç kişi olduğunu görmelerinin iyi olacağından emin değildim.

Ülke Kadınları Birliği başkanı sahneye çıkarak perdelerin önünde durdu. Etli butlu bir kadındı ve sırma gibi saçlarını bir filenin içinde toplamıştı. Herkese 'hoş geldiniz' dedikten sonra sanatçıları takdim etmesi için mikrofonu Albay'a verdi. Albay bazı notlar çıkardı ve izleyicilere kampın günlük yönetimiyle ilgili bilgiler verdi. Avustralya'nın geleceği için yeni göçmenlerin ne kadar önemli olduğundan bahsetti. Rose'un ona kısa kesmesi için işaret ettiğini fark ettim.

"Neyse ki kartonlarını getirmemiş," diye fısıldıyordu Ernie, Dorothy'ye.

Albay 'çoğalma ve yok olma' nutuğuna başlayınca neredeyse çıldıracaktım. Rose ön sıranın önünden eğilerek perdenin arkasına geçti. Perde aniden açılıverdi ve şaşkınlık içindeki Irina ve Natasha göründü. Natasha parmaklarını piyano tuşlarının üzerinde bir baştan bir başa gezdirdi. Albay izleyicilere geldikleri için teşekkür etti ve yerine oturdu. Eğilip bana baktı ve gülümsedi. Rose kendisini fark ettirmeden onun yanına oturdu.

Irina, İngilizce söylediği 'The Man I Love'[27] adlı şarkıyla başladı. Sesi gergin çıkıyordu. Rose'la birlikte bildiğim şarkıları onlar için İngilizce'den çevirmiştik. Rose yeni şarkılar da getirmişti. Ancak Irina şarkı söylemeye başlayınca bir hata yaptığımızı anladım. İngilizce onun rahatlıkla şarkı söyleyebileceği bir dil değildi. Gırtlağının sıkıştığını, gözlerinin donuklaştığını görebiliyordum. Bu kesinlikle Irina değildi.

İzleyicilere göz gezdirdi. Çoğu kibarlık olsun diye dinliyorlardı ancak bazıları kaşlarını çatmıştı. Irina bazı

---

[27] Sevdiğim adam.

sözleri karıştırdı ve yüzü kızardı. Arka tarafta oturan bir çift fısıldaştılar. Bir süre sonra da kalkıp kapıya doğru yürüdüler. Ben de kalkıp kaçmak istedim. Gözlerimin önünde gerçekleşen bu küçük düşürücü olayı daha fazla izleyemeyecektim.

Irina'nın omuzlarındaki şal kayıp, düştü ve sahne ışıklarının altında kırmızı ve yeşilin etkisi korkunç oldu, Irina tıpkı bir abajur başlığına benziyordu. İzleyicilerin elbiseleri genellikle beyaz, pembe ya da açık maviydi.

Irina, Fransızca bir şarkıya geçti. Şarkının bazı bölümlerini İngilizce, bazılarını ise Fransızca söyledi, bölümlerin orijinal tadında kalacağını düşündüğüm için bu fikri ben ileri sürmüştüm. Irina Fransızca bölümleri keyifle söylüyor, İngilizce bölümlerde bocalıyordu. Kulağa egzotik geleceğine yanlış ve tuhaf gibi geliyordu.

Çantamdan bir mendil çıkardım ve avuçlarımı sildim. Albay'a ne diyecektim? Dorothy'ye baktım, yüzünde herhangi bir ifade yoktu. Muhtemelen bununla bir zafer kazandığını düşünüyordu. Konserden sonra Irina'yı nasıl rahatlatacağımı planlamaya başladım. 'Elimizden geleni yaptık,' diyebilirdim. Şu kolye olayından sonra Irina'yı neşelendirmek haftalar almıştı. Bakalım bundan sonra ne olacaktı?

Gitmek için bir çift daha ayaklandı. Fransızca şarkı bitti ve Natasha bir sonraki şarkının ilk notasını basınca, Irina onu durdurmak için elini kaldırdı. Yanakları kıpkırmızı olmuştu ve ağlamak üzere olduğunu sandım. Bunun yerine o konuşmaya başladı.

"İngilizcem iyi değil," dedi, mikrofonun içine hızla soluyarak. "Ancak müzik sadece sözlerden ibaret değildir. Şimdiki şarkıyı Rusça söyleyeceğim. Bunu, sahip olduğunuz bu güzel ülkeyi sevmemi sağlayan en iyi arkadaşım Anya için söyleyeceğim."

Irina, Natasha'ya işaret etti. Bu hüzünlü şarkıyı biliyordum.

"Bana senin asla geri dönmeyeceğini söylediler,
ancak onlara inanmadım.
Trenler birbiri ardına sensiz döndü ancak sonunda
ben haklı çıktım.
Seni yüreğimde görebildiğim sürece, sen
her zaman benimlesin."

Böyle bir gece için fazla hüzünlü olduğunu düşündüğümüz için bu şarkıyı programdan çıkarmıştık. Gözlerimi tavana diktim. Artık diğer insanların ne düşündüğü umurumda değildi. Irina, Avustralya konusunda başından beri haklıydı. Burası onun için doğru yer değildi. Çok çalışacak ve yeteneğinin takdir edileceği New York'a gitmemizi sağlayacaktım. Belki de yeteri kadar para biriktirebilirdim ve Dan'in eline bakmak zorunda kalmazdık. Ve eğer bu ülkeyi terk edersek, hükümet tekrar dönmemizi yasaklamaktan başka ne yapabilirdi ki?

Gözlerimi tekrar Irina'ya çevirdim. Bedeni şarkıyla canlanmıştı, titreşen sesinin gücünü gösteriyor ve sözleri yüreğinden çıkarıyordu. Yanımda oturan kadın çantasını açtı ve içinden bir mendil çıkardı. Omzumun üzerinden izleyicilere baktım. Hepsi bir anda değişmişti. Herhangi bir huzursuzluk ya da yerinde kıpırdanmalar yoktu, bunun yerine ağızları açık, gözleri nemli ve yanakları yaşlı halde dinliyorlardı. Tıpkı Tubabao'daki insanlar gibi büyülenmişlerdi.

Irina'nın gözleri kapalıydı ancak olanları görmesini, sesinin insanlara ne yaptığını görmesini istiyordum. Muhtemelen daha önce hiç Rus şarkısı dinlememişlerdi ancak hepsi onun ne söylediğini anlıyor gibiydi. Devrimden ya da sürgünden haberleri olmayabilirdi ancak kederi biliyorlardı, savaşı biliyorlardı. Ölü doğan bir bebek ya da geri dönemeyen bir evlat sahibi olmanın ne demek olduğunu biliyorlardı. Yine Mariya ve Natasha'nın Tubabao'daki çadırını düşündüm. Herkes hayatın zorluğunun farkında, dedim kendi kendime. Herkes bulabildiği kadar mutluluk ve güzellik arıyor.

Müzik durdu ve Irina gözlerini açtı. Salon bir an sessiz kaldı, sonra da büyük bir alkışla çınladı. Bir adam ayağa kalktı ve 'Bravo!' diye bağırdı. Ona eşlik etmek için başka insanlar da kalktılar. Dönüp Albay'a baktım; yüzü, doğumgünü pastasının mumlarını üflemek üzere olan bir çocuk gibi keyifliydi.

Alkışlar birkaç dakika sürdükten sonra Irina'nın konuşmasına fırsat verecek kadar azaldı. "Şimdi de sırada," dedi, "daha neşeli bir şarkımız var. Ve bu koca salonda yeterince yer var. İsterseniz dans edebilirsiniz."

Natasha ellerini piyanonun üzerinde dolaştırdı ve Irina, ilk kez Moscow-Shanghai'da duyduğum bir caz parçasını söylemeye başladı.

"Sana her baktığımda
Güneş doğuyor, gökyüzü masmavi oluyor."

İnsanlar birbirine baktı. Albay başını kaşıdı ve koltuğunda kıpırdandı. Ancak izleyiciler şarkının cazibesine dayanamıyorlardı: ayaklarını vurmaya ve parmaklarıyla bacaklarının üstünde tempo tutmaya başladılar ancak kimse dans etmek için kalkmadı. Irina ve Natasha'nın cesareti kırılmadı, omuzlarını oynatıyorlar ve şarkının içine giriyorlardı.

"Bu yüzden utanma
Zaman geçecek
Ve geçen zamanla sen hâlâ utanıyor olursan
Artık elveda demenin zamanı geldiğini anlayacağız."

Rose, Albay'ı dirseğiyle öyle bir dürttü ki, adam koltuğundan sıçradı. Üniformasını düzeltti ve elini karısına uzattı. Sahnenin ön tarafına geldiler ve dans etmeye başladılar. İzleyiciler alkışladı. Ernie, Dorothy'yi kolundan yakaladı ve onlar da dans etmeye başladılar. Tulumuyla gelen bir çiftçi, ayağa kalktı ve Viyanalı operacıya doğru gitti. Reverans yaptı ve kadına elini uzattı. Dil bilimi ve tarih profesörleri salonda yer açmak için sandalyeleri duvarların dibine çektiler. Kısa süre içinde salondaki herkes dans etmeye başladı, papaz bile. Kadınlar önce onunla dans etmekten çekindiler ancak adam tek başına ritmik ayak hareketleri ve parmak şıklatmalarıyla dans etmeye başlayınca, Çekoslovak ailenin kızlarından biri ona eşlik etmeye karar verdi.

"Bu yüzden senden dans etmeni istediğimde
Bana bir şans ver
Bu gece aşk gecesi."

Ertesi gün, yerel gazeteler Ülke Kadınları Birliği'nin gecesinin, gece yarısı ikiye kadar sürdüğünü ve polisin gelip sesi alçaltmalarını isteyene kadar bitmediğini yazdı. Haber, Ülke Kadınları Birliği Başkanı Ruth Kirkpatrick'in geceyi 'şaşırtıcı bir başarı' olarak nitelendirdiğini söyleyerek devam ediyordu.

13

Betty'nin Kafesi

İkinci kez gelişimde Sydney bana farklı göründü. Gökyüzü yarılmış ve içinden yağmur, Irina'yla tramvay beklediğimiz sütunun çevresine delicesine boşalıyordu. Ayaklarımızın yanından sular akıyor ve Rose Brighton'un bize ayrılık hediyesi olarak verdiği yepyeni çoraplarımıza çamur sıçrıyordu. Merkez istasyonun taş duvarlarına ve geniş kemerlerine baktım ve Sydney'e geri dönüş yolculuğumuzun, kampa gidişimize oranla ne kadar çabuk geçtiğini düşündüm.

Çantamı koltuğumun altına aldım ve içinde duran, üzeri kalın harflerle yazılmış zarfı hatırladım. *Bayan Elizabeth Nelson, Potts Point, Sydney.* İçimden, zarfı çıkarıp, onu tekrar incelemek geldi ancak sadece adresi değil, Albay Brighton'nın bana yazılı olarak verdiği talimatları hatırladım. Bu yüzden zarfı rahat bıraktım.

Irina'nın konserinden birkaç gün sonra Albay Brighton beni ofisine çağırmıştı. Önce Kral'ın portresine sonra Albay'a sonra da masanın üzerinden bana uzattığı zarfa baktım. Sandalyesinden kalkmıştı, haritaya doğru yürüdü sonra geri geldi. "Rose ve benim Sydney'de tanıdığımız bir hanım var," dedi. "Şehirde bir kahve salonu var. Yardımcıya ihtiyacı varmış. Ona, senden ve Irina'dan bahsettim. Onun için yemek yapan Rus bir delikanlı var ve görünüşe bakılırsa ondan memnun."

Albay tekrar koltuğuna gömüldü, parmaklarının arasında kurşun kalemini çevirirken dikkatle beni inceliyordu. "Garsonluk yapmak alışkın olduğunuz bir şey değil, biliyorum," dedi. "Senin için bir sekreterlik işi aradım fakat Yeni Avustralyalılar için bu türde fazla iş yok. Eğer gece kurslarına gitmek isterseniz, Betty size izin verecek ve eğer oraya gittiğinizde daha iyi bir iş bulursanız, istihdam dairesi konusunda size sorun çıkarmayacak. Dairesinde kalacak yer var ama isterseniz size ucuz bir yer de ayarlayabilir."

"Albay Brighton, size nasıl teşekkür edeceğimi bilemiyorum," dedim kekeleyerek, heyecandan sandalyede duramıyordum.

Elini salladı. "Bana teşekkür etme, Anya. Seni kaybetmekten nefret ediyorum. Rose, senin için bir şeyler yapmam konusunda başımın etini yedi."

Zarfı sıkıca kavradım ve derin bir nefes aldım. Ayrılık bazen heyecanlı bazen de korkutucu olabiliyordu. Ne kadar nefret etsek de, kamp bizim için güvenli bir sığınaktı. Kendi kendimizi korumak zorunda kaldığımızda nelerle yüzleşeceğimizi merak ettim.

Albay boğazını temizledi ve kaşlarını çattı. "Çok çalış, Anya. Kendin için bir şeyler yap. Seninle evlenmek isteyen ilk erkekle evlenme. Yanlış adam seni çok mutsuz edebilir."

Nerdeyse nefessiz kalmıştım. Benimle evlenmek isteyen ilk adamla evlenmiştim. Ve o da beni çok mutsuz etmişti.

"Dalgınsın," dedi Irina, mendiliyle ensesini silerken. "Bu ciddi suratla ne düşünüyorsun?"

Merkez istasyonun taş duvarları beni kendime getirdi ve Sydney'de olduğumu hatırladım.

"Buradakilerin nasıl insanlar olduklarını merak ediyorum," dedim.

"Eğer Bayan Nelson da Brightonlara benziyorsa, o zaman kesinlikle o da çılgındır.

"Bu doğru," diyerek güldüm.

Bir çan çaldı ve tramvayın yaklaştığını gördük.

"Aynı zamanda hüzünlü, sanırım," dedi Irina, bavulunu alırken. "Rose, Bayan Nelson'ın eşinin bir yıl önce öldüğünü ve savaşta iki oğlunu kaybettiğini söyledi."

Kondüktör ter kokuyordu ve onu hızla geçerek tramvayın arkasında oturacak bir yer bulduğuma sevindim. Çamurlu ayakkabılar ve su damlatan şemsiyeler yüzünden çamur olan zemin kaygandı. Önümüzdeki koltuğun arkasında üç reklam vardı. Raleigh'in domates sosu ile Nock & Kirby'nin Hırdavat Dükkânı reklamı arasında Göçmenlk Bürosu'nun bir reklamı bulunuyordu. Bu reklamda şapkalı bir adam, kendisinden daha kısa boylu, eski moda bir takım elbise giymiş başka bir adama el sallıyordu. Sloganı ise 'Yeni Evinize Hoş Geldiniz'di. Birisi bu reklamın üzerine kırmızı pastel kalemle 'Mültecileri Burada İstemiyoruz' yazmıştı. Irina'nın da fark ettiğini gördüm. Son zamanlarda 'mülteci' sözcüğünü sıkça duymuştu ve artık bunun iyi bir anlama gelmediğini biliyordu. Tramvaydaki diğer yolculara baktım. Gri paltoları, koyu renk şapkaları ve eldivenleri içinde, tüm erkekler ve kadınlar birbirine benziyordu. Konuşmadığımız sürece Irina ve ben de onlardan biri olabilirdik.

Irina buğulu pencereyi eldiveniyle temizledi. "Hiçbir şey göremiyorum," dedi.

Potts Point'e vardığımızda yağmur durmuştu. Dükkânların tentelerinden su damlıyor, sokaklardan buhar yükseliyordu. Merkez istasyonundan çıkarken yüzümüze ve yanaklarımıza sürdüğümüz pudra ve ruj kaybolmuştu. Ellerim nemlenmişti ve Irina'nın da yüzü parlıyordu. Bu sıkıntılı hava bana New Orleans'la ilgili okuduğum bir makaleyi hatırlattı. İnsan ilişkilerinin sıcak ve nemli havada daha saf ve hassas olduğunu yazıyordu. Bu Şanghay için doğruydu. Peki, Sydney için de geçerli olacak mıydı?

Limana doğru inen bir sokak boyunca yürüdük. Yürüyüş yolunun dışındaki çeşitli ağaçlara göz gezdirdim: dev akçaağaçlar, pelesenk ağaçları ve hatta palmiye ağaçları. Demir döküm parmaklıklı balkonları, siyah ve beyaz döşeme taşlı verandaları ile girişlerinde salon bitkileri bulunan evlerden bazıları oldukça soylu görünüyordu. Diğer evlerin acilen dış cephe boyasına ihtiyacı vardı. Bir zamanlar onlar da ihtişamlı görünüyor olmalıydılar ancak panjurlarının yarısı çürümüş ve pencerelerinin çerçevelerinden bazıları kırılmıştı. Ön kapısı açık olan bir evin önünden geçtik. Karanlık koridorun içine göz gezdirmekten kendimi alıkoyamadım. Afyonla halı karışımı kötü bir koku geliyordu. Irina kolumu çekiştirdi ve üçüncü kat penceresine uzanan su borusunu gördüm. Üstü başı boya içinde sakallı bir adam pencereden dışarı uzanmıştı ve elindeki resim fırçasıyla bizi işaret etti.

"İyi günler," dedim.

Öfkeli gözleri sakinleşti. Bizi selamladı ve bağırdı: "*Vive la Revolution!*"[28]

Irina ve ben adımlarımızı sıklaştırarak, neredeyse koşar adımlarla sokaktan aşağı indik. Ancak ellerimizdeki bavullarla hızlı gitmek zor oluyordu.

Sokağın sonuna doğru, aşağı inen kumtaşı merdivenlerin yanında bulunan evin giriş katındaki pencerede bir balo elbisesi sergileniyordu. Elbise, beyaz tilki kürküyle süslenmiş, nergis sarısı rengindeydi. Pencerenin fonunda, üzerine gümüş yıldızlar işlenmiş pembe saten bir örtü vardı. Şanghay'dan beri böyle göz alıcı bir şey görmemiştim. Gözüm kapının üzerinde duran altın tabelaya ilişti: 'Judith James, Desinatör.'

Irina yolun karşısından bana seslendi. "İşte burası!"

Önünde durduğu ev ne zarifti ne de paspal. Sokaktaki diğer evler gibi demir dökümlü parmaklıklarla süslenmişti. Pencere çerçeveleri ve verandaları sola doğru eğimliydi ve kapıya giden yol üzerinde çatlaklar vardı, ancak pencereler ışıl ışıldı ve küçük bahçede hiç yabani ot yoktu. Posta kutusunun yanındaki pembe sardunyalar çiçek açmıştı ve güzel bir akçaağaç üçüncü kata kadar yükseliyordu. Ancak gözüme en çok çarpan veran-

---

28   Yaşasın Devrim!

danın önündeki çimenlerin içinden yükselen gardenya ağacıydı. Bu bana nihayet annemi bulmaya yardım edecek bir şehre geldiğimi hatırlattı. Çantamdan zarfı çıkardım ve numaraya tekrar baktım. Numaranın doğru olduğunu biliyordum ancak bu şahane yerin bir rüya olmasından korktum. Yaz sonunda hâlâ çiçek açan bir gardenya iyiye işaretti.

İkinci kattaki verandada bulunan kapılardan biri açıldı ve içinden bir kadın çıktı. Dudağının ucundaki sigara ağızlığını dengelemeye çalışıyordu ve bir eli belindeydi. Irina ve ben onu selamlayıp, bavullarımızı yere koyduğumuzda bile yüzündeki katı ifade değişmedi.

"Senin bir şarkıcı olduğunu duydum," dedi çenesiyle Irina'yı işaret ederek. Kollarını bluzunun yaka çizgisinde birleştirdi. Kapri pantolonu, sivri topuklu ayakkabıları ve ağarmış saçlarıyla, Ruselina'nın daha uzun, daha sert bir kopyasıydı.

"Evet, kabare söylüyorum," dedi Irina.

"Peki sen ne işe yararsın?" diye sordu kadın, beni tepeden tırnağa incelerken. "Güzel olmanın yanı sıra, başka bir özelliğin var mı?"

Kabalığı karşısında ağzım açık bakakaldım ve bir şeyler söylemeye çalıştım. Bu kadın kesinlikle Bayan Nelson olamazdı.

"Anya akıllıdır," diye cevapladı Irina benim adıma.

"İyi o zaman, içeri girin." dedi kadın. "Burada hepimiz akıllıyızdır, bu arada ben Betty."

Elini arı kovanı şeklinde yapılmış saçlarına götürdü ve gözlerini kısarak baktı. Daha sonra onun bu hareketinin Betty Nelson'ın gülüşü olduğunu öğrenecektim.

Betty bizim için ön kapıyı açtı, girişi geçerek merdivenler boyunca onun peşinden gittik. Birisi ön odada piyanoyla 'Romance in the Dark'ı[29] çalıyordu. Ev her katı bölünerek ayrı evlere ayrılmış gibi görünüyordu. Betty'ninki ikinci kattaydı. Ön ve arkadaki pencereleriyle neredeyse demiryolları tarzındaydı. Evin arkasında, koridorun sonunda birbirine benzeyen iki kapı vardı. "Burası sizin yatak odanız," dedi Betty, kapılardan birini açıp, bizi şeftali renkli duvarları ve muşamba yer döşemesi olan bir odaya soktu. Üzeri kadife saçaklı örtülerle kaplı iki yatak karşılıklı duvarların önünde duruyordu ve aralarında bir komodin ve üzerinde duran bir lamba vardı. Bavullarımızı gardırobun yanına koyduk. Gözlerim havlulara ve yastıklarımızın üzerine bırakılmış ince dallı papatyalara takıldı.

"Kızlar aç mısınız?" diye sordu Betty. Bu bir sorudan çok talimat gibiydi ve onun arkasından mutfağa gittik. Fırının üzerinde eski bir tava takımı asılıydı ve zemin tam ortadan girintili çıkıntılı olduğu için mutfaktaki mobilyaların ayaklarının altında katlanmış karton kağıtlar vardı. Fayanslar eskiydi ancak araları temizdi. Kurulama havluları dantellerle süslenmişti ve ortalık tereyağlı kurabiye, çamaşır suyu ve gaz kokuyordu.

"Şurada oturma odası var," dedi Betty, çift camlı kapının arkasından görünen, cilalı yer döşemeleri ve şarap kırmızısı bir halısı olan odayı göstererek. "İsterseniz bakabilirsiniz."

---

[29] Karanlıkta Aşk.

Burası evin en havalı odasıydı, yüksek tavanı kartonpiyerle süslenmişti. İki tane uzun kitap rafı vardı ve birbirinin aynı koltuklar oturma bölümünü oluşturuyordu. Köşedeki ayaklığın üzerinde bir radyo ve aşk merdiveni yan yana duruyorlardı. İki Fransız tarzı kapı, verandaya açılıyordu.

"Dışarı bakabilir miyiz?" diye çığlık attım.

"Evet," diyerek yanıtladı Betty mutfaktan. "Ben de çayı koyuyorum."

İki ev arasına sıkışmış verandadan limanın bir bölümü ve Botanik Bahçeleri'nin çimenleri görünüyordu. Irina'yla birlikte çevresi bitki saksılarıyla dolu hasır sandalyelere oturduk.

"Resimleri fark ettin mi?" diye sordu Irina. Rusça konuşmasına rağmen fısıldıyordu.

Arkaya uzandım ve dikkatle oturma odasına baktım. Kitap raflarından birinde bir düğün fotoğrafı vardı. Gelinin sarı saçlarından, şık gelinliğinden onun Betty ve yanındakinin de merhum eşi olduğunu tahmin ettim. Bunun yanında kruvaze ceketli ve şapkalı bir adamın resmi vardı. Bu da damadın birkaç yıl sonraki hali olmalıydı.

"Ne?" diye sordum Irina'ya.

"Oğullarının resmi yok."

Irina Betty'ye yardım ederken ben de mutfağın hemen yanındaki küçük banyoya gittim. Evin diğer tarafları gibi tertemizdi. Üzerinde gül deseni olan yer paspası, duş perdesi ve lavabonun altına çekilmiş perde ile uyumluydu. Küvet eskiydi ve su giderinin çevresinde lekeler vardı ancak su ısıtıcısı yeniydi. Lavabonun üzerinde duran aynada yansımamı gördüm. Tenim temiz görünüyordu ve güneşte hafiften yanmıştı. Aynaya eğildim ve parmaklarımı tropikal kurtçuğun etimi yediği yerde gezdirdim. Deri pürüzsüz ve yumuşaktı, daha önce ciddi bir yaranın kapladığı yerde, sadece küçük kahverengi bir leke kalmıştı. Ne zaman bu kadar iyileşmişti?

Mutfağa geri döndüm ve Betty'yi ocağın ateşiyle sigarasını yakarken buldum. Irina, ayçiçeği desenli örtüyle kaplı bir masada oturuyordu. Önündeki tabakta küçük, yuvarlak bir kek vardı ve tam karşısında da içinde aynı kekin olduğu başka bir tabak duruyordu. "Bunlar bizim, 'Sydney'e Hoş Geldiniz' keklerimiz," dedi Irina.

Karşısına oturdum ve Betty'nin çaydanlığa kaynar suyu boşaltıp, üzerini örtüyle örttüğünü gördüm. Alt kattaki piyano sesi tekrar yükseldi. *'I've got the Sunday evening blues,'* Betty şarkıya eşlik etti. "Bu, Johnny," dedi, çenesiyle kapıyı işaret ederek. "Annesi, Doris'le yaşıyor. King Cross'daki bazı kulüplerde çalıyor. İsterseniz, en saygın olanlarından bir tanesine gidebiliriz."

"Bu binada kaç kişi yaşıyor?" diye sordum.

"Alt katta iki, üst katta bir kişi yaşıyor. İyice yerleştiğinizde sizleri tanıştırırım."

"Peki ya kafe?" diye sordu Irina. "Orada kaç kişi çalışıyor?"

"Şu anda Rus bir aşçı çalışıyor," dedi Betty, çaydanlığı masaya getirdi ve bizimle oturdu. "Vitaly. İyi bir çocuktur. Çok çalışır. Onu seversiniz. Sadece ona âşık olup, kaçmayın, tamam mı? Daha önceki aşçı ve garsonun yaptığı gibi…"

"Nasıl oldu?" diye sordu Irina, kekin altındaki kâğıdı sıyırırken.

"Onlar yüzünden bir ay boyunca tek başıma kaldım. Bu yüzden, siz ikinizden biri Vitaly'ye âşık olursa, parmaklarını keserim!"

Irina ve ben donup kaldık, kekler tabaklarla ağzımız arasında kaldı. Betty elini arı kovanına benzer saçına götürdü ve gözlerini kısarak bize baktı.

Gece, fırlayarak uyandım. Kampta olmadığımı anlamam birkaç saniye aldı. Karşı taraftaki binanın üçüncü katından gelen ışık yatağıma vuruyordu. Mis gibi kokan yatak çarşaflarının kokusunu içime çektim. Bir zamanlar üzerinde kaşmir örtüsü olan yaylı bir yatakta ve altın rengi kâğıtlarla kaplı duvarların arasında uyuyordum. Ancak etrafı branda bezi çevrili ve toz içinde bir çadırda da o kadar uzun zaman uyumuştum ki, yumuşacık döşeği ve tertemiz kokulu çarşafları olan bu tek kişilik yatak bile benim için bir lükstü. Gecenin, kampta duyduğuma benzer seslerini dinledim -ağaçların arasındaki esinti, koşuşturan hayvanlar, bir gece kuşunun çığlıkları- ancak Irina'nın nefes alırken çıkardığı hafif ıslık ve üst katta uykusu kaçmış birinin alçak sesle dinlediği radyo dışında bina sessizdi. Yavaşça yataktan çıktım ve el yordamıyla kapıya gittim.

Evde, koridordaki saatin tiktakları dışında başka bir ses yoktu. Mutfak kapısının yanındaki duvarda elimi gezdirerek elektrik anahtarını aradım ve ışığı açtım. Kurulama bezinin üzerinde, ters çevrilmiş bardaklar duruyordu. Bir tanesini aldım ve musluğu açtım. Biri homurdandı. Oturma odasına baktım ve Betty'nin kanepe üzerinde uyuduğunu gördüm. Pikeyi boğazına kadar çekmişti, başı yastığın üzerinde uyuyordu. Kanepenin yanında duran bir çift terlikten ve saç filesinden orada planlayarak yattığı anlaşılıyordu. Neden diğer odada yatmadığını merak ettim, sonra oturma odasının daha havadar olduğuna karar verdim. Yatağıma döndüm ve çarşafların içine girdim. Betty haftada bir buçuk gün iznimiz olacağını söylemişti. Ben pazar günleri tam, cuma günleri de sabahtan yarım gün izin yapacaktım. Kızıl Haç'ın adresini almıştım. En kısa zamanda Jamison Sokağı'nın yolunu tutacaktım.

Ertesi sabah erkenden Betty bizi çitin üzerine yayılmış bir sarmaşıktan çarkıfelek meyvesi toplamamız için bahçeye gönderdi.

"Onun hakkında ne düşünüyorsun?" diye fısıldadı Irina, elindeki torbayı, mor meyveleri koymam için açarken.

"Başta tuhaf biri olduğunu düşünmüştüm," dedim, "ancak konuştukça onu daha çok sevmeye başladım. Bence iyi biri."

"Bence de," dedi Irina.

Topladığımız iki torba meyveyi Betty'ye verdik. "Bunları Tropikal Dondurma Teknesi için kullanıyorum," dedi bize.

Daha sonra şehre gitmek için hepimiz bir tramvaya bindik. Betty'nin kahve salonu, George Sokağı'nın sonunda, sinemaların yanındaki Çiftlik Alışveriş Merkezi'ndeydi. Amerikan Restoranı ile Fransız Café tarzı dekore edilmişti. İki kat olarak bölünmüştü. Birinci katta yuvarlak masalar ve hasır sandalyeler vardı. Dört basamakla çıkılan ikinci katta sekiz tane fuşya rengi loca ve etrafında tabureler olan bir tezgâh vardı. Her bir locada farklı Amerikalı film yıldızlarının resimleri asılıydı: Humphrey Bogart, Fred Astaire, Ginger Rogers, Clark Gable, Rita Hayworth, Gregory Peck ve Bette Davis. Sonuncuyu geçerken Joan Crawford'ın resmine baktım. Keskin gözleri ve gergin dudakları bana Amelia'yı hatırlattı.

Betty'yi takip ederek iki tarafa açılan bir kapıdan ve mutfağa giden kısa bir koridordan geçtik. İnce bacaklı ve çenesinde çukur olan genç bir adam tezgâhın üzerinde un ve süt karıştırıyordu. "Bu, Vitaly," dedi Betty. Adam baktı ve gülümsedi. "Ah, işte geldiniz," dedi. "Krep yapmama yardım etmek için tam zamanında yetiştiniz."

"Hemen işe başlamak yok," dedi Betty, elimizden torbaları alarak. Onları mutfağın ortasında bir masanın üzerine koydu. "Oturun ve müşteriler gelmeye başlamadan biraz konuşun. Birbirinizi tanımanız gerek."

Kafenin mutfağı, Betty'nin evindeki kadar temizdi ancak zemin düzdü. Dört dolap, altı gözlü bir ocak, büyük bir fırın ve iki lavabo vardı. Betty dolaplardan birinden bir önlük aldı ve beline bağladı. Askıda iki tane pembe önlük vardı ve bunlardan bir tanesinin bana ait olduğunu düşündüm. Ben garson olarak Betty'ye yardım edecektim. Irina, mutfakta Vitaly'nin yardımcısı olacaktı.

Vitaly mutfağın arkasından sandalye getirdi ve bir masanın etrafına oturduk.

"Yumurtaya ne dersiniz?" diye sordu Betty. "Bu sabah sadece tost yediniz, çalışanlarımın aç karnına bütün gün ayakta olmalarına izin veremem."

"İkinizin de Tubabao'dan geldiğini biliyorum," dedi Vitaly.

"Ah, evet, öyle bir yer hatırlıyorum," diyerek güldü Irina. "Konserden sonra benden imza istemiştin."

Vitaly'nin kırmızı yanaklarına, sarı saçlarına ve patlak gözlerine baktım ancak onu hatırlayamadım. Ona kaldığımız kamptan bahsettik, o da Bonegilla adında bir yere gönderilmiş olduğunu söyledi.

"Kaç yaşındasın?" diye sordu Irina.

"Yirmi beş. Sen kaç yaşındasın?"

Betty yumurtaları tavaya kırdı ve omzunun üzerinden bize baktı. "Ben buradayım diye, İngilizce konuşmaya çalışmayın," dedi. "Birbirinizle Rusça konuşabilirsiniz." Elini saçlarına götürdü ve gözlerini kısarak baktı. "Tabi bu, dedikodu yapmadığınız ya da içeri bir müşteri girmediği sürece geçerli. Çalışanlarımın Rus ajanı olmakla suçlanmasını istemem."

Ellerimizi çırptık ve gülüştük. "Teşekkürler," dedi Irina. "Bu benim için çok daha kolay."

"Ve sen Anya," dedi Vitaly, bana dönerek. "Sanki seni Tubabao'dan önce, bir yerlerden hatırlıyor gibiyim. Kendimi sana tanıtmak istemiştim fakat senin Şanghay'dan geldiğini söylediler, ben de birbirimizi tanıyor olamayacağımızı düşünmüştüm."

"Ben Şanghay'lı değilim," dedim. "Harbin'de doğdum."

"Harbin!" dedi, gözleri parlayarak. "Ben de Harbinliyim. Soyadın ne?"

"Kozlova."

Vitaly ellerini ovuşturarak bir süre düşündü.

"Kozlova! Albay Victor Grigorovich Kozlov'un kızı mı?"

Babamın adını duymak nefesimi kesti. Onu duymayalı çok uzun zaman olmuştu. "Evet," dedim.

"O zaman seni gerçekten tanıyorum," dedi Vitaly. "Gerçi sen beni hatırlayamayacak kadar küçüktün. Babam, senin babanın arkadaşıydı. Rusya'yı birlikte terk ettiler. Biz 1938'de Tsingtoa'ya yerleştik. Ama ben seni hatırlıyorum. Kızıl saçlı ve mavi gözlü küçük kız."

"Baban da seninle birlikte mi?" diye sordu Irina.

"Hayır," dedi Vitaly. "O, annem ve sekiz erkek kardeşimle birlikte Amerika'da. Ben burada kız kardeşim ve kocasıyla birlikteyim. Babam damadına güvenmiyor, bu yüzden Sofia'ya göz kulak olmam için beni buraya gönderdi. Ailenle birlikte misin, Anya?"

Sorusu beni gafil avlamıştı. Başımı eğip, masaya baktım.

"Savaş daha sona ermeden babam bir trafik kazasında öldü," dedim. "Annem, Harbin'den sınır dışı edildi.

Sovyetler tarafından. Onu nereye götürdüklerini bilmiyorum."

Irina uzanıp, elimi tuttu ve bileğimi sıktı. "Anya'nın annesinin izini Rusya'da sürmek konusunda Sydney'deki Kızıl Haç'ın yardımcı olmasını umuyoruz," dedi Irina.

Vitaly çenesindeki çukuru ovuşturdu ve sonra da elini yanağına koydu. "Biliyor musunuz," dedi, "ailem, amcamı arıyor. Harbin'de yaşıyordu ve savaştan sonra Sovyetler Birliği'ne gitti. Fakat zorunlu olarak değil. Babamla çok farklı düşüncelere sahiptiler. Amcam komünizm ilkelerine inanırdı ve babam gibi askerlik hizmeti yapmadı. Aşırı uç görüşlerde bir insan değildi fakat onların destekçisiydi."

"Ondan haber alıyor musunuz?" diye sordu Irina. "Belki Anya'nın annesinin nereye gönderildiğini biliyordur."

Vitaly ellerini birbirine vurdu. "Belki, bilebilir. Harbin'den Rusya'ya aynı trende gitmiş olabilirler. Fakat babam, döndüğünden beri ondan sadece iki kere haber aldı ve o da tanıdık insanlar sayesinde. Trenin Omsk adında bir yerde durduğunu hatırlıyorum. Amcam oradan Moskova'ya geçmiş ancak diğer yolcular bir çalışma kampına götürülmüşler."

"Omsk!" diye haykırdım. Bu kasabanın adını daha önce duymuştum. Kafam karışmıştı, nereden duyduğumu hatırlayamadım.

"Babama tekrar temasa geçmesini söylerim," dedi Vitaly. "Amcam, babamdan ve ona söyleyeceklerinden korkar. Her zaman başka insanlar üzerinden haberleşiyoruz. Bu yüzden biraz zaman alabilir. Bir de tabi, bugünlerde her şey denetleniyor ve sansürleniyor."

Konuşamayacak kadar şaşkınlık içindeydim. Şanghay'dayken, Rusya benim için hayal edemeyeceğim kadar büyük bir yerdi. Ansızın, dünyanın diğer ucundaki bir kahve salonunda annemin nerede olabileceğine dair daha önce hiç olmadığı kadar fikir sahibi olmuştum.

"Anya!" diye bağırdı Irina. "Eğer Kızıl Haç'a annenin Omsk'ta olabileceğini düşündüğünü söylersen, senin için onun izini orada sürebilirler!"

"Hey, durun bakalım bir dakika!" dedi Betty, elindeki omlet tabaklarını ve tostları önümüze koyarken. "Pek adil değilsiniz. Anlattığınız şeyler heyecanlı değilse, Rusça konuşabilirsiniz, dedim. Anlatın bakalım, neler oluyor?"

Hepimiz aynı anda konuşmaya başladık ancak bu yolla Betty'ye bir şey ifade edemiyorduk. Irina ve Vitaly konuşmayı kesip, benim konuşmama izin verdiler. Betty saatine baktı. "Ne bekliyorsun?" dedi bana. "Bir aydır sen olmadan da idare ettim, bir sabah daha idare edebilirim. Kızıl Haç saat dokuzda açılır. Hemen çıkarsan oradaki ilk kişi sen olursun."

İşine yetişmeye çalışan insanların arasından koşarak geçtim, George Sokağı üzerinde ne var ne yok, dikkat etmeden yol boyunca ilerledim. Betty'nin peçete üzerine çizdiği haritaya baktım. Jamison Sokağı'na döndüm ve açılmasına on dakika kala, Kızıl Haç binasının önünde buldum kendimi. Cam kapının üzerine bir kroki asılmıştı. Kroki üzerinden kan nakli ünitesini, bakım koğuşunu ve hastaneyi izleyerek, Takip Bölümü'nü buldum. Tekrar saatime baktım ve kaldırımı bir ileri, bir geri adımlamaya başladım. Tanrım, nihayet buradaydım. Yanımdan bir kadın geçti ve bana gülümsedi. Kan bağışı yapmaya gelmiş olduğumu düşünmüş olmalıydı.

Kapının yanında Kızıl Haç'a ait el sanatları sergilenen bir pencere vardı. Satenle kaplanmış elbise askılarına, tığ işi battaniyelere baktım ve çıkarken buradan Betty için bir şey almalıyım, diye düşündüm. Daha işe başlamadan önce bana izin vermekle kibarlık etmişti.

Memur kapıyı açtığında hemen merdivenlere doğru ilerledim, asansör beklemekle zaman kaybetmek istemiyordum. Takip Bölümü'ne girdim ve elinde bir fincan çayla masasına oturmak üzere olan resepsiyonisti şaşırttım. Üzerinde 'gönüllü' yazan yaka kartını taktı ve bana nasıl yardımcı olabileceğini sordu. Annemi bulmaya çalıştığımı söyledim ve o da bana kayıt formlarıyla bir kalem verdi. "Takip dosyalarını güncellemek kolay değil," dedi, "bu nedenle, elinizdeki tüm bilgileri yazdığınızdan emin olun."

Su ısıtma makinesinin yanına oturdum ve formlara bir göz attım. Bende annemin bir resmi yoktu ve onu Harbin'den götüren trenin sefer numarasını bilmiyordum. Ancak memurun söylediği gibi, annemin kızlık soyadı, doğum yeri ve tarihi, onu en son gördüğüm tarih ve fiziksel tanımlaması dâhil bildiğim her şeyi yazdım. Bir an için durakladım. Annemin sıktığı yumruğunu çaresiz yüzüne götürüşünü hatırladım ve elim titremeye başladı. Yutkundum ve dikkatimi toplamaya çalıştım. En sonuncu formun altında, başvuruların çokluğu ve bilgi toplamanın zorluğu nedeniyle, Kızıl Haç'tan bir cevap almanın en az altı ayla birkaç yıl arası sürebileceğini belirten bir not vardı. Ancak bunun cesaretimi kırmasına izin vermedim. Kabul edenin imzası yazan yerin yanına, "Teşekkürler! Teşekkürler!" yazdım. Formları resepsiyoniste geri verdi. Formları bir dosyaya koydu ve takip memuru beni çağırana kadar beklememi söyledi.

Kucağında çocuğuyla bir kadın bekleme salonuna geldi ve resepsiyonistten form istedi. Neden sonra çevreme bakındığımda, binanın kasvetli bir müzeye benzediğini fark ettim. Duvarlar, altlarında açıklamalar olan portrelerle doluydu: 'Lieba. En son 1940 yılında Polonya'da görülmüştür'; '1941 yılında kaybolan sevgili kocam, Semion.' Elele tutuşmuş biri kız, diğeri erkek iki çocuğun fotoğrafı yüreğimi sızlattı. 'Janek ve Mania. Almanya 1937.'

'Omsk,' belki bana bir şeyler hatırlatır diye, defalarca tekrarladım. Ve sonra bu kasabayı nerede duyduğumu hatırladım. Burası Dostoyevski'nin sürgüne gönderildiği kasabaydı. *Yer Altından Notlar* adlı romanını hatırlamaya çalıştım ancak hatırlayabildiğim tek şey, baş karakterin karanlık ve gizemli biri olduğuydu.

"Bayan Kozlova? Benim adım Daisy Kent."

Başımı kaldırdım, mavi bir ceket ve elbise giymiş, gözlüklü bir kadının tepeden bana baktığını gördüm. Onu gönüllülerin formları kontrol ettiği ve dosyaladığı kâğıt dolu bir alandan, buz camlı kapısı olan bir ofise kadar takip ettim. Daisy bana oturmamı söyledi ve arkamızdan kapıyı kapattı. Yakıcı güneş pencereden içeri giriyordu, bu yüzden güneşlikleri kapattı. Dosya dolabının üzerinde dönen pervane, içerideki havasızlığı pek gideremiyordu. Güçlükle nefes alabiliyordum.

Daisy gözlüklerini burnunun üstüne itti ve benim kayıt formumu inceledi. Onun omzunun üzerinden, yaralı bir askere pansuman yapan hemşirenin resmine baktım.

"Anneniz, Sovyetler Birliği'nde bir çalışma kampına götürülmüş, bu doğru mu?" diye sordu Daisy.

"Evet," dedim öne eğilerek.

Burun delikleri açıldı ve ellerini önünde birleştirdi. "O zaman korkarım, Kızıl Haç size yardımcı olamaz."

Parmaklarım uyuştu. Ağzım açıldı.

"Rus Hükümeti, çalışma kampları olduğunu kabul etmiyor," diye devam etti Daisy. "Bu nedenle, bu kampların nerede ve kaç tane olduğunu belirlememiz imkânsız."

"Fakat sanırım hangi kasabada olduğunu biliyorum. Omsk." Sesimin titrediğini duydum.

"Maalesef, savaş kuşağında olmadığı sürece size yardımcı olamayız."

"Neden?" diye kekeledim. "IRO, yardımcı olabileceğinizi söylemişti."

Daisy iç geçirdi ve ellerini birbirine kenetledi. Kısa kesilmiş, bakımlı tırnaklarına baktım, duyduklarıma inanamıyordum. "Kızıl Haç elinden geldiğince insanlara yardımcı olmaya çalışıyor fakat biz sadece uluslararası ya da iç savaş halinde olan ülkelerde yardım edebiliriz," dedi. "Rusya için böyle bir durum söz konusu değil. Onlar görünüşte insani kuralları çiğnemiyorlar."

"Bunun doğru olmadığını biliyorsunuz," diye lafa girdim. "Rusya'daki kampların, Almanya'dakilerden farkı yok."

"Bayan Kozlova," dedi, gözlüklerini çıkarıp. "Cenevre Anlaşması ile destekleniyoruz, eğer kurallara uymazsak var olamayız." Sesi kibarlıktan öte umursamazdı. Daha önce bu tarz sorulara maruz kaldığı izlenimine vardım ve daha fazla tartışmaya girmeden umutları en baştan kırma kararı almıştı.

"Ama bazı bağlantılarınız vardır, eminim," dedim gergin bir şekilde. "Size bilgi verebilecek çeşitli örgütler?"

Boşuna uğraştığımı ifade etmek istercesine formları tekrar dosyaya koydu. Hiç kıpırdamadım. Benim öylece kalkıp gitmemi mi bekliyordu?

"Bana yardım etmek için yapabileceğiniz bir şey yok mu?" diye sordum.

"Size zaten yapabileceğim bir şey olmadığını söylemiştim." Daisy yanında duran dosya yığının içinden bir tane aldı ve üzerine notlar yazmaya başladı.

Bana yardım etmeyeceğini anladım. Tang ve Amelia gibi intikam peşinde olan insanlar dışında, herkesin içinde bulunduğuna inandığım yumuşak karnına ulaşabileceğimi düşündüm. Ayağa kalktım. "Siz orada değildiniz," dedim, bu arada bir damla gözyaşı gözümden çıkmış, çeneme doğru akmaya başlamıştı. "Onu benden aldıklarında orada değildiniz."

Daisy aldığı dosyayı tekrar yığının üzerine bıraktı ve başını kaldırdı. "Bunun çok üzücü bir şey olduğunu biliyorum fakat…"

Cümlesinin sonunu bekleyemedim. Hızla ofisinden çıktım ve dışarıda bir masaya çarptım, üstündeki dosyaların hepsi yere dağıldı. Resepsiyonist bana baktı ancak hiçbir şey söylemedi. Sadece bekleme salonunun duvarındaki resimlerin üzgün yüzleri, kayıp gözleri bana şefkat gösterdi.

Kahve salonuna tam sabah telaşının başladığı sırada vardım. Başım zonkluyordu ve içimde tuttuğum gözyaşlarım midemi bulandırıyordu. İlk iş günümü nasıl geçireceğimi bilemiyordum. Üniformamı giydim ve saçlarımı atkuyruğu yaptım ancak mutfağa girer girmez gücüm kesildi ve oturmak zorunda kaldım.

"Kızıl Haç'ın canını sıkmasına izin verme," dedi Betty, su dolu bir bardağı önüme koyarken. "Tavşanın derisini yüzmenin başka yolları da vardır. Belki Rusya-Avustralya Cemiyeti'ne katılabilirsin. Onlar vasıtasıyla bir şeyler bulabilirsin."

"Rus ajanı olma ihtimaliyle Avustralya Hükümeti tarafından hakkında soruşturma da açılabilir," diye ekledi Vitaly, ekmek somununu keserken. "Anya, sana söz veriyorum, bu akşam babama yazacağım."

Irina ekmekleri ondan aldı ve sandviç hazırlamak için tereyağı sürmeye başladı. "Kızıl Haç zaten batmış durumda ve gönüllülerle ayakta duruyor," dedi. "Vitaly'nin babası sana daha fazla yardımcı olabilir."

"Bu doğru," dedi Vitaly. "Çok iyi plan yapar. İnan

bana, bir işi ele alırsa sonuna kadar götürür. Amcamı bulamazsa, senin için başka bir bağlantı ayarlar."

Onların desteği beni biraz rahatlattı. Menüye baktım ve listedekileri olabildiğince ezberlemeye çalıştım. Siparişleri alırken Betty'nin arkasında bir gölge gibi dolaştım, gözlerim hâlâ yaşlı olmasına rağmen, her müşteriyi gülümseyerek karşıladım ve masalarına götürdüm. Betty bana, kahve salonunun sadece Amerikan tarzı kahvesiyle değil aynı zamanda çizgili pipetlerle ve uzun bardaklar içinde servis edilen çikolata ve gerçek vanilya taneli milkshakeleriyle de meşhur olduğunu söyledi. Genç müşterilerin kola spider[30] adında bir içecek sipariş ettiklerini fark ettim ve aynı öğleden sonra Betty bana denemem için bir tane verdi. O kadar tatlıydı ki mideme ağrı girdi. "Gençler bunu seviyor," diyerek güldü Betty. "Çok cazip buluyorlar."

Öğle yemeğine gelen kalabalık genellikle salata, sandviç ya da turta sipariş verdiler ancak öğleden sonra New York tarzı cheesecake, jöleyle süslenmiş muhallebi ve 'Gal Tavşanı' adı verilen bir şey servisi yaptım.

"Tavşan mı?" diye tekrar sordum, ilk isteyen müşteriye.

Adam çenesini kaşıdı ve tekrarladı. "Gal Tavşanı."

"Kaç tane?" diye sordum, neden bahsettiğini anlamış gibi görünmeye çalışarak.

"Sadece bir porsiyon," dedi adam. Omzunun üzerinden baktı ve Betty'yi işaret etti. "Şuradaki hanımefendiye sorun. O bilir."

---

[30] Kola, vanilyalı dondurma ve limon suyuyla yapılan bir içecek.

Kıpkırmızı kesildim.

"İki numaralı masada oturan adam bir porsiyon tavşan istiyor," diye fısıldadım Betty'ye.

Bir süre gözlerini kısarak bana baktı ve menüyü aldı, "Gal Tavşanı'nı göstererek, mutfağa gitmemi ve Vitaly'den bana ne olduğunu göstermesini istememi söyledi. Çıka çıka, tost üzerine süt ve birayla karışık peynirin döküldüğü bir şey çıktı. "Kapattıktan sonra sana bir tane yaparım," dedi Vitaly, gülmemek için kendisini zor tutuyordu.

"Hayır, teşekkürler," dedim. Kola Spider deneyiminden sonra, ben almayayım."

Cuma günü tüm sabahı Bölge Kütüphanesi'nde geçirdim. Kütüphanenin kemerli cam tavanından gelen tüy gibi hafif ışığın altında Dostoyevski'nin *Yer Altından Notlar* kitabının içine daldım. Böylesine karmaşık bir eseri tercüme edilmiş haliyle okumak zordu. Bana yardımcı olması için Rusça-İngilizce bir sözlük kullandım ve bunun nafile bir çaba olduğunu anlayana kadar azimle okumaya çalıştım. İnsanın doğasına ilişkin kasvetli bir romandı ve bir haritaya baktığımda da bulduğum şey dışında annem hakkında bana herhangi bir ipucu vermedi: Omsk, Sibirya'daydı. Nihayet olmayacak duaya âmin demeye çalıştığımı fark ettim.

Potts Point'e yorgun ve yenik bir şekilde geri döndüm. Güneş yakıyordu ancak limandan yükselen esinti ortalığı rahatlatıyordu. Kapının yanındaki sardunya çiçeklerinden bir tane aldım ve eve girene kadar patika boyunca onu inceledim. Ön kapıdan, başına şapkasını takarak bir adam çıktı. Neredeyse çarpışıyorduk. Adam geriledi, önce şaşırdı ve sonra da gülümsedi.

"Merhaba," dedi. "Sen Betty'nin arkadaşlarından birisin, değil mi?"

Adam otuz yaşlarındaydı, siyah saçları ve yeşil gözleriyle bana kahve salonundaki Gregory Peck'in portresini hatırlattı. Gözlerini yüzümden ayak bileklerime ve sonra da tekrar yüzüme çevirdiğini fark ettim.

"Evet, Betty ile oturuyorum," dedim. O kendi adını söylemeseydi, benimkini söylemeye niyetim yoktu.

"Ben, Adam. Adam Bradley," dedi, tokalaşmak için elini uzatarak. "Ben de yukarıda oturuyorum."

"Anya Kozlova," dedim.

"Ona dikkat et! O, bir baş belasıdır!" dedi bir kadın sesi.

Döndüm ve sokağın karşısından bana el sallayan sarışın ve güzel bir kadın gördüm. Üzerinde bir çan etek ve dar bir bluz vardı, kollarında da bir deste elbise taşıyordu. Arabasının kapısını açtı ve elbiseleri arka koltuğa bıraktı.

"Ah, Judith!" diye bağırdı Adam. "Tam bu genç ve güzel kadını baştan çıkarıyordum ki sen seslendin."

"Sen mi baştan çıkarıyordun?" diyerek güldü kadın. "Geçen gece birlikte eve sıvıştığın rüküş kimdi?" kadın bana döndü. "Bu arada ben, Judith."

"Ben de Anya. Pencere vitrininden elbisenizi gördüm. Çok güzel."

"Teşekkür ederim," dedi, dişlerini göstererek güldü. "Bu hafta sonu defilem var ama bir ara uğra ve beni gör. Uzunsun, zayıfsın ve güzelsin. Bence model olabilirsin."

Judith sürücü koltuğuna oturdu, U dönüşü yaptı ve arabasının motorunu kükreterek gelip yanımızda durdu.

"Seni gazeteye bırakmamı ister misin, Adam?" diye sordu, yolcu penceresinden eğilerek. "Yoksa muhabirlerin öğleden sonra çalışmadıkları doğru mu?"

"Hımm," dedi Adam, şapkasını yana eğerek ve kapıyı açtı. "Seninle tanıştığıma memnun oldum, Anya. Eğer Judith sana iş bulamazsa, ben bulabilirim."

Judith kornaya bastı ve gazladı. Kıl payı iki köpeği ve bisikletli bir adamı ıskalayarak sokağın sonunda kayboldu.

Merdivenleri çıkarak eve girdim. Cuma günü, öğle sonrası müşterilerine servis yapmak için kahve salonuna gitmeme iki saat vardı. Mutfağa gittim ve kendime bir sandviç yapmaya karar verdim. Ev havasızdı ve esintinin içeri girmesi için Fransız tarzı kapıları açtım. Dolapta biraz peynir ve yarım domates vardı, bunları ekmeğin üzerine doğradım. Kendime bir bardak süt koydum ve öğle yemeğimi alıp verandaya çıktım. Deniz dalgalıydı ve tekneler onlarla birlikte hızla seyrediyordu. Sydney'nin bu kadar güzel bir şehir olduğunu tahmin etmemiştim. Bana bir tatil beldesiymiş gibi geliyordu, tıpkı hayallerimdeki Rio De Janeiro ve Buenos Aires gibi. Manzaralar yanıltıcı olabilirdi. Vitaly bana oturduğu yerde mümkün olduğunca gece dışarı çıkmaktan çekindiğini söylemişti. Rusça konuştukları duyulan iki arkadaşı bir çetenin saldırısına uğramıştı. Bu Sydney'nin henüz görmediğim bir tarafıydı. Bazı müşteriler onları anlamadığımda hoşgörüsüz olabiliyorlardı ancak genellikle kibar insanlardı.

Evin arkasında bir kapının çarptığını duydum. Ya yatak odamızın kapısıydı ya da giriş kapısını tam olarak kapatamamıştım. Kapatmak için tekrar eve girdim. Ön kapı iyi kapanmıştı, üzerindeki kapaklı pencere de kapalıydı. Köşeye baktım, yatak odamızın kapısı da kapalıydı. Tekrar bir çarpma sesi duydum, bizimkinin yanındaki odanın kapısı, rüzgârdan kapanıp açılıyordu. Kapının tokmağını tuttum ve iyice kapatmaya niyetlendim ancak merakıma yenik düştüm. Kapıyı iyice açtım ve içeri baktım.

Oda Irina'yla paylaştığım odadan biraz daha büyüktü ve tıpkı bizimki gibi karşılıklı duvarların önüne konmuş iki tane tek kişilik yatak vardı. Örtüler bordo renkli ve siyah püsküllüydü, pencerenin altında çekmeceli bir sandık vardı. Oda havasızdı ancak odanın tozu alınmıştı ve yerdeki halı temizdi. Yataklardan bir tanesinin üzerinde 1937 tarihli bir kriket maçının çerçevelenmiş posteri ve diğerinin üzerinde de atletizm madalyaları vardı. Gözlerim gardırobun üzerinde duran oltadan, kapının arkasında duran tenis raketlerine, sonra da küçük bir komodinin üzerinde duran bir fotoğrafa kaydı. Resimde, üniformalı iki genç adam, gülümseyen Betty'nin her iki yanında duruyorlardı. Fotoğrafın yanında deri kaplı bir albüm vardı. Kapağını açtım ve bir teknede oturan, henüz yeni yürüme çağında olan iki tane sarışın çocuk gördüm. Her ikisi de ellerinde, üzerinde iki yazan doğum günü kartları tutuyorlardı. İkizlerdi. Elimi ağzıma götürdüm ve dizlerimin üzerine düştüm.

"Betty," diyerek ağladım. "Zavallı, zavallı Betty."

Keder dalga dalga her yanımı sardı. Annemin ağlayan yüzü gözümün önüne geldi. Bu oda, anıları ve derin kederi temsil ediyordu. Betty, hayatına devam edebilmek için, içinde yaşadığı acıyı bu odaya kapatmıştı. Acısını neden buraya kaptığını biliyordum çünkü benim de acımı kapattığım bir yer vardı. Bu bir oda değildi, benim matruşka bebeğimdi. Kaybettiğim annemin, bir zamanlar hayatımın bir parçası olduğuna hâlâ inanmak istediğimde sığındığım bir şeydi. Bu, annemin bir hayal olmadığını hatırlamanın bir yoluydu.

Göğsüm ağrıyana ve gözlerimde yaş bitene kadar odada kaldım. Bir süre sonra ayağa kalktım ve koridora çıktım, kapıyı arkamdan sıkıca kapattım. Oda konusunu asla Betty'ye açmadım ve o günden sonra onunla aramda özel bir bağ olduğunu hissettim.

İşten sonra Irina'yla birlikte Kings Cross kıyısına gittik. Ellerinde içkilerle, gülerek ve sigara içerek barlardan ve kafelerden çıkan insanlarla dolu Darlinghurst Sokağı gecenin o saatinde görülmeye değerdi. Bir barın önünden geçtik ve içeriden piyanoyla 'Karanlıkta Aşk'

şarkısının çalındığını duydum. Piyanistin Johnny olup olmadığını merak ettim. İçeri baktım ancak kalabalıktan hiçbir şey göremedim.

"Şanghay'da, bu tür yerlerde şarkı söylerdim," dedi Irina.

"Burada da yapabilirsin," dedim.

Başını salladı. "İnsanlar İngilizce şarkı istiyorlar. Her neyse, zaten mutfakta bir hafta çalıştıktan sonra şarkı söyleyemeyecek kadar yoruldum."

"Bir yerlere oturmak ister misin?" diye sordum, sokağın karşısındaki, Con'un Sarayı isimli kahve salonunu göstererek.

"Hafta boyunca sütlü içeceklerle uğraştıktan sonra mı?"

Ellerimi birbirine vurdum. "Elbette, hayır! Neler düşünüyorum ben?" diyerek güldüm.

Hindistan'a özgü hediyelik eşyalar, kozmetik ve ikinci el giyim eşyaları satan dükkânların önünden geçtik ve Victoria Sokağı'nın kavşağına gelince geri döndük.

"Sence buraya uyum sağlayabilecek miyiz?" diye sordu Irina. "Dışarıdan içeri bakıyormuşum gibi hissediyorum."

Şık giyimli bir kadının taksiden inerek hızla yanımızdan geçtiğini gördüm. Bir zamanlar ben de onun gibiydim, diye düşündüm.

"Bilemiyorum Irina. Belki İngilizce bildiğimden benim için daha kolay olabilir."

Irina ellerine baktı, avucunu ovaladı. "Bence cesur

davranmaya çalışıyorsun," dedi. "Eskiden paran vardı. Şimdi ise sinemaya gitmek için para biriktiriyorsun."

Tek düşündüğüm şey annemi bulmak, diye geçirdim içimden.

"Ben bankaya gidiyorum," dedi Betty, işlerin az olduğu bir öğle sonrasında. Üniformasının üzerine ince bir ceket aldı ve kahve makinesinde rujunu kontrol etti. "Müşterilerle başa çıkabilirsin, değil mi, Anya?" diye sordu, kolumu sıkarak. "Sıkışırsan, Vitaly mutfakta."

"Elbette," dedim.

Sokağa çıkarken onu seyrettim. Şu bulutlu günlerden biriydi, ne sıcaktı, ne soğuk ancak üzerine bir ceket almazsan üşürdün, üzerine ceket aldığında da fazla sıcak gelirdi.

Temiz olmalarına rağmen tezgâhı ve masaları sildim. Yarım saat sonra kapının açıldığını, bir grup genç kızın içeri doluştuğunu ve Joan Crawford locasına oturduklarını gördüm. Düz etekler, ayakkabılar, şapkalar ve eldivenlerden oluşam iş kıyafetleri içindeydiler. Yirmili yaşlardaydılar ancak Du Mauriers sigaraları içerek ve dumanlarını tavana üfleyerek entelektüel görünmeye çalışıyorlardı. Masalarına yaklaştığımda bana şöyle bir baktılar. Kızlardan geniş omuzlu ve yanaklarında gamzeleri olanı, bir şeyler fısıldadı ve diğer kızlar güldüler. Bir aksilik çıkacağını hissedebiliyordum.

"İyi günler," dedim, kabalıklarını görmezden gelerek. Basit siparişler vermelerini umuyordum. "Size içecek olarak ne getirebilirim?"

Kızlardan siyah saçları başının arkasında sıkıca toplanmış olanı, "Seyy, bir bakıyım... belki bana biras su ve biras da kahve getirmenissi istiyorum."

Kızın aksanımı taklit etmesi diğerlerini kahkahaya boğdu. Gamzeli kız elini masaya vurarak, "Ve ben de biraz kahve ve biraz da ışgın kökü istiyorum. Fakat işgin koku olmamasına özen göster. Sanırım aralarında fark var."

Elimi boğazıma götürdüm. Adisyonu sıkıca tuttum, soğukkanlılığımı korumaya çalışıyordum ancak yüzüm kızarmıştı. Olanları umursamamalıydım. Bir yanım bu kızların cahil olduğunu söylüyordu. Ancak orada üniforma içinde öylece durmak ve kendimi ikinci sınıf bir insan gibi hissetmemek zordu. Ben bir göçmendim. Bir 'mülteci. Avustralyalıların istemediği türde bir insan.

"Ya İ-n-g-i-l-i-z-c-e konuş ya da geldiğin yere geri dön," dedi fısıldayarak.

Sesindeki nefret beni şaşırttı. Kalbim çarpmaya başladı. Omzumun üzerinden mutfağa baktım ancak Irina ve Vitaly orada değillerdi. Dışarı, çöp atmaya çıkmış olmalıydılar.

"Evet, geldiğin yere geri dön," esmer kız. "Seni istemiyoruz."

"Eğer onun mükemmel İngilizcesiyle bir sorununuz varsa o zaman gidip kahvelerinizi King Sokağı'nda keyifle içebilirsiniz."

Hepimiz başımızı çevirip, Betty'yi kapı eşiğinde

gördük. Ne zamandır orada olduğunu merak ettim. Ağzının gerginliğinden, olayın ana fikrini anlamaya yetecek kadar uzun zamandır orada olduğu anlaşılıyordu. "Orada içecekleriniz için birkaç şilin daha fazla ödemeniz gerekebilir," dedi onlara, "bu da, zayıflama haplarınız ve sivilce kremlerinizden birkaç şilin kısmanız anlamına gelir."

İçlerinden birkaç tanesi utançla başlarını eğdiler. Esmer kız eldivenlerini giydi ve güldü. "Oh, sadece şaka yapıyorduk," dedi, elini sallayarak Betty'yi yatıştırmaya çalıştı. Ancak Betty bir saniyede, onun tepesinde dikilmişti, yüzünü kızın yüzüne yaklaştırdı, gözlerini dikti. "görünüşe göre, beni "Anlamadın, genç bayan," dedi, herkesi korkutacak bir tarzda kızın etrafında dolanarak. "Sizlere öneride bulunmuyorum. Ben buranın sahibiyim ve size hemen gitmenizi söylüyorum."

Kızın yüzü kızardı. Dudağını büzdü, neredeyse ağlayacaktı. Bu onu daha da çirkinleştirdi, her şeye rağmen onun için üzüldüm. Ayağa kalkarken peçeteliği devirdi ve hızla dışarı çıktı. Arkadaşları da koyun gibi ayağa kalkarak onun peşinden çıktılar. Artık hiçbiri entelektüel görünmüyordu.

Betty onların gidişini izledi ve bana döndü. "Bir daha asla kimsenin seninle böyle konuşmasına izin verme, Anya. Duydun mu?" dedi. "Asla! Başından neler geçmiş olabileceğini az çok tahmin edebiliyorum ve sana söylüyorum, sen onların yirmi tanesine bedelsin!"

O gece Irina uyuduktan sonra yatakta Betty'nin, tıpkı yavrusunu korumak için koşan bir aslan gibi nasıl imdadıma yetiştiğini düşündüm. Bu olay karşısında ancak annem bu kadar kızabilirdi. Mutfakta bir tıkırtı duydum ve Betty'nin de mi uykusu kaçtı, diye merak ettim.

Onu balkonda gökyüzüne bakarken buldum, parmaklarının arasındaki külü uzamış sigarası karanlıkta ateş böceği gibi parlıyordu. Yer döşemeleri ayaklarımın altında gıcırdadı. Betty'nin omzu kıpırdadı ancak dönüp arkasında ne olduğuna bakmadı.

"Yarın yağmurlu olacak galiba," diye mırıldandı.

"Betty?" yanındaki sandalyeye iliştim. Onun düşüncelerini bölmüştüm ve artık beni durdurmak için çok geçti. Bana baktı ancak tek bir şey söylemedi. Mutfaktan gelen ışığın altında makyajsız yüzü solgun ve küçüktü. Alnındaki, ağzının kenarlarındaki kırışıklıklar, yüzündeki kremle birlikte parlıyordu. Yüz hatları kozmetik ürünleri olmadan daha yumuşak, daha az etkili görünüyordu.

"Bugün yaptığın şey için teşekkür ederim."

"Sus!" dedi. Sigarasının külünü balkonun kenarından silkeledi.

"Eğer gelmeseydin ne yapardım, bilmiyorum."

Gözlerini kıstı. "Er ya da geç sen de onlara 'defolup gitmelerini' söyleyecektin," dedi, başındaki fileye dokunarak. "İnsanlar kendilerini savunmak için fazla beklemezler."

Güldüm, gerçi söylediğinin doğru olduğundan şüpheliydim. O kızlar bana işe yaramaz bir mülteciymişim gibi davrandıklarında söyleyecek bir şey bulamamıştım.

Sırtımı sandalyeye yasladım. Okyanustan gelen esinti taptaze bir hava getiriyordu ancak soğuk değildi.

Havayı içime çektim ve ciğerlerimi doldurdum. Betty ile ilk tanıştığım anda onun sert tavrı beni korkutmuştu. Şimdi onun yanında oturup, onu yakası kurdelayla çevrili geceliği içinde gördüğümde, birdenbire bunun ne kadar aptalca bir düşünce olduğunu anladım. Ancak belki de onun ne kadar hassas bir kadın olduğunu odayı gördükten sonra anlamıştım.

Betty havaya bir duman halkası üfledi. "Sözcükler insanı öldürebilir," dedi. "Biliyorum. Sekiz çocuklu bir ailenin altıncı çocuğuydum. Tek kızdım. Babam, benim ne kadar değersiz olduğumu, yediğim lokmaların hiçbirini hak etmediğimi söylemekten hiç çekinmezdi."

İrkildim. Bir baba bunu kızına nasıl söylerdi? "Betty!" diye haykırdım.

Başını salladı. "On üç yaşıma geldiğimde ya kaçmam gerektiğini ya da içimde ona karşı geride kalanları da öldürmesi için kalmam gerektiğini düşünüyordum."

"Sen gitmem gerektiğini bilecek kadar cesur biriydin, eminim."

Sigarasını aşağı attı ve ikimiz de sessizliğe gömüldük, sokağın sonunda motoru ateşlenen bir arabanın sesini ve deniz kenarından gelen müzik seslerini dinledik.

Bir süre sonra Betty, "Kendi ailemi kurdum, çünkü doğduğumda bana verilen iyi bir aile değildi. Başlarda Tom'la benim fazla bir şeyimiz yoktu ancak yine de gülebiliyorduk. Sonra oğullarımız oldu… Ve çok mutluyduk."

Sesi titredi ve paketten bir sigara daha çıkardı. O odayı düşündüm. Oğullarına ait eşyalar nasıl da sevgiyle saklanmıştı.

"Rose, bize oğullarını savaşta kaybettiğini söyledi," dedim. Kendime şaşırdım. Tubabao'dayken kimseye geçmişiyle ilgili bir şey soramazdım. Ancak o zaman çok acı içindeydim, başkalarınınkini taşıyamazdım. Birdenbire onun acısını anladığımı, çünkü benim de aynı acıyı çektiğimi bilmesini istedim.

Betty kucağında yumruğunu sıkmıştı. "Charlie'yi Singapur'da ve Jack'i ondan bir ay sonra kaybettim. Bu Tom'un canını çok fena yaktı, ondan sonra fazla gülmedi. Ve sonra o da öldü."

Oğullarının odasında hissettiğim kederin aynısını tekrar hissettim. Uzandım ve Betty'nin omzuna dokundum. Elimi tutup kendi elinin içine alması beni şaşırttı. Elleri kemikliydi ancak sıcacıktı. Gözleri yaşlı değildi ancak dudakları titriyordu.

"Gençsin Anya, ancak söylediklerimi anlıyorsun," dedi. "Bugün salondaki şu kızlar, onlar da gençler ama hiçbir boktan anlamıyorlar. Ben bu ülkeyi korumak için oğullarımı kurban verdim."

Sandalyemden kalktım ve onun yanına diz çöktüm. Kederini anlıyordum. O da tıpkı benim gibi, rüyalardan korktuğu için geceleri gözlerini kapatmaya korkuyordu ve dostlarının arasında olduğu zamanlarda bile, aslında kendi dünyasında bir başına olduğunu tahmin edebiliyordum. Ancak biri bir yana, insanın iki evladını yitirmesinin nasıl büyük bir acı olduğunu tahmin edemiyordum. Betty güçlüydü, içindeki enerjinin onu nasıl ayakta tuttuğunu hissedebiliyordum ancak üzerine fazla gidildiğinde çok fazla hırpalanacağını da biliyordum.

"Gururluyum," dedi. "Gururluyum çünkü benim oğullarım gibi genç adamlar sayesinde bu ülke hâlâ özgür ve sizin gibi çocuklar gelip, burada kendilerine yeni bir hayat kurabilirler. Size elimden geldiği kadar yardım etmek istiyorum. İnsanların size isim takmalarına izin vermeyeceğim."

Yaşlar gözlerimi yaktı. "Betty."

"Sen, Vitaly ve Irina artık benim çocuklarımsınız."

Bir akşam Betty, bana ananaslı sığır güvecinin sırrını öğretirken, Irina elinde bir mektup, telaşla mutfağa girdi. "Büyükannem geliyor!" diye çığlık attı.

Ellerimi önlüğüme sildim, elinden mektubu aldım ve ilk satırları okudum. Fransız doktorlar Ruselina'nın iyileştiğini ve onun Avustralya'ya gelmesi için konsolosluğun kâğıtlarını hazırladığını bildiriyorlardı. Ruselina'yı son gördüğümden beri çok şey olmuştu, onun ay sonunda Sydney'e varmasının beklendiğini okuduğumda inanamadım. Zaman su gibi geçmişti.

Haberi Betty için tercüme ettim. "Büyükannen, senin ne kadar iyi İngilizce konuştuğunu duyana kadar bekle," dedi Irina'ya, gülerek. "Seni tanıyamayacak."

"Beni öyle bir besledin ki, tabi beni tanıyamayacak," dedi Irina gülerek. "Çok kilo aldım."

"Ben yapmadım!" diye karşı çıktı Betty, önündeki pastırmayı dilimlerken, gözlerini kırpıştırdı. "Bence sizi aşırı besleyen Vitaly idi. Ne zaman ikiniz mutfağa girseniz, kıkırdadığınızı duyuyorum!"

Betty'nin esprisinin komik olduğunu düşündüm ancak Irina'nın yanakları kızardı.

"Vitaly, Ruselina gelene kadar Austin'ini tamir etse iyi olacak," dedim. "Onu Blue Mountain'a gezmeye götürebiliriz."

Betty gözlerini devirdi. "Vitaly onu işe aldığım günden beri o Austin üzerinde çalışıyor ama hâlâ garajından çıkaramadı! Bence tren seyahatini düşünsek daha iyi olur."

"Sence büyükanne için yakınlarda bir ev bulabilir miyiz?" diye sordu Irina, Betty'ye. "Fazla vaktimiz yok."

Betty güveci fırına verdi ve zamanlayıcıyı ayarladı. "Benim başka bir fikrim var,"dedi. "Alt katta, depo olarak kullandığım bana ait bir oda var. Fakat oldukça büyük ve güzel. İstersen onu boşaltabilirim."

Mutfak dolabının üzerindeki bir kavanoza uzandı ve içinden bir anahtar çıkararak Irina'ya verdi. "Anya'yla birlikte gidip bir bakın. Daha yemeğin olmasına çok var."

Irina'yla birlikte koşa koşa birinci kata indik. Ön kapıdan çıkan Johnny ile karşılaştık. "İkinize de merhaba," dedi, ceketinden bir sigara çıkararak. "Dışarı çıkıyorum ama annem yağmur yağacağını söylüyor."

Irina ve ben de onu selamladık ve kapıdan çıkıp sokağın içinde gözden kaybolmasını izledik. Geçen pazar günü, Vitaly bizi hayvanat bahçesine götürmüştü. Koalaların bulunduğu bölüme geldiğimizde, Irina'yla birbirimize baktık ve ikimiz birden bağırdık; "Johnny!"

Komşumuzun da tıpkı bu yerel hayvanlar gibi yarı kapalı gözleri ve ağır hareket eden bir ağzı vardı.

Betty'nin bize bahsettiği oda, koridorun sonunda, merdivenlerin altındaydı.

"Sence Johnny piyano çalışırken gürültülü olur mu?" diye sordu Irina, anahtarı kilide sokarken.

"Hayır, bu odayla Johnny'nin piyanosunu birbirinden ayıran iki oda var. Üstelik çalıştığı zaman kimse rahatsız olmuyor."

Söylediğim doğruydu. Ne zaman Johnny'nin çalışmaya başladığını duysak radyoyu kapatır ve onu dinlerdik. 'Moon River'[31] yorumu bizi her zaman ağlatırdı.

"Haklısın," dedi Irina. "Büyükannem, bir müzisyenle komşu olacağı için muhtemelen sevinecektir."

Kapıyı açıp içeri girdik ve kendimizi dolaplar, bavullar ve çift kişilik bir yatağın doldurduğu odanın içinde bulduk. İçerisi toz ve naftalin kokuyordu.

"Bu yatak daha önce bizim odamızdaydı, muhtemelen," dedim. "Tom ve Betty'ye ait olmalı."

Merdivenlerin altına gelen bölümde Irina sürgülü bir kapıyı açtı ve ışığı yaktı. "Burada bir lavabo ve tuvalet var," dedi. "Büyükannem banyosunu yukarıda yapabilir."

Oymalı bir gardırobun kapılarını açtı. İçi Bushell çaylarıyla doluydu.

"Ne düşünüyorsun?" diye sordu bana.

---

[31]   Ay Nehri.

"Bence kabul etmelisin," dedim. "Betty'nin er ya da geç bu eşyaları satması gerekecek, biz de iyice temizlersek, güzel olur."

Ruselina'nın gemisi muhteşem bir Sydney sabahında limana vardı. Yazın nemi bana tanıdık gelmişti çünkü Şanghay'ın da benzer bir iklimi vardı ancak hiç böyle berrak günışığının ağaçlar üzerinde ışıldadığı ve insana havayı bir elma gibi ısırma arzusu veren ayazlı kış günleri görmemiştim. Harbin'in tersine, kış burada aniden bastırmıyor, aylarca kar yağmıyor ve hava karanlık olmuyordu. Sydney'in kibar kış uyarlaması, kendimi kuş gibi hafif hissetmemi ve yanaklarıma kan gelmesini sağlıyordu. Irina ve ben, Ruselina'yı karşılamak için iskeleye yürümeye karar verdik. Ceketlerine ve paltolarına sarılmış, acı soğuk ve bu nedenle ellerinde, yüzlerinde oluşan kızarıklıklardan şikâyet eden Avustralyalıların yanından hemen geçtik ve gizlice onlara güldük.

"Hava yaklaşık elli beş derece falan olmalı," dedim Irina'ya gülerek.

"Büyükannem mevsimin yaz olduğunu sanacak," diye güldü. "Rusya'da yaşadığı günlerde böyle havalar ona sıcak hava dalgası gibi gelmiştir."

Ruselina'yı Avustralya'ya getiren geminin, Sydney'e ilk geldiğimiz gün gördüğümüz gemi kadar kalabalık olmamasına sevindik, gerçi liman gemiden inecek yolcuları bekleyen insanlarla epey kalabalıktı. Kurtuluş Ordusu bandosu 'Waltzing Matilda'yı[32] çalıyordu. Bazı muhabirler ve fotoğrafçılar fotoğraf çekiyorlardı. Bir dizi insan iskele köprüsünden iniyordu. Bir grup izci çocuk, yolcular kıyıya indikçe onlara elma ikram ediyorlardı.

"Bu gemi nereden geliyor?" diye sordu Irina.

"İngiltere'den çıktı ve gelirken limanlardan yolcu topladı."

Bu konuyla ilgili bir şey söylemedim ancak Avustralyalıların İngiliz göçmenlere daha meraklı olması kalbimi kırdı.

Irina ve ben insanların arasında Ruselina'yı aradık.

"İşte orada!" diye çığlık attı Irina, köprüden inen insanların ortasını işaret ederek.

Gözlerimi kırpıştırdım. İskele köprüsünden inen kadın, benim Tubabao'dan tanıdığım Ruselina değildi. Teninin kireç gibi beyaz renginin yerini güneş yanığı almıştı ve bastonu olmadan yürüyordu. Derisinin üzerinde bulunan o bildik, koyu lekeler yok olmuştu. Bizi gördü ve seslendi. "Irina! Anya!"

Karşılamak için ikimiz de ona koştuk. Ona sarıldığımda kollarımın arasında incecik bir dal değil de sanki bir yastık vardı.

"Durun size bir bakayım!" diye bir çığlık attı, geriye bir adım atarak. "İkiniz de çok iyi görünüyorsunuz. Bayan Nelson size çok iyi bakmış olmalı!"

"Öyle," dedi Irina, gözündeki yaşı silerek. "Peki, ya sen, büyükanne? Kendini nasıl hissediyorsun?"

---

[32] Matilda için Vals.

"Hayal edebileceğimden çok daha iyi," diye cevapladı. Gözlerindeki pırıltıdan ve sıkılaşmış etinden, bunun doğru olduğunu görebiliyordum.

Ona deniz yolculuğu ve Fransa ile ilgili sorular sorduk ancak onunla Rusça konuşmamıza rağmen sorularımızı İngilizce yanıtladı.

Diğer yolcuları takip ederek iskelenin sonuna, bagajların boşaltıldığı güney tarafına gittik. Ruselina'ya gemideki yolcular hakkında sorular sorduk ve o sesini alçaltarak bize, "Irina, Anya, artık Avustralya'da olduğumuza göre İngilizce konuşmalıyız," dedi.

"Birbirimizle konuşurken gerek yok," dedi Irina gülerek.

"Özellikle birbirimizle konuşurken dikkat etmeliyiz," dedi Ruselina, çantasından bir broşür çıkarırken. Bu IRO'nun Avustralya için hazırladığı bir el kitabıydı. "Oku şunu," dedi, kenarı kıvrılmış bir sayfayı açtı ve bana uzattı.

Yıldız işaretleri içine alınmış paragrafı okudum.

"Belki de en önemli şey Avustralyalıların dilini öğrenmektir. Avustralyalılar, yabancı dilleri duymaya alışkın değillerdir. Konuşma biçimi farklı olan insanlara gözlerini dikmeye eğilimlidirler. Toplum içinde kendi dilinizi konuşmanız sizin dikkat çekmenize ve Avustralyalıların sizi yabancı olarak nitelendirmelerine neden olabilir... Bunun yanı sıra konuşurken ellerinizi kullanmaktan kaçının çünkü bunu yaparsanız, dikkat çekersiniz."

"Anlaşılan hiçbir şekilde 'dikkat çekici' olmamamız onlar için çok önemli," dedi Irina.

"Şimdi bize neden öyle tuhaf baktıkları anlaşıldı," dedim.

Ruselina el kitabını benden aldı. "Dahası var. Avustralya'ya gelmek için başvuruda bulunduğumda, hastaneye bir yetkili gönderip komünistlere sempati duyup duymadığımı sordular."

"Bu bir şaka mıydı?" diye sordu Irina. "Bizler insanız. Kaybettiklerimize rağmen. Bizi hâlâ Kızıllar olarak görüyorlar!"

"Ben de gelen adama böyle söyledim," dedi Ruselina. "'Genç adam, ailemi ateş içine atan rejime gerçekten inanabileceğimi mi düşünüyorsun?' dedim."

"Kore'de de durum aynıymış," dedim. "Her Rus'u düşman ajanı olarak görüyorlarmış."

"Asyalıysan, durum daha da kötü," dedi Irina. "Vitaly, rengi biraz daha koyu olan insanları ülkeye almadıklarını söyledi."

Bir vincin gürleyen sesini duyduk ve başımızı kaldırıp baktığımızda bagajların bir ağ içinde iskeleye indirildiğini gördük.

"İşte, benim bavulum," dedi Ruselina, üzerinde beyaz çizgileri olan mavi bir bavulu işaret ederek. Görevli gidip bagajımızı alabileceğimizi söyleyince diğer insanlarla birlikte sıraya girdik.

"Anya, şuradaki siyah kutu da benim," dedi. "Taşıyabilecek misin? Biraz ağır. Irina bavulu alabilir."

"Nedir bu?" diye sordum, ancak ağırlığını hissedip, içinden gelen makine yağının kokusunu alınca ne olduğunu anladım.

"Fransa'dan aldığım dikiş makinesi,"dedi Ruselina. "Elbise siparişi alıp, ikinize katkıda bulunmak istiyorum."

Irina ile birbirimize baktık. "Buna gerek yok, büyükanne," dedi Irina. "Senin için bir odamız var. Kirası düşük ve kontratlarımız bitene kadar kirasını karşılayabiliriz."

"Fazladan bir kirayı karşılayamazsınız," dedi Ruselina.

"Karşılayabiliriz," dedim. Ancak ona Şanghay'dan getirdiğim mücevherleri sattığımı ve bankada bir hesap açtığımı söylemedim. Taşlar karşılığında umduğum parayı alamamıştım çünkü kuyumcunun dediği gibi, Avustralya'da mücevherlerini satmak isteyen çok fazla göçmen vardı. Ancak kontratlarımız bitene kadar Ruselina'nın oda kirasını karşılayacak kadar paramız vardı.

"Çok anlamsız," dedi Ruselina. "Olabildiği kadar çok para biriktirmelisiniz."

"Büyükanne," dedi Irina, eliyle kadının kolunu sıvazlayarak. "Çok hastaydın. Anya ve ben senin kendini yormanı istemiyoruz."

"Hah! Ben yeteri kadar dinlendim," dedi Ruselina. "Artık size yardım etmek istiyorum."

Eve gitmek için taksiye binme konusunda ısrar ettik ancak Ruselina paradan tasarruf etmek için tramvayla gitmek istedi. Taksiyle gidersek daha fazla şey göreceğimiz konusunda onu ikna etmeye çalıştık, neyse ki birkaç girişimin ardından bir taksi durdurmamıza itiraz etmedi.

Ruselina'nın yeni bir şehre gelişiyle ilgili heyecanı Irina ve beni utandırdı. Camı indirerek, şehrin belirleyici özelliklerini parmağıyla bize gösterdi, sanki tüm hayatı boyunca şehirde yaşamıştı. Taksi sürücüsü bile ondan etkilendi.

"Bu, AWA Kulesi," dedi, çatısında minyatür bir Eiffel Kulesi olan kahverengi bir binayı işaret ederek. "Şehrin en yüksek yapısı. Yükseklik sınırının üzerinde ancak bina olarak değil de, iletişimi sağlayan bir kule olarak nitelendirildiği için yüksekliğine göz yumuluyor."

"Sydney hakkında bu kadar çok şeyi nereden biliyorsun?" diye sordu Irina.

"Aylardır okumaktan başka yapacak bir şeyim yoktu. Hemşireler bana malzeme getirecek kadar kibardılar. Beni ziyaret etmesi için Avustralyalı bir asker bile buldular. Ne yazık ki, Melbourne'dan geliyordu. Yine de bana bu ülkenin kültürüyle ilgili çok şey anlattı."

Potts Point'e vardığımızda Betty ve Vitaly'yi mutfakta tartışırken bulduk. İçerisi dana rosto ve fırında patates kokuyordu ve kış olmasına rağmen bütün kapılar ve pencereler açıktı.

"Tuhaf, yabancı bir yemek pişirmek istiyor," dedi Betty, omuzlarını silkerek. Ellerini önlüğüne kuruladı ve Ruselina ile tokalaşmak için elini uzattı. "Fakat ben konuğumuz için en iyi yemeğin yapılmasını istiyorum."

"Sizinle tanıştığıma sevindim, Bayan Nelson," dedi Ruselina, Betty'nin elini sıkarken. "Irina ve Anya'ya göz kulak olduğunuz için teşekkür ederim."

"Bana, Betty diyin," dedi diğeri, ellerini arı kovanına benzer saçlarına götürürken. "Benim için zevkti. Onları kızlarım gibi görüyorum."

"Hangi yemeği yapmak istiyorsun?" diye sordu Irina, Vitaly'ye, şakayla karışık kolunu sıkarken.

Vitaly gözlerini tavana çevirdi. "Spaghetti Bolognaise."

Kış mevsiminde öğle sonrası, dışarıda yemek yiyecek kadar ılıktı, masayı dışarı taşıdık ve birkaç sandalye daha çıkardık. Vitaly eti kesmekle görevlendirildi, Irina da sebzeleri tabaklara koydu. Ruselina, Betty'nin yanına oturdu ve gözlerimi onlardan ayıramadım. Yan yana tuhaf görünüyorlardı. Ayrı ayrı baktığınızda farklı kadınlardı ancak yan yanayken olağanüstü bir şekilde birbirlerine benziyorlardı. Dışarıdan bakıldığında ortak bir noktaları yoktu: bir tanesi savaşlar ve devrimlerden sınıf düşerek buralara gelmiş bir aristokrattı, diğeri ise, yıllarca para biriktirerek kendisine Potts Point'te bir kahve salonu açmış ve ev almış, işçi bir aileden gelme bir kadındı. Ancak birbirlerine söyledikleri ilk sözcükten itibaren, sanki yıllardır çok iyi dostlarmış gibi, birbirlerine uyum sağlamışlardı.

"Çok hastalanmışsın, canım," dedi Betty, Ruselina'nın tabağını, et koyması için Vitaly'ye uzatırken.

"Öleceğimi sandım," dedi Ruselina. "Fakat şimdi kendimi hayatımda hiç hissetmediğim kadar iyi hissettiğimi söyleyebilirim."

"Fransız doktorlarının işi," dedi Betty, gözlerini kısarak. "Herkesi ayağa dikebileceklerinden eminim."

Ruselina, Betty'nin iması karşısında kahkaha attı. Anlamasına şaşırmıştım. "Eminim bunu yapabilirlerdi, tabi ben yirmi yaşında olsaydım."

Tatlı olarak, uzun bardaklar içine hazırlanmış parfe vardı. Üzeri meyve jöleli ve fındık kaplı dondurma katlarını görünce, bu ağır yemeği nasıl sindirebileceğimi düşündüm. Ellerimi karnıma koyarak, arkama yaslandım. Betty, Ruselina'ya Bondi Plajı'ndan ve emekli olduktan sonra oraya yerleşmek istediğinden bahsediyordu. Herkesin gülen yüzüne baktım ve içimde bir kıpırtı hissettim. Anneme olan özlemime rağmen, aylardır ilk defa bu kadar mutlu olduğumu hissettim. Bir sürü şey için endişelenmiştim ancak her şey yoluna giriyordu. Ruselina sağlıklı ve yüksek bir moralle gelmişti. Irina kahve salonunda çalışmaktan ve teknik okulda İngilizce derslerine gitmekten keyif alıyordu. Bana gelince, Betty'nin küçük evini seviyordum. Burada, Şanghay'daki konaktan daha rahattım. Sergei'yi sevmiştim ancak evi benim için pişmanlığın ve ihanetin bir batağıydı. Potts Point'te her şey, Harbin'de olduğu gibi huzurluydu, gerçi bu iki şehrin, babamın ve Betty'nin tarzları birbirlerinden çok farklıydı.

"Anya, sen ağlıyorsun," dedi Ruselina.

Herkes sustu ve dönüp bana baktı. Irina bana bir mendil uzattı ve elimi tuttu. "Neyin var?" diye sordu.

"Seni üzen bir şey mi oldu, hayatım?" diye sordu Betty.

"Hayır," dedim, başımı sallayarak ve gözyaşları içinde gülerek. "Sadece çok mutluyum, o kadar."

Ruselina'nın elbise dikme çabaları istediği sonucu vermemişti. Daha önce hiç çalışmamış göçmen kadınlar sipariş üzerine elbise dikiyorlar, kocalarının maaşına katkıda bulunuyorlardı. Ruselina'nın dikişi mükemmele yakın olmasına rağmen genç kadınlar daha hızlıydılar. Ruselina da, bize söylemeden Surry Hills'de bir fabrikayla haftada on gece elbisesi yapmak üzere parça başı anlaşma yapmıştı. Ancak elbiseler çok fazla detaylıydı ve fazla emek istiyordu, elbiseleri zamanında yetiştirmek için sabah altıdan gece geç saatlere kadar çalışmak zorunda kalmıştı. Ve bir hafta içinde yine rengi solmuş, güçten düşmüştü. Irina ona daha fazla iş almayı yasakladı ancak Ruselina bazen çok inatçı olabiliyordu.

"İhtiyacım yokken bana destek olamaya çalışmanı istemiyorum," dedi.

"Senin şarkıcılık kariyerine geri dönebilmen için para biriktirmeye çalışıyorum," dedi Ruselina.

Durumun kontrolünü ele alan Betty oldu.

"Sadece iki haftadır bu ülkedesin, canım," dedi Ruselina'ya. "İnsanlarla tanışmak biraz zaman alır. Dikiş siparişi de yavaş yavaş gelmeye başlar. Yakında Anya ve benim yeni üniformalara ihtiyacımız olacak, ben de bunları senin yapmanı isteyeceğim. Ve sanırım bu evin yeni perdelere de ihtiyacı olacak."

Daha sonra mutfakta gazete okurken, Betty'nin Ruselina'ya, "Onlar için endişelenmemelisin. Onlar genç. Kendi yollarını kendileri çizerler. Kahve salonu daha önce hiç olmadığı kadar iş yapıyor ve hiçbiriniz açıkta değilsiniz. Burada olduğunuz için çok mutluyum." dediğini duydum.

Bir sonraki hafta Betty bana sabah yerine öğleden sonra izin verdi ve ben de iznimi veranda da Avustralyalı bir yazar olan Christina Stead'ın, Sydney'in Yedi Yoksul Adamı adlı romanını okuyarak geçirdim. Bunu benim için kitapçıdaki kadın seçmişti. "Çok etkili ve güçlü bir romandır," dedi. "Benim en sevdiğim kitaplardan biridir." Gerçekten iyi bir seçim yapmıştı. Kahve salonunda çalışmak beni çok yormuştu ve uzun zamandır kitap okuyacak enerjiyi kendimde bulamıyordum. Ancak bu hikâye beni eski alışkanlığıma geri döndürmeyi başarmıştı. Sadece bir saat kitap okuyup, daha sonra da Botanik Bahçeleri'nde yürüyüş yapmayı hedeflemiştim. Ancak ilk paragrafı okuduktan sonra kitabı elimden bırakamadım. Şiirsel ve akıcı bir dili vardı ancak zor değildi. Dört saat geçmişti ve ben hiç fark etmedim. Sonra bir an için kafamı kaldırdım ve gözüme Judith'in pencere vitrini ilişti. Yeni bir elbise sergiliyordu. Yeşil elbise ipek kumaştan dikilmişti ve üzerinde bir kat tül vardı.

"Ben bunu daha önce neden akıl edemedim?" diye sordum kendime. Kitabı bıraktım ve ayağa kalktım.

Kapıyı açıp, beni kapı eşiğinde görünce yüzü güldü.

"Merhaba, Anya," dedi, "ne zaman ortaya çıkacağını merak ediyordum."

"Üzgünüm, daha önce gelemedim," dedim, "Fakat bizimle yaşamak üzere bir dostumuz geldi ve onun yerleşmesine yardımcı olmaya çalışıyorduk."

Fayanslarla döşeli koridordan, varaklı bir aynanın her iki yanına yerleştirilmiş iki uzun koltuğun bulunduğu ön odaya kadar Judith'in peşinden gittim.

"Evet, Adam bana söyledi. Kibar, yaşlı bir bayan, dedi."

"Ona verebileceğiniz bir iş olup olmadığını sormak için geldim. Onun zamanında terzilik, saygı duyulan bir sanatmış."

"Ah, bu kulağa güzel geliyor," dedi Judith. "Şimdilik elimde yeteri kadar makasçı ve dikişçi var fakat yoğun dönemlerde bize yardımcı olabilecek birinin var olduğunu bilmek güzel. Fırsat bulduğunda gelip beni görmesini söyleyebilirsin."

Judith'e teşekkür ettim ve şömine rafının üzerinde duran güllerle dolu kristal vazolara baktım. Pencerenin yanında bronz ayaklığın üzerinde duran bir Venüs heykeli vardı. "Bu çok güzel bir oda," dedim.

"Prova odam şurada." Salondaki kapılardan bir tanesini açtı ve içinde beyaz bir halı ve tavanından kristal bir avize sarkan odayı gösterdi.

İki tane XV. Louis sandalyesi, gül desenli kumaşla kaplanmıştı. Bir çift lame perdeyi açtı ve değişik bir atmosferi olan bir stüdyoya girdik. Pencerelerde perde yoktu ve öğle sonrası güneşi iğnelik ve makasların üzerinde durduğu çalışma masaları üzerine vuruyordu. Bir grup cansız terzi mankeni odanın arka tarafına yığılmıştı. Saat beşti ve Judith'in çalışanları iş bırakıp evlerine dönmüşlerdi. Odada boş bir kilise havası vardı.

"Çaya ne dersin?" diye sordu Judith, odanın köşesindeki küçük mutfağa yönelerek. "Yok, haydi şampanya içelim."

Çalışma masasının üzerine iki kadeh koyuşunu ve şampanya şişesinin tıpasını çevirişini izledim. "Burada diğer odadan daha çok rahat ediyorum," diyerek güldü. "Ön oda sadece gösteriş için. Burası benim ruhuma daha fazla hitap ediyor."

Bana kadehi uzattı ve aldığım ilk yudum başımı döndürdü. Moscow-Shanghai'dan beri hiç içki içmemiştim. Judith'in stüdyosunda o günler bir ömür kadar uzak göründü.

"Bunlar senin son tasarımların mı?" diye sordum, askıda duran organtin[33] kılıflar içindeki elbiseleri göstererek.

"Evet." Kadehini koydu, tekerlekli askıyı yanıma getirdi. Kılıflardan birinin fermuarını açtı ve bana kısa kollu ve V yakası omuzlara kadar açılan dantel bir elbise gösterdi. Gümüş şeritler işlenmiş elbise en az vitrindeki kadar pahalı görünüyordu.

"İnsanlar kombinezon tarzı elbiseler giyiyorlar," dedi, "fakat ben vücudun üzerine yapışan ve bir şelale gibi dökülen kumaşları seviyorum. İşte bu yüzden bacakları düzgün modellere ihtiyacım var."

"Ayrıntılar şahane." Parmaklarımı şerit halindeki

---

[33] Seyrek bir şekilde dokunmuş, ince, sert bir kumaş

küçük boncukların üzerinde gezdirdim. Gözüm üzerindeki etikete ilişti. Bazı insanlar bu parayla bir arazi parçası alabileceklerini düşünebilirlerdi. Şanghay'da bu tür elbiseler aldığımı ve fiyatını hiç önemsemediğimi hatırladım. Ancak başımdan geçen onca şeyden sonra, önceliklerim değişmişti. Yine de, bu sıra dışı elbisenin cazibesine kapılmaktan kendimi alamadım.

"Benim için boncuk işleyen İtalyan bir kadın var, bir diğeri de dantel işlemeleri yapıyor." Judith elbiseyi kılıfına koydu ve bana göstermek için bir başkasını çıkardı. Bu, arkasında kukuletası olan, göğsü lavanta rengi, bel korsesi turkuaz ve uçlarına çiçek rozetleri iliştirilmiş eteği siyah olan bir gece elbisesiydi. Elbiseyi döndürdü ve arkasındaki yumuşak tarlatanı[34] gösterdi. "Bu, Tiyatro Royal'da sergilenecek bir oyun için dikildi," dedi, elbiseyi üzerine tutarak. "Tiyatro şirketlerinden birçok sipariş alıyorum ve birkaç da birbirleriyle yarışçı sosyeteden."

"Her iki kesim de kulağa heyecan verici geliyor," dedim.

Judith başıyla onayladı. "Fakat sosyete kadınlarının benim elbiselerimi giymesini gerçekten istiyorum çünkü gazetelerde sürekli fotoğrafları çıkıyor. Başka bir nedeni de Avustralyalı desinatörler konusunda züppelik ediyorlar. Giysilerini Londra ve Paris'ten almanın hâlâ ayrıcalıklı bir şey olduğunu düşünüyorlar. Ama Avrupa'da güzel görünen şeyler buraya pek uymuyor. Yaşlı sosyete üyeleri çok katılar. Onları ele geçirmek zor."

---

[34] Bir kumaş türü.

Elbiseyi bana uzattı. "Denemek ister misin?"

"Bana daha basit şeyler yakışıyor," dedim, kadehimi koyarken.

"O zaman tam sana göre bir elbisem var." Başka bir elbise kılıfının fermuarını açtı ve üstü korsajlı, eteklerinde siyah sutaşları olan beyaz bir elbise çıkardı. "Bunu dene, "dedi, beni prova odasına götürerek. "Kendi kumaşından eldivenleri ve bir de beresi var. Bahar koleksiyonumun bir parçası."

Judith eteğimi çıkarmama yardı etti ve süveterimi bir askıya astı. Birçok terzi, müşterilerine giyinmeleri için yardım ederdi ve geçenlerde Mark Foys'dan aldığım yeni iç çamaşırımı giymiş olduğuma sevindim. Tubabao'da giydiğim eski püskü çamaşırların içinde görünmek utandırıcı olurdu.

Judith elbisenin fermuarını çekti ve bereyi başıma yan yatırarak yerleştirdi, sonra da etrafımda tur atmaya başladı. "Bu koleksiyon için çok iyi bir model olabilirsin," dedi. "Sende tam bir aristokrat havası var."

Bana bir aristokrat gibi göründüğümü söyleyen son insan Dmitri idi. Ancak Judith bunu değerli bir mal varlığından çok kişisel bir özellikmiş gibi söylemişti. "Aksanlı konuşmak Avustralya'da bir dezavantaj," dedim.

"Bu senin hangi çevrede olduğuna ve kendini nasıl sunduğuna bağlı." Judith bana göz kırptı. "Bu şehirdeki en iyi restoranların sahipleri yabancıdır. Bondi'deki müşterilerimden Rus bir kadın, Çar'ın yeğeni olduğunu iddia ediyor. Müdavimlerine, ne giyip ne giymeyecekleri öyle otoriter bir şekilde söyler ki, sosyetik hatunlar onun karşısında sinerler."

Judith elbisenin etek uçlarını parmakları arasında düzeltti, bu arada kafası tıkır tıkır işliyordu. "Eğer benim elbiselerimle, senin doğru yerlerde görünmeni sağlayabilirsem, ihtiyacım olan patlamayı elde ederim. Bana yardım edecek misin?"

Judith'in mavi gözlerine baktım. Benden istediği şey zor değildi. Sonuçta ben, bir zamanlar Şanghay'ın en büyük gece kulübünün sahibesiydim. Ve uzun zamandır giydiğim rengi solmuş ikinci el giysilerden sonra bu kadar güzel elbiseler giymek harikaydı.

"Elbette," dedim. "Kulağa eğlenceli geliyor."

Judith'in aynasındaki görüntüm nefesimi kesti. Beş provadan sonra, ki bunlardan ikisi bence gereksizdi, benim Avustralya sosyetesine tanıtılmam için tasarlanan elbise hazırdı. Parmaklarımı siklamen rengi şifon gece elbisesinin üzerinde gezdirdim ve ona gülümsedim. Elbisenin büzgülü bir korsajı çubuklarla desteklenmişti ve ince askıları vardı. Dökümlü eteği ayak bileklerimin hemen üstünde bitiyordu. Judith elbiseye uygun bir şalı omuzlarıma doladı ve nemli gözleriyle bana baktı. Kızını düğün için giydiren bir anneye benziyordu.

"Çok güzel bir elbise," dedim, gözlerimi ondan ayırıp aynaya çevirirken. Doğruydu. Şanghay'da giydiğim elbiselerden hiçbiri bu kadar kadınsı değildi ve Judith'in benim için tasarladığı bu elbise kadar güzel dikilmemişti.

"Oldukça eziyetli bir işti," diyerek güldü, iki kadeh

şampanya doldururken. Kendi kadehini üç yudumda bitirdi. "Cesaretini toplamak için içtiğin içkiyi çabuk bitir. Buralarda kızlar toplum içinde içki içmemelidirler."

Güldüm. Betty bana, Avustralya'da 'iyi kızlar' toplum önünde içki ve sigara içmezler, demişti. Ona kendisinin sigara içtiğini hatırlattığımda, gözlerini kısmıştı: "Ben 1920'ler genç bir kızdım, Anya. Şimdi, yaşlı bir ördeğim, ne istersem yaparım."

"Beni bir Rus aristokratı olarak tanıtacağını sanıyordum," diye takıldım Judith'e." Bondi'deki kadının sünger gibi içtiğini söylememiş miydin?"

"Haklısın. Dediğimi unut." Aynada, Çin krepinden yapılmış gece elbisesini düzeltti. "Sadece kendin ol. Doğal halinle de çekicisin."

Dışarıdan bir arabanın motor sesini duyduk. Judith pencereden baktı ve smokin giymiş bir adama el salladı. Kapıyı açtı ve onu içeri davet etti, bu gece Charles Maitland olarak tanıttığı bu adamla çıkacaktı. Charles ona bir orkide almıştı ve Judith de onu beline taktı. Judith'e ve onun elbisesine bakışından ve bana pek fazla ilgi göstermeyişinden kadına âşık olduğunu anladım. Ancak duygularının karşılıklı olmadığını biliyordum. Judith bana onu, 'iyi' bir aileden geldiği ve Chequers'da bir masa ayarlayabileceği için seçtiğini söylemişti. Normalde Sydney'in bu meşhur gece kulübü demokrattı ve kılığı kıyafeti yerinde herkes girebilirdi ancak bu gece Amerikalı şarkıcı, Louise Tricker'ın prömiyeri vardı ve sadece davetiye ile girilebiliyordu. Judith bana, birbirleriyle çekişen kadınlar, tiyatro ve radyo yıldızları dâhil, Avustralya sosyetesinde kim var, kim yok orada olacak, demişti. Judith bu elbiseye uygun entelektüel bir kavalye bulamamıştı, bu yüzden geceye sadece onlara eşlik eden biri olarak katılacaktım.

Charles, benim için arabanın kapısını açtı ve Judith de elbisemin eteğini içeri almama yardım etti. Babası Macquare Sokağı'da cerrah olan Charles yolda, yakında Trocadero'da düzenlenecek olan Siyah ve Beyaz Balosu'ndan bahsetti. Annesi seçim komitesindeydi. Judith, daha önce bana bu balodan söz etmişti. Elit sosyete için düzenlenen en büyük etkinlikti ve yeni evlenmiş kadınların gelinliklerini tekrar göstermesi için bir fırsattı. En güzel siyah ve beyaz elbiseler için ödül verilecekti ve kadınlar şimdiden ne giyeceklerine karar vermişlerdi. Eğer Charles'ın annesi seçim komitesindeyse, Judith mutlaka davetiye alırdı; tabi eğer Charles'ın annesi onu onaylarsa. Judith bana stüdyosunun bulunduğu binanın sahibinin ailesi olduğunu söylemişti. Kendisi bir üst katta oturuyordu ve üçüncü kattaki daireyi de kiraya vermişti. Judith'in babası paralı bir avukattı ancak onun babası terziydi ve aile onun zamanındaki bağlantıları kaybettiği için Judith üzülüyordu.

Judith'in, Charles'ı kullanması beni rahatsız etti. İyi bir adama benziyordu. Ancak aynı zamanda annesinin Judith gibi çekici bir kadını onaylamaması fikri de beni rahatsız ediyordu. Şanghay'da paranız olduğu ve onu gönlünüzce harcamak istediğiniz sürece, her yere alınırdınız. İnsanların aile geçmişleri ve sıfatlarıyla ilgilenen sadece kapalı İngiliz camiasıydı. Avustralya sosyetesinin yine farklı bir tarafını görüyordum ve kendimi nasıl bir şeyin içine soktuğumu merak etmeye başladım.

Chequers gece kulübü, Goulbourne Sokağı'ndaydı ancak merdivenlerle çıkılan Moscow-Shanghai'ın tersine burası bodrum katı seviyesindeydi. Ayağımı basamağa atar atmaz, Judith bana döndü ve gülümsedi ve gösterinin başladığını anlamıştım. Kadınlardan bazıları dönüp, elbiseme hayranlıkla bakmasına rağmen, fotoğrafçılardan hiçbiri fotoğrafımı çekmedi. Bir şekilde muhabirlerin benim için, "Ne de olsa Amerikan yıldız adayı değil ya," dediklerini duydum.

"Sen fotoğrafçılara aldırma," dedi, koluma girerek. "Seni tanımıyorlarsa, fotoğrafını çekmezler. Elbisene hayranlıkla bakan kadınları gördün mü? Balonun gözdesi sensin."

Kulüp ağzına kadar doluydu. Nereye baksam, ipekler, şifonlar, taftalar, minkler ve tilki kürkleri görüyordum. Moscow-Shanghai günlerinden beri böyle şeyler görmemiştim. Ancak Chequers'daki kalabalığın farklı bir tarafı vardı. Düzgün konuşmalarına ve güzel görüntülerine rağmen, Şanghaylılarda hissedilen o müphem, o gizem eksikti. Batmanın ya da çıkmanın eşiğinde yaşıyormuş gibi görünmüyorlardı. Ya da bana öyle geldi.

Bize dans pistinin bir sıra arkasında bir masa gösterildi. Judith'in daha sonra bana söylediğine göre, bu pozisyonda, Charles'in annesi üzerinde bir etki bırakabilmiştik.

"Adam'ı görebiliriz," dedi Judith, kalabalığa göz gezdirirken. "Sanırım eğitimcilerden bir tanesinin kızına göz dikmiş."

"İçeri nasıl girecek?" diye sordum.

Güldü. "Oh, buraya muhabir olarak da gelebilir fakat o çok akıllıdır. Bağlantıları sayesinde içeri girebilir."

Yine aynı sözcük. Bağlantı...

Davul çalmaya başladı, bir spot ışığı salonda gezindi ve kırmızı kadife takım elbisesi ve yakasında beyaz bir karanfil takmış, Sam Mills adında Avustralyalı bir komedyen olan sunucunun üzerinde durdu. Herkese oturmasını söyledi ve "Değerli konuklar, bayanlar ve baylar, bu akşamki sanatçımız, Carbine ve Phar Lap'ın toplam ciğer kapasitesinden daha fazlasına sahip..." diye devam etti. İzleyiciler güldü. Charles eğildi ve bana bunların Avustralya'nın en iri yarış atları olduğunu fısıldadı. Bu açıklamayı yaptığına sevinmiştim yoksa espriyi anlayamayacaktım.

Sam, Louise Tricker'ın Las Vegas'ta başarılı bir sezon geçirdikten sonra Avustralya'ya geldiğini ve ellerimizi onun için birleştirmemiz gerektiğini söyledi. Işıklar kısıldı ve spot ışığı sahnenin kenarından gelip piyanoya oturan Louise'e çevrildi. Bu isimle herkes bir kadın bekliyordu. Ancak üzerinde çizgili takım elbise olan, asker tıraşlı ve iri yarı insan ancak erkek olabilirdi.

Louise ellerini piyanoya koydu ve şarkı söylemeye başlayarak yine herkesin kafasını karıştırdı. Bu kesinlikle kadın sesiydi. Söylediği caz parçasının daha ilk birkaç ölçüsünü bitirmeden izleyiciyi etkisi altına almıştı. "Kendi yolumdan gidiyorum, sadece kendi yolumdan gidiyorum, senin yolundan değil, kendi yolumdan," diye söylüyor, piyanosuyla eşlik ediyor, bas gitaristi ve davulcuyu geride bırakıyordu. Dinamik bir tarzı vardı ve Moscow-Shanghai'da ondan daha iyi müzisyenler görmüş olmama rağmen, böyle şarkı söyleyen birini hiç görmemiştim. Belki Irina'yı bunun dışında tutabilirdim.

"Bu akşam nasılız?" diye sordu Louise, ilk parçadan sonra. Salonun yarısı sessiz kalırken, diğer yarısı ona cevap verdi: "Biz iyiyiz, Louise. Sen nasılsın?"

Judith kıkırdayarak kulağıma fısıldadı, "Tiyatrocularla yarışçılar farklı kesimlerdir."

"Normalde burada ne tür performanslar sergileniyor?" diye sordum.

"Genellikle kabare ve sahne gösterileri."

Louise bir sonraki parçasına başladı, bu ritmik bir Latin ezgisiydi. Sandalyeme yaslandım ve Irina'yı düşündüm. Eğer Chequers'da kabare sergileniyorsa, o da şansını deneyebilirdi. Moscow-Shanghai'da şarkı söyleyen Amerikalı ve Avrupalı şarkıcılar kadar iyiydi. Eğer Avustralya'nın bir kasabasında beğenildiyse, Sydney'de ona bayılırlardı.

Louise, son parçasından sonra ayağa kalktı ve çılgınca alkışlayan izleyicilere selam verdi. Onun nasıl göründüğü hakkında ne düşünürlerse düşünsünler, kimse onun performansının eşsiz olduğunu inkâr edemezdi.

Gece yarısı sahneye bir orkestra çıktı ve insanlar piste koştular, ya Louise Tricker'in gecenin kendisine ait bölümü bittiği için rahatlamışlardı ya da vücutlarında hemen dışarı atmaları gereken çok fazla adrenalin dolaşıyordu.

Dans pistinde dönen çiftleri izledim; aralarında iyi dans edebilen birkaç kişi vardı. Bedenini hiç kıpırdatmadan ayakları üzerinde kayan bir adam ve tıpkı rüzgârda uçan bir tüyü hatırlatan hareketleriyle bir kadın dikkatimi çekti. Bu romantik müzik bana Moscow-Shanghai'dan hatıralar taşıdı. Amelia ile olan beraberliğini affettikten sonra Dmitri ile son günlerde nasıl dans ettiğimizi hatırladım. O zamanlar ne kadar yakındık. Daha genç ve henüz evlenmediğimiz zamanlarda olduğumuzdan daha yakındık. Eğer benimle gelmiş olsaydı, mülteci olarak geçirdiğim bu hayat acaba daha kolay olur muydu, diye merak ettim. Ürperdim. İnsanlar bu nedenle evlenmiyorlar mıydı? Birbirlerine destek olmak için. İlişkimizin her bölümünün bir aldatma olduğunu düşünmeye başlamıştım. Yoksa böyle kolayca nasıl vazgeçebilirdi?

"Merhaba," tanıdık bir ses sesleniyordu. Başımı kaldırıp baktığımda Adam Bradley'nin bize gülümsediğini gördüm.

"Gösteriyi beğendin mi?" diye sordu ona Charles.

"Beğendim," dedi. "Fakat güreş maçında beni yenebilecek şu kadından pek emin değilim."

"Oh, hadi oradan," diyerek güldü Judith. "Şu senin yarışçı kız ne oldu?"

"Şey," dedi Adam, elbiseme bakarak, "onu kıskandırmak için Anya'nın benimle dans edebileceğini düşündüm."

"Eğer babası öğrenirse, burnunu kırar, Adam," dedi Judith. "Ve Anya'nın seninle dans etmesine izin vereceğim çünkü bu elbiseyi göstermek için iyi bir fırsat."

Adam beni kalabalık dans pistine götürdü. Kafamdan Dmitri ile ilgili üzücü düşünceleri attım. Artık değiştiremeyeceğim bir şey yüzünden geceyi mahvetmenin bir anlamı yoktu ve hüzün, diğer dans edenlerin hayran bakışlarını çeken elbiseme yakışmıyordu. Elbisemin rengi, diğer siyah, beyaz ve pastel rengi elbiselerin arasında dikkat çekiyordu ve şifon kumaş ışıkların altında inci gibi ışıldıyordu.

"Aslında," dedi Adam, çevresine bakınarak, "seninle birlikte görünmek benim kariyerime fayda sağlayabilir. Herkes bize bakıyor."

"Umarım bunun nedeni açılmış fermuarım değildir," diye espri yaptım.

"Bekle, kontrol edeyim," dedi, elini sırtımda gezdirirken.

"Adam!" elimi arkaya attım ve onunkini daha makul bir yere koydum. "Bu bir davet değildi."

"Biliyorum," diyerek sırıttı. "Judith ve Betty'nin şimşeklerini üzerime çekmek istemem."

Orkestra daha yavaş bir parça çalmaya başladı ve Adam tam dans etmeye başlayacaktı ki, yan tarafımızda bir ses duydum, "Dans edebilir miyiz?" Dönüp baktığımda arkamda kısa kaşlı, çenesi köşeli daha yaşlı bir adam gördüm. Öne çıkık alt dudağıyla sadık bir bulldogu andırıyordu. Adam'ın gözleri neredeyse oyuğundan çıktı.

"Ah, evet, elbette," dedi. Ancak bundan hoşlanmamış olduğu anlaşılıyordu.

"Benim adım Harry Gray," dedi adam, keyifle dans etmeye başlarken. "Eşim beni buraya, sizi Adam

Bradley'den kurtarmak için ve elbisenizi kimin diktiğini öğrenmek için gönderdi."

Çenesiyle arkamızda bir yeri işaret etti. Omzumun üzerinden baktım ve dans pistinin yanındaki masada oturan bir kadın gördüm. Boncuk işlemeli bir korsajı olan şampanya rengi bir elbise giymişti, beyaz saçları alçak bir topuzla toplanmıştı.

"Teşekkür ederim," dedim. "Eşinizle tanışmak isterim."

Dans bittiğinde, Harry beni kadının beklediği masaya götürdü. Kadın kendisini Diana Gray olarak tanıttı, *Sydney Herald'ın* editörüydü. Göz ucuyla Judith'in elindeki menü üzerinden bana baktığını ve başparmağını kaldırarak bana işaret ettiğini gördüm.

"Nasılsınız Bayan Gray?" dedim. "Benim adım Anya Kozlova. Eşinizi gönderdiğiniz için teşekkür ederim."

"Sizin gibi genç bir kızı Adam Bradley'den kurtarmak gerekirdi. Oturmaz mısın, Anya?"

Gözlerimi Diana'dan alamadım. Çok güzel bir kadındı. Koyu kırmızı bir ruj dışında makyaj yapmamıştı ve aksansız konuşuyordu. Adımı düzgün telaffuz etmesi beni etkilemişti.

"Adam benim komşumdur," dedim. "Üst katımızda oturuyor."

"Potts Point'te mi oturuyorsun?" diye sordu Harry, sırtını dans pistine vererek yanıma oturdu. "King Cross'a yakın oturuyorsan, bohem hayata alışkın olmalısın. Bu geceki performans seni fazla şaşırtmamış olmalı."

Moscow-Shanghai'da daha çılgın şeyler görmüştüm ancak bunlardan ona bahsetmeyi düşünmedim.

"Şana şu kadarını söyleyeyim," dedi Diana gülerek, "Louise Tricker dinledikten sonra insanlar, Prince ve Romano'nun yerine akın edeceklerdir."

"Arada sırada şaşırmak iyidir," dedi Harry, parmaklarını birleştirip masasın üzerine koyarken. "Bu ülkenin farklı zevklere ihtiyacı var. Bence kulüp müdürü böyle bir riski almakla harika bir iş yapmış."

"Kocam gerçek bir vatansever ve gizli bir bohemdir," Diana gülümsedi. "O bankacı."

"Hah!" diye güldü Harry. "Haydi, karıma elbisenden bahset, Anya. Onun ilgisini çeken şey o."

"Desinatör Judith James'e ait," dedim, Harry'ye bakarak. "O bir Avustralyalı."

"Gerçekten mi?" dedi Diana, ayağa kalktı ve dans pistinin diğer tarafındaki birine el salladı. "Onun adını duymadım ama bence gazete için bir resmini çekmeliyiz."

Kısa, siyah saçlı ve pahalı gibi görünen elbiseli bir kız, beraberinde bir fotoğrafçıyla masaya yaklaştı. Kalbim duracaktı. Elbisenin resminin gazeteye çıkması Judith'in bile beklediği bir şey değildi.

"Sör ve Leydi Morley, geceden ayrılmadan önce resimlerini çekmek için bekliyorduk," dedi kız Diana'ya. "Eğer kaçırırsak, onların resimlerini veremeyen tek gazete biz olacağız."

"Tamam, Caroline," dedi Diana,"fakat önce bu güzel elbisenin içinde Anya'nın resmini çek."

"Anya kim?" diye sordu kız, bana bakmadan.

"Kozlova," diye cevapladı Diana. "Haydi, acele et, Caroline."

Caroline yaramaz bir çocuk gibi yüzünü buruşturdu. "Sadece iki pozumuz kaldı. Bunları boşa harcayamayız. Gazetede rengi iyi çıkmaz ve bence elbisenin en güzel tarafı bu."

"Bu elbisenin en güzel tarafı onu giyen kız," dedi Diana, beni dans pistine itti ve Harry ile bir pozun içine soktu.

"Şuradan çek, elbisenin tamamını oradan alırsın," dedi fotoğrafçıya.

Fotoğrafçı işini yaparken, pozun boşa harcanmaması için elimden geleni yaptım. Judith ve Charles'in bulunduğu yere baktım. Judith neredeyse sandalyesinde zıplıyor ve ellerini havalara sallıyordu.

Daha sonra stüdyoya geldiğimizde, Judith bir bardak uykuluk brendi yuvarlarken ben de gece elbisesini çıkarıp pamuklu elbisemi giydim.

"Balodan sonraki Cinderella," dedim.

"Muhteşemdin, Anya. Teşekkür ederim. Ve o elbise benim sana bir hediyem olacak. Sadece görmek isteyen olur diye, bir hafta burada tutacağım."

"Onun gazeteye çıkacağına inanamıyorum," dedim.

Judith yerinde kıpırdadı ve bardağını bıraktı. "Gazeteye çıkacağını sanmıyorum. Prenses hazretleri, şu cemiyet editörü Caroline kaltağı işin içindeyken asla."

Judith'in yanına oturdum ve ayakkabılarımı giydim. "Ne demek istiyorsun?"

"Caroline Kitson, kendi hedeflerine ulaşmasına yardımcı olmayacak kimseyi cemiyet sayfasına koymaz. Beni mutlu eden tek şey, Diana Gray'ın senden hoşlanmasıydı. Etrafta sen ve elbiseden bahsedecek, bu ikimiz için de iyi bir şey."

Judith'e iyi geceler öpücüğü verdim ve sokağın karşısına geçtim. Dans etmekten bacaklarım ağrıyordu ve gözlerim neredeyse kapanmak üzereydi. Ancak yatak odasına girdiğimde Irina yatağında doğrulup oturdu ve ışığı yaktı.

"Seni uyandırmamaya çalıştım," dedim özür dileyerek.

"Uyandırmadın," dedi, gülümsedi. "Uyuyamadım, ben de seni beklemeye karar verdim. Nasıldı?"

Yatağıma oturdum. Çok yorgundum ve uyumak istiyordum ancak Judith'le çok fazla birlikte olmuştum ve Irina'ya neredeyse hiç vakit ayıramamıştım, bu yüzden kendimi suçlu hissettim. Zaten onun dostluğunu da özlemiştim. Ona gösteriden ve Diana Gray'den bahsettim.

"Gece kulübü güzel bir yer," dedim. "Bence orada söylemeyi denemelisin."

"Böyle mi düşünüyorsun?" diye sordu Irina. "Betty benden cumartesi öğle sonralarında kahve salonunda şarkı söylememi istedi. King Sokağı'ndaki kahve salonu müzik makinesi getirmiş, Betty de rekabeti arttırmak istiyor. Hatta büyükannemin çalması için bir piyano almayı bile düşünüyor."

Bu fikir kulağa hoş geliyordu ancak New York tutkusundan vazgeçmek zorunda kaldığına göre, neden benim Chequers ile ilgili söylediğim şeye daha hevesle bir tepki vermediğini merak ettim. Betty'ye yardım etmek istemesini anlıyordum ancak neden profesyonel bir şekilde kabare yapmıyordu ki? Kendi gösterisini yapabilecek kadar iyiydi. O, sadece bir şarkıcı değildi; bir yıldız kalitesindeydi. Ve Louise Tricker'dan daha kadınsı ve daha seksiydi.

"Anya," dedi, "sana söylemem gereken bir şey var."

Duraklaması beni heyecanlandırmıştı. Yine Amerika'ya gitmekten bahsedecek sandım, gerçi Avustralya'da mutlu görünüyordu.

"Ve bunu Betty'nin öğrenmesini istemiyorum, tamam mı? En azından şimdilik."

"Tamam," dedim, nefesimi tuttum.

"Vitaly ve ben, birbirimize âşığız."

İtirafı beni şaşırttı. Yapabildiğim tek şey gözlerimi ona dikmekti. Vitaly ile iyi anlaştıklarını biliyordum ancak bu arkadaşlıktan böyle bir şey doğacağını tahmin etmemiştim.

"Biliyorum. Bu seni fazla etkilemedi," dedi. "Biraz şapşal ve yakışıklı da değil. Fakat çok tatlı ve ben onu seviyorum."

Gözlerindeki dalgın ifadeden her şeyi anlıyordum, bunun doğru olmadığına dair bir şüphem yoktu. Elini tuttum. "Öyle söyleme," dedim, "ben de Vitaly'yi seviyorum. Sadece beni şaşırttın, o kadar. Ondan hoşlandığını hiç söylememiştin."

"İşte, şimdi söylüyorum," dedi sırıtarak.

Irina uyuyunca, ben de gözlerimi kapattım ancak uyuyamadım. Eğer Irina, Vitaly'ye âşık olduysa, bana düşen ona mutluluklar dilemekti. Birine âşık olması ve günün birinde evlenmesi doğaldı. Bu neden beni bu şekilde etkilemişti? Uzun zamandır geçmişimle yaşamakla, güzel günlerime özlem duymakla meşgul olmuştum, bu yüzden önümde bir gelecek olduğunu unutmuştum. Dmitri'nin yüzü gözlerimin önüne geldi. Bu gece neden onu bu kadar sık düşünmüştüm. Hâlâ onu seviyor olabilir miydim? Bana Amerika'da rahat bir hayat yaşamak için ihanet etmişti ancak başka bir erkeğe âşık olduğumu düşündüğümü hayal etmeye çalıştığımda bile dişlerimi acıyla sıktım. Irina gittiğinde ben ne yapacaktım? Tek başıma kalacaktım.

Judith, cemiyet editörü ve fotoğraf konusunda yanılmamıştı. *Sydney Herald*'ın sabah ve akşam postalarını didik didik ettim, ancak benim fotoğrafım hiçbirinde yoktu. Diana'nın neden kendisinden daha küçük biri üzerinde söz sahibi olamadığını merak ettim. İşten sonra, okumak için yeni bir şey almak için King Cross'taki kitapçının önünde durdum. Irina artık Vitaly ile daha fazla meşgul olacağından ben de bir sürü kitap okumaya karar vermiştim. Avustralyalı şairlerin bir kitabıyla bir de sözlük aldım sonra da kıyı boyunca, kafelerde ve barlarda birbirleriyle sohbet eden çiftlere bakarak eve doğru yürüdüm.

Evden içeri adım attığımda Adam'ı oturma odasında oturmuş, Betty ile sohbet ederken bulunca şaşırdım.

"Bakın, kim gelmiş," dedi Betty, ayağa kalkıp bana sarıldı. "Anlaşılan dün akşam birileri üzerinde büyük bir etki bırakmışsın."

Adam'a baktım, dansımızın bölünmesine bozulup bozulmadığını merak ettim ancak o gülümsüyordu. "Anya," dedi, "Diana Gray, benden onunla çalışmak ister misin diye sormamı istedi. Kadın departmanında ofis işlerine bakacak birine ihtiyaçları varmış."

Son yirmi dört saat içinde, beni tepki veremeyecek halde bırakan, şaşırtıcı şeylerle karşılaşmıştım ancak düşünmem gereken ilk şey, Betty ve onun kahve salonuydu. Bir ofiste çalışmak garsonluk yapmaktan daha iyiydi. Ve bir gazetede çalışmak kulağa ilginç geliyordu. Ancak Betty bana çok iyi davranmıştı ve onu öylece bırakamazdım. Betty'ye döndüm ve bunları ona söyledim.

"Saçmalama," dedi. "Bu harika bir fırsat. Seni neden engelleyeyim ki? Albay Brighton birilerinin senin ne kadar akıllı olduğunu anlayıp, elimden kapabileceği konusunda beni uyarmıştı."

"İlk başta Betty'nin verdiği kadar maaş alamayacaksın," dedi Adam, "fakat bu başlamak için iyi bir fırsat."

"Kahve salonunda ne yapacaksın?" diye sordum Betty'ye.

"Irina artık İngilizce'yi iyice öğrendi," dedi. "Sanırım artık mutfaktan çıkma zamanı geldi."

"Gördün mü, Anya," dedi adam. "Irina'ya bir iyilik yapıyorsun."

"Oh," dedim, masum görünmeye çalışarak. Eminin bu Irina'nın ona yapmamı isteyeceği son iyilik olurdu.

Haberi verince Judith çok sevindi ve Diana'ya görüşmeye gittiğimde giymem için bana siyah ve beyaz elbiseyi verdi. "Bu senin," dedi. "Sana bir iş elbisesi de hazırlayacağım."

"Bunları sana ödeyeceğim," dedim.

"Hayır, ödemeyeceksin!" diyerek güldü. "Bunlar sana verebileceğim son giysiler olacak. Eminim *Sydney Herald*'ın hediye kabul etmeme konusunda kuralları vardır. Fakat yükseldiğinde sakın beni unutma, tamam mı?"

Onu unutmayacağıma dair söz verdim.

Ertesi sabah Adam beni gazetenin Castlereagh Sokağı'ndaki ofisine götürmek için apartmanın basamaklarında karşıladı. "Tanrım," dedi, elbiseme bakarak, "deniz yolculuğuna çıkmak üzere olan zengin bir kadın gibi görünüyorsun. Diğer kızları kıskandıracaksın. Yine de, Diana zevkini takdir edecektir."

Tramvayla gideceğimizi sanıyordum ancak Adam bir ıslıkla taksi çağırdı. Elbisenin kırışmasını istemem. Ve tabi senin gibi bir hanımefendiyi tramvaya bindirmem benim için hoş olmaz."

Taksi yokuşu çıkarken biz arka koltukta oturuyorduk. Adam şapkasını çıkardı ve kucağına koydu. "Kadın bölümünde bir takım politikalar döner. Bunu kısa zamanda kendin de keşfedersin," dedi, "fakat ben sana ilk ipuçlarını vereyim de, en baştan bir hata yapma."

"Tamam."

"Birincisi, Diana'nın kalbini kazanmakla iyi bir başlangıç yaptın. Bir kere seni sevdi mi, tamamdır. Onun, senin hakkındaki fikrini değiştirmen için gerçekten korkunç bir şey yapmalısın. O, aynı zamanda işini iyi yapmakla saygınlık kazanmış, dürüst bir kadındır. İkincisi, cemiyet editörü, Caroline Kitson ve moda editörü Ann White'ın yoluna çıkma. Her ikisi de kaltaktır."

Pencereden William Sokağı'na sonra da dönüp Adam'a baktım. "Judith de Caroline için aynı şeyi söylemişti. Diana'ya fazla saygı göstermediğini fark ettim, sanki onun patronuymuş gibi davranıyordu."

Adam kulağını kaşıdı. "Diana'nın birçok artıları var. Her şeyden önce o bir İngiliz, eminim şimdiye kadar öğrenmişsindir, bu da bu ülkede insana saygınlık kazandırır. İyi bir gazetecidir, kendine has bir tarzı vardır ve zevklidir. Kumaşlardan Çin krepini Wedgwood'tan, jorjeti Royal Doulton'dan almasını bilir. Eksilerine gelince, akademik bir aileden gelen ve çok çalışan biridir ki, bu yüksek sosyete diye adlandırılan kesim için bir şey ifade etmez."

Taksi, Hyde Park'ın yakınlarında trafik ışıklarında durdu.

"Caroline ve Ann'ın konumları nedir?" diye sordum. Şimdiden böyle iş arkadaşlarıyla çalışacağımı öğrendiğim için rahatsız olmuştum. Amelia'nın iğrençliklerinden yeteri kadar gına gelmişti.

"Her ikisi de sosyetik ailelerden geliyor. Caroline'in ailesi servetini yünden elde etti ve annesi de buradan Bellevue Hill'e kadar söz sahibi önemli bir komitenin üyesidir. Caroline paraya ihtiyacı olduğu için değil, diğer sosyetik kızları etkilemek için çalışıyor. Herkes ona yalakalık yapıyor."

"Peki, Ann?"

"Onun kadar kötü değildir fakat ondan aşağı kalmaz."

Elizabeth Sokağı'ndaki Davis Jones'u geçtik, hedefimize yaklaşıyorduk. Aynamı çıkardım ve rujumu kontrol ettim. Kendime Diana'yı örnek almaya karar vermiştim ve makyajımı asgaride tuttum.

"Diana, Caroline'den neden korkuyor?" diye sordum, Diana'nın söylemesine rağmen Caroline'nin resmimi gazeteye koymayacak kadar kendisini baskın hissetmesinin bir nedeni olduğunu fark etmiştim.

"Korkmuyor aslında, sadece dikkatli davranıyor. Diana sosyeteyi arkasına almak için çok çalıştı. Ancak Caroline etrafta hoş olmayan hikâyeler anlatmaya başlarsa, bu onun sonu olur."

Taksi, üzerindeki bronz harflerle süslenmiş, modern bir binanın önünde durdu. Adam sürücünün parasını ödedi.

"Bu işi kabul etmeden önce bilmem gereken başka bir şey var mı?" diye fısıldadım Adam'a.

"Evlenmeye karar veren kadınları işten çıkarmak *Sydney Herald*'ın bir politikasıdır," dedi. "Diana bir istisnadır çünkü onun yerini doldurmak kolay değil."

"Benim evlenmeye niyetim yok," dedim, Dmitri'yi öğrenirlerse ne yapacaklarını merak ederek. Terk edilmiş bir kadının *Sydney Herald*'ta yeri neydi acaba?

Adam güldü. "Eğer evlenmezsen, yükselme şansın yüksek çünkü senin üstündeki kadınların kendilerine koca aradıklarını biliyorum."

"Anladım," dedim.

Asansör bekleyen diğer insanlarla birlikte bekledik.

"Bir şey daha var," dedi Adam.

"Nedir?" diye sordum, artık daha fazlasını duymak istediğimden emin değildim.

"Sen kadın departmanında çalışacak olan ilk 'Yeni Avustralyalı' olacaksın.

Sırtımdan siyah, beyaz ayakkabılarımın içindeki ayaklarıma kadar ürperdim. Betty'nin kahve salonunda aksanımla dalga geçen kızlar aklıma geldi. "Bu kötü bir şey demek, değil mi?"

"Hayır," diyerek güldü, omzumu okşadı. "Söylemeye çalıştığım şey, 'Tebrikler!'"

15
Anahtar

Diana Gray'in Sydney Herald'ın kadın departmanında ofis kızı olarak çalışma teklifini kabul ettim ve ertesi gün çalışmaya başladım. Caroline ve saçlarını arkada sıkı bir atkuyruğuyla toplamış, soluk benizli bir kız olan Ann dışında, Diana'nın sekreteri Joyce, Suzanne, Peggy ve Rebecca adında üç muhabir kız vardı. Diana'nın kendisine ait bir odası vardı ve genellikle kapısını açık tutuyordu. Caroline ve Ann kapılarını kapalı tutuyorlardı ve içeri girip girmemek ya da cam panellerin arasından içeri bakmak konusunda kararsız kalıyordum. Ann zamanının çoğunu fotoğraflara bakarak, Caroline ise telefonda dedikodu yaparak geçiriyordu ki, bu onun işinin büyük bir bölümüydü.

Benim işim haftalık etkinlikleri karatahtaya yazmaktı, Diana'nınki ise onları haber yapmaktı. Etkinlikler sosyete düğünlerinden, yemekli danslara, balolara, büyük okyanus gemilerinin geliş ve gidişlerinden, polo ve tenis maçlarına kadar her şeyi kapsıyordu. Diana ya da Caroline tarafından kaleme alınan önemli ya da çekici olanların dışında, etkinliklerin çoğu genç muhabirler tarafından haber yapılıyordu.

Makaleleri editör yardımcılarına götürmek, postaları ayırmak ve personel için çay yapmak gibi günlük görevlerimin yanı sıra, bölümde basılacak kalıpları göndermek ve okurlardan 'Ne Pişirelim?' sütunu için gelen tarifleri ayırmak da benim sorumluluğumdaydı.

Adam'ın ofis politikaları konusundaki açıklamaları haklı çıkmıştı ve işe başladıktan bir ay sonra, Diana'nın doğum gününü kutlamak üzere hep birlikte dışarı çıktığımızda nereye ait olduğumu anladım.

Diana'nın en favori restoranı, Romino'nun Yeri'ydi. Burası, kızıl saçlı bir İtalyan olan Azzalin Romano tarafından işletilen ve geniş bir dans pistiyle havalandırması olan gösterişli bir yerdi. Her yerde aynalar ve orkidelerle dolu vazolar vardı. İçeri girdiğimizde şef garson her zamanki çekiciliği üstünde olan Diana'yı saygıyla karşıladı. Judith'in bana verdiği siyah, beyaz elbiseye bakıp, beni Diana'nın yanına, Caroline ve Ann'i sağ karşıma oturttu ve diğer muhabir kızları da onların yanına karışık bir şekilde oturttu. Masalar yuvarlaktı ve oturma biçimimiz hepimizin birbirimizle konuşmasına olanak sağlıyordu ancak Caroline garsona kötü kötü baktı. Tam yer değiştirmeyi teklif edecektim ki, Diana bileğimi tuttu. "Buranın yemeklerini çok seveceksin," dedi. "Romano'nun sosları meşhurdur. Ne istersen sipariş ver. Bugün her şey benden."

Ann'in oturuş biçimimizden rahatsız olmaması beni şaşırttı. Oturduğu yerden yemek yiyen herkesi görebiliyordu. "Şuraya bakın," dedi. "Bayan Catherine Moore ve Bayan Sarah Denison birlikte yemek yiyorlar. Galiba Bayan Moore arkadaşını Sör Morley'nin oğluyla nişanı bozduğu için teselli ediyor."

Ana yemeklerden sonra, Ann benimle konuşmaya bile başladı. "Bu sezon ki bahar koleksiyonu hakkında ne düşünüyorsun?" diye sordu.

"Muhteşem," dedim. "Dior yine yanıltmadı."

Gözlerini indirmesinden memnuniyetini anladım. "Bayan Joan Potter ve Bayan Edwina Page'le röportaj yapmak için yarın *Himilaya*'yı karşılamaya gideceğim. Altı aylık Londra ve Paris seyahatlerinden dönüyorlar ve eminim çok güzel giysiler almışlardır."

Sadece benimle konuşuyordu çünkü hikâyesinden etkilenecek tek yeni insan bendim. Caroline hiç konuşmadı. Ona bir yazı verdiğimde ya da çay götürdüğümde genellikle bana sadece bakardı.

"Judith James adındaki desinatörü duydun mu?" diye sordum Ann'e. "Elbiseleri en az Dior'unkiler kadar güzel ve eşsizler."

"Evet, duydum," dedi Ann, garsonun önüne koyduğu tiramisuya bakıp, bir lokma aldıktan sonra elinin tersiyle itti. "Ama o bir Avustralyalı, değil mi? Bizim okurlarımızın ilgisini çekmez."

"Neden?" diye sordum, elimden geldiğince onunla bağlantımı gizlemeye çalışarak.

"Bizim okurlarımız Avustralyalı desinatörleri... nasıl denir... değersiz bulurlar. Yaptıkları şeyler kalitesiz olduğu için değil, hayallerindeki 'klasik' ya da 'egzotik' giysilerle bağdaşmadığı için, ne demek istediğimi anlıyor musun?"

İkinci nesil bir Avustralyalı'nın kendi ülkesini küçümsemesi beni şaşırtmıştı. Ancak Caroline ve onun

İngiltere'yi kendi 'ev'leri olarak kabul ettiklerini hatırladım.

"Siz kimden bahsediyorsunuz?" diye sordu Caroline, önündeki pudingi aç kurtlar gibi midesine indirirken.

"Judith James," dedi Ann. "Desinatör."

"Oh, Anya'nın arkadaşı," dedi Caroline. "Şu neo-Hollywoodcu, cırtlak renkli şeyler tasarlayan kadın."

Kıpkırmızı olduğumu hissettim. Caroline kızardığımı fark edince pişmiş kelle gibi sırıttı. Diana, Joyce'la, David Jones'un kataloğu hakkında konuşuyordu ancak cümlesini yarıda kesti ve bizi dinleyip dinlemediğini merak ettim. Ann yemeğin geri kalanında, Caroline'in gözünde küçük düşmemek için benimle bir daha ilgilenmedi. Arada sırada Caroline'in yüzüne baktım. Yirmi beş yaşındaydı ancak çenesinin kabalığı onu daha büyük gösteriyordu. Saçları mat bir kahveydi ve kısa kesim tarzı sıkıcıydı. Çok güzel ya da akıllı değildi, giydiği elbiseler pahalı olmasına rağmen taşımasını bilmiyordu. Onunla birlikte olmak keyifli değildi. Dahası kendisini herkesten üstün görüyordu. Kendisine olan güveni beni hem eğlendiriyor hem de itiyordu.

O akşam işten çıkmadan önce Diana beni odasına çağırdı. Kapısını nadiren kapattığı durumlardan biriydi.

"Hayatım, burada olduğun için ne kadar mutlu olduğumu söylemek istedim," dedi. "Sen bu ofis için değerlisin. Caroline sana kaba davrandığı için üzgünüm. O bir baş belasıdır. Ona aldırma."

Öğle yemeğinden sonra kendimi kötü hissetmiştim ancak Diana'nın övgüsü ve güveni moralimi yükseltti.

"Teşekkür ederim," dedim.

"Sanırım Judith'in gece elbiseleri için en doğru sözcük 'enfes' olmalı," dedi. "Onu arayıp, bu sezonun etek boyu hakkındaki görüşlerini soracağım. Ve sütunumda onun yorumlarına yer vereceğim. Burada adının geçmesi onun için bir patlama demektir. Sonuçta hâlâ gazetenin en fazla okunan bölümü bu. İnsanların dedikoduyla ilgilenmedikleri bir köşe."

"Diana, çok teşekkürler!" diğerlerinin duymaması için sesimi fazla yükseltmemeye dikkat ettim.

"Benim için bir zevk," dedi. "Haydi bakalım, şimdi işine bak ve benim için yüzüne bir gülücük kondur."

Eve giderken kahve salonuna uğradım. Müşterilerin hepsine servis yapılmıştı, bu yüzden ben de mutfağa gittim. Irina servis kapısının yanında durmuş, müşterileri izliyordu. Vitaly de bir sos tavasını yıkıyordu.

"Betty ve Ruselina'dan haber var mı?" diye sordum.

Vitaly ve Irina bana döndüler. "Henüz yok," dedi Vitaly gülerek. " Ama yakında bir kartpostal alırız herhalde."

Betty, Irina ve Vitaly'nin sırrının kokusunu, onlar itiraf etmeden almıştı. Ancak buna kızmak yerine birbirlerine âşık oldukları için mutlu olmuştu.

"Bu benim için yarı emeklilik adına bir fırsat," dedi. "Tom ve ben her zaman bir tatile çıkmayı hayal etmiştik fakat hiç fırsatımız olmamıştı. Artık sizi kahve salonu konusunda daha fazla eğiteceğim ve daha fazla tatil yapacağım. İşlerinizi yoluna koyduğunuzda hisselerimi satın alabilirsiniz. Temeli sağlam bir iş ve sizin için iyi bir başlangıç olabilir."

İlk tatilleri için, Betty ve Ruselina güney sahiline giden trene atlamışlardı.

"Sizce orada ne yapıyorlardır?" diye sordu Vitaly.

"Duyduğuma göre balık tutuyorlarmış," dedi Irina.

"Evet, balık tutmak emekli insanlara göredir," dedi Vitaly, hınzırca gülerek. Hepimiz güldük.

"Bugün nasıldı?" diye sordum.

"Hiç durmadı," diye cevapladı Irina, eline bir bez alarak tezgâhı kurularken. "Ama artık sakinledi. Betty döndüğünde muhtemelen başka bir garson almamız gerekecek."

"Birşeyler yemek ister misin?" diye sordu Vitaly.

Başımı salladım. "Öğle yemeğini fazla kaçırmışım."

"Ah, artık sosyetik bir kız oldun," diyerek güldü Irina.

"Umarım, olmamışımdır," dedim.

Salondan içeri bir çift girdi ve Irina hızla onlarla ilgilenmeye gitti. Mutfak masasında oturdum ve Vitaly'nın bir tavuk parçasını dilimleyişini izledim.

"O kızların, işinden zevk almanı engellemelerine izin verme," dedi, omzunun üzerinden bana bakarak. "Sen onlardan daha güçlüsün. Bugün Irina'yla bu konuda konuşuyorduk."

Irina tezgâhın üzerinden uzanıp siparişi Vitaly'ye verdi. "Anya'ya, ofisteki şu kızlar konusunda endişelenmemesini söylüyordum," dedi ona. Siparişi okudu ve buzdolabından bir şişe süt çıkardı. "O güçlü biri. Ve onlardan daha fazla Avustralyalı."

Güldüm. Irina bana döndü ve onaylarcasına başını

salladı. "Bu doğru, Anya. Seni Tubabao'da gördüğümde çok sessiz ve yıkılmış haldeydin. Çok değiştin."

Vitaly iki çikolatalı milkshake hazırladı ve Irina'ya verdi. "Avustralya'nın bitkilerini seviyor, Avustralya kitapları okuyor, Avustralya elbiseleri giyiyor ve Avustralya gece kulüplerine gidiyor. Onlardan biri oldu," dedi.

"Ben *onlardan* biri değilim," dedim. "Ama ülkelerini onlardan daha çok seviyorum. Onlar İngiltere'ye âşık."

Gazetede çalışan sosyeteden bir kadın daha vardı ancak ne Caroline'e ne de Ann'e benziyordu. Adı Bertha Osborne'du ve yemek köşesinin editörüydü. Bertha, bukleleri başından sarkan kızıl saçlı, yusyuvarlak bir kadındı. Sadece yemek pişirmeyi sevdiği için bu sütunu yazıyordu, tariflere bakmak için haftada bir ya da iki kere ofise uğruyor ve köşesini yazıyordu. Bertha sürekli gülümsüyor ve asansör görevlisinden çaycıya ve *Sydney Herald*'ın sahibi Henry Thomas'a kadar herkesle kibarca konuşuyordu. "Anya, Diana'ya seni terfi ettirmesini söyleyeceğim. Bu binadaki en akıllı insan sensin," ona hafta boyunca dosyaladığım tarifleri her verişimde böyle fısıldardı kulağıma. Sadece Caroline ve Ann'le muhatap olmuyordu. Bir keresinde Diana'ya "Onlarla konuşmak tıpkı beton bir duvarla konuşmak gibi bir şey," dediğini duydum.

Diana bana, onun sadece birçok hayır kurumu için çalışmakla kalmayıp haftada bir, kırsaldaki yoksul insanlara yemek dağıttığını da söyledi. Ne zaman ofise gelse, sanki birisi camı açmış ve içeri temiz hava girmiş gibi olurdu.

Gazetede çalışmaya başladıktan bir yıl sonra bir akşam Bertha, özel pazar eki için toplanan tarifler arasından seçim yapmasına yardımcı olup olamayacağımı sordu. Memnuniyetle kabul ettim. Mizanpaj ve redaksiyon konusunda elimden geldiğince her şeyi öğrenmeye çalışıyordum ve bunun yanı sıra Bertha da iyi bir yoldaştı.

Caroline, o akşam Prince'te düzenlenecek olan bir etkinlik için bir elbise almaya gitmişti. Joyce, eşi ve çocuklarıyla tatildeydi. Ann ve diğer muhabirler de evlerine gitmişlerdi. Rebecca, Suzanne ve Peggy şehirden bir saat uzakta oturuyorlardı, bu yüzden olabildiğince zamanında çıkmaya çalışıyorlardı. Diana, Harry'nin onu almasını bekliyordu. Bir kokteyl elbisesi giymişti çünkü bugün onların evlilik yıldönümleriydi ve Harry onu özel bir yere götüreceğini söylemişti.

Bertha, tarif dosyasını gözden geçirdi ve acılı, baharatlı peynirli krakerlerle sunulan jöleli somon balığı tarifini seçti ancak diğer çeşitler için bir karar veremedi. Ben tam tatlı olarak limon kremalı turta önerecektim ki, Diana çalan telefonuna cevap verdi ve ardından kulak tırmalayan bir çığlık attı.

"Tramvay mı çarpmış! Aman tanrım!"

Başımı kaldırıp baktığımda Diana'nın koltuğuna çökmüş olduğunu gördüm. Kalbim çarptı. Harry'nin, Rose Bay'le Castlereagh Sokağı arasında yol üzerinde yatan bedeni gözlerimin önüne geldi. Sonra Diana'nın "Caroline," dediğini duydum.

Berthe ve ben şaşkınlıkla birbirimize baktık. Diana telefonu yerine bıraktı ve bize doğru yürüdü. Yüzü kâğıt gibi beyazdı.

"Caroline'e Elizabeth Sokağı'nda bir tramvay çarpmış!"

Dondum. Ne diyeceğimi bilemiyordum. Caroline'den pek hoşlanmıyordum ancak bir tramvay kazası kimse için dileyebileceğim bir şey değildi.

"Üzgünüm," dedi Diana, başını tutarak. "Sizi korkutmak istememiştim. Ölmemiş. Tramvay yandan çarpmış. Kırık bir kol ve kaburga kemikleriyle hastaneye kaldırılmış."

Bertha koltuğundan fırladı ve Diana'yı kolundan yakaladı. "Gel," dedi. "Çok korktun. Sana bir fincan çay getireyim."

"Ben yaparım," dedim. "Her şeyin yerini biliyorum."

Ben fincanın içine çay yapraklarını koyarken, Diana profesyonel tavrına geri dönmeye çalışıyordu. "Oh Tanrım!" diye sızlandı. "Bu akşam Denison'un partisi var. Ann'i arayıp, gidip gidemeyeceğini sorsam iyi olacak."

"Ann'i ben ararım," dedi Bertha, Diana'nın kolunu sıvazlayarak. "Numarası nedir?"

Diana masasının üzerindeki telefon defterini işaret etti. "Orada var."

Bertha Ann'in numarasını çevirirken, ben de Diana'ya çayını getirdim.

"Cevap vermiyor," diye seslendi odasından. "Diğer kızları deneyeyim mi?"

Diana saatine baktı. "Uzakta oturuyorlar." Dudağını ısırdı, tırnağını ısırdı, bu yaptıkları hiç Diana'nın tarzı değildi. "Sosyeteden, yirmi birinci yaş gününü kutlayan biri için yıldönümü planımızı iptal edersem Harry beni boşar. Haftalardır bu yüzden adamın kafasının etini yedim," diye sızlandı.

Bertha telefon ahizesini yerine koydu ve odasından çıktı. "Anya'yı gönder. O sevimli ve güzel bir kız. Bu işi becerebilir," dedi.

Diana bana gülümsedi ve omuz silkti. "Yapamam. Başka bir şey olsaydı elbette Anya'yı gönderebilirdim. Ancak bu çok büyük bir etkinlik. Sör Henry bile orada olacak. Herhangi bir aksiliğe izin veremeyiz."

"Fotoğrafçılardan Stan'i gönder," dedi Bertha. "Ona, bu işlerden iyi anlayan birine ihtiyacın olduğunu söyle. Fotoğrafçı Anya'ya yardımcı olur. Anya'nın yapması gereken tek şey insanların adlarını not almak. Bunun altından kalkabilir."

Diana tekrar saatine ve sonra da bana baktı. "Anya, yapabilir misin? Hemen git ve dolaptan bir şeyler al. Eğer geç kalırsan seni içeri almazlar."

Diana'nın dolaptan kastettiği kadın bölümüne mahsus ortak bir gardıroptu. Diana, Caroline ve Ann kendi elbiselerini kendileri alabiliyorlardı ancak diğer kızlar orta sınıftan geliyorlardı ve her davet için ayrı bir elbise alacak durumda değillerdi. Diana fotoğraf çekimlerinden, eşantiyonlardan ve defilelerden elbiseler topluyordu. Dolabın altını üstüne getirdim. Diğer kızlardan daha uzun ve daha inceydim. Denemek için askısız bir elbise çıkardım ancak fermuarı bozuktu. Üzerine 'tadilata gidecek' yazısı iliştirilmişti. Keşke elbiseyi giyen son kız biraz saygılı olsaydı. Eve gitmek ve Judith'in bana verdiği elbiseyi giymek için vakit yoktu, bu yüzden omzunda bantları olan pembe taftadan elbiseyle idare etmek zorundaydım. Kemer tarafında küçük bir pas lekesi vardı ve bunu karanlıkta kimsenin görmemesini diledim. Diğer elbiseler ya çok küçük ya da çok büyük gelmişti. O gün saçlarımı toplatmıştım, aralardan küçük tutamlar fırlamasına rağmen düzeltecek fazla zaman yoktu, ne de olsa bir salon dolusu Caroline'ler ve Ann'lerle karşılaşmayacaktım ancak Diana'yı da utandırmak istemiyordum.

Fotoğrafçı beni alt kattaki lobide bekliyordu. Onu görünce neredeyse ağlayacaktım. Fosforlu bir ceket ve boru gibi bir pantolon giymişti. Paçalarıyla ayakkabıları arasından beyaz çoraplarını görebiliyordum. Uzun favorileri ve geriye doğru yapıştırılmış siyah saçları vardı. King Cross'tan çıkmış bir rock'n'rollcuya benziyordu.

"Selam, ben Jack," dedi, elimi sıkarak. Teni sigara kokuyordu.

"Anya," dedim, gülümsemek için kendimi zorlayarak.

Prince, sadece birkaç blok ötedeydi ve yürümeye karar verdik. Jack bana haber yapacağımız partinin 'büyük' bir parti olduğunu söyledi, gerçi bunu bana hatırlatmasına gerek yoktu. Davet yemekli bir dans partisiydi. Philip Denison tarafından, yirmi bir yaşına basan kızının onuruna veriliyordu. Denisonlar, Avustralya'nın en büyük marketler zincirinin sahibiydi ve reklam almak adına gazete için önemliydiler. Bu yüzden bizim gazetenin sahibi Sör Henry Thomas da orada olacaktı.

"Daha önce hiç böyle bir şey yapmadım, Jack," dedim. "Bu yüzden kimlerin fotoğraflarını çekmemiz gerektiği konusunda sana güveniyorum."

Jack, cebinde şekli bozulmuş paketinden bir sigara çıkardı. Kokladı ve kulağının arkasına koydu.

"Sydney'deki önemli insanların hemen hepsi orada olacaklar," dedi. "Ama bu davetin haber değeri taşımasının gerçek nedeni ne, biliyor musun?"

Başımı salladım.

"Yirmi yıldan beri ilk defa Henry Thomas ve Roland Stephens aynı mekânda olacaklar."

Benim için bir şey ifade etmedi. Boş boş Jack'e baktım.

"Ah," diyerek güldü, "senin bu ülkeye yabancı olduğunu unutmuşum. Roland Stephens, ülkenin en büyük kumaş ve yün toptancısıdır. Avustralya'nın en zengin adamlarından biri olabilir ancak onun da Sör Henry gibi, Denison'un himayesine ihtiyacı var."

Omuz silktim. "Hâlâ anlamadım," dedim. "Aynı mekânda olmalarının nesi önemli ki? Sanki ticari rakip olmalarından öte bir şey var."

Jack sinsi sinsi gülümsedi. "Onların arasındaki rekabet ticari değil. Bir kadın yüzünden birbirlerine kin tutuyorlar. Marianne Scott adında bir kadın. Sör Thomas'ın nişanlısıydı... tabi Roland Stephens onu kaptırmadan önce."

"O da orada mı olacak?" diye sordum, bunun Sydney sosyete davetinden çok Moscow-Shanghai'da sıradan bir gece olacağını düşünmeye başlarken.

"Hayır," dedi Jack. "O artık yok. Adamlar da başka kadınlarla evlendiler."

Başımı salladım. "Zenginleri anlamak zor."

Prince'a vardık ve diğer basın mensuplarıyla beraber beklememiz söylendi. Bütün önemli konuklar geldikten sonra içeri alınacaktık. Kırmızı halıya birbiri ardına yanaşan Rolls Royce'ları izledim. Kadınlar Dior ya da Balenciaga elbiseleri, erkekler de smokinleri içinde geliyorlardı ve bu da, rüküş elbisem içinde beni mahcup ediyordu. Sör Henry Thomas'ı eşiyle birlikte arabadan inerken gördüm. Resmini gazetede defalarca görmüştüm ancak onunla hiç karşılaşmamıştım. Onunla tanıştırılmak için çok düşük bir pozisyonda çalışıyordum.

Konuklar geldikçe görevliler kapıları açıyorlardı, içeriye yüzün üzerinde insan girmişti ve hepsi de bahşiş veriyordu. Kapılara yaklaşan bir adam özellikle dikkatimi çekti. Geniş omuzlu, uzun boyluydu ve bir granit parçası gibi kafası vardı. Elini cebine attı ve çıkardığı bozuk paraları görevlilerin toplaması için havaya saçtı.

Arkamı döndüm, midem bulanmıştı.

VIP konuklar da gelince, basının içeri alınmasına izin verildi. Bertha birkaç kez beni Prince'e öğle yemeğine getirmişti. Dekoru, beyaz duvarlardan ve dev aynalardan oluşuyordu. Romano'da olduğu gibi bir dans pisti vardı ancak çevresindeki halı gül rengindeydi. "Kadınların yüzlerinin güzelliğini ortaya çıkarmak için," demişti Bertha.

Konuklardan bazıları pistin çevresindeki oval masalarda yerlerini şimdiden almışlar ve dans orkestrasının hazırlıklarını izliyorlardı. Ancak insanların çoğu hâlâ karışık bir halde gevezelik ediyorlardı ve Jack onların sohbetlerini koyulaştırmadan ve fotoğraflarının çekilmesi konusunda huysuzluk etmeye başlamadan önce işe koyulmamız gerektiğini söyledi.

"*Sydney Herald.* Bir resim alabilir miyim?" diye sordu Jack, bir grup insana. Daha onlar cevap vermeden flaşını patlatıverdi. O resim çektikten sonra insanlara yaklaşıp özür dileyerek fotoğraf karesine giren insanların adlarını soracaktım sonra bunları not defterime yazacak ve bir sonraki malzemesi üzerinde çalışmaya giden Jack'in peşinden koşacaktım. Konukların çoğu nazik insanlardı, özellikle daha fazla ün yapmak isteyen iş adamları ve eşleri. Gerçi bir grup arkadaşıyla sohbet eden genç bir adam, bize döndü ve aşağılayan bakışlarla baktı. "Oh, çekmeniz gerekiyorsa, çekin," dedi, elini havada sallayarak. "İşinizi kaybetmenizi istemem."

Evlenmekten yeni vazgeçmiş Sarah, ondan daha çekici olan doğum günü kızı ve onun arkadaşları dâhil tüm Denison ailesinin resimlerini çektik. Jack, kaçırdığımız kimse olup olmadığına bakmak için salona göz gezdirdi.

Gözleri avını seçmiş bir şahin gibi odaklanmıştı. "Bunun resmi gazetede çıkmaz ama yine de işimizi sağlama alalım," dedi, kalabalığın arasından bana eğilerek. Daha önce görmüş olduğum, görevlilerin üzerine bozuk para saçan adama doğru gittiğimizi fark ettim. Daha yaşlı bir çiftle ayakta duruyordu. Jack'e adamın kim olduğunu sormak istedim ancak o, adamdan resmini çekmek için izin istemişti bile. Adam çenesini kaldırıp kameraya poz verirken, diğer iki kişi yan tarafa doğru ilerlediler. Jack'in flaşı patladı.

"Affedersiniz, efendim," dedim, ona doğru yaklaşarak. "İsminizi verebilir misiniz, lütfen?"

İşte o an sanki bütün salon bir sessizliğe gömüldü. Adamın gözleri açıldı ve ağzı oynadı ancak hiçbir şey söylemedi. Daha önce onun yanında duran çifte baktım. Gözlerini bana dikmişlerdi.

Jack öksürdü, sonra da beni kemerimden tutup oradan uzaklaştırdı. "Anya," dedi, "o, Roland Stephens."

Önce bir sıcak bastı, sonra da buz kesildim. Jack beni kapıya kadar sürükledi. Diğer bir gazetenin cemiyet muhabirini geçtik. Kızın yüzü keyiften ışık saçıyordu. Ertesi gün kendimi onun sütununda boy gösterirken hayal ettim: *Sydney Herald* sezonun en büyük etkinliğine, üzerinde rüküş bir elbiseyle, cahil bir acemiyi göndermeyi uygun bulmuş... Roland Stephens'ın kim olduğunu bilmediğine inanabiliyor musunuz? Ayıp, ayıp, ayıp."

"Çok üzgünüm Jack," dedim, dışarı çıktığımızda.

"Bu senin hatan değil," dedi. "Bu Diana'nın hatası. Eğer Caroline gelemiyorsa, onun yerine kendisi gelmeliydi."

İçime bir korku düştü. "Başı derde girer mi?"

"Şey," dedi, omuzlarını silkerek, "bir düşün. Sör Henry de oradaydı. Roland Stephens'a böbürlenmesi için bir fırsat doğdu. Sör Henry, ne yaptıklarını bilmeyen insanlar çalıştıran bir duruma düştü."

Bütün gece bir o yana, bir bu yana döndüm. Hatta öğle yemeğinden beri hiçbir şey yememiş olmama rağmen kusmak için bir kez yataktan kalktım. İşten atılmak bir yana, Diana'yı da benimle birlikte batağa çekmiştim. Sydney'den ya da daha net söylemek gerekirse buranın sosyete dünyasından nefret ederek dişlerimi sıktım. En zor tarafı milkshakelerini dondurmasız isteyen insanlarla uğraşmak olan kahve salonundan neden ayrılmıştım ki?

Sydney Herald'da son çalışma günüm olduğuna inandığım sabah, yasta olan birinin edasıyla siyah, beyaz elbisemi giyerek işe gittim. Eğer o kibirli adamı tanımadığım için azarlanıp, işten atılacaksam, şık bir haldeyken azarlanıp, işten atılmalıydım. Sadece Diana konusunda pişmanlık duyuyordum.

Bölüme girdiğimde diğer kızların bana acıyan gözlerle bakmasından, haberin yayılmış olduğunu anladım. Ann odasında dolanıp durmakla meşguldü. Onunla uzun zamandır çalıştığım için bunu heyecandan yaptığını biliyordum. Diana'nın yerine geçecek olduğunu düşünüyor olmalıydı. Cesur olmalıydım ve doğrudan Diana'nın odasına, gerçeği söylemeye gittim. Kendime çeki düzen verdim ancak odasına girdiğimde başını kaldırdı ve bana gülümsedi.

"Harika bir akşam geçirdim," dedi, gülerek. "Harry beni limanda bir yüzer restorana götürdü. Sosyeteden uzak, çok güzeldi."

Duymamış, diye düşündüm. Tam ondan, dün akşam olanları anlatmak üzere oturmak için izin isteyecektim ki, o konuşmaya başladı, "Bugün bu güzel elbiseni giymiş olmana sevindim, çünkü Sör Henry saat onda seni ofisine bekliyor."

Kekeleyerek onunla konuşmam gerektiğini söylemeye çalışırken telefonu çaldı ve uzun süreceğini bildiğim gelinlik özel baskısı hakkında konuşmaya başladı. Hızla Diana'nın ofisinden çıktım ve kadınlar tuvaletine gittim, kusacağımdan emindim. Ancak duvarlardaki fayansların serinliği beni sakinleştirdi. Kabinlerin boş olduğundan emin olduktan sonra aynada kendi kendimle yüzleştim. "Her şeyi göze al ve suçu üstlen," dedim kendime. "Diana'nın hatırına profesyonel davran."

Saat on olmadan Diana ve ben idari kata doğru yola koyulduk. Sör Henry'nin sekreteri bizi onun ofisine aldı. Telefonda birisiyle gazetenin giderleriyle ilgili konuşuyordu ve bize oturmamızı işaret etti. Masanın yanındaki deri kaplı koltuğa gömüldüm. O kadar alçaktı ki, Sör Henry'yi dizlerimin üzerinden zar zor görebiliyordum.

Odada bulunan, şimdikinden önce şirketi yönetmiş olan çeşitli Thomas portrelerine göz gezdirdim. Duvarlarda birkaç orijinal tablo vardı ancak içlerinden sadece havada uçan perilerin bulunduğu resmi tanıyabildim. Sanatçı Norman Lindsay olmalıydı.

"Sizi beklettiğim için üzgünüm," dedi Sör Henry, ahizeyi yerine koyarken. Onu hiç bu kadar yakından görmemiştim. Derin çizgili, asil yüzü bir sahne aktörünü andırıyordu.

Bana kendisini tanıtmaya gerek duymadı. Neden duysun ki? Birkaç saniye sonra hayatından tamamen çıkıp gidecektim.

"Haydi, masaya oturalım. Sizlere göstermek istediğim şeyler var," dedi, ayağa kalktı ve bizi, etrafında uzun arkalıklı sandalyeler olan, orta çağ tarzı bir masaya yönlendirdi.

Diana'ya baktım. Kim bilir, aklından neler geçiriyordu?

Masanın etrafındaki sandalyelerde yerimizi aldık ve Sör Henry masanın yanındaki bir raftan bir dosya çıkardı. Beni işaret etti. "Belki biliyorsundur, Anya, gazeteler reklamlar sayesinde ayakta durur. Reklamdan gelen para bizim her şeyimizdir. Hatta artık eskisinden daha önemli hale geldi."

Ah tanrım, diye düşündüm, benden para isteyecek.

Sör Henry başını kaşıdı. "Bize kozmetik reklamı verenler, Amerika ve Avrupa'da olduğu gibi, gazetemizde güzellik köşesi olmadığı için bize sitem ediyorlar."

Başımla onayladım ve tekrar Diana'ya baktım. Gülüyordu. Benim bilmediğim bir şey bildiğini düşünmeye başladım.

Sör Henry, bir Helena Rubinstein reklamını bana uzattı. "Diana'yla konuştuk ve bu bölümün başına seni getirmeye karar verdik. Diana bana Bertha'ya ne kadar yardımcı olduğundan ve ara sıra küçük makaleler kaleme aldığından bahsetti."

Masanın altında avuçlarımı kuruladım. Böyle bir teklif beklemiyordum ancak her nasılsa kendimde başımla onaylayacak cesareti buldum.

"Diana senin bunu yapacak yeteneğin olduğunu düşünüyor. Ben de senin akıllı ve espirili olduğunu düşünüyorum. Hem rakiplerimiz de bu işin önemini anlasalar bile, senin kadar güzel bir çalışana sahip olabileceklerini düşünmüyorum. Ve güzellik köşesi yazarı için bu çok önemli bir özellik." Sör Henry bana göz kırptı.

Uykusuzluk yüzünden sanrı gördüğümden emindim. Sör Henry benim zeki ve esprili olduğum kanısına nereden varmıştı? Dün akşamdan olamazdı.

"Bu köşede ne tür şeyler olacak?" dedim, mantıklı bir soru sormayı akıl edebilmiş olmak beni şaşırtmıştı.

"İki bölüm olacak," dedi Diana, bana dönerek. "İlk bölümde, yeniliklere ve piyasaya yeni sürülmüş ürünlerin nereden temin edilebileceğine dair yazılar olacak. Diğerinde ise güzellikle ilgili püf noktaları verilecek. Çok bir şey değil ve benim denetimim altında olacaksın."

"Detayları sonra konuşabiliriz," dedi Sör Henry, çalan telefonuna cevap vermek için ayağa kalkarken. "Önce seninle tanışmak ve ne düşündüğünü öğrenmek istedim, Anya."

Diana ve ben odasından çıktık. Bölüme giderken, Diana kolumu sıktı ve kulağıma, "Aylardır, güzellik köşesiyle ilgili fikrimi ve senin bu köşenin editörü olman gerektiğini kendisine söylüyordum. Fakat bu sabah bir geldim ki, 'Haydi, haydi, başlayın şu işe' dedi," diye fısıldadı.

Merdivenlere çıkan kapı açıldı ve Sör Henry bana seslendi.

"Haydi git," dedi Diana. "Seninle yukarıda görüşürüz."

Sör Henry beni yine odasında bekliyordu. Arkamdan kapıyı kapattı ancak oturmadı. "Bir şey daha var," dedi, çizgilerle dolu yüzünde, çocuksu bir gülümseme belirdi. "Dün akşam yaptığın şeyin çok akıllıca olduğunu düşünüyorum. Biliyorsun, hani şu Roland Stephens'ı tanımazlıktan gelmen. Küçük gösterin, gecenin geri kalanında başlıca sohbet konusu oldu. Avustralyalı bir kız bunu beceremezdi, elbette, fakat seninki çok gerçekçiydi. Adam çok kibirliydi ve bunu haketti."

Bana Güzellik Editörü sıfatı verilmiş olmasına rağmen düşük dereceli bir muhabirden başka bir şey değildim. Ancak buna aldırmadım. Derecesiz bir ofis kızı olmaktan daha iyiydi ve bana daha fazla para kazandırıyordu. İşin en güzel tarafı sosyete etkinliklerinde hor görülmüyordum. Hatta sosyetik kadınlar tehdit altındaydı. Onlara baktığımda ciltlerinde ya da saç stillerinde kusurlar buluyordum ve belli başlı politikacıların ya da iş adamlarının eşleri beni köşeye çekip, beyaz saçları ya da kırışıklıkları konusunda tavsiyelerde bulunmam için bana yalvarıyorlardı.

"İşte güzellik bilgesi geliyor." Bertha beni her gördüğünde bunu söylüyordu. Her hafta köşemde kadınlara, kendilerini nasıl daha çekici kılacaklarını söylüyordum. Onlara dirseklerini yumuşatmak için limonla ovmalarını ve tırnaklarının çevresindeki ölü derileri gidermek için de vazelin sürmelerini öneriyordum. Bunlardan hiç birini kendime uygulamıyordum sadece yatmadan önce yüzümü iyice yıkıyordum. Okurlarımdan hiçbiri çok akıllı değildi. İşim, Judith ve Adam'la gittiğim dans geceleri, Irina'yı kahve salonunda dinlemek... Bunlar, Avustralya'daki ikinci yılımın çabuk geçmesini sağladı. Noel'de, Irina ve Vitaly nişanlandıklarını ve ertesi yıl kasım ayında evleneceklerini açıkladılar. Anneme olan özlemim dışında, Avustralya'daki hayatım mutlu geçiyordu ve 1952 yılının daha da iyi olacağına emindim. Ancak yanılmıştım. Hayatımı yeniden altüst edecek şeyler olacaktı.

Bir akşam Potts Point'teki eve döndüm ve kimse yoktu. Irina ve Vitaly'nin sinemada olduklarını biliyordum. Kahve masasının üzerinde Betty'nin, kaplıcaya gittiğini belirten bir not vardı. Ona katılmak istersem diye, benim için bir de kroki çizmişti. Sıcak bir gündü. Saat yedi buçuktu ancak güneş hâlâ yakıyordu. Ayakkabılarımı ayaklarımdan attım, pencereleri ve kapıları açtım. Balkonda Ruselina'yı armut koltukta, Çinli adamların taktığı hasır şapka kafasında ve gözlükleri gözünde otururken buldum. Sokakta, hortum altında oynayan çocukların neşeli seslerini duyabiliyordum.

Avustralyalıların 'ıslak sıcak' dedikleri bu olsa gerek, değil mi?" dedi Ruselina.

Limonata isteyip istemediğini sordum.

"Teşekkürler. Bugün sana bir telgraf geldi, Anya," dedi. "Mutfak masasının üzerine koydum."

Kimden gelmiş olabileceğini merak ederek, hızla mutfağa gittim. Zarfı açıp, telgrafın Amerikalı arkadaşım, Dan Richards'tan geldiğini görünce heyecanlandım. Telgrafta önümüzdeki hafta Sydney'e geleceğini söylüyor ve onunla Salı günü saat on birde, konsoloslukta buluşmamı istiyordu.

"Hey!" diye bağırdım, Ruselina'ya koşarak, "eski dostum Dan'den geliyor. Hani, bizim Amerika'ya girişimize yardım edecekti. Haftaya Sydney'e geliyormuş ve beni görmek istiyor."

Dan'i tekrar görmekten daha iyi bir sürpriz düşünemiyordum. Yıllar boyunca, Noel kartları ve ara sıra da mektup yazarak, bağlantımızı koparmamıştık. Artık iki çocuk babasıydı.

"Deniz aşırı bir konuk! Senin adına sevindim!" dedi Ruselina, beni daha iyi görmek için şapkasını kaldırarak. "Eşini ve çocuklarını da getiriyor muymuş?"

"Bilmiyorum," dedim. "Getirir, diye düşünüyorum, gerçi en küçük çocuğu henüz beş aylık. Ya tatil için ya da iş için geliyor olmalı."

Mesajını tekrar okudum. Dan'in mektup yazarak daha ayrıntılı bilgi vermek yerine neden telgraf çektiğini merak ettim. Polly'yi ve çocuklarını da getirmesini diledim. Eşiyle hiç karşılaşmamıştım ancak onu çok merak ediyordum. Dan onu, hayat dolu ve çok zeki olarak tanımlamıştı. Bir erkeğe sadakat aşılamasından, onun özel bir kadın olduğunu tahmin edebiliyordum.

Dan'le buluşacağımız sabah, saat beşte uyandım. Uykumu almıştım ancak onu tekrar göreceğim için heyecanlanmıştım. En güzel elbiselerimden birini hazırlamıştım. Judith'in tasarımlarından biri olan vişne rengi elbise ütülenmiş ve ona uygun şapkasıyla birlikte dolabın kapısında asılı duruyordu. Şapka gardenyalarla süs lenmişti. Elbise sadeydi, onu dengeleyen ve hava veren şey şapkasıydı. Onu ilk defa Dan'le buluştuğumda giyecektim. Irina'yı rahatsız etmeden yataktan çıktım ve mutfağa gittim. Çay yaptım ve kendime marmelatlı bir tost hazırlayarak parmaklarımın ucunda balkona gittim, kanepede yatan Betty'yi uyandırmamaya dikkat ettim. Ancak bu imkânsızdı. Betty gürültüden uyanmazdı. Pijamalarını üstüne geçirip, başını yastığa koyduktan sonra saatinin alarmı çalana kadar deliksiz uyurdu.

Sokağa yazın yeşilliği hâkimdi ve liman, günün erken ışıklarında büyüleyici görünüyordu. Birkaç saat sonra Dan'le yollarımızın tekrar kesişeceğine inanamıyordum. Gözlerimi kapattım ve onu Şanghay'daki dil ve kültür saatlerindeki haliyle gözümün önüne getirdim. Efendiliği ve şıklığıyla onun için yazdığım Rusça sözcükleri telaffuz etmeye çalışıyordu. Kızıl saçlarını ve çilli yüzünü, etkileyici ve çocuksu gülüşünü hatırlayınca güldüm. Bir zamanlar ona âşık olabileceğimi düşünmüştüm. Bu da beni güldürdü ve ona âşık olmadığıma sevindim. O iyi, kibar bir adamdı ancak birbirimize hiç uymuyorduk. Hem zaten o evliydi ve benim durumum onun için fazla karışıktı. Ancak dost kaldığımız için mutluydum. Bana vefakâr ve cömert davranmıştı. İhtiyacım olduğunda bana yardım ettiği için şanslıydım.

Mideme bir ağrı girdi. Derinlerden bir yerden, bir enkazın su yüzüne çıkması gibi, başka bir anı canlandı gözümde. Bu, güzel yaz esintisine ve az evvel hissettiğim neşeye ters düşüyordu... *Kocamı arıyorum.* Uzaklardan silah sesleri geliyordu. Gözleri korkuyla dolu insanlar koridorları doldurmuşlardı. *Burada her şey karış-*

tı. Çin antikaları ve kitaplar, kutular içinde yarı paketlenmiş haldeydi. Sevdiğim adamın fotoğrafı. Dan'in çaresizliği. *Anya, bu senin kocan mı, Dmitri Lubensky"* limanda bekleyen bir gemi. Bacalarından buhar tütüyor. Kâğıtlar elime tutuşturulmuş. Korkudan bacaklarım titriyor. *Güven bana, günün birinde bu adamın soyadını taşımadığına sevineceksin.*

"Anya."

Bulanık nehir tekrar mavi bir limana dönüştü.

"Anya."

Bu, elinde pastırmalı yumurta olan tabağıyla kapı eşiğinde duran Irina'ydı.

"Saat kaç?" Omzumun üzerinden ona baktım. Gülüşü kayboldu.

"Anya," dedi, gözleri endişeliydi. "Neden ağlıyorsun?"

Sydney'deki Amerikan konsolosluğunun resepsiyon bölümü dışında, Şanghay'dakine benzememesi beni rahatlatmıştı. Dekoru kullanışlı deri ve ahşaptan oluşuyordu. Şık olmaktan ziyade ciddi bir havası vardı ve üniformasız korumaları da ciddi görünüyordu. Şanghay'daki benzeri gibi zengin bir havası yoktu. Dan Richards beni bekliyordu. Arkası kanatlı bir koltukta bacak bacak üstüne atmış, *Daily Telegraph* okuyordu. Gazete tam yüzünü kapatıyordu ancak tepeden görünen kızıl saçlarından ve ince bacaklarından o olduğunu anlamıştım.

Ona yaklaştım ve gazeteyi tepesinden çektim. "Benim gazetemi okuman gerekiyordu," dedim, "rakibi-minkini değil."

Dan gazeteyi bıraktı, başını kaldırıp bana baktı ve gülmeye başladı. "Anya!" diye bağırdı, yerinden sıçra-yarak. Bana sarıldı ve yanağımdan öptü. Hiç değişme-mişti. İki çocuk babası olmasına rağmen hâlâ çocuksuy-du. "Anya!" diye bağırdı tekrar. "Çok güzelsin!"

Görevliler ve resepsiyon memuru gözlerini kısarak ona baktılar, çıkardığı gürültüden rahatsız olmuş gibiy-diler. Ancak Dan onlardan habersizdi ve sesinin tonu-nu değiştirmedi. "Gel!" dedi, kolunu koluma dolayarak. "Birkaç blok ötede kahve içip, bir şeyler atıştırabileceği-miz bir yer var."

Dan'in beni götürdüğü restoranın adı Hounds'du. Diplomatların yemek yemek için tercih edeceği bir yer-di. Süslü bir tavanı, birleşik sandalyeleri ve ahşap masa-ları vardı. Eskimiş deri gibi bir şey kokuyordu ve içeride bir yığın kitap vardı. Yemek salonunda açık bir şömine vardı, tabi yılın bu zamanında kullanılmıyordu. Pence-reler sonuna kadar açıktı ve bizi toprak saksılardaki bo-dur limon ağaçlarını gören bir masaya oturttular.

Garson benim için sandalyeyi çekti. Bana menüyü uzattı ve ağzı kulaklarına vararak gülümsedi.

Dan onun gidişini izledi ve bana sırıttı. "Anya, ada-mın aklını başından aldın. Gerçekten çok güzel görünü-yorsun. Senin yanında iki çocuk babası yaşlı bir adam olmama rağmen, güzelliğin benim de iyi görünmemi sağlıyor."

Polly ve çocukların nerede olduğunu soracaktım ki,

garson kahveleri hemen getirerek bu şansımı elimden aldı.

"Tanrım, buna bakmak bile beni acıktırdı," dedi Dan, menünün üzerinden bana bakarak. "Erken bir öğle yemeğine ne dersin? Buranın kızarmış tavuğunun çok iyi olduğunu duydum."

Ona ilk defa doğrudan baktım. Aynı neşeli Dan'di ancak gözlerinin ifadesinde kolaylıkla anlaşılabilen bir huzursuzluk vardı.

Garson geldi, Dan'in kızarmış tavuk ve benim de mantar çorbası siparişimi defterine yazarak gitti. Dan'in yüzündeki o sıkıntılı ifadeyi yine gördüm. Hayatımda ilk defa içime bir şeyler doğuyordu. Polly'nin ve çocuklarının başına bir şey gelmiş olmasından korkmaya başladım. Ancak böyle olsa buraya gelmeden önce bana yazardı. Belki de sadece yorgundu. New York'tan Sydney'e gelmek uzun sürüyordu.

Sepetteki ekmeklerden bir tane aldı ve tereyağı sürdü, bana baktı ve tekrar güldü. "Bu kadar güzel göründüğüne inanamıyorum, Anya. Bu güzellik köşesinin sana neden bu kadar iyi uyduğunu anlayabiliyorum. Anlat bakalım, gazetede bir gününü nasıl geçiriyorsun?"

Evet, bir şeyler vardı. Onu sıkan şey her neyse, yemekler gelene kadar beklemek zorundaydı. Bana söylemesi gereken önemli bir şey vardı ancak garsonun bizi bölmesini istemiyordum. Bu yüzden kendimi dostça sohbetimize verdim ve ona günlük hayatımı anlatmaya başladım. Sydney ve Avustralya'dan, Diana'dan, Betty'nin kahvesinden, Potts Point'teki evden ve Avustralya modasına olan aşkımdan bahsettim.

Yemeklerin gelmesi sanki yüzyıllar aldı, geldiğinde de Dan doğrudan yemeğe daldı ve aklındakini bana anlatmaktan çok uzak gibi göründü.

"Çorba nasıl?" diye sordu. "Bu sıcak ülkede sıcak yemekler yememiz doğru mu sence? Biraz tavuk ister misin?"

"Dan."

Başını kaldırıp bana baktı, hâlâ gülüyordu.

"Polly nerede?"

"Amerika'da. Çocuklarla birlikte. Hepsi çok iyi," dedi tavuğundan bir parça kesip, benim tabağıma koyarken. "Elizabeth üç yaşına girdi, inanabiliyor musun?"

"Peki, buraya iş için mi geldin?" diye sordum. Sesim çatlak çıktı.

Dan bana baktı. Dürüst ve merhametli bir bakıştı. Arkadaşını kandırmaya çalışmaktan kaçınan bir adamın bakışıydı. Çatalını bıraktı. Gözleri bulutlandı. Ortam bir anda öyle bir değişti ki, şaşırdım. Benzimin attığını hissediyordum. Kulaklarım zonkluyordu. Bana söyleyeceği her neyse, tıpkı teşhis edilmeyi bekleyen bir ölü gibi aramızda yatıyordu. Dan derin bir nefes aldı. Kendimi toparlamaya çalıştım.

"Anya," diye başladı, "buraya iş için gelmedim. Buraya geldim çünkü sana söylemem gereken önemli bir şey var."

Artık söyleneceklerin durdurulması imkânsızdı. Artık ipleri çözmüştüm. Belki de sormasam, asla söylenmeyecekti. Ancak kötü bir haberdi. Dan'in sesindeki tuhaf tondan anlayabiliyordum. Daha önce asla duymadığım bir tondu. Acı verecek bir şeyler konuşacaktık, yasaklı bir şey... Ama neydi?

"Anya, geçen hafta neredeyse hiç uyuyamadım," dedi. "Senin için yapılması gereken en doğru şeyin ne olduğunu düşünüp durdum. Bana yazdığın mektuplardan ve seninle buluştuğumuz ilk andan itibaren yeni hayatında mutlu olduğunu ve bu ülkeye alıştığını anlayabiliyorum. Sana yaklaşık on mektup yazmaya çalıştım fakat sonunda hepsini yırttım. Sana iletmem gereken şey mektupla anlatılmazdı. Bu yüzden kendim geldim, senin dayanıklı olduğuna inanıyorum ve çevrende gerçek dostlarının olması da beni rahatlatıyor."

Sözü öyle çok uzatmıştı ki, sinirden neredeyse gülecektim. "Konu nedir?" Sesim sakindi ancak içimden korku çığlıkları atıyordum.

Dan masanın karşısından uzandı ve bileğimi tuttu. "Kocanla ilgili bir haberim var. Dmitri Lubensky."

Gözlerimin önünde beyaz noktalar dans etmeye başladı. Arkama yaslandım. Bahçeden sıcak bir esinti geldi. Adaçayı ve nane kokusu aldım. Dmitri. Kocam. Dmitri Lubensky. Bu ismi kendi kendime tekrarladım. Geçmişime aitti; onu şimdiki zamanla bağdaştıramıyordum. Brendi kokusunun, Moscow-Shanghai'daki orkestranın trombon ve davulunun sesinin adıydı. Smokinlerdi, kadifeler ve doğu halılarıydı. Karşımdaki Dan'le oturduğum restoranın bir parçası değildi. Avustralya'nın gökyüzünün sıcağı ya da maviliği değildi. Beynimdeki kırık parçaların görüntüleri gözümün önüne geldi: bir tas köpekbalığı çorbası, kalabalık dans pistinde yapılan rumba, düğün gülleriyle dolu bir oda. Bir yudum su aldım, titreyen ellerimin arasında bardağı güçlükle tutuyordum. Ağzımdan çıkabilen tek şey, "Dmitri?" oldu.

Dan adeta bir sisin içinden benimle konuşuyordu. Onu zar zor duyuyordum. Dmitri'nin adı tıpkı bir rüzgâr gibiydi. Buna hazırlıklı değildim. *Kahve içip, kek yiyecektik. Dan iş için gelmişti. Bütün sabahı gülerek ve hayatlarımızdan konuşarak geçirecektik.* Her şey dönüyor gibiydi. Dan ve ben, on dakika önceki insanlar değildik. Boğazımda bir metal tadı vardı.

"Anya, bundan yaklaşık bir hafta önce, Polly mektuplarımı ve gazetemi getirdiğinde kahvaltı masasındaydım. Tıpkı diğerleri gibi, normal bir gündü ancak işe geç kalmak üzereydim ve gazetemi iş yerimde okumam gerekecekti. Giyindikten sonra, çantama koymak için gazeteyi masadan aldım. Ön sayfadaki resmi görünce durakladım. Adamın yüzünü bir yerlerden tanıyordum. Haberde polisin, onun kimliğini tespit etmeye çalıştığı yazıyordu. Yolunda gitmeyen bir soygunda vurulmuştu ve bilinçsiz bir şekilde hastanede yatıyordu."

Ellerim ıslanmıştı. Masa örtüsünü ıslatıyor, kelebeğe benzer şekiller yaratıyordu. Dmitri. Soygun. Vurulmak. Hayal etmeye çalıştım ancak beceremedim.

"Fotoğrafı ilk gördüğümde, aklıma hemen sen geldin," diye devam etti Dan. "Sana söylemeli miydim? Ruhum her zerresiyle söyleme, diyordu. Yeni ve mutlu bir hayatın vardı ve bu adam sana çok kötü şeyler yapmıştı. O, karısını terk etti! Senin o gemiye bineceğinden nasıl emin olabilirdi? Birkaç saat daha onu bekleseydin gidemeyecektin ve komünistler tarafından öldürülecektin."

Dan sandalyesine yaslandı ve kaşlarını çattı. Peçetesini aldı, katladı ve tekrar kucağına koydu. Sanırım onun ilk defa bu kadar sinirlendiğini görmüştüm.

"Fakat polise ve hükümete karşı ahlaki bir görevim olduğunu ve gidip Dmitri'yi teşhis etmem gerektiğin biliyordum," dedi. "Bu yüzden haberde telefonu verilen komiser yardımcısını aradım. İfademi aldı ve bana hastanede onu tanıyan biriyle konuşmak isteyen bir papaz bulunduğunu söyledi. Bunun nedenini anlayamamıştım ancak hastaneyi de aramak zorunda olduğumu hissettim. Hastaneyi aradım, papaz bana Dmitri'nin nihayet bilincinin yerine geldiğini ancak durumunun kötü olduğunu ve çıldırmak üzere olduğunu söyledi. On yedi yaşındaki bir kızı kurtarmaya çalışırken vurulmuş. Bunu duyunca donup kaldım. 'Anya kim?' diye sordu bana papaz. Dmitri'nin sürekli, 'Anya' diye bağırdığını anlattı. Bir sonraki uçakla hemen oraya gideceğimi söyledim."

Salon çok sıcaktı. Sıcak, kocaman dalgalar halinde geliyor gibiydi. Neden pervaneyi çalıştırmıyorlar, diye merak ettim. Restoranı havalandırmak için bir şeyler yapmalıydılar. Şapkamı çıkardım ve yan tarafıma koydum. Gözüme anlamsız görünüyordu. Şapkayı takmakla ne büyük hata etmiştim. Sandalyemin yükseldiğini hissettim. Tavan bana daha da yaklaşıyordu. Sanki bir dalganın üzerinde gidiyordum ve her an suyun dibini boylayabilirdim.

"Anya, bu senin için büyük bir şok," dedi Dan. "Sana bir brendi getireyim mi?"

Dan daha iyi görünüyordu. Söylemeye korktuğu şeyleri söylemişti. Birdenbire yine eski Dan olmuştu, başka bir krizi atlatmam için güçlü arkadaşım bana yine yardım ediyordu. "Hayır," dedim, salon gözlerimin önünde dönüyordu. "Sadece biraz daha su."

Bardağımı doldurması için garsona işaret etti. Garson gözlerini başka tarafa çevirmişti, ketum olmaya çalışıyordu. Ancak adamda hastalıklı bir şey vardı. Su dolduran soluk renkli eli insan eline benzemiyordu. Giysileri eski bir kilise gibi kokuyordu. Bir garsondan çok, cenaze yöneten bir papaza benziyordu.

"Lütfen devam et, Dan," dedim. "Dmitri'yi gördüğünde ne oldu? O, iyi mi?"

Dan oturduğu yerde kıpırdandı. Soruma cevap vermedi. Her şeyin değişmekte olduğuna dair bir hisse kapıldım. Şanghay'dan geldiğimden beri hissettiğim her şey tepetaklak olacak gibiydi. Dmitri'yi anlayamıyordum. Sözü edilen adam, uzun zamandır hayalini kurduğum adam değildi. Nerede kalmıştı o hayal ettiği kolay hayat? Gece kulübü? Amelia neredeydi?

"Gazetede haberi gördüğümün ertesi günü Los Angeles'e vardım," dedi Dan. "Doğruca hastaneye gittim. Papaz beni bekliyordu. Polise Dmitri'nin adını verdiğim için polis onun geçmişini araştırmıştı. Anlaşılan, yasal olmayan bir kumarhane çalıştıran, Ciatti adında bir gangster için çalışıyormuş."

"O gece kodamanlardan birinin evinde vurulmuş. Adam bankalara güvenmiyormuş ve söylentilere göre paralarını ve ziynet eşyalarını evinde saklıyormuş. Ciatti'nin de bundan haberi varmış ve kolayca evi soyup çıkabileceklerini düşünmüş. Kumarhanede işleri kötü gittiği için, bu soygunun onu kurtaracağını düşünüyormuş. Ciatti eve girmek için haydutlarından birkaçını kullanmış. Dmitri ise sadece arabayı kullanıyormuş. Ve arabada yalnız başına bekliyormuş. Ancak ev sahibinin on yedi yaşındaki kızı bir anda kapıda belirince işler karışmış. Planda kızın evde olması yokmuş. Dmitri kızın korkuyla merdivenlerden yukarı çıktığını görmüş ve çetenin onu öldüreceğini anlamış. Hatta Ciatti silahıyla tam kızı hedef almışken, Dmitri kendisi ortaya atmış. Aralarında bir tartışma olmuş. Dmitri, Ciatti ile mücadele ederken, gangsterin silahından çıkan kurşunlardan biri ciğerine, diğeri de başına isabet etmiş. Bağrışmaları ve silah seslerini komşular duymuş ve Ciatti adamlarını alarak evden uzaklaşmış."

"Birini mi kurtarmış?" diye sordum. "Dmitri tanımadığı bir kızı mı kurtarmış?"

Dan başıyla onayladı. "Anya, hastanede onu gördüğümde çoğunlukla anlamsız sözler ediyordu. Ona o gece neler olduğunu sorduğumda, sanki kurtardığı kızın sen olduğuna inanmış gibi görünüyordu."

İçimden bir şeylerin söküldüğünü hissettim, sanki yıllardır orada gömülü olan bir şey yeniden diriliyordu. Ellerimle yüzümü ovuşturdum ancak ne ellerimi ne de yanaklarımı hissetmedim.

Dan beni izledi. Yüzünde beliren gergin ifadenin ne anlama geldiği hakkında hiçbir fikrim yoktu. Artık neyin, ne anlama geldiği hakkında hiçbir fikrim yoktu. "Fakat Dmitri'nin bilincinin tamamen açık olduğu anlar da oluyordu," dedi. "Ve o anlardan birinde bana, bir zamanlar sevdiği bir kızdan söz etti. Onunla bolero yapan bir kızdan. Sanki benim kim olduğumu ve seni temsil ettiğimi anlamış gibiydi. 'Bunu ona söyle, olur mu?' diye bana yalvardı. 'Onu her zaman düşündüğümü ona söyle. Ben korkak olduğum için kaçtım, onu sevmediğim için değil.'"

Dan anlatmaya devam ediyordu. "Bunu nereden bilebilirdi ki? diye sordum. Sen onu ölüme terk ettiğin halde, buna onu nasıl inandırabilirim? Dmitri bana uzun süre cevap vermedi. Başını yastığına koydu, gözlerini kapadı. Tekrar komaya girdiğini sandım fakat aniden gözlerini açtı ve bana, 'Amerika'ya adım attığım ilk anda yaptığım aptallığı anladım. Şu kadın, beni sevdi mi sanıyorsunuz? Beni o gece terk etti. Ona bunun nedenini sorduğumda, sadece Anya'yı bozguna uğratmak istediğini söyledi. Benim üzerimde nasıl bir hâkimiyet kurdu, size anlatamamam. İçimdeki kötülükleri nasıl dışarı çıkardığını anlatamam. Tatlı Anya, onun tam tersi içimdeki güzellikleri dışarı çıkarıyordu. Ancak ikisinin etkisi dışında, benim içimde de karanlık bir yerler vardı mutlaka, yoksa Amelia nasıl galip gelebilirdi?'

"Daha sonra onu kontrol etmek için hemşire geldi," dedi Dan, ellerini saçlarının arasından geçirirken. "Nabzını ölçtü ve yeteri kadar soru sorduğumu, artık gitmem ve onu yalnız bırakmam gerektiğini söyledi. Odadan çıkmadan önce bir kere daha Dmitri'ye baktım ancak o çoktan uykuya dalmıştı.

"Papaz beni dışarıda bekliyordu. 'Dmitri, Los Angeles'a geldiği ilk gün IRO'nun ofisine gitmiş,' dedi bana. 'Anya Lubensky adına bir kayıt yokmuş. Bu yüzden Anya Kozlova olarak kontrol etmelerini istemiş.

Onun kızlık soyadına tekrar döndüğünü öğrenince, kadının iyi olduğunu, hayatta kalmayı başarabildiğini anlamış.' Papaza, Dmitri'nin bunu kendisine ne zaman söylediğini sordum ve bana o sabah söylediğini söyledi. Günah çıkarırken."

"Ertesi gün Dmitri'yi görmeye gittim. Durumu yine kötüleşmişti. Zayıf düşmüştü. Ben de bütün gece uyumamıştım, onu aklımdan çıkaramamıştım. 'Ama ona geri dönmedin, değil mi?' diye sordum. 'Ona daha fazla yardım etmeye çalışmadın?' Dmitri kederli bir şekilde bana baktı. 'Onu tekrar incitemeyecek kadar çok seviyordum,' dedi."

Gözlerimden yaşlar akmaya başladı. Dan'in konuştuğu süre boyunca beynim hep ileriye dönük çalıştı. Dmitri'ye gidecektim. Ona yardım edecektim. Bu son cesurca davranışıyla bir canavar olmadığını göstermişti. On yedi yaşındaki bir kızın hayatını kurtarmıştı. Ve onu, beni hatırlattığı için kurtarmıştı.

"En kısa zamanda Amerika'ya nasıl gidebiliriz?" diye sordum Dan'e. Onu en çabuk ne zaman görebilirim?"

Dan'in gözlerine yaşlar doldu. Birdenbire yaşlandı. Acı içindeydi. Hiçbir şey söylemeden birbirimize baktık. Ceketine uzandı, içinden kahverengi bir paket çıkardı ve bana uzattı. Titreyen parmaklarımla paketi açmaya çalıştım. İçindeki şey şıngırdayarak masanın üzerine düştü. Ucunda Eiffel Kulesi sallanan, işlemeli demirden bir anahtar. Bunu yıllardır görmemiş olmama rağmen hemen tanıdım. Bu Şanghay'daki evimizin anahtarıydı.

Sonsuzluğa.

"O öldü, değil mi?" diye sordum, yaşlar yanaklarımdan süzülüyordu. Güçlükle konuşabiliyordum.

Dan masanın üzerinden uzandı ve sanki düşmemden korkuyormuş gibi sıkı sıkı ellerimi tuttu.

Restoran, öğle yemeği için gelen insanlarla giderek kalabalıklaşıyordu. Çevremizde gülen yüzler vardı. Müdavimler menü hakkında konuşuyorlar, kadehlerine şarap dolduruyorlar, tokuşturuyorlar, birbirlerini yanaklarından öpüyorlardı. Garson sanki birden canlanmıştı, bir oraya, bir buraya koşturuyor, siparişleri topluyordu. Dan ve ben, birbirimizin ellerini sıkı sıkı tuttuk. Dmitri ölmüştü. Bu haber göğüs kafesimden içeri sızmış, kalbimi delmişti. Bu korkunç bir ironiydi. Dmitri zenginliği bulmak için kaçmıştı ve orada bunun yerine acı ve ölümü bulmuştu. Bense bir mülteci olmuştum ancak asla açlık çekmemiştim. Bunca yıldır Dmitri'den nefret etmeye çalışmıştım, o ise beni düşünmekten asla vazgeçmemişti.

Anahtarı avucumun içinde sıktım.

Sonsuzluğa.

Daha sonra, çok daha sonra, Bondi'deki evime taşındığımda, Dan'in onu bana verdiği gün saklamak üzere koyduğum kutudan çıkarma cesareti bulacaktım, onun açtığı bir kilit yaptırmıştım. Dmitri ile paylaştığım hayatı ve kaderi iyi hatırlamanın tek yolu buydu.

Sonsuzluğa.

ÜÇÜNCÜ BÖLÜM

1956'nın yılbaşı gecesinden birkaç gün sonra, Campbell Parade'deki tek odalı dairemde oturmuş plaja bakıyor ve bir indirim sepetinden dışarı fırlatılmış gibi görünen kalabalığı seyrediyordum. Ocak ayının ilk günü, dalgalar beş metrenin üzerine yükselmişti. Cankurtaranlar çılgınlar gibi, insanları dalgalardan çekiyorlardı ve kayalıklarda mahsur kalmış iki çocuğu kurtarmışlardı. Ancak bugün deniz dümdüzdü ve martılar denizin üzerinde tembelce batıp çıkıyorlardı. Sıcaktı ve bütün pencereleri açmıştım. Kumlarda oynayan çocukların seslerini ve insanların bayraklar arasında yüzmelerini sağlamaya çalışan cankurtaranların düdüklerini duyabiliyordum. Okyanus sakin gibi görünüyor olabilirdi ancak derinliklerinde büyük girdaplarla dalgalanıyordu.

Bir yıl önce moda editörlüğüne getirildiğim kadın bölümü için bir makale üzerinde çalışıyordum. Ann White, taç giyme elbiseleri ve Kraliçe'nin Avustralya'ya yaptığı kraliyet ziyareti için hazırlanan gardırobun içini tükettikten sonra, Denison ailesine gelin olarak gitmişti. Onun moda konusundaki yeteneği mağazalar zinciri hanedanlığı adına değerli bir servet olarak düşünüldü ve Sydney mağazasının en önemli moda müşterisi oldu. Birbirimizi sosyetik etkinliklerde görüyorduk ve birkaç kere de yemeğe çıkmıştık. Yaptığımız, pek de sağlam olmayan başlangıçtan sonra birbirimizin himayesine ihtiyaç duyuyor olmamız çok manidardı.

Makale için, Grace Kelly'nin, Fas Prensi Rainer ile evlenirken yapılacak düğün töreninde, nasıl giyinmesi gerektiğine dair yorumlarını almak üzere üç Avustralyalı desinatöre danıştım. Judith en güzel giysiyi tasarladı, bu göğüs kısmı taftadan, düşük yakalı, organza bir elbiseydi ancak diğer tasarımcılar tarafından önerilen elbiseler de çok özel elbiselerdi. Bir tanesi, etek ucu, kuyruğu andıran bir denizkızı elbisesiydi ve diğeri de kırpılmış samur kürkü ve yanardöner ipek kumaştan yapılmıştı. Bu elbise Paris üzerinden Sydney'e gelmiş olan bir Rus'a aitti. Adı Alina idi, fotoğrafın arkasına, makaleyle birlikte göndermek üzere adını yazdığımda annemi hatırladım.

Stalin 1953'te öldü ancak Batı ve Sovyetler Birliği arasında tırmanan soğuk savaş yüzünden bilgi aktarımı hâlâ imkânsızdı. Vitaly'nın babası bir daha erkek kardeşinden haber alamamıştı ve ben de bulabildiğim her örgüte mektup yazmıştım: Rus-Avustralya Birliği, IRO ve bunlar gibi birçok insani yardım örgütleri. Ancak hiçbiri bana yardımcı olamamıştı. Anlaşılan Rusya'dan haber sızması imkânsızdı.

Avustralya annemden ve onun hakkında bildiğim her şeyden çok uzaktı. Hâlâ onunla ilgili detayları unutma korkusunu içimde barındırıyordum: ellerinin biçimini, gözlerinin rengini, onun kokusunu. Onu unutamıyordum. Bunca yıldan sonra sabahları uyandığımda aklıma ilk gelen ve ışığı kapatırken hayalini kurduğum son insan oydu. Yaklaşık on bir yıldır ayrıydık ve yine de kalbimin derinliklerinde bir yerde birbirimizi tekrar göreceğimize dair bir his vardı.

Makaleyi ve fotoğrafları bir zarfın içine koydum ve işe giderken giyeceğim giysileri yatağın üzerine serdim. Birkaç hafta önce 'Plaj için Fazla Seksi' başlığı altında kaleme aldığım makalede, Avrupa ve Amerika'dan Sydney'e gelen bikini modellerinden söz etmiştim. Bu bikiniler çok özel olduğu için, onların tanıtımını yapan modele onları yanında götürmeyi isteyip istemediğini sordum ancak bana çekmecelerinde diğer çekimlerden kalma bir yığın bikini olduğunu söylemişti. Bu yüzden bikinileri yıkayıp, sonra da genç muhabirlere vermek için eve getirmiştim. Gardırobumu açtım, kuruduktan sonra onları hasır çantanın içine koyduğumu hatırlıyordum ancak orada yoklardı. Boş çantanın dibine şaşkınlıkla baktım. İşlerimin yoğunluğundan onları ofise götürmüş ve sonra da unutmuş olabileceğimi düşündüm. O anda, apartman yöneticisi Bayan Gilchrist kapıyı çaldı.

"Anya! Telefon!" diye bağırdı.

Sandaletlerimi ayağıma geçirdim ve ortak telefonun bulunduğu koridora koştum.

"Alo," diye fısıldadı Betty, ahizeyi kaldırdığımda. "Gelip bizi alabilir misin, aşkım?"

"Neredesiniz?"

"Polis merkezindeyiz. Birisi gelip almadan polis bizi bırakmayacağını söylüyor."

"Neler oldu?"

"Yok bir şey."

Ruselina'nın arkadan konuştuğunu ve bir adamın güldüğünü duydum.

"Betty, eğer bir şey olmadıysa, sizin polis merkezinde ne işiniz var?"

Bir süre bekledi ve "Tutuklandık," dedi.

Şaşkınlıktan hiçbir şey söyleyemedim. Ruselina bağırarak bir şeyler söyledi ancak anlayamadım.

"Oh, Ruselina bize giyecek bir şeyler getirebilir misin, diye soruyor."

Aceleyle polis merkezine gittim, yolda kafamdan, Betty ve Ruselina'nın kendilerini tutuklatacak ne yapmış olduklarına dair çeşitli senaryolar geçiyordu. Betty emekli olmuş, Potts Point'teki evi satmış, kendisi ve Ruselina için, üst katında ayrıca benim için bir dairesi olan, üç odalı bir ev satın almıştı. Vitaly ve Irina, yakın bir mahalle olan Tamarama'da oturuyorlardı. Taşındıklarından beri, Betty ve Ruselina tuhaf davranışlar sergiliyorlardı. Bir keresinde, 'Bea Miles onuruna köpekbalıklarıyla mücadele edeceğiz' diyerek dişlerinin arasında birer bıçak, kayaların denize uzandığı burnun ucundan atlamışlardı. Bea Miles yıllarca Bondi'de yaşamış olan bir deliydi. O gün deniz sakindi ve dalgalar çekilmişti bu yüzden boğulma tehlikesi atlatmamışlardı ancak bu çılgın yaşlı hanımefendilerin ıssız bir bölgede böyle bir şey yapmaları, Irina ve beni korkutmuştu. Vitaly onların peşinden atlamış ve kıyıya çıkmaları için dil dökmüştü.

"Onlar için fazla endişelenmeyin," demişti Vitaly,

daha sonra. "İkisinin de hayatı trajedilerle geçti ve ne olursa olsun güçlü kalıp, yollarına devam etmek zorunda kaldılar. Şimdi, onlar için her şeye boş verip, sorumsuzca yaşama zamanı. Sizler gibi onlar da birbirlerini buldukları için şanslılar."

Polis merkezine giderken Vitaly ve Irina'ya haber vermedim. Irina dört aylık hamileydi, onu üzmek istemiyordum. Ancak merkeze gidene kadar endişelenmeden edemedim. Neden Betty ve Ruselina, diğer yaşlı hanımlar gibi resim yapmıyorlar ya da bingo oynamıyorlardı? Bondi tramvayı kükreyerek yanımdan geçti ve başımı kaldırıp baktım. Göz ucuyla parkta bankın üzerine oturmuş yalnız bir kadın gördüm. Kuşlara ekmek kırıntıları atıyordu. Onun bu yalnız görüntüsü beynime kazındı ve elli yıl sonra böyle olup olmayacağımı merak etmeye başladım.

Polis merkezine girdiğimde Betty ve Ruselina'nın havlu elbiseleriyle bekleme salonunda oturduklarını gördüm. Betty havaya dumandan halkalar üflüyordu. Ruselina beni görünce sırıttı. Onun yanında oturan, beyaz atletli ve şortlu bir adam vardı. Teni güneşten iyice koyulaşmıştı, dirseklerini dizlerinin üzerine koymuş ve derin düşüncelere dalmıştı. Odanın diğer köşesinde sert görünümlü, bebek önlüğüne benzer mayosuyla bir adam çenesine buz torbası tutuyordu. Hasır şapkasının çevresindeki bantta yazan 'müfettiş' yazısını okudum.

Sorumlu komiser yardımcısı masasından kalktı. "Bayan Kozlova?"

Betty ve Ruselina'ya baktım, ancak hiç renk vermiyorlardı.

"Ne oldu?" diye sordum polise, masasının karşısındaki sandalyeye otururken.

"Endişelenmeyin," diye fısıldadı, "ciddi bir şey yok. Sadece plaj müfettişi 'ahlak' kuralları konusunda biraz katı davranmış."

"Ahlak mı?" diye bağırdım. Ruselina ve Betty kıkırdadılar.

Komiser yardımcısı çekmecesini açtı ve üzerinde, plajda duran bir kadın ve bir erkeğe ait bir çizim çıkardı. Bana uzattı. Vücutların üzerinde çizgiler ve bazı ölçüler vardı. Kafam karışmıştı. Ahlak kuralları? Betty ve Ruselina ne yapmış olabilirlerdi?

Komiser yardımcısı kalemiyle resmin belli bölümlerini işaret etti. Müfettişe göre erkek mayolarının paçaları en az üç inç uzunlukta olmalı, kadınların mayoları ise en azından kemerli ya da mayoyu tutacak benzeri bir şeyleri olmalıymış.

Başımı salladım, anlamamıştım. Ruselina ve Betty'nin çok zarif tek parça mayoları vardı. Bunları, onlara hediye olarak David Jones'dan ben almıştım.

"Büyükannelerinizin mayoları," diye fısıldayarak devam etti adam, "biraz minikmiş."

Betty ve Ruselina'dan bir kıkırdama daha geldi. Birdenbire neler olduğunu anladım. "Oh, Tanrım! Hayır!"

Hemen Betty ve Ruselina'nın yanına gittim. "Haydi," dedim. "Açın bakalım!"

Ruselina ve Betty havlu elbiselerini açtılar ve bekleme odasında mankenleri taklit ederek salına salına yürümeye başladılar. Betty üzerine askısız bir bikini, altına sarong tarzı bir şort giymişti. Ruselina'nın ise üzerinde bikini ve altında ise smokini andıran bir etek vardı. Bu bikiniler moda çekimlerindeki bikinilerdi. Yaşlarına göre vücutları iyi durumdaydı ancak genç kızlar için tasarlanmış bikinileri giyecek durumda da değildiler. Betty'nin kemikli kalçaları bu şort için fazla büyüktü ve Ruselina'nın bikini üstü kendisine büyük gelmişti ancak yine de zarif bir biçimde poz veriyorlardı.

Bir süre onları şaşkınlıkla izledim ve sonra bir kahkaha patlattım.

"Bu bikinileri giymenize karşı çıkmıyorum," dedim, daha sonra oturduğumuz kafede çilekli milkshakelerimizi içerken. "Fakat neden en katı plaj müfettişinin görev yaptığı plajda yaptınız bunu?"

"O yaşlı osurukçu tarafından kovalanmak işin en eğlenceli taraflarından biriydi!" diye güldü Ruselina. Betty de gülmeye başladı. Kafenin sahibi bize baktı.

"Polis merkezindeki diğer adam kimdi?" diye sordum. "Şu şortlu olan."

"Ah, o mu?" dedi Ruselina, gözünde bir kıvılcım çaktı. "Bob. Gerçek bir beyefendi. Denetçi bizi plajdan kovalarken, Bob ortaya atıldı ve 'Hanımefendilere kabalık etmeyin,' dedi."

"Sonra da müfettişin çenesine bir yumruk geçirdi," dedi Betty, içeceğini höpürdetirken.

Bardağımdaki pembe renkli süt köpüklerine baktım ve yıllarca bana göz kulak olmuş bu iki yaşlı kadının birdenbire nasıl benim çocuklarım halini aldıklarını düşündüm.

"Öğleden sonra ne yapacaksın, Anya?" diye sordu Betty. "Bugün cumartesi. Bizimle sinemaya gelmek ister misin? *Cennetin Doğusu* oynuyor."

"Gelemem," diyerek omuzlarımı silktim. Yarın ki baskı için gelinliklerle ilgili bir makale hazırlamam gerekiyor."

"Peki ya senin gelinliğin, Anya?" dedi Ruselina, buzlu içeceğinin son yudumunu da pipetinden geçirirken. "Bu kadar çok çalışırsan kendine asla bir koca bulamazsın."

Betty masanın altından dizimi okşadı. "Ruselina, tıpkı başörtülü Rus nineleri gibi konuşuyorsun," dedi. "O hâlâ genç. Aceleye gerek yok. Şu muhteşem kariyerine bak. Her zaman gittiği göz kamaştırıcı partilerden, kendisine birini bulacaktır."

"Yirmi üç yaş evlenmek için erken değil," dedi Ruselina. "O, sadece bize göre genç. Ben evlendiğimde on dokuz yaşındaydım ve o günlerde geç bile kaldığım düşünülüyordu."

Betty ve Ruselina'ya veda ettikten sonra üst kattaki daireme çıktım ve yatağa uzandım. Dairem küçüktü, büyük bir bölümünü yatağım kaplıyordu ve duvarlardan bir tanesi neredeyse tamamen camdı. Ancak deniz manzarası ve bitkilerin süslediği, pufidik koltuğumun ve üzerinde yazı yazıp düşündüğüm masanın bulunduğu bir köşesi vardı. Kendim düzenlemiştim ve kendimi burada rahat hissediyordum. İnsanlardan uzaktım.

Bu kadar çok çalışırsan kendine asla bir koca bulamazsın demişti Ruselina. O öğleden sonra gazete çalışacak olan iki kişi daha vardı: Diana -çünkü cumartesi Harry'nin golf günüydü- ve Caroline Kitson. Genç muhabirler, aralarında paylaştırdıkları düğün ve dans partileri için hazırlık yapmaya gitmişlerdi. Tüm ihtirasına rağmen, Caroline kendi sosyal sınıfından bir adam yakalama fırsatı bulamamıştı. Belki de kendi köşesinden onların annelerine fazla saldırmıştı. Sebep ne olursa olsun, yirmi dokuz yaşında kendini evde kalmış biri gibi görmeye başlamıştı. Demode şeyler giymeye, kalın çerçeveli gözlükler takmaya, genç sağlıklı bir kadın yerine yaşlı bir dul havalarına girmeye başlamıştı. Genç muhabirler arasında cemiyet editörlüğüne göz koymuş güzel bir esmer kız vardı ve bu yüzden Caroline bana ve Diana'ya daha iyi davranır olmuştu. Son zamanlarda beni, önceki aşağılayan davranışlarından daha fazla rahatsız eden bir huy edinmişti. "Merhaba, işte bizim iki numaralı kız kurusu da geldi," diyordu, ne zaman ofisten içeri adımımı atsam. "Sen de benim gibi mi hissediyorsun?"

Ne zaman bunu söylese kendimi kötü hissediyordum.

Dönüp tuvalet masamın üzerinde dizili duran matruşka bebeklerime baktım. Toplamda beş taneydiler, benden sonra iki tane daha vardı. Bir kız çocuk ve bir kız torun. Hayatımla ilgili annemin hayali buydu. Muhtemelen hayatımızı hep birlikte huzur içinde Harbin'deki evde geçireceğimize ve ailenin yeni gelen her üyesi için bir oda daha ekleyeceğimize inanmıştı.

Yastıkların üzerine başımı koydum ve yaş dolu gözlerimi sıktım. Bir aile kurmak için bir kocaya ihtiyacım vardı. Bir adamın sevgisi olmadan yetişmiştim ve şimdi nereden başlayacağımı bilemiyordum. Dmitri'nin öldüğünü öğreneli dört yıl, beni terk edeli yedi yıl olmuştu. Daha kaç yıl yas tutacaktım?

Gazeteye vardığımda Diana masasındaydı. Merhaba, demek için odasına girdim.

"Bu cuma akşamı ne yapıyorsun, Anya?" diye sordu, Givency tarzı elbisesinin yakasını düzeltirken.

"Özel bir şey yapmayacağım," dedim.

"Tanışmanı istediğim biri var. Neden akşam yemeği için saat yedide bize gelmiyorsun? Harry seni alır."

"Peki, ama beni kiminle tanıştıracaksın?"

Diana'nın yüzünde inci gibi dişlerini ortaya çıkaran bir gülümseme belirdi. "Bu bir evet mi, hayır mı?"

"Bu bir evet, ama yine de kiminle tanışacağımı bilmek isterim."

"Bana güvenmiyor musun?" diye sordu. "Havalı bir adam diyebilirim, çok ısrar edersen. Seni Melbourne Kupası balosunda gördüğü günden beri tanışmak için can atıyor. Bütün gece peşinden koştuğunu fakat senin onunla hiç ilgilenmediğini söyledi. Bu da tam senin tarzın, Anya. Bu gazetedeki en yakışıklı ve en espritüel erkek."

Kızardım. Utangaçlığım Diana'yı daha da keyiflendirdi. Acaba bugünkü ruh halimi hissetmiş ve bir çözüm bulmak için işe mi koyulmuştu?

"Şu indirimden aldığın krep elbiseyi giy. Sana çok yakışıyor."

"Giyerim," dedim. Diana sanki dileğimi gerçekleştirmek isteyen bir peri gibiydi.

"Ve Anya," dedi ben tam çıkmak üzereyken.

"Evet?"

"Korkmuş gibi görünme, hayatım. Eminim, seni ısırmaz."

Ruselina ve Betty'ye, Diana'nın akşam yemeğinden söz etmedim. Bu fikir beni korkutsa da, en azından bir adamla tanışmayı kabul ettiğim için kendimle gurur duyuyordum. Bunu onlara söylersem, gitmekten vazgeçmek gibi bir şansım olmazdı.

Cuma akşamı geldiğinde kusacak gibi oldum ve vazgeçmeyi düşündüm. Ancak Diana'yı gücendirmek istemiyordum. Bana önerdiği elbiseyi giydim. Üzerime oturan bir korsajı, geniş omuz bantları ve parçalı bir eteği vardı. Ayaklarıma ipek kaplı, sivri burunlu ayakkabılarımı geçirdim ve saçlarımı pırlantalı bir tokayla yana düşürdüm.

Saat altı buçuğu geçerken Harry, yeşil Chevrolet arabasıyla beni almaya geldi. Benim için arabanın kapısını açtı ve akşam güneşinin vurduğu plaja gözlerini kısarak baktı. "Şu korkunç fırtınalardan sonra ne kadar da sakin görünüyor," dedi.

"Gazetelerden okuduğuma göre yeni yıl gecesi denizden yüz elli kişi çıkarmışlar," dedim.

Harry sürücü koltuğuna yerleşti ve motoru çalıştırdı. "Evet, en çok bizim plajı vurdu. Dediklerine göre fırtına, su yosunlarını havaya kaldırmış ve cankurtaranlardan birinin ayağına takılmış. Onu aşağı çekmeye ve boğmaya başlamış. Kurtarma botu dalgaları aşıp ona ulaşamamış."

"Tanrım," dedim. "Bunu duymamıştım."

"Meslektaşlarından biri onu kurtarmayı başarabilmiş," dedi Harry, Bondi Caddesi'ne dönerken. "Victoria'dan gelen iri yarı bir adammış. Dalgaların arasından bir torpido gibi geçtiğini söylüyorlar. O da Rusmuş. Belki tanırsın."

Başımı salladım. "Muhtemelen tanımam. Bugünlerde plaja herkes gittikten sonra iniyorum."

Harry güldü. "Diana çok çalıştığını söylüyor," dedi.

Diana ve Harry, Rose Bay'de denize nazır Tudor tarzı bir evde oturuyorlardı. Garaj girişine yanaştığımızda, kırmızı ipek elbisesi içinde muhteşem görünen Diana bizi karşılamak için dışarı çıktı. "Benimle gel, Anya," diyerek, beni süzülen bir tango dansçısı gibi eve götürdü. "Gel ve Keith'le tanış."

Evin içi geniş modern döşemeler ve duvarlarla kaplıydı. Hole sıralanmış gömme rafların üzerinde Diana'nın ünlülerle çektirdiği fotoğraflar ve dünyanın dört bir yanından topladığı ufak süs eşyaları vardı. Durup Londra'dan aldığı domuz koleksiyonuna baktım ve güldüm. Tüm ihtişamı içinde Diana kendini fazla ciddiye almıyordu.

Diana beni çekiştirerek oturma odasına soktu ve neredeyse modüler kanepesinin üzerinde oturan genç adamın kucağına fırlattı. Bizi gören adam ayağa kalktı ve tertemiz, tıraşlı yüzüne bir gülücük kondurdu. "Merhaba," dedi, elimi sıkmak için uzandı. "Ben Keith."

"Merhaba," dedim, elini sıkarak. "Ben de Anya."

"Güzel," dedi Diana, sırtımı sıvazlayarak. "Ben gidip yemeğe bakacağım, siz ikiniz sohbet edin."

Ve hemen odadan dışarı çıktı. Harry tam o sırada elinde kırmızı şarap şişesiyle odaya girmek üzereydi. Diana onu yakaladı ve telaşla dışarı çıkardı.

Keith bana döndü. Mavi gözleri, sarı saçları, düzgün burnu ve erik rengi dudaklarıyla yakışıklı bir adamdı. "Diana seninle ilgili harika şeyler anlattı," dedi. "Sanırım yemekten sonra bana şu pirinç hikâyeni anlatırsın."

Kızardım. Diana bana Keith'den hiç bahsetmemişti, hoş ben de ona sormamıştım.

"Keith, gazetenin spor bölümünde çalışıyor," dedi Harry, elinde bir peynir tabağıyla içeri girerken. Kendimi gülünç duruma düşürmemi engellemişti. Sonradan kapının dışından bizi dinlediğini anladım.

"Gerçekten mi? Ne güzel," dedim, sesim kendim gibi değil de Diana gibi çıkıyordu.

Harry, Keith'in arkasından bana göz kırptı. Diana elinde zeytinli krakerlerle odaya süzüldü. O da kapının dışında beklemiş olmalıydı. "Evet," dedi. "Melbourne Kupası ile ilgili haberiyle ödül aldı."

"Bu şahane," dedim, Keith'e dönerek. "Bana vermediler. Kupada taktığım şapkanın yeterince etkileyici olduğunu düşünmüş olmalılar."

Bir an için Keith'in gözleri açıldı, Harry ve Diana gülene kadar onlara katılmaktan çekindi.

"Espri yeteneği olan bir kızsın," dedi. "Bunu sevdim."

Harry yemek masasını camekânlı terasa hazırlamıştı. Diana ise krem rengi bir örtü serdiği masaya, koyu mavi takımlar yerleştirmişti. Şamdanların dibini, küpe çiçeklerinin saplarıyla sarmıştı. Uzun zamandır böylesine incelikli hazırlanmış bir masa görmemiştim. Böyle bir etkiyi yaratmak konusunda babam çok başarılıydı. Masa örtüsünün kenarını kaldırıp, parmaklarımın arasında okşadım ve gümüş çatal bıçakların ağırlığını hissettim. Diana tam ortaya, içinde kocaman güller bulunan bir kâse yerleştirmişti. Güzel kokularını içime çektim. Mum ışığı titreşti ve gölgelerin içinde duran Sergei'yi gördüm, kolları düğün gülleriyle doluydu. Karanlığın içinden Dmitri çıktı ve ellerimi ellerinin arasına aldı. "Bırak beni, Dmitri, lütfen," dedim içimden. Ancak kısa bir süre sonra gül yapraklarıyla dolu bir küvetin içindeydim. Dmitri avuçlarını suyla doldurup, içiyordu. Ancak içtikçe görüntüsü bulanıyordu ve en sonunda tamamen yok oldu.

"Anya, iyi misin? Rengin bembeyaz oldu," dedi Diana, koluma hafifçe vururken. Gözlerimi kısarak ona baktım, şaşkınlık içindeydim.

"Sıcaktan olmalı," dedi Harry, masadan kalkarak pencereleri iyice açtı.

Keith bardağımı aldı. "Sana biraz su koyayım."

Alnımı ovuşturdum. "Üzgünüm. Her şey o kadar güzel ki, nerede olduğumu unuttum."

Keith bardağımı önüme koydu. Bir damla su bardağın kenarından süzülüp, masa örtüsünün üzerine düştü. Tıpkı bir damla gözyaşı gibiydi.

Yemekte kremalı mantar sosla servis edilen haşlanmış istiridye vardı.

Diana'nin marifetiyle neşeli bir sohbet devam ediyordu: "Keith, Anya'ya ailenin çiftliğinden bahsetmelisin. Ted, çok güzel olduğunu söyledi." Ve "Anya, Leydi Bryant'ın evinde çok güzel bir antika semaver gördüm fakat ikimiz de nasıl çalıştırılacağını bilmiyorduk. Bize anlatır mısın, hayatım?" Keith'in gözlerinin üzerimde olduğunu biliyordum ve konuştuğunda ona dikkatimi vermeye, cesaretini kırmamaya çalışıyordum, Diana daha önceki vakalarda bunu yaptığımı söylemişti. Dmitri de olduğu gibi kendimi hemen aşkın içine de atmıyordum. Bir arı bekleyen çiçek gibiydim.

Tabaklar kaldırılırken, dondurmalı kayısı turtalarımızı yemek üzere büyük salona geçtik.

"Artık," dedi Diana, kaşığını havada sallayarak, "şu meşhur pirinç hikâyeni Keith'e anlatmalısın."

"Evet," dedi Keith, bana yaklaşarak. "Bunu dinlemeliyim."

"Bunu ben de duymamıştım," dedi Harry. "Diana ne zaman anlatmaya çalışsa, gülme krizine giriyor... Bu nedenle sonunu dinleme fırsatım olmadı."

Yemek ve şarap beni rahatlatmıştı ve utangaçlığımı üzerimden atmıştım. Keith, bana yakın oturduğu için mutluydum. Ona ısınmıştım. Benden hoşlandığını belli etmesi de hoşuma gidiyordu. Tekrar romantik bir dünyaya girmek sandığım kadar korkutucu bir şey değildi.

"Şey," diye başladım, "birgün çok yakın bir arkadaşımı ve kocasını ziyarete gittim ve Çin yemeklerinden en çok hangisini özlediğimizi konuşmaya başladık. Elbette, burada pirinç bulmak kolay değildi ve bizim bütün çocukluğumuz pirinçle yapılmış yemekler yiyerek geçmişti. Bu yüzden Çin mahallesine gidip, bize üç ay yetecek kadar pirinç almaya karar verdik. Yıl 1954'tü, Vladimir Petrov ve eşine, Rus ajanların kökünü kurutmaları karşılığında Avustralya'ya sığınma hakkı verilmişti ve o günlerde insanların aklındaki en önemli şey Rus ajanlarının kökünü kurutmaktı, o insanlardan biri de arkadaşlarımın kapı komşusu olan, yaşlı bir kadındı. Pirinç çuvallarını taşıdığımızı ve Rusça konuştuğumuzu duyunca polise haber verdi."

Keith güldü ve çenesini ovuşturdu. Harry kahkahalarla "Devam et," dedi.

"İki tane genç polis memuru gelip komünist ajanı olup olmadığımızı sordu. Fakat Vitaly konuşma arasında onları yemeğe kalmaları konusunda ikna etti. Onlara, soğan ve sarımsak hafifçe kızartılmış bulgur, brokoli ve pazıyla hazırlanan ve yanında meze olarak patlıcanlı yoğurt sunulan risotto Volgii pişirdik. Ruslarla içki içmeyi reddetmek kolay iş değildir ve bu konuda bir Rus erkeğine itiraz etmek bir hakarettir. Bu nedenle Vitaly 'uluslararası dostluk' kurmak ve hayatlarında tattıkları 'en iyi' yemeğin karşılığını vermek için birkaç kadeh votka içmeleri gerektiği konusunda polisleri ikna etti. Polisler sarhoş olup, suratları değişmeye başlayınca, onları toparlayıp bir taksiye bindirdik ve polis merkezine gönderdik. Tabi bu arada şeflerinin, onların bu halinden pek de hoşnut kalmamış olabileceğini tahmin edersiniz. On iki numarada oturan Bayan Dolen düzenli olarak bizi şikâyet etmeye devam etti ama o polisleri bir daha hiç görmedik."

"Tanrım!" diye bağırdı Harry. Keith'e göz kırparak, "Çok fırlama bir kız. Gözünü üstünden ayırma!"

"Ayırmayacağım," dedi Keith, sanki odada başka kimse yokmuş gibi bana sırıtarak. "İnan bana, ayırmayacağım."

Daha sonra, Harry beni bırakmak için arabasını garajdan çıkarırken, Keith kapıya kadar bana eşlik etti. Diana hızlı adımlarla yanımızdan geçerek, asla sahip olmadığı kedisini çağırır gibi yaptı.

"Anya," dedi Keith, "önümüzdeki hafta arkadaşım Ted'in doğum günü var. Seni partisine götürmek isterim. Gelir misin?"

"Tabi, seve seve." Sözcükler ağzımdan hiç düşünmeden çıkmıştı. Ancak Keith'ten rahatsız olmamıştım. Onunla ilgili gizli kapaklı bir şey yoktu. Benim gibi değildi. Ben sırlarla doluydum.

Harry beni eve bıraktıktan sonra, pencereleri açtım ve yatağıma uzanıp denizin sesini dinledim. Gözlerimi kapattım ve Keith'in gülüşünü hatırlamaya çalıştım. Ancak daha şimdiden onun nasıl göründüğünü unutmaya başlamıştım. Ondan gerçekten hoşlanıp hoşlanmadığımı merak ettim. Yoksa ondan hoşlanmam gerektiğini düşündüğüm için kendimi zorluyor muydum? Bir süre sonra, düşünebildiğim tek şey Dmitri'ydi. Ben ağırlığını üzerimden sonsuza dek atmaya çalışırken, onun hatıraları daha da güçleniyordu. Yatakta bir o yana bir bu yana dönerken, düğün gecemizin görüntüleri tekrar tekrar kafamda canlanıyordu. Evliliğimizin tek mutlu anlarıydı bunlar. Benim gül yapraklarıyla kaplı yumuşak bedenim, Dmitri'nin sert ve ateş saçan bedenine yaslanmıştı.

Ertesi hafta Keith'in beni götürdüğü parti, gittiğim ilk gerçek Avustralya partisiydi. Kendi yaşımda ve kendi ekonomik sınıfımda insanların bulunduğun bir partiye ilk defa gidiyordum ve bu benim için şaşırtıcıydı.

Avustralya deneyimim Şanghay'dan gelen Ruslardan farklıydı. Mariya ve Natasha'ya hastane çamaşırhanesinde iş verilmişti, eşleri de, eğitimli olmalarına rağmen inşaatlarda çalışıyorlardı. Ancak yaşam tarzım benim yaşımdaki Avustralyalı kızlarınkine de benzemiyordu. Gazetedeki işim gereği şehirdeki en şık partilere davet ediliyordum. Politikacılar, sanatçılar ve ünlü aktrislerle tanışmış ve hatta Miss Avustralya Güzellik Yarışması için jüri üyeliğine çağrılmıştım. Ancak gerçekte kendime ait bir sosyal yaşantım yoktu.

Ted, Keith'in spor sayfalarının fotoğrafçısıydı ve Coogee'deki Steinway Sokağı'nda oturuyordu. Oraya vardığımızda, çimento evin pencerelerinden ve kapılarından insan taşıyordu. Plakçalarda 'Only You' adlı parça çalıyor ve boyunları fularlı, yakaları kalkık kızlı erkekli bir grup mırıldanarak şarkıya eşlik ediyordu. Sigara paketini tişörtünün koluna sıkıştırmış, favorili, sarışın bir adam telaşla yanımıza geldi. Ellerini Keith'inkilere çaktı ve bana döndü.

"Selam, tatlı şey. Sen Keith'in bana söz edip durduğu kız mısın? Rus moda kraliçesi?"

"Onu rahat bırak, Ted," diyerek güldü Keith, sonra bana dönerek ekledi, "Onun esprilerini anlamak biraz zaman alır. Endişelenme."

"Demek doğum günün, Ted," dedim, Keith'le birlikte aldığımız hediyeyi uzatarak: üzerinde bir fiyongu bulunan benekli bir kâğıda sarılmış Chuck Berry albümü.

"Buna gerek yoktu... ama onu masaya koyabilirsiniz," diyerek güldü. "Lucy, daha sonra hepsini birden açmamı istiyor."

"Seni bir kıza çevirmiş," dedi Keith.

Salon, birbirine yaslanmış vücutların ve yaz gecesinin ısısıyla sıcak ve dumanlıydı. İnsanlar yerlere ve kanepelere yayılmış, sigara ve gazoz ya da şişeden bira içiyorlardı. Kızlardan bazıları dönüp bana baktı. Kayık yakalı, kolsuz bir elbise giymiştim. Kızların üzerlerinde kapri pantolonlar ve dar bluzlar vardı. Saçları kısa kesilmiş ve tıpkı peri kızları gibi öne taranmıştı. Benimki hâlâ uzundu, uçlarına bukleler yapmış ve açık bırakmıştım. Bakışları beni rahatsız etti. Pek cana yakın görünmüyorlardı.

Briyantin ve şeker kokan insanları geçerek, Keith'in peşinden mutfağa gittim. Tezgâhın üstü yapış yapış kola şişeleri ve plastik bardaklarla doluydu.

"Al, bir dene," dedi Keith, bana bir şişe uzatarak.

"Bu nedir?" diye sordum.

"Dene ve gör," dedi, kendisi için bir bira açarken. Şişeden bir yudum aldım. Tatlı ve kuvvetli bir içecekti. Midemi kaldırdı. Etiketini okudum: Vişneli gazoz.

"Hey Keith," diye seslendi bir kız. Kalabalığı yararak geldi ve ona sarıldı. Keith gözlerini bana çevirdi. Kız onu bıraktı ve Keith'in gözlerini takip etti. Kaşları çatıldı. "Bu da kim?"

"Rowena, Anya'yla tanışmanı istiyorum."

Kız hafifçe başını oynatarak beni selamladı. Soluk bir teni ve çilleri vardı. Dudakları etli ve kırmızıydı, güzel gözlerini çevreleyen gür kirpikleri vardı.

"Tanıştığımıza sevindim," dedim, elimi uzatarak. Ancak Rowena elini uzatmadı. Gözlerini parmaklarıma dikti.

"Sen yabancı mısın?" diye sordu. "Aksanın var."

"Evet, Rus'um," dedim. "Çin'den geliyorum."

"Avustralyalı kızlar senin için yeteri kadar güzel değil mi?" diye sordu öfkeyle Keith'e, sonra da kalabalığı iterek bahçeye çıktı.

Keith ezilip büzüldü. "Korkarım sana Ted'in kibirli arkadaşlarını tanıştırıyorum," dedi, kendisini kaldırıp, tezgâhın üzerine oturdu. Şişeleri ve kirli tabakları iterek, benim de oturmam için yer açtı.

"Sanırım yanlış elbise giymişim," dedim.

"Sen mi?" dedi ve güldü. "Bütün erkekler gözlerini senden alamadığı için seni kıskanıyorum. Çok güzelsin."

Salondan sevinç çığlıkları yükseldi ve biz de neler olduğunu görmek için diğer insanlarla bir tarafa yığıldık. Kızlı erkekli bir grup, daire halinde oturmuşlardı ve ortada bir bira şişesi vardı. Bu oyunu biliyordum: şişe çevirmece. Fakat benim bildiğim bu versiyonu değildi. Katılımcıların her birinin yanında bir bira vardı ve şişe dönüp de ucu karşı cinsten birini gösterirse, şişeyi döndüren kişi ya şişenin işaret ettiği kişiyi öpüyor ya da bir dikişte karşısındakinin birasını içiyordu. Çeviren kişi içmeyi tercih ederse, öpülmek istenmeyen kişi iki şişe birayı bir dikişte bitiriyordu. Grubun içinde Rowena'yı gördüm. Başını kaldırdı ve bana doğru ters ters baktı. Yoksa Keith'e mi bakmıştı?

"Avustralyalıların içmek için bir başka bahanesi," dedi Keith.

"Ruslar da böyledir. En azından erkekleri."

"Gerçekten mi? Bahse girerim, seçme şansları varsa bira içmek yerine kızları öpüyorlardır."

Keith yine gözlerimin içine bakıyordu ve ben dayanamayıp gözlerimi indirdim.

Keith, Holden marka arabasıyla beni eve bıraktı. Rowena'nın kim olduğunu sormak istedim ancak sormadım. Önemsediğimi sanmıyordu. Genç ve yakışıklıydı, elbette çıktığı kızlar olacaktı. Tuhaf olan gençliğini yalnız geçirdiğim için, bendim. Keith'in bakmadığı anlarda ona kaçamak bakışlar atıyordum. Tenini inceliyor, burnunun kenarındaki beni, bileğinin çevresine hafifçe yayılmış tüylerini fark ediyordum. Yakışıklıydı ancak o Dmitri değildi.

Eve vardığımızda, arabayı kaldırıma yanaştırıp, motoru kapattı. Ellerimi birbirine kenetledim ve beni öpmeye çalışmaması için dua ettim. Böyle bir şeye hazır değildim. Rahatsızlığımı fark etmiş olmalıydı çünkü beni öpmedi. Bunun yerine, haber yaptığı tenis maçlarından, Ken Rosewell ve Lew Hoad'la röportaj yapmanın ne kadar keyifli olduğundan söz etti. Bir süre sonra elimi sıkıca tuttu ve bana kapıya kadar eşlik etmek istediğini söyledi.

"Bir dahaki sefere seni daha şık bir yere götüreceğim," dedi. Gülümsüyordu ancak sözlerinden hayal kırıklığına uğradığını hissettim. Ne söyleyeceğimi bilemeden kekelemeye başlamıştım. Benim bir züppe olduğumu düşünüyor olmalıydı. Ondan hoşlandığımı belli etmek istedim ancak ona "İyi akşamlar, Keith," derken sesim sert ve yanlış tonda çıkmıştı.

Mutlu bir şekilde uyuyacağıma, uykum kaçtı. Uyanık halde yattım. Daha isteyip istemediğime karar veremediğim bir ilişkiyi mahvetmiş olmaktan korkuyordum.

Ertesi gün Irina ve Vitaly önceden planladığımız gibi plajda piknik yapmak için geldiler. Irina, hamileliği fazla belli olmamasına rağmen bol bir elbise giymişti. Genişlemeyi beklemek için fazla heyecanlı olduğundan şüphelendim. Birkaç hafta önce de bebek giysisi modelleri ve bebek odasının dekorasyonuna ait çizimlerle gelmişti. Onun heyecanını paylaşmaktan kendimi alamıyordum. Çok iyi bir anne olacağından emin-dim. Irina'nın hamile olduğunu öğrendiğinden beri Vitaly'nin de kilo almış olması beni şaşırttı ancak, 'iki kişilik yemek' esprisini yapmaktan kaçındım. Fazladan kilolar ona yakışmıştı. Sıska halinden kurtulmuş, yuvarlak yüzüyle epey yakışıklı olmuştu.

"Dün gece buluştuğun adam kimdi?" diye sordu, daha eve adımını atar atmaz. Irina kaburgasına bir dirsek geçirdi.

"Ruselina ve Betty'ye öğreneceğimize dair söz verdik." Vitaly kaburgalarını ovarak yüzünü buruşturdu.

"Ruselina ve Betty mi? Biriyle çıktığımı nereden biliyorlar?"

Irina piknik sepetini masaya koydu. İçine ekmekleri ve piknik için hazırladığım tabakları yerleştirdi. "Her zamanki gibi gizlice seni gözetlemişler," dedi Irina. "Adam seni eve bırakırken ışıkları kapatıp, yüzlerini cama dayamışlar."

Vitaly ekmeğin kenarından bir parça alıp, ısırdı. "İkinizin neler konuştuğunu duymaya çalışmışlar ama Betty'nin karnının gurultusundan hiçbir şey duyamamışlar."

İçi dolu sepeti Irina'nın elinden aldım. Ağır değildi ama onun bir şey taşımasını istemiyordum. "Böyle yaptıkları zaman hayatı zorlaştırıyorlar," dedim. "Zaten bu konuda yeteri kadar rahatsızım."

Irina kolumu okşadı. "İşin sırrı evlenmek ve bir mahalle uzağa taşınmakta. Çok fazla uzak değil ama yakın da değil."

"Böyle devam ederlerse, evlenemeyeceğim," dedim. "Adamları korkutacaklar."

"Kim bu talip, Anya?" dedi Vitaly. "Neden onu bugün çağırmadın?"

"Diana aracılığıyla tanıştım. Ve bugün onu davet etmedim çünkü ikinizi bin yıldır görmüyorum ve günümü sizinle geçirmek istedim."

"Aileye tanıştırmak için erken demek, anladım," dedi Vitaly, parmağını bana doğru uzatarak. "Ama sana söylemeliyim, gelinliğinin modeli şimdiden alt katta tartışılıyor."

Irina gözlerini devirdi. "Buna inanamıyorum," dedi, beni ve Vitaly'yi kapıdan dışarı iterken.

Yazın, herhangi bir pazar günü Bondi Plajı insan kaynar. Irina, Vitaly ve ben oturacak bir yer bulmak için Ben Buckler burnuna kadar yürüdük. Güneş ışığı göz kamaştırıyordu. Tıpkı kuzey yarım kürede, çatıların ve ağaçların üzerinde olduğu gibi, burada da kumda ve şemsiyelerin tepesinde ışıldıyordu. Irina ve ben güneş gözlüklerimizi ve şapkalarımızı takarken, Vitaly de havluları serdi ve plaj şemsiyesini çakmak için yer hazırladı. Cankurtaranlar dalgaların içinde eğitim yapıyorlardı, koyu renkli derilerinin altındaki kasları, terin ve deniz suyunun tortularıyla birlikte parlıyordu.

"Geçen hafta bazılarının havuzda eğitim yaptığını gördüm," dedi Vitaly. Bellerine bağladıkları içi su dolu gazyağı bidonlarıyla yüzüyorlardı.

"Sanırım denizle mücadele etmek için güçlü olmaları gerek," dedim.

Tatlı satan işportacının yüzünden akan ter, güneşte eriyen dondurmayı andırıyordu. Seslendim ve üç tane vanilyalı dondurma satın aldım.

"Cankurtaranlar çok yakışıklı, değil mi?" diyerek kıkırdadı Irina. "Belki de Anya'yla birlikte kulüplerine katılmalıyız."

"Sen zaten birkaç ay sonra, karnında daha büyük bir bidonla yüzmek zorunda kalacaksın, Irina," dedi Vitaly.

Can yelekleriyle eğitim yapan cankurtaranları izledim. Bir tanesi diğerlerinden ayrı duruyordu. Diğer adamlardan daha uzundu, kare yüzü ve geniş çenesiyle sağlam yapılıydı. Boğulmak üzere olan birini canlandıran iş arkadaşının emniyetini sağlamış, güven içinde kurtarılmasını bekliyordu. Cankurtaranın yaptığı her hareket coşkuyla alkışlanıyordu. Adam can yeleğini beline bağladı ve hiç tereddüt etmeden okyanusa atladı, kurban dalgaların içinden büyük bir gayretle çıkarıldı ve plajda tekrar hayata döndürüldü.

"Bu çok etkileyiciydi," dedi Vitaly.

Başımı salladım. Cankurtaran, suda başka biri olması ihtimaliyle tekrar dalgaların içine atladı. Ormandaki bir geyik kadar hızlı koşuyordu. "Bu, Harry'nin geçen akşam bahsettiği adam olmalı..." cümlenin ortasında kaldım. Tüylerim ürperdi.

Ayağa sıçradım, güneşten korumak için ellerimi gözlerime siper ettim. "Aman Tanrım!" bir çığlık attım.

"Ne oldu? Ne var?" diye sordu Irina, yanımda ayağa kalkarak.

Ellerimi sallayarak ve ona seslenerek çığlık atmaya başladım. "Ivan! Ivan!"

En sonda Ivan olmak üzere, sırayla eve girdiğimizde Betty ve Ruselina radyo dinliyor ve kâğıt oynuyorlardı. Betty kâğıtlarının üzerinden baktı ve gözlerini kıstı. Ruselina bize döndü. Eliyle ağzını kapattı ve gözleri yaşla doldu. "Ivan!" diye bir çığlık atarak ayağa kalktı. Hızla ona doğru koştu. Ivan da onu yarı yolda karşıladı ve öyle delice sarıldı ki, Ruselina'nın ayakları yerden kesildi.

Ivan, onu yere bıraktığında Ruselina onun yüzünü ellerinin arasına aldı. "Seni bir daha görebileceğimizi hiç düşünmüyordum," dedi.

"Siz de beni çok şaşırttınız," dedi Ivan. "Hepinizin Amerika'da olduğunu sanıyordum."

"Büyükannemin rahatsızlığı nedeniyle buraya gelmek zorunda kaldık," dedi Irina. Sonra bana baktı ve kendimi suçlu hissettim, gerçi bana bakmaktaki niyeti bu değildi. Ancak ona yazması gereken bendim.

Ivan, kanepede şaşkın şaşkın bakan Betty'yi gördü. Onu Rusça selamladı. "Bu benim arkadaşım, Betty Nelson," diye açıklama yaptı Ruselina. "O, Avustralyalı."

"Oh, Avustralyalı," dedi Ivan, elini sıkmak için

Betty'ye doğru ilerleyerek. "O zaman, İngilizce konuşsak iyi olur. Ben Ivan Nakhimovsky. Ruselina ve kızların eski bir arkadaşıyım."

"Sizinle tanıştığıma sevindim, Bay Nak... Bay Nak..." Betty gayret ediyordu ancak soyadını bir türlü söyleyemiyordu.

"Ivan deyin, lütfen," diyerek gülümsedi.

"Ben de tam yemeği hazırlayacaktım," dedi Betty. "Size geleneksel rostomuzdan ikram edemeyeceğim çünkü hafta boyunca herkes gezip tozduğu için kimse alışverişe gidemedi. Ama umarım sos ve sebzelere hayır demezsiniz."

"Lütfen önce eve gidip üzerime düzgün bir şeyler giymeme izin verin," dedi Ivan, üzerinde su lekeleri bulunan tişörtüne ve şortuna bakarak. Bacaklarının tüyleri arasında da kum vardı.

"Hayır," diyerek güldü Vitaly. "Bu halinle de düzgün görünüyorsun. Aramızda 'sosis ve patates püresi' için giyinen sadece Anya'dır. Avustralya'da hâlâ alışamadığı tek şey ara sıra gelişigüzel giyinmek."

Ivan bana döndü ve güldü. Omuzlarımı silktim. Tubabao'dan beri fazla değişmemişti. Yüzü hâlâ o afacan gülümsemesiyle genç kalmıştı. Hâlâ heybetli yürüyordu. Onu plajda fark ettiğimde, hiç düşünmeden ona koşmuştum. Sadece başını kaldırıp, beni tanıyınca birlikte geçirdiğimiz son gergin günleri hatırlamış ve korkmuştum. Ancak gözünde bir ışıltı vardı ve Tubabao ve Sydney arasında bir yerlerde affedildiğimi anladım.

"Otur, Ivan," dedim, onu kanepeye doğru götürürken.

"Haberlerini dinlemek istiyoruz. Senin Melbourne'da olduğunu sanıyordum. Sydney'de ne işin var?"

Ivan, Ruselina ve benim aramıza oturdu. Irina ve Vitaly iki tane sandalye çektiler. İngilizce konuşuyorduk çünkü sebzeleri doğramak ve haşlamak arasında Betty gelip sohbete katılıyordu.

"Birkaç aydır buradayım," dedi. "Yeni bir fabrika kuruyorum."

"Yeni bir fabrika mı?" diye tekrarladı Ruselina. "Ne iş yapıyorsun?"

"Şey," dedi Ivan, ellerini dizlerine koyarak, "Ben hâlâ fırıncıyım. Sadece şimdilik donmuş yiyecek işi yapıyorum. Şirketim süpermarketler için turta ve kek ambalajlama işi yapıyor."

"Senin şirketin mi?" diye çığlık attı Irina, gözlerini açarak. "Anlaşılan epey başarılı olmuşsun!"

Ivan başını salladı. "Sadece küçük bir şirketiz, fakat her yıl giderek büyüyoruz ve bu yıl bizim için çok iyi olacak gibi görünüyor." Bize işe nasıl başladığını anlatması için ısrar ettik. Şirketinin küçük olduğunu söyleyerek alçakgönüllülük ediyormuş gibi geldi bana. Göçmenlerden çoğu, sözleşme sürecini tamamladıktan sonra aile mesleklerini devam ettirmişlerdi ancak iki büyük şehirde fabrika sahibi olanını duymamıştım.

"Avustralya'ya geldiğimde bana bir fırında iş verdiler," diye devam etti. "Orada çalışan başka bir Yeni Avustralyalı daha vardı, Yugoslav Nikola Milosavljevic. İyi anlaştık ve sözleşmelerimiz dolunca birlikte iş yapmak konusunda sözleştik. Ve yaptık."

"Carlton'da bir yer kiraladık. Kek, turta ve ekmek satmaya başladık. Fakat en çok kek ve turtalarımız satıyordu, bu yüzden biz de bunlara odaklandık. Kısa zamanda şehrin dört bir yanından insanlar bizim fırına gelmeye başladılar. Daha fazla satış yeri açarsak, daha fazla turta satarız, diye düşündük. Fakat satışlar iyi olsa da, yeni bir yer açmaya gücümüz yetmiyordu. Bu yüzden eski bir Austin satın aldık ve arka koltuğunu çıkardık. Ben fırını idare ederken Nikola da arabayla turtalarımızı küçük dükkânlara ve kahve salonlarına dağıtıyordu."

"Sadece iki kişi miydiniz?" diye sordu Vitaly. "Kulağa zor bir işmiş gibi geliyor."

"Zordu," dedi Ivan. "Çılgın bir yıldı fakat Nikola ve ben başaracağımızdan emindik ve haftanın her günü sadece dörder saatlik uykuyla çalışıyorduk. Bir şey konusunda azimliyseniz, ne kadar dayanıklı olduğunuzu görünce şaşırıyorsunuz."

Betty tereyağlı bezelyelerle dolu tabağı masaya koydu ve ellerini önlüğüne kuruladı. "Anya gibi konuşuyorsunuz. Bu kadar çok çalışan başka birini daha görmedim."

"Bu kadar da çok değil," diyerek güldüm.

"Sen ne yapıyorsun?" diye sordu Ivan.

"*Sydney Herald*'ın moda editörü," dedi Irina.

"Gerçekten mi?" dedi Ivan. "Çok etkilendim, Anya. Tubabao gazetesinde yazdığın makaleyi hatırlıyorum."

Kızardım. Gazeteye yazdığım makaleyi, çizimlerimi ve New York'a gitme konusunda ne kadar hevesli olduğumu hatırladım. "Ivan, kimse benim ne yaptığımı duymak istemiyor. Bize kendinden biraz daha bahset," dedim.

"Şey, benim işim, seninki kadar ilginç değil fakat yine de devam edeyim," dedi. "İşimizi genişletmek için bu kadar çok çalışırken, yakındaki bir mahallede yeni bir süpermarket açıldı, turtalarımızı satmak amacıyla müdürle konuşmaya gittik. Bize, Amerika'daki süpermarketlerle ve donmuş yiyeceklerle ilgili şeyler anlattı. Bu fikir, Nikola ve bana uygun göründü. Böylece turtalarımızı dondurmayı denedik. İlk girişimlerimiz, özellikle de meyveli üretilenler için başarısızlıkla sonuçlandı. Bunlar, diğer şirketlerin piyasaya sürdükleri ürünler kadar iyiydi fakat bizim için yeterli değildi. Biz, donmuş turtalarımızın, çözüldüğünde en az tazeleri kadar lezzetli olmasını istiyorduk. Biraz zamanımızı aldı fakat içindeki malzemelerin dengesini tutturup, doğru tekniği kullanınca, bizi destekleyen birilerini bulduk ve ilk fabrikamızı açtık. Eğer Sydney'de işler yolunda giderse; Nikola Melbourne'daki fabrikayı idare edecek ve ben de burada kalacağım."

"O zaman bundan sonra çok daha fazla turta alacağız demektir," dedi Ruselina, ellerini çırparak. "Senin burada olman çok anlamlı olacak."

Betty bizi sofraya çağırdı ve onur konuğumuz olduğu için Ivan'ın masanın başına oturması konusunda ısrar etti. Beni de diğer başa, onun karşısına oturttu.

"Bu çok uygun bir oturma düzeni oldu," dedi Vitaly. "Avustralya'nın Kral ve Kraliçesi. Her ikisi de bu ülkede yabancı ama Ivan boş zamanlarında insanları denizden kurtarıyor, Anya da ülkenin moda tasarımcılarına destek veriyor ve yeşilliğin korunması için Noellerde kartpostal satıyor."

Ivan gözleri parlayarak bana baktı. "Belki ikimiz de bu ülkeye çok şey borçlu olduğumuzu hissediyoruzdur, Anya?"

Ruselina, Ivan'ın kolunu okşadı. "Bence biraz fazla çalışıyorsun," dedi. "Fabrikada ve plajda bir sürü zaman geçiriyorsun. Hatta boş zamanında bile kendini zorluyorsun."

"Tabi, boğulma ve bir köpekbalığı tarafından mideye indirilme tehlikesi de cabası," dedi Irina, dişleriyle sosisi ikiye ayırırken.

Şaka yaptığını bildiğim halde tüylerim ürperdi. Ivan'a baktım ve onun başına, düşünmesi bile korkunç olan bir felaketin gelmesinden korktum. Başarının zirvesinde, hırslı ve kibar bir adamın hayatının söndüğünü düşünmek bile istemiyordum. Suyumu yavaş yavaş içerek ve peçetemin içine nefes alıp vererek kendimi sakinleştirmeye çalıştım, kimsenin paniğimi fark etmesini istemiyordum. Fark etmediler. Masadakiler, yılbaşındaki, plajın altını üstüne getiren fırtınalardan bahsediyor ve Ivan'a hayat kurtarma tekniklerini soruyorlardı. Sakinleşmiş ve kafamı toparlamıştım. Ne aptalca bir düşünce, dedim kendi kendime. Onun başına zaten yeteri kadar büyük bir felaket gelmişti. Bir insanoğlunun ona veremediği zararı deniz nasıl verebilirdi?

Ivan, ertesi sabah erkenden fabrikada olması gerektiğini söyleyerek, saat on birde izin istedi.

"Nerede oturuyorsun?" diye sordu Vitaly.

"Tepede bir ev kiraladım," dedi.

"Seni bırakalım o zaman," dedi Vitaly, Ivan'ın sırtını sıvazlayarak. Bu iki adamın anlaştığını görmek hoşuma gitmişti. Her ikisi de, kendileri dışında, pişirmekle ilgilenen başka bir erkekle tanışmış oldukları için, onlar adına mutluydu Anya.

Ruselina, Betty ve ben kaldırımda durduk. Diğerleri Vitaly'nin arabasına binerken, onlara el salladık. Ivan penceresini indirdi. "Fabrikayı gezmek ister misiniz?" diye sordu. "Sizi haftaya gezdirebilirim."

"Evet," diye bağırdık hepimiz birden.

"Nerede kek var, biz oradayız," dedi Betty, saçlarını okşayarak.

Pazartesi günü Keith'den bir haber alamadım. Ne zaman ofis görevlisi çocuk gelse ya da telefonum çalsa, ondan bir ses çıkacağını düşünerek yerimden sıçradım. Ancak gelmedi. Salı günü de aynı şeyleri yaşadım. Çarşamba günü, Ted'i lobide, asansöre binerken gördüm. "Merhaba, Anya. Güzel partiydi. Gelebilmene sevindim," diyebildi, asansörün kapıları kapanmadan önce. Eve hayal kırıklığı içinde gittim. Keith'le aramı açmıştım.

Onu perşembe gününe kadar görmedim. Vali Lord Patrick Darcy Hills, olimpiyatlara hazırlanan atletler için belediye binasında bir yemek veriyordu. Koşucu 'Altın Kız' Betty Cuthbert, Dawn Fraser ve Avustralya kriket takımı oyuncularından bazıları dâhil, ünlü sporcular davetliydi. Diana Melbourne'da olduğu için katılamadı. Bu nedenle, fotoğrafçı Eddie'yle birlikte ben gönderildim. İnanılmaz bir şekilde Dan Richards'ı andırıyordu ancak daha sessizdi ve sadık bir labrador gibi peşimden hiç ayrılmadı.

"Bugün listemizde kimler var?" diye sordu, şoför bizi George Sokağı'nda bıraktığı zaman.

"Başbakan eşiyle katılıyor," dedim. "Sanırım, onlarla Caroline ve fotoğrafçısı ilgilenir. Biz sadece ne giydiklerini görmek için ünlülerin peşine takılalım. Ve bir de burayı ziyarete gelen Amerikalı aktris Hades Sweet var."

"Kuzeyde film çeken kadın, değil mi?" diye sordu Eddie. "Uzaylılar ve Ayers Rock kayalığıyla ilgili bir film."

"Bunları bilmene sevindim," dedim. "Ben dosyalarda onunla ilgili bir şey bulamadım."

Eddie ve ben basın kartlarımızı taktık, bekleme çizgisinin ötesinden bir görevli, yan kapıdan salona girememiz için bize işaret etti. Keith'in Ted'le birlikte büfenin yanında durduğunu ve cevizli ekmeklerden tıkındığını görünce şaşırdım ancak sonra bunun sporla ilgili bir etkinlik olduğunu hatırladım. Gidip selam versem mi diye düşündüm, bu Avustralya için aşırıya kaçan bir hareket olabilirdi, kararsız kalmıştım. Zaten Eddie'nin omzuma dokunmasıyla fırsatı kaçırmıştım.

"İşte, bizim film yıldızı," diye fısıldadı.

Dönüp baktığımda sarışın bir kadının salona girdiğini gördüm. Çevresi özel tasarım şapkalar ve elbiseler giymiş insanlar tarafından kuşatılmıştı. Hades tahmin ettiğim kadar uzun değildi. Toparlak bir yüzü, incecik kolları ve bacakları vardı. Ancak ileri çıkardığı kocaman göğüsleriyle yaylana yaylana yürüyordu. Yakınına gittiğimde kendimi bir dev gibi hissettim. Kendimi tanıttım ve ülkeyi ziyarete gelen film yıldızları hakkında okurların merak ettiği soruları sordum.

"Avustralya'yı beğendiniz mi, Bayan Sweet?"

Sakızını çiğnedi ve soru üzerinde beklediğimden daha uzun düşündü, basın danışmanı işini iyi yapmış gibiydi.

"Evet," dedi nihayet, ağdalı bir güney aksanıyla.

Ayrıntılara girmesini bekledim ancak baktım ki girmeyecek, elbisesiyle ilgili soru sordum. Püsküllü bir elbise giymişti ancak göğüs bölümü düz değildi.

"Alice Dorves'in bir tasarımı," dedi Hades, sanki daha yeni okuma öğrenmiş biri gibi konuşuyordu. "Muhteşem elbiseler yapar."

Eddie kamerasını kaldırdı. "Resminizi çekmemizin bir sakıncası var mı?" diye sordum. Bana cevap vermedi ancak yüzünün şeklini hemen değiştirdi. Gözlerini açtı ve alımlı bir şekilde güldü. Sanki kamerayı kucaklayacakmış gibi, kollarını havaya kaldırdı. Bir süre gökyüzüne yükselecekmiş gibi durdu ancak kameranın flaşı söner sönmez, eski sönük havasına geri döndü.

Connie Robertson, Fairfaz gazetesinin kadın editörü, sanki Dior kokusu almış köpekbalığı gibi kalabalığın arasına daldı. Piyasada saygın bir kadındı ve istediğini elde etme konusunda başarılıydı, rakiplerinden hiç hoşlanmazdı. Beni başıyla selamladı ve Hades'i dirseğinden tutarak, fotoğrafçısının olduğu yere doğru sürükledi. Omzumu sıkan bir el hissettim ve dönüp baktığımda Keith'i gördüm.

"Hey!" dedi. "Ted, onu arkadaşınla tanıştırmanı istiyor."

"Kimle?" diye sordum

Keith başıyla Hades Sweet'i işaret etti. Connie onu bir köşeye sıkıştırmış, Hollywood'un gerçek anlamını ve emekçi kadınlar hakkında ne düşündüğünü soruyordu.

Keith'e döndüm. Hâlâ gülümsüyordu ve ne kırılmış ne de kızmış gibi görünmüyordu. "Sporla ilgileniyor muymuş?" diye sordu. "Ted'in resim çekmesi için bir bahane bulmalıyız."

"Onun yardıma ihtiyacı yok," diyerek güldüm. "Bak!"

Ted, Hades'in fotoğrafını çekmek isteyen muhabirlerle sıraya girmişti bile. Sırası gelince, ikisinde yandan, ikisinde belden yukarı ve ikisinde de tam boy poz vermesi için onu yönlendirdi. Tam açık alan fotoğrafı çekmek için kadını balkona götürmek üzereyken, *Women's Weekly* dergisinden öfkeli bir kadın muhabir ona bağırdı, "Acele et! Mayo resmi çekmiyorsun, değil mi?"

"Dinle," dedi Keith, bana dönerek, "Ted'in doğum gününden sonra hâlâ benimle çıkmayı kabul edersen, seni cumartesi akşamı sinemaya götürebilir miyim? *Yaz Bekârı* gösterimde ve oldukça komik olduğunu söylüyorlar."

Güldüm. "Kulağa hoş geliyor."

Kapı açıldı ve içeri Vali girdi, konuk atletler de onu takip etti. "Gitsem iyi olacak," dedi Keith, Ted'e işaret ederek. "Seni ararım."

Cumartesi günü Vitaly ve Irina, Ivan'ın Dee Why'daki fabrikasına götürmek için arabalarıyla bizi almaya geldiler. Sıcak bir gündü, rüzgârın girmesi için bütün pencereleri açtık. Kuzey plajı banliyöleri, tepelerine sörf tahtaları bağlanmış California tarzı bungalovlarıyla başlı başına bir şehir gibi görünüyordu. Bahçelerin çoğunda en az bir tane palmiye ağacı vardı. Birçok evin deniz kabuklarıyla kaplanmış posta kutuları ve kapılarının üzerine bitişik el yazısıyla yazılmış ev numaraları vardı.

"Ivan, fabrikayı buraya kurmakla akıllılık etmiş," dedi Vitaly. "Burada tutturursa, Dee Why'dan Curl Curl, Collaroy ve Avalon'a kadar bütün dalga kulüplerini bağlayabilir."

"Galiba çalışanlarından biri boğulmuş," dedi Irina. "Yaşlı, İtalyan bir kadınmış ve güney denizinin ne kadar hırçın olabileceğini fark etmemiş. Ivan bu yüzden cankurtaranlıkla ilgilenmeye başlamış."

"Ivan evli mi?" diye sordu Betty.

Hepimiz sustuk, soruya kimin cevap vereceğini bilemiyorduk. Tekerlekler asfalt yolun çukurlarına girip çıkarken araba ritmik şekilde sallanıyordu.

"Evliydi," dedi Ruselina nihayet. "Karısı savaşta ölmüş."

Ivan, fabrikanın kapısının önünde bizi bekliyordu. Kendisi için özel olarak dikildiği apaçık belli olan yeşil bir takım elbise giymişti. Onu ilk defa böyle giyinmiş görüyordum. Fabrikasının, çevresindekilere göre yeni olduğu tertemiz tuğlalarından ve sıvasından anlaşılıyordu. Çatıdan, üzerinde Güney Haçı Takımyıldızı yazan bir baca yükseliyordu. Bahçede, yan taraflarında aynı yazı bulunan bir düzine dağıtım kamyonu vardı.

"İyi görünüyorsun," dedim, hep birlikte arabadan çıkarken.

Güldü. "Bir moda editörünün bana bunu söylemesi kafama bir taş gibi geldi."

"Doğruyu söylüyor," dedi Ruselina, koluna girerek. "Ama umarım bizim için böyle giyinmemişsindir. Bugün hava doksan derece falan olmalı."

"Ben asla sıcağı ve soğuğu hissetmem," diye yanıtladı Ivan. Bir fırıncı olarak donmuş yiyecek işi yapınca en uç ısıları hissetmiyorsunuz."

Resepsiyonun yanında Betty, Ruselina ve benim, beyaz önlükler, kepler ve altı kaymaz ayakkabılar giydiğimiz bir soyunma odası vardı. Dışarı çıktığımızda Ivan ve Vitaly'nin aynı koruyucu giysileri giymiş olduklarını gördük.

"Bizi bugün çalıştıracağından hiç bahsetmemişti." diyerek güldü Vitaly. "Bedava işçi!"

Fabrikanın ana bölümü galvanize demir duvarları boydan boya pencereleriyle dev bir uçak hangarını andırıyordu. Makineler paslanmaz çeliktendi ve kafamda hayal ettiğim fabrikalarda olduğu gibi tangırdamak ve gacırdamak yerine uğulduyor ve vızıldıyorlardı. Nereye baksam havalandırma kapakları ve havalandırma makineleri vardı. Sanki fabrikanın ilkesi 'sürekli nefes al'dı.

Ivan'ın cumartesi günü için çalışan sayısı yaklaşık otuzdu. Taşıma bantlarının başındakiler daha çok beyaz önlüklü ve ayakkabılı kadınlardı. Beyaz ceketli adamlar tepsilerle dolu yük arabalarını taşıyorlardı. Tenlerinin renginden göçmen oldukları anlaşılıyordu ve üst ceplerinin üzerinde fabrikanın, şapkalarının üzerinde de kendi adlarının yazması bence güzel bir yaklaşımın ürünüydü.

Ivan turumuzu sevkiyat alanından başlattı, burada erkekler un ve şeker çuvallarını istiflerken diğerleri yumurta ve meyve tepsilerini dev buzdolaplarına taşıyorlardı. "Burası tıpkı bir mutfak gibi, fakat milyon kez daha büyük," dedi Betty.

Pişirme alanına geldiğimizde Ivan'ın neden ısıya bağışıklık kazandığını anlayabildim. Dönerek çalışan dev fırınları görünce şaşkına döndüm, metal kafeslerinin içinde dönen bir düzine pervaneye rağmen, oda çok sıcaktı ve havaya baharat kokuları baskındı.

Ivan bizi, kadınların turtaları balmumlu kutulara koyduğu taşıma bantlarının yanından geçirdi ve sonra da şefin denememiz için hazırladığı turta masasının bulunduğu sergileme mutfağına götürdü.

"Bugün turtaya doyacaksınız," dedi Ivan, bize oturmamızı işaret ederek. "Ana yemek için patates ve et, tavuk ve mantar, çoban ya da sebzeli turta yiyeceğiz. Ve tatlı olarak da limonlu ve kremalı turta, muhallebili ve çilekli turta ya da cheesecake olacak."

"Bu turtalar kendi folyo kapları içinde pişirilmiştir," dedi şef, seçtiğimiz turtaları keserek, Southern Cross Pies logolu tabakalarda servis yaptı. "Tadını çıkarın!"

Vitaly çoban turtasından bir ısırık aldı. "Bu tazesi kadar lezzetli, Ivan."

"Pes," dedi Betty. "Bundan sonra yemek pişirmeyi bırakıyorum, her gün bunlardan yiyeceğim."

Öğleden sonra arabaya güçlükle yürüyebildik.

"Bu da bize fazla açgözlü olmamamız gerektiği konusunda bir ders olsun," diyerek güldü Ruselina.

Ivan bizlere bir kucak dolusu beğendiğimiz turtalardan verdi. Vitaly bagajı açtı ve turtalarımızı içine koymak için sıraya girdik.

"Turtalar enfesti," dedim Ivan'a.

"Gelebildiğinize sevindim," dedi. "Umarım her hafta sonu çalışmak zorunda değilsindir."

"Elimden geldiğince yapmamaya çalışıyorum," diye yalan söyledim.

"Neden Ivan'a çalıştığın yeri göstermiyorsun?" dedi Betty.

"Bu hoşuma gider," dedi, elimdeki turtaları alarak, bagaja yerleştirdi.

"Ivan, çalıştığım yer görmeye değmeyecek kadar sıkıcı," dedim. "Sadece bir masa, bir daktilo, bir de elbiselerin ve modellerin resimleri var. Fakat seni arkadaşım Judith'in ziyaretine götürebilirim. O bir tasarımcı ve gerçek bir sanatçı."

"Çok iyi," diyerek gülümsedi.

Hepimiz sırayla Ivan'a hoşçakal öpücüğü verdik, Vitaly'nin kapıları ve içerideki sıcak havanın dışarı çıkması için pencereleri açmasını bekledik.

"Neden bu akşam yemeğe gelmiyorsun?" diye sordu Betty, Ivan'a. "Plak dinleriz ve eğer istersen bir şişe votka alabiliriz. Sen ve Vitaly için. Kahve salonundaki işi saat sekizde bitiyor."

"Ben içki içmiyorum, Betty. Ama eminim Anya benim hakkımı kullanabilir," dedi Ivan, bana dönerek sırıttı.

"Ah, bunu unut," dedi Vitaly. "O bize katılamaz. Erkek arkadaşıyla randevusu var."

Ivan'ın yüzü bir an için gölgelendi ancak gülümsemeye devam etti. "Erkek arkadaşı mı? Anladım," dedi.

Benim de yüzümün kızardığını hissettim. Kesin bana nasıl evlenme teklif ettiğini ve benim de onu nasıl reddettiğimi düşünüyor, dedim. Keith'in adının geçmesi bizi huzursuz etmişti ancak bunun geçici olmasını diledim. İkimiz arasında kötü duygular olsun istemiyordum.

Gözü ucuyla Betty'ye baktım. Aklı karışmış bir halde gözlerini önce Ivan'a sonra da bana çevirdi.

Keith'le ikinci buluşmamız ilkinden daha rahat geçti. Beni Bondi'deki Bates Milkbar'a götürdü, bir locaya oturup çikolatalı milkshakelerimizi içtik. Bana ailem hakkında bir şey sormadı ancak Victoria'nın kırsalında geçirdiği kendi çocukluğundan bahsetti. Diana'nın mı benim geçmişim hakkında ona bilgi vermiş olduğunu yoksa Avustralya'da, kendileri bahsetmedikleri sürece, insanların özel hayatına ilişkin soru sorulmamasının bir gelenek mi olduğunu merak ettim. Keith'le birlikte olmak, Ivan'ın limonlu ve kremalı turtası kadar tatlı ve hafifti. Peki, hangi noktada ciddi konuşmaya başlama ihtiyacı hissedecektik? Eğlenceli buluşmalarımızı tatsız geçmişimle mahvettiğimi düşünemiyordum. Onun babası ya da amcası savaşa girmemişti, bunun nasıl bir şey olduğunu bilemezdi. Anlaşılan bir sürü halası, amcası ve kuzenleri vardı. Beni anlayabilecek miydi? Peki, ona daha önce evlendiğimi söylediğimde nasıl tepki gösterecekti?

Sinemadan çıktıktan sonra, yapış yapış sıcak geçen günün, okyanustan gelen esintiyle yumuşak bir havaya dönüştüğünü gördük. Ayın büyüklüğü bizi büyüledi.

"Yürümek için ne kadar güzel bir akşam," dedi Keith. "Fakat senin evin fazla uzak değil."

"Eve birkaç kez yürüyüp, dönebiliriz," diye takıldım.

"O zaman da başka bir sorun çıkar," dedi.

"Ne?"

Cebinden mendilini çıkardı ve alnını sildi. "Yol üzerinde eteğini kaldıracak havalandırmalar yok."

Yaz Bekârı filminde, bir alt geçit havalandırması üzerinde duran Marilyn Monroe'yu ve etekleri kalçalarına kadar havalanınca ağzının suyu akan Tom Ewell'ı hatırlayarak, güldüm.

"O bir erkek sahnesiydi," dedim.

Keith kolunu bana doladı ve beni sokağın karşısına geçirdi. "Umarım, filmi edepsiz bulmamışsındır," dedi. Daha önce Keith'in nasıl kızlarla çıktığını merak ettim. Rowena'nın namus düşkünü olmadığı kesindi. Film, Moscow-Shanghai'ya kıyasla çok edepliydi. "Hayır. Marilyn Monroe çok güzel bir kadın," dedim.

"Senin kadar güzel değil, Anya."

"Sanmıyorum," diyerek güldüm.

"Sanmıyor musun? Ama yanılıyorsun," dedi.

Keith beni eve bıraktıktan sonra, pencerenin yanına oturup, karanlıkta okyanusun köpüklerinin dansını izledim. Dalgalar nefes alış verişimle uyum içinde kıyıya vurup, çekiliyorlardı. Keith'le birlikte olmaktan hoşlanıyordum. Merdivenlere geldiğimizde beni yanağımdan öpmüştü ancak dudakları hafifçe, sıcacık ve ardında bir beklenti olmadan dokunmuştu. Haftaya cumartesiye tekrar çıkmayı teklif etti.

"Başka bir adam devreye girmeden senden randevu almalıyım," dedi.

Keith sevimli bir adamdı ancak yatağa girip, gözlerimi kapattığımda düşündüğüm adam Ivan'dı.

Perşembe günü benim için kısa bir iş günü oldu çünkü moda sayfasında iki haftalık işimi önceden bitirmiştim. Ofisten zamanında çıkmayı ve eve gitmeden önce akşam alışverişi yapmayı planlıyordum. Buzdolabımda Ivan'ın turtalarından biri kalmıştı ve onu ısıtıp, bir kitapla yatağa girmeyi hayal ettim. Lobiye giden merdivenlerden indim ve Ivan'ı orada beklerken görünce duraksadım. O şık takım elbisesini giymişti ancak saçları dağınık ve yüzü solgundu.

"Ivan," diye haykırdım, oturduğu kanepeye doğru giderken. "Ne oldu?"

Hiçbir şey söylemedi, endişelenmeye başlamıştım. Daha önce içime doğan şeyin geçekleşmiş olmasından korktum. Nihayet bana döndü ve elini havada salladı.

"Seni görmem gerekiyordu. Eve gelmeni beklemek istedim fakat dayanamadım."

"Ivan, bunu bana yapma," diye yalvardım. "Neler oldu, bana anlat."

Ellerini dizlerinin üzerine koydu ve gözlerimin içine baktı. "Şu görüştüğün adamla... ciddi misiniz?"

Kafam sanki bomboştu. Ona ne cevap vereceğimi bilemiyordum, aklıma gelen ilk şeyi söyledim. "Belki."

Cevabım sanki onu sakinleştirmişti. "Yani emin değilsin?" diye sordu.

Söyleyeceğim herhangi bir şeyin üzerimdeki ağırlığı daha fazla arttıracağını hissediyordum, bu yüzden sessiz kaldım ve Ivan'ın söyleceklerini dinlemeye karar verdim.

"Anya," dedi, elini saçlarının arasından geçirerek, "Beni sevmen imkânsız mı?"

Sesi öfkeliydi ve tüylerim diken diken oldu. "Keith'le, seni tekrar görmeden önce tanıştım. Onu tanımaya çalışıyorum."

"Seni Tubabao'da ilk gördüğüm andan itibaren... ayrıca yıllar sonra plajda tekrar gördüğümde de, sana karşı neler hissettiğimi biliyorum. Artık tekrar karşılaştığımıza göre belki duyguların netleşmiştir, diye düşündüm."

Kafam karıştı. Ivan'a karşı ne hissettiğime dair bir fikrim yoktu. Bir noktaya kadar onu sevdiğimi biliyordum yoksa onun duygularını umursamazdım. Ancak belki de istediği kadar sevmiyordum onu. Çok hararetliydi ve bu da beni korkuttu. Keith'le birlikte olmak daha huzurluydu. "Ne hissettiğimi bilmiyorum—"

"Sen hiçbir konuda yeteri kadar net değilsin, Anya," dedi Ivan, sözümü keserek. "Hayatını duygusal bir karmaşa içinde yaşıyorsun."

Öfkelenme sırası bana gelmişti ancak lobi *Sydney Herald*'ın paydos eden çalışanlarıyla dolmuştu ve sesimi alçalttım. "Belki de duygularınla üzerime atlamasaydın, ben kendi duygularımı anlamak için fırsat bulacaktım. Hiç tahammülün yok, Ivan. Zamanlaman korkunç."

Bana cevap vermedi ve ikimiz de birkaç dakika sessiz kaldık. Sonra bana, "Bu adam sana ne verebilir? Avustralyalı mı?" diye sordu.

Sorusunu düşündüm ve sonra cevapladım. "Bazen bir şeyleri unutturacak insanlarla birlikte olmak daha iyidir."

Ivan ayağa kalktı ve sanki ona bir tokat atmışım gibi bana baktı. Omzumun üzerinden etrafa bakındım, kadın bölümünden kimsenin -daha beteri Keith'in- bizi görmesini istemiyordum.

"Unutmaktan daha önemli bir şey var, Anya," dedi. "O da anlayış."

Döndü ve hızla lobiden çıkarak sokağın kalabalığına karıştı. Sokak boyunca akan elbiseli ve takım elbiseli insanları izledim ve az önce olanları düşündüm. Caroline'nin de tramvay çarptığında bu şekilde mi hissettiğini merak ettim.

Geceyi dinlenerek geçirmeyi planladığım evime gitmedim. İş elbisem, çoraplarım, ayakkabılarımla, çantam yanımda, plajda oturdum. Okyanusta bir teselli aradım. Belki de yalnız kalmak benim kaderimdi ya da birini sevmeyi beceremiyordum. Yüzümü ellerimin arasına aldım ve karmaşık duygularımı anlamaya çalıştım. Keith beni bir şeylere karar vermek için zorlamıyordu, hatta hissettiğim baskı Ivan'ın patlamasından bile kaynaklanmıyordu. İçimdeki, başka bir şeydi. Dmitri'nin öldüğünü öğrendiğimden beri bitkin düşmüştüm. Neye karar verirsem vereyim, içimde bir yerde gelecek karanlıktı.

Güneşin batışını izledim ve artık hava dışarıda oturulamayacak kadar soğuyana kadar bekledim. Sahil boyunca oyalanarak yürüdüm ve evimin olduğu binanın dışında, yukarı bakarak durdum. Benimki dışında bütün pencerelerden dışarı, ışık yansıyordu. Anahtarımı giriş kapısının kilidine soktum ve daha ben çevirmeden açılınca sıçradım. Vitaly koridorda duruyordu.

"Anya! Bütün akşam seni bekledik!" dedi, yüzü tuhaf bir şekilde gerilmişti. "Çabuk, içeri gel!"

Ruselina ve Betty'nin dairesine kadar peşinden gittim. Yaşlı kadınlar kanepede oturuyorlardı. Irina da oradaydı, bir koltuğun üzerine tünemişti. Beni görünce yerinden fırladı ve gelip kolumdan yakaladı.

"Vitaly'nin babası bunca yıl sonra erkek kardeşinden bir mektup almış!" diyerek haykırdı. "Annenle ilgili haberler var!"

"Annem mi?" diye mırıldandım, başımı sallayarak.

Vitaly ileri atıldı. "Babama yazdığı mektubun yanında senin için de bir mektup varmış. Babam Amerika'dan taahhütlü olarak sana göndermiş."

Kuşkuyla Vitaly'ye baktım. Yaşadığım an sanki gerçek değildi. Bu anı o kadar uzun zamandır bekliyordum ki, gelip çattığında nasıl tepki göstereceğimi bilememiştim.

"Ne kadar zaman alır?" diye sordum. Sesim sanki bana ait değildi, on üç yaşındaki Anya Kozlova gibi çıkıyordu. Küçük, korkmuş ve kayıp.

"Buraya varması yedi ya da on gün alabilir," diye cevapladı Vitaly.

Onu güçlükle duyabiliyordum. Ne yapacağımı bilemiyordum. Bir şey yapacak gücüm yoktu. Daireler çizerek odayı adımladım, sakinleşmek için mobilyalara tutunuyordum. Bugün yaşadıklarımın üzerine böyle bir şey gelince dünya gerçekliğini yitirmiş gibiydi. Beni Şanghay'dan götüren geminin, dalgaların üzerinde sallandığı gibi, yer ayaklarımın altında sallanıyordu. Bana ulaşana kadar hayatımın yarısını benden alan haber için yedi gün ya da on gün daha beklemem gerekiyordu.

Amerika'dan gelecek olan mektubu beklerken normal davranmak imkânsızdı. Kendimi sakin hissettiğim birkaç an olsa bile hemen dağılıveriyordum. Gazetede bir makaleyi defalarca okuyor ve hiç bir şey anlamıyordum. Alışveriş yaparken sepeti, konserve kutuları ve paketlerle dolduruyor ve eve işime yaramayacak şeylerle dönüyordum. Masalara ve sandalyelere çarpmaktan her yerim çürük içinde kalmıştı. Kendimi kaldırımlardan sağıma soluma bakmadan araba yollarına atıyordum, çalan kornalar ve kızgın sürücüler sayesinde kaldırımlara dönüyordum. Kafam yerinde olmadığı için, moda defilelerine giderken çoraplarımı ters giyiyor, Ruselina'ya 'Betty', Betty'ye 'Ruselina' ve Vitaly'ye 'Ivan' diyordum. Sanki çok fazla kahve içmişim gibi midem yanıyordu. Geceleri ateşler içinde uyanıyordum. Kendimi tamamen yalnız hissediyordum. Kimse bana yardımcı olamıyordu. Kimse bana güven vermiyordu. Mektupta kesinlikle kötü bir haber vardı yoksa neden özel olarak bana yazılmış ya da bana postalanmıştı ki? Belki de Vitaly'nin ailesi içeriğini okumuştu ve kötü haberi veren olmak istemedikleri için en kısa yoldan bana postalamışlardı.

Kendimi en kötü habere hazırlamış olsam da, yine de içimde taşıdığım, annemin hayatta olduğuna ve mektubun ondan geldiğine dair umudumu kesmiyordum.

Yedinci günden sonra zamana, Irina'yla birlikte görevlilerinin düşmanca bakışlarına maruz kaldığımız günlük postane ziyaretleri damgasını vurdu.

"Hayır, mektubunuz henüz gelmedi. Geldiği zaman size kâğıt göndereceğiz."

"Fakat bu çok önemli bir mektup," diyordu Irina, biraz merhamet sağlamak için. "Lütfen endişemizi anlayın."

Ancak memurlar burunlarının ucundan bize bakıyorlar, sanki devlet memuru değiller de, kral ve kraliçeylermiş edasıyla ellerini havada sallayarak bizi kışkışlıyorlardı. On gün sonra mektup hâlâ gelmeyince kaburga kemiklerimin içeri doğru çöktüğünü, ciğerlerimi parçaladığını ve beni nefessiz bıraktığını hissediyordum. Mektubun yanlış yere gidip gitmediğini öğrenmek için diğer postaneleri arama nezaketini bile göstermiyorlardı. Postanede bizden başka müşteriler olmadığında bile sanki onları sıkboğaz ediyormuşuz gibi davranıyorlardı.

Vitaly ailesine telgraf çekti ancak onların da yapabildiği tek şey adresin doğruluğunu teyit etmek oldu.

Aklımdan mektubu çıkarmak için bir öğle sonrasında Keith'le birlikte Royal Randwick'e gittim. Olağan haberlerin yanı sıra, yaz sporlarıyla da ilgilenmekle meşguldü ancak olabildiği kadar beni görmeye çalışıyordu. Diana bana o gün izin vermişti. Keith ise, Gates adında bir at eğitimcisiyle röportaj yapacak, öğle sonrası yarışlarının haberini yazacaktı. Piste daha önce kadın sayfası için defalarca gelmiştim ancak ünlülerin resmini almaya yetecek kadar bir süre orada kalmıştım. Yarışları seyretmeye hiç ilgi duymamıştım ancak bütün günü yalnız geçirmekten daha iyi görünüyordu.

Keith atların eyerlendiği alanda Gates'le röportaj yaparken, ben yarışları şampanya barının balkonundan izledim. Stormy Sahara adlı at, üzerinde beyaz çizgileri olan kızıl bir safkan attı ve bacaklarının uzunluğu jokeyinin boyu kadardı. Eğitimci, teni hava koşulları yüzünden yıpranmış bir adamdı, şapkasında bir olta iğnesi vardı ve dudaklarının kenarından, yarıya kadar içilmiş bir sigara sarkıyordu. Diana, bir muhabirin ne kadar iyi olduğunun, kendisine verilen cevaplardan anlaşılacağını söylerdi. Gates, kafası meşgul biri olmasına rağmen tüm dikkatini Keith'e vermişti.

Chanel elbiseler ve şapkalar giymiş Amerikalı bir kadın ve kızı, bahis alanını ve üyelerin bulunduğu barı çevreleyen sarı çizgiye doğru yürüdüler ve sanki gölün içinde balık arıyormuş gibi dairenin içine baktılar.

"Bu çizginin ötesine kadınların geçmesinin yasak olduğu gerçekten doğru mu?" diye sordu anne.

Başımla onayladım. Aslında bu sınır kadınlara karşı çekilmiş değildi, sadece üyelerin alanı olduğunu belirliyordu. Ancak kadınların üye olmasına izin verilmiyordu.

"Bu inanılmaz!" dedi kadın. "Böyle bir şeyle Fas'ta bile karşılaşmadım! Söyleyin bana, bahis oynamak için ne yapmalıyım?"

"Şey," dedim, "refakatçiniz sizin yerinize bahis oynayabilir ya da dışarıdaki üye olmayanlar gişesine gidebilirsiniz, fakat bu da pek hoş görünmez."

Kadın ve kızı güldüler. "Bu çok rahatsız edici bir şey. Burası nasıl şovenist bir ülke böyle?"

Omuz silktim. Daha önce bunu hiç düşünmemiştim. Ben her zaman kadınlara ait alanlarla ilgilenmiştim. İlk durağım genellikle kadınlar tuvaleti olurdu. Burada kadınlar makyajlarını tazelemekle, elbiselerini ve şapkalarını düzeltmekle ve çoraplarını çekmekle meşgul olurlardı. En son dedikoduları yakalamak, kimin gerçek Dior giydiğini ve kimin sahtesini satın aldığını öğrenmek için ideal bir yerdi. Burada sıkça Maria Logi adında İtalyan bir kadınla karşılaşırdım. Sophia Loren tipinde ve koyu renk tenli göz kamaştırıcı bir kadındı. Varlıklı ailesi, her şeyini savaşta kaybetmişti ve kendisine Avustralya'nın doğru camialarında yer edinmeye çalışmıştı. Ancak Avustralya sosyetesinden bir aileye gelin gidememiş, bunun yerine başarılı bir jokeyin eşi olmuştu. Kadın sayfalarında yüksek sesle dile getirilmeyen bir kural vardı: at sahiplerinin ve eğitimcilerinin eşleri ile kızları sayfalarda kabul görürken, ne kadar başarılı ya da zengin olurlarsa olsunlar jokeylerin eşlerinin fotoğrafları sayfalarda yer almazdı. Ona, Avustralya'nın iyi tasarıcılarından birinden bir elbise alırsa, yarışan modacılar sayfama bir fotoğrafını koyabileceğimi söyledim. Beril Jents'in krem rengi, yün bir elbisesiyle boy gösterdi. Elbisenin rengi yumuşak teninde çok güzel görünüyordu ve elbiseyi üzerinde bir sürü İtalyan pizzası bulunan sarı bir fularla tamamlamıştı. Onu makalemin odak noktası yapmamam mümkün müydü?

"Sen bana bir iyilik yaptın, ben de karşılığını ödemeliyim," dedi bana, bir keresinde kadınlar tuvaletinde onunla karşılaştığımızda. "Kocamın bir sürü arkadaşı var. Evlenmen için sana yakışıklı bir jokey bulabilirim. Onlardan iyi koca oluyor. Eşlerine yumruklarını göstermezler."

Güldüm ve "Ne kadar uzun olduğuma baksana, Maria. Bir jokey benimle ilgilenmez."

Maria parmağını bana doğrultarak, "Yanılıyorsun. Onlar tıpkı atları gibi, heybetli kadınlardan hoşlanırlar."

Amerikalı kadına ve kızına döndüm. "Burada hiçbir şey göründüğü gibi değildir," dedim. Kadınlar buraya güzelliklerini, çekiciliklerini ve kıvrak zekâlarını göstermek için gelirler. Fakat aynı şey eşleri için nadiren söylenebilir."

"Çizgiyi geçersek ne olur?" diye sordu kızı. Ve ayağını üyeler bölümüne attı. Annesi de onu izledi. Ellerini kalçalarına koyup orada durdular, ancak öğle sonrası yarışı neredeyse başlamak üzereydi ve yaşlı adamların pis bakışları dışında kimse onlara fazla dikkat etmedi.

Keith elinde bir yarış kitapçığıyla bana doğru koştu. "Senin adına favori atlarıma bahis oynadım." Dürbününü boynuna astı ve bana göz kırptı. "İşim bittiğinde seninle burada buluşuruz."

Kitapçığı açtım, bir hanımefendi için en uygun bahis olan, üç tane sıralı ikili için beş şilin oynamıştı. Benim için gösterdiği çabayı takdir etmiştim ancak aklım yarışlarda değildi. Hatta benim için seçtiği at olan Chaplin, yarışın büyük bir bölümünü ortalarda devam ettirmiş olmasına rağmen bir anda atağa geçerek, liderliği ve sonra da yarışı almasına rağmen kalabalığın coşkusuna katılamamıştım.

Keith haberini bitirip, gazeteye gönderdikten sonra bir şeyler içmek üzere benimle barda buluştu. Bana bir zencefilli gazozlu bira aldı, ben nezaketen içeceğimi içmeye çalışırken o da bana yarış dünyasını anlattı: favori ve favori olmayan atlar, ağırlıkları ve engelli koşuları, jokeylerin taktikleri ve bahisçilerin tuhaflıkları. O öğleden sonra ilk defa bana Anya yerine Anne dediğini fark ettim. Acaba adımı bilerek mi İngilizceleştiriyordu yoksa gerçekten aradaki farkı duyamıyor muydu? Ona annemden ve mektuptan söz ettiğimde bana sarıldı ve 'Üzücü şeyler düşünmenin zamanı değil," dedi.

Buna rağmen onun varlığına ihtiyaç duyuyordum. Elimi tutması ve beni yutmak üzere olan girdaptan kurtarması için yanıp tutuşuyordum. Ona, 'Keith, bana bak. Boğulduğumu gör. Bana yardım et," demek istiyordum. Ancak göremiyordu. Benimle birlikte tramvay durağına kadar yürüdü, yanağımdan bir makas aldı ve beni yalnızlığıma gönderirken, içmeye devam etmek ve başka hikâyeler yakalamak için bara geri döndü.

Evimin kapısını açtım. İçerideki sessizlik hem rahatlatıcı, hem de can sıkıcıydı. Işığı yaktım ve Betty'le Ruselina'nın evi temizlemiş olduğunu gördüm. Ayakkabılarım cilalanmış ve kapının kenarına dizilmişti. Geceliğim yatağın ucuna katlanarak konmuş ve onun altına da havlu terliklerim yerleştirilmişti. Yastığımın üstüne lavanta kokulu bir kalıp sabun ve yüz havlusu koymuşlardı. Havlunun üzerine çiçekler ve mavi kuşlar işlenmişti. Katlanmış havluyu açtım ve içindeki yazıyı okudum: "Değerli kızımız için.' Gözlerim yaşla doldu. Belki de güzel bir değişiklik olacaktı. İçimden bir ses mektubun gelmesinin her şeyi daha da kötüleştireceğini söylese de, ben tam tersini dilemeye çalışıyordum.

Betty zencefilli kurabiyelerinden pişirmiş ve masamın üzerindeki kavanoza koymuştu. Bir tane aldım ve ısırmaya çalışırken neredeyse dişimi kırıyordum. Çaydanlığı ocağa koydum ve biraz çay yaparak kurabiyeleri yemeden önce içinde yumuşattım. Bir süre dinlenmek için yatağa uzandım ancak derin bir uykuya dalmışım.

Bir saat sonra kapının çalmasıyla uyandım. Yatağımda doğrulmaya çalıştım ancak uyku mahmurluğu ve bitkinlik yüzünden bacaklarımı oynatamaz hale gelmişti. Kapı deliğinden Ivan'ı gördüm. Kapıyı açtım ve kucak dolusu donmuş turtayla içeri girdi. Mini mutfağa doğru gitti ve mini dondurucumun kapağını açtı. İçindeki tek şey üst rafta duran hardal kavanozuydu. "Zavallı Anya'm," dedi, içine paketleri koyarken. "Irina bana şu berbat bekleyişinden söz etti. O mektubu bir an önce getirmesi için yarın gidip postane şefinin kapısına dikileceğim." Dondurucunun kapağını kapattı ve kollarını omuzlarıma dolayarak beni bir Rus ayısı gibi sıktı. Beni bıraktığında gözleri belime çevrildi. "Çok zayıflamışsın," dedi.

Yatağın üstüne oturdum, o da masamdaki sandalyeye oturarak karanlık okyanusa doğru baktı.

"Bana karşı çok kibarsın," dedim.

"Sana çok kötü davrandım," diye cevap verdi, bana

bakmadan. "Seni hissetmediğin şeyleri hissetmeye zorladım."

Sessizliğe gömüldük. Bana bakamadığı için ben ona bakıyordum. Büyük ellerine, masanın üzerine dayadığı parmaklarına; geniş ve bildik omuzlarına; dalgalı saçlarına. Keşke onu, onun istediği gibi sevebilseydim çünkü o iyi bir adamdı ve beni iyi tanıyordu. İşte o an keşfettim ki, Ivan için hissettiğim eksiklik aslında benim kendi içimde bir eksiklikti ve onunla bir ilgisi yoktu.

"Ivan, seni her zaman önemsedim."

Sanki ona gitmesi için işaret vermişim gibi, ayağa kalktı, aslında kalmasını istiyordum. Yatakta yanıma uzanmasını istiyordum. Böylece ona sarılıp, omzunda uyuyabilirdim.

"İki hafta içinde Melbourne'a geri döneceğim," dedi. "Sydney fabrikası için bir müdür işe aldım."

"Ah," dedim. Sanki beni hançerlemişti.

Ivan gittikten sonra yatağa yattım, içimdeki boşluğun giderek açıldığını ve yayıldığını hissediyordum, sanki kan kaybından ölecektim.

Ivan'ın ziyaretinin ertesi günü gazetedeki masamda ütü gerektirmeyen kumaşlarla ilgili bir makale yazıyordum. Ofisimiz batıya bakıyordu. Yaz güneşi pencerelerden içeri giriyor ve kadın bölümünü bir saunaya çeviriyordu. Duvar pervaneleri bunaltıcı sıcağa karşı acınası bir şekilde dönüyordu. Caroline, Balmoral'da yemek yemeyi seven kraliyet ailesi üzerine bir makale yazıyordu. Ne zaman ona baksam, susuz kalmış bir çiçek gibi boynunu eğmeye başladığını fark ediyordum. Diana bile solgun görünüyordu, saç tutamları alnına yapışmıştı. Ancak ben ısınamıyordum. Kemiklerim donuyordu. Diana genç muhabirlere, isterlerse gömleklerinin kollarını kıvırabileceklerini söylerken ben üzerime bir kazak giymiştim. Telefonum çaldı ve Irina'nın sesini duyduğumda kalbim neredeyse yerinden çıkacaktı. "Anya, eve gel," dedi. "Mektup geldi."

Eve gitmek için bindiğim tramvayda güçlükle nefes alabildim. İçime korku salan şey gerçeğe dönüşüyordu. Bir iki kere bayılacağımı sandım. Irina'nın, ondan rica ettiğim üzere Keith'i çağırmış olmasını diledim. Mektubu okurken ikisinin yanımda olmasını istiyordum. Tramvayın çıkardığı ses, annemle beni, pazar günleri gezintiye çıkaran babamın arabasının sesini hatırlattı. Annemin görüntüsü aniden, bunca yıl hiç olmadığı kadar net bir şekilde gözlerimin önünde belirdi. Koyu renk saçlarının, bal rengi gözlerinin ve kulağındaki inci toplarının canlılığı beni şaşırttı.

Irina beni binanın dışında bekliyordu. Elindeki mektuba baktım ve sendeledim. Kirli ve incecikti.

"Okurken yalnız kalmak ister misin?" diye sordu.

Mektubu ondan aldım. Parmaklarımın arasında tüy gibi hafif duruyordu. Hiçbir şey ifade etmiyordu. Belki de Vitaly'nın amcası tarafından gönderilmiş komünist partinin dürüstlüğüne dair bir broşürdü. Bu kâbustan uyanmak ve başka bir yerde olmak istiyordum.

"Keith?" diye sordum.

"Çok önemli bir haber üzerinde olduğunu ama bitirir bitirmez burada olacağını söyledi."

"Onu aradığın için teşekkür ederim."

"Eminim, iyi haberdir," dedi Irina, dudağını ısırdı.

Sokağın karşısında, plaja yakın bir çam ağacının altında, çimenlik bir alan vardı. Başımla orayı işaret ettim.

"Sana ihtiyacım var," dedim. "Her zamankinden daha fazla."

Irina'yla birlikte gölgeye oturduk. Ellerim yapış yapış, ağzım kupkuruydu. Zarfı yırtarak açtım ve Rusça el yazısına baktım. Bir cümleyi bir bakışta okumayı başaramıyordum, her sözcüğe teker teker bakıyordum ancak hiçbir şey anlayamıyordum. Gözlerim kararmadan önce okuyabildiği tek şey 'Anna Victorovna' idi ve başım dönmeye başladı.

"Yapamıyorum," dedim, mektubu Irina'ya verirken. "Lütfen, benim için oku."

Irina kâğıdı benden aldı. Yüzü ciddiydi ve dudakları titriyordu. Okumaya başladı.

"Anna Victorovna,

Ağabeyim, Sovyetler Birliği'ne götürülmek için Harbin'den alınan anneniz, Alina Pavlovna Kozlova ilgili haber almaya çalıştığınız konusunda beni bilgilendirdi. Anneniz, bir ağustos günü sınır dışı edildiğinde ben de aynı trendeydim. Annenizin aksine ben, Sovyetler

Birliği'ne kendi isteğimle gidiyordum, bu nedenle treni denetleyen görevlilerle birlikte öndeki yolcu vagonlardan birindeydim.

Yaklaşık gece yarısı, tren sınıra varmak üzereyken aniden durdu. Yanımda oturan görevlinin yüzündeki şaşkınlığı hatırlıyorum, bunun için trenin beklenmeyen bir nedenle durdurulduğunu anladım. Dışarıdaki karanlığın içinden trenin ön tarafına yakın bir yere park edilmiş askeri bir araç ve aracın farlarının önüne dizilmiş dört tane Çinli adamı seçebildim. Bu esrarengiz bir görüntüydü. Kuş uçmaz, kervan geçmez bir yerde park edilmiş bir araba ve dört adam. Makinistle tartışıyorlardı, çok geçmeden vagonumuzun kapısı zorla açıldı ve adamlar içeri girdiler. Üniformalarından komünist olduklarını anlamıştım. Vagondaki görevliler onları karşılamak için ayağa kalktılar. Adamlardan üçü sıradan birer Çinliydi fakat dördüncü adamı aklımdan asla çıkaramayacağım. Ciddi, ağırbaşlı ve aydınlık bir yüzü vardı fakat elleri... eldivenleri içinde ezilmiş gibiydi ve sanki çürümek üzere olan et kokusunu alıyordum. Onunla hiç tanışmamış olmama rağmen onun kim olduğunu anladım. Tang adında bir adamdı, kötülüğüyle nam salmış Harbin'deki direniş liderlerinden biriydi. Komünist kılığına bürünmüş bir ajan tarafından gönderildiği Japon kampında eğitim görmüştü.

Onu selamlamamıza izin vermeyecek kadar acelesi vardı ve hemen annenizin hangi vagonda olduğunu sordu. Bir şeylere öfkelenmiş gibi görünüyor ve sürekli pencerelerden dışarı bakıyordu. Annenizi trenden indirmek için emir aldığını söyledi. Anneniz hakkında da

*bir şeyler biliyordum. Rus bir kadının Japon bir generali
evinde sakladığını duymuştum. Kocasını kaybettiğini bi-
liyordum fakat sizinle ilgili bir şey duymamıştım.*

*Görevlilerden bir tanesi itiraz etti. Bütün esirler için
yer belirlendiğini ve Sovyetler Birliği'ne götürülmesi
gerektiğini söyledi. Ancak Tang son derece kararlıydı.
Gözleri öfkeden kızarmıştı. Ortalığın karışacağından
korkmaya başlamıştım. Sonunda, Çinlilerle tartışmanın
sadece treni geciktireceğini düşündüğünü sandığım gö-
revli, durumu kabullendi. Paltosunu giydi, Tang ve di-
ğer Çinlilerle birlikte trenin arka tarafına doğru gittiler.*

*Kısa bir süre sonra adamların trenden indiklerini
gördüm. Anneniz olduğuna inandığım kadın da onlar-
la birlikteydi. Sovyet yetkili vagona döndü ve kepenkle-
ri kapatmamızı emretti. Kapattık fakat benimkinin en alt
tarafındaki çıta kırılmıştı ve dışarıda olanların bir kıs-
mını görebiliyordum. Adamlar kadını arabaya götürdü-
ler. Bir tartışma oluyordu, sonra trenin ışıkları söndü
ve birkaç el silah sesi gecenin sessizliğini böldü. Ses-
ler korkunçtu fakat daha sonra çöken sessizlik daha da
tüyler ürperticiydi. Esirlerden bazıları bağırmaya baş-
ladı, neler olduğunu öğrenmek istiyorlardı. Ancak kısa
bir süre sonra tren hareket etmeye başladı. Eğildim ve
kırık çıtanın olduğu yerden dışarı baktım. Seçebildiğim
tek şey anneniz olduğuna inandığım kadının yerde ya-
tan bedeniydi.*

*Anna Viktorovna, annenizin ölümünün hızlı ve iş-
kence çekmeden gerçekleştiğine dair sizi temin ederim.
Eğer içinizi rahatlatacaksa, Sovyetler Birliği'nde onu
bekleyen kader bundan daha iyi olmayacaktı..."*

Güneş tıpkı bir top gibi düştü ve gökyüzü karardı. Irina sustu; dudakları kıpırdamaya devam etse de ses çıkmıyordu. Betty ve Ruselina bizi merdivenlerden izliyorlardı ancak onlara döndüğümde yüzümdeki ifadeyi görünce yıkıldılar. Betty korkuluklara tutundu ve gözlerini yere indirdi. Ruselina merdivene çöküp, başını ellerinin arasına aldı. Ne bekliyorduk ki? Ne bekliyordum ki? Annem ölmüştü ve ölümünü üzerinden yıllar geçmişti. Onu tekrar sağ göreceğime gerçekten inanmış mıydım?

Kısa bir süre hiçbir şey hissetmedim. Birilerinin gelip mektubun yanlış olduğunu ya da trenden indirilen kadının bir başkası olduğunu söylemesini bekledim. Mektubu geri almalarını ve içinde yazan her şeyi silmelerini bekledim ki, yaşamaya devam edebileyim.

Ansızın, patlamayla çöken bir ev gibi, içimde bir şeyler çökerek ufalanmaya başladı. Bir ağrının pençelerine düşmüştüm ve sanki ikiye ayrılacaktım. Çam ağacına doğru geriye sendeledim. Irina bana yaklaştı Mektubu kaptım ve yırttım, parçalarını gökyüzüne savurdum. Yaz ortasında yağan kar taneleri gibi yere düştüler.

"Lanet olsun sana!" diye bağırdım, yumruklarımı elleri olmayan ve muhtemelen yıllar önce ölmüş olmasına rağmen hâlâ canımı yakmayı başaran adama sallıyordum. "Lanet olsun sana!"

Bacaklarım çözüldü. Omzun yere çarptı ancak hiçbir şey hissetmedim. Daha önce iki kere daha böyle düşmüştüm. İlki Tang'le ilk karşılaştığım ve General'i takip ettiğim gündü. İkincisi ise Dmitri'nin bana Amelia'ya âşık olduğunu söylediği gündü.

Betty ve Ruselina üzerime eğildiler. "Bir doktor çağır!' diye bağırdı Ruselina, Irina'ya. "Ağzından kan geliyor!"

Annemin, Çin düzlüklerinde, yüzü çamurun içinde yatan görüntüsü belirdi. Her yanı kurşunların delip geçtiği yaralarla doluydu, tıpkı güzel bir kürk üzerinde güvelerin açtığı delikler gibi, ağzından kan geliyordu.

Bazı insanlar, bilmek bilmemekten daha iyidir, der. Ancak bu benim için geçerli değildi. Mektuptan sonra hiçbir şey için hiçbir umudum yoktu. Ne aklıma getirebileceğim güzel bir hatıram, ne de geleceğe dair gündüz hayallerim vardı. Geçmişe ve geleceğe dair her şey, gecenin içinde çınlayan kurşunlarla birlikte sona ermişti.

Günler acımasız yaz sıcağıyla ve çalışmadan geçiyordu. "Anya, yataktan çıkmalısın," diye günlük olarak azarlıyordu beni Irina. Ancak ben kıpırdamak istemiyordum. Perdeleri kapatıyor ve yatağın içine kıvrılıyordum. Çarşafların ağır kokusu ve karanlık benim huzurumdu. Betty ve Ruselina bana yiyecek getiriyordu ancak ben yiyemiyordum. İştahımın olmaması dışında düşerken dilimi ısırmıştım ve yutkunmak acı veriyordu. Benim için kestikleri karpuz bile iğne gibi batıyordu. Keith mektubu aldığım günün akşamı beni görmeye gelmedi. Bir gün sonra geldi ve duvarla benim aramda bir yere bakarak elinde solmuş çiçeklerle kapının eşiğinde durdu. "Sarıl bana," dedim ve kısa bir süre sarıldı ancak ikimizde aramızda gerçek bir şey olmadığını biliyorduk.

O gittikten sonra aldırma, aldırma dedim kendi kendime, aramızdaki her şeyin bittiğini biliyordum. Avustralyalı bir kızla daha mutlu olabilirdi.

Birbiri ardına gelen şeyleri, nasıl buraya geldiğimi anlamaya çalıştım. Daha birkaç hafta önce belediye binasında Hades Sweet'le konuşuyordum; Keith ve ben neredeyse birbirimize âşık olmak üzereydik; ve arayışım çıkmaz bir sokağa girmiş olmasına rağmen hâlâ annemi bulma olasılığım olduğunu düşünüyordum. Anneme giderek yaklaştığımı düşündüğüm zamanları hatırlayarak kendime işkence ediyordum. Şanghay'da kolyemi çalan çingeneyi, sonra da annemin varlığından emin olduğum Tubabao'daki o ânı hatırladım. Kızıl Haç'taki Daisy Kent, bana yardımcı olamayacaklarını söylediğinde ona nasıl öfkelendiğimi hatırlayarak başımı salladım. Sonradan annemin asla Çin'i terk edemediği ve onu son görüşümden, birkaç saat sonra öldürüldüğü ortaya çıktı. Sonra Sergei'nin kederli yüzünü, Dmitri'nin beklentilerle ilgili uyarısını hatırladım. O zamanlar annemin öldüğünü bildiklerinden ancak bana söylemediklerinden kuşkulandım.

Annemin yokluğunun, içimde açtığı boşluğun bir gün kapanacağını düşünmüştüm ve aniden onun asla kapanmayacağını kabullenmek zorunda kalmıştım.

Bir hafta sonra Irina, elinde bir plaj havlusu ve bir şapkayla kapı eşiğinde belirdi. "Anya, orada sonsuza kadar yatamazsın. Annen böyle olmasını istemezdi. Haydi plaja gidelim. Ivan karnavalda yarışıyor. Melbourne'a gitmeden önceki son yarışması."

Yatağın içinde oturdum, hâlâ bunu neden yaptığımı bilmiyorum, Irina bile hareket etmeme şaşırdı. Belki de yatakta geçirdiğim bir haftadan sonra acımı dindirmenin tek yolunun ayağa kalkmak olduğunu anlamıştım. Kafam bulanıktı ve tıpkı uzun süre hastalıktan yatmış biri gibi, bacaklarım güçsüzdü. Irina kalkmamı perdelerin açılmasına izin olarak algılamıştı. Güneş ışığı ve okyanusun sesleri, vampir benzeri durumum için bir şoktu ve elimi yüzüme siper ettim. Yüzmeye gidiyor olmamıza rağmen Irina, duş yapıp saçlarımı yıkamam konusunda ısrar etti.

"Bu halinle hiçbir yere gidemeyecek kadar güzelsin," dedi, darmadağın aslan yelesi saçlarımı işaret ederek ve beni banyoya itti.

"Sen hemşire olmalıydın," diye mırıldandım ve sonra da ikimizin, fırtınanın koptuğu gece Tubabao'da ne kadar kötü birer hemşire olduğumuzu hatırladım. Duşa adım atıp, musluğu açar açmaz yine kendimi tükenmiş hissettim. Küvetin kenarına eğildim ve yüzümü ellerimin arasına alıp ağlamaya başladım.

Bu, benim hatam, diye düşündüm. Ben kaçtığım için Tang annemin peşine düşmüştü.

Irina yüzüme düşen saçları çekti ancak gözyaşlarıma aldırış etmedi. Beni suyun altına itti ve güçlü parmaklarıyla saçlarımı köpürtmeye başladı. Şampuan karamel gibi kokuyordu ve rengi yumurtaya benziyordu.

Karnaval, canlı dünyaya ani bir dönüş oldu benim için. Plaj, bolca yağ sürmüş güneş banyosu yapanlar, hasır şapkalı kadınlar, kauçuk simitli çocuklar, burunlarının üzerine vazelin sürmüş adamlar, battaniyelerinin üzerine oturmuş yaşlı insanlar ve Sydney'in dört bir yanındaki kulüplerden gelen cankurtaranlarla doluydu. Geçen hafta kulaklarımla ilgili bir sorun olmuş, kanallarım tıkanmıştı. Sesler önce çok yüksek geliyor, sonra bir anda alçalarak kayboluyordu. Bu rahatsızlık, bir bebeğin ağlaması yüzünden kulaklarımı kapatmamla anlaşıldı, ellerimi çektiğimde bebek devam etmesine rağmen ağlamasını duyamıyordum.

Birbirimizi kaybetmeyelim diye, Irina elimi sıkıca kavradı ve kalabalığın içinden ön tarafa doğru ilerledik. O sabah denizin üzerinde ışıldayan güneş aldatıcıydı çünkü okyanus girdaplarla doluydu, dalgalar yüksek ve tehlikeliydi. O saate kadar, bayraklar arasında yüzmelerine rağmen üç kişi sudan kurtarılmıştı. Plajın kapatılması ve karnavalın iptal edilmesi konuşuluyordu ancak tekne yarışı için havanın güvenli olduğuna karar verilmişti.

Cankurtaranlar, onurlu bir asker edasıyla, kulüplerinin bayrakları arkasından yürüdüler. Kuzey Bondi Hayat Kurtarma Kulübü'nün cankurtaranları çikolata kahvesi, kırmızı ve beyaz renklerdeki tulum benzeri dar kostümleri giyiyorlardı. Parlak güneş ışığının altında başını dik tutan Ivan'ın yara izi görünmüyordu. Onun yüzünün gerçek halini ilk defa görüyormuşum gibi hissettim, çenesi, klasik bir kahramanın kararlılığını gösteriyordu. Kalabalığın arasına yayılmış kadınlar, erkekleri cesaretlendirmek için bağırıyorlardı. Ivan ilk önce kadınların ilgisinden ürktü, kendileriyle ilgilendiklerini anlamadı ancak diğer cankurtaranların teşvik etmesi sonucu, bir sarışının ona sarılmasını ve diğer kadınların ona gönderdikleri öpücükleri kabul etti. Onun aldığı utangaç keyfi görmek tüm hafta boyunca yaşadığım tek mutluluktu.

Daha akıllı olsaydım, yüreğim daha sağlıklı olsaydı bana teklif ettiğinde onunla evlenmeyi kabul edebilirdim, diye düşündüm. Belki de birbirimize mutluluk ve huzur verebilirdik. Ancak artık çok geçti. Pişmanlıklar dışında her şey için çok geçti.

Ivan ve ekibi kayıklarını deniz kenarına çektiler. Kalabalık onları alkışlarla, ıslıklarla destekledi, "Bondi! Bondi!" diye bağırdı. Irina da bağırdı ve Ivan bize baktı, gözleri benimkilerle birleşti. Bana gülümsedi ve onun sıcaklığını yüreğimin derinliklerinde hissettim. Ancak arkasını döndüğünde yüreğim tekrar buz gibi oldu.

Düdük çalındı ve ekipler suya girdiler. Kayıklar, üzerlerinden aşan dev dalgalara karşı seyrettiler. Dalga, kayıklardan bir tanesini yan yatırdı ve alabora etti. Cankurtaranların çoğu tam zamanında suya atladılar ancak bir tanesi kayığın altında kalmıştı ve kurtarılması gerekiyordu. Yarış yetkilisi kıyıya koştu, ancak diğerlerini kıyıya geri çağırmak için çok geçti, hepsi dev dalgaların ardında kalmışlardı. Kalabalık sustu çünkü herkes heyecanın sona erdiğini ve bu koşullarda yarışın tehlikeli olduğunu anlamıştı. On dakika boyunca geride kalan dört kayık dalgaların ardında görünmez olmuştu. Boğazım düğümlendi. Ya Ivan'ı da kaybedersem? Sonra dalgaların üzerinde, geri dönen kayıkların küreklerini gördüm. Ivan'ın kayığı başı çekiyordu ancak artık kimse yarışı umursamıyordu. İçimdeki korkuyla başa çıkmaya çalıştım. Ahşabın gıcırdadığını duydum ve sonra da, tıpkı eski bir şapkanın hasırlarının birbirinden ayrılması gibi, kayığın dağılmaya başladığını gördüm. Cankurtaranların yüzleri donmuştu ancak Ivan sakin görünüyordu. Ekibine emirler yağdırdı ve mucize eseri adamlar çıplak elleriyle kayığı bir arada tutmayı başardılar, bu arada Ivan yekeyi sabit tuttu ve onları sağ salim kıyıya çıkarmayı başardı. Kuzey Bondi taraftarları çılgına döndü. Ancak Ivan ve ekibi elde ettikleri zaferi pek umursamıyorlardı. Kayıklarından dışarı atladılar ve dalgaların arasına dalıp kayıklarını kıyıya çekmeye çalışan diğer ekiplere yardım ettiler. Herkes kıyıya güven içinde çıkınca kalabalık kükredi. "Bize o adamı gösterin!" diye tezahürat ediyorlardı. Ivan'ın çevresindeki cankurtaranlar onu tıpkı hafif bir balerinmiş gibi, havaya kaldırdılar. Onu kalabalığa doğru taşıdılar ve onun üzerine atlayan, kıkırdayan bir grup kızın içine attılar.

Irina gülerek bana döndü. Ancak ben onu duyamıyordum. İşitme duyumu tamamen yitirmiştim. Bronzlaşmış teni güneşin altında parlıyordu; tuzlu ve nemli hava, saçlarını kıvır kıvır yapmıştı. Ivan'a koştum ve çevresinde neşe içinde dönmeye başladım. Kalabalık ileri doğru atıldı, bense giderek onların arkasında itilmeye başladım ve nihayet kendimi tek başıma ayakta dururken buldum.

Sanki yumruk yemişim gibi, eskisinden daha güçlü ve keskin bir ağrı mideme saplandı. Midemi tuttum ve dizlerimin üzerine çöktüm. Kusmaya çalıştım ancak bir şey çıkmadı. Annemin ölümü benim hatamdı. Tang onu benim yüzümden vurmuştu. Ben kaçmıştım, benim canımı yakamadığı için annemin peşine düşmüştü. Olga da öyle. Hepsini ben öldürmüştüm. Dmitri'yi bile. Eğer adımı değiştirmiş olmasaydım belki gelip beni arayabilirdi.

"Anya!"

Ayağa kalktım ve deniz kenarına koştum, kızgın kumdan yanan ayaklarım suyun serinliğiyle rahatlamıştı.

"Anya!"

Annem bana sesleniyordu.

"Anne?" diye haykırdım, kumların üzerinden yürürken. Kayalıklara gelince oturdum. Öğle güneşi tepedeydi. Denizi cam gibi yapmıştı ve dalgaların içinden geçen balık sürülerini, kayaların karanlık gölgelerini ve onların üzerine yapışmış yosunları görebiliyordum. Geriye dönüp plaja baktım. Kalabalık dağılmıştı ve cankurtaranların çoğu dinleniyor, gazoz içiyor ve kızlarla konuşuyordu. Ivan, formasını çıkarmış kumda yürüyordu. Irina'yı göremedim.

Annemin tekrar bana seslendiğini duydum ve okyanusa döndüm. Annem kayaların üzerinde durmuş, bana bakıyordu. Gözleri en az deniz kadar şeffaftı. Saçları omuzlarına dökülmüş, siyah bir duvak gibi dalgalanıyordu. Ayağa kalktım ve derin bir nefes aldım, nihayet yapmam gereken şeyi biliyordum. İlk düşünceye izin verdiğim andan itibaren diğerleri de çabucak geldi. Ne kadar kolay olacağını, aradığım cevabın ne olduğunu anladığımda mutlu oldum. Acılarım dinecekti ve Tang'i yenecektim. Annem ve ben tekrar bir arada olacaktık.

Ayaklarımın altındaki ıslak kum, tıpkı kar gibi yumuşak ve hafifti. Tenime çarpan buz gibi su beni canlandırdı. Başta okyanusa karşı direnmem gerekti ve bu beni yordu. Ancak sonra dalgalara karşı mücadele eden kayıkları hatırladım ve var gücümle suyun derinliklerine ilerlemeye başladım. Tıpkı bir gölge gibi, üzerimde bir dalga yükseldi ve beni döndüre döndüre kum zemine iterek, aşağı indi. Sırtım okyanusun dibine çarptı. Dipte savruldum ve suyun boğazımdan süzülerek ciğerlerime dolduğunu hissettim. Bu önce canımı yaktı ancak sonra başımı kaldırıp baktığımda kayalıkların üzerinde duran annemi gördüm ve yepyeni bir dünyaya doğru gittiğimi hissettim. Gözlerimi kapattım, dalgaların ve çevremdeki hava kabarcıklarının sesini dinledim. Tekrar annemin rahmine dönmüştüm. Betty'yi, Ruselina'yı, Ivan'ı ve Diana'yı düşündüm. Daha yaşayacak çok şeyim olduğunu, daha çok genç olduğumu, güzel ve akıllı olduğumu söyleyeceklerdi. Bunların hiçbirinin benim için gerektiği kadar önemli olmadığını düşündüğüm için kendimi suçlu hissettim. Bunlar benim yalnızlığımı dindirmiyordu. Bundan sonra asla yalnız olmayacaktım.

Birdenbire çekilerek su yüzeyine çıktım, annesinin kucağındaki bir çocuk gibi, dalganın üzerindeydim. Bir an için işitme duyumu yeniden kazandım ve plajdaki insanların bağrışmalarını ve dalgaların kıyıya vuruşunu duyabildim. Ancak bir saniye sonra tekrar suya battım ve bu defa su, burun deliklerime ve boğazıma daha hızlı girdi. "Anne, geliyorum," diye haykırdım. "Bana yardım et! Bana yardım et! Bana yardım et!"

Ciğerlerimdeki su ağırlaşmıştı, ağzımdan ve burun deliklerimden hava kabarcıkları çıkıyordu, sonra durdu. Soğuğun damarlarımda dolaştığını hissediyordum. Gözlerimi kapattım ve akıntının beni bir ileri, bir geri sürüklemesine izin verdim.

Yanı başımda bir hareket hissettim. Güneş ışığında parlayan bir beden. Ne olduğunu merak ettim: son anlarıma tanıklık etmeye gelmiş bir köpekbalığı mı yoksa bir yunus muydu? Ancak insana ait kollar beni omuzlarımdan yakaladı ve su yüzeyine çıkardı.

Güneş gözlerimi yaktı.

Uzaklarda bir yerde bir kadın bağırıyordu. "Hayır! Tanrım! Hayır!"

Irina.

Bir dalga üzerimden geçti. Okyanus suyu yüzümü ve saçlarımı yaladı. Ancak kollar beni daha da yukarı kaldırdı ve bir başkasının omuzlarına attı. Kurtarıcımın kim olduğunu biliyordum. Bir dalga daha üzerimizden geçti ancak kurtarıcım hâlâ beni tutuyor, parmakları derime saplanıyordu. Öksürdüm ve konuşmaya çalıştım. "Bırak, öleyim," demeye çalıştım, ağzımdan sudan başka bir şey çıkmıyordu.

Ancak Ivan beni duymuyordu. Beni kuma yatırdı ve başını göğsüme yasladı. Islak saçları tenime değiyordu ancak hiçbir şey duymamış olmalıydı. Beni yüzükoyun yatırdı ve ellerini sırtıma bastırdı, kuvvetlice kollarımı ovmaya başladı. Avuçlarına yapışmış kum, tenimi çiziyordu ve ağzıma dolmuş olan kum tanelerini hissettim. Parmakları ve benimkinin yanına bastırdığı bacağı titriyordu. "Lütfen gitme, Anya," diye gözyaşları içinde hıçkırarak bana bağırdı. "Lütfen gitme, Anya!"

Yanağım kumun üzerine yapışmış olsa da, Irina'nın suyun kenarında durmuş, ağlıyor olduğunu görebiliyordum. Kalbime bir ağrı girdi. Arkadaşlarımı incitmek istemiyordum. Ancak annem beni kayalıklarda bekliyordu. Ben herkesin düşündüğü kadar güçlü bir insan değildim ve bunu sadece annem biliyordu.

"Bırak onu, arkadaşım, bırak..." dediğini duydum başka bir cankurtaranın, yanıma eğilmiş beni inceliyordu. "Yüzünün rengine, ağzından çıkan köpüklere bir bak. Ölmüş."

Bir başkası koluma dokundu ancak Ivan onu itti. Beni bırakmıyordu. Elleriyle tekrar sırtıma baskı yapınca ona karşı mücadele ettim, beni kurtarmak için yaptığı her şeye karşı koyuyordum. Ancak onun iradesi benimkinden daha güçlüydü. Ciğerlerime hava gidene kadar acımasız yumruklarıyla bana vurdu. Keskin bir kasılma hissettim ve okyanus suları, içeri giren havaya yol verdi. Birisi beni kaldırdı. Kalabalığı ve ambulansı gördüm. Irina ve Ivan birbirlerine sarılmış, ağlıyorlardı. Başımı çevirip kayalıklara baktım. Annem gitmişti.

Bunu takip eden hafta Ivan, sabun kokan saçları ve elinde bir gardenyayla her akşam beni ziyarete geldi. Yüzü güneşten yanmıştı ve geçirdiği travmatik hafta sonu nedeniyle ağır ağır yürüyordu. O geldiği zaman, günlerini bana kitap okuyarak ve ben uyuduğumda radyo dinleyerek geçiren Betty ve Ruselina odadan çıkıyorlardı. Sürekli, Ivan ve benim konuşacağımız önemli şeyler varmış gibi davranıyorlar ve kafeteryaya gitmeden önce yatağımın çevresindeki yeşil perdeyi kapatıyorlardı. Ancak Ivan ve ben çok az konuşuyorduk. Sözcüklerin ötesinde bir iletişim kuruyorduk. Gördüğüm sevgi, hissettiklerimin çok ötesindeydi. Ivan beni kurtarmıştı ve doğum yapan bir kadının kararlılığıyla içime yaşamak için nefesini üflemişti. Yumruklarıyla beni döverek canlandırmıştı ve ölmeme izin vermemişti.

Doktorların ciğerimin temizlendiğini ve eskisi kadar güçlendiğini söylediği, hastanedeki son gecemde, Ivan uzanıp elimi tuttu. İntihar girişiminde bulunmuş bir kadına değil de, denizden çıkardığı paha biçilmez bir hazineye bakar gibi, bana baktı. Birbirini anlamanın, unutmaktan daha önemli olduğunu söylediğini hatırladım.

"Teşekkür ederim," dedim, parmaklarımı onunkilere kenetleyerek. Onu sevmemi engelleyen şeyin artık kaybolmuş olduğunu anladım. Bana dokunduğunda yaşamak istediğimi hissediyordum. Onun, her ikimize de yetecek kadar iradesi vardı.

19
Mucizeler

Biz Ruslar kötümserizdir. Ruhlarımız karanlık-
tır. Hayatın acı çekmek olduğuna inanır, tıpkı rüzgârlı
havada hızla geçen bulutlar gibi, anlık mutluluklarla
ve ölümle rahatlarız. Ancak, Avustralyalılar bu konu-
da daha tuhaftırlar. Onlar da hayatın zorlu olduğuna ve
her şeyin iyi yerine, daha beter gittiğine inanırlar. Yine
de toprak, beklentilerini karşılayamayacak kadar kuru-
sa da, koyunları ve sığırları ölse de, gözlerini gökyüzü-
ne dikerler ve bir mucize beklerler. Bu da bana, onların
kalplerinin derinliklerinde iyimser olduklarını düşün-
dürür. Belki de yeni ülkemin bende yarattığı değişiklik
buydu. Otuz altı yaşıma girdiğim, artık umudun beni ta-
mamen terk ettiği yıl, ardı ardına iki mucize yaşadım.

Ev, Woorarra Avenue'nun tepesinde bir arazi parça-
sını keşfetmemizle başlayan iki yıllık bir projenin ürü-
nüydü. Çevresi okaliptüs, angophora[35] ağaçları ve aşk
merdivenleriyle kaplıydı ve lagüne bakıyordu. Orayı ilk
gördüğümüzde Ivan ve ben âşık olmuştuk. Ivan eğrelti-
otlarını kenara itip, kayaların üzerinde tökezleyerek ar-

---

[35] Avustralya'ya özgü okaliptüs ailesinden bir ağaç.

sanın çevresini dolaşırken ben de grevillealara[36] ve küpeçiçeklerine dokunmuş, ikinci anayurduma özel egzotik, yeşil bitkileriyle canlanmış bahçemin hayalini kurmuştum. İki yıl sonra üzerine, duvarları çeşitli renklerde boyanmış, duvardan duvara halı kapladığımız odaları farklı seviyelerde olan bir ev diktik. İki banyosunun da mozaik fayansları ve ahşap panelleri vardı. İskandinav mutfağı yüzme havuzuna bakıyordu, salondaki üç pencere, denizi gören balkona açılıyordu.

Dört yatak odası vardı: bizimki, içinde banyo ve tuvaleti olan ana yatak odası; zemin katta ofis olarak kullandığım bir oda; iki tane tek kişilik yatağı olan misafir odası; bizimkinin yanında, içinde hiç eşya olmayan güneşli bir oda. O oda mutlu evliliğimizde bize hüzün veren tek odaydı. Tüm çabalarımıza rağmen Ivan ve ben bir çocuk sahibi olamamıştık ve olacakmışız gibi de görünmüyordu. Ivan zaten kırk dört yaşındaydı ve o günlerde otuz altı yaşında bir kadın olarak kadınlığın en verimli çağını geçmiş olarak kabul ediliyordum. Buna rağmen, sözcüklerle birbirimize ifade etmesek de, bu odayı bebeğimiz için ayırmıştık, sanki onun için çok güzel bir yerimiz olursa, çıkıp gelecekti. İşte gökyüzüne bakmak ve bir mucize olmasını dilemekten kastım buydu.

Asla gerçeğe dönüşmeyen kızımızın, sık sık hayalini kuruyordum. O, Şanghay'da çocuk özlemiyle yanarken hayalini kurduğum kızımdı. Asla doğmamıştı çünkü Dmitri baba olmak için uygun adam değildi. Ancak Ivan çok iyi bir adamdı, içinde çok büyük bir sevgi var-

---

[36] Avustralya'ya özgü, yaz kış çiçek açan bir bitki

dı ve fedakârlıklar yapabilirdi. Beni dinlerdi ve ona söylediklerimi hatırlardı.

Seviştiğimizde, yüzümü ellerinin arasına alır ve nazikçe gözlerimin içine bakardı. Ancak bir çocuğumuz olamamıştı. Ona benim küçük kaçak kızım derdim çünkü onu ne zaman hayal etsem benden kaçardı. Süpermarketlerde onu, bal rengi gözlerinin üzerine düşmüş koyu siyah saçlarıyla konserve kutularının arasından bakarken görürdüm. Bana, gül rengi parlak dudaklarıyla gülümser, minicik dişleri gülümsemesini aydınlatırdı. Göründüğü gibi de hemen kayboluverirdi. Onu dünyaya getirememenin bende bıraktığı boşluğu kapatmak için deli gibi çalıştığım, yeni evimizin bahçesine gelirdi. Onun kahkahalarını çalıların arasından duyardım, o tarafa döndüğüm anda onun benden kaçan tombul, bebeksi bacaklarını görürdüm. Kaçardı ve öyle hızlı kaçardı ki, onu asla yakalayamazdım. Benim küçük kaçak kızım.

Gelin görün ki, Irina ve Vitaly üretkenliğin sınırlarını aşmışlardı. Oksana ve Sofia adında iki kızları, Fyodor ve Yuri adında iki oğulları olmuştu ve bir yenisini yapmayı düşünüyorlardı. Irina kırkına yaklaşmıştı ve halinden memnundu. Geniş kalçaları, zeytin rengi teninden ve saçlarındaki birkaç beyaz telden gurur duyuyordu. Diğer yanda ben, zayıf sinirli ve olgun bir kadının bedenini taşıyan bir ergen gibiydim. Yaşıma uygun olan tek şeyim, annemin yaptığı gibi, başımın arkasında topuz halinde topladığım uzun saçlarımdı.

Irina ve Vitaly, Betty'den kahve salonunu satın almış ve Kuzey Sydney'de bir yenisini daha açmışlardı. Bondi'de, önünde düzenli bir bahçesi ve araba sundurması bulunan bir eve taşınmışlardı. Ruslar kulübünden arkadaşlarıyla kışın ortasında okyanusa atlayarak yerel halkı korkutuyorlardı. Bir keresinde Irina'ya şarkıcılık kariyerini devam ettirmediği için pişman olup olmadığını sordum. Güldü ve mutfak masasında yemek yiyen mutlu çocuklarını gösterdi. "Hayır! Bu çok daha güzel bir hayat."

Ivan'la evlendikten sonra *Sydney Herald*'tan ayrılmıştım ancak çocuksuz geçen sıkıcı yılların ardından, Diana'nın yaşam tarzı köşesinde yazma teklifini kabul ettim. Avustralya, altmışlı yıllarda, benim ellili yılarda bildiğimden daha farklı bir ülke haline gelmişti. Genç kadınlar, kadın sayfalarındaki köşelerinden gazeteciliğin her alanına yayılmışlardı. 'Çoğalmak ya da yok olmak' politikası, eski vatanın mirasıyla yeni yiyecekler, yeni fikirler ve yeni tutkularla birlikte karışarak, yüz değiştirmiş ve ülkeyi bir İngiliz kolonisi olmaktan çıkarıp, kozmopolit bir hale getirmişti. Gazetedeki köşem haftanın birkaç günü dünyayla bağlantı kurmamı sağlıyor ve hayatımda sahip olamadığım şeyleri kafamdan atmama yardımcı oluyordu.

Bu arada üzücü bir kaybımız oldu. Birgün Betty ve Ruselina'yı görmeye evlerine gittim ve o neşeli, enerjik Betty'nin bir anda yaşlanmış olduğunu gördüm. Omuzları düşmüştü ve derisi, üzerinde bol bir elbise gibi duruyordu.

"Birkaç haftadır bitkin halde," diye fısıldadı, Ruselina.

Betty'ye muayene olmak üzere doktoruna gitmesi için ısrar ettim. Doktoru onu bir uzmana gönderdi ve sonuçları almak için ertesi hafta tekrar gittik. Betty doktoruyla konuşurken ben bekleme odasında oturup dergileri karıştırdım, doktorun az sonra muayene odasından çıkıp Betty'nin vitaminlere ya da bir diyete ihtiyacı olduğunu söyleyeceğini umuyordum. Bana seslendiğinde yüzündeki o ciddi ifadeye hazır değildim. Doktorun peşinden odasına gittim. Betty, çantasını sıkıca tutmuş, oturuyordu. Doktora döndüm ve teşhisini söylediğinde kalbim sıkıştı. Ameliyatı mümkün olmayan bir kanserdi.

Betty'ye Bondi'deki evde elimizden geldiğince bakmaya çalıştık. Irina ve ben, Ruselina'nın, arkadaşının hastalığına nasıl dayanacağını düşünüyorduk ancak o, hepimizden dayanıklı çıktı. Irina ve ben sırayla ağlarken, Ruselina Betty'yle kâğıt oynuyor ve onun sevdiği yemekleri pişiriyordu. Akşamları plajda yürüyüşe çıkıyorlardı ve Betty artık bastonsuz yürüyemeyecek kadar yorulunca kapının önünde oturuyorlar ve saatlerce konuşuyorlardı. Bir akşam mutfaktayken, Betty'nin Ruselina'ya, "Irina'nın bir çocuğu olarak dünyaya geri gelmeye çalışacağım, tabi eğer bir tane daha yapmaya karar verirse. Bileceksiniz ki o benim. En yaramazları olacağım," dediğini duydum.

Betty artık evde kalamayacak kadar hastalanmıştı. Ona hastanedeki yatağında baktım, çok küçülmüş olduğunu düşündüm. Bu teorimi test etmek için ayaklarıyla yatağın ucu arasındaki mesafeyi ölçmeye karar verdim, hastaneye yatırdığımızdan beri biraz kısalmıştı. Elimi yataktan çekince Betty bana dönerek, "Anneni gördüğümde ona ne kadar güzel bir kadın olduğunu söyleyeceğim," dedi.

Ruselina'nın nöbetçi olduğu bir gece, hepimiz hastaneye çağrıldık. Betty'nin durumu kötüleşmişti. Neredeyse bilincini kaybetmişti. Yanakları içeri çökmüştü ve yüzü ayışığı kadar solgundu. Ruselina'nın da rengi atmıştı. Sabaha karşı hemşire bizi kontrol etmeye geldi. "Avcak yarın öğleden sonraya kadar aramızda olur, daha fazla değil," dedi, Ruselina'nın omzunu okşayarak. "Siz de gidip bir şeyler yemeli ve biraz dinlenmelisiniz."

Irina ayağa kalktı, eğer Ruselina dinlenmezse, bizi bekleyen şeye dayanacak gücü kalmayacağını anlamıştı. Vitaly ve Ivan, kadınlarla gitti ve ben nöbetçi kaldım.

Betty'nin ağzı açıktı, odada sadece onun düzensiz nefes alış verişinin ve havalandırmanın uğultulu sesi vardı. Göz kapakları, bir rüya görüyormuş gibi kıpırdıyordu. Uzanıp, yanağına dokundum. Onu saç filesi ve sigara ağızlığıyla Potts Point'teki balkonunda ilk gördüğüm günü hatırladım. Onun şu önümde yatan tükenmiş kadın olduğuna inanmak zordu. Eğer annemle bu kadar erken ayrılmış olmasaydık, belki günün birinde buna benzer bir ayrılık yaşayacaktık, diye düşündüm. Bir insanla ne kadar zaman geçirirsek geçirelim, ne olursa olsun bu süre çok değerli olmalı ve asla boşa harcanmamalıydı.

Ona doğru eğildim ve fısıldadım, "Seni seviyorum, Betty. Bana göz kulak olduğun için teşekkür ederim."

Parmakları kıpırdadı ve gözlerini kırpıştırdı. Eğer

gücü olsaydı, bir kez daha elini saçlarına götürür ve gözlerini kısarak bakardı, diye düşündüm.

Betty öldükten bir gün sonra, Irina'yla birlikte Ruselina'nın eşyalarını toplamak için evlerine gittik. Tek başına o eve dönemeyecek kadar üzgündü. Irina ve Vitaly'nin evinde kalacaktı. Irina ve ben, Betty'nin yine oğullarının odası olarak düzenlediği üçüncü odanın ortasında durduk. Her şey tertemiz ve yerli yerindeydi. Betty hastayken, Ruselina'nın odayı temizlemiş olduğunu tahmin ettim.

"Bu odayı ne yapmalıyız?" diye sordum, Irina'ya.

Irina yataklardan birinin üzerine oturdu, derin düşüncelere daldı. Bir süre sonra, "Fotoğraflarını saklamalıyız. Ama kalanları bir yerlere bağışlayabiliriz. Betty'nin ve oğullarının artık bunlara ihtiyacı yok," dedi.

Tüm Rus ve Avustralya geleneklerinin aksine Ruselina, korsajlı beyaz bir elbise giymiş ve klapasına bir tutam kuşburnu iğnelemişti. Cenazeden sonra da bir deste canlı renklerde balon alarak onları gökyüzüne saldı. "Senin için, Betty," diye bağırdı. "Yukarıda ortalığı karıştırdığın için."

Reenkarnasyona inanıp inanmadığımdan tam olarak emin değilim ancak her zaman Betty'nin çiçek çocukları neslinin tam ortasında tekrar doğma olasılığının ona çok uygun olduğunu düşünmüşümdür.

Yeni evimize taşındığımız ilk yıl mucizelerden biri gerçekleşti. Hamile kaldım. Haber Ivan'ı yeniledi ve yirmi yıllık tutumunu adeta bir jilet gibi üzerinden kazıdı. Yaylanarak yürüyor, her şeye ya da hiç yoktan yere gülümsüyor ve geceleri uyumadan önce karnımı okşuyordu. "Bu çocuk, ikimizi de iyileştirecek," dedi.

Lilliana Ekatarina, o yıl yirmi bir Ağustos'ta doğdu. Kasılmalarım arasında, hemşirelerle birlikte Sovyetler'in Çekoslovakya'yı işgalini radyodan dinledik ve annemin ölüm haberini aldıktan sonra kendime hiç izin vermediğim kadar annemi düşündüm. Prag'daki anneleri ve kızlarını düşündüm. Onlara ne olacaktı? Sancılarım arttığında hemşireler elimi tutuyorlar, azaldığında ise benimle şakalaşıyorlardı. On altı saat sancı çekip, Lily dünyaya geldiğinde, annemi alışkın olmadığım dağınık saçları ve bakışlarıyla gördüm.

Lily bir mucizeydi, çünkü beni gerçekten iyileştirmişti. Annemle olan bağımızın bizim en güçlü bağımız olduğuna inanırım. Bizi dünyaya getiren insanın ölümü, hayatımızın dönüm noktalarındandır. Ancak bazı insanların, en azından kendilerini buna hazırlayacakları fırsatları olur. On üç yaşımdayken annemin benden alınması bana bu dünyada, tıpkı rüzgârın alıp götürdüğü bir yaprak gibi, kaybolmuşluk hissi vermişti. Ancak anne olmak benim dünyayla tekrar bir bağ kurmamı sağladı. Kollarımda onun sıcak bedenini tutmak, mememe burnuyla dürtenken yüzünü görmek, iyi olan her şeye bağlanmamı sağladı ve yaşamı değerli kıldı. Ivan'ı da iyileştirdi. Hayatının erken dönemlerinde onun için değerli olan insanları yitirmişti ve şimdi orta yaşlarında, güneşin her zaman kendisini gösterdiği ve kötü anılardan uzak bir ülkede, hayallerini tekrar gerçekleştirme fırsatı buldu.

Ivan, Lily'nin eve gelişi onuruna çam ağacından bir posta kutusu yaptı, bu sokaktaki diğer posta kutularının iki katıydı, üzerine bir adam, bir kadın ve bir bebek kazımıştı. Bahçeyle uğraşacak kadar gücümü toparladığımda ben de çevresine çeşitli menekşeler diktim. Bir avcı örümcek yavrusu içine yuva yapmıştı ve ne zaman öğle sonrası postalarını almak için kapağını açsam hızla kaçıyordu. Birkaç hafta sonra bir gün örümcek yuvasını başka yere taşımaya karar vermişti ve işte o, mektubu aldığım gündü. Bu mektup bir başka mucize yaratmak ve her şeyi değiştirmek üzereydi.

Diğer fatura ve mektupların arasına karışmıştı ancak ona dokunur dokunmaz parmaklarım uyuştu. Pul Avustralya'ya aitti ancak üzerinde o kadar çok parmak izi vardı ki, anlaşılan bana gelene kadar yüzlerce el değiştirmişti. Havuzun yanında, çevresi gardenyalarla dolu banka oturdum, bunlar bahçemdeki Avustralya'ya özgü olmayan tek bitki türüydü ve mektubu okudum. İçerdiği mesaj beni yıldırım gibi çarptı.

Eğer siz, Harbin'li Alina ve Victor Kozlov'un kızları Anna Victorovna Kozlova iseniz, lütfen pazartesi günü öğlen Hotel Belvedere'in yemek salonunda benimle buluşun. Annenizle görüşmenizi sağlayabilirim.

Mektup parmaklarımın arasından kaydı ve rüzgârda savrularak çimenlerin üzerine düştü. Tıpkı kâğıttan bir gemi gibi, çimenlerin üzerinde sürüklenişini bir süre izledim. Mektubu kimin yazmış olabileceğini, bunca yıl dan sonra annemle ilgili haber vermek için beni kimin bulmak istediğini tahmin etmeye çalışıyordum.

Ivan eve geldi ve ona mektubu gösterdim. Koltuğa oturdu ve uzun süre sessiz kaldı.

"Bunu yazan kişiye güvenmiyorum," dedi. "Neden adını yazmamış? Ya da neden önce onu telefonla aramanı istememiş?"

"Neden birileri annemle ilgili yalan söylemek istesin?" diye sordum.

Ivan omuz silkti. "Bir Rus casusu, seni Sovyetler Birliği'ne götürmek isteyen biri olabilir. Sen artık Avustralya vatandaşı olabilirsin ama oraya gidersen başına ne geleceğini kim bilebilir? Belki Tang yazmıştır bunu."

Beni tuzağa düşürmek isteyen kişi Tang olabilirdi ancak buna kalpten inanmadım. Eminim bu zamana kadar çoktan ölmüş ya izimi süremeyecek kadar yaşlanmıştı. Başka bir şeydi bu. İşin sırrını çözmeye çalışmak için el yazısına tekrar baktım.

"Gitmeni istemiyorum," dedi Ivan, yaşlı gözlerle bana baktı.

"Gitmem gerek," dedim.

"Annenin hâlâ hayatta olabileceğine inanıyor musun?"

Bunu çok düşünmüştüm ancak inanmak istediğim şeylerle gerçekler arasında ayrım yapamıyordum. Ivan yüzünü ovuşturdu, avuç içleriyle gözlerini kapattı. "Seninle geleceğim."

Ivan ve ben endişemizi gizlemek için hafta sonunu bahçeyi eşeleyerek geçirdik. Yabani otları söktük, bitkiler ektik ve araba yolunun kenarına taşlardan bir bahçe yaptık. Lily balkonda, bahar havasında uyuyordu. Ancak fiziksel olarak yorgun düşmemize rağmen, Ivan ve ben pazar gecesi uyuyamadık. Yatakta sağa sola döndük, bir şeyler mırıldandık. Sonunda birer bardak süt içip, birkaç saatlik uykuya teslim olduk. Pazartesi günü Irina ve Vitaly'nin evine gittik ve Lily'yi Irina'ya bıraktık. Arabamıza geri döndüğümüzde, başımı çevirip, Irina'nın kucağındaki kızıma son bir kez baktım. Hızla nefes alıp vermeye başlamıştım, onu bir daha göremeyeceğimden korkuyordum. Ivan'a döndüm ve yüzünün şeklinden onun da aynı şeyi düşündüğünü anladım.

Hotel Belvedere, 1940'lardaki altın çağını çoktan geride bırakmıştı. Ivan ve ben arabadan dışarı adım attık ve kapının üzerindeki neon tabelaya, duvarlardaki kir tabakasına ve girişteki dağınık çiçek saksılarına baktık. Tozlu pencerelere baktık ancak görebildiğimiz tek şey bize bakan yansımalarımızdı. Ivan elimi tuttu ve karanlığın içine adım attık.

Otelin lobisi, bizi dışarıdaki görüntüden daha iyi karşılamıştı. Havaya küf ve tütün kokusu hâkimdi ancak eskimiş sandalyeleri temizdi, masaları cilalıydı ve yırtık pırtık halısı yeni süpürülmüştü. Yemek salonunda, tezgâhın arkasından bir kadın garson çıktı ve bize menüyü uzattı. Ona biriyle buluşmak için geldiğimizi söyledim. Hotel Belvedere'de biriyle buluşmak, sanki başka bir şeylere kılıf hazırlamak gibi bir şeymiş gibi omuz silkti ve bu hareketi yeniden gerilmeme neden oldu. Pencere kenarında oturan genç bir kadın gözlerini kırpıştırarak bize baktı ve sonra da kitabına geri döndü, elindeki yeni çıkmış cinayet romanı odanın ortasında birbirine sıkıca tutunmuş Rus bir çiftten daha ilginç gelmişti. Kadının iki masa ötesinde obez bir adam, kulağında kulaklıkla transistörlü radyo dinliyordu ve kucağında bir gazete vardı. Saçları o kadar kısa tıraş edilmişti ki, kafası bedenine göre küçük görünüyordu. Ona baktım ancak adam bakışlarıma tanımamış gözlerle karşılık verdi. Yemek, localar ve koridor boyunca devam ediyordu. Ivan'ın önünde yürüdüm, rengi solmuş velur koltuklara baktım. Sonra ansızın sanki önümde görünmez bir duvar varmış gibi durdum. Onu görmeden önce varlığını hissetmiştim. Yaşlanmış ve büzülmüştü, gözlerini bana dikti. Yanaklarımın buz gibi olduğunu hissettim ve onun evimize ilk geldiği günü, o gün girişteki sandalyenin altına nasıl gizlendiğimi hatırladım. Bir Japon için sıra dışı pörtlek ve geniş gözlerini tanımamak imkânsızdı.

General beni görünce ayağa kalktı, dudakları titriyordu. Artık benden daha kısaydı ve üniforma yerine yumuşak kumaştan bir tişört ve beysbol ceketi giyiyordu. Yine de dimdik ve ağırbaşlılıkla ayakta duruyordu ve gözleri parlıyordu. "Gel," dedi, bana işaret ederek. "Gel."

Ivan, sessiz ve saygılı bir şekilde yanımdaki koltuğa

oturdu, adamın tanıdığım biri olduğunu anlamıştı. General de oturdu, ellerini masanın üzerine koydu. Uzun bir süre hiç birimiz konuşmadık.

General derin bir nefes aldı. "Büyümüş, bir kadın olmuşsun," dedi. "Çok güzelsin ama çok değişmişsin. Seni sadece saçlarından ve gözlerinden tanıyabilirdim."

"Beni nasıl buldunuz?" diye sordum, sesim nerdeyse duyulmayacak kadar kısık çıkmıştı.

"Annen ve ben uzun zamandır seni arıyorduk. Fakat savaş ve komünistler, şimdiye kadar sana ulaşamamamıza engel oldu."

"Annem mi?"

Ivan, içten bir şekilde bana sarıldı. General, sanki yeni fark ediyormuş gibi ona baktı.

"Annen, benim kadar kolay ayrılamadı Rusya'dan. Bu yüzden seni görmeye ben geldim."

Tüm vücudum titremeye başladı. Ne el ne de ayak parmaklarımı hissedebiliyordum. "Annem öldü," diye haykırdım, yarı ayağa kalkarak. "Tang onu trenden çıkardı ve vurdu. O yıllar önce öldü."

"Bize bu öyküyü açık ve net bir şekilde anlatmalısınız," dedi Ivan. "Eşim çok acı çekti. Bize, onun annesinin öldüğü söylendi. Harbin'den hareket eden trenden alınıp, öldürüldüğü söylendi."

Ivan'ın söyledikleri karşısında General'in gözleri açıldı ve Harbin'de onun yüzünü ilk gördüğümde olduğu gibi bana bir kurbağayı anımsattı.

"Anya, annen Sovyetler Birliği'ne varmadan önce

trenden gerçekten alındı. Ama Tang tarafından değil, benim tarafımdan alındı."

Tekrar oturdum ve ağlamaya başladım.

General ellerimi, ellerinin arasına aldı, bu Japonlardan çok Ruslara özgü bir hareketti. "Unuttun galiba," dedi, "ben, bir aktördüm. Tang'in kılığına girdim. Anneni trenden aldım ve sahte bir infaz gerçekleştirdim."

Çocukluğumdan gelen ve şu anda benimle konuşan adama gözyaşlarımın arasından baktım. Adının Seiichi Mizutani olduğunu ve Nagasaki'de doğduğunu söylerken onu şaşkınlık içinde dinledim. Babası bir tiyatro sahibiydi ve on yaşındayken Mandarince konuşmayı öğrendiği Şanghay'a taşınmışlardı. General'in ailesi sık sık şehirlerarasında dolaşmış, her zamankinden fazla sayıda Çin'e göç eden Japonları eğlendirmişlerdi ve hatta Moğolistan ve Rusya'ya bile gitmişlerdi. Ancak 1937'de Japonlar, Çin'i resmi olarak işgal ettiklerinde, General'in karısı ve kızı Nagasaki'ye geri gönderilmiş ve General de casus olmaya zorlanmıştı. Annem götürülmeden bir yıl önce, en büyük avı olan, kötülüğüyle ün salmış Çin direnişinin liderinin peşine düşmüştü: Tang'in peşine...

"Onunla arkadaş oldum," dedi General, birbirine kenetlenmiş ellerimize bakarak. "Bana güvenmişti. Bana Çin'le ilgili hayallerini anlattı. İhtiraslıydı, akıllı ve özveriliydi. Ne zaman yiyecek bulsa bana gelirdi. "Senin için, dostum," derdi. "Bunları senin için Japonlardan çaldım." Ya da yiyecek getiremediğinde, bir vantilatör ya da şiir kitabı getirirdi. Bunlar onu ihbar etmeden iki yıl önce oluyordu. O zamana kadar onu, diğerlerinin kökünü kurutmak için kullandım."

General suyundan bir yudum aldı. Gözleri yorgundu ve içlerindeki acıyı görebiliyordum. "Onun bir canavara dönüşmesinden ben sorumluyum," dedi. "Benim ihanetim onu çirkinleştirdi."

Gözlerimi kapadım. Tang'ı yaptıklarından dolayı asla affedemezdim ancak nihayet sonu gelmez nefretinin nedenini anlayabilmiştim.

Bir süre sonra General öyküsüne devam etti. "Sizin evinizi terk ettiğim gün, bize söylenen tek şey Nagasaki ve Hiroshima'nın yok edildiğiydi. Şehrime yapılmış olanların boyutunu anlayana kadar yıllar geçti: şehrin dörtte üçü yok olmuştu; yüzlerce, binlerce insan ölmüş ve yaralanmıştı. Binlercesi de daha sonra hastalanmış ve acılar içinde, yavaş yavaş ölmüşlerdi. Harbin'den ayrılırken emir erimle karşılaştım. Annenin sorguya çekildiğini ve Sovyetler Birliği'ne götürüleceğini söyledi. Çok üzülmüştüm fakat sadece kendimi kurtarabileceğime ve Japonya'ya dönüp karımın ve kızımın kaderini öğrenmem gerektiğine karar verdim. Her nasılsa, yoldayken korkunç bir rüya gördüm. Karım Yasuko'yu, beni bir tepenin üzerinde beklerken gördüm. Ona yaklaştım ve gövdesinin parçalanmış olduğunu ve toprak bir çömlek kadar kuru olduğunu fark ettim. Kolunun yanında duran bir gölge vardı ve bu gölge ağlıyordu. Bu kızım Hanako'ydu. Gölge bana koşmaya başladı fakat bana dokunur dokunmaz ortadan kayboldu. Gömleğimi açtım ve etimin kaburgalarımdan tıpkı muz kabuğu gibi soyulduğunu gördüm. İşte o an, sana ve annene karşı kayıtsız kaldığım için onların öldüğünü anladım. Belki de babanın ruhu benden intikam almıştı.

Bu yüzden hızlı hareket etmem gerekiyordu. Trenin sınıra gece varacağını biliyordum. Korkuyordum ve ne yapacağımdan emin değildim. Aklıma gelen her şey başarısızlıkla sonuçlanacakmış gibi duruyordu. Sonra Tang'in Sovyetlerle çalıştığını hatırladım. Bir çiftlik evinden parmaklarımı elime bağlamak için bez parçaları çaldım. Ellerimin, Tang kamptan kaçtığından beri taşıdığı kokuyu vermesi için eldivenlerimin içine fare ölüsü yerleştirdim. Onu taklit ederek, sınıra gitmek için bir araba ayarladım ve üç komünist muhafızı sınırda treni durdurmak ve annenin infazını gerçekleştirmek konusunda ikna ettim."

General dudaklarını büzerek bir süre durdu. Artık çocukluğumun kâbusu değildi. Güçsüzdü, her tarafı titreyen, anılarının ağırlığı altında kalmış titrek, yaşlı bir adamdı. Sanki düşüncelerimi okumuş gibi kafasını kaldırıp bana baktı. "Bu, belki de hayatımda yaptığım en korkunç plandı," dedi. "İşe yarayacağından emin değildim, belki de annen ve benim ölümümüze neden olacaktı. Hışımla esirler vagonuna girdiğimde annenin gözleri fal taşı gibi açıldı ve beni tanıdığını anladım. Yanımdaki muhafızlardan biri onu kapıya kadar saçlarından sürükledi, annen de tıpkı bir aktris gibi onunla mücadele ediyor ve çığlık atıyordu. Son ana kadar muhafızlar anneni vuracağımızı sanıyorlardı. Bunun yerine anneni yere ittim ve arabanın ışıklarını kapatarak muhafızlara ateş ettim."

"Daha sonra nereye gittiniz?" diye sordu Ivan. Parmaklarımı koluna geçirdim, ondan güç alıyordum. Dayanıklı olan tek insan oydu, sanki. Yemek salonunun duvarları hareket ediyor ve üzerime kapanıyor gibiydi. Kafam hafiflemişti. Sanki her şey gerçekdışıydı. Annem. Annem. Annem. Onun ölümünü kabulleneli yıllar geçmiş olmasına rağmen gözlerimin önünde canlanmaya başlamıştı.

"Annen ve ben olabildiği kadar hızlı Harbin'e geri döndük," dedi General. "Yolculuk tehlikeliydi ve üç günümüzü aldı. Annenin görünüşü benimkinden daha fazla dikkat çekiyordu ve bu da bizi tehlikeye atıyordu. Şehre vardığımızda Pomerantsev'ler de, sen de gitmiştiniz. Annen evinizin yandığını görünce çöktü. Fakat komşulardan biri, Pomerantsev'lerin seni kurtardığını ve Şanghay'a gönderdiğini söyledi. Annen ve ben Şanghay'a gidip seni bulmaya karar vermiştik. Dairen Limanı üzerinden gidemezdik çünkü Sovyetler deniz yoluyla kaçmaya çalışanları yakalıyordu. Bunun yerine, kanallar, nehirler ve kara yolu üzerinden yolculuk ettik. Pekin'de, tren istasyonuna yakın bir yerde kaldık, ertesi sabah trenle Şanghay'a gitmeyi amaçlıyorduk. Fakat oradayken takip edildiğimizi fark ettim. Annen biletlerimizi almaya giderken peşine düşen gölgeyi görene kadar hayal gördüğümü sanıyordum. Bu elleri olmayan bir adamın gölgesiydi. 'Eğer Şanghay'a gidersek, onu doğrudan Anya'ya götürmüş oluruz,' dedim anneme, artık Tang'in sadece benimle ilgilenmediğini biliyordum."

Annemin ne kadar yakınıma gelmiş olduğunu anladığımda Ivan'ın kolunu daha sıkı sıktım. Pekin, Şanghay'a trenle sadece bir gün uzaklıktaydı.

"Japonlar her zaman Moğolistan'la ilgilenmişlerdir," dedi General, sesi sanki yaşadığı korkuyu tekrar hatırlamış gibi heyecanlı çıkıyordu. "Casusluk eğitimimde, Avrupalı arkeologların Gobi Çölü'ne varmak için açtıkları yolu öğrenmiştim. Ve elbette İpek Yolu hakkında bilgim vardı.

"Annene sınıra varmak için kuzeye gidersek, engebeli arazide Tang'e izimizi kaybettirebileceğimizi söyledim. Gideceğimiz yerde, elleri olmayan bir adam, ne kadar kararlı olursa olsun, perişan olurdu. Amacım anneni Kazakistan'a götürmek ve Şanghay'a tek başıma gitmekti. Annen önce itiraz etti fakat ona, 'Kızın Şanghay'da güvende. Onu tehlikeye atmanın ne gereği var?' diye sordum. Anneni Kazakistan'a götürmek, onu Sovyetlerin kucağına atmak gibi görünebilirdi. Fakat bir casusun en önemli becerisi kalabalığa karışmaktır ve Kazakistan savaştan sonra tam bir kargaşa içindeydi. Binlerce Rus, Almanlardan kurtulmak için oraya kaçmıştı ve çoğu insanın kimlik belgesi bile yoktu.

Deneyimli binicilerin oraya varması üç ay sürebilirdi fakat yolculuğumuz yaklaşık iki yıl sürdü. Bir sığır çobanları kabilesinden iki tane at satın aldık fakat onların dayanıklılıklarını zorlayamazdık ve yazın sadece yedi ay yolculuk yapabildik. Sınırlardaki Sovyetler ve komünist gerillaların yanı sıra kum fırtınaları ve çölün sert koşullarıyla da karşılaşıyorduk ve rehberlerimizden bir tanesi engerek yılanı sokması sonucu öldü. Eğer birkaç kelime Moğolca bilmeseydim ve yerel kabileler o kadar konuksever olmasalardı, annen ve ben ölürdük. Tang'e ne oldu, bilmiyorum. O zamandan beri onu hiç görmedim ve görünen o ki, seni bulamamış. Dağlarda bizi takip ederken ölmüş olduğunu düşünmek istiyorum. Acılı ruhunun rahatlamasının en uygun yolu buydu. Bizi öldürmek onu bu kadar rahatlatmazdı.

"Annen ve ben bitkin bir halde Kazakistan'a vardık. Yaşlı bir kazak kadının evinde, kendimize birer oda bulduk. Gücümü topladığımda, annene Çin'e gideceğimi ve seni arayacağımı söyledim. 'Kızından benim yüzümden ayrıldın,' dedim ona. 'Savaş zamanı ailemi korumak için birçok şey yaptım fakat sonuçta onları kurtaramadım. Bunu telafi etmeliyim yoksa huzur içinde yatamazlar.' 'Kızımı senin yüzünden kaybetmedim,' diye cevap verdi annen. 'Sovyetler savaştan sonra bizi bir kampa göndereceklerdi. En azından onun güvende olduğunu biliyorum. Belki de senin sayende bir şansım olacak.' Annenin söyledikleri beni derinden etkiledi ve dizlerimin üzerine çöküp, onun karşısında başımı eğdim. O zaman annenle aramızda bir bağ olduğunu fark ettim. Belki, bu bağı, yolculuğumuz sırasında hayatta kalmak için birbirimize dersek olarak geliştirmiştik. Belki de daha önceki yaşamlarımızdan gelen bir bağdı. Karımla da aramda böyle bir bağ vardı, zaten onun Nagasaki'de öldüğünü böyle anlamıştım.

Çin'de tek başıma daha kolay hareket edebilirdim fakat komünistlerin ve Milliyetçi orduların çatışmaları beni yavaşlatıyordu. Ülkede dolaşan, hâlâ diktatörlere sadık gruplar vardı ve atılan her adım bir tehlikeydi. Trenler kolay hedeflerdi, bu yüzden su üzerinden ya da yaya olarak yolculuk yaptım. Devamlı Beyaz bir Rus kızıyla mesafeyi nasıl kapatacağımı düşündüm, durdum. Fakat Şanghay gibi bir canavarın içinde seni bulmak zor olacaktı. Rus kabarelerinde, dükkânlarında ve restoranlarında Anya Kozlova'yı aradım. Bende bir resmin yoktu. Seni sadece kızıl saçlı bir kız olarak tanımlayabiliyordum. Sanki buhar olup uçmuştun. Ya da belki de çevrendeki insanlar benden şüphelenmişlerdi ve seni kendi kızları gibi korumak istemişlerdi. Nihayet, biri bana Moscow-Shanghai adlı bir gece kulübünde, kızıl saçlı bir Rus kızın olduğunu söyledi. Büyük bir beklentiyle oraya koştum. Fakat kulübün sahibi Amerikalı kadın bana yanıldığımı söyledi. Kızıl saçlı olan kız onun yeğeniydi ve uzun zaman önce Amerika'ya dönmüştü."

Midem bulanmaya başladı. Aklımdan tarihleri geçirdim. General Şanghay'a, gripten hasta olduğum ve Dmitri'nin beni Amelia'yla aldattığı, 1948 yılında gelmiş olmalıydı. General'in öyküsü Tang'i daha insancıl hale getirmişti; Amelia mide bulandırıcı biriydi. Eğer General beni Sergei ölmeden önce bulmuş olsaydı, Amelia gittiğimi görmekten mutlu olurdu. Ancak onun ölümünden sonraki davranışlarının nedeni, intikam odaklıydı.

"Komünistler, şehri kuşatıyorlardı," dedi General. "Eğer oradan en kısa zamanda ayrılmazsam tuzağa düşecektim. Seni aramakla annene geri dönmek arasında bocaladım. Kötü bir rüya daha gördüm: annen alevler içindeki bir yatakta yatıyordu. Tehlikedeydi. Kazakistan'a döndüğümde Kazak kadın bana, annenin ciddi bir difteri geçirmekte olduğunu, fakat kendisinin sütün içinde haşladığı at eti sayesinde düzelmeye başladığını söyledi. Annen iyileşene kadar yüzümü ona göstermeye cesaret edemedim. Nihayet annenin dinlendiği odaya gittiğimde, arkama baktı. Başaramadığımı, seni ona götüremediğimi görünce öyle bir bunalıma girdi ki, kendisini öldürmeyi deneyeceğini düşündüm. 'Karamsarlığa kapılma,' dedim ona. 'Anya'nın hayatta ve güvende olduğuna inanıyorum. İyileştiğinde batıya, Hazar Denizi'ne doğru yola çıkarız.' Sovyetlerin Kazakistan'daki varlığı giderek artıyor ve Çin'le olan sınırı daha sıkı korunuyordu. Annenle batıya kaçabilirsek, Kazakistan'dan gemiyle çıkabileceğimizi düşündüm. Annen gözlerini kapattı ve 'Nedendir bilinmez, fakat sana güveniyorum. Kızımı bulmama yardım edeceğine inanıyorum,' dedi."

General gözlerimin içine bakıp, "O anda anneni sevdiğimi ve seni bulana kadar ondan beni sevmesini bekleyemeyeceğimi ya da bu sevgiyi hak etmediğimi anladım."

Bu itirafıyla allak bullak oldum. Tenimin altında kıpırdanan başka bir şey daha vardı. Babamın ölümünün ardından iki kez, onun benim için birini göndereceğine dair verdiği sözü duymuştum. Hayatımda bana yardım eden birçok insanla kutsanmıştım ancak ansızın babamın kimi kastetmiş olduğunu anladım.

"Beni nasıl buldunuz?" diye sordum.

"Denize ulaştığımızda, Sovyetlerin kıyılarda da devriye gezdiğini gördük. Bizim için kaçış yok gibi görünüyordu fakat durum lehimize işledi. Bize, partinin ayrıcalıklı insanlarının tatillerini geçirdiği bir otelde iş verilmişti. Orada çalışırken, Yuri Vishnevsky adında bir adamla dost olduk. Onun sayesinde, Şanghay'daki Rusların Amerika'ya gönderildiğini öğrendik. Bir süre sonra annen, ondan Rusya'ya yerleşmemize yardım etmesini istedi. Ailesinin Moskovalı olduğunu ve her zaman orayı görmek istediğini söyledi. Fakat ben onun asıl amacını biliyordum. Kazakistan'da dünyadan kopuk yaşıyorduk ama Moskova'da durum böyle olmayacaktı. Orada turistler ve iş adamları, hükümet yetkilileri ve yabancı öğretmenler vardı. Bu insanların sınırları geçme izinleri vardı. Kendilerine rüşvet verebilir ya da yalvarabilirdik.

Üç yıl önce Moskova'ya yerleştik, burada çalıştığımız fabrika ve dükkândan kalan zamanlarda seni aradık. Zamanımızı Kremlin Sarayı, Kızıl Meydan ve Puşkin Müzesi'nde geçiriyor, İngilizcemizi geliştirmek istiyormuş bahanesiyle turistlere ve diplomatlara yaklaşıyorduk. Bazıları bize yardım etmeyi kabul etti ancak birçoğu bize sırtını döndü. Amerikalı bir kadın, San Francisco'daki Rus Cemiyeti'yle bağlantıya geçene kadar kimseden haber çıkmadı. Onlar da IRO'yla bağlantıya geçerek Anya Kozlova'nın Avustralya'ya gönderilmiş olduğunu öğrendiler."

General durdu. Gözlerindeki yaşlar taştı ve yanaklarına akmaya başladı. Onları silmek için bir şey yapmadı ve gözlerini kırpıştırarak bana baktı. "Böyle bir haber aldıktan sonra yaşadığımız coşkuyu düşünebiliyor musun? Amerikalı kadın çok kibardı ve Avustralya'daki Kızıl Haç'ı arayarak daha fazla yardım edip, edemeyeceklerini sordu. Emekli olmuş gönüllü bir kadın, 1950 yılında onu ziyaret eden genç bir kadını hatırladı. Kız çok güzelmiş ve öyküsü kadını etkilemiş. Gönüllü, kızın annesini aramasına yardımcı olamadığı için çok üzülmüş ve kurallara aykırı olmasına rağmen dosyasını saklamış."

"Daisy Kent," dedim Ivan'a. "Onun bana yardım etmek istemediğini düşünmüştüm hep! Belki de empatisi bana ketumluk gibi gelmişti."

"Seni bulmaya çok yaklaşmıştık," dedi General. "Sensiz geçirdiği yıllarda annen çok değişti. Dayanma gücü kalmamıştı ve devamlı hastaydı. Fakat senin Avustralya'da olduğunu duyunca gençleşti ve o eski cesur kadın oldu. Ne pahasına olursa olsun, seni bulmaya kararlıydı. Vishnevsky'yle bağlantıya geçtik, artık ona güvenecek kadar dost olmuştuk. Benim için gerekli evrakları edinebileceğini fakat geri dönmemi garantilemek için annenin orada kalması gerektiğini söyledi. İki hafta önce Avustralya'ya geldim ve Kızıl Haç bir otelde benim için bir oda ayarladı. Bir göçmen kampı ve Sydney'e gelişinin izlerini buldum ama bundan sonra hiçbir bilgi yoktu. Doğum, ölüm ya da evlilik kayıtlarından senin evlenip, evlenmediğini öğrenememiştim. Benim durumumda biri için bile bunlar gizli bilgilerdi. Fakat Şanghay'daki başarısızlığımı tekrarlamamaya kararlıydım. Bir gün otel odasında umarsızca otururken, kapının altından günlük gazete atıldı. Hiç düşünmeden aldım ve göz gezdirdim. Altında 'Anya' imzası olan bir makaleyle karşılaştım. Gazeteyi aradım ancak telefona çıkan kişi soyadının Kozlova değil, Nakhimovsky olduğunu söyledi. "Evli mi?" diye sordum. Kadın bana yazarın evli olduğunu sandığını söyledi. Telefon defterinde adresini aradım. İçimden bir ses onun, aradığım Anya olduğunu söylüyordu fakat kimliğimi açık edemezdim. Bu yüzden sana isimsiz bir not gönderdim."

General içini çekti, bitkindi ve "Anya, annen ve ben yıllarımızı seni aramakla geçirdik. Her an kalbimizdeydin. Ve şimdi seni bulduk," dedi.

20

Anne

Kızıl Ordu Korosu, tıpkı gök gürültüsü gibi, Rus halk şarkısı olan 'Volga Boat Song'u kükreyerek söylüyordu. Kabin kolonlarından gelen ritim monotondu ancak beynime sel gibi akıyordu. Şarkı, uçağın uğultusuna karıştı ve bir ilahi haline geldi. Şarkıcıların sesindeki gayret ve kahramanlık, babamın Harbin'deki mezarını kazan adamları hatırlattı. Böyle bir ruh Kızıl Ordu'dan çok o adamlara aitmiş gibi geldi. "Anne!" diye fısıldadım, uçağın altındaki güneşin aydınlattığı kardan bir halı gibi görünen bulutlara doğru. "Anne." Gözyaşlarım gözlerime batıyordu. Morarana kadar parmaklarımı sıktım. Bulutlar, hayatımın en önemli olayının göksel tanıklarıydı. Yirmi üç yıl önce annem ve ben birbirimizden ayrılmıştık ve bir günden daha kısa bir süre içinde tekrar birbirimizi görecektik.

Lily'yi kollarında sallarken plastik bardaktaki çayı kucağına dökmemeye çalışan Ivan'a döndüm. Küçücük bir alana onun kadar geniş bir adamın sığması kolay iş değildi. Sarımsak sosuna, *pirogi*'ye ve kurutulmuş balığa neredeyse elini sürmemişti. Avustralya'da olsaydık, tipik bir Slav yemeğini yiyemiyorsa, kendisini nasıl bir

Rus olarak gördüğünü sorarak, ona takılırdım. Ancak bu tür espriler Avustralya gibi ülkelerde uygundu ve Sovyetler Birliği'nde yapılamazdı. Uçaktaki yolculara, kötü biçilmiş takım elbiseli, aksi görünen erkeklere ve yüzü maskelenmiş bir avuç dolusu kadına baktım. Kim olduklarını bilmiyorduk ancak dikkatli olmamız gerektiğini biliyorduk.

"Lily'yi alayım mı?" diye sordum, Ivan'a. Başıyla onayladı, onu önündeki tepsiyle bacakları arasında kalan boşluktan geçirerek kaldırdı ve sıkıca tuttuğumdan emin olunca benim kollarıma bıraktı. Lily ışıl ışıl gözleriyle bana baktı ve dudağını büzdü, sanki bana öpücük göndermek istiyordu. Yanağına dokundum. Bu benim mucizelere olan inancımı tazelemek için yaptığım bir şeydi.

Bebek odasının kanepesi üzerindeki, içi Lily'nin giysileri, önlükleri ve yastık kılıflarıyla dolu çamaşır sepetini düşündüm. Arkamızda bıraktığımız tek dağınıklık oydu ve evi tamamen düzenli bir şekilde bırakmadığımıza sevindim. Bu, oranın hâlâ bizim evimiz olduğu ve döndüğümüzde yapacak şeylerimiz olduğu izlenimini veriyordu. Havaalanına gitmeden önce ön kapıyı kilitlerken Ivan'la birbirimize bakışımızın anlamını anlamıştım: geri dönmeme riskimiz vardı.

General bana annemin hayatta olduğunu söylediğinde içim sevinçle dolmuştu. Bu Lily doğduğunda yaşadığım sevincin aynısıydı. Ancak General'i son görüşümüzün üzerinden dört ay geçmişti ve o günden beri haberleşmemiştik. Durumun böyle olacağı konusunda bizi uyarmıştı. "Benimle bağlantı kurmaya çalışmayın. Sadece Şubat'ın ikisinde Moskova'da olun." Buradan ayrılmadan önce annemle telefonda konuşma şansımız yoktu -binasında telefon yoktu ve bir de dinlenme riski vardı. Sovyet elçiliğinden nasıl bir cevap geleceğini bilmiyorduk, bu yüzden uzun başvuru süreci ve vizelerimiz için sekiz hafta beklemek, bizim için bir işkence olmuştu. Hatta hiç sorgusuz vizelerimiz onaylandığında ve kendimi Heathrow Havaalanı'nda Moskova uçağına binerken bulduğumda bile bu işi sağ salim hallettiğimizden emin değildim.

Hostes ellerini buruşuk üniformasına sildi ve bana bir bardak ılık çay koydu. Çalışanların çoğu yaşlı kadınlardı ancak bu kadın, kepinin dışına taşmış dağınık beyaz saçlarını içeri sokma gereği bile duymamıştı. Ona teşekkür ettiğimde bile gülümsemedi. Arkasını dönüp gitti.

Yabancılara dostça davranamıyorlardı. Benimle konuşmak onun için zaman kaybıydı. Ben de bulutlara döndüm ve General'i düşünmeye başladım. Bizimle geçirdiği üç gün boyunca gözüme daha az gizemli, daha normal bir adam gibi görünmeye başlar diye ümit etmiştim. Bununla birlikte bir insan gibi yiyor, içiyor ve uyuyordu. Annemle ilgili bütün sorularıma -sağlığı, yaşam koşulları, günlük yaşamı- içtenlikle cevap veriyordu. Yaşadıkları dairede kışın bile sıcak su olmadığını ve annemin bacak ağrısı çektiğini duyunca dehşete kapıldım. Ancak General bana annemin ağrılarından kurtulmak için onu Moskova'da, buhar banyosuna götüren iyi kadın arkadaşları olduğunu söylediğinde çok mutlu oldum. Bu bana hayatımın en berbat zamanlarında yanımda olan Irina, Ruselina ve Betty'yi hatırlattı. Ancak General'e annemle ilişkisini sormaktan korkuyordum ve Sydney Havaalanı'nda sorduğum soruya kesin bir cevap vermedi: "Annemi Rusya'dan çıkardığımızda siz de gelecek misiniz?"

Ivan'ı ve beni öptü, ellerimizi sıktı ve bize, "Beni bir kere daha göreceksiniz," diyerek gitti. Zamanın yıprattığı, ancak kendinden emin adımlarla yürüyen bu yaşlı adamın çıkış kapısından geçerek gözden kayboluşunu izledim ve benim için her zamanki kadar gizemli olduğunu fark ettim.

Lily bir şeyler geveledi. Düşüncelerimi okumuşçasına kaşlarını çattı. Onu rahatlatmak için salladım. Bu yolculuğa kadar geçirdiğim en kötü anlarım, onu güven içinde olduğu Avustralya'daki yatağından alıp, tehlikeye attığımı bile bile yanağından öptüğüm anlardı. Hiç tereddüt etmeden onun için hayatımı feda edebilirdim, bununla birlikte bu yolculuğa onsuz çıktığımı hayal edemezdim. "Lily'nin de bizimle gelmesini istiyorum," dedim Ivan'a, bir gece yatağa girerken. Bana kızması ve bana deli olduğumu söylemesi için dua ettim. Onun, Irina ve Vitaly'le kalması konusunda ısrar etmesini diledim. Bunun yerine uzandı, ışığı tekrar yaktı ve ışığın altında bana baktı. Yavaşça başını salladı ve "Bu aile asla birbirinden ayrılmamalı," dedi.

Bir çatırtı oldu ve Kızıl Ordu Korosu'nun şarkısı ortada kesildi. Pilotun sesi kabinde yankılandı. '*Tavarishshi*. Yoldaşlar, Moskova'ya inmek üzereyiz. Lütfen emniyet kemerlerinizi takmak ve koltuklarınızı dik konuma getirmek için hazırlanın."

Nefesimi tuttum ve uçağın bulut kümelerinin arasına dalışını izledim. Uçak sağa sola sallandı ve kar taneleri pencerelere yapıştı. Hiçbir şey göremiyordum. Midemde bir batma hissetim ve bir süre için motorların durduğunu ve uçağın düştüğünü sandım. Londra'dan beri gıkı çıkmayan Lily, basınç değişikliği yüzünden ağlamaya başladı.

Karşımızda oturan kadın eğildi ve neşeli bir sesle, "Neden ağlıyorsun, güzel bebek? Her şey yolunda," dedi. Lily sustu ve gülümsedi. Kadın beni şaşırttı. Fransız parfümü, Bulgar erkeklerinin içmiş oldukları sigaraların kokusunu bastırıyordu ve Slavlara özgü cildinde özenli bir makyaj vardı. Ancak tipik bir Sovyet kadını olamazdı çünkü onlar ülke dışına çıkamıyorlardı. Bir hükümet yetkilisi olabilir miydi? Bir KGB ajanı mıydı? Yoksa önemli birinin metresi mi? Kimseye güvenememe duygusundan nefret ediyordum, Soğuk Savaş yüzünden kimsenin dış görünüşüne güvenilmiyordu.

Bulutların arasında oluşan boşluklardan karla kaplı arazileri ve huş ağaçlarını görebiliyordum. Kayma duygusu yerini daha güçlü bir duyguya bıraktı; bir mıknatısa doğru çekilmek. Ayak parmaklarım yere doğru esnedi, sanki hayal bile edilemeyecek bir güçle aşağı çekiliyordum. Bu gücün ne olduğunu biliyordum: Rusya. Çok uzun zaman önce Şanghay'daki bahçede okuduğum Gogol'un sözcükleri aklıma geldi: *"Ne var o şarkıda? Kalbimize seslenen, onu sızlatan ve sımsıkı kavrayan?... Rusya! Benden ne istiyorsun? Aramızdaki o erişilmez ve gizemli bağ nedir?"*

Moskova benim için bir kale şehirdi ve bunun nedenini biliyordum. Annemle aramdaki son duvardı. Kolumda kocam ve çocuğumla, acıyla geçen yılların doğurduğu kararlılıkla, onunla yüzleşme cesaretimin olmasını umut ettim. Bulutlar tıpkı hızla yana açılan perdeler gibi ortadan kayboldu, karla kaplı arazileri ve kasvetli gökyüzünü gördüm. Havaalanı altımızdaydı ancak terminali göremiyordum, sadece sıralanmış kar temizleme arabaları ve onların yanında duran kalın ceketli ve kürklü kulaklıklı adamlar vardı. Pist, bir karatahta kadar siyahtı. Aeroflot Havayolları'nın şöhretine ve buzlu koşullara rağmen pilot uçağı, tıpkı göle konan bir kuğu zarafetiyle yere indirdi.

Uçak durunca hostes bize çıkışlara doğru ilerlememizi söyledi. Uçak kalabalıktı ve Ivan, Lily'yi uçağın kapılarına varmak için birbirini iten yolcuların üzerinden havaya kaldırarak taşımak için benden aldı. Kabinin içine kuvvetli bir rüzgâr girdi.

Çıkışa vardığımda, terminal binasının isli pencerelerini ve dikenli tellerle çevrili dış duvarlarını gördüm ve sonradan benimsediğim, güneşli ve ılık ülkemin çok uzaklarda kaldığını anladım. Öyle soğuktu ki, hava mavi renkteydi. Soğuk yüzümü ısırdı ve burnumu akıttı. Ivan, Lily'yi acı soğuktan korumak için paltosunun içine soktu. Ben de başımı iyice eğdim ve dikkatle merdivenlere baktım. Botlarım kürklüydü ancak adımımı asfalta basar basmaz, ayaklarım dondu. İçimde daha da derin bir şey hissettim. Rusya'ya ayak basar basmaz, çok uzun süre önce başlamış olduğum yolculuğu tamamlıyor olduğumu anlamıştım. Babamın ülkesine geri dönmüştüm.

Sheremetievo Havaalanı'nın kirli, floresan lamba-larla aydınlatılmış geliş alanında, Ivan'la yapmak üze-re olduğumuz şeyin gerçekliği, bir kurşun gibi üzerime çöktü. General'in kulağıma fısıldadığını duydum: "Hata yapmamalısınız. Sizinle bağlantı kuran herkes, sizinle ilgili sorguya çekilecektir. Otelinizdeki temizlikçi, taksi sürücüleri, ucuz kartpostallar için ödeme yaptığınız ka-dın. Doğal olarak odanız dinleniyor olacaktır."

Saflıkla itiraz etmiştim, "Biz ajan değiliz. Tekrar bir araya gelmeye çalışan bir aileyiz."

"Eğer batıdan geliyorsanız, ya ajansınızdır ya da et-kili birilerisinizdir, en azından KGB böyle düşünür. Ve yapmayı düşündüğünüz şey vatan hainliğidir," diye beni uyardı General. Aylardır yüzümle renk vermemek, so-rulan soruları duraksamadan cevaplamak için çalışmış-tım ancak çıkış kapısının yanında duran silahlı askerle-ri ve Alman Çoban köpeğiyle tur atan gümrük memu-runu görünce, bacaklarım pelteleşti ve kalbim öyle sesli atmaya başladı ki, kendimizi ele vereceğimizden kork-tum. Sydney'den, Avustralya Kurtuluş Günü'nde ayrıl-dığımızda yanık tenli gümrük memuru her ikimize de birer küçük bayrak vermiş ve 'iyi tatiller' dilemişti.

Ivan, Lily'yi bana verdi ve uçaktan inen bir avuç ya-bancının bulunduğu sıraya girdik. Pasaportlarımızı çı-karmak için ceketinin cebine uzandı ve üzerinde yeni soyadımız, Nickham yazan sayfaları açtı. "Sorulduğun-da Rus geçmişinizi inkâr etmeyin," diye tavsiyede bu-lunmuştu General, "ama fazla da dikkat çekmeyin."

Soyadımızı değiştirmek için verdiğimiz başvuru formunu gördüğünde, "Evet, Nickham, Nakhim-ovsky'den daha kolay telaffuz ediliyor, değil mi?" diyerek gülmüştü ay yüzlü doğum, ölüm ve evlilik sicil memuru. "Bunu Yeni Avustralyalıların çoğu yapıyor. Dünyanın her yerinde işleri kolaylaştırıyor. Lilliana Nickham. Eminim, ondan güzel bir aktris olur."

Ona soyadımızı, vizelerimizi Rus konsolosluğundan daha rahat geçirmek için İngilizceleştirdiğimizi söylemedik. "Anya, Stalin'in soylu sınıfın torunlarını temizleme günleri bitti, sen ve Ivan artık Avustralya vatandaşısınız," diye açıklamıştı General. "Fakat dikkat çekmek anneni tehlikeye atar. Brejnev yönetiminde bile, yurtdışında akrabalarımız olduğunu itiraf edersek, edinmiş olabileceğimiz kapitalist ideallerden arındırmak için bizi akıl hastanesine kapatırlar."

"*Nyet! Nyet!*" önümüzdeki Alman adam, cam kabinin içindeki kadın görevliyle tartışıyordu. Kadın, davet mektubunu göstererek adama geri veriyor, adam da her defasında mektubu pencerenin altındaki boşluktan kadına geri itiyordu. Birkaç dakika süren bu karşılıklı alış verişin ardından kadın bıkkınlıkla elini salladı ve adamın geçmesine izin verdi. Sıra bize gelmişti.

Gümrük memuru kâğıtlarımızı okudu ve pasaportlarımızın her sayfasını dikkatle inceledi. Kaşlarını çatarak resimlerimize baktı ve Ivan'ın yüzündeki yaraya baktı. Lily'yi sıkıca göğsüme bastırdım, sıcaklığında huzur buluyordum. Gözlerimi yere indirmemeye çalışıyordum -General bunun bir sahtekârlık işareti olarak algılanacağını söylemişti- ve ben de duvarda sıralanmış parti bayraklarını inceliyormuşum gibi yaptım. Haklı çıkmasını diledim. Kendimizi Sovyet vatandaşı olarak tanıtıp, geçmeye çalışmamalıydık. Vishnevsky içeriden yardım etse bile, bizim için oturma belgesi alamazdı, alsa bile herhangi bir soruşturmada gerçekten Moskovalı olmadığımız ortaya çıkardı.

Gümrük memuru, sanki onu çileden çıkarmak istercesine, bir Ivan'a, bir onun pasaportuna bakıyordu. Slavlara özgü gözlerimizi ya da Ruslara özgü elmacık kemiklerimizi inkâr edemezdik, ancak Moskova'da yaşayan birçok İngiliz ve Amerikalı, Rus göçmenlerin çocuklarıydı. Bizde sıra dışı olan ne vardı? Memur kaşlarını çattı ve arkada evrakların arasında boğuşan genç ve düzgün hatları olan arkadaşını çağırdı. Gözlerimin önünde beyaz noktalar dans etmeye başladı. Yoksa ilk aşamayı bile geçemeyecek miydik? Erkek memur Ivan'a Nickham'ın gerçek soyadı olup, olmadığını ve Moskova'daki adresini sordu. Ancak soruyu Rusça sordu. Bu bir hileydi ve Ivan hiç duraksamadı.

"Elbette," diye yanıtladı Rusça ve otelin adresini verdi. General'in haklı olduğunu gördüm. Hoparlörden uçuş detaylarını zımpara kâğıdının çıkardığına benzer bir sesle duyuran adama oranla Ivan'ın Rusçası, Rusya'da elli yıldır duyulmamış, Sovyetler Birliği öncesi konuşulan zarif bir Rusçaydı. Kulağa, Shakespeare okuyan bir İngiliz ya da Rusçayı ikinci el ders kitaplarından öğrenmiş bir yabancı gibi geliyordu.

Erkek gümrük memuru bir şeyler homurdandı ve yoldaşından ıstampayı aldı. Büyük bir gürültüyle kâğıtlarımızı damgaladı ve geri verdi, Ivan da kâğıtları sakin bir şekilde toplayıp, cebine koydu ve memurlara teşekkür etti. Ancak kadın memurun bana söyleyeceği son bir şey vardı: "Madem sıcak bir ülkeden geliyorsunuz, neden kışın bu ülkeye bu kadar küçük bir çocuğu getiriyorsunuz? Onun soğuktan ölmesini mi istiyorsunuz?"

Taksideki pencere fitilinde boşluk vardı ve ben Lily'ye vuran hava akımını engellemek için kolumu üzerine bastırdım. Vitaly ilk Austin'ini aldığından beri bu kadar kötü durumda olan bir araba görmemiştim. Koltukları ahşap döşemeler kadar sertti ve karmakarışık tellerden oluşan göstergeyi, şıngırdayan vidalarla bantlar tutuyordu. Sinyal vermesi gerektiğinde, sürücü camı açıp, buz gibi havaya elini uzatıyordu. Çoğu zaman buna aldırmıyordu bile.

Havaalanı çıkışında trafik sıkışıktı. Ivan, Lily'yi içeri giren egzoz dumanından korumak için, bedenine sardığımız şalı burnuna kadar çekti. Sürücü arabayı durdurup, dışarı atladı. Silecekleri taktığını gördüm. Arabaya tekrar bindi ve kapıyı çarptı. "Onları çıkardığımı unutmuşum," dedi. Ivan'a baktım, omuzlarını silkti. Onları, çalınmasından korktuğu için çıkarmış olmalı, diye düşündüm.

Bir asker cama vurdu ve sürücüye yolun kenarına çekmesini emretti. Diğer taksilerin ve arabaların da aynı şeyi yaptıklarını fark ettim. Perdeleri çekilmiş siyah bir limuzin, meymenetsiz bir cenaze arabası gibi süzülerek yanımızdan geçti. Arabalar motorlarını çalıştırıp onun arkasından yollarına devam ettiler. Dillendiremediğim sözcük havada asılı kaldı. *Nomenklatura*. Ayrıcalıklı tabaka.

Su damlalarıyla kaplı camdan otobanın her iki tara-

fında huş ağaçları olduğunu fark ettim. İnce, beyaz göv-
delerine ve dallarında dengede duran karlara baktım.
Ağaçlar peri masalından çıkmış yaratıklara, küçük bir
kızken babamın bana yatmadan önce okumuş olabilece-
ği masallardan çıkmış efsanevi varlıklara benziyorlardı.
Öğle sonrası olmasına rağmen güneş batıyor ve karan-
lık çöküyordu. Birkaç mil sonra ağaçlar yerini binalara
bırakmaya başladı. Binalar küçük pencereleriyle tekdü-
zeydi, süslemeleri yoktu. Bazıları yarı tamamlanmıştı,
çatılarında vinçler duruyordu. Arada sırada karla kap-
lı oyun bahçelerinden geçiyorduk ancak daha çok yan
yana sıkışmış binalar vardı. Bunların çevreleri kirli kar
ve buzla kaplıydı. Yol boyunca kasvetli bir tekdüzelik
sergileyerek devam ettiler ve ben bu süre boyunca, bu
betondan şehrin bir yerlerinde annemin beni beklediği-
ni biliyordum.

Moskova, bir ağaç gövdesinin halkaları gibi, kat-
manlardan oluşuyordu. Her mil bizi geçmişin derinlik-
lerine götürüyordu. Lenin heykeli tarafından gözetlenen
büyük bir alanda bulunan ve içinde toplamları abaküs-
lerle alan memurların bulunduğu bir dükkânın önünde
insanlar kuyruğa girmişlerdi. Bir satıcı, soğuktan don-
masın diye üzerine plastik bir örtü örttüğü patatesleri-
nin başında oturuyordu. Kadın mı erkek mi tam olarak
anlayamadığım biri, palto ve botlarının içinde dondur-
ma satıyordu. Kolları ekmek ve lahanayla dolu yaşlı bir
Rus kadını karşıya geçmeye çalışırken trafiği aksatıyor-
du. Daha ileride, değerli bir bohça gibi, kürklü eldiven
ve şapkalar içine gömülmüş bir anne ve kızı karşıya geç-
mek için bekliyorlardı. Yan tarafları çamur içindeki bir

troleybüs, gürültülü bir şekilde yanımızdan geçti. İçindekilere baktım, kat kat taktıkları atkılardan ve kürklerden neredeyse görünmüyorlardı.

İşte, benim insanlarım diye düşündüm, onları gerçekleriyle kabullenmeye çalışarak. Avustralya'yı seviyordum, o da beni seviyordu ancak her nedense, aynı taştan kopmuşuz gibi, bu insanlara benzediğimi hissettim.

Ivan kolumu dürttü ve ön camı gösterdi. Moskova gözlerimizin önünde Fransız tarzı sokak lambalarıyla dolu, göz kamaştıran kaldırım taşlı bulvarlara ve pastel renkli duvarları olan görkemli binalara dönüşüyordu. Her yer beyaza bürünmüştü ve çok romantikti. Sovyetler, Çarlarla ilgili ne söylerse söylesin, iklime ve bakımsızlığa rağmen, monarşinin diktiği binalar çok güzeldi. Bunların yanında üzerlerine kabus gibi çöken Sovyet binalarının boyaları dökülmüş ve duvarları oyulmuştu.

Taksi sürücüsünün önünde durduğu cam ve çimento görüntülü binanın otelimiz olduğunu gark ettiğimde yüzümdeki hoşnutsuzluğu gizlemeye çalıştım. Canavar gibi bina, çevresindeki her şeyi cüceleştiriyor ve arka fondaki Kremlin'in altın kubbelerine aykırı düşüyordu. Sanki bu kadar kötü görünmesi için çabalamışlardı. Tüm emperyalist şöhretiyle muhteşem Hotel Metropol'de kalmayı tercih ederdim. Seyahat acentesi bize Metropol'un cömert donatımının ve ünlü vitray tavanlarının resimlerini göstererek, bizi General'in söylediği otelde kalmamamız için ikna etmeye çalışmıştı. Ancak orası zengin yabancıları izlemek adına KGB'nin en favori uğrak yeriydi ve biz Moskova'ya tatile gitmiyorduk.

Otelimizin girişi, yapay mermer ve kırmızı halılarla kaplıydı. Ucuz sigara ve toz kokuyordu. General'in talimatlarına harfiyen uymamamıza rağmen bir gün erken gelmiştik ve onu bulmak için lobideki tüm yüzleri taradım. Gazete okuyan ve dergi tezgâhının çevresinde oyalanan karamsar adamların arasında onu bulamazsam hayal kırıklığına uğramamam konusunda kendime telkinde bulundum. Resepsiyon masasının arkasındaki dar boşluktan, asık suratlı bir kadın başını kaldırıp bize baktı. Kalemle çizilmiş gibi kaşları ve alnının ortasında bozuk para büyüklüğünde bir beni vardı.

"Bay ve Bayan Nickham. Ve kızımız Lily," dedi Ivan, kadına.

Altın dişlerini göstererek, hiç de gülümsemeye benzemeyen bir mimikle dudaklarını büzdü ve pasaportlarımızı istedi. Ivan kayıt formlarını doldururken, ben de elimden geldiğince doğal bir şekilde bizim için bırakılan bir mesaj olup olmadığını sordum. Odanın bölmesine baktı ve bir zarfla döndü. Zarfı açmaya başladım ve kadının beni izlediğini fark ettim. Onu yarı açılmış şekilde bırakamazdım, bu pek doğal görünmezdi. Bu yüzden sanki Lily kucağımda ağırlaşmış gibi, onu yukarı çektim ve bir sandalyeye doğru yürümeye başladım. Sabırsızlıktan kalbim çarpıyordu ancak zarfın içindeki kâğıt parçasını açınca bunun Intourist'ten gelen seyahat programını olduğunu gördüm. Noel hediyesi olarak bisiklet beklerken okul çantası alan bir çocuk gibi hissettim. Bunun ne anlama geldiğini biliyordum. Göz ucuyla resepsiyondaki kadının hâlâ bana bakmakta olduğunu gördüm, ben de zarfı çantama koydum ve Lily'yi havaya kaldırdım. "Nasılmış, benim güzel kızım?" diyerek cilveleştim onunla.

Ivan formları doldurduktan sonra, kadın ona anahtarı verdi ve bavulları taşıması için çarpık bacaklı, yaşlı bir adamı çağırdı. Üzerinde bavullarımızın bulunduğu tekerlekli arabayı dengesiz bir şekilde itmeye başladı. Adamın sarhoş olduğunu düşünmeye başlamıştım ki, tekerleklerden birinin eksik olduğunu gördüm. Asansörün düğmesine bastı ve duvara yaslandı, yorulmuştu. Gözaltlarında torbalar ve ceketinin dirseklerinde delikler olan, yaklaşık aynı yaşta başka bir adam, tozlu biblolar ve matruşka bebeklerle dolu bir masanın arkasında oturuyordu. Sarımsakla karışık antibiyotik kokuyordu. Bavullarımız dâhil, bizi tepeden tırnağa inceledi, sanki görüntümüzü hafızasına kazımak istiyor gibiydi. Başka bir ülkede olsa, adamın bahşiş istediği düşünülebilirdi ancak General'in KGB ile ilgili anlattığı öykülerden sonra, adamın sert bakışlarındaki merak insanın tüylerini ürpertiyordu.

Odamız batı standartlarına göre küçüktü ve dayanılmaz şekilde sıcaktı. Tavandan sarkan püsküllü avize, yıpranmış halının üzerine turuncu bir ışık yayıyordu. Pencerenin altındaki buhar ısıtıcısını inceledim ve ayar tutmadığını fark ettim. Adamın sesi Sovyet anayasasına övgüler yağdırıyordu. Ivan yatağın çevresini dolaşarak radyoyu kapatmaya gitti ancak radyonun açma kapama düğmesi yoktu. Yapabileceği en iyi şey sesini olabildiğince kısmaktı.

"Şuraya bak," dedim, dantel perdeleri kenara çekerek. Odamız Kremlin'e bakıyordu. Pembe tuğlalı duvarlar ve Bizans kiliseleri karanlıkta ışıl ışıl parlıyordu. Kremlin'de eskiden Çarlar evleniyor ve taçlandırılıyorlardı. Daha önce, havaalanında gördüğümüz siyah limuzini hatırladım ve şimdi burada yeni Çarların yaşadığını hayal ettim.

Ivan bavullarımızı açarken, ben Lily'yi yatağa yatırdım ve üzerindeki kalın kıyafetleri çıkarıp, pamuklu bir tulum giydirdim. Onu taşıdığımız sepetin içine koyduğumuz atkılarımızı ve şallarımızı çıkarıp, arasına Lily'yi yerleştirdiğim yastıklara destek yaptım. Uykulu gözlerini kırpıştırdı. Uyuyana kadar karnını okşadım ve arkama yaslanıp onu seyrettim. Yatak örtüsünün deseni dikkatimi çekti: tıpkı bir asma gibi birbirine geçmiş dalların üzerinde duran bir çift güvercin. Marina'nın Şanghay'daki mezarını hatırladım, mezar taşında biri ölmüştü, diğeri onun yanı başında sadakatle duruyordu. Sonra aklıma seyahat programı geldi. Midem bulandı. Annem, Pekin'deyken benden bir gün uzaklıktaydı. General Moscow-Shanghai'a gelerek doğru kapıyı bulmuştu ancak Amelia onu geri göndermişti. Ya ben tam annemi görmek üzereyken, KGB planlarımızı anlayıp, onu çalışma kampına gönderirse? Hem de bu defa gerçekten.

Başımı kaldırıp, Ivan'a baktım. "Yolunda gitmeyen bir şeyler var," sessizce ağzımı kıpırdattım. Başını salladı ve yatağın yanına giderek radyonun sesini açtı. Çantamdan seyahat programını aldım ve ona verdim. Şaşkın bir yüzle okudu, sonra bir ipucu ararcasına tekrar okudu. Onunla banyoya gitmem için bana işaret etti ve musluğu açtıktan sonra onu bana kimin verdiğini sordu. Intourist'e herhangi bir rezervasyon yaptırmamıştık, gerçi gezi turları turistler için zorunlu bir şeydi. Seyahat programının KGB'yle bir ilgisi olmasından korktuğumu söyledim.

Ivan omuzlarımı okşadı. "Anya," dedi, "yorgunsun ve aşırı heyecanlısın. General 2 Şubat, demişti. Yarına kadar bekle."

Gözlerinin altında halkalar vardı ve bunun onun için de gergin bir durum olduğunu hatırladım. Günler ve geceler boyunca, kendisi yokken ve tekrar dönememe olasılığına karşı ortağını sıkıntıya sokmamak için işlerini düzenlemeye çalışmıştı. Ivan benim mutluluğum için her şeyi feda etmeye hazır gibi görünüyordu.

Aylardır süren bekleyiş beni çok etkilemişti. Buluşmaya sadece saatler kalmışken, inancımı kaybetme zamanı değildi. Yine de, zaman yaklaştıkça daha tedirgin oluyordum. "Seni hak etmiyorum," dedim Ivan'a, sesim titreyerek. "Ya da Lily'yi. Anne olmayı da hak etmiyorum. Lily hastalanıp, ölebilir."

Ivan yüzüme dikkatle baktı. Dudakları bir gülücükle kıvrıldı. "Siz Rus kadınları hep bu şekilde düşünürsünüz. Sen çok güzel bir annesin ve Lily de tombul ve sağlıklı bir bebek. Hatırlıyor musun, doğduktan sonra sen ve Ruselina 'ağlamıyor ve bütün gece uyuyor' diyip doktora koşturmuştunuz, doktor da onu muayene edip, 'bu, sizin şansınız,' demişti."

Ona uzandım ve başımı omzuna koydum. Güçlü ol, dedim kendi kendime ve General'in planını tekrar kafamdan geçirdim. Bizi Doğu Almanya'dan kaçıracağını söylemişti. Bunu duyduğumda, gözlerimin önüne gözetleme kulelerinde duran muhafızlar, peşimize düşmüş görevliler, tüneller ve Duvar'a doğru koşarken vuruluşumuz gelmişti ancak General başını sallamıştı. "Vishnevsky, sınırı geçiş izninizi alacak, fakat siz yine de KGB konusunda dikkatli olun. Bu ülkede *Nomenklatura* bile izleniyor." Vishnevsky'nin kim olduğunu ve annemle General'in bu kadar yüksek rütbede bir görevliyle nasıl dost olduklarını merak ediyordum. Yoksa Demir Perde'nin ardında bir çeşit merhamet mi vardı?

"Seninle evlendiğim için tanrıya şükrediyorum."

Seyahat programını lavabonun üzerindeki rafa koydu ve parmaklarını çıtlattı, yüzündeki gülümseme daha da büyüdü. "Bu, bir plan," diye fısıldadı. "Büyük bir ajanın koruması altında olduğumuzu söyleyen sen değil miydin? Güçlü ol, Anya. Güçlü ol. Bu, bir plan General'i tanıdığım kadarıyla iyi bir plan."

Ertesi sabah otelin restoranında kahvaltı ederken günün ne getireceği konusunda hem umutlu hem de endişeliydim. Diğer yandan Ivan daha sakin görünüyor, parmağıyla masa örtüsünün pürtüklerinin üzerinden geçiyordu. Esmer ekmek, kurutulmuş balık ve peynir içeren Rus kahvaltısı daha iştah açısı görünse de, garson kız teklifsizce bize yağda yumurta ve iki dilim kızarmış ekmek getirdi. Biz garsonun biberonunu ısıtıp getirmesini beklerken, Lily elbisesini kemiriyordu. Garson biberonu getirdiğinde, bileğime bir damla damlattım. Mükemmel bir ısıdaydı ve garsona teşekkür ettim. Kız gülümsemekten korkmuyordu ve bana "Biz Ruslar, bebeklere bayılırız,"dedi.

Saat dokuzda paltolarımızı, eldivenlerimizi ve şapkalarımızı yanımıza alarak, otelin lobisine gittik. Yemekten sonra Lily'nin uykusu geldi, Ivan onu paltosunun içine soktu. Intourist rehberiyle tura çıkmamızın belirli bir nedeni yoktu ancak o an için en iyi seçeneğimiz buydu. Ivan, bu turu KGB'yi kuyruğumuzdan düşürmek, sıradan turistlermişiz gibi görünmemizi ve yol üzerinde bir yerlerde annemle buluşmamızı sağlamak için General'in ayarladığını düşünüyordu. Diğer yanda, ben bu turun bizden bilgi almak amacıyla KGB tarafından düzenlenmiş bir tuzak olduğunu düşünmeden edemiyordum.

"Bay ve Bayan Nickham?"

Dönüp baktığımızda, gri elbiseli, kolunda kürk paltosuyla bize gülümseyen bir kadınla karşılaştık. "Ben, Vera Otova. Intourist rehberinizim," dedi. Kadın sanki askeri eğitim almış gibi dimdik duruyordu. Yaklaşık kırk yedi, kırk sekiz yaşlarındaydı. Ivan ve ben elini sıkmak için ayağa kalktık. Kendimi sahtekâr gibi hissettim. Kadın elma çiçeği parfümü kokuyordu ve elleri manikürlüydü. İyi birine benziyordu ancak dost muydu yoksa düşman mı emin olmadım. General, eğer sorguya çekilirsek, planımızı inkâr etmememizi söylemişti. "Size göndereceğim herkes, sizin kim olduğunuzu biliyor olacak. Sizin bir şey söylemenize gerek kalmayacak. Dikkatli olun. Herkes KGB ajanı olabilir."

Vera'nın kimin tarafında olduğunu öğrenmeliydim.

Ivan boğazını temizledi. Üzgünüm, Sydney'den ayrılmadan önce bir tur rezervasyonu yaptırdığımızı bilmiyorduk," dedi, Vera'nın paltosunu alıp giymesine yardımcı olurken. "Bunu bizim için tur acentesi ayarlamış olmalı."

Vera'nın yüzünü kuşku dolu bir ifade kapladı ancak aralıklı dişlerini göstererek güldü ve kendisini toparladı. "Evet, Moskova'da bir rehberiniz olmalı," dedi, yünlü beresini başına oturturken. "Bu, her şeyi kolaylaştırır."

Bunun bir yalan olduğunu biliyordum. Yabancıların gitmemeleri gereken yerlere ve hükümetin görmelerini istemediği şeyleri görmeye gitmemeleri için bir rehbere ihtiyaçları vardı. General bunu bize söylemişti. Müzelere, kültürel etkinliklere ve savaş anıtlarına turlar düzenleniyordu. Rusya'nın çöken komünizminin gerçek kurbanlarını gidip göremezdik: karlar içinde ölmekte olan alkolikler, tren istasyonlarının dışında dilenen yaşlı kadınlar, evsiz aileler, okulda olması gerekirken yol kazan çocuklar. Ancak bu yalan Vera'nın bir sahtekâr olduğuna inanmamı sağlamadı. Bu kadar kalabalık bir otel lobisinde başka ne söylemesi beklenebilirdi?

Ivan paltomu giymeme yardım etti ve sonra da koltuğa eğilerek Lily'yi kaldırdı ve onu paltosunun içine aldı.

"Bir bebek, ha?" dedi Vera bana dönerek. "Bana kimse bir bebek getireceğinizi söylememişti."

"O, iyi bir bebektir," dedi Ivan, Lily'yi kollarının arasında hoplatırken. Lily birdenbire gözlerini açtı, kıkırdadı ve kemirmek için babasının şapkasını kendisine çekti.

Vera gözlerini kısarak onlara baktı. Lily'nin yanağına dokunduğunda aklından geçenleri anlayamadım. "Harika bir bebek. Çok güzel gözleri var. İğnemle aynı renkteler," dedi, yakasındaki bal renkli, kelebek şeklindeki broşu işaret ederek. "Fakat programımızda... bazı değişiklikler yapmamız gerekebilir."

"Lily'yi götüremeyeceğimiz hiçbir yere girmek istemiyoruz," dedim, eldivenlerimi giyerken. Söylediğim şey Vera'yı sinirlendirmiş görünüyordu; gözleri açıldı ve yüzü kızardı. Ancak kendisini çabuk toparladı. "Elbette," dedi. "Sizi anlıyorum. Ben sadece baleyi düşünüyordum. Salona beş yaşın altındaki çocukları almıyorlar."

"Ben Lily'yle dışarıda kalabilirim," diye önerdi Ivan. "Siz Anya'yı götürebilirsiniz. Bale seyretmeye bayılacaktır."

Vera dudağını ısırdı. Kafasında bir plan yapıyor olduğunu görebiliyordum. "Hayır, öyle olmaz," dedi. "Moskova'ya gelip, Bolşoy Balesi görmeden gidemezsiniz." Parmağındaki alyansıyla oynadı. "Sizin için de sakıncası yoksa Kremlin'e gittiğimizde sizi başka bir gruba dâhil edebilir ve bu arada bir şeyler ayarlamaya çalışırım."

"Bir şeyler ayarlamanız gerektiğinde beni de haberdar edin," dedi Ivan ve birlikte otel kapılarına doğru Vera'nın peşinden gittik.

Vera'nın topukları kesik bir ritimle yer döşemelerine vurdu. "Seyahat acenteniz her ikinizin de mükemmel derecede Rusça bildiğinizi söyledi fakat benim için İngilizce konuşmamızın bir sakıncası yok," dedi, atkısını birkaç kez boynuna dolamaya başlayınca çenesi kaybolmaya başladı. "Hangi dili tercih ettiğinizi bana söyleyin. Eğer isterseniz Rusçanızı geliştirebilirsiniz."

Ivan, Vera'nın koluna dokundu. "Ben, Rusya'da Ruslar ne yapıyorsa, onu yapalım, derim."

Vera güldü. Bunun nedeninin, Ivan'ı etkileyici bulmasından mı yoksa bir çeşit zafer kazandığını düşünmesinden mi kaynaklandığını anlayamadım.

"Siz burada bekleyin," dedi. "Kapıya gelmesi için bir taksi bulayım."

Vera'nın hızla dışarı çıkışını izledik, kapıdaki adama bir şeyler söyledi. Kısa bir süre sonra kapıda bir taksi belirdi. Sürücü dışarı çıktı ve kapılarımızı açtı. Vera dışarı çıkmamızı ve arabaya binmememizi işaret etti.

"Bütün bunlar ne demek oluyor?" diye sordum Ivan'a, döner kapıdan dışarı çıkarken. "Hani şu 'Bir şeyler ayarlamanız gerektiğinde beni de haberdar edin,' falan ne demek?"

Ivan koluma girdi ve "Rubleler. Sanırım Madam Otova rüşvetten söz ediyordu."

Tretyakov Galerisi bir manastır kadar sessizdi. Vera gişedeki kadına fişleri verdi ve sonra da biletlerimizi almamıza yardımcı oldu. "Haydi, eşyalarımızı vestiyere bırakalım," dedi ve merdivenlerden inerken onun takip etmemizi işaret etti.

Vestiyer çalışanlarının üzerinde eskimiş mavi ceketleri, başlarında sardıkları başörtüleri vardı. Bir kucak dolusu kabarık ceket ve şapkalarla, askılar arasında gidip geliyorlardı. Ne kadar yaşlı olduklarına şaşırmıştım; ilk defa seksenli yaşlarında bile hâlâ çalışan kadınlar görüyordum. Dönüp bize baktılar ve Vera'yı görünce başlarını salladılar. Onlara paltolarımızı ve şapkalarımızı verdik. İçlerinden bir tanesi Lily'nin şalın içinden çıkan yüzünü gördü ve bana gülerek onun için de bir numara verdi. "Onu bırakın," dedi. "Ben onunla ilgilenirim." Kadının yüzüne baktım. Diğer çalışanlar gibi yüzü çökmüş olsa da gözlerinde mutluluk ışıltısı vardı. "Yapamam. O benim 'değerlim,'" diyerek gülümsedim. Kadın uzanıp, Lily'nin çenesini gıdıkladı.

Vera çantasından gözlüklerini çıkardı ve özel sergi programını inceledi. Galerinin girişini işaret etti, Ivan ve ben tam o tarafa dönüyorduk ki, çalışanlardan bir tanesi seslendi. "*Tapochki! Tapochki!*" başını sallıyor ve çizmelerimizi işaret ediyordu. Yere baktım ve çizmelerimiz üzerinden eriyip, yere akmış olan karları fark ettim.

Kadın bize, çizmelerimizin üzerine giymemiz için bir çift *tapochki*[37] verdi. Bir tanesini çizmemim üzerine geçirirken kendimi yaramaz bir çocuk gibi hissettim. Vera'nın ayakkabılarına baktım. Deri ayakkabıları yepyeniymiş gibi görünüyordu.

---

[37] Galoş.Ayakkabılardaki ıslaklık ya da kirin yerlere bulaşmasını önlemek için giyilen koruyucu.

Ana girişte okul çocuklarından oluşan bir grup, önünde sıraya dizildikleri madeni bir tabelayı okuyorlarken öğretmenleri de cübbesini giyen bir papaz edasıyla tabelaya bakıyordu. Çocukların arkasında Rus bir aile, tabelayı okumak için sabırsızlıkla bekliyordu, onların arkasında da genç bir çift vardı. Vera bize tabelayı okumak isteyip, istemediğimizi sordu. Ivan ve ben istediğimizi söyledik. Sıramız geldiğinde tabelaya iyice yaklaştık ve bunun müzeye ithaf edilmiş bir yazı olduğunu gördüm. Müzenin kurucusu, Pavel Tretyakov'a teşekkür edilmesinin yanı sıra söyle yazıyordu: "Karanlık Çarlık Dönemi'nde ve Büyük Devrim'den sonra müze koleksiyonunu genişletebilmiş ve birçok şaheseri 'toplum'a sergileme fırsatı bulabilmiştir."

Ensemdeki tüylerin ürperdiğini hissettim. Bolşevikler, asil ve orta sınıf ailelerin boğazını kestikten ya da ölmeleri için çalışma kamplarına gönderdikten sonra, onların resimlerini çaldıklarını ifade ediyorlardı. Riyakârlık kanımın çekilmesine neden oldu. Bu aileler sanatçılara, resimleri için para ödemişlerdi. Sovyetler aynı şeyi yaptıklarını söyleyebilir miydi? Tabelada zengin bir tüccar olan Tretyakov'un ömrü boyunca *sanat toplum içindir* rüyası kurduğundan söz etmiyordu. Gelecekte bir gün otoriteler Tretyakov'un geçmişini yazarken, ondan çalışan sınıfın da devrimci olarak söz edip etmeyeceklerini merak ettim. Babamın anne-babası ve kardeşleri Bolşevikler tarafından katledilmişlerdi ve annemi benden ayıran Tang'in ortağı bir Sovyet yetkilisiydi. Bunlar kolay unutulacak şeyler değildi.

Rus aileye ve genç çiftin yüzlerine baktım. İfadesizlerdi. Onların da benimle aynı şeyleri düşünüp, düşünmediklerini merak ettim ancak Ivan ve ben, kendimizi korumak için sessiz kalmak durumundaydık. Babamın Rusyasına döndüğümü sanıyordum ancak durumun öyle olmadığını gördüm. Benim babamın Rusyası sadece bir kalıntıydı. 'Önceki çağdan kalma bir emanet.'

Vera bizi dinî resimlerle dolu bir salona soktu. "'Bu Vladimir'in Bakiresi heykeli, koleksiyonun en eski parçalarından biri," dedi, bizi kucağında çocuğunu tutan bakirenin tasvir edildiği resme doğru götürürken. On ikinci yüzyılda Bizans İstanbul'undan Kiev'e getirilmiş. Resmin altındaki tabelada, resmin üst üste birkaç kez yapıldığını ancak umutsuz ifadesinin asla değişemediği yazıyordu. Lily, resmin renklerinden büyülenmiş gibi sessizce kucağımda duruyordu ancak resme yapmacık bir ilgi göstermek bana zor geldi. Duvarların kenarında oturan yaşlı rehber kadınlara göz gezdirdim. Çevreme dikkatle bakıyor, annemi arıyordum. Şimdi elli altı yaşında olmalıydı. Onu en son gördüğümden beri ne kadar değişmiş olabileceğini merak ettim. Ivan, Vera'ya resimlerin nerede yapıldığına ve temalarına ilişkin sorular sorarken onun kişisel hayatıyla ilgili soruları da araya sıkıştırıveriyordu. Moskova'da mı yaşıyordu? Çocukları var mıydı?

"Nereye varmaya çalışıyor?" diye sordum, kendi kendime. Rubliov'un kanatlı meleklerinin önünde durdum ve Vera'nın yanıtlarını dinlemeye çalıştım. "Oğullarım üniversiteye başladığından beri Intourist için rehberlik yapıyorum," dedi Vera. "Ondan önce ev hanımıy dım." Ivan'ın sorularına, kendisini fazla açık etmeyen yanıtlar verdiğini, bunların karşılığında bizimle ya da Avustralya'yla ilgili hiçbir şey sormadığını fark ettim. Acaba bunun nedeni Batılılarla bu tür sohbetlere girmenin akıllıca olmaması mıydı? Yoksa bilmesi gereken önemli şeyleri bildiği için miydi?

Sabırsızca ilerledim ve birkaç bölme ötedeki bir rehberin bana doğru baktığını fark ettim. Uzun ve siyah saçları, incecik elleriyle zarif bir kadında bulabileceğiniz tüm özelliklere sahipti. Işıkta gözleri pırıl pırıl parlıyordu. Boğazım düğümlendi. Ona doğru yürüdüm ve ona yaklaşır yaklaşmaz siyah saç zannettiğim şeyin bir başörtüsü olduğunu ve bir gözüne katarakt inmiş olduğunu gördüm. Diğer gözü ise açık maviydi. Annem olamazdı. Kadın benim bakışlarım karşısında kaşlarını çattı ve hemen Alexandra Struiskaya'nın portresine dönüp, doğal olmayan bir heyecanla baktı. Yapmış olduğum hatanın şaşkınlığıyla sendeleyerek galerinin içinde dolaştım ve ara sıra durarak Puşkin, Tolstoy ve Dostoyevski'nin portrelerine baktım. Hepsi sanki şüpheli bir önseziyle bana bakıyorlardı. Kendimi rahatlatmak için diğer asil kadın ve erkeklerin resimlerine baktım. Hepsi ağırbaşlı, zarif ve düşseldi. Çevrelerindeki renkler sihirli bulutlar gibiydi.

"Portreleriniz bittikten sonra size neler oldu? Oğullarınızın ve kızlarınızın kaderinin ne olacağını biliyor muydunuz?" diye sordum onlara sessizce.

Ivan ve Vera'nın bana yetişmesi için Valentin Serov'un 'Şeftalili Kız' resminin önünde durdum. Resmi bir kitapta görmüştüm ancak gerçek hayatta onun önünde dururken yansıttığı samimiyet beni şaşırttı. "Bak, Lily," dedim, görebilmesi için onu tabloya çevirdim. "Büyüdüğünde sen de bu kız kadar güzel olacaksın. Kızın göz alıcı gençliği, endişesiz gözleri, oturduğu odanın aydınlığı Harbin'deki evimizi aklıma getirdi. Ağlamaktan korktuğum için gözlerimi kapattım. Annem neredeydi?

"Gördüğüm kadarıyla Bayan Nickham'ın sanata sevgisi var," dediğini duydum Vera'nın. "Fakat sanırım bu müzedeki en güzel sanat eserlerinin Sovyetler dönemine ait olduğunu anlayacaktır."

Gözlerimi açtım ve ona baktım. Bana gülümsüyor muydu yoksa gözlerini kısarak mı bakıyordu? Sovyet tablolarının olduğu yere doğru yürümeye başladı ve ben de son bir kez 'Şeftalili Kız'a baktım sonra da mecburen onu takip ettim. Moskova'daki ilk günümde gördüğüm iğrençliklerden sonra bu resmin karşısında saatlerce durabilirdim.

Vera coşkulu bir biçimde, yavan ve cansız Sovyet sanatından söz ederken yüzümü ekşitmemeye çalıştım. 'Sosyal Mesajlar', 'Şiirsel Sadelik' ve 'Devrimci Hareketin İnsanları' terimlerini bir kere daha kullanırsa müzeden çıkar giderim diye düşündüm. Ancak elbette bunu yapamazdım. Yine de, çevreme bakındığımda önyargılarımı bir yana iten ve iyi olduklarını düşündüğüm tablolar gördüm. Konstantin Istomin'in 'Öğrenciler' adlı eseri gözüme takıldı. İki genç zarif kadın, kısa bir kış gününün kapalı havasında evlerinin penceresinden soluk günışığına bakıyorlardı.

Vera gelip arkamda durdu. Yanılıyor muydum yoksa topuk selamı mı vermişti? "Kadınlığın ön plana çıktığı resimleri seviyorsunuz. Ayrıca siyah saçlı kadınları da seviyorsunuz," dedi. "Bu taraftan gelin, Bayan Nickham, sanırım yan bölmede sizin zevkinize uygun bir şey var."

Onun peşinden gittim, kendimi açık ettiğimden endişelenerek yere bakıyordum. Bana Sovyet propagandası yapan başka bir parça daha gösterirse kendimi daha iyi ifade edebilmeyi diledim.

"İşte, geldik," dedi, beni bir tuvalin önüne getirerek. Başımı kaldırdım, baktım ve ağzım açık kaldı. Kucağında çocuğunu tutan ve yakından resmedilmiş bir kadının portresiyle karşı karşıya kaldım. Kadının ince kaşları, saçlarını alçak bir topuz şeklinde kullanışı, yüzünün düzgün hatları bana annemi hatırlattı. Asil ancak aynı zamanda güçlü ve cesur görünüyordu. Kollarındaki çocuk kızıl saçlıydı ve hafifçe dudağını bükmüştü. Benim bebeklik halimdi.

Vera'ya döndüm ve gözlerinin içine baktım, soracağım sorular dile getirilmeyi gerektirmeyecek kadar açıktı. "Bütün bunların anlamı nedir? Bana ne demeye çalışıyorsunuz?"

Eğer Vera bize bir çeşit bulmaca hazırlıyorsa, parçalar yeterince çabucak bir araya gelmiyordu. Otel yatağının üzerine yattım ve gözlerimi duvardaki saate diktim. Saat beşti. Şubat'ın ikisi neredeyse bitmiş ve şimdiye kadar ne annemden ne de General'den bir haber çıkmamıştı. Kirli pencereden günışığının karanlığa dönüşünü izledim. Eğer bu akşam balede annemi göremezsem, her şey bitmiştir, diye düşündüm. Son umudumu da kaybedecektim.

Boğazım gıcıklandı. Yatağın yanındaki masanın üzerinde duran sürahiden kendime bir bardak su doldurdum. Lily yanımda kıvrılmış yatıyor, yumruğu, sanki bir şeye tutunuyormuş gibi başının yanında duruyordu. Vera, galeriden sonra bizi otele bıraktığında, bu akşam 'Lily'nin sessiz olmasını sağlamak' için yanımda bir şeyler olup olmadığını sordu. Ona emziğini getireceğimi ve yapmaya hiç niyetli olmamama rağmen ona çocuk aspirini vereceğimi söyledim. Onu doyuracaktım ve bu da yeterliydi. Eğer Lily ağlamaya başlarsa, çıkıp fuayede onunla birlikte oturabilirdim. Vera'nın bu bale konusundaki ısrarı beni rahatsız ediyordu.

Ivan pencerenin yanında oturuyor, defterine bir şeyler yazıyordu. Yatağın yanındaki çekmeceyi açtım ve konuk dosyasını çıkardım. Hazar Denizi'nde bulunan bir dinlenme tesisine ait, solmuş bir broşürle birlikte üzerinde otelin logosu bulunan buruşuk bir zarf kucağıma düştü. Dosyaya sicimle iliştirilmiş kurşun kalemi alarak zarfın üzerine şöyle yazdım: "Vera, bana annemden haber vermek için fazla oyalandı. Eğer yaşamakta olduğum şeyi anlayamıyorsa, kalpsiz biri demektir. Onun bizim tarafımızda olduğuna inanmıyorum."

Yüzümden saçlarımı çektim, titrek bacaklarımın üzerine kalktım ve zarfı Ivan'a verdim. Benden aldı, okurken ben de onun defterine yazdıklarına baktım.

"Bir Rus olduğumu sanıyordum fakat bu ülkede kim olduğumu bilmiyorum. Eğer birkaç gün önce Rus insanlarının karakteristik özelliklerini sorsaydınız, onların ihtiraslı ve sıcakkanlı olduklarını söylerdim. Burada bir arada yaşayan insanların birbirine tahammülü yok. Sadece korku dolu sinmiş ve alçalmış insanlar var. Çevremdeki bu hayaletler kimdir?.."

Ivan, zarfın üzerindeki sözlerimin altına şöyle yazdı: "Bütün gün onu çözmeye çalıştım. Sanırım o resimle sana bir şeyler anlatmaya çalıştı. Konuşamıyor çünkü KGB tarafından izleniyoruz. Onun KGB'den olduğunu sanmıyorum."

Ses çıkarmadan ağzımla, "Neden?" dedim.

Kalbini gösterdi.

"Evet, biliyorum," dedim. "Sen insan sarrafısın."

"Seninle evliyim," diyerek gülümsedi. Defterindeki yazdığı sayfayı yırttı ve zarfla birlikte küçük parçalara ayırıp tuvalete attı ve sifonu çekti.

"Böyle bir hayatı yaşamak imkânsız," dedi, rezervuarın sesi içinde fısıldayarak. "İnsanların neden bu kadar mutsuz göründüklerine şaşmamak gerek."

Vera otelin lobisinde bizi bekliyordu. Asansörden çıktığımızı görünce ayağa kalktı. Paltosu yanında duruyordu ancak gül renkli eşarbını başına sarmıştı. Elma çiçeği kokusu yerini, daha ağır bir koku olan inci çiçeğine bırakmıştı ve gülümsediğinde dudaklarına hafifçe sürmüş olduğu ruju fark ettim. Ben de ona gülümsemeye çalıştım ancak bunun yerine yüzümde daha çekingen bir ifade belirdi. Artık bu gösteriye daha fazla devam edemeyecektim. Bu çok saçma, dedim kendi kendime. Eğer bu akşam Bolşoy Balesi'nde annemi göremezsem, Vera'yla konuşacaktım.

Vera tedirginliğimi anlamış olmalıydı, çünkü bakışlarını benim üzerimden çekti ve Ivan'la konuştu. "Sanırım siz ve Bayan Nickham bu akşamki performanstan oldukça memnun kalacaksınız," dedi. "Bu Yuri Grigorovich'in Kuğu Gölü Balesi'dir. Ekatarina Maximova baş dansçı. İnsanlar bu performansı sabırsızlıkla bekliyorlar, ben de bu yüzden sizin kaçırmanızı istemedim. Seyahat acenteniz biletleri üç ay önceden ayırtmakla akıllılık etti."

Kafamda bir ışık yandı. Ivan ve ben birbirimize bakmadık ancak onun da benimle aynı şeyi düşündüğünü biliyordum. *Vizelerimizi alana kadar seyahat acentesiyle görüşmedik. Oraya yola çıkmadan bir ay önce ve sadece biletlerimizi ayırtmak için gittik. Bunun dışında her şeyi kendimiz organize ettik.* Vera'nın seyahat acentesinden kastettiği General miydi acaba? Yoksa bu tur tamamen bir dalavere miydi? General'i görebilmek için otelin lobisine göz gezdirdim ancak resepsiyon masasının çevresinde sohbet eden ya da koltuklarda oturan adamlardan başka kimse yoktu. Kapıdan çıkıp, Vera'nın beklettiği taksiye giderken aklımda tek bir düşünce vardı: bu geceyi ya annemi görerek ya da KGB'nin Lubyanka karargâhının duvarları arasında sonlandıracaktım.

Taksimiz Bolşoy Tiyatrosu'nun önünde durdu ve arabadan ininde havanın soğuk olmaktan çok taze olduğunu fark ettim, galiba bu da yumuşak havanın Rusya versiyonuydu. Çiçek yaprakları kadar zarif kar taneleri yanaklarıma düşüyordu. Binaya baktım ve derin bir nefes aldım, karşımdaki manzara dün gördüğüm Moskova mimarisinin tüm çirkinliklerini unutturuyordu. Gözlerim dev Apollo kolonlarına ve karlar altında kalmış at arabasına çevrildi. Kadınlar ve erkekler kürk palto ve şapkalarının içine sarınmışlar, kolonların çevresinde sigara içiyor ya da sohbet ediyorlardı. Kadınlardan bazılarının kürk manşonları vardı. Ivan elimi tutup beni merdivenlerden çıkarmaya başladığında sanki zamanın gerisine gitmiştik, babamın gençlik günlerinde sevgili kız kardeşleriyle baleye yetişmeye çalıştığını hayal ettim. Hangi oyunları izlemişlerdi acaba o zamanlar? *Giselle* mi yoksa *Salammbô* mu? Belki de koreografisi ünlü Gorky'ye ait olan Kuğu Gölü Balesi'ni izlemişlerdi. Babamın, 2. Spohia Fedorovo çıldırmadan önce onun dansını ve Rusya'yı bir daha dönmemek üzere terk etmeden önce Anya Pavlova'yı izlediğini, hatta ondan çok etkilendiği için bana onun adını verdiğini biliyordum. Bir an için ayaklarımın yerden kesildiğini ve güzel dekore edilmiş bir dükkân vitrininden içeri bakan küçük bir çocuk gibi, babamın gözlerinden eski Rusya'yı görebileceğimi hissettim.

Tiyatronun kapılarından girince, kırmızı üniformalı kadın yer göstericilerin, telaşla insanları yerlerine oturtmaya çalıştıklarını gördüm çünkü Rusya'da zamanında başlayan tek şey Bolşoy Balesi'ydi. Vestiyere giden merdivenleri çıkan Vera'nın peşinden gittik ve yüzlerce insanın orada toplandıklarını gördük, her biri paltolarını vermek için kendisine yol açmaya çalışıyordu. İçerideki gürültü bir futbol stadyumundakinden daha fazlaydı ve bir adamın, yaşlı bir kadını dirseğiyle iterek önüne geçmeye çalıştığını görünce ağzım açık kaldı. Kadın da buna karşılık olarak adamın sırtını yumrukladı.

"Sen, Lily'yi tut," dedi bana Ivan. "Mantolarınızı ben götürürüm. Siz bayanlar oraya girmeyin."

"Oraya gidersen, birileri gözünü morartabilir," diye uyardım onu. "Her şeyimizi yanımıza alalım."

"Ne? Cahil insanlar gibi mi görünelim?" diyerek sırıttı ve Lily'yi işaret etti. "Zaten içeri kaçak bir izleyici alıyoruz, unutma."

Ivan kalabalığın içinde kayboldu. Çantamdan bale programını çıkardım ve tanıtımı okudum. "Ekim Devrimi'nden sonra klasik müzik ve dans milyonlarca işçi tarafından ulaşılabilir bir sanat haline geldi ve tarihimizin kahramanlarını temel alan bu sahnede devrimci karakterler yaratılmıştır." Başka bir propaganda.

Ivan yirmi dakika sonra geri döndü, saçları dağılmış, kravatı yamulmuştu.

"Tubabao'daki gibi görünüyorsun," dedim, elimle saçlarını tarayıp, ceketini düzeltirken.

Avuçlarımın içine bir çift opera dürbünü sıkıştırdı.

"Bunlara ihtiyacınız olmayacak," dedi Vera. "Koltuklarınızın yeri mükemmel. Hemen sahnenin yanındasınız."

"Bunları gösteriş olsun, diye istedim," diyerek yalan söyledim. Sahneye değil, izleyicilere yakından bakmak istiyordum.

Vera bana sarıldı, bunu sevecenliğinden yapmadı, koltuklarımıza giderken Lily'yi saklamaya çalışıyordu. Locamızın yanında dolaşan yer gösterici kadın sanki bizi bekliyor gibiydi. Vera, kadının avucuna bir şeyler tıkıştırdı ve kadın kapıyı iterek açınca akort edilen kemanlar ve konser öncesi gevezelik eden müzisyenlerle karşılaştık. "Acele edin! Çabuk! Hemen içeri girin!" diye tısladı kadın. "Kimseye görünmeyin!"

Locanın ön koltuğuna oturdum ve Lily'yi kucağıma yatırdım. Ivan ve Vera her iki yanımdaki koltuklara oturdular.

Yer gösteren kadın parmağını kaldırdı ve beni uyardı, "Ağladığı an burayı terk edeceksiniz."

Tiyatronun dışının çok güzel olduğunu düşünmüştüm ancak içerisi nefesimi kesti. Balkondan aşağı eğildim, kırmızı ve sarı renklerdeki salona baktım. Sıralanmış beş tane balkon vardı, her biri altın varaklarla süslenmişti ve tepeden, çevresinde Bizans tabloları bulunan büyük bir avize sarkıyordu. Havada eski ahşap ve kadife kokusu vardı. Dev perdenin üzerinde parlak orak ve çekiçler, müzik notaları ve yıldızlar, ucunda ise püsküller vardı.

"Dünyanın en iyi akustiği buradadır," dedi Vera, elbisesini düzelterek.

Oturduğumuz yerden salonun ön bölümündeki izleyicileri çok iyi görebiliyorduk ancak üzerimdeki localarx ya da salonun arka tarafını görmek mümkün değildi.

Yine de, koltuklarına doğru yürüyen insanlar arasında annemi ve General'i aradım ancak onlara benzer kimseyi göremedim. Göz ucuyla Vera'nın, salonun karşısına baktığını gördüm. Dikkatini çekmeden onun baktığı, karşımızdaki locaya baktım. O anda ışıklar azalmaya başladı ancak tam olarak sönmeden önce locanın ön koltuğunda oturan yaşlı bir adam gördüm. General değildi ancak yine de bana tanıdık geldi. Orkestra ilk notasını çalmadan önce salonda telaş içinde öksürmeler ve hışırtılar duyuldu.

Vera koluma dokundu. "Bunun sonunu biliyor musunuz, Bayan Nickham?" diye fısıldadı. "Yoksa tahmin mi etmeye çalışıyorsunuz?"

Nefesimi tuttum. Gözleri sahneden parlayan ışıkla pembe bir renk almıştı, tıpkı ışığa yakalanmış bir tilki gibi.

Bir an kafam karıştı ancak hemen kendimi toparladım. Baleden söz ediyordu. Kuğu Gölü'nün iki türlü sonu olabilirdi. Prens kötü büyücünün yaptığı büyüyü bozup, prensesi kurtaracaktı ya da büyüyü bozamayacaktı ve iki âşık birbirlerine ancak öldükten sonra kavuşabileceklerdi. Yumruğumu öyle bir sıktım ki, opera dürbünümden çıt diye bir ses geldi.

Perdeler ardına kadar açıldı ve ortaya kırmızı kepli, altı trompetçi çıktı. Canlı renkteki elbiseleriyle balerinler, avcı eşleriyle parmak uçlarında sahnenin diğer tarafına geçtiler, Prens Siegfried de sıçrayarak onların arkasından gitti. Harbin'den bu yana canlı bir bale izlememiştim, kısa bir süre için bu tiyatroya neden geldiğimi unuttum. Dansçılar ve onların bedenleriyle ve ayaklarıyla yaptıkları figürler beni büyüledi. Burası Rusya, dedim kendi kendime. Görmeye çalıştığım şey buydu.

Başımı eğip, Lily'ye baktım. Gözleri ışığın altında pırıl pırıl parlıyordu. Japonlar Harbin'e girince bale derslerim yarıda kesilmişti. Peki, ya Lily? O barış dolu bir ülkenin çocuğuydu ve istediği her şeyi yapabilirdi. Asla ülkesini terk etmek zorunda kalmayacaktı. Büyüdüğünde, dedim içimden, seni mutlu eden şey neyse, bale, piyano, şarkıcılık, onu yapabilirsin. Benim kaybettiğim her şeye onun sahip olmasını istiyordum. Bunların hepsinin ötesinde ona büyükannesini vermek istiyordum.

Kuğu Gölü temasının ilk ezgisini duyunca dönüp sahneye baktım. Görüntü dik bir dağa ve mavi bir göle dönüşmüştü. Prens Siegfried dans ediyordu, baykuş kılığına bürünmüş kötü büyücü onun arkasında dansına ayna tutuyordu. Kötü niyetle pusuya yatmış olan baykuş, korkunç bir gölge gibiydi ve prens ileriye gittiğini sanırken, baykuş onu geri çekiyordu. Vera'nın daha önce baktığı locaya baktım. Adam mavi ışığın altında doğaüstü görünüyordu. Yüzümdeki kan çekildi ve dişlerimi sıktım, bir an için Tang'a baktığımı düşündüm. Ancak salondaki ışık canlandı ve bunun mümkün olmadığını anladım. Adam beyazdı.

İkinci sahne de bitip ara için ışıklar yandığında bile kendime gelemedim. Lily'yi Ivan'a verdim. "Kadınlar tuvaletine gitmeliyim," dedim.

"Ben de seninle geleyim," dedi Vera, yerinden kalkarak. Başımla onayladım, gerçi niyetim tuvaletimi yapmak değildi. Annemi aramak istiyordum.

Kalabalık koridorda kendimize yol açarak tuvalete gittik. Burası da vestiyer kadar karışıktı. Tuvalet için bir sıra bile yoktu. Kabinler boşaldığında kadınlar, diğerlerinden önce girmek için birbirlerini itiyorlardı. Vera avucuma neredeyse karton kadar sert bir kâğıt tutuşturdu. "Teşekkür ederim," dedim, Moskova'daki halka açık tuvaletlerde tuvalet kâğıdı olmadığını hatırlayarak. Tretyakov Galerisi'ndeki tuvalette oturak bile yoktu.

Önümüzdeki tuvalet kabini boşaldı ve Vera beni içeri itti. Kabinin içi çiş ve çamaşır suyu kokuyordu. Kapının üzerinde bulunan bir çatlaktan dışarı baktım ve Vera tuvalete girer girmez, bulunduğum kabinin kapısındaki zinciri açtım ve kadınlar tuvaletinden dışarı çıkarak koridora gittim.

Merdivenlerde sohbet eden insanların arasından geçtim ve birinci kata indim. Orada küçük bir kalabalık vardı ve anneme benzeyen bütün kadınların yüzlerine baktım. Saçları beyazlaşmış ve cildi kırışmış olmalı, dedim kendime. Birbirine karışmış bu yüzlerin içinde benim aradığım yüz yoktu. Tiyatronun ağır kapılarını açtım ve yan yana sıralanmış kolonların bulunduğu sokağa çıktım, nedense beni orada bekliyor olabileceğini düşündüm. Hava sıcaklığı düşmüştü ve soğuk hava bluzumu delip geçti. Merdivenlerde iki asker duruyordu, nefes alıp verdikçe havaya buhar üflüyorlardı. Dışarıda bir dizi taksi bekliyordu ancak görünürlerde başka kimse yoktu.

Askerler bana döndüler. İçlerinden biri bana kaşını çattı. "Burada üşüteceksiniz," dedi. Teni süt rengindeydi, gözleri mavi opal taşlarını andırıyordu. Tiyatrodan içeri girdim, çevremde yükselen merkezi ısıtmanın sıcaklığını hissettim. Askerin görüntüsü gözümün önünden gitmedi ve annemin götürüldüğü günkü, Harbin tren istasyonunu hatırladım. Bana, kaçmama yardım eden askeri anımsattı.

Kalabalık merdivenlere vardığımda salon boşalmış ve fuaye insanlarla dolmuştu. Adım adım ilerleyerek üst kata çıkmayı başardım ve Vera'nın parmaklıklara dayanmış olduğunu gördüm. Arkası bana dönük, birisiyle konuşuyordu. Konuştuğu kişiyi görmemi engelleyen ayaklı bir vazo vardı. Bu, Ivan olamazdı çünkü onu kucağında Lily'yle fuayenin sonunda camdan bakarken görebiliyordum. Boynumu ayaklı vazonun çevresinden uzattım ve onun beyaz saçlı, bordo ceketli bir adam olduğunu gördüm. Adamın giysileri temiz ve ütülüydü ancak gömlek yakasının arkası aşınmıştı ve pantolonu ütüden parlıyordu. Kollarını göğsünde kavuşturmuş, arada sırada çenesiyle Ivan'ın durduğu yeri işaret ediyordu. Kalabalığın gürültüsünden ikisinin ne konuştuğunu duyamıyordum. Bir an için sanki bir sessizlik oldu ve adamın, "Onlar sıradan birer turist değiller, Yoldaş Otova. Rusçaları fazla iyi. Bebekleri bir paravan. Onların bile olmayabilir. Bu nedenle sorguya alınmalılar."

Nefesim kesildi. Adamın KGB'ye ajanlık yaptığını tahmin ettim ancak bizden neden şüphelendiği hakkında hiçbir fikrim yoktu. Parmaklıklardan geri çekildim, bacaklarım titriyordu. Vera'nın KGB'yle çalıştığını tahmin etmiştim ve yanılmamıştım. Bize bir tuzak kurmuştu.

Merdivenleri fırlayarak çıktım insanları iterek Ivan'a ulaşmak için kendime yol açtım. Ancak kalabalık sanki birbirine omuz omuza yapışmıştı. Çevremi kötü dikilmiş elbiseler ve yirmi beş yıllık takım elbiseler sardı. Herkes bu yıl piyasaya sürülmüş kâfur ya da hanımeli parfümü kokuyordu. *"Izvinite. Izvinite.* İzninizle. İzninizle,"* dedim, kendime yol açmaya çalışarak.

Ivan pencerenin kenarında oturmuş, kucağında Lily'yi hoplatıyor, parmaklarıyla oynuyordu. Bana bakmasını sağlamaya çalıştım ancak kendilerini oyunlarına kaptırmışlardı. Hemen Avustralya elçiliğine git, dedim kendime. Ivan'ı ve Lily'yi al ve hemen elçiliğe git.

Omzumun üzerinden arkama baktım. Vera topuklarının üzerinde yükseldi ve göz göze geldik. Kaşlarını çattı ve merdivenlere baktı. Kafasının sürekli işlediğini anlayabiliyordum. Adama döndü ve bana doğru gelmek için kendisine yol açmadan önce ona bir şeyler söyledi.

Beynim zonkluyordu. Sanki her şey ağır çekimde hareket ediyordu. Daha önce de bir kere böyle hissetmiştim, ne zamandı? Yine Harbin'deki istasyonda geçirdiğim günü hatırladım. Tang kalabalığın içinden adım adım bana yaklaşıyordu. Çevremdeki insanları tutup, ittim. Bir sonraki bölüm için ziller çalıyordu ve aniden kalabalık dağılmaya başladı. Ivan döndü ve beni gördü. Yüzü bembeyaz kesildi.

"Anya!" diye haykırdı. Bluzum ıslanmıştı. Yüzüme dokundum, parmaklarım terden kayganlaşmıştı. "Buradan çıkmalıyız," diye inledim. Göğsümün içinde öyle korkunç bir baskı hissettim ki, kalp krizi geçireceğimi sandım.

"Ne?"

"Hemen git…" ancak sözcükleri yeteri kadar hızlı çıkaramıyordum. Korkudan boğazım kurumuştu.

"Aman Tanrım, Anya," dedi Ivan, beni yakalayarak. "Neler oldu?"

"Bayan Nickham." Vera parmaklarını dirseğime bir kıskaç gibi kenetlemişti. "Sizi hemen otelinize geri götürmeliyiz. Anlaşılan soğuk algınlığınız daha da kötüleşmiş. Yüzünüzün haline bakın. Ateşiniz var."

Bana dokunması midemi bulandırdı. Neredeyse ayakta duramaz hale gelmiştim. Her şey gerçekdışı gibiydi. KGB tarafından sorguya alınmak üzereydim. Telaşla salona dönmeye çalışan insanlara baktım ve bağırma isteğimi bastırdım. Kimsenin yardımımıza koşacağını sanmıyordum. Kapana kısılmıştık. En iyisi işbirliği yapmaktı ancak buna karar vermek beni rahatlatmamıştı. Ayakkabılarımın içinde parmaklarımı sıktım, karşılaşacağım her şeye hazırlıklı olmalıydım.

"Soğuk algınlığın mı?" diye bağırdı Ivan. Bluzumdaki ıslaklığa dokundu, sonra da Vera'ya döndü. "Ben paltolarımızı alayım. Otele bir doktor çağırabilir miyiz?"

Demek böyle yapıyorlar, diye düşündüm. Toplum içinde tutuklamaları böyle yapıyorlar ve seni herkesin gözü önünde götürüveriyorlar.

"Çocuğu bana verin," dedi Vera, Ivan'a. Yüzünden bir şey okunmuyordu. Onun neler yapabileceğini bilecek kadar onu tanımıyordum.

"Hayır!" diye bağırdım.

"Çocuğunuz için en iyisini düşünmelisiniz," diye tersledi beni Vera; sesi daha önce hiç duymadığım bir şekilde çıkmıştı. "Soğuk algınlığı kesinlikle bulaşıcıdır."

Ivan, Lily'yi Vera'ya verdi. Kollarını Lily'ye doladığını gördüğüm an içimde bir şeyler koptu. Onları, annemi bulmaya çalışırken kızımı kaybediyor olduğum duygusuyla izledim. Lily güvende olduğu sürece, her ne olacaksa, olsundu.

Beyaz saçlı adama baktım. Gözlerini dikmiş bana bakıyordu. Sanki iğrenç bir şeylere tanıklık ediyormuş gibi, yine kollarını göğsünde kavuşturmuştu.

"Bu Yoldaş Gorin," dedi bana Vera. "Onu otelden tanıyor olabilirsiniz."

"Soğuk algınlığınız Moskova'da daha da kötüleşebilir," dedi, ağırlığını diğer ayağına vererek. "İyileşene kadar yataktan çıkmamalısınız."

Kollarını bedeninden ayırmıyordu ve ağırlığını arkaya aldığı ayağına vermesi normal koşullarda komik görünebilirdi. Sanki benden korkuyormuş gibiydi. Yabancılara karşı duyduğu antipati böyle bir poz geliştirmesine neden olmuş olabilirdi.

Ivan paltolarımızla geri döndü ve benimkini giydirdi. Vera eşarbını gevşek halde Lily'nin ağzına sardı. Gorin onu izledi, gözleri giderek büyüyordu. Bizden bir adım daha geriledi ve "Yerime dönmeliyim yoksa bir sonraki perdeyi kaçıracağım," dedi.

Tıpkı deliğine dönen bir örümcek gibi salona döndü. İşin pis tarafını Vera'ya bırakmıştı.

"Lily'yi al," diye fısıldadım Ivan'a. "Lütfen, Lily'yi al."

Bir anlığına bana baktı ancak dediğimi yaptı. Lily'nin, Vera'nın kollarından çıkıp babasının kollarına girdiğini görünce kafam rahatladı. Vera, merdivenleri inerken bana yardım ediyormuş gibi yaptı ancak beni korkuluklara öyle bir yapıştırdı ki neredeyse hareket edemedim. Attığım her adımı dikkatle atarak ilerledim. Onlara hiçbir şey söylemem, diye düşündüm. Ancak KGB'nin anneleri konuşturmak için bebeklerini kaynar suya attıklarına ilişkin öyküler duymuştum, bacaklarım yine gücünü yitirdi.

Tiyatronun dışındaki askerler gitmişti. Sadece sıralanmış taksiler duruyordu. Ivan önümüzden yürüdü, başını göğsüne doğru çekmiş, kollarını Lily'ye dolamıştı. Taksicilerden bir tanesi ona doğru gittiğimizi görünce sigarasını söndürdü. Tam arabasının içine biniyordu ki, Vera ona başını salladı ve beni kaldırımın kenarında duran siyah Lada'ya doğru itti. Sürücü koltuğuna gömülmüş oturuyordu, yakasını yüzüne kadar çekmişti. Bir çığlık attım ve çizmelerim kara gömüldü.

"Bu bir taksi değil," diye bağırdım Ivan'a, sesim tıpkı sarhoş bir kadın gibi çıkmıştı.

"Bu özel bir taksi," dedi Vera alçak sesle.

"Biz Avustralyalıyız," dedim ona, omzuna yapışarak. "Elçiliği arayabilirim, biliyorsunuz. Bize dokunamazsınız."

"Ben ne kadar Pakistanlıysam siz de o kadar Avustralyalısınız," diye yanıt verdi Vera, kapıyı açıp beni sürücünün arkasına ittirirken. Ivan, Lily'yle beraber diğer tarafa oturdu. Vera'ya meydan okurcasına baktım, öylesine hızlı eğildi ki geri çekildim, bana vuracağını sandım. Bunun yerine, kapıya sıkışmasın diye paltomu bacaklarımın altına sıkıştırdı.

"Anna Viktorovna Kozlova, seni asla unutmayacağım," dedi. "Her şeyinle annene benziyorsun ve ben ikinizi de özleyeceğim. KGB ajanının mikroplardan deli gibi korktuğunu bilmem işimize yaradı yoksa seni onun pençelerinden kolay kurtaramazdık." Bir kahkaha attı ve kapıyı çarparak kapattı. Lada, tam gaz gecenin karanlığına daldı. Yan pencereden dışarı baktım. Vera her zamanki dimdik yürüyüşüyle tiyatroya doğru gidiyordu. Elimi başıma koydum. Tanrı aşkına, neler oluyordu?

Ivan eğilip, taksiciye otelin adını ve adresini verdi. Sürücü hiçbir şey söylemedi ve tam ters yöne, Lubyanka'ya doğru saptı. Ivan da yanlış yolda olduğumuzu fark etmiş olmalı ki, parmaklarını saçlarının arasından geçirdi ve sürücüye otelin adını tekrar etti.

"Karım hasta," diye yalvardı. "Ona bir doktor bulmalıyız."

"Ben iyiyim, Ivan," dedim. Öyle korkmuştum ki sesim kendi sesim gibi çıkmıyordu.

Ivan bana baktı. "Anya, orada Vera'yla ne oldu? Neler oluyor?"

Başım dönüyordu. Kolumun, Vera'nın tuttuğu yerleri uyuşuyordu. "Bizi sorguya götürüyorlar fakat biz elçilikle bağlantı kurmadan bunu yapamazlar."

"Seni anneni görmeye götürdüğümü sanıyordum."

Karanlığın içinden gelen ses tüylerimi ürpertti. Sürücünün kim olduğunu anlamak için ona bakma gereği duymadım.

"General!" diye bağırdı Ivan. "Ne zaman ortaya çıkacağınızı merak ediyorduk!"

"Muhtemelen bir daha ortaya çıkmayacağım," dedi. "Planlarda bir değişiklik oldu."

"Lily..." diye mırıldandı Ivan. "Üzgünüm. Biz düşünemedik..."

"Hayır," diye yanıtladı General, güldüğünü saklamaya çalışarak. "Anya yüzünden. Vera onun zor biri olduğunu ve dikkatleri üzerine çektiğini söyledi."

Utandım. Aptalca paranoyam yüzünden kendimden utanmalıydım ancak bunun yerine kahkaha attım ve aynı zamanda hıçkırıklara boğuldum.

"Vera kimdi?" diye sordu Ivan, başını bana sallayarak.

"Vera, Anya'nın annesinin en iyi arkadaşı," dedi General. "Ona yardım etmek için her şeyi yapar. Stalin rejiminde iki erkek kardeşini kaybetti."

Ellerimi gözlerime dayadım. Başım dönüyordu. Değişiyordum, bütün hayatım boyunca olduğum insandan başka bir insana dönüşüyordum. İçimde bir şey aralanıyordu. Çok uzun zamandır bir şeyler doldurarak gömmeye çalıştığım boşluk yukarı çıkıyordu. Ancak bana acı vermek yerine, boşluğun içi sevinçle doluyordu.

"Balenin tamamını izlemenizi dilemiştim," dedi General. "Ama boş verin."

Gözlerimden yaşlar boşaldı. "Bu sonu mutlu biten versiyonuydu, değil mi?" dedim.

Bolşoy Tiyatrosu'ndan çıktıktan on beş dakika sonra General arabayı beş katlı, eski bir binanın önünde durdurur. Boğazımda bir şişlik bir taşa dönüşür. Ona ne diyeceğim? Yirmi beş yıl aradan sonra bizim ilk sözcüklerimiz ne olacak?

"Yarım saat sonra burada olun," der General. "Vishnevsky, size eşlik edecek birini ayarladı ve bu gece buradan ayrılmalısınız." Arabanın kapılarını kapatırız ve Lada'yı sokağın sonunda kaybolana kadar izleriz. General'in normal bir adam olduğunu düşünmekle ne kadar budalalık ettiğimin farkına varırım. O koruyucu bir melektir.

Ivan ve ben kemerli bir geçidin altından geçeriz, ayaklarımızın altındaki kar donmuştur ve kendimizi hafif aydınlatılmış bir bahçede buluruz. "En üst kattı, değil mi?" diye sorar Ivan, iterek açtığı metal kapı, arkamızdan sesli bir şekilde kapanır. Birileri yalıtımı sağlamak için kapının üzerine battaniye asmıştır. Koridor neredeyse dışarısı kadar soğuk ve karanlıktır. Kürekler duvara dayalıdır, üzerinde eriyen karlar küçük gölcükler oluşturmuştur. Beş kat merdiveni çıkarız çünkü asansör bozuktur. Basamaklar tozla kaplıdır ve merdiven boşluğu balçık kokar. Üzerimizdeki ağır kıyafetler bizi terletir ve ıslatır. General'in, annemin bacaklarında sorun olduğunu söylediğini hatırlarım, yardım almadan evinden çıkamadığı için üzülürüm. Zayıf ışıklar altında gözlerimi kısarım ve duvarların griye boyandığını görürüm ancak tavan pervazları ve kapı çerçeveleri kuş ve çiçek resimleriyle süslüdür. Bu dekorasyon bir zamanlar bu binanın görkemli bir konak olduğunu akla getirir. Her katta vitray camlı bir köşe penceresi vardır ancak bazıları buzlu camlarla değiştirilmiştir.

En üst kata geliriz ve bir kapı gıcırdayarak açılır. Siyah elbiseli bir kadın dışarı adım atar. Bastonuyla dengesini sağlamaktadır ve gözlerini kısarak bize bakar. İlk bakışta onu tanıyamam. Saçları kalay rengindedir ve çoğu bir başörtüsünün altına gizlenmiştir. Tombul bacakları kıvrılmıştır ve ten rengi varis çoraplarının altından damarları görünür. Ancak daha sonra sırtını dikleştirir ve gözlerimiz buluşur. Onu Harbin'deki haliyle, şifon elbisesinin içinde, saçlarında rüzgâr, kapının yanında durmuş benim okuldan dönmemi bekleyen haliyle görürüm.

"Anya!" diye bağırır. Sesi kalbimi kırar. Bu yaşlı bir kadındır, benim annem değil. Titreyen elini bana doğru kaldırır, sonra sanki bir hayal görmüş gibi indirip göğsünde yumruk yapar. Ellerinin arkasında yaşlılık lekeleri ağzının kenarlarında derin çizgiler oluşmuştur. Yaşına göre yaşlı görünür, bu zor hayatının bir sonucudur. Ancak gözleri her zamankinden güzeldir. Elmas gibi parlarlar.

"Anya! Anya! Benim sevgili bebeğim! Güzel çocuğum!" diye seslenir, yaşlardan gözleri kızarmıştır. Ona doğru ilerlerim ancak duraksarım. Cesaretim kaybolmuştur ve kendimi ağlarken bulurum. Ivan elini omzuma koyar. Gerçekle aramdaki tek bağ onun kulağımdaki sesidir. "Ona, Lily'yi göster," diye fısıldarım, beni öne doğru sürükler. "Ona torunu göster." Yüzündeki battaniyeyi çekerek onu kollarına alır. Lily gözlerini açar ve merakla bana bakar. Şu anda bana doğru gelmekte olan kadının gözleriyle aynı gözlere sahiptir. Bal rengi ve çok güzel. Anlayışlı ve zarif. Bir şeyler mırıldanır, bacaklarıyla tekmeler atar, sonra kadına uzanır ve var gücüyle ona gitmeye çalışır.

Tekrar Çin'deyim ve on iki yaşındayım. Düşmüşüm ve canım yanmış ve annem beni iyileştirmek ister. Ona doğru attığım her adımda sendelerim ancak o kollarını açmıştır. Ona ulaştığımda beni göğsüne bastırır. Onun sıcaklığı kaynaktan çıkan su gibi üzerimden akar. "Sevgili kızım! Bebeğim benim!" diye mırıldanır, beni öyle bir şefkatle sarar ki, coşup, çağlayacağımı düşünürüm. Lily'yi aramızda sallarız ve yaşadığımız şeyleri düşünerek birbirimizin yüzüne bakarız. Kaybedilenler bulunmuştur. Biten şeyler tekrar başlayabilir. Annemle benim eve gitme zamanımız gelmiştir.

Yazarın Notu

Ruslar, resmi olarak birbirlerine baba adlarıyla hitap ederler. Örneğin, *Beyaz Gardenya'da* Anya'nın tam adı, Anna Victorovna Kozlova'dır. Victorovna, babasının adı olan Victor'dan türemiştir ve Kozlova da, babasının soyadı Kozlov'un dişileştirilmiş halidir. Mesafeli bir şekilde hitap edildiğinde, Anna Victorovna kullanılır ancak aile ve dostlar arasında sadece Anya denir. Eğer Rusçadan çevrilmiş bir roman okusaydınız bu sistemin bir Batılı için karışık olduğunu anlardınız. Romanın yarısına kadar Alexander Ivanovich olan isim neden bir anda Sahsa olur?

Bu türde bir karışıklığa meydan vermemek için karakterlerin baba adlarını, sadece mektuplarda, Sergei'nin vasiyetinde, tanıtımlarda ve bunlar gibi resmi durumlarda kullandım. Kitabın geri kalanında karakterlerin resmi olmayan adlarını kullandım. Aynı zamanda, Avustralya'ya geldiğinde Anya'nın Kozlova soyadını da kullanmaya devam ettim, gerçi Anya isteseydi, soyadının dişileştirilmiş ekini düşürüp, sadece Kozlov'u kullanmayı tercih edebilirdi.

Beyaz Gardenya'yı yazmanın en eğlenceli taraflarından biri, geniş bir tarihsel düzenleme içinde, bir anneyle kızı arasındaki bağ hakkında bir öykü yaratıyor olmaktı. Ayrıntıların gerçekçi ve doğru olması için her şeyi denedim ancak öykünün akıcılığını sağlamak için yer yer Tanrı'yı oynamak ve tarihi özetlemek zorunda kaldım. Bunun ilk örneği, İkinci Dünya Savaşı'nın sona ermesinin ilanından kısa bir süre sonra, Anya'nın Şanghay'a gelmesidir. Kronolojik olarak konuşursak, haberlerin verildiği sinema perdesi kuran ve şehri tekrar harekete geçiren Amerikan ordusunun önemli bölümü oraya varmadan birkaç hafta önce Anya, Şanghay'a gelir. Ancak bu sahnenin amacı savaşın sona ermesinin coşkusunu ve Şanghay'ın ne kadar çabuk toparlandığını göstermek olduğu için, ben de olayları birbirine yakınlaştırmaktan rahatsızlık duymadım. Tarihi özetlediğim başka bir yer ise Tubabao'ydu. Adadaki mülteciler birden fazla tayfuna maruz kalmışlardır ancak her fırtınayı ayrıntılarıyla anlatmak, odak noktasını Anya'nın duygusal mücadelesinden, Irina ve Ruselina ile geliştirdiği bağından uzaklaştıracaktı.

George Burns bir keresinde, "Oyunculukla ilgili en önemli şey dürüstlüktür. Bunun taklidini yapabilirseniz, başardınız demektir!" demiş. *Beyaz Gardenya*'nın bazı yerlerinde kurgusal düzenlemeler gerçeklerden daha uygun olmuştur. İlk örnek Moscow-Shanghai'dır. Bu gece kulübü, Çarlara ait sarayların mimarileri temel alınarak oluşturulmuş, benim hayal gücümün bir ürünüdür, bununla birlikte o zamanın Şanghay'ının çöken ruhuna sadık kalınmıştır. Benzer şekilde, Avustralya'da Anya ve Irina'nın gönderildiği göçmen kampı, Yeni Güney Galler'de bulunan belirli bir göçmen kampını temsil etmemektedir, gerçi benim araştırmalarım Bathurst ve Cowra göçmen kamplarının ekseninde dönmüştür. Buradaki nedenim şudur: Anya'nın kamp komutanıyla kişisel seviyede etkileşime girmesini istedim ve gerçek bir kamp komutanını böyle kişisel olarak öykünün içine koymak bana adil gelmedi. Aynı nedenle, o zamanın gerçek gazetelerinden birini kullanmak yerine Anya'nın çalışması için metropolitan bir gazete olan *Sydney Herald*'ı kurguladım çünkü Anya'nın editörü, Diana ile yakın bir ilişki kurmasına ihtiyacım vardı. Sosyete aileleri de tamamen hayal ürünüdür ve zamanın herhangi gerçek bir karakterini temsil etmezler, gerçi Prince ve Romano'nun yeri ve Chequers, 1950'li yıllarda Sydney'de var olmuş yerlerdir. Hayal ürünlerime yaklaşımımı, bir zamanlar modacı bir arkadaşımın benimle paylaştığı bir cümleyle tanımlayabilirim: "Eğer saç şeklin ve ayakkabıların doğruysa, arada kalan her şey yerli yerine oturur." Bununla demek istediğim; tarihi kaynaklarım doğru olduğu ve insanların günlük hayatta yedikleri, giydikleri ve okuduklarıyla ilgili ayrıntılarım zamana uyduğu sürece, kendimi aralarında öyküler yaratmak konusunda özgür hissettim.

Romanın konusunu, annem ve vaftiz annemin Çin'den Avustralya'ya yapmış oldukları yolculuktan esinlenmiş olsam bile, romandaki tüm karakterler benim hayal gücümün ürünleridir. Bu kitap, kurgusal formda bir aile tarihi değildir ve ana karakterlerden hiçbiri yaşayan ya da ölmüş birilerini temsil etmemektedir.

Beyaz Gardenya'yı araştırmak ve yazmak çok büyük bir keyifti. Umarım onu okumak da size aynı keyfi vermiştir.

Teşekkürler

Genellikle, yazarların hayatı yalnız geçer, derler ancak *Beyaz Gardenya*'yı yazmak için kalemi kâğıda dokundurduğumda (daha doğrusu parmaklarımı klavyeye dokundurduğumda) proje için ilham, bilgi ve destek vermek isteyen inanılmaz sayıda insan tarafından mutlu edildim.

Önce, özellikle Ruslar hakkında bir roman yazmam konusunda bana ilham veren iki kadına minnettarlığımı ifade etmek istiyorum: annem Deanna ve vaftiz annem Valentina. Onların Harbin, Tsingtao, Şanghay ve Tubabao'daki hayatlarının öyküleri, çocukluğumda ve yetişkin bir insan olduğumda da büyülemiştir beni. Romanın temalarına ilham veren sadece egzotik yerler değil, onların örnek, gerçek dostlukları ve hayat sevgileridir. Gördükleri onca korkunç şeye, kaybettikleri sevdikleri ve katlandıkları zorluklara rağmen sevgiye olan inançlarını asla yitirmemişlerdir. Başkalarına karşı iyilikseverlikleri ve yardım anlayışları onları gerçekten şaşırtıcı kılıyor. Böylesine tarihi bir geçmişi olan bir kitabın araştırma ve yazma görevini başaracağıma, ben başlamadan bile inanan babam Stan'e ve erkek kardeşim Paul'e minnettarlığımı iletmek isterim.

Bazen onun hayal ürünüm olduğunu düşündüğüm azimli, anlayışlı ve yetenekli edebiyat temsilcim Selwa Anthony'ye teşekkür etmek için doğru sözcükleri bulacağımdan emin değilim. Onun bana olan inancı hayatımda aldığım en güzel armağandır ve elbette kitabın gelişim sürecinde Selwa'nın sadece mükemmel bir temsilci olmadığını, aynı zamanda harika bir yol gösterici ve arkadaş olduğunu söylemekten gurur duyuyorum.

Şükran listeme, yayıncım Linda Funnell'ı ve editörüm Julia Stiles'ı da eklemek istiyorum. Kendisini yayın dünyasının en parlak iki kadınının rehberliği altında bulmak, romancılığa yeni adım atmış hangi yazara heyecan vermez? Onların hassasiyeti, zekâsı, ilgisi ve espri anlayışı uzun süren ve bazen tekrar yazmayı ve düzeltmeyi gerektiren süreçte benim için çok değerli armağanlardı. HarperCollins'teki yardımcı editör Nicola O'Shea'ya teşekkür etmek istiyorum, örgütleme becerisi, çalışkanlığı ve yaptığı işe karşı tutkusu onunla çalışmayı keyifli hale getirdi. Ne zaman HarperCollins'teki ortak beceri, profesyonellik ve tutku aklıma gelse şaşırmadan edemem. Özellikle Brian Murray, Shona Martyn, Sylvia Marson, Karen-Maree Griffiths ve Vanessa Hobbs'un adlarını anmak istiyorum.

Ayrıca Fiona ve Adam Workman'a teşekkür etmek istiyorum. Elmaslar bir kızın en iyi arkadaşlarıysa, Fiona ve Adam, en berrak, en güzel kesilmiş, karatları yüksek elmaslardır. Sadece takıldığımda, lezzetli yemekleri ve hayattan zevk alma özellikleriyle üretkenliğimi beslemekle kalmayıp aynı zamanda içinde, ben New York'tayken benim için Bathurst Göçmen Kampı ve genel olarak göçmen kamplarıyla ilgili bilgi toplayan Kay Campbell ve Theo Barker; 1950'li yıllarda Sydney'deki eğlenceli anılarını benimle paylaşan Leyda ve Peter Workman'nın da içinde bulunduğu değerli bir hazine sandığı göndermişlerdir. 1950'lerin Sydney'i söz konusu olunca, Avustralyalı moda desinatörü Beril Jents'e; gazeteci ve yazar Kevin Perkins'e; Kuzey Bondi Kurtarma

Kulübü'nden Gary A Shiels ve Aran Maree'ye; Avustralya Jokey Kulübü'nden John Ryan'a benimle paylaştıkları tüm bilgiler için teşekkür ederim.

Ayrıca ilgileri ve sorularıma zamanında yanıt verdikleri için diğer bilgi kaynaklarıma da teşekkür ederim: 1960'lu yıllardaki Moskova öyküleri için Levon ve Janna Olobikyan; dans terimleri ve Almanca deyimler için Andrea Lammel; Rusça deyimlerimi ve adlarımı kontrol eden NSW Üniversitesi doktorlarından Ludmila Stern; Gobi Çölü'nün nasıl geçileceğine dair pratik bilgiler veren Nomadic Journeys'den Jan Wigsten ve Karakorum Expeditions'dan Graham Taylor ve Lehçe çevirileri için Vicky Robinson.

Ayrıca bu yazarın yolculuğunun zorlu bölümlerini kolaylaştırdığı ve daha da lezzetli hale getirdiği için teşekkür etmek istediğim birçok insan var. Ne yazık ki hepsini sıralayamıyorum ancak özellikle adını anmak istediklerim:

Jody Lee, Kim Swivel, Maggie Hamilton, Profesör Stephen Muecke, Bruce Fields, Jennifer Strong, Alain Mentha, Andrea Au, Brian Dennis, Shilene Noé, Jeffrey Arsenault, Kevin Lindenmuth, Tom Nondorf, Craig Smith, Phyllis Curott, Arabella Edge, Christopher Mack, Martin Klohs, Kai Schweisfurth, Virginia Lonsdale, Olivia Rhee, ve New York, Women in Publishing'teki tüm üyeler. Ayrıca sadece bana iletişim kaynaklarını sunduğu için değil *Beyaz Gardenya*'yı yazmak için mükemmel bir ortam hazırlayan New York'taki oda arkadaşım Heather Drucker'a teşekkür ederim.

Hepinize teşekkürler.